Abtrünniges Blut

Jakob Bedford

Abtrünniges Blut

Dittrich

Lektorat: Markus Lorenz
Satz: Gaja Busch
Umschlaggestaltung: Guido Klütsch

Printed in Germany

ISBN 978-3-947373-16-1

Prolog

Der kalte Luftzug ließ ihn zittern. Rasch hob Mr Wolfe eine Hand schützend vor die Kerze, die neben ihm auf dem schmalen Tisch stand. Die Flamme zuckte, wie ein kleines Raubtier. Plötzlich zum Leben erweckt, suchte es nach Beute. Gierig leckte das glühende Orange an Mr Wolfes Handfläche. Er unterdrückte einen Schmerzenslaut und zog die Hand hastig zurück. Verärgert rieb er die schmerzende Stelle, lauschte in das Halbdunkel. Bis auf den Wind, der draußen eiskalt um die Mauern strich, war nichts zu hören.

Mit geschürzten Lippen trommelte Mr Wolfe auf die penibel polierte Oberfläche des Tisches. Dieser Raum war zurzeit einer der wenigen Rückzugsorte, die für seine Zwecke überhaupt in Frage kamen. Wobei er streng genommen gar nicht hier sein durfte, in diesem Teil des Palastes. Nun, der Zweck heiligte wie immer die Mittel. Für eilige Zusammenkünfte, die zudem unbeobachtet stattfinden mussten, gab es nur einen geringen Spielraum an Möglichkeiten. Auf ein Protokoll konnte er, oberster Spion der Krone, daher wenig Rücksicht nehmen.

Seufzend hob Mr Wolfe eine Augenbraue und schaute sich gelangweilt um. Das kleine Empfangszimmer war erlesen ausgestattet. Eine angelehnte Tür führte in einen angeschlossenen, dunklen Schlafraum, von dort auf einen Gang. Die andere Tür, durch die er vor wenigen Minuten den Raum betreten hatte, führte zu demselben Gang, der diesen etwas abgelegenen Flügel des Palastes durchzog. Augenscheinlich wurden in den Räumlichkeiten Gäste untergebracht. Oder Mätressen. Natürlich nicht die favorisierten Dirnen. Die fanden sich in größerer Nähe zu den privaten Gemächern Seiner Hoheit wieder. Mr Wolfe lächelte säuerlich.

Ein nur schwer zu unterdrückendes Gähnen erinnerte ihn an die vorgerückte Stunde. Es lag ein langer und anstrengender Tag hinter ihm. Er sehnte sich nach seinem Bett. Doch die wichtige Angelegenheit, derentwegen er hier war, duldete keinen Aufschub. Eine Angelegenheit von nationalem Interesse, daher hatte er in den Palast kommen müssen. Hier erhielt er seine Anweisungen.

Der Palast, ja. Er schmunzelte. Die Ersten des Landes aus Aristokratie und Kirche umschwirrten König George II. wie Motten das Licht. Nichts ließen sie unversucht, um in der Gunst des Regenten aufzusteigen. Wenn es ihnen dabei auch nur gelang, einen unliebsamen Konkurrenten auszustechen, verbuchten sie dies gleich als glorreichen Sieg. Ein immerwährender Jahrmarkt der Eitelkeiten.

Natürlich hatte dies etwas Gutes. Was wäre seine Tätigkeit ohne diese Eitelkeit der hohen Herrschaften? Eitelkeit war doch vor allem eines: ein dankbares Einfallstor für den menschlichen Charakter. Was gab es dem Dünkel schon entgegenzusetzen? Demut und Tugend, vielleicht. Er lachte amüsiert auf. Demut und Tugend! Köstlich. Eigenschaften, die bei Hofe ebenso rar waren wie Regen in der Wüste.

Er schlug die Beine übereinander. Jüngst hatte er einen Mann in einer Taverne wütend ausrufen hören, St James's Palace sei ein verlogenes Hurenhaus. Der königliche Palast ein einziges Bordell. Er erinnerte sich gut an den Mann. Spucke war dem Burschen aus dem Mund gelaufen, dermaßen hatte er sich ereifert. Unangenehm, dieses Gebaren, doch keiner weiteren Beachtung wert. Die vermeintliche Erkenntnis des Mannes, sie war doch eher trivial. Wo immer ein Mensch sich fand, da war eben auch die Sünde nicht weit. Ob beim König oder Bettler, das machte keinen Unterschied. Doch moralische Überzeugungen interessierten ihn bei seiner Tätigkeit herzlich wenig. Die sittlichen Verfehlungen seiner Mitmenschen wusste er zu nutzen. Doch nie interessierten sie ihn persönlich. Sie waren lediglich hilfreiche Werkzeuge seiner Arbeit.

Mr Wolfe lehnte sich zurück und verschränkte die Arme. Starrte für einen Moment an die Decke. Dachte er an St James's Palace, so waren nicht Moral oder gar Sünde der Grund für sein Unbehagen. Sollte der König doch mit seinen Huren machen, was er wollte. Das Unbehagen, welches Matthew Wolfe beim Betreten des Gebäudes stets beschlich, lag vielmehr im Haus selbst begründet. Seiner Proportion. Dieser rote Ziegelbau wirkte nun einmal eher wie ein besseres Herrenhaus. Klein, fast schon provinziell. Etwas spärlich für eine Nation, die sich als den Mittelpunkt der Welt verstand. Ein drückendes Gefühl der Enge. Das war es, was er hier spürte.

Missbilligend schüttelte er den Kopf und griff nach dem Glas. Er hob es ans Gesicht. Verzerrt spiegelte sich in der kristallenen Oberfläche die beinahe ruhige Kerzenflamme. Als sähe der orange Teufel ihm neckisch direkt in die Augen. Er nahm einen tiefen Schluck, stellte leise das Glas ab und zupfte prüfend an seiner Perücke. Sein Blick fiel dabei auf das Buch, welches neben ihm auf dem Sofa lag. Er hatte es, wie auch das Glas, mitgebracht. Wahllos irgendwo im Vorbeigehen aus einem Regal gezogen. Das Buch war eine Entschuldigung für seinen Rückzug in diesen Raum, sollte man ihn hier antreffen. Etwas plump, doch die einfachste Erklärung war immer auch die glaubwürdigste. Stirnrunzelnd las er erstmals die Schrift auf dem Buchrücken. Er musste dazu die Augen ein wenig zusammenkneifen. *Eine Untersuchung des menschlichen Verstandes*, von David Hume. Was für ein freudloser Titel.

Leise Schritte vor der Tür ließen ihn das Buch hastig aufnehmen und wahllos eine Seite aufschlagen. Er tat, als schaue er überrascht auf, als sich die Tür leise öffnete, legte das Requisit seines Alibis jedoch gleich wieder achtlos zur Seite. »Guten Abend, Sir.« Noch bevor der großgewachsene Mann Platz genommen hatte, setzte Mr Wolfe nach: »Hat sich der König gezeigt?«

Die Antwort bestand in einem Kopfschütteln, welches feine Partikel aus der weißgepuderten Perücke des Mannes rieseln ließ. Wie Schneefall sanken sie im Licht der Kerze zu Boden. Dem Wartenden schräg gegenüber nahm der Hüne in einem Sessel Platz. Getrennt waren die beiden Männer nur wenige Handbreit durch den Tisch und die Kerze, die nach einem wilden Aufflackern nun gespannt innezuhalten schien.

Entschuldigend wies Mr Wolfe auf das fast leere Glas. »Es war mir leider nicht möglich, auch Ihnen etwas mitzubringen, Sir. Ich habe dieses Glas und einen halbwegs passablen Wein unterwegs aufgetan.«

Sein Gegenüber winkte ab. »Es gibt bei dem Essen eine ausreichende Menge an Getränken. Sie wollten mich dringend sprechen, Matthew.« Es war keine Frage.

»Ich danke Ihnen für Ihre kostbare Zeit, Sir. Ich muss Ihnen eine beunruhigende Nachricht mitteilen.«

Der große Mann nickte, ohne eine Miene zu verziehen, als habe er nichts anderes erwartet.

»Es war uns möglich, eine Nachricht vom Kontinent abzufangen. Aus den Niederlanden, fraglos ursprünglich aus Frankreich kommend. Sie war chiffriert. Es gelang uns gerade die Entschlüsselung. Weitestgehend zumindest.« Mr Wolfe legte eine Pause ein. »Und wir glauben, der Bote besitzt kein Wissen davon, dass wir sie entwendet, abgeschrieben und ihm erneut zugesteckt haben.« Er grinste, nicht ohne einen gewissen Stolz. »Es war eine beachtliche Aktion unseres Mannes vor Ort. Was uns diesmal einen veritablen Vorsprung verschafft.«

Ein knappes Nicken. »Enthält die Nachricht Anweisungen?«

»Sie ist in entscheidenden Punkten merklich vage, sicherlich aus Gründen der Vorsicht. Doch der Botschaft ist unmissverständlich zu entnehmen, dass der Zeitpunkt eines – wie es heißt – gottgewollten Eingreifens gekommen sei.«

Der Mann zog eine Augenbraue hoch.

»So heißt es dort unmissverständlich, Sir.«

»Ich verstehe.« Nachdenklich lehnte der Mann sich in seinem Sessel zurück. »Nur kurze Zeit nach dem Vertrag von Aix-la-Chapelle. Natürlich.« Er schaute aus wässrigen Augen auf. Sie verbargen aufs trefflichste den scharfen Geist, der hinter ihnen lauerte. »Glauben Sie, Frederick ist in irgendeiner Form involviert?«

»Der Prince of Wales?« Überrascht schreckte Matthew Wolfe auf. Polternd fiel das Buch vom Sofa auf die Holzdielen. »Der Kronprinz selbst?«

»Es gab erst kürzlich wieder ein lautstarkes Zerwürfnis zwischen Frederick und seinem Vater, dem König. Es fielen unschöne Worte. Gelinde gesagt.« Missbilligend schüttelte der Mann den Kopf. »Bei den letzten Parlamentswahlen ist der Prince of Wales ausgesprochen plakativ für die Opposition eingetreten. Vergessen Sie das nicht.« Die wässrigen Augen fixierten Matthew Wolfe. »Gibt es also Hinweise auf Frederick in der abgefangenen Nachricht?«

»Nein. Das kann ich mit absoluter Deutlichkeit verneinen, Eure Lordschaft.«

»Gut, so weit. Auf wen gibt es Hinweise? Konnten Sie den Adressaten identifizieren? Wir brauchen dringend Namen.«

»Wir sind zuversichtlich, ihn ausgemacht zu haben, ja.« Wolfe beugte sich nach vorne, vorsichtig darauf bedacht, mit seiner Perücke der Kerze nicht zu nahe zu kommen, und flüsterte einen Namen.

Eine lange Pause.

»Ich verstehe.« Der Mann wirkte nicht erstaunt.

»Auf Ihre Anweisung hin werde ich sofort veranlassen …«

»Nein, wir dürfen nicht vorschnell handeln. Diesmal benötigen wir handfeste Beweise. Ich werde Besprechungen führen müssen, doch es gilt, keine Zeit zu verlieren. Und dennoch vorsichtig zu sein.« Er legte die Stirn nachdenklich in Falten.

»Eine Besprechung mit dem Premierminister?«

Der Mann ignorierte die Frage. »Mir kommt etwas in den Sinn. Ich möchte, dass Sie diesen Shinfield auf die Sache ansetzen. Sein Name fiel soeben bei dem Essen.«

»John Shinfield? Er hat die Zusammenarbeit mit uns doch beendet, Sir. Damals, nach dem Unglück mit seiner Frau. Eine heikle Sache für uns, Sie erinnern sich sicherlich. Auch ist er wenig erfahren mit …«

Ein ungeduldiges Abwinken. »Durch die Beziehungen seiner Familie ist er in der Lage, schnell zu handeln. Wir müssen den Namen verifizieren. Überzeugen Sie Shinfield also. Sicherlich kann der neue Richter dabei behilflich sein.«

»Ich hege ernste Zweifel, dass Mr Shinfield …«

»Überzeugen Sie ihn, Wolfe.« Der Blick des Mannes war genauso eisig wie seine Stimme.

»Sir.« Wolfe neigte den Kopf.

Die Spur eines zufriedenen Lächelns. »Ich habe wie immer volles Vertrauen in Ihren Einfallsreichtum. Und Ihre Durchsetzungskraft.« Der Mann machte Anstalten, seine hohe Gestalt aus dem Sessel zu erheben.

»Sir, darf ich mir eine weitere Frage erlauben?«

Der Mann nahm wieder Platz. Ein Nicken, ein Zug von Ungeduld um die Mundwinkel.

»Soll ich wirklich den Weg über den neuen Friedensrichter gehen? Ich meine, er ist gerade erst in seinem Amt installiert.«

»Sicherlich ist unser verehrter Richter bereits bestens eingearbeitet. Auf höchste Weise motiviert, wie es scheint.« Zur Ungeduld gesellte sich eine Spur Häme. »Er propagiert doch beständig die Gefahr durch unseren Feind. Nun kann er seinen Worten auch einmal Taten folgen lassen.«

»Selbstverständlich.« Mr Wolfe unterdrückte ein Stirnrunzeln. »Doch der Mann hat alle Hände voll zu tun. Die Morde an den Freudenmädchen, verstehen Sie. Der Richter sucht mit allen Mitteln nach dem Wahnsinnigen, der für die furchtbaren Bluttaten verantwortlich ist. Und es wird Zeit, dass diese Bestie gefasst wird. Beim gemeinen Volk macht sich Unruhe breit. Ob der Friedensrichter da auch noch mit Shinfield …«

Schroff fiel sein Gegenüber ihm ins Wort. »Geben wir dem Richter doch Gelegenheit, sein Können zu beweisen. Wir wollen ihm schließlich nicht gleich von oberster Stelle in die Parade fahren. Der Mann hat Großes vor, wie mir scheint.« Das spitze Lächeln sah aus, als leide ein Tiger an Zahnschmerzen. »Die Dirnen, die man tot in der Gosse fand – so etwas tritt angesichts einer nationalen Bedrohung in den Hintergrund. Und nun entschuldigen Sie mich. Ich werde sicherlich bereits zurückerwartet.« Der Mann stand abrupt auf. An der Tür wandte er sich noch einmal um. »Ich erwarte Nachricht, was Sie herausfinden. Es geht schließlich um nichts weniger als Hochverrat.« Er kniff die Augen zusammen, wirkte beinahe drohend. »Sie haben gute Arbeit geleistet, Sir.« Dumpf fiel die Zimmertür ins Schloss.

Nachdenklich blieb Matthew Wolfe auf dem Sofa sitzen. Die Anstrengungen des Tages legten sich wie Mühlsteine auf seine Beine, seine Arme. Seinen Kopf. Gedankenverloren hob er langsam das Buch vom Boden auf und legte es auf den Tisch. Für heute gab es nichts mehr für ihn zu tun. Eigentlich hätte ihn das froh stimmen sollen, doch ein Gedanke nagte an ihm. Ob es wirklich eine gute Idee war, diesen John Shinfield mit einer derart delikaten Aufgabe zu betrauen? Der Mann war von Grund auf eigensinnig. Der Tod seiner Frau hatte diesen Eigensinn noch verstärkt. Er würde ihn mehr oder weniger offen zur Kooperation zwingen müssen. Keine gute Voraussetzung für eine reibungslose Zusammenarbeit. Und dabei den Friedensrichter einzubeziehen, behagte ihm auch nicht. Er hatte den Eindruck, Seine Lordschaft spekuliere geradezu darauf, dass der Mann möglichst schnell versage. Die jüngste Mordserie schien den Lord jedenfalls wenig zu interessieren. Nun, der Mann hatte auch noch keines der Opfer gesehen. Keine schönen Anblicke. Wahrlich, keine schönen Anblicke. In Wolfe stieg Übelkeit auf.

Ein kratzendes Geräusch ließ ihn jäh aufschrecken. Augenblicklich verflog seine Benommenheit, die Übelkeit war wie weggewischt. Alarmiert sprang er auf. Das Geräusch war von nebenan, aus dem Schlafraum gekommen. Ein weiterer Laut. Von einer Tür? Siedend heiß fiel ihm ein, dass er vorhin nur einen flüchtigen Blick in das dunkle Zimmer geworfen hatte.

Anstatt zur Verbindungstür zu rennen, war er, einer Eingebung folgend, mit drei langen Schritten an der Tür zum Gang. Er riss sie auf. Draußen spendeten mehrere Leuchter Licht, so dass er für einen kurzen Moment geblendet war. Doch er konnte die Frau, die nur wenige Schritte von ihm entfernt nahe der Nebentür mitten im Gang stand, gut erkennen. Sein Blick glitt zu der Tür. Sie führte in den Schlafraum und war abgeschlossen gewesen, das hatte er natürlich eingangs von außen überprüft. Und als ausreichende Vorkehrung betrachtet. Sein Blick schnellte zurück zu der Frau. »Lady Ridgestone, was für eine freudige Überraschung, Sie hier zu sehen.« Seine Miene sagte etwas anderes.

»Was sagten Sie, Sir?« Die alte Frau hielt eine Hand an ihr Ohr. »Ich bin überrascht, Sie hier zu sehen, Mr Wolfe.« Furcht glomm in ihren Augen auf. Sie wusste genau, mit wem sie es zu tun hatte.

»Ich habe mich ein wenig zurückgezogen, um etwas zu lesen«, sagte er lauter und wies auf die offene Tür hinter sich. »*Eine Untersuchung des menschlichen Verstandes.* Hume.« Er musterte sie skeptisch.

»Sicherlich eine erbauliche Lektüre«, bemerkte sie mit leicht krächzender Stimme. Gleichzeitig wollte sie sich an ihm vorbeistehlen. Verschreckt hielt sie inne, als er ihr nicht aus dem Weg trat. »Sir?« Ihre Stimme war nicht mehr als ein Hauch.

Seine Intuition warnte ihn vor der Frau. Sie vollführte ein Schmierentheater. Hatte sie das Gespräch belauscht? Seine Gedanken überschlugen sich. »Madam, ich begleite Sie.« Er merkte selbst, dass er merkwürdig tonlos wirkte. »Sie sind sicherlich auf dem Weg zu den Gesellschaftsräumen.«

Mit einem lauten Räuspern bemühte Lady Ridgestone sich, ihre Stimme unter Kontrolle zu bekommen. »Das ist richtig. Ich … habe mich verirrt. Sehr freundlich, mein Herr, mir Ihr Geleit anzudienen, doch …«

Wolfe bemerkte, dass ihre Hände zitterten. »Madam, ich bestehe darauf.« Er griff mit einem kalten Lächeln ihren Arm. Unter dem kostbaren Kleid konnte er ihre alten, dürren Knochen spüren.

Sie atmete erschrocken ein. »Sir! Ich … Hallo du, junges Ding! Ja, du, Mädchen!« Ihre Stimme überschlug sich.

Er folgte überrascht Lady Ridgestones Blick. Am Ende des Ganges war ein Dienstmädchen erschienen, Bettzeug unter dem Arm. Wie ein verschrecktes Reh stand sie mitten im Gang und starrte bewegungslos zu ihnen herüber.

»Kind!«, stieß Lady Ridgestone hervor.

»Madam?«, fragte das Mädchen schüchtern und knickste zaghaft.

»Komm her, Kind. Komm schon her.« Unwirsch winkte sie sie mit ihrer freien Hand heran.

Das Dienstmädchen trat zögernd näher.

Widerwillig ließ Wolfe den Arm der alten Frau los.

»Es war mir ein Vergnügen«, sagte Lady Ridgestone spitz, schritt eilig an ihm vorbei auf das Mädchen zu und würdigte Matthew Wolfe keines weiteren Blickes. Sie bedeutete dem Dienstmädchen herrisch, voranzugehen. »Führe mich zu der Abendgesellschaft, los, los!«

Mit versteinerter Miene sah er der alten Frau und dem verschüchterten Mädchen nach, wie sie um eine Ecke verschwanden. Verlaufen wollte Lady Ridgestone sich also haben. Jeder wusste, dass sie ihre neugierige Nase nur zu gerne in jede Angelegenheit steckte, die sie nichts anging. Schon einmal hatte er sie in Verdacht gehabt, für die Gegenseite zu spionieren. Andererseits war sie eine alte, verschrobene Person. Verwirrt, sagte manch einer hinter vorgehaltener Hand. Nicht mehr bei Verstand. Offen wagte jedoch niemand, sich derart über die Cousine des Lord Chief Justice zu äußern. Aus irgendeinem unerfindlichen Grund schien sie die Gunst des Königs zu genießen.

Die Tür war abgeschlossen gewesen, da war er sicher. Er drückte die Klinke zu dem Schlafzimmer, aus dem er die Geräusche hatte kommen hören. Die Tür öffnete sich, beinahe lautlos. Der Schlüssel steckte von innen im Schloss. Mr Wolfe stieß einen Fluch aus.

Kapitel 1

Die Nacht war sein bester Freund. Er unterdrückte ein Grinsen. Sie war auch sein einziger Freund.

Kalter Nebel zog durch die schmale Gasse, in der er sich in eine Mauernische gedrückt hatte. Über dem nahen Hintereingang einer Spelunke brannte eine kleine Laterne. Sie spendete das einzige Licht weit und breit, vermochte es jedoch nicht, mehr als zwei Schritte in den Nebel vorzudringen. Wie bedächtig tanzende Schatten waberte der Dunst feucht in dem schmalen Lichtkegel vor der hölzernen Tür.

Er schloss die Augen. Atmete den Nebel genüsslich ein. Spürte, wie die feuchten Finger versuchten, sich durch den Stoff seines dunklen Mantels zu stehlen. Wie die zaghafte Liebkosung einer Toten. Ein wohliger Schauer lief ihm den Rücken hinunter. Er leckte sich über die Lippen.

In der Ferne hörte er ein Fuhrwerk über unebene Pflastersteine rattern. Ein Hund bellte. Heiseres Gelächter, von der anderen Seite des Gebäudes, dem vorderen Eingang zu der Spelunke. Das Zuschlagen einer Tür. Er lauschte blind in die sich anschließende Stille. Begierig.

Langsam verlagerte er sein Körpergewicht auf das andere Bein. Seine erste Bewegung seit mehr als einer halben Stunde. Langsam öffnete er die Augen. Heftete den Blick auf die schmale Insel von Licht in der Dunkelheit. Geduld, ermahnte er sich. Geduld.

Für einen Moment schlug sein Herz schneller, als sich die Tür mit einem knarrenden Geräusch in Bewegung setzte. Doch sein Puls beruhigte sich sogleich wieder. Eine innere Kühle ergriff von ihm Besitz. Sie kam gepaart mit einer neuen Klarheit der Sinne. Sehvermögen, Gehör, Geruch – ja selbst sein Geschmacksinn veränderte sich. Alles um ihn herum wirkte intensiver, stärker als noch wenige Augenblicke zuvor. Wie ein Panther fühlte er sich. Voller Kraft, bereit zum Sprung. Das Bewusstsein messerscharf. Selbst die Dunkelheit um ihn herum schien zurückzutreten. Er fühlte sich erhaben.

Ohne zu blinzeln gewahrte er aus seiner finsteren Nische heraus, wie im Türrahmen eine junge Frau erschien. Unbeholfen hielt sie sich mit einer Hand am Holz fest. Nach einem kurzen Moment tat sie drei schwankende Schritte nach vorne, in die Gasse. Fast sah es so aus, als stolpere sie. Doch im letzten Moment gewann die Frau wieder Halt, drehte sich ruckartig um und schloss die Tür hinter sich. Schnaufend lehnte sie mit dem Rücken gegen das Holz.

Das Haar hatte sie unter einer zerschlissenen Haube zusammengebunden. Ihr Körper steckte in einem Mantel, der viel zu dünn für diese Witterung war. Ein grauer Rock reichte bis zu den Knöcheln. Das Schuhwerk war abgetragen und löchrig.

Die Frau war hübsch. Er leckte sich über die Unterlippe. Ihr rundes Gesicht wirkte müde und verbraucht, doch sie war hübsch. Für eine kleine Hinterhof-Hure. Sie fuhr sich in einer ungeschickten Bewegung mit einem Mantelärmel über die Stirn, dann stieß sie sich mit der anderen Hand von der Tür ab. Unverständlich murmelte sie etwas und stolperte aus dem Lichtschein in die Gasse.

Er meinte, den billigen Gin aus ihrem Mund riechen zu können. Fast war er ein wenig enttäuscht, als sie ihm in der Dunkelheit entgegenschwankte, das Licht der kleinen Laterne im Rücken. Ihre Gestalt war ein grauer Umriss im zuckenden Nebel. Er kniff die Augen zusammen. Die Hure machte es ihm wirklich äußerst einfach.

Die Frau hustete und wischte sich mit dem Handrücken etwas aus dem Mundwinkel. Abrupt blieb sie stehen, hob den Kopf und wandte ihn unstet nach links und rechts. Als versuche sie, in der Dunkelheit etwas auszumachen. Für einen Augenblick schaute sie genau in seine Richtung. Er runzelte die Stirn und hielt den Atem an.

Ein unverständlicher Fluch kam aus dem Mund der Frau, dann stolperte sie weiter die Gasse hinunter. Beinahe auf seiner Höhe, begann sie leise eine Melodie vor sich hin zu summen.

Er ließ sie nicht aus den Augen. Sturzbetrunken, eindeutig. Hatte die paar Kröten von ihrem letzten Freier wohl geradewegs in eine Flasche Gin investiert. Angewidert schüttelte er den Kopf und trat aus der Mauernische. Was für eine verdorbene Person. Sie hatte es wahrlich verdient, von ihm gezüchtigt zu werden. Sein Herz begann schneller zu schlagen.

Erstaunt hielt die Frau inne. Irgendwo in den Tiefen ihres benebelten Verstandes bemerkte sie, dass sie nicht alleine war. »Wa…?«, stammelte sie und hielt den Kopf schief. Vergeblich bemühten sich ihre halbgeschlossenen Augen, etwas zu erkennen.

Sie waren keine zwei Schritte voneinander entfernt. Er sah, wie sie ihn blind anschielte. Ein Faden Spucke lief über ihr Kinn und tropfte auf den dünnen Mantel. Dann grinste die Frau schief, drehte die Augen in den Höhlen nach oben.

»Ei… ein Guinea …«, lallte sie und fügte ein kaum verständliches »Sir« hinterher. Sie warf einen schmatzenden Kuss in die Dunkelheit. »K… komm schon, du … du Hengst.« Schwankend wischte sie mit ihrem Ärmel über den Mund. »G… Guinea«, wiederholte sie.

Er trat einen lautlosen Schritt auf die Frau zu. Die Gin-Wolke, welche sie verströmte, war kaum auszuhalten. Seine Finger schlossen sich um ihren Oberarm.

Schmerzhaft verzog sie das Gesicht und atmete erschrocken ein. Sie wollte sich zur Seite wegdrehen, doch er hielt sie fest, zog sie an sich.

»Du kleine Dreckshure«, raunte er. »Versoffene Schlampe.«

Ihr ängstliches Quieken erstarb in dem Schubs, den er ihr gab. Sie stolperte über das Pflaster, prallte in der Mauernische gegen die Wand und sackte dort zu Boden. Vergeblich versuchte sie sich wiederaufzurichten und blieb wimmernd am Boden liegen.

Er sah auf sie hinab, lächelte. »Statt einer Geldmünze habe ich etwas anderes für dich.« Er holte mit dem Fuß aus und versetzte ihr einen Tritt in die Seite. Das Wimmern steigerte sich zu einem Schrei und erstarb dann. »Hast du nichts mehr zu sagen?«, fragte er mit höhnisch weit aufgerissenen Augen. »Unser Spaß beginnt doch gerade erst.« Langsam griff er unter seinen Mantel und zog eine Klinge hervor. Sanft strich sein Finger über die lange Schneide. »Unfassbarer Spaß.«

»W-W…«, war alles, was die am Boden Kauernde leise von sich gab.

Er kniete sich neben sie. Griff nach ihrem Bein und schob den Rock über das Knie. Behutsam fast. Dann setzte er das Messer sanft an und stieß es langsam in ihre Wade.

Ihr Schrei war schrill. Lauter, als er es ihr zugetraut hatte. Zufrieden zog er das Messer aus dem Fleisch. Abrupt brach das Schreien ab und ihr Körper verlor jede Spannung. Er schlug der Frau mit dem Handrücken ins Gesicht. Keine Reaktion. Sie war ohnmächtig. Verärgert schlug er erneut zu, fester. Sie reagierte nicht. Nun denn. Er hob erneut das Messer, doch das Knarren der Tür ließ ihn aufspringen.

»Lizzy?«, fragte eine lallende Stimme. »Lizzy, Süße. Komm her!« Ein Mann trat durch die Tür und schaute suchend in die Dunkelheit. »Komm her. Ich war noch nicht fertig.«

Ein Matrose. Die Hose nur notdürftig über die Hüfte gezogen. Betrunken. Der Mann machte einen torkelnden Schritt in die Gasse. »Komm schon!«, rief er mit Ärger in der Stimme. »Mein Schwanz ist noch nicht fertig mit dir.« Nachdrücklich rieb er an seiner Hose. Als er keine Antwort erhielt, zuckte er mit den Schultern. »Miststück«, murmelte er und drehte sich zur Tür um.

Er hatte regungslos und mit erhobenem Messer neben der Frau gestanden. Der Freier der kleinen Hure würde sein blaues Wunder erleben, wenn er die süße Lizzy das nächste Mal sah. Ein versonnenes Lächeln stahl sich auf sein vermummtes Gesicht.

Das Lächeln erstarb in dem Moment, in dem vom Boden ein lautes Stöhnen kam. »H-Hil…«, stieß Lizzy angestrengt hervor.

Der Matrose wandte sich um. »Lizzy, du Luder. Stellst dich schüchtern, was?« Er lachte auf. »Du weißt, was mir gefällt.«

Es ging alles sehr schnell. Der Matrose machte zwei Schritte in die Richtung, aus der er das Stöhnen vernommen hatte. Doch statt der warmen Umarmung seines Freudenmädchens erwartete ihn in der Dunkelheit kalter Stahl. Mit Wucht glitt das Messer in seinen Hals. Noch bevor er mit seinen Händen an die Einstichstelle greifen konnte, war die Klinge bereits wieder herausgezogen. Nur einen Herzschlag später grub sie sich tief in seinen Magen. Mit weit aufgerissenen Augen stolperte der Mann zwei, drei Schritte und fiel dann vornüber. Fiel auf den Körper der am Boden flach atmenden Frau, rutschte hinunter und blieb reglos auf dem Pflaster liegen. Der metallische Geruch von Blut waberte durch die Luft. Die Dunkelheit verbarg, dass sich der Boden rot färbte.

Ein Zittern hatte von ihm Besitz ergriffen. Ausdruck beinahe unbändiger Freude. Zwei! Heute Nacht löschte er gleich zwei Leben aus. Unwürdige, lächerliche Leben. Ans Werk, ans Werk! Er konnte sein Glück kaum fassen.

Tief beugte er sich über die Körper, den Mantel bereits schwer vom Blut des Matrosen. Es war in einem Schwall auf ihn gespritzt, als er dem Kerl in den Hals gestochen hatte. Seine behandschuhten Finger rieben über den warmen, feuchten Stoff. Er unterdrückte ein wohliges Stöhnen und biss sich auf die Unterlippe, konnte nicht sagen, ob das Blut, das er schmeckte, seines oder das des Toten war. Er strahlte in die Dunkelheit hinein. Dann suchten seine Hände das Gesicht der Frau.

Kapitel 2

John fühlte, wie sich die Kälte an ihn klammerte. Einem wütenden Hund gleich versuchte sie, ihre spitzen Zähne durch den dicken Mantel zu graben. Er schob die Tür auf. Die Glocke läutete eindringlich, mit einem mehrtönigen Scheppern. Der junge Mann hinter dem Verkaufstresen schaute fragend auf, mehr routiniert als interessiert. Seine Gedanken waren bei dem, was er gerade in dem schweren Inventarbuch festhielt. Lächelnd winkte John ab, während er die Tür hinter sich zuzog, um die Kälte auszusperren. »Ich bin es nur, Michael. Lass dich nicht stören.«

»Mr Shinfield, Sir!« Michael machte eine Verbeugung. »Mr Rodnell ist hinten, in seinem Büro.« Er deutete auf eine Tür, die links vom Tresen in die hinteren Räume des Geschäftes führte.

John nickte und ließ seinen Blick über die Regale und Tische schweifen, die mit Büchern und Druckschriften übersät waren. Sogleich stellte sich das gewohnte Kribbeln in seinem Magen und in seinen Fingerspitzen ein. Erwartungsvolle Spannung, Entdeckerfreude. Er seufzte. Dieser Ort war zweifelsohne einer seiner liebsten. Zwischen all diesen Buchdeckeln lagen das zivilisierte Wissen und die ganze Welt.

Er sah aus dem Fenster. Draußen, über der Ladentür, baumelte ein kleines Schild mit verwittertem Schriftzug im eisigen Wind. *Rodnell & Hillberg*. Buchhändler seit mehr als drei Jahrzehnten. Im Programm vorzugsweise wissenschaftliche Texte, politische Schriften und Reiseberichte. Eine kleine, enge Buchhandlung, etwas abseits im alten Teil Londons gelegen. Mit Renommee. Selbst Jonathan Swift, der Herr habe ihn selig, soll während einer seiner seltenen Aufenthalte in der Stadt hier Kunde gewesen sein.

John griff wahllos ein Buch von einem der wackeligen Tische. Der Titel ließ ihn schmunzeln. *Glück und Unglück der berühmten Moll Flanders*. Die Lebensgeschichte eines diebischen Freudenmädchens. Ja, auch den einen oder anderen Roman hatten *Rodnell & Hillberg* mittlerweile im Angebot. Vor wenigen Jahren noch ein unvorstellbarer Fund.

Die Zeiten änderten sich, hatte Rodnell ihm erklärt. Das Publikum ändere sich. Heute müsse man den Wunsch der Kundschaft nach Erquickung bedienen, wenn man am Monatsende genügend Geld in der Kasse haben wolle. Insbesondere die Damen – doch bei weitem nicht nur die – verlangte es eher nach einer Liebesschmonzette oder einer skandalösen Lebensgeschichte als nach einer Abhandlung über die politische Legitimierung der regierenden Whig-Partei. Das gelte, so hatte er in vertraulichem Flüsterton erzählt, im Übrigen selbst für den einen oder anderen prominenten Whig, der bei ihm kaufe. Dann hatte Daniel Rodnell mit den Schultern gezuckt. Eine Mischung aus Stolz und Resignation.

John schmunzelte. Dass Daniel als Verbindungsmann zum geheimdienstlichen Zirkel der Whigs fungierte, wussten natürlich die wenigsten seiner Kunden. Durch *Rodnell & Hillberg* hatte auch John damals seine Einsatzbefehle erhalten. Gut versteckt, eingeklebt hinter Buchdeckeln, chiffriert in wissenschaftlichen Traktaten. Er konnte sich noch gut an seine Aufregung erinnern, als Daniel ihm die erste solcher Nachrichten zugesteckt hatte. Dieses Kapitel war glücklicherweise abgeschlossen. Der Buchhandlung und ihrem Besitzer indes war er treu geblieben.

John klopfte an die angelehnte Tür.

»Immer herein, immer herein.«

Er nahm seinen Hut ab und betrat das kleine Büro. Obwohl er wusste, was ihn erwartete, war er jedes Mal aufs Neue überwältigt von der Unmenge an Büchern, Manuskripten und Papieren, die sich überall im Raum verteilten – auf den sich unter der gedruckten Last durchbiegenden Regalbrettern, auf dem abgenutzten Schreibtisch, übereinander getürmt auf dem Boden. Aus Johns Sicht ein heilloses Durcheinander. Für Daniel beste Ordnung.

»Bitte, nimm Platz, mein lieber Freund.« Daniel stand eilig auf und befreite den einzigen Besucherstuhl von einem hohen Papierstapel.

»Herzzerreißende Poesie?«, fragte John, während er sich setzte und auf das Manuskript deutete, das aufgeschlagen vor Daniel auf dem Schreibtisch lag.

»Schlimmer«, seufzte der Buchhändler.

John musterte sein Gegenüber. Beobachtete, wie dieser reflexartig an seiner Perücke rückte, die traurig auf dem kahlen Kopf hing und sich wohl selbst nicht mehr daran erinnern konnte, wann sie das letzte Mal gepudert worden war. Das Haarteil hatte bereits bessere Tage gesehen, wie auch Daniels sonstige Kleidung. John konnte nicht einmal mehr die ursprüngliche Farbe des abgewetzten Überrocks bestimmen. Überhaupt hegte er den Verdacht, dass Daniel bereits bei der Eröffnung des Geschäftes genau diese Garderobe getragen hatte. Mit dem einzigen Unterschied, dass der Buchhändler seitdem einige zusätzliche Pfunde am Körper trug, wovon die über dem Bauch spannenden Knöpfe seiner Weste beredt Zeugnis ablegten. »Schlimmer?«, runzelte John fragend die Stirn.

»Sensationslüsterner Dreck. Der ausschweifende Bericht eines Mordes an einem Freudenmädchen. Ein Angebot zum Druck.« Daniel machte eine wegwerfende Handbewegung. »Abgesehen davon, dass ich diesen Schund sowieso niemals verlegen würde – er ist auch noch schlecht geschrieben.« Er griff nach der zuoberst liegenden Seite und räusperte sich theatralisch. »Doch hör selbst.«

Nicht lange hierauf war ein stechender Geruch in der düsteren Gasse zu erahnen. Die junge Dirne, in Covent Garden vielerorts als Peggy die Muntere bekannt, ließ ihren Blick schweifen, erst nach links und dann nach rechts. Derweil konnte sie nichts Ungewöhnliches ausmachen. Ahnungslos lehnte sie sich erneut rittlings an die Mauer eines Hauses und wartete auf ihren nächsten Herrn, der für ein paar Guineas die Freuden ihrer warmen Umarmung erfahren sollte.

Als nun der besagte Gestank, ähnlich dem von vergorener Milch und faulen Eiern, stetig zunahm, glitt Peggys Blick zufällig gen Himmel. Ein Zittern bemächtigte sich sogleich ihres Körpers und brachte ihren Busen dermaßen in Wallung, dass ihr Halstuch verrutschte und Unziemliches entblößte. Hoch oben, am Himmelszelt, hatte der Mond sich in eine blutrote Farbe gekleidet. Ob dieses bösen Zeichens begann Peggy atemlos das Vaterunser aufzusagen.

Doch dumpfe Tritte ließen sie jäh einhalten.

Mit verkniffenen Augen hörte John zu. Daniel sah kurz zu ihm auf.

»Es wird noch besser.«

Wohl keine fünf Schritte von ihr löste sich der Schatten eines Mannes aus der Dunkelheit. Die Dirne erschrak aufs heftigste; dergestalt geängstigt brachte sie keinen Ton mehr aus ihrer Kehle. Nur durch ein Wunder war es, dass sie nicht sogleich und auf der Stelle tot umfiel.

Der Mann ließ sich vernehmen, er habe sie ausgewählt, und sie gehöre nun ihm. Er begann, ihr eine Lektion zu lesen, bei der Peggy das Blut in den Adern gefror. Sie sei fürwahr eine gefallene Frau, eine Unzucht treibende Dirne. Gottlos und verdorben bis ins Mark, ohne Hoffnung auf Errettung. Weder im jenseitigen Leben noch in diesem.

Wie Espenlaub zitterte die Angesprochene, jedweder Fähigkeit, nach Hilfe zu rufen, beraubt. Denn ihr ward deutlich, dass ihr letztes Stündlein geschlagen hatte. Ihre sündhaften Taten zogen alsdann vor ihrem inneren Auge vorüber und sie bereute ihr liederliches Verhalten sehr.

Doch die dunkle Teufelsbrut führte Peggy mit Gewalt in eine Nische zwischen zwei Häusern und schändete sie auf abscheuliche Weise. Alsdann würgte die Bestie das Mädchen, bis ihr keine Luft zum Atmen mehr ward. Derweil der letzte Funke des Lebens bereits den Körper der Dirne verlassen hatte, drosch der Bote des Todes weiter auf den reglosen Leib ein und schnitt schließlich mit einem Messer die Kehle entzwei.

Nachdem er von der Leiche abgelassen hatte, verschwand er mit einem kalten Lachen, welches die Ratten in der Gasse auf der Stelle voller Furcht tot umfallen ließ. Zurück blieb eine Wolke aus Sulfur, und er ward nicht mehr gesehen.

Dergestalt ereilte Peggy aus der Hand des unheimlichen Mannes die höllische Strafe für ein liederliches und verdorbenes Leben. So ward die Tat eine laute Warnung für alle Sünder dieser Stadt, ihrem eigenen gottlosen Wandel abzuschwören. Und damit dem Tode zu entgehen, wie es Peggy der Munteren nicht mehr vergönnt war.

Doch des Teufels Abgesandter war bereits auf dem Weg zu seinem nächsten Sünder, um diesem eine Lektion zu erteilen.

Daniel hielt inne, schaute John vielsagend an und schnippte den Bogen Papier zurück auf den Schreibtisch. »Und so weiter und so fort.«

Ungläubig schüttelte John den Kopf. »Und der Schreiberling dieser Zeilen stand die ganze Zeit dabei und verfolgte seelenruhig das mörderische Schauspiel? Was für ein sensationslüsterner Schund.«

»Wahrscheinlich wurde der fleißige Beobachter durch seine eigene, unzweifelhaft hohe Moral vor dem Auge des Satans verborgen«, witzelte Daniel, jedoch ohne die Spur eines Lachens. »Es ist traurig, aber das gemeine Volk verschlingt solche Räuberpistolen.« Er pochte mit dem Zeigefinger auf das Manuskript. »Eine grauenhafte Gewalttat quasi als göttliches Gericht auszugeben – das nenne ich perfide. Wasser auf die Mühlen der fanatischen Moralprediger jedweder Couleur, die immer lauter ihre schrillen Stimmen erheben. Da meint man, Vernunft und Ratio hätten in unserer Zeit das Ruder übernommen.« Er tippte sich an die Stirn. »Weit gefehlt, weit gefehlt.«

»Wer ist der Verfasser dieser hohen Literatur?«

Daniel blätterte durch den Papierhaufen. »Hier. Ein gewisser Sebastian Swindon. Ich erinnere mich. Er hat bereits bei Michael nachgefragt, wann wir mit dem Druck beginnen. Ich selbst habe nicht mit ihm gesprochen.« Er schnaubte verächtlich und schüttelte den Kopf. »Ich fürchte, Mr Hillberg wird ihn in Bälde bitter enttäuschen müssen.«

»Ah, ich verstehe«, sagte John. Einen Mr Hillberg gab es gar nicht. Er diente Daniel lediglich als Sündenbock. »Es ist doch wirklich ein trauriger Gedanke, dass es Menschen gibt, die aus dem Unglück anderer Kapital schlagen wollen.«

Daniel raffte den Papierhaufen zusammen und schob ihn achtlos an eine Seite des Schreibtisches. »Das gemeine Volk scheint sich nach Berichten über Gewalttaten die Finger zu lecken. Leider gibt es in unserer Stadt keinen Mangel an unschönen Vorfällen. Gerade gestern sollen ein Freudenmädchen und ihr Freier, ein Matrose, umgebracht worden sein.« Er schüttelte den Kopf. »Doch diese blumigen Berichte sind ein neuer Höhepunkt. An dem ich mich nicht beteiligen werde. Wie dem auch sei. Du bist sicher nicht solcher Ergüsse wegen zu mir gekommen, John. Ich habe hier etwas für dich.« Zielsicher förderte er aus einem der unzähligen Stapel ein Buch in ledernem Umschlag zutage. »Newtons Meisterwerk. Leicht abgegriffen, aber die Erstausgabe. Der große Wissenschaftler soll es selbst in der Hand gehalten haben.« Daniel zwinkerte John zu. »Ich erinnere mich doch richtig, dass du einem eigenen Exemplar nicht abgeneigt wärest.«

John stand auf und nahm das Buch mit Bedacht entgegen. »Großartig, herzlichen Dank.« Er strich über das Leder. »Ein herausragendes Exemplar. Wie viel schulde ich dir?« Mit der freien Hand suchte er in seinem Mantel nach der Geldbörse.

Daniel winkte ab. »Später, später. Ich werde Michael bitten, es anzuschreiben.«

»Aber bitte setze nicht wieder einen deutlich zu niedrigen Preis an. Du weißt, Daniel, dass ich dir lieber zu viel als zu wenig zahlen möchte.«

»Ich weiß, ich weiß«, erwiderte Daniel wegwerfend.

Die beiden Männer standen auf und schüttelten sich die Hand.

»Doch nur weil du es bezahlen *kannst*, weiß Gott, heißt das nicht auch, dass du es bezahlen *musst*, John.« Daniel zupfte an seiner Perücke. »Deine Besuche sind Cynthia und mir mehr wert als irgendwelche Shillings.« Er griff sich an die Stirn. »Wo habe ich nur meinen Kopf, ich habe dir gar nichts angeboten. Cynthia wird mir wieder die Leviten lesen, wenn sie vom Markt zurück ist. Möchtest du etwas trinken?«

John lachte und schüttelte den Kopf. »Keine Mühen, bitte. Ich mache mich auf den Heimweg.« Er hob das lederne Buch in seiner Hand hoch. »Ich habe eine unverhoffte Verabredung.«

Verlegen räusperte sich Daniel. »Cynthia würde dich jetzt darauf hinweisen, dass der Lektüre, wie erbaulich sie auch sein mag, eine Verabredung aus Fleisch und Blut vorzuziehen wäre.«

John schwieg.

Leise fuhr Daniel fort: »Ich habe Sara nur flüchtig kennen gelernt, doch es ist vielleicht wirklich nicht gut für einen Mann, zu lange alleine zu bleiben.«

»Ich nehme deine und Cynthias Sorge dankbar zur Kenntnis«, entgegnete John, schroffer, als er es gewollt hatte. Er schluckte. »Nein, wirklich. Ich danke euch. Doch die Dinge sind nun einmal, wie sie sind. Es kommt mir manchmal so vor, als sei alles erst gestern passiert.« Er zögerte. »Und dann wieder, als sei gar nichts geschehen und alles nur ein böser Traum. Aus dem ich jeden Moment aufwachen werde.«

Der Buchhändler nickte.

»Ich muss jedenfalls aufbrechen«, sagte John mit einer Heiterkeit, die er nicht empfand.

Daniel begleitete ihn schweigend zum Verkaufsraum.

»Auf ein baldiges Wiedersehen, Daniel. Bitte sei so gut, richte deiner Frau meine herzlichen Grüße aus«, verabschiedete sich John.

Daniel verbeugte sich, klopfte John auf die Schulter und ging zurück in sein Büro.

Fest klemmte John sich das Buch unter den Arm, in Gedanken bereits in seiner Bibliothek, bei der Lektüre des naturwissenschaftlichen Meisterwerks. Am Rande registrierte er, dass Michael in ein Gespräch mit einer älteren Dame vertieft war und ihm den Rücken zuwandte. Daniel würde hoffentlich in Erinnerung behalten, das Buch auf Johns Rechnung zu setzen. Er musste daran denken, bei seinem nächsten Besuch

Michael danach zu fragen. Schließlich wusste er, dass das Geschäft mit dem gedruckten Wort in der letzten Zeit nicht leichter geworden war. Zumindest wenn man, wie Daniel, gewisse inhaltliche Ansprüche an seine Waren hatte.

Nur wenige Schritte von der Tür entfernt kam John unvermittelt ins Straucheln. Ein hastiger Ausfallschritt bewahrte ihn vor Schlimmerem. Verdutzt richtete er sich auf, instinktiv presste er das Buch an sich.

»*Mon Dieu*, wie unangenehm. Bitte entschuldigen Sie tausendfach, Sir. Wie ungeschickt. Pompey, also wirklich. Schäm dich!«

Pompey sah John aus großen Augen an, in denen jedoch keinerlei Spur von Scham zu erkennen war. Johns Blick folgte überrascht der Leine, die am Halsband des Spaniels befestigt war. Sie endete in der Hand eines ... eines Papageien, schoss es ihm in den Kopf. Eines bunten Papageien, an dessen Fingern mehrere Ringe glitzerten. John trat einen Schritt zurück und blinzelte.

»*Mon Dieu*! Pompey ist Ihnen genau vor die Füße gelaufen. Dieser ungeschickte Tölpel. Was Ihnen hätte zustoßen können, mein Herr. Nicht auszudenken.«

Abwehrend hob John die Hand. »Es ist nichts passiert, Sir.« Er besah sich sein Gegenüber genauer. Der Mann, der dramatisch die Hände rang, war von kleiner Statur. Doch was ihm an Körpergröße fehlte, machte er durch einen exaltierten Aufzug wett. Seine ungewöhnlich hohe Perücke war dermaßen stark gepudert, dass bei jeder noch so kleinen Kopfbewegung feine weiße Wölkchen aufstiegen. Hinten lief der Kopfputz in einen langen Zopf aus, der fest mit einem dunkelgrünen Band umwunden war und das Haar starr vom Kopf abstehen ließ. Ein Wunderwerk der Perückenmacherkunst. Man musste Acht geben, sich an ihm kein Auge auszustechen.

Der ebenfalls grüne Gehrock des Mannes war aus Brokat gefertigt und auffällig mit silbernen Fäden durchzogen. Am Hals schloss er mit einem großen Umlegekragen ab. Die Kniehose und die kurze, bestickte Weste leuchteten in einem satten Rot, gespickt mit großen silbernen Knöpfen. Senffarbene Strümpfe steckten in schwarzen Lederschuhen, an denen goldene Schuhschnallen glänzten. Die Absätze, bemerkte John, waren ungewöhnlich hoch für einen Herrenschuh. Ohne sie wäre der Mann wohl mehr als zwei Köpfe kleiner als er selbst gewesen. Mit Schuhen und Perücke schaffte er es immerhin bis auf die Höhe von Johns Kinn.

Es handelte sich bei diesem Mann eindeutig um einen jener modernen Gecken, für die Paris das Zentrum von Lebenskunst und Mode darstellte. Und die in ihrer Reverenz für alles Französische nur zu gerne über das Ziel hinausschossen. John hatte während früherer gesellschaftlicher Gelegenheiten genügend Männer dieses Schlages kennengelernt. Genügend, um zu wissen, dass Eitelkeit oder Selbstverliebtheit ihre zweiten Vornamen waren. Aufdringliche Wesen, aber weitgehend harmlos. Nur hatte John keine Lust, seine Zeit an ihresgleichen zu verschwenden. Er drückte den ledernen Einband von Newtons Schrift und zwang sich zu einem Lächeln. »Es ist nichts passiert«, wiederholte er. »Machen Sie sich keine Gedanken. Ihren Hund trifft keine Schuld, Sir. Ich war in Gedanken und habe ihn wohl übersehen.«

»Oh, Pompey ist nicht mein Hund, Sir. Ich habe lediglich einer lieben Freundin versprochen, ihn auszuführen. Sie wurde von einer bösen Influenza heimgesucht, müssen Sie wissen. Hütet jetzt das Bett. Als Gentleman ist man ja der Nächstenliebe verpflichtet. Insbesondere den Damen gegenüber.« Er warf John einen verschwörerischen Blick zu und zwinkerte mit einem Auge.

John zwang sich abermals zu einem Lächeln.

Doch der kleine Mann sprach bereits weiter. »Also bot ich mich an, Pompey auszuführen. Das arme Tier ist ja ganz in Sorge um sein geliebtes Frauchen. Voller *tristesse*, es hat kaum Freude an irgendetwas.«

»Ach.« Auf John machte der Spaniel alles andere als einen besorgten Eindruck. Vielmehr war er gerade dabei, mit Hingabe Johns Hosenbein zu beschnuppern.

»Den Bediensteten kann man so ein sensibles Tier wahrlich nicht anvertrauen. Es war demnach geradezu meine Pflicht, Pompey für ein paar Stunden unter meine Fittiche zu nehmen. Dann sind wir an dieser *librairie* vorbeigekommen. Ich konnte es mir selbstverständlich nicht verkneifen, einen Blick auf die angebotenen Bücher zu werfen.«

John nickte, deutete eine knappe Verbeugung an. »Einen schönen Tag wünsche ich, mein Herr.« Er wandte sich zum Gehen.

»*Pardon*, dass ich Sie weiter behellige. Aber kann es sein, dass ich das Vergnügen mit Mr Shinfield habe? Mr John Shinfield?«

Erstaunt blieb John stehen. »Kennen wir uns, Sir? Verzeihen Sie meine Direktheit, doch ich kann mich nicht erinnern, dass wir uns zuvor begegnet sind.« Und das wüsste ich, dachte er, sich eine Spur Abschätzigkeit eingestehend.

»Oh, nur flüchtig, Sir. Nur äußerst flüchtig. Es dürfte auch bereits einige Zeit zurückliegen. Ein Abendessen bei Seiner Lordschaft, dem Earl of Roxerham.«

John runzelte die Stirn. »Ich erinnere mich an den Abend. Es beschämt mich jedoch, zugeben zu müssen, Sir, dass mir unser Zusammentreffen entfallen ist. Bitte verzeihen Sie mir.«

Der Mann winkte ab und verdrehte die Augen. »Bitte, Mr Shinfield. Wir sprachen auch nur kurz miteinander. *Très bref.* Mein Name«, er verbeugte sich und eine weiße Wolke stieg auf, »ist Paul de l'Estagnol. Zu Ihren Diensten.«

John erwiderte die Verbeugung und grub abermals in seiner Erinnerung. Vergeblich. Was ihn erstaunte, da er sich auf sein Erinnerungsvermögen sonst stets verlassen konnte. »Nun, Mr de l'Estagnol, es war mir ein ausgesprochenes Vergnügen, erneut auf Sie zu treffen. Und auf Pompey. Bitte entschuldigen Sie mich, eine Verabredung nötigt mich zum Aufbruch. Auch möchte ich Sie bei Ihrer Suche nach einem interessanten Buch nicht weiter aufhalten. Wenn ich mich nicht irre, hält diese Buchhandlung sogar einige Titel in französischer Sprache bereit. Vielleicht kann Ihnen Michael etwas empfehlen. Er ist die rechte Hand der Eigentümer dieser … *librairie.*«

»Oh, wie aufmerksam von Ihnen, Sir. Wie feinsinnig! Sie haben aus meinem Namen geschlossen, dass ich *Franzose* bin. Da muss ich Sie jedoch leider einen Hauch korrigieren, mein Herr. Die Wurzeln meiner Familie liegen auf dem Kontinent, das ist wahr.« Er machte eine wegwerfende Handbewegung. »Doch geboren wurde ich hier in London. Ein Quäntchen französischen Blutes fließt natürlich durch meine Adern, wohl daher rührt meine natürliche *passion* für alles Schöne und Elegante.« Er lachte auf. »Ich kann mich nicht dagegen wehren, sozusagen. Eine Laune, Sie verstehen.« Er senkte kurz demütig den Blick und sah John dann strahlend an.

Auf der Suche nach einer Erwiderung räusperte sich John. Es kam nicht oft vor, dass er um eine Antwort verlegen war. Was für ein quirliges Äffchen. Wenn da mal nicht lediglich französischer Wein im Blute floss. Halb amüsiert, halb verärgert bemühte er sich, die Skepsis nicht in seinen Gesichtszügen zu zeigen. Männer wie de l'Estagnol würde er nie verstehen. Diese zelebrierte Affektiertheit, diese zur Schau gestellte Verbindlichkeit – was fanden so viele Frauen nur an diesen Pfauen? John bemerkte, wie de l'Estagnol ihn weiter erwartungsvoll ansah. »Ich bin sicher, Sie werden fündig, Sir. *Rodnell & Hillberg* bieten Literatur für jeden Geschmack.« John lächelte halbherzig. »Für nahezu jeden Geschmack. Es war mir eine Freude, mit Ihnen zu plaudern.« Er lüftete knapp seinen Hut. »Ich wünsche einen schönen Tag.« Schnell drehte John sich in Richtung Ladentür, noch bevor de l'Estagnol erneut zu einem Redeschwall ansetzen konnte. Aus dem Augenwinkel sah er, wie sich das Gesicht des Mannes für einen kurzen Moment verfinsterte, bevor es schnell wieder zur höflichen Maske wurde.

»*Au revoir*!«, rief de l'Estagnol hinter ihm her, ein wenig heiser. »*Au revoir*, Mr John Shinfield.«

John ließ sich in seiner Flucht nicht beirren. Er tippte im Weitergehen an die Krempe seines Hutes, sah sich jedoch nicht noch einmal um. Ein wenig verdutzt fragte er sich, was genau er soeben in der Mimik des aufdringlichen Mannes wahrgenommen hatte. Im ersten Augenblick meinte er, Enttäuschung gesehen zu haben. Gefolgt von Feindseligkeit. Das ergab keinen Sinn. Er kannte den Mann gar nicht. Diese Gecken und ihre verletzten Eitelkeiten! Es war doch immer das Gleiche. Er sollte gar nicht erst versuchen, sie zu verstehen. *Absolument pas.*

*

Ein kalter Wind blies durch die Straße und John zog sich den Hut tief ins Gesicht. Kurz dachte er daran, eine Mietkutsche zu suchen. Doch er hatte es nicht allzu weit und würde zu Fuß gehen. Sein Weg führte ihn an der Kathedrale von St Paul's vorbei. Er freute sich immer wieder, dieses eindrucksvolle Bauwerk aus der Nähe zu betrachten. Außerdem konnte er so auch noch etwas länger die Vorfreude genießen. Behutsam klopfte er auf den ledernen Einband des Buches, das unter seinem Arm klemmte.

Als John Shinfield gedankenverloren nach links in die Brook Street abbog, pfiff er gut gelaunt vor sich hin. Ganz anders war der Gesichtsausdruck von Mr de l'Estagnol, der mit Pompey auf dem Arm nur wenige Augenblicke später hastig die Buchhandlung verließ. Mit sorgenvollem Blick hielt er die andere Hand auf seine Perücke gedrückt, aus der in Intervallen weißer Nebel aufstieg. Der kleine Mann sah sich um und unterdrückte einen Fluch.

De l'Estagnol wandte sich zur Brook Street, schnellen Schrittes. Mit angespannter Miene hielt er beim letzten Gebäude an und schaute betont beiläufig um die Straßenecke, dem Schoßhündchen geistesabwesend über den Kopf streichelnd. Kurz erwog er etwas, dann schüttelte er beinahe unmerklich den Kopf. Seufzend ließ er den zitternden Pompey auf den Gehsteig hinunter und folgte John Shinfield mit ausholenden Schritten. Mit sichtlich beleidigtem Gesichtsausdruck hüpfte Pompey hinterher.

Kapitel 3

»Es muss jedenfalls etwas geschehen, und zwar umgehend. Wir müssen die Gelegenheit beim Schopfe packen. Die Nachricht war eindeutig.«

»Da bin ich ganz Ihrer Meinung. Die Zeit drängt. Ich habe bereits sehr genaue Vorstellungen, wie wir vorgehen werden.«

»Nichts anderes habe ich von Ihnen erwartet. Doch ich frage mich ernsthaft, ob Ihre … sagen wir einfach Vorlieben, also ob diese Vorlieben uns nicht im Wege stehen.«

»Wie meinen Sie das?«

»Mein lieber Freund, Sie haben so manche Straßendirne auf dem Gewissen. Schauen Sie nicht so. Auch ich habe meine Mittel und Wege, an Informationen zu kommen. Da lachen Sie? Wieso lachen Sie?«

»Ach, es ist einfach amüsant. Ich hatte Sie nicht als einen Mann angesehen, der seine Skrupel pflegt.«

»Darum geht es nicht. Das wissen Sie auch. Sparen Sie sich also Ihr herablassendes Grinsen, Sir. Sie können tun, was Sie wollen. Stechen Sie so viele Dirnen ab, wie es Ihnen beliebt. Aber gefährden Sie nicht unsere Sache, indem Sie unnötig Aufmerksamkeit erregen. Wir stehen unter Zugzwang, wir müssen unsere Chance ergreifen. Darauf haben wir lange genug gewartet.«

»Man wird mich nicht in die Finger bekommen, machen Sie sich keine Sorgen. Niemand interessiert sich für den Tod von ein paar Huren. Konzentrieren Sie sich also auf unsere Pläne. Schließlich haben wir uns deshalb zusammengetan, weil wir endlich handeln wollen. Das ewige Debattieren und Abwägen unserer verehrten Freunde ist kaum erträglich. Wir sind die Speerspitze. Es wird unser Erfolg sein. Unsere Belohnung. Noch einmal, Sir: Ein paar Huren, ein paar Einfaltspinsel weniger. Wen soll das kümmern? Die Stadt quillt sowieso von Ihnen über.«

»Sie sind der Teufel.«

»Ich wusste doch, dass Sie meiner Logik folgen können. Wir sind für

Größeres geschaffen, Sie und ich. Wir werden dieses Land verändern. Es gibt keine Beschränkungen, keine Grenzen. Da ist es unbedeutend, wenn ein paar Bauernopfer auf dem Schlachtfeld zurückbleiben.«

»Solange es nicht wir beide sind, die am Ende des Tages in einer Schlinge baumeln. Doch ich muss Sie etwas fragen. Etwas, das mich brennend interessiert. Sie sprechen von Todesfällen und Bauernopfern, als ginge Sie das alles nichts an. Ich meine, Sie agieren doch in Wahrheit wie ein gewöhnlicher Mörder, der seine Opfer bestialisch zurichtet. Ich frage mich, wie Sie das verkraften. Wie Sie des Nachts schlafen können. Glauben Sie denn gar nicht an die Verdammung Ihrer Seele? Geht es uns nicht auch darum, ein Unrecht an Gottes Willen zu korrigieren? Deshalb sind wir alle seinerzeit überhaupt zusammengekommen.«

»Die Heilige Schrift ist voll von Auseinandersetzungen und Toten.«

»Aus Ihrem Mund klingt das so beliebig. Was genau empfinden Sie, wenn Sie ein Messer in den Hals einer Dirne stoßen? In den Hals eines anderen *Menschen*. Eine gewisse Menschlichkeit …«

»Sehen Sie sich vor, mein Freund. Sie bewegen sich auf dünnem Eis. Ich tue alles dafür, dass wir unser Ziel erreichen. Alles! Nichts anderes hat Sie zu interessieren. Und nichts anderes zählt.«

»Meinen Sie? Ich denke, es kann nur gut sein, wenn Sie wissen, dass ich im Bilde bin. Nicht, dass Sie noch auf übermütige Ideen kommen, die meine Person betreffen. Sie verstehen?«

»Oh, ich verstehe Sie nur zu gut. Ich denke, es ist absolut fair, dass wir beide alles voneinander wissen. Das schweißt zusammen, im Hinblick auf unser weiteres Vorgehen. Ich meine damit insbesondere die Zeit *danach*. Unsere große Zeit danach. Lassen Sie es mich vielleicht so sagen: Fällt der eine, fällt der andere. Sie finden sicher eine Bibelstelle, die zu dieser für uns unumkehrbaren Regel passt.«

»Werden Sie doch bitte nicht frevelhaft. Natürlich können wir die Sache nur gemeinsam zuwege bringen. Doch vergleichen Sie mich bitte nicht mit sich selbst – unsere moralischen Ansichten gehen wohl weiter auseinander, als ich es gedacht hätte. Ich wüsste wahrlich nicht, was Sie …«

»Sie haben Ihren Schwanz anscheinend bereits zu oft in die Ärsche Ihrer Botenkinder geschoben. Das scheint auf Ihr Erinnerungsvermögen geschlagen zu haben, Sir. Schauen Sie mich nicht so schockiert an, mein guter Freund. Ihr kleines Geheimnis ist in guten Händen. Es darf natürlich auf keinen Fall öffentlich werden, dafür müssen wir Sorge tragen.

Schließlich wird ein Kinderfreund wie Sie nicht allzu gerne in Amt und Würden gesehen. Vor allem, wenn er seine Schützlinge stets so jung auswählt. So blutjung.«

»Sie … Sie sind ein Teufel. Ich … ich sorge mich lediglich um das Wohlergehen der vielen Waisen, die auf den Straßen … ich gebe ihnen ein Dach … ich …«

»Wo bleibt Ihr Lachen, mein Guter? Ersparen Sie mir das Schmierentheater. Ich habe noch gar nicht die Frage gestellt, die *mich* so brennend interessiert. Was wohl mit den Kindchen geschieht, wenn sie nach nicht allzu langer Zeit bereits wieder aus Ihren Diensten entlassen werden? Sie scheinen wie vom Erdboden verschluckt. Die armen Dinger. Die kleinen Seelen. Tröstlich ist, dass sie ganz sicher ihren ewigen Frieden im jenseitigen Himmelreich finden werden, die unschuldigen Lämmchen. Ihnen, mein lieber Freund, werden sie dort aller Wahrscheinlichkeit nach nicht begegnen. Nein, Ihnen ist nach dem Jüngsten Gericht, dem Sie augenscheinlich so viel Bedeutung zumessen, wohl ein anderer Ort vorbehalten. Ein Ort, der um einiges weniger gastlich ist, wenn man den Geschichten glauben darf. Ein warmes Plätzchen, immerhin. Ein gewisser Vorzug, wenn ich so aus dem Fenster schaue. Was meinen Sie? Ob wir auch dort beste Freunde sein werden? Dort, auf der anderen Seite. Ach, wie mir diese Vorstellung das Herz wärmt. Ich verrate Ihnen etwas, mein Herr. Der einzige Unterschied zwischen uns ist, dass Sie sich nicht selbst die Finger schmutzig machen. Ich hingegen scheue keinen Dreck … Sie sind auf einmal so weiß um die Nase. Soll ich ein Fenster öffnen lassen? Nein? Dann sollten wir uns vielleicht wieder den wirklich wichtigen Fragen zuwenden. Ich für meinen Teil bin daran interessiert, in *diesem* Leben meine Belohnung zu erhalten.«

»W-was schlagen Sie also in Anbetracht der jüngsten Entwicklung vor?«

»Es ist an der Zeit, in die letzte Phase einzutreten. Jetzt kommt es darauf an, dass alles glatt läuft. Zug um Zug. Und das wird es, da wir vorbereitet sind. Es ist im Grunde wie beim Schachspiel. Am Ende zählt, wer den anderen König mattsetzt.«

»Wortspielereien.«

»Ich freue mich stets, wenn ich Sie unterhalten kann, Sir. Aber ich meine es ganz ernst, lieber Freund. Wer uns im Weg steht, muss jetzt verschwinden. Ganz einfach.«

»Und Sie denken dabei auch an unseren Freund …«

»Ja, gerade an ihn habe ich gedacht. Was er da verlangt, ist eine glatte Erpressung. Er nutzt natürlich aus, dass er den Kontakt zum Kontinent herstellt. Wir sollten vorsichtig sein. Jetzt, wo es heikel wird. Sehen Sie das anders?«

»Ich sehe es genauso. Er war mir immer etwas suspekt, wenn ich ehrlich bin. Nein, wenn ich es mir recht überlege, traue ich ihm nicht über den Weg. Im Grunde benötigen wir ihn nicht mehr.«

»Ich teile Ihre Einschätzung. Dann werden Sie wohl erleichtert sein, zu hören, dass ich seine Loyalität auf die Probe stellen werde. Ich werde ihm ein wenig Druck machen und sehen, ob er die Nerven behält. Sagen wir, er hat eine Chance verdient, im Spiel zu bleiben. Doch sollte er uns weiter drohen …«

»Wie wollen Sie das anstellen? Mit der Probe, meine ich.«

»Belasten Sie sich nicht mit unnötigem Kleinkram. Ein gekonnter Schachzug innerhalb meines kleinen Netzes aus akribisch gesteuerten Handlungen, das kann ich versichern. Oh, Sie glauben ja gar nicht, wie viel Freude mir dieses Spiel bereitet. Sollte unser guter Freund umfallen, ist bereits für eine finale Lösung gesorgt. Für *seine* finale Lösung. Da ziehen wir beide wohl abermals am selben Strang, nicht wahr? Sehen Sie, im kleinen Kreis stimmt es sich viel einfacher über Sein oder Nichtsein ab.«

»Sparen Sie sich Ihren morbiden Humor, Sir. Ihnen ist bewusst, dass es für Aufsehen sorgen wird, wenn ihm etwas zustößt. Wir dürfen die Aufmerksamkeit nicht auf unsere Sache lenken. Keinesfalls. Überdies – was ist mit dem ausstehenden Problem des noch fehlenden Geldes? Es handelt sich um eine beträchtliche Summe, die unsere Mittel bei weitem übersteigt. Doch auch hierfür haben Sie eine Lösung, nicht wahr?«

»Selbstverständlich.«

»Selbstverständlich!«

»Ich wusste, dass es sich irgendwann auszahlen würde, ein höchst eigenes Netzwerk von Gefolgsleuten und Spitzeln aufzubauen. Doch es ist wirklich eine Fügung des Schicksals, dass ich kürzlich in den Besitz einer Information gekommen bin, die all unsere finanziellen Probleme mit einem Schlag lösen wird. Und nicht nur diese.«

»Wie meinen Sie das?«

»Ich kann gleichzeitig eine alte Rechnung begleichen. Zwei Fliegen mit einer Klappe schlagen.«

»Gefährden Sie um Gottes willen nicht unsere Sache! Ich kann Sie nur erneut warnen. Gehen Sie keine unnötigen Risiken ein. All die Jahre der Planung ...«

»... sind gerade dabei sich auszuzahlen. Die Risiken sind gering. Es kann nichts schiefgehen.«

„Dann fasse ich zusammen: Die beträchtliche Summe, welche uns beide in Amt und Würden bringen soll, bringen Sie aufgrund einer schicksalsträchtigen Information auf und begleichen in einem Zug eine Rechnung mit einem alten Widersacher, den Sie ohne sein Wissen vor unseren Karren spannen.«

»Sie lassen es so trivial erscheinen.«

»Es scheint Ihnen um etwas sehr Persönliches zu gehen. Ich war der Ansicht, Sie hätten sich von allem und allen losgesagt. Würden über den Dingen stehen. Weit oben. Lassen Sie mich also nachdenken. Jemand wie Sie hat wohl nicht nur *eine* Rechnung offen. Ganz sicher nicht. Die Frage ist demnach: Wer kann für Sie eine dermaßen große Bedeutung haben, dass Sie auch noch Vergnügen dabei empfinden, mit ihm zu spielen, bevor Sie ihm den Kopf abschlagen?«

»Bemühen Sie sich nicht, mein Guter. Ich werde es Ihnen ganz einfach sagen. Zwei Worte: John Shinfield.«

»Sie reden von ... Das kann nicht Ihr Ernst sein.«

»Starren Sie mich nicht mit geöffnetem Mund an. Es lässt Sie wahrlich wenig souverän aussehen, Sir. Ja, ebendieser. Wie ich erfuhr, gedenkt man ihn damit zu betrauen, unseren wankelmütigen Freund zu überprüfen.«

»Geheiligter Jesus! Wie, zum Teufel ...? Sie sehen mich erstaunt.«

»Mehr haben Sie nicht zu sagen?«

»Also, mir fehlen die Worte ... Ich meine ... warum wird gerade er beauftragt, sich in unsere Sache einzumischen? Was weiß unser Gegner?«

»Im Zweifel ist eine Nachricht abgefangen worden, ohne dass wir es bemerkt haben. Und er war bereits in der Vergangenheit für die Krone tätig, der gute John. Nicht unbedingt erfolgreich, doch immerhin. Ich sehe an Ihrem Gesicht, dass Sie dies nicht wussten.«

»Ein Spion? John Shinfield?«

»So ist es. Ein Handlanger der Krone, mäßig erfolgreich. Zu sehr mit sich selbst beschäftigt. Zu wenig Vorstellungskraft. Ein kleinerer Geist, als er es selbst für möglich hält. Dann der Schicksalsschlag mit seiner Frau, Sie wissen ja. Daher hat er sich aus allem zurückgezogen, doch anscheinend denkt man daran, ihn erneut zu rekrutieren. Das werde ich zu nutzen wissen.«

»Über ihn wollen Sie an das Geld kommen? Sie können ihn aber doch nicht einfach …«

»Hören Sie mir mit der moralischen Litanei auf. Langsam frage ich mich ernsthaft, ob Sie aus dem richtigen Holz geschnitzt sind, um unsere Sache zum Erfolg zu führen.«

»Ich muss mich korrigieren. Sie sind kein Teufel. Ich weiß nicht, was Sie sind. Doch eines ist sicher: Der Teufel kann von Ihnen noch etwas lernen.«

»Ich danke aus tiefstem Herzen für das Kompliment, Sir.«

»Vielleicht ist es besser, wenn ich mich mit den Abgründen Ihrer Seele nicht weiter beschäftige. Doch wie wollen Sie … welcher Plan …?«

»Genau da kommen Sie ins Spiel, mein Guter. Ich treffe zurzeit letzte Vorbereitungen. Morgen, so denke ich, lasse ich Sie wissen, was Ihr Beitrag sein wird. Sie werden wohl ein paar Kontakte herstellen müssen. Ein paar Leute in die richtige Richtung weisen. Mehr erfahren Sie nach der Zusammenkunft. Bei der Sie natürlich kein Wort über unser heutiges Gespräch verlieren werden.«

»Natürlich nicht! Das bedarf keiner Erinnerung Ihrerseits. Ich kann Ihnen nur raten, einen gefährlichen Fehler nicht zu begehen, Sir.«

»Und der wäre?«

»Mich zu unterschätzen, verehrter Freund. Das haben schon andere getan und sind kläglich gescheitert. Unser Weg führt nach oben, aber ohne mich, alleine, können Sie Ihr Ziel nicht erreichen. Sie profitieren von dem Vertrauen, welches mir entgegengebracht wird. Ansonsten würde man Sie nie auch nur in Erwägung ziehen. Tun Sie also, was getan werden muss. Wetzen Sie Ihr Messer und gehen Sie Ihren teuflischen Neigungen nach. Aber glauben Sie nicht, mich einschüchtern zu können.«

»Sir, nichts läge mir ferner. Ich glaube, wir verstehen uns. Sehr gut. Dann bleibt mir nur noch, Ihnen für das angenehme Gespräch zu danken. Und nach dem Dienstboten zu klingeln. Er ist übrigens wenig nach Ihrem Geschmack, viel zu alt. Doch das haben Sie bei Ihrer Ankunft bestimmt bereits festgestellt. Ah, da ist er auch schon. Ja, ich habe geläutet. Seien Sie so gut und lassen die Kutsche für Seine Lordschaft vorfahren.«

*

Nachdem er die Zimmertür abgesperrt und eine Kerze angezündet hatte, stieg er in den Wandschrank und drückte einen versteckten Knopf. Die entriegelte Rückwand schob er lautlos zur Seite. Langsam stieg er die schmale Stiege hinab, in den Keller. Genauer gesagt, in einen abgetrennten Bereich des Kellers, zu dem nur er Zutritt hatte. Von dessen Existenz nur er wusste. Dafür hatte er gewissenhaft gesorgt. Hieß es nicht, beim Bau der Pyramiden hätten die Arbeiter vor abertausenden von Jahren ebenfalls das Geheimnis ihrer Baukunst mit ins Grab genommen? Ins selbstgebaute Grab. Ein kleines Opfer für den gottgleichen König.

Er lächelte versonnen. Einer seiner Dienstboten wusste natürlich von diesem geheimen Reich. Irgendjemand musste ja am Ende des Tages den Dreck wegräumen. Jemand, der nicht zimperlich war. Und dafür wurde der Mann auch bestens entlohnt. Nicht nur mit Geld. Oh nein, nicht nur mit Geld. Der Kerl würde seinen Herrn niemals verraten. Nein, wirklich nicht. Dafür zog es den Diener selbst viel zu sehr hierhin hinab. Eine verwandte Seele.

Am Fuß der Treppe angekommen, hielt er inne und hob die Kerze ein wenig über seinen Kopf, unter die niedrige Decke. Das Licht zuckte den Gang hinunter, an den grauen Mauern entlang. Sie waren hier doppelt so dick wie sonst im Gebäude. Kein Laut drang herein. Und kein Laut drang hinaus, was noch wichtiger war. Vier schmale Türen waren in die Steinwand eingelassen. Auf jeder Seite des mannsbreiten Ganges zwei. Am Ende des Ganges, direkt vor der Wand, stand eine schwere Truhe im Halbdunkel. Lauerte, wie ein bissiges Tier.

Vier Türen. Vier Möglichkeiten. Er überlegte. Genoss es, sich Zeit für die Entscheidung zu nehmen.

Sein Blick ruhte kurz auf jeder der Türen. In seinem Kopf entstanden Bilder von dem, was sich dahinter befand. Von dem, was dahinter geschehen konnte. Dann trat er vor die erste Tür auf der linken Seite. Sie unterschied sich äußerlich nicht von den anderen. Doch dahinter, das wusste er, verbarg sich etwas ganz Besonderes. War es heute nicht auch ein besonderer Tag? Die Dinge kamen endlich ins Rollen. Bald war er an seinem Ziel. Was konnte ihn dann noch aufhalten? Er berührte mit seinen Fingerspitzen sachte das dicke Eichenholz. Ein besonderer Tag rief nach einem besonderen Vergnügen.

Mit vor Erregung leicht zitternden Fingern suchte er in seinen Taschen nach dem Schlüssel. Behutsam führte er ihn in das Schloss, entriegelte die

Tür und öffnete sie langsam. Er atmete tief ein und betrat den Raum. Es roch muffig, doch das störte ihn nicht. Das Licht seiner Kerze verdrängte die Dunkelheit und offenbarte ihm genau jenes Bild, welches er erwartet hatte.

Sie lag auf der Pritsche, das Gesicht nach unten und von ihm abgewandt. Regungslos.

Er stellte die Kerze neben der Tür auf den Boden. Eine eigene Lichtquelle besaß sie nicht. Nicht mehr, seit sie damals versucht hatte, den Raum in Brand zu stecken. Doch, er hatte ihre Entschlossenheit bewundert. Feuer bereitete keinen angenehmen Tod. Wobei er heute nicht mehr zu sagen wusste, ob es seinerzeit wirklich Entschlossenheit gewesen war, die sie angetrieben hatte. Oder bereits der Wahnsinn.

»Ich weiß, du wirst wieder versuchen, mich gänzlich zu ignorieren. Doch das wird dir nicht gelingen. Ich finde immer einen Weg.«

Er trat an die Pritsche und schaute auf die Frau hinab. Sie hatte ihre Augen geschlossen, nur das leichte Auf und Ab ihrer Schulterblätter verriet, dass sie überhaupt am Leben war. Ihr braunes Haar fiel stumpf und strähnig über den Rand der Schlafstätte. Bald würde er es ihr wieder schneiden. Er leckte sich über die trockenen Lippen.

»Heute ist ein besonderer Tag, den ich mit dir zu zelebrieren gedenke. Da brennst du doch sicher drauf, du Hure!« Sie zeigte keine Reaktion. Wie er es erwartet hatte. »Schau mich an, wenn ich mit dir spreche, Dreckstück! Ich kann auch ein glühendes Eisen holen, wenn du das brauchst, um für mich warm zu werden.« Sie zeigte abermals keine Reaktion. Mit beiden Händen griff er den Saum ihres verschlissenen Kleides und schob das Kleidungsstück ruckartig nach oben. Über ihr entblößtes Gesäß. »Glaub nicht, dass es dir gelingen wird, mich wie Luft zu behandeln. Du bist auf mein Wohlwollen angewiesen. Ich kann dir jederzeit die Kehle aufschlitzen, du verdorbene Dirne.« Er griff zwischen ihre Beine. Sie zuckte nicht einmal zusammen. Er grunzte verärgert und zog sich die Hose herunter. »Glaube mir, ich bekomme immer, was ich möchte. Immer. Du bist das beste Beispiel dafür.«

Er spürte, wie Wut in ihm aufstieg, während er mit seiner rechten Hand vergeblich gegen seine Schlaffheit zu arbeiten versuchte. Wenn sie doch nur um Gnade flehen würde! Schreien würde, oder um sich schlagen. Er besaß genügend Werkzeuge, um jeden Willen zu brechen. Doch bisher hatte er sich nicht dazu durchringen können, ihr einen äußerlichen

Schaden zuzufügen. Er wollte, er musste sie vorerst unversehrt lassen. Äußerlich unversehrt. Ein Gedanke, der ihn zutiefst irritierte. Er lechzte nach ihrer blutigen Bestrafung.

Mit der flachen Hand schlug er auf das dürre Gesäß. Sie war in den letzten Wochen erneut abgemagert. Der Drang, sie zu bestrafen, wuchs mit jedem Herzschlag. Sie hatte es nicht anders verdient! Wiegte sich anscheinend in Sicherheit. Dabei war sie nur eine Hure, wie alle anderen auch. Er wollte, er musste sie bestrafen. Züchtigen, so wie die anderen. Sie vernichten. Abermals schlug er ihr hart auf das Hinterteil. Auf der weißen Haut blieb ein roter Abdruck seiner Hand zurück. Sie hatte sich kein Quäntchen gerührt. Seine Wut kochte abermals hoch, so dass es fast wehtat. Er warf sich auf sie und drückte mit einer Hand ihren Kopf fest auf die Pritsche.

»Wenn du nicht um Gnade flehen willst, dann wird jemand anderes es tun müssen. Und das dürfte dir nicht gefallen. Du weißt, von wem ich spreche.«

Und dann flüsterte er ihr einen Namen ins Ohr. Wieder und wieder sagte er ihn, kaum hörbar, aber mit zischender Wut. Zuerst glaubte er sich zu täuschen, doch als er sie im schwachen Licht genauer anschaute, beschleunigte sich sein Puls. Er lächelte zufrieden. Zwei Tränen quollen aus ihren geschlossenen Augen und liefen langsam die schmutzige Wange herunter. Sie hinterließen eine feine Spur, bevor sie von der Pritsche aufgenommen wurden. Er grinste erleichtert. Die pulsierende Wut wurde mit jedem Atemzug kleiner, kontrollierbarer. Und endlich regte sich etwas in seiner Mitte. Fast versonnen biss er sich auf die Unterlippe.

Kapitel 4

In der Luft lag der Geruch von Schießpulver. Als er von dem sich aufbäumenden Pferd stürzte, nur knapp bevor er auf dem Boden aufschlug, wachte er auf. Das Kampfgeschrei klang ihm noch in den Ohren. John rieb sich fest über die Stirn, um es zu vertreiben. Langsam stieg er aus dem Bett, eine Hand am unteren Rücken. Die Träume brachten immer auch die Schmerzen zurück. Im Zimmer war es eiskalt. Irgendwann in der Nacht war das Feuer im Kamin ausgegangen. Fröstelnd zog er sich an.

Er hielt inne und lauschte. Leise Schritte auf der Treppe kündigten Hannah an. Stets schien sie es zu wissen, wenn er erwacht war. Ein sachtes Klopfen.

»Herein.« Er stieß sich von der Bettkante ab.

Die Haushälterin betrat den Raum und stieß einen Schrei aus. »Herrgott, hier drinnen ist es kalt wie in einer Gruft! Ich werde neues Feuerholz holen, Sir. Augenblicklich. Sie holen sich sonst den Tod.«

»Nicht nötig«, stieß John schnell hervor, bevor die Frau geschäftig aus dem Zimmer stürmen konnte. »Ich gehe in wenigen Minuten direkt in die Bibliothek. Vielleicht kann Rupert dort ein Feuer im Kamin entzünden.«

»Sehr wohl, Sir. Wird sofort erledigt. Ich werde Ihnen das Frühstück dann dort servieren.« Mit spitzem Finger deutete sie aus dem Fenster. »Der erste Schneefall in diesem Winter. So plötzlich.« Sie klang entrüstet und stemmte ihre Hände in die knochigen Hüften. »Es hat mitten in der Nacht begonnen. Jetzt liegt der Schnee schon mehr als knöcheltief. Und es ist kein Ende abzusehen. Der alte Smith hat heute früh zu unserer Beth gesagt, sein krankes Bein poche stärker denn je. Ein untrügliches Zeichen für langanhaltende, eisige Kälte.« Ein abfälliges Schnauben, fort war sie.

Johns Blick verlor sich für einen Augenblick im dichten Flockenmeer. In den nächsten Tagen würden die Gazetten wieder gefüllt sein mit

Berichten von erfrorenen Bettlern und frostgeküssten Dirnen. London im Schnee. Eine schöne Braut, die unter ihrem Hochzeitskleid dreckig und verkrüppelt war. Und alles andere als jungfräulich.

Er lächelte bitter und machte sich auf den Weg in die Bibliothek, ein Stockwerk tiefer. London war wie das Leben.

*

Nachdem Hannah die Reste des Frühstücks abgeräumt hatte, zog es ihn in der Bibliothek erneut ans Fenster. Ein Schatten im weißen Gestöber lenkte seine Aufmerksamkeit auf sich. Aus Richtung der Fleet Street stapfte jemand über den Platz, direkt auf sein Haus zu. John kniff die Augen zusammen. Ein Botenjunge, wie es aussah.

Wenige Minuten später hielt Hannah ihm einen schmalen Brief entgegen. »Eine Nachricht für Sie, Sir.«

Er griff mit leisem Widerwillen nach dem Umschlag, auf dem sich großflächige Wasserflecken abzeichneten. »Vielen Dank, Hannah. Bitte trag Sorge dafür, dass der Bote sich bei Beth in der Küche aufwärmen kann, während er wartet. Ein Teller heißer Suppe kann dabei sicherlich nicht schaden.«

Die Haushälterin lächelte. »Selbstverständlich, Sir. Rufen Sie mich einfach, wenn die Antwort so weit ist.« Sie drehte sich um und schloss leise die Tür hinter sich.

Vorsichtig hielt er den durchnässten Umschlag in die Hitze des Kamins. Kurz spielte er mit dem Gedanken, ihn einfach aus der Hand gleiten zu lassen. Hinein in die Flammen. Doch irgendetwas hielt ihn davon ab. Als das Papier sich erneut zu erhärten begann, betrachtete er die Nachricht genauer. »An John Shinfield, Esquire«, stand auf der Außenseite. Eine weitere Einladung? Er runzelte die Stirn und öffnete vorsichtig den nunmehr welligen Umschlag. Halb erwartete er, dass die Tinte durch die Nässe unleserlich geworden sei. Doch die Nachricht war problemlos zu entziffern. Sie war denkbar knapp.

Erbitte dringlich Treffen heute um 8 Uhr. Bedford. H. Fielding.

Aufmerksam wendete er das Blatt in den Händen, dann übergab er es den Flammen. Nur ein kurzes Knistern und leichtes Auflodern, dann war es mit der übrigen Asche im Kamin verschmolzen. War ausgelöscht, als hätte es nie existiert. John verschränkte die Arme und dachte nach.

Einige Minuten später klingelte er nach Hannah. Fast augenblicklich öffnete sich die Tür. Hatte die Frau auf dem Gang gewartet? Irritiert räusperte John sich. »Der Junge soll bitte ausrichten, die Nachricht sei erhalten.«

»Keine schriftliche Antwort, Sir?«

»Keine schriftliche Antwort. Nicht notwendig. Bitte richte Beth aus, dass sie mir für heute Abend keine Mahlzeit zuzubereiten braucht.«

Hannah stutzte, als wollte sie etwas sagen; dann nickte sie lediglich knapp beim Hinausgehen.

Er stand auf und öffnete den alten Sekretär aus Kirschholz, der sich in einer Ecke des Raumes zwischen die hohen Bücherregale schmiegte. Er hatte seiner Mutter gehört. Kurz strich seine Hand über die kleine Miniatur auf Elfenbein, die im Inneren, ganz hinten, an der Rückwand lehnte. Dann schloss er das Möbel, griff erneut nach dem Buch von Newton und setzte sich bequem in den Sessel. Seine Augen flogen über die Zeilen. Doch es gelang ihm nicht, wie zuvor in das Buch einzutauchen. Er blätterte eine Seite zurück. Das Gesetz der Schwerkraft. Newton war wahrlich ein Genie. Die Schwerkraft – ja, Anziehungskräfte waren in ihrer Bedeutung nicht zu unterschätzen. Und kein Anziehen ohne ein Abstoßen.

Sachte legte er das Buch auf den Schoß und kniff die Augen zusammen. Verärgert, dass seine Gedanken nicht beim Text bleiben wollten.

Was der Richter wohl von ihm wollte? Nichts Gutes, schwante John.

*

»Aber Sir, Sie wollen doch nicht wirklich bei diesem Wetter vor die Tür?« Hannah starrte John Shinfield entsetzt an.

Der Schneefall hatte merklich nachgelassen, doch die Temperatur war weiter gesunken. Eisblumen malten sich von außen an die Fensterscheiben.

»Ich bin warm eingepackt, keine Sorge.« John klopfte auf seinen Übermantel aus dicker Wolle. »Ein wenig frische Luft wird mir außerdem ganz guttun. Ich muss nicht allzu weit, nach Westminster.« Warum nur musste er sich ständig vor seinen Dienstboten rechtfertigen? Er unterdrückte ein Seufzen.

»Dann lassen Sie mich Rupert rufen. Er kann Sie begleiten. Wer weiß, was für ein Volk auf den Straßen unterwegs ist.«

John winkte ab. »Die Halunken werden sich ein warmes Plätzchen gesucht haben. Außerdem bin ich nicht unbewaffnet, Hannah.« Er schob den Mantel etwas zur Seite und zeigte ihr den Griff seines Degens. Meist genügte den zwielichtigen Gestalten, die in den Straßen und Gassen auf leichte Beute lauerten, ein kurzer Blick auf die Waffe. Dann hielten sie respektvoll Abstand. Wenn nicht, würde er sich schon zu wehren wissen. Ein grimmiges Lächeln huschte über sein Gesicht. Er war sicherlich alles andere als eine leichte Beute.

»Ich werde Rupert bitten, Ihnen eine Kutsche zu besorgen, Sir.« Hannahs Ton machte deutlich, dass sie keinen Widerspruch duldete. »Auf der Fleet Street wird der Verkehr trotz des Schnees sicher weitgehend ungehindert fließen.« Ohne eine weitere Antwort abzuwarten, drehte sie sich um und rief die schmale Treppe zur Küche hinunter nach Beths Ehemann.

Ergeben zuckte John mit den Schultern.

Schnelle Schritte waren auf der Holztreppe zu hören. Rupert trat schwungvoll in die kleine Eingangshalle und wischte sich die Hände an der blutverschmierten Schürze ab. »Blutwurst, Sir«, erklärte er lakonisch.

Anscheinend hatte Beth ihren Mann wieder für ihre Arbeiten eingespannt. Todesmutig der Mann, der sich ihr zu widersetzen wagte. John musste schmunzeln.

»Runter mit der Schürze und rein in den Mantel!« Hannah kam wie immer ohne Umschweife auf den Punkt. Sie stand Beth in nichts nach. Einmal abgesehen von der Leibesfülle der Köchin. »Bitte ruf eine Kutsche für Mr Shinfield. Unten an der Fleet Street. Er besteht darauf, bei diesem Wetter noch auszugehen.« Im letzten Satz schwang eine nicht zu überhörende Portion Missbilligung mit.

John zwinkerte Rupert zu, so, dass seine Haushälterin es nicht mitbekam. Der Hausdiener deutete eine Verbeugung an und unterdrückte dabei ein Lächeln. Dann strich er sich mit der Hand über seinen spiegelglatten Kopf. Nur wenig älter als John, war er mit zweiunddreißig Jahren bereits seit langer Zeit kahl. Eine Perücke sah man ihn dennoch niemals tragen. Sie störe ihn nur bei seiner Arbeit, hatte er einmal erklärt. John war es gleich. Er hatte nicht vor, etwaige Besucher mit modischem Schnickschnack seiner Dienerschaft zu beeindrucken. Zumal er selbst kein

Freund künstlicher Haarpracht war und auf ihr Tragen ebenfalls verzichtete. Wenn er über sein dichtes Haar zusätzlich eine Perücke zog, dann hatte er bereits nach wenigen Minuten dicke Schweißperlen auf der Stirn.

»Wird sofort erledigt, Sir. Ich hole nur schnell meinen Mantel, und vor allem eine Mütze.« Er lachte gutgelaunt auf. »Ich denke, wenn Sie in zehn Minuten zur Ecke Boult Court kommen, sollte ich eine Kutsche für Sie aufgetan haben.«

John nickte dankbar und trat einen Schritt zur Seite, damit Rupert an ihm vorbei ins oberste Stockwerk eilen konnte. Dort bewohnte das Ehepaar ein geräumiges Zimmer unter dem Dach. Im Nebenraum hatte Hannah ihre etwas kleinere Unterkunft.

John wandte sich um. »Ich weiß noch nicht, zu welcher Zeit ich zurückkehren werde, Hannah. Lasst doch bitte ein Licht vor der Tür brennen. Es braucht aber niemand im Haus aufzubleiben, wirklich nicht.«

»Wie Sie wünschen, Sir. Wenn Sie doch noch etwas benötigen sollten, dann geben Sie bitte Bescheid.«

»Ich bin sicher, das wird nicht nötig sein«, sagte John knapp. Er sandte ein Lächeln hinterher, um deutlich zu machen, dass er die Fürsorge zu schätzen wusste. Vorgeben konnte er es wenigstens.

Über Hannahs Gesicht zog ein Ausdruck des Verletztseins. Abrupt drehte sie sich zur Seite.

John betrachtete den Dreispitz in seiner Hand, dann strich er sich das zusammengebundene Haar glatt. Langsam schritt er ins Empfangszimmer. Ein selten genutzter Raum. Er hatte sich so lange durch seine Haushälterin und Rupert verleugnen lassen, dass fast niemand mehr auf die Idee kam, ihm einen persönlichen Besuch abzustatten.

Leise war Hannah ihm gefolgt und zündete einige Kerzen an, dann ließ sie John allein. Ruperts schnelle Schritte hallten auf der Treppe. Die Haustür öffnete und schloss sich wieder. John trat vor eines der Fenster, unterdrückte ein Gähnen. Es schneite weiter, jedoch halbherzig. Irgendwie gelangweilt. Dennoch hatte Rupert, der sich als dunkler Schatten vor dem glimmenden Weiß abzeichnete, es nicht leicht, voranzukommen. Im unsteten Licht seiner Laterne, die nur knapp über der Schneedecke baumelte, glitzerten die Kristalle amüsiert auf. Der kleine Gough Square war ein halbtrockenes Meer aus Schnee.

Er trat einen großen Schritt vom Fenster zurück und setzte sich den Hut bedächtig auf den Kopf. Im Fenster besah er sein Spiegelbild, zog sich die dreieckige Kopfbedeckung tief in die Stirn, richtete den Kragen seines Mantels. Betrachtete kritisch den vor ihm stehenden Gentleman. John Shinfield, Esquire. Zu Ihren Diensten, Sir. Er deutete eine spöttische Verbeugung an. Dann verharrte er nachdenklich. Was andere Menschen wohl in ihm sahen? Um die Augen verleitete ein feines Netz aus Lachfalten dazu, ihn für einen freundlichen und angenehmen Zeitgenossen zu halten. Wer jedoch genauer hinschaute, der konnte in dem harten Zug um die Mundwinkel erahnen, dass es mit seiner Gutmütigkeit nicht weit her war.

John Shinfield. Er wusste natürlich genau, was sie da draußen flüsterten. Die gute Partie. Tragisch, wie seine Ehe geendet war. Doch zweifelsohne eine sehr gute Partie. Ein vermögender Gentleman. Ein Shinfield zudem. Sohn des Earls of Finchampstead. Wenn er doch nur den Tod seiner Frau *endlich* verwinden und in die weitgeöffneten Arme der guten Gesellschaft zurückkehren würde.

John wandte sich mit einem ironischen Lächeln vom Fenster ab. Sie wussten nichts über ihn. Der gesellschaftliche, eitle Hokuspokus bedeutete ihm nichts mehr. Sollten sie doch glauben, seine Zurückgezogenheit sei lediglich Ausdruck tiefer Trauer. Hauptsache, sie hielten sich fern. Er blies mitnichten einzig Trübsal. Er war der Eitelkeit überdrüssig.

Vor der Haustür traf ihn die Kälte wie ein Schlag. Wann war es jemals derart kalt in London gewesen? Geschichten von Wintern, in denen Perücken an die Kopfhaut froren und Vögel als Eisbrocken vom Himmel fielen, gab es viele. Doch heute Nacht konnten sie wahr werden.

Er zog den Mantel noch fester um sich und schaute in den Himmel. Von Süden her klarte es merklich auf, dort prangten bereits die Sterne. Der Schneefall würde bald aufhören. Vorerst zumindest.

John stapfte langsam vom Gough Square durch die Gasse des Boult Court und trat schließlich auf die Fleet Street. Genau in diesem Moment hörte es auf zu schneien. Er blieb stehen und schaute sich um. Auf der Straße, die in der Verlängerung die Kathedrale St Paul's im Osten mit dem alten Stadttor der City of London im Westen verband, glich das Bild deutlicher jenem London, wie man es tagein tagaus gewohnt war. Ein schweres Fuhrwerk mühte sich gen Osten durch den zertrampelten Schnee. Es wurde von einem Reiter überholt, der sein Pferd in einen leichten Trab gebracht hatte. Nicht ungefährlich, da unter dem Schnee die rutschigen, unebenen Pflastersteine der Straße lauerten. Aus der anderen Richtung hielten zwei herrschaftliche Kutschen eng hintereinander auf Temple Bar und damit den Stadtbezirk von Westminster zu. Die Vergnügungsviertel der Stadt verloren auch bei diesem Wetter ihre Anziehungskraft nicht gänzlich. Obwohl die Pferde kaum schneller als im Schritttempo unterwegs waren, warfen ihre Hufe und die großen Kutschräder Brocken gepressten Schnees auf. Ein alter Mann, der, an die Häuserwände gedrückt, von den beiden Gefährten überholt wurde, schimpfte lautstark, als ihn der hochgeschleuderte Schnee im Gesicht traf. Ein Mädchen, das in dicke Lumpen eingehüllt einen Korb mit Äpfeln vor sich trug, war schlauer. Die Kleine sprang behände in einen Hauseingang und wartete, bis die Kutschen vorbeigezogen waren. Dann setzte das Mädchen seinen Weg fort, wohl ebenfalls nach Westminster, um dort den aus Theatern und Bordellen kommenden Besuchern lautstark seine Waren anzupreisen.

»Äpfel, Sir? Leckere Äpfel!«, rief das Kind ihm heiser zu, als es bemerkte, dass John herüberschaute.

Er schüttelte mitleidig den Kopf. Eisäpfel. Heute würde das Mädchen wohl nicht das Geschäft ihres Lebens machen.

»Sir! Hier, Sir.« Rupert schwenkte seine Laterne. Neben ihm hielt eine Mietkutsche, der Fahrer auf dem Bock war bis auf einen schmalen Sehschlitz vollständig in einen dicken Umhang und schützende Tücher eingehüllt. Die beiden Pferde dampften in der klirrenden Kälte und traten unruhig von einem Bein auf das andere.

John nickte und trat an die Kutsche. »Danke, Rupert. Nun mach dich auf, nach Hause. Hinaus aus der Kälte.« Er klopfte ihm auf die Schulter. Dem Kutscher gab er Ecke Russell Street und Piazza als Ziel an.

»Jawohl, Sir«, antwortete der Mann dumpf durch den schützenden Stoff und nickte. »Covent Garden, Sir.«

Im Wageninneren legte John sich die bereitliegende Wolldecke über die Knie. Mit einem knirschenden Ruck fuhr die Kutsche an.

Covent Garden. Wenn London eine Hure war, dann war Covent Garden ihr lukrativster Arbeitsplatz.

Kapitel 5

Im Schmerz lag keine Stille. Das Blut pochte betäubend in seinen Ohren. Ein Orkan. Aus angstgeweitetem Auge starrte er auf die Gestalt. Im Halbdunkel konnte er nicht viel mehr als farblose Umrisse ausmachen. Grobe Schemen vom Innern der Hütte und von dem Mann, der nur wenige Schritte entfernt über ihm aufragte. Er versuchte, seinen Blick auf die Silhouette zu fokussieren, versuchte, den nächsten Schlag vorherzusehen. Doch im Tränenfilm verzerrte sich das Bild zu einer trüben Pfütze. Sein zweites, zugeschwollenes Auge erschwerte das Sehen. Es war zu einem Brennen geschmolzen, schier unerträglich. Wobei er gar nicht wusste, ob es wirklich das Auge war, das derart schmerzte. Im feurigen Pochen seiner rechten Gesichtshälfte sprang der Schmerz von hier nach dort, war gleichzeitig an einer Stelle und überall. Vielleicht hatte der Eisenhaken den Wangenknochen zertrümmert. Seine Welt war eine tosende Hölle.

Ave Maria, gratia plena, Dominus tecum.

Er fühlte die Worte mehr, als dass er sie aufsagte. Das Eisen. Sein Auge zuckte suchend. Als sachte schwingenden Schemen meinte er die Stange in der Hand seines Gegenübers erkennen zu können. Aus Eisen? Wie hatte er sich nur so irren können. Ein lebendiges Raubtier, an der Leine seines Meisters. Auf der gierigen Suche nach dem nächsten Opfer. Dem nächsten Biss.

Seine zitternde Hand, jene, die er noch bewegen konnte, glitt krampfartig über den schmutzigen Boden. Auf der Suche nach Rettung. Irgendeiner Rettung. Suchen musste er, das sagte ihm etwas, ganz tief in seinem Inneren, kaum hörbar über dem Schmerz. Dennoch mit Nachdruck. Such!

Wo das Seil endete, kam seine Hand ruckartig zum Stillstand. Den scheuernden Schmerz an seinen Handgelenken nahm er bereits seit Stunden nicht mehr wahr. Seit Stunden? Seit Tagen?

Ein amüsiertes Lachen, das sich durch den feuchten Vorhang seines Auges und den Wirbelsturm der Schmerzen ins Bewusstsein hereindrängte, ließ auch den letzten Überlebenswillen schlagartig verkümmern. Das Lachen, es perlte voller Erheiterung, voller Gewissheit. Es war das furchtbarste Geräusch, das er je gehört hatte. Am Rande seines Bewusstseins nahm er die Feuchtigkeit wahr, die an seinem Bein hinablief.

Benedicta tu in mulieribus, et benedictus fructus ventris tui, Iesus.

Er sank in sich zusammen. Ein lumpiger, blutiger Haufen auf dem schmierigen Boden. Angebunden, wie ein Hund.

Sancta Maria, Mater Dei …

Zwei Schritte. Eine Stimme nahe an seinem Ohr, flüsternd, beinahe liebevoll.

»Man kann mir nicht entkommen, mein lieber Freund. Wer sich ungefragt in meine Angelegenheiten einmischt, der wird es bitter bereuen. Von meinen Leuten erwarte ich unbedingte Loyalität. Mein Vertrauen zu missbrauchen ist das Dümmste, was man tun kann. Dann hilft es auch nicht, sich in irgendeinem dreckigen Mauseloch zu verstecken. Wen ich finden will, den finde ich auch. Wer mich verrät, der hat dafür den einzig angemessenen Preis zu zahlen.«

Er hielt sein Auge geschlossen. Im Schmutz seines Gesichtes hinterließen die Tränen einen tiefen Krater, doch das bemerkte er nicht.

»Damit du verstehst, wie vergeblich und nichtig deine Einmischung war, werde ich dich etwas wissen lassen.«

Die Stimme verstummte. Aber nach wie vor lag die Atmosphäre von grausamer Heiterkeit in der Luft. Und da war noch etwas anderes. Etwas aus einer anderen Welt. Aus dem Nichts.

»Während wir beide hier Maulaffen feilhalten, wird dein anderes Versteck durchsucht. Dein kleines, schäbiges Versteck, von dem du dachtest, dass es niemand finden würde. Ich bin mir sicher, dort befindet sich das Geld, welches du für den Verrat bekommen hast. Du hältst dich wohl für sehr schlau, dämliches Bauernpack. Glaubst, ungestraft von zwei Herren kassieren zu können.«

Erneut das amüsierte Lachen. Der Gesang aus der Hölle.

… ora pro nobis peccatoribus…

»Hast du wirklich ernsthaft geglaubt, ich würde dich gewähren lassen? Mit Informationen, die mich betreffen, hausieren zu gehen! Dachtest du, ich sehe einfach zu, wie du dich, einer Dirne gleich, jemand anderem an den Hals wirfst? Um Informationen feilzubieten, die unsere Sache verraten! Und dann wendest du dich nicht einmal an unsere Gegner, sondern an einen weiteren Judas in unserem Kreis. Oh ja, eine Strafe hast du dir redlich verdient.« Die Stimme gluckste in sich hinein. »Wahrlich vortrefflich. Was für eine schöne Abwechslung in meinem heutigen Tagesablauf. Wie bitter für dich, dass ich deinem Verrat auf die Schliche gekommen bin. Rechtzeitig, bevor du zu großen Schaden anrichten konntest.«

… nunc et in hora mortis nostrae.

Dann geschah etwas Unerwartetes. Er hörte ein fremdes, ein neues Geräusch, das sich erst leise regte und dann immer lauter wurde. Gequetscht, fast gurgelnd.

Ein Lachen. *Er* lachte.

Lauter und lauter wurde das Lachen, füllte erst seinen Kopf, dann die Hütte, dann die gesamte Welt an. Es quoll aus der Hütte, ergoss sich über die Straßen, schwappte über die gesamte Stadt. Ein Teil von ihm lauschte überrascht.

Er lachte, wie er es in seinem Leben zuvor noch nie getan hatte. Er lachte, weil er etwas wusste. Etwas, das die boshafte Heiterkeit der Stimme auslöschen würde, wie eine Kerze im Sturm. Etwas, das die gottlose Zunge der Hölle nicht wusste. Er wusste, dass der Mann einem Schwindel aufgesessen war. Einem plumpen Schwindel.

Er hörte seinem eigenen Lachen zu. Beinahe ruhig.

Fast so etwas wie ein Trost, sein Wissen. Wie gerne wäre er doch dabei, wenn die Stimme erfuhr, dass sie sich in ihrer Überheblichkeit und Arroganz getäuscht hatte! Wie gerne!

Er lachte und lachte.

Das Lachen ging in keuchendes Husten über, als Blut aus seinem Mund in den Rachen lief. Er öffnete sein Auge und konnte plötzlich alles mit ungewöhnlicher Klarheit sehen. Die Hütte. Den Mann. Das Eisen, an dem sein Blut klebte.

Amen.

Er konnte nicht aufhören zu lachen. Auch nicht, als die Eisenstange auf seinen Kopf zugeschossen kam.

Kapitel 6

Nachdem er ausgestiegen war und den Kutscher bezahlt hatte, wandte John sich dem Treiben auf dem großen Platz zu. Der Schnee war hier zu braunem Matsch niedergetrampelt. Trotz der eiskalten Witterung flanierten einige Menschen über die Piazza, wenn auch deutlich weniger als üblicherweise. Einige ließen sich von Fackelträgern begleiten, kleinen Jungen, die sich ein paar Pennys verdienten. John rieb sich die Hände und ließ den Blick schweifen. Wie immer hielt sich eine bunte Mischung verschiedener Gesellschaftsschichten auf der Piazza auf. Der neueste Schrei französischer Mode begegnete abgewetzten Lumpen. John vergrub seine Hände tief in den warmen Manteltaschen. Sehen und Gesehenwerden. Wo anders als in Covent Garden trafen Adelige auf Arbeiter, diskutierte ein Duke über einem Glas Bier mit einem Drucker? Sie alle waren Besucher der Theater und vielzähliger Tavernen, der Kaffeehäuser und Bordelle, die diesen Bezirk bevölkerten. Er schmunzelte. Wobei sich die Etablissements nicht immer eindeutig der einen oder der anderen Richtung zurechnen ließen. Ja, nur die öffentlichen Hinrichtungen in Tyburn waren bei allen Klassen der Gesellschaft mindestens ebenso beliebt.

Nachdenklich ruhte sein Blick auf der Kirche St Paul, die am westlichen Ende, ihm genau gegenüber, den Platz begrenzte. Dunkel thronte sie über den Häusern, den verschneiten Buden und Menschen. Sie war bei weitem weniger eindrucksvoll als ihr Namensvetter, die prächtige Kathedrale in der City of London. Doch mit ihren Säulen und der tempelgleichen Front strahlte sie eine spirituelle Erhabenheit aus. Eine Erhabenheit, die in dem bunten und weltlichen Durcheinander irgendwie traurig verloren wirkte.

John schreckte auf und trat instinktiv einen Schritt zur Seite, als sich eine Hand auf seinen Oberarm legte.

»Mein Herr, ich wollte Sie nicht erschrecken. Wirklich nicht.« Aus großen Augen schaute ihn eine junge Frau unter ihrer weißen Haube hervor an. Sie war sicherlich noch keine zwanzig Jahre alt, hatte aber bereits den abgeklärten, leeren Blick einer alten Frau. All die Farbe und das grelle Rouge in ihrem Gesicht konnten nicht ihre ungesund fahle Hautfarbe verdecken. Ihre Lippen schimmerten blau.

»Sie sehen aus, als seien Sie auf der Suche, mein lieber Herr.« Sie lächelte ihn müde an und entblößte dabei ein gelbliches Gebiss, in dem mehrere Zähne fehlten. Auch ihre Haube sah bei genauerem Hinsehen verschlissen und grau aus. »Die halbe Stunde für zwei Guineas, Sir.«

Er schüttelte den Kopf und drehte sich schnell um. In seinem Rücken hörte er die Dirne einen Fluch ausstoßen. Nach wenigen Schritten war er durch einen Rundbogen unter die Kolonnaden getreten, die den nordöstlichen Teil der Piazza umgaben. Vergleichsweise wettergeschützt boten hier Blumenmädchen und Früchteverkäufer den vorbeischlendernden Menschen ihre Waren an. Vor einem Kiosk, der sich an den Pfeiler eines der Rundbögen schmiegte, feixten zwei junge Männer lautstark über einem Bogen Papier. Im Vorbeigehen sah er, dass sie sich über einen Druck beugten, der eine nackte Frau und einen hinter ihr stehenden, halb entblößten Mann beim akrobatischen Liebesakt zeigte. John zog die Schultern hoch und senkte seinen Blick, während er sich mit den übrigen Passanten mittreiben ließ, vorbei an einem Perückenmacher und einer hell erleuchteten Taverne. Hinter ihm tönte das angetrunkene Lachen der beiden Männer vor dem Kiosk. Dort machte man um diese Zeit das beste Geschäft. Wenn die übrigen Läden in Covent Garden längst geschlossen waren, boten die über die Piazza verstreuten kleinen Verkaufsbuden Souvenirs und vermeintliche Wunderdinge an. Doch es war allgemein bekannt, dass sie einen nicht unbeträchtlichen Teil ihres Umsatzes mit obszönen Drucken und Kontrazeptiven machten.

Wirklich, man konnte den Eindruck gewinnen, dass man in einem Zeitalter der Promiskuität und Ausschweifungen lebte. Nicht wenige Menschen im Land waren der Ansicht, dass der aus dem Hause Hannover stammende Monarch für den Niedergang der Moral und der englischen Sitten verantwortlich war. Nachdem vor einigen Jahrzehnten die Regentschaft der katholischen Stuart-Könige per Parlamentsbeschluss beendet worden war, fragten sich heute viele, was sie von einem deutschen Protestanten auf dem britischen Thron halten sollten. George II. war für seine launenhafte Vergnügungssucht bekannt. Man erzählte – nicht nur hinter vorgehaltener Hand – von wilden Ausschweifungen am Hof. Manch eine seiner Mätressen sollte mehr Einfluss auf die politischen Entscheidungen des Königs haben als der Premierminister. Was auch immer an diesen Geschichten dran war – es waren unbeständige Zeiten, in denen man lebte. Während auf der einen Seite allenthalben der Ruf nach Vernunft und Verstand zu hören war, schwangen am Ende des Tages anscheinend doch Lust und Begierde das Zepter.

John kam am Eingang eines Theaters vorbei, wenige Meter weiter blieb er stehen. Sein Ziel, das Kaffeehaus *Bedford Head*. Vor der Eingangstür war ein stämmiger Bursche postiert, neben ihm ein kleines Kohlebecken. Die Wärme, die von der Kohle aufstieg, war in dieser Luft ein Tropfen auf den heißen Stein. Dass der Mann an diesem Abend bei Handgreiflichkeiten einschreiten oder übermäßig Angetrunkenen den Zugang verwehren musste, war unwahrscheinlich. Die Kälte schien das Mütchen der Passanten gehörig zu kühlen. Covent Garden wirkte ruhig und gesittet wie selten.

»'N Abend, Sir.« Der Mann tippte sich mit seiner behandschuhten Hand an den Hut und öffnete die Tür. John Shinfield nickte ihm zu und überreichte ihm eine Münze. Dann atmete er tief ein und betrat das *Bedford*.

*

In der Luft hing der herbe Geruch von Tabakrauch, der in dünnen Schwaden durch den Raum waberte. Ein prasselndes Kaminfeuer schuf einen wohltuenden Kontrast zu der bitteren Kälte vor der Tür. An den meisten Tischen wurde Johns Eintreten mit einem kurzen Blick quittiert, dann wandte man sich wieder seinem Gesprächspartner, seiner Pfeife oder Zeitungslektüre zu. Ein, zwei Augenpaare verweilten neugierig länger auf ihm. Er war kein gänzlich Unbekannter. John senkte den Kopf.

Das *Bedford Head Coffeehouse* war an diesem Abend wie erwartet nur mäßig frequentiert. Das Wetter forderte auch von dieser Institution des Londoner Lebens seinen Tribut. Er erinnerte sich an seinen letzten Besuch. Wie lang war der schon her? Deutlich länger als ein Jahr, sicherlich. Damals war kaum ein Sitzplatz zu ergattern gewesen und man hatte schreien müssen, um sich seinen Gesprächspartnern in dem lauten Durcheinander verständlich zu machen.

Heute hingegen war lediglich etwas mehr als die Hälfte der Tische besetzt. Auch die Gespräche der Gentlemen glichen eher einem leisen Summen, im Vergleich zu dem brausenden Orkan damals. Vom üblichen, spannungsgeladenen Durcheinander war das *Bedford* an diesem eisigen Abend weit entfernt. Ihm kam dies nur gelegen.

John steuerte auf einen etwas abgelegenen Tisch in einer hinteren Ecke des Raumes zu. Im Gehen zog er seinen Mantel aus und nahm den Hut ab. Beide Kleidungsstücke legte er auf einen freien Stuhl, schräg gegenüber einem Mann, der seinen wuchtigen Körper vom Sitzplatz erhob.

»Mein lieber John, ich freue mich, Sie zu sehen. Wie wunderbar, dass Sie meiner Bitte folgen konnten.« Die beiden Männer schüttelten sich die Hand. »Bitte, setzen Sie sich doch.« Johns Verabredung deutete auf den freien Platz, ihm unmittelbar gegenüber.

»Vielen Dank, Henry.« John hängte seinen Degen ebenfalls an den benachbarten Stuhl. Dann setzte er sich. »Auch ich freue mich, Sie nach so langer Zeit wiederzusehen.« Eine unwesentliche Lüge, der Höflichkeit geschuldet. Es würde heute Abend vermutlich nicht die einzige bleiben.

»Eine viel zu lange Zeit, in der Tat! Doch bevor wir in alten Erinnerungen schwelgen – was möchten Sie trinken? Auch das Essen kann ich wärmstens empfehlen. Ich war so frei, bereits etwas zu bestellen.« Der Mann deutete auf den vor ihm stehenden Teller. In einem Tümpel brauner Soße schwamm ein halb verzehrtes Stück Schweinebraten. »Es war heute ein langer Tag.« Er winkte einem Mädchen, das die Gäste bediente.

John bestellte einen Krug Bier und ebenfalls eine Portion des Bratens. Das *Bedford* war neben allem Skandalträchtigen für eine gute Küche bekannt.

Nachdem das Mädchen die beiden Männer wieder alleine gelassen hatte, rückte John mit seinem Stuhl näher und platzierte seine gefalteten Hände vor sich auf dem Tisch. »Ich gratuliere zu Ihrer neuen Position, Sir. Ich gestehe, dass ich etwas überrascht war, als ich davon erfuhr. Henry Fielding, der große und bekannte Autor. Nun Friedensrichter von Westminster.«

Fielding winkte geschmeichelt ab und schob sich ein Stück Braten in den Mund. John musterte ihn verstohlen, während sein Gegenüber konzentriert und mit einem Lächeln auf den Lippen kaute. Er hatte Henry Fielding als groß und stämmig in Erinnerung, doch die jetzige Körperfülle schien mehr von Essen und gutem Wein Zeugnis abzulegen als von vormaliger Athletik. Groß, beinahe grob wirkten auch seine Gesichtszüge, die dominante Nase und das hervorstehende Kinn. John grub in seiner Erinnerung. Hatte Fielding sich seinerzeit nicht gerühmt, Nase und Kinn seien aristokratische Zeichen seiner Abstammung von den Habsburgern? Er ertappte sich bei einem Lächeln und überspielte es mit einem Räuspern. »Glückwunsch jedenfalls«, sagte er noch einmal, »ich freue mich außerordentlich für Sie.« Die zweite Lüge hatte nicht lange auf sich warten lassen.

Abwehrend hob Henry Fielding beide Hände. »Lieber John, das ist zu freundlich. Doch ich folge lediglich dem tiefen Bedürfnis, unsere vielversprechende Gesellschaft voranzubringen. Wenn ich hierzu als Richter etwas beitragen kann, will ich dies gerne tun. Einige Mitglieder besagter Gesellschaft bedürfen eben einer Korrektur. Eines wohlmeinenden Anstoßes hin zum richtigen Weg der Vernunft. Und das Schreiben«, er zwinkerte John verschwörerisch zu, »habe ich deshalb natürlich nicht an den Nagel gehängt.«

»Das höre ich mit Erleichterung. Ihren *Joseph Andrews* als Antwort auf Richardson habe ich seinerzeit mit großem Vergnügen gelesen.« Dies war nicht einmal gelogen. Mit größerem Vergnügen jedenfalls als den unerträglichen Briefroman, auf den Fieldings Werk humorvoll reagierte. Samuel Richardsons *Pamela* troff nur so von moralischer Bigotterie. Die belehrende Geschichte einer tugendhaften Magd, die sich den unmoralischen Avancen ihres adeligen Arbeitgebers so lange heroisch widersetzt, bis er sie ganz ehrenhaft ehelicht – John hatte sich bisweilen zwingen müssen, weiterzulesen.

Fielding nickte wohlwollend und schnitt das nächste Stück Braten zurecht. »Richardson, mein verehrter Kollege aus der Riege der Schriftstellerei. Man hört, er sei seit dem vergangenen Sommer ernsthaft erkrankt. Dies hält ihn jedoch nicht davon ab, in Kürze die letzten, noch fehlenden Teile seines Romans *Clarissa* auf den Markt zu bringen. Haben Sie die bisherigen Bände gelesen? Nein? Ich gebe zu, dass mich das Werk positiv überrascht hat. Ich hoffe nur, sein Autor sorgt in den abschließenden Bänden für ein glückliches Ende der Geschichte. Alles andere wäre schlicht unpassend. Wie dem auch sei.« Er räusperte sich. »In Bälde erscheint ebenfalls ein weiterer Roman aus meiner unbedeutenden Feder. Ich wäre gespannt, Ihre Meinung über ihn zu erfahren. Im Mittelpunkt steht erneut ein junger Mann, ich nenne ihn Tom. Tom Jones, um genau zu sein. Gerne lasse ich Ihnen nach Drucklegung ein Exemplar des Werkes zukommen.« Fielding sah John fragend an, während er die Gabel zum Mund führte.

»Sehr gerne, das ist überaus freundlich, Henry. Ich bin sehr gespannt.« John lehnte sich in seinem Stuhl zurück. Seine Ungeduld wuchs. Er war nicht für einen netten Plausch hierhergekommen. »Noch gespannter, das möchte ich nicht verhehlen, bin ich jedoch auf den Grund unseres Treffens.«

Fielding schluckte den letzten Bissen hinunter, legte das Besteck auf den Teller und wischte sich mit einer Serviette Mund und Kinn ab.

Wie ein Schauspieler, der seinen großen Monolog theatralisch hinauszögerte. War der Mann schon immer so selbstverliebt gewesen? John war bisher ein halbes Dutzend Mal mit ihm zusammengetroffen. Eher zufällig, bei irgendwelchen Abendessen, zu denen sie jeweils eingeladen gewesen waren. Keines ihrer eher als beiläufig zu charakterisierenden Gespräche war ihm in bleibender Erinnerung geblieben. Eigentlich, so gestand er sich ein, hatte er mit Fielding nie wirklich etwas anfangen können. War es ein Fehler gewesen, sich von einer ungewohnten Neugier leiten zu lassen und den Richter hier zu treffen? Er unterbrach die Stille. »Nicht, dass ich mich über dieses Wiedersehen nicht freuen würde, Sir.« War es ihm gelungen, die Ironie aus seiner Äußerung herauszuhalten? »Ich habe es jedoch zu meiner sonstigen Praxis gemacht, gesellschaftliche Zusammenkünfte gänzlich zu meiden. Dieser Ort«, er schaute sich um, »gehört schon lange nicht mehr zu den von mir frequentierten.«

»Ja, ich habe gehört, dass Sie seit dem furchtbaren Unglück Ihrer Frau sehr zurückgezogen leben. Fast wie ein Einsiedler. Jedenfalls mein tiefes Beileid, John. Der Verlust eines geliebten Menschen ist immer eine schwere Prüfung. Umso mehr danke ich Ihnen für Ihr Erscheinen.«

John sah Henry Fielding unverwandt an. Solche Sätze kannte er zur Genüge. Beileid. Verlust. Prüfung. Hohle Phrasen, allesamt. Er atmete tief ein.

»Ich kann es Ihnen gut nachfühlen.« Fielding dachte kurz nach und schwenkte dabei sein Weinglas. »Vier Jahre, ja wirklich, vier Jahre ist es bereits her, dass meine Charlotte verstarb. Ein schweres Fieber, wissen Sie, welches sie während eines Aufenthaltes in Bath ereilte. Was für eine Ironie, nicht wahr! Ausgerechnet in Bath, dem Ort, an dem man sich erholen und gesunden soll.« Er schüttelte den Kopf und stellte das Glas ab.

Dem Drang, die Stirn zu runzeln, widerstand John im letzten Moment. »Sie haben erneut geheiratet, wenn ich mich nicht irre?«

Fieldings Augen strahlten. »Oh ja, vergangenes Jahr, meine Mary.«

Selbst bis zu John war der skandalträchtige Klatsch vorgedrungen, als der bekannte Theaterautor und Schriftsteller Fielding eine Frau namens Mary Daniels ehelichte. Die Magd seiner verstorbenen Gattin. Die Hochzeit hatte stattgefunden, als Miss Daniels bereits deutlich sichtbar ein Kind von Fielding erwartete. So viel zu den *wirklichen* Beziehungen zwischen Herrschaften und ihren Angestellten. Es waren dann wohl doch eher die Marys, und nicht die Pamelas, die in dieser Welt ihre Belohnung erhielten.

Fielding riss John aus den Gedanken. »Wir müssen im Leben immer das Beste aus unserer Situation machen. Meinen Sie nicht auch, John?«

Das Servieren des Bratens enthob ihn einer Antwort. Dankbar bedachte er das Mädchen mit einem Lächeln, woraufhin es rot anlief.

Der Richter schmunzelte. »Ich wünsche Ihnen einen gesegneten Appetit, mein lieber Freund. Lassen Sie uns auf unser längst überfälliges Zusammenkommen anstoßen.« Er erhob sein Glas.

John tat es ihm gleich. »Auf Ihr Wohl, Sir. Auf Ihre neue Aufgabe als Friedensrichter.« Er nahm einen tiefen Schluck des dunklen Bieres, dann widmete er sich hungrig dem Braten.

»Nehmen Sie zum Beispiel Ihren älteren Bruder, Lord Edward Shinfield«, knüpfte Fielding an, während er seine Perücke bedächtig zurechtrückte. »Macht er nicht auch das Beste aus seiner Situation? Wie ich hörte, wird er in Kürze seine erneute Verlobung bekannt geben.«

Ein Hustenanfall ließ John zum Bier greifen. Nur unwesentlich lieber als über seine verstorbene Frau sprach er über seine Familie. Vor allem über Dinge, von denen er nichts wusste. Nachdem er das im Hals steckengebliebene Stück Braten hinuntergespült hatte, räusperte er sich mehrmals.

Mit leicht geneigtem Kopf sah Fielding John aufmerksam an.

John stutzte. Der Mann genoss seinen Auftritt. »Sie wissen anscheinend besser Bescheid als ich, Sir.«

Fielding spitzte die Lippen. »Oh, das war mir nicht bewusst, John. Lord Shinfields bisherige Ehe wurde wohl jüngst von der Kirche annulliert.« Er nickte. »Daher kann er eine neuerliche Heirat anstreben.«

»Ich verstehe.« Annulliert? Da musste Edward einen Batzen Geld auf den Tisch gelegt haben.

»Ihr verehrter Herr Vater, der Earl of Finchampstead, wird jedenfalls beglückt sein, da bin ich sicher. Die bisherige Ehe blieb ja leider kinderlos, wie man hört.« Fielding schwenkte sein Weinglas langsam in der

Hand und schaute John forschend über den Rand hinweg an. »Wie geht es dem alten Herrn? Das letzte Mal traf ich ihn vor etwa einem halben Jahr, wenn ich mich recht entsinne. Doch, ich denke, das könnte stimmen. Es war anlässlich eines Empfangs des Premierministers. Oder so etwas Ähnliches. Todlangweilige Veranstaltung jedenfalls. Erwartungsgemäß.« Er schnaubte.

John zog eine Augenbraue nach oben. Eine todlangweilige Veranstaltung. Und doch war Fielding dagewesen – immer darauf bedacht, den Wichtigen und Einflussreichen möglichst nahe zu sein. »Dann haben Sie den Earl zeitnäher gesprochen als ich, Sir. Unser Verhältnis ist, sagen wir, etwas angespannt.« Was in der Londoner Gesellschaft wahrlich kein Geheimnis war. John schob den nicht einmal halbverzehrten Braten von sich. Sein Appetit war schlagartig verschwunden. »Was, sagten Sie noch gleich, ist der Grund für Ihre Bitte, mich hier zu treffen?«

Der Anflug eines Lächelns zog über Fieldings Gesicht. Er trank den Rest seines Weines in einem Zug aus und bedeutete der vorbeigehenden Bedienung, ein weiteres Glas zu bringen. »Noch etwas für Sie?«, fragte er ausgesucht freundlich.

John schüttelte knapp den Kopf.

Der Richter räusperte sich und senkte die Stimme. »In einer sehr heiklen Angelegenheit benötige ich Ihre Hilfe, John.«

»Meine Hilfe? Ich bin Ihnen natürlich gerne zu Diensten, wüsste aber nicht, wie ich …«

Fielding unterbrach John mit erhobener Hand. »Ich werde es Ihnen erklären, will Sie aber darauf hinweisen, dass dieses Gespräch gänzlich unter uns bleiben muss. Höchste Vertraulichkeit, Sie verstehen?«

John runzelte die Stirn, nickte dann langsam.

»Es geht um nichts weniger als die Sicherheit unseres Landes.« Henry Fielding hatte sich über den Tisch gelehnt und die Stimme weiter zu einem Flüstern gesenkt.

John konnte den sauren Atem seines Gegenübers riechen und beherrschte sich, nicht reflexartig zurückzuweichen.

»Noch einmal möchte ich betonen, dass die Angelegenheit, welche ich Ihnen unterbreiten werde, Ihre absolute Diskretion verlangt.« Fielding wartete Johns erneutes Nicken ab. »Nur der Vollständigkeit halber möchte ich Ihnen versichern, John, dass ich mit der höchsten Autorität ausgestattet worden bin, diese Diskretion auch durchzusetzen.«

Betont gelangweilt verschränkte John die Arme vor der Brust. »Wie gesagt, ich habe Sie verstanden, Sir. Wenn Sie Zweifel hegen, sollten Sie Ihr Anliegen vielleicht einfach für sich behalten.« Was wohl überhaupt das Beste gewesen wäre. John warf einen ungeduldigen Blick zur Tür des Kaffeehauses. Er bereute bereits, dem Treffen zugestimmt zu haben.

Fielding schlug einen beschwichtigenden Ton an, setzte sich wieder aufrecht in seinen Stuhl. »Ich weiß natürlich, dass ich mich auf Sie verlassen kann. Sonst säßen wir gar nicht hier. Doch ich möchte Ihnen von vorneherein reinen Wein einschenken, Sir.« Er machte eine Pause und schaute John eindringlich an. »Es sind die höchsten Kreise in diese Angelegenheit involviert. Die allerhöchsten.«

»Sie spannen mich unnötig auf die Folter, Henry.« John deutete ein Gähnen an.

Der Richter wischte sich eine Schweißperle von der Stirn, die sich am Rand seiner gepuderten Perücke gebildet hatte. »Sie haben sich vor einigen Jahren unter dem Duke of Cumberland bei der Schlacht von Culloden ausgezeichnet.«

John quittierte die Feststellung mit einem Schulterzucken. Er widerstand dem Reflex, sich an den Rücken zu greifen. »Ob ich mich ausgezeichnet habe, müssen andere beurteilen. Aber ja, ich war an der entscheidenden Schlacht gegen die sogenannten Jakobiter vor nunmehr drei Jahren beteiligt.« Vor allem hatte die Schlacht dazu geführt, dass er anschließend den Dienst in der Armee quittiert und somit ein weiteres Mal dem ausdrücklichen Wunsch seines Vaters zuwidergehandelt hatte.

»Ihre moderate Darstellung ehrt Sie sehr, Sir. Doch man darf getrost festhalten, dass Sie entscheidend dazu beigetragen haben, unser Königreich vor einem Schritt in die Barbarei zu bewahren.« Fielding deutete im Sitzen eine Verbeugung an.

John wollte auflachen. Jetzt zog Fielding es offensichtlich vor, ihm Honig ums Maul zu schmieren.

»Nicht auszudenken, wenn die Truppen von Charles Edward Stuart damals den Sieg davongetragen hätten«, fuhr Fielding mit betont ernster Miene fort. »Nicht auszudenken! Diese Abtrünnigen hätten ein Blutbad in London angerichtet.«

Fieldings Wein wurde serviert, was John einige Sekunden Zeit verschaffte, sich zu sammeln. Worauf wollte Fielding eigentlich hinaus? Sicher, sie hatten damals die Schlacht gewonnen. Bonnie Prince Charlie, wie der Erbe der 1688 per Parlamentsbeschluss aus England verbannten Stuart-Monarchie auch genannt wurde, war bei den Kämpfen jedoch entkommen. John selbst hatte ihn während der kurzen Schlacht nahe der schottischen Stadt Inverness gar nicht zu Gesicht bekommen. Später hieß es dann, der Nachfahre von Jakob II. – daher nannte man seine Gefolgsleute meist Jakobiter – habe in Frankreich Zuflucht gefunden. Natürlich bei den Katholiken. Wo auch sonst? Die Geschichte seiner spektakulären Flucht beherrschte für Wochen, wenn nicht gar Monate die Gespräche der Londoner Gesellschaft: Als Frau verkleidet sei Charles den englischen Truppen entkommen. Seitdem habe er weiter alles darangesetzt, die Herrschaft der Hannoveraner über das britische Königreich zu stürzen. Als der vermeintlich rechtmäßige Thronfolger. Das Haus Stuart gegen das Haus Hannover. Die Geschichte war voll von solchen Auseinandersetzungen.

»Die Wahrheit«, Fielding dachte kurz nach, »ist, dass auch heute noch Gefahr von Charles' Anhängern ausgeht. Und zwar eine Gefahr für uns alle, die wir dem König und diesem Land treu ergeben sind.« Der Richter unterstrich seine Aussage mit einer andächtigen Pause. »Die Bedrohung ist noch nicht gebannt, Sir. Mitnichten. Glauben Sie mir, aus dem Untergrund heraus versuchen die Jakobiter weiter, unsere bestehende Ordnung zu stürzen. Dabei unterstützt, das wird Sie nicht erstaunen, werden sie von den Franzosen. Und vom Papst.« Er nahm einen Schluck aus seinem Weinglas. »Bis heute haben die Katholiken sich nicht damit abgefunden, dass sich unsere anglikanische Kirche nicht der Diktatur ihres Kirchenoberhauptes beugt. Denn unser Oberhaupt ist einzig der König. Legitimiert durch unser Parlament.«

Ein König, der beim Volk vor allem dafür bekannt war, seinen zügellosen Ausschweifungen mit seinen Mätressen nachzugehen. John seufzte.

»Ich sehe, mein Freund, dass Sie die schwelende Gefahr ebenfalls bedrückt.« Fielding nickte wissend. »Es ist eine Wahrheit, die viele Menschen einfach nicht hören wollen. Doch deshalb ist sie nicht weniger präsent. Mit der Schlacht von Culloden wurde mitnichten auch der Kampf gegen die Jakobiter gewonnen. Die Öffentlichkeit wiegt sich fälschlicherweise in Sicherheit. In einer trügerischen Sicherheit. Insbesondere atmet sie auf seit der Unterzeichnung des Vertrages von Aix-la-Chapelle. Ein Fehler, ein großer Fehler. Dass der Vertrag Charles aus Paris verbannt, ist lediglich eine ordentliche Portion Augenwischerei. Wir sollen von den

Franzosen an der Nase herumgeführt werden. Insgeheim unterstützen sie den Mann weiter.«

John beugte sich nach vorne. »So weit konnte ich Ihnen folgen. Doch ich verstehe immer noch nicht, was dies mit meiner Person zu tun hat.«

»Das möchte ich Ihnen natürlich erklären.« Fielding nahm erneut einen kräftigen Schluck. »Es gibt Anzeichen dafür, dass die Anhänger der Stuarts dabei sind, einen weiteren Vorstoß vorzubereiten. Hier – in London. Drohungen gibt es natürlich immer. Aus verschiedensten Richtungen. Vertrauliche Quellen unterrichten uns jedoch, dass konkrete Taten den üblichen Schmähworten folgen sollen. Irgendetwas braut sich da draußen zusammen. Uns stellt sich die Aufgabe, sowohl die Handelnden als auch die Unterstützer der gegnerischen Seite zu identifizieren. Die Jakobiter müssen ein für alle Mal ausgeschaltet werden. Man muss sie aus ihren Löchern hervorjagen.« Er klopfte sich imaginären Staub vom Ärmel. »Sie wissen vielleicht, dass ich in diversen Publikationen beständig vor ihren Umtrieben gewarnt habe.«

John erinnerte sich wirklich daran, in einigen Schriften und Journalen auf Beiträge mit Fieldings Warnung vor der verkannten Gefahr gestoßen zu sein.

»Es muss endgültig geklärt werden, wer die loyalen Sympathisanten des Stuart-Abkömmlings sind. Natürlich gibt es Vermutungen und Hinweise, aber wenige Beweise. Ein Dilemma.«

»Bei dessen Lösung ich Ihnen helfen soll?« Es gelang John nicht, eine Spur amüsierter Ungläubigkeit aus seiner Stimme herauszuhalten.

Fielding nickte.

In diesem Moment fühlte John eine Antipathie gegen den Richter in sich aufsteigen. Nein, stellte er erstaunt fest. Er gestand sie sich in diesem Augenblick nur erstmals ehrlich ein. Sie hatte immer bestanden. »Dann lassen Sie mich meine Verwunderung ausdrücken, dass Sie überhaupt an mich gedacht haben, Fielding. Was meine Wenigkeit betrifft, so existieren hinsichtlich dieser politischen Intrigen keinerlei persönliche Berührungspunkte, und sicherlich habe ich kein Gespür für das Dingfestmachen ihrer Strippenzieher.« Er schüttelte den Kopf. »Aus diesen Fragen, wie aus den meisten anderen auch, halte ich mich heraus. Gestatten Sie mir darüber hinaus, Henry, mich zu wundern, dass Ihre Person in solche höchststaatlichen Vorgänge involviert ist. Verstehen Sie mich nicht falsch. Ihre neue Aufgabe als Richter ist hochachtbar und für die Sicherheit der Bürger unabdingbar. Doch dass sie auch Aspekte der nationalen Sicherheit beinhalten soll, ist äußerst ungewöhnlich. Sie sind der Magistrat Westminsters.« Nicht weniger, aber auch nicht mehr. John kniff angriffslustig die Augen zusammen.

Der Richter schmunzelte. »Bald übrigens auch von Middlesex, wenn ich Ihnen ein Geheimnis anvertrauen kann. Doch auch damit erschöpfen sich meine Aufgaben mitnichten. Die Dinge sind nicht immer so, wie sie erscheinen. Dies, mein lieber Freund, wissen Sie selbst nur zu gut. Sie waren schließlich bereits in der Vergangenheit in geheimer Mission für die Krone tätig. Ja, auch darüber bin ich unterrichtet.«

Plötzlich schwante John, in welche Richtung sich dieses Gespräch bewegte. »Wie Sie richtig sagen: Vergangenheit. In der Vergangenheit. Ich habe meine Tätigkeit bereits lange beendet.«

Ein Schulterzucken. »Man besteht in den genannten höchsten Zirkeln jedoch auf Ihrer Mitarbeit in dieser Angelegenheit. Meine Aufgabe ist es, Sie diesbezüglich zu instruieren. Ich denke, Sie haben keine Wahl.«

Mit unbewegtem Gesicht und demonstrativer Stille quittierte John die Aussage. Innerlich stieg jedoch das warme Gefühl von Wut in ihm auf. Seine Faust hätte nur zu gerne Bekanntschaft mit Fieldings vorgeblich habsburgischer Visage gemacht. Er wollte dem Mann Schmerzen zufügen. Jäh kam ihm der Bericht in den Sinn, den Daniel ihm vorgelesen hatte. »Ich hätte gedacht, Fielding, dass Sie derzeit alle Hände voll zu tun haben, die unzähligen Morde in dieser Stadt aufzuklären.«

»Was wissen Sie davon?«, bellte der Richter. Für den Bruchteil einer Sekunde hatte Fieldings Gesichtsausdruck sich verwandelt.

John hatte Wut gesehen. Wut und Verwirrung. Er verspürte Genugtuung. Ein großartiges Gefühl. Der Schlag hatte gesessen. »Ich glaube, langsam werden die Leute da draußen nervös. Meine Köchin berichtete mir von Gerüchten, es habe bereits ein weiteres Opfer gegeben. Ein weiterer Mensch, dessen Gesicht dermaßen zertrümmert worden ist, dass auch seine Mutter ihn nicht identifizieren könnte. Nicht weit von hier, wenn ich mich richtig erinnere. Die Leiche eines erbärmlich zugerichteten Mannes. Doch das wissen Sie natürlich alles bereits.«

Eine angespannte Stille breitete sich am Tisch aus.

»Lassen Sie uns auf den eigentlichen Grund für unser Treffen zurückkommen«, sagte Fielding schließlich. Er wirkte plötzlich müde.

»Ich verstehe nicht, Henry, wieso Sie gerade mich in der Angelegenheit der Jakobiter ansprechen.« John stellte den Bierkrug ab. »Ich habe kaum noch etwas mit der Londoner Gesellschaft zu tun.«

»Es sind gerade Ihre Zurückgezogenheit sowie Ihre verdiente Vergangenheit, die Ihren Namen haben aufkommen lassen. Um Missverständnissen vorzubeugen – es ist an ganz anderer Stelle entschieden worden, an Sie heranzutreten, John. Wie gesagt, ich wurde lediglich mit der Ausführung betraut. Doch ich verschweige Ihnen nicht, dass mir im gleichen Atemzug deutlich gemacht wurde, dass der erfolgreiche Abschluss Ihrer Aufgabe mit meiner eigenen Person eng verknüpft sei.« Fielding spreizte entschuldigend die Hände. »Sie sehen, ich habe ein höchsteigenes Interesse, dass Sie einem alten Freund helfen.«

»Aber was genau zu tun?«

»Nun, es gibt eine Person, über die Informationen eingegangen sind. Hinweise, die eine unmittelbare Nähe zu den radikalen Jakobitern nahelegen. Trotz einzelner gegenteiliger Auffassungen in den soeben erwähnten Kreisen ist eine direkte Befragung der Person vorerst zu vermeiden. Die politische Lage, verstehen Sie. Es soll keine unnötige Aufmerksamkeit erregt werden, die dem Gegner nur hilft. Vielmehr soll ohne großes Aufsehen geklärt werden, wie viel Wirklichkeit hinter den Verdachtsmomenten steckt. Es wäre schließlich nicht das erste Mal, dass falsche Anschuldigungen gestreut werden, um einem Menschen zu schaden. Denken Sie nur an die Flut von Schmähschriften und Satiren, die seit einigen Jahren an jeder Ecke zu bekommen sind. Nein, man muss den Wahrheitsgehalt einer solchen schwerwiegenden Anschuldigung genau überprüfen.« Der Richter fixierte sein Gegenüber. »Hier kommen Sie ins Spiel.«

John rümpfte die Nase. »Ich soll als Ihr Spitzel tätig werden.« Er schüttelte ungläubig den Kopf.

»Nennen Sie es, wie Sie wollen. Sie erfüllen jedenfalls eine wichtige Aufgabe für die Sicherheit dieses Landes. Dies sollte Sie mit Stolz erfüllen. Zumal Sie in der Vergangenheit ähnliche Aufgaben bereits erledigt haben.«

»Und gesetzt den Fall, dass ich für eine solche stolze Aufgabe nicht zur Verfügung stehe? Meine Entscheidung war seinerzeit endgültig. Ich überlasse die Spionage im Namen Seiner Hoheit lieber anderen.«

Die Härte in Fieldings Antwort war nicht zu überhören. »Ich erinnere Sie nur ungerne an Ihre Pflicht, dieses Land und seine Krone zu schützen.

Sie hatten eine Verabredung mit unserer Regierung. Eine Abmachung, welche Sie einseitig beenden wollten, wenn ich mich nicht täusche. So wurde es mir berichtet.«

John lachte auf und schüttelte ungläubig den Kopf. »Meine Frau ist tot, Sir. Damit gibt es auch keine Grundlage mehr für jene Vereinbarung.«

»Das ist Ihre Meinung, John. Ich wurde ersucht, Sie darauf aufmerksam zu machen, dass auch heute noch gewisse Informationen besser unter Verschluss bleiben sollten. Ihr Bekanntwerden würde wohl zu unangenehmen Fragen und Folgen für Sie und Ihre Familie führen.«

»Drohen Sie mir?«

»Ich persönlich? Nein. Der genaue Inhalt Ihrer Vereinbarung ist mir nicht bekannt, ich agiere nur als Überbringer der Nachricht. Meine Auftraggeber machten deutlich, dass man Ihre Kooperation weiterhin verlangt, da man darauf baue, gewisse einmal geschlossene Absprachen wertzuschätzen. Zu diesen gehört wohl auch, von einer Anklage gegen Ihre Person abzusehen.«

»Also drohen Sie mir doch«, bemerkte John schmallippig.

Fielding enthielt sich einer Antwort.

»Sie drohen mir. Mit einer Anschuldigung, die bereits damals konstruiert war. Wie ein Damoklesschwert halten Sie sie über meinen Kopf, um erneut meine Kooperation zu erzwingen. Dabei habe ich persönlich nie …«

»Sagen Sie kein weiteres Wort, John«, fiel Fielding ihm ins Wort. »Von dem Inhalt und Umstand Ihrer in der Vergangenheit liegenden Absprache möchte ich nichts wissen.« Er lehnte sich in seinem Stuhl zurück und verschränkte die Arme. »Verstehen Sie diese Aussage bitte als Kompliment. Sie sind ein Ehrenmann und werden daher meine Bitte nicht abschlagen.«

John knirschte mit den Zähnen, dass es beinahe die Gespräche im Kaffeehaus übertönte.

»Ach, etwas sollte ich noch anmerken. Gewissermaßen, um Ihnen die Entscheidung einer Kooperation zu erleichtern. Nach diesem Auftrag, so versicherte man mir ausdrücklich, wird man nicht mehr an Sie herantreten.«

Skeptisch beäugte John den Richter.

»Ich setze volles Vertrauen in diese Aussage, John. Sie sollten es auch tun. Helfen Sie uns in dieser wichtigen Angelegenheit, und jene alte Sache wird mit keiner Silbe mehr erwähnt werden.«

»Das können Sie mir garantieren?«

Fielding nickte. »Man betonte ausdrücklich, dass ich dies könne.«

Das Damoklesschwert ein für alle Mal niederreißen? »Nun –«, sagte John langsam. »Vielleicht sollten Sie mir erläutern, worum es eigentlich genau geht.«

»Ich sehe, wir verstehen uns«, erwiderte Fielding fröhlich. »Das höhere Gut verlangt manchmal vom Einzelnen unangenehme Opfer. Es tut mir leid, wenn Sie ungewollt in diese Vorgänge hineingezogen werden.«

Auf John machte der Richter wahrlich nicht den Eindruck, als ob ihm irgendetwas leidtue. Ganz sicher nicht, dass er ihn in eine unschöne Intrige hineinzog, deren Dimension nicht absehbar war. »Wie Sie richtig feststellen, verstehe ich mich als Ehrenmann. Als solcher werde ich Ihrer Bitte entsprechen. Wobei ich die mir zugedachte Aufgabe nach bestem Wissen und Gewissen erfüllen werde, aber selbstredend keine Garantie übernehmen kann, was ihren Ausgang anbelangt.«

Henry Fielding deutete ein zustimmendes Nicken an. Als habe er Johns Gedanken gelesen, fügte er hinzu: »Eines muss ich Ihnen jedoch mit auf den Weg geben. Es steht fest, dass im Haus der als verdächtig benannten Person etwas vonstattengeht. Insoweit sind sich meine Quellen einig. Sir, es ist also unwahrscheinlich, dass Ihre Nachforschungen ergebnislos bleiben, wenn Sie sie mit dem gebotenen Ernst betreiben. In welche Richtung Ihr Ergebnis schließlich weist, das bleibt natürlich abzuwarten.«

Dieser alte Hund. »Gut, ich verstehe. Dann bleibt mir nur noch, von Ihnen den Namen jenes Verdächtigen zu erfragen. Und danach möchte ich Ihre Gastfreundschaft für heute nicht länger strapazieren.«

»Der Name, sicherlich.« Fielding griff in seine Jackentasche und zog ein kleines Stück Papier hervor. Unter seiner Handfläche schob er es John über die Tischplatte zu. »Sie sind zu absoluter Verschwiegenheit verpflichtet. Daran muss ich Sie nochmals erinnern.« Erst als John mit Nachdruck nickte, hob Henry Fielding seine Hand und gab das Papier frei.

Langsam faltete John den Zettel auseinander und las den in Tinte festgehaltenen Namen. Dann schaute er den Richter eindringlich an und runzelte ungläubig die Stirn. »Der Name klingt in dem Kontext, in dem er von Ihnen genannt wird, sehr unwahrscheinlich. Meine Familie ist mit dem Mann geschäftlich verbunden. Meinen Freunden rechne ich ihn nicht zu. Ein, sagen wir, unorthodoxes und eigenwilliges Verhalten ist

Ihrem Verdächtigen zuzuschreiben, sicherlich. Doch dafür ist er schließlich stadtbekannt. Ein Anhänger der Stuarts?«

»Auch auf die Gefahr hin, dass ich mich wiederhole, John: Die Dinge sind nicht immer so, wie sie scheinen.«

»Dies, mein lieber Henry, habe ich heute Abend wahrlich gelernt.«

Der Richter ignorierte die unverhohlene Ironie. Er streckte seine Hand aus und schloss sie fest, nachdem John den Zettel hineingelegt hatte. »Sie erreichen mich in Kürze in meinen neuen Räumen in der Bow Street, über dem Gericht. Bis dahin können Sie mir einen Boten senden und wir treffen uns erneut, an einem Ort Ihrer Wahl. So wie diesem, öffentlich und unauffällig. Ganz wie zwei alte Freunde.« Er verzog einen Mundwinkel.

Ein Gedanke schoss John in den Kopf. »Eines noch, Fielding. Wer genau hat Sie gebeten, mit mir zu sprechen?«

»Ich besitze nicht die Freiheit, Ihnen dies zu beantworten.« Der Richter winkte der Bedienung und beglich die Rechnung. »Seien Sie auf der Hut, mit dem Gegner ist wahrlich nicht zu spaßen. Er scheint an einem Punkt der Verzweiflung angekommen zu sein. Das macht ihn umso gefährlicher. Ein wildes Tier, das sich in die Enge getrieben sieht.« Er erhob sich von seinem Stuhl und stützte sich mit beiden Händen auf der Tischplatte auf. »Doch ich bin überzeugt, dass Sie für diese wichtige Aufgabe prädestiniert sind. Ein wertvoller Dienst für dieses Land und unseren König, Gott möge ihn schützen. Guten Abend, mein Freund.«

»Guten Abend.« John war ebenfalls aufgestanden und blickte dem Richter gedankenvoll nach.

Im Vorübergehen bedachte Fielding den Nachbartisch mit der Andeutung eines Nickens. Der dort sitzende junge Mann erwiderte die Geste, nahm einen schnellen Schluck aus dem vor ihm stehenden, fast unberührten Bierkrug und sprang dann auf.

Schau an. John setzte sich wieder und verfolgte den Abgang interessiert. Die beiden Männer verließen nur wenige Schritte hintereinander das Kaffeehaus; der große, wuchtige Richter mit etwas schwerfälligem Schritt, mal nach links, mal nach rechts grüßend, gefolgt von dem drahtigen Mann, der John entfernt an ein Wiesel erinnerte. Wirklich, Fielding hatte nichts dem Zufall überlassen und selbst Sorge dafür getragen, dass ihr Gespräch nicht von neugierigen Ohren am Nebentisch belauscht werden konnte. Dass ihm der Mann dort nicht vorher aufgefallen war, zeigte, wie eingeschlafen seine Sinne waren. Er würde auf der Hut sein müssen, wollte er unbeschadet aus dieser Geschichte hervorgehen. John stieß einen leisen Fluch aus. Warum holten ihn im Leben immer nur die unangenehmen Dinge wieder ein?

In gedrückter Stimmung blieb er noch einige Augenblicke sitzen, dann verließ er das *Bedford*. Auf der Piazza herrschte trotz des eisigen Windes weiterhin ein erstaunlich reges Treiben. Wenigstens sollte es wohl keine Schwierigkeiten geben, eine Mietkutsche zu bekommen. Plötzlich sehnte er sich nach seinem Haus, der ruhigen Beschaulichkeit am Gough Square. Fernab von den prunkvollen Anwesen der besseren Gesellschaft und den Vergnügungsvierteln um Covent Garden. Mit hochgezogenen Schultern und in den Manteltaschen vergrabenen Händen trat er unter den Kolonnaden hervor, in den Wind.

»Äpfel, Sir?«, rief eine krächzende Stimme und hielt John einen Korb entgegen.

Mitleidig schüttelte John den Kopf. Er stutzte. Das Mädchen mit den Eisäpfeln, von der Fleet Street. Er drückte dem frierenden Kind eine Münze in die Hand und ging weiter, auf der Suche nach einer Kutsche.

*

Er hatte sich getäuscht. Weder an der Ecke zur Russell Street noch in den umliegenden Straßen gelang es ihm, eine freie Droschke zu bekommen. Schlecht gelaunt zog er bereits ernsthaft in Erwägung, den Heimweg zu Fuß zurückzulegen. Da hielt an der Ecke Brydges und Tavistock Street eine Mietkutsche, der ein junger Mann in Begleitung zweier Damen entstieg. Mit kokettem Gelächter quittierten die beiden den Griff ihres Begleiters an das jeweilige Gesäß, während ihnen der Mann beim Aussteigen aus der Kutsche mehr oder weniger behilflich war.

John beschleunigte seine Schritte. Nur wenige Meter trennten ihn von dem Fahrzeug. Der Kutscher sprang von seinem Gefährt und riss beflissen die Tür auf. Aus dem Schatten des nächstgelegenen Hauses trat eine Frau hervor. Sie war in einen dicken Wollmantel mit hochgezogener Kapuze gehüllt und hatte ihr Gesicht durch einen mit breiten Goldfäden durchzogenen Seidenschal vor der Kälte geschützt. Anmutig streckte sie ihre linke, durch einen ledernen Handschuh geschützte Hand aus. Mit einer tiefen Verbeugung stützte der Kutscher die Frau und half ihr auf das Trittbrett.

Enttäuscht blieb John nur zwei Armlängen neben dem Wagen stehen. Er biss sich auf die Zunge, um nicht etwas Unangebrachtes auszurufen. Heute war wahrlich nicht sein Glückstag.

»Bin ich Ihnen zuvorgekommen?«

Die Stimme der Frau klang trotz des Schals klar. John vermeinte, Amüsiertheit aus ihr herauszuhören. Und eine Portion Herausforderung. Er verbeugte sich und lüftete seinen Hut. »Das sind Sie, Madam. Und selbstverständlich zu Recht.« Er wollte sich bereits abwenden, doch sie sprach ihn erneut an.

»Ein furchtbares Wetter, bei dem man nicht zu Fuß unterwegs sein sollte. In welche Richtung wollen Sie?«

Verdutzt zögerte John mit der Antwort. »Mein Ziel? Die City. Also – die Fleet Street. Auf Höhe des Gough Square, um genau zu sein.«

Die Frau nickte dem Kutscher knapp zu. »Das liegt durchaus auf meinem Weg. Ich lade Sie ein, mich bis zu Ihrem Ziel zu begleiten.« Sie stieg in die Kutsche und setzte sich auf die Bank.

Wie versteinert starrte John die geöffnete Wagentür an. Irgendetwas zupfte an den Saiten seiner Erinnerung.

Die Frau beugte sich vor und winkte ihn ungeduldig heran. »Machen Sie schon, es wird hier drinnen bei geöffneter Tür nicht wärmer.«

Hastig klopfte John imaginären Schmutz von Hut und Mantel, stieg ein und zog die Tür hinter sich zu. Dann setzte er sich der Frau gegenüber auf die Bank. Der Wagen schwankte etwas, als der Kutscher auf den Bock kletterte. John räusperte sich. »Das ist sehr freundlich von Ihnen, Madam.«

Die Frau nickte beiläufig, als schenke sie ihrem Mitreisenden kaum Beachtung. Während die Kutsche ruckelnd anfuhr, schlug sie in einer fließenden Bewegung die Kapuze zurück und wickelte langsam den Schal von ihrem Gesicht. John stockte der Atem.

»Geht es Ihnen gut, mein Herr?« Sie klang nicht wirklich besorgt, vielmehr spöttisch. »Sie sind ganz blass um die Nase.«

John räusperte sich abermals und strich mit dem Handrücken über die feuchte Stirn. »Die Kälte, Madam.« Er musste sich ermahnen, sie nicht unverhohlen anzustarren. Die Frau war eine außergewöhnliche Schönheit, doch dies war nicht der eigentliche Grund für seine Reaktion. Flüchtig wanderte sein Blick zum Fenster, doch er fand fast augenblicklich ohne sein Dazutun zurück zu ihr. Geradezu hilflos blinzelte er, nahm jedes Detail ihres Gesichtes in sich auf. Die dunkelbraunen Haare und die grünen Augen, die blasse, makellose Haut. John fühlte sich in der Zeit zurückversetzt. Abwechselnd wurde ihm heiß und kalt. Ihm gegenüber saßen eine Vision und ein Schreckgespenst zugleich.

John klaubte den letzten Rest seiner Selbstbeherrschung zusammen. Um sich abzulenken und um die alten Bilder zu verdrängen, nestelte er unter seinem Mantel am Degen, der im Sitzen unbequem gegen sein Bein drückte. Er vermied es mit aller Kraft, die Frau anzusehen. Doch er schaute geradezu erleichtert auf, als sie erneut zu ihm sprach.

»Eine beeindruckende Waffe, an der Sie da herumhantieren, mein Herr. Ich hoffe, ich muss es nicht bereuen, Sie in die Kutsche gebeten zu haben.« Ein Lächeln umspielte ihre Mundwinkel. »Nicht, dass Sie gar eine Schandtat im Sinn haben. Ein als Gentleman verkleideter Straßenräuber.«

John merkte, wie er unweigerlich rot wurde. Er schlug den Mantel zur Seite. »Ich verlasse nie ohne Degen das Haus, Madam. Eine reine Sicherheitsmaßnahme.«

»Sehr weise von Ihnen, Sir. Wir leben in gefährlichen Zeiten. Man weiß nie, wer hinter der nächsten Ecke auf einen lauert.« Erneut der Anflug eines spöttischen Lächelns. »Oder was.«

John zog den Mantel wieder über die Waffe und schaute auf seine Hände, die er in den Schoß legte. Noch im selben Atemzug ärgerte er sich über sein Betragen. Er verhielt sich wie ein törichter Jungspund. Eine Erkenntnis, die ihn nur noch weiter verunsicherte. Doch wie sollte man sich verhalten, wenn eine Tote ohne jegliche Vorwarnung wiederauferstand? Sich zu Boden fallen lassen und beten? Er schloss die Augen, übermannt von einem Gefühl des Schwindels. Es gab keinen Zweifel. Die Frau sah aus wie Sara. Sie besaß nicht nur eine entfernte Ähnlichkeit mit ihr, wie er sie lange Zeit für Sekundenbruchteile in einer Vielzahl von Frauen gesehen hatte. Nein, diese Ähnlichkeit war anders. Sie war greifbar und hielt auch nach genauerer Taxierung dem Abgleich mit der Erinnerung stand. Diese Frau hätte Saras Schwester sein können – er hätte es sofort geglaubt, sollte sie es behauptet haben. Wobei Sara als einziges Kind ihrer Eltern keine Geschwister gehabt hatte. Aber die Ähnlichkeit war schier unglaublich! Nein, sie war mehr. Beunruhigend. Bereits vergessen geglaubte Bilder seiner verstorbenen Frau flogen an Johns innerem Auge vorüber und nahmen ihm den Atem.

»Sie sind nicht gerade das, was ich gesprächig nennen würde«, holte ihre Stimme ihn zurück in die Gegenwart. Er schaute auf. Sie sah ihn aus leicht zusammengekniffenen Augen an.

John schluckte. »Verzeihen Sie, Madam. Ich vergaß ganz, mich Ihnen vorzustellen. Bitte entschuldigen Sie meine Unhöflichkeit. Mein Name ist John Shinfield. Zu Ihren Diensten.«

»Sehr angenehm, Mr Shinfield. Wie schön, dass Sie etwas auftauen.« Sie lachte amüsiert über ihren Scherz.

Selbst dieses Lachen, dachte John fasziniert. Selbst dieses helle Lachen erinnerte ihn an ein vergangenes Leben.

»Auch ich möchte nicht unhöflich sein und mich Ihnen vorstellen«, fuhr sie fort. »Mein Name ist Rebecca Fredericks.« Sie streifte ihre Handschuhe ab und warf sie achtlos neben sich auf die Bank. »So, nun wissen wir wenigstens, mit wem wir es zu tun haben.«

Er musste etwas sagen. Irgendetwas. »Es ist mutig von Ihnen, zu dieser Stunde und bei diesem Wetter alleine durch London zu reisen, Mrs Fredericks.«

Sie lachte erneut ihr glockenklares Lachen. »Wieso alleine? Sie sitzen mir doch gegenüber. Und Sie haben mir eben zu verstehen gegeben, dass Sie keine Schandtat im Sinn haben. Ich vertraue Ihrem Wort.« Leicht beugte sie sich vor und klopfte bestätigend mit ihrer Hand auf sein Knie. »Ich vertraue darauf, dass Sie meine Ehre bis zum letzten Moment verteidigen würden, Sir.«

Er musste sich zusammenreißen, um nicht aufzuspringen. Noch Sekunden, nachdem sie ihre Hand zurückgezogen hatte, konnte er sie brennend auf seinem Knie spüren.

»Schließlich sind Sie ein Gentleman.« Nach einer kurzen Pause fuhr sie fort, ein wenig gelangweilt: »Außerdem heißt es Miss.«

»Bitte?«

»Es heißt Miss Fredericks.«

»Oh, ich bitte um Verzeihung. Stammen Sie aus London, Miss Fredericks?«

»Wieso fragen Sie, Mr Shinfield?«

»Ich meine, einen leisen Akzent in Ihrer Stimme zu hören.«

»Was für ein feines Gehör Sie haben.« Miss Fredericks schien leicht konsterniert. »Meine Familie stammt aus dem Norden des Königreiches.« Sie presste ein wenig ihre Lippen zusammen.

»Aus Norfolk?«

Erstaunt sah sie ihn an. Erstmals war jegliche Heiterkeit aus ihrer Mimik verschwunden. »Aus der Nähe von Norfolk, ja.« Die Stirn in kaum wahrnehmbare Falten gelegt, ergriff sie die Handschuhe und streifte sie bedächtig über. »Wie gesagt, Sie verfügen anscheinend über ein feines Gehör.«

»Ich kannte jemanden aus jenem Teil des Landes. Daher bin ich mit der Melodie der Sprache gut vertraut.«

»Aha, mit der Melodie.« Mit leicht schräg gehaltenem Kopf blickte sie ihn unverwandt an. »Wie Sie dies sagen, klingt es irgendwie traurig.«

Er erwiderte ihren Blick, gab aber keine Antwort. Dabei wollte es aus ihm heraussprudeln. Dass sie seiner verstorbenen Frau zum Verwechseln ähnlich sah. Dass sie wie Sara einen leichten, kaum wahrnehmbaren nordischen Akzent besaß. Dass selbst kleine Gesten wie eine Kopfbewegung die Tote schmerzvoll zum Leben erweckten. All dies wollte er sagen. Doch er schwieg, bis er einen Blick aus dem Fenster warf. »Wir sind bereits auf der Fleet Street, nur wenige Ecken von meinem Ziel entfernt. Ich möchte Ihnen danken, Miss Fredericks. Es war sehr freundlich von Ihnen, mir bei diesem Wetter die Möglichkeit einer Mitfahrt einzuräumen. Darf ich mich an den Kosten der Mietkutsche …«

Sie winkte ab. »Es war mir eine Freude. Ich hoffe, Ihre Gattin sorgt sich alsbald nicht mehr, weil sie Sie in diesen unwirtlichen Verhältnissen unterwegs weiß.«

»Ich … bin verwitwet, Madam. Keine Sorge also.«

»Oh, bitte entschuldigen Sie.«

Das Gefährt kam zum Stehen. Sie hörten, wie der Kutscher vorsichtig vom Bock kletterte, dann wurde die Wagentür geöffnet.

»Ecke Boult Court, Sir.«

»Ja. Vielen Dank.« John stieg aus der Kutsche, gab dem Mann ein Geldstück und wandte sich noch einmal Rebecca Fredericks zu. Er griff an die Tür, um sie zu schließen. Hielt sie einen Moment fest. Der Kutscher begab sich wieder auf seinen Platz.

»Auf Wiedersehen, Madam.«

Miss Fredericks lächelte ihn an, mit einer Spur Melancholie, wie er verwundert feststellte.

»Auf Wiedersehn«, sagte auch sie. Und dann, als er die Tür schloss: »Denken Sie daran: Auf Regen folgt bald wieder Sonnenschein.«

Wie vom Blitz getroffen blieb er am Straßenrand stehen, während der

Kutscher laut schnalzte und sich die Droschke langsam wieder in Bewegung setzte, die Fleet Street hinunter. John griff sich an den Kopf. Auf Regen folgt wieder Sonnenschein. Eine banale Aussage. Er hatte sie oft gehört. Es war Saras Sprüchlein gewesen, wenn irgendetwas schiefgelaufen war. Wenn einer seiner Tage einmal mehr Sorgen als Freuden gebracht hatte. Ungewollt hatte er immer lachen müssen, wenn sie diese Plattitüde von sich gegeben hatte. Nun blieb ihm das Lachen im Hals stecken. John lief ein kalter Schauer den Rücken hinunter. »Was, zum Teufel …?«, fluchte er leise, schüttelte den Kopf und machte sich auf den Weg durch den Boult Court nach Hause. Eine Katze schrie irgendwo in der Nähe. Er fröstelte. Sie schien ihn auszulachen. Mit hochgezogenen Schultern ging John weiter. Seine Gedanken kreisten um Miss Fredericks. Und um Sara. Er seufzte, schüttelte den Kopf und sah sich um. Außer ihm war zu dieser Stunde in den kleinen Gassen niemand mehr in der Kälte unterwegs. Selbst die Katze, deren Schrei er gehört hatte, war nirgends zu sehen. Niemand, der bei Verstand war, weder Mensch noch Tier, hielt sich bei diesem Wetter freiwillig auf der Straße auf. So begegnete John auf dem Rückweg durch die vereisten Gassen und schneebedeckten Höfe jenseits der Fleet Street keiner Menschenseele.

Die Gestalt, die reglos in einem dunklen Hauseingang stand, bemerkte er nicht, obwohl er keine drei Schritte entfernt an ihr vorbeiging. Zu perfekt war sie mit der Dunkelheit verschmolzen. Zu still verharrte sie, ohne jede Bewegung. Zu vertieft war John in seine ungestüm kreisenden Gedanken und Erinnerungen. Wilde Schneeflocken, die in seinem Kopf umherwirbelten und ihn hastig nach Hause eilen ließen.

Kapitel 7

Zwei Nachrichten warteten am nächsten Morgen auf John. Gähnend bat er Hannah, die Umschläge in die Bibliothek zu legen. Er hatte ausgesprochen schlecht geschlafen. Langsam ging er ins Erdgeschoss, hielt dort inne und schritt nach kurzem Überlegen weiter hinunter in die Küche. Manchmal nahm er dort seine erste Mahlzeit des Tages ein. Während Beth Töpfe schrubbte, Geflügel ausnahm oder Teig knetete, saß er dann entspannt an einem kleinen Tisch in der Ecke des Raumes und aß genüsslich, was sie ihm vorsetzte. Dabei hörte er ihren lebhaften Geschichten und Gerüchten zu, die sie auf dem Markt, in Geschäften oder von anderen Bediensteten aufgeschnappt hatte. Meist schwieg er einfach, gab höchstens das ein oder andere Mal zustimmende oder verwunderte Laute von sich.

Beth, so hatte er erstaunt festgestellt, kannte nahezu jeden in der Stadt. Oder wusste, wen man fragen musste, um etwas über jemanden zu erfahren, den sie einmal nicht persönlich kannte. Sie verfügte über ein weit ausgespanntes Netz aus Freunden und Bekannten – kaum ein hohes Haus, in dem sie nicht über eine persönliche Quelle verfügte. Hausmädchen, Köchinnen, Botenjungen. Stets war sie bestens darüber informiert, was der größte Skandal, was der neueste Tratsch unter den Dienstboten war. Durch Beths Erzählungen hatte er in den vergangenen Monaten mitbekommen, was in den gesellschaftlichen Zirkeln der Stadt vor sich ging.

Eigentlich bereitete es ihm Unbehagen, wenn sich ein Mitglied des Haushaltes dermaßen mit jedwedem Klatsch beschäftigte. Vor allem seine geheime Tätigkeit für die Krone hatte ihn vorsichtig werden lassen. Und die Umstände, welche zu ihr geführt hatten. Doch der Loyalität seiner Köchin Beth konnte er gewiss sein. So gerne sie Skandale und Tratsch ausbreitete, so verschwiegen war sie, wenn es um ihre eigene Herrschaft ging.

Sara hatte ihn lächelnd beruhigt, als sie ihre redselige Köchin mit in den Haushalt brachte. »Beth ist wie eine Mutter für mich. Sie würde nie etwas tun, was mir schadet. Was uns schadet. Lass sie tratschen. Glaube mir, nie wird ihr ein kompromittierendes Wort über uns über die Lippen kommen. Ich vertraue ihr voll und ganz.«

Und wirklich: Selbst als nach Saras Tod ein allzu neugieriger Schreiberling ihr eine nicht zu verachtende Summe für Berichte aus dem trauernden Haushalt angeboten hatte, war Beth standhaft geblieben. Mehr noch, sie hatte dem Mann in Covent Garden eine Ohrfeige verpasst. Mitten auf dem belebten Markt, so laut, dass der Knall noch am anderen Ende der Piazza zu hören gewesen war. Dann hatte sie den Mann einfach stehen gelassen.

Auf Beth war Verlass. Wie Hannah waren sie und ihr Ehemann Rupert mit Sara in den Haushalt gekommen. Nach Saras Tod hatten alle drei darauf bestanden, weiterhin bei Mr Shinfield zu bleiben. Dabei hatte er es ihnen freigestellt, sich eine andere Herrschaft zu suchen. Er hatte den Entschluss gefasst, zukünftig zurückgezogen zu leben. Keine Einladungen mehr auszusprechen. Das oberflächliche Spiel der Gesellschaft nicht mehr mitzuspielen. Was sollten sich Hannah, Beth und Rupert also bei ihm langweilen? Eine einzelne Dienstmagd, die das Essen kochte und das Notwendigste sauber hielt, würde ihm genügen. Er bot seinen Bediensteten eine großzügige Abfindung an.

Doch nein, sie wollten bleiben. Es gebe immer etwas zu tun, gesellschaftliche Anlässe hin oder her. Sie würden ihre Herrin nicht im Stich lassen. Auch nicht nach ihrem tragischen Tod.

Erst vertagte John eine Entscheidung, dann verdrängte er sie, bis er den Status quo einfach akzeptierte. Manchmal, so gestand er sich ein, gefiel ihm das Umsorgt-Werden sogar. Manchmal war er für die menschliche Gegenwart dankbar. Das galt auch für diesen Morgen, an dem er hungrig in die Küche hinabstieg. Dem köstlichen Geruch von gebratenem Speck und aufgebrühtem Kaffee entgegen, der die Geister der vergangenen Nacht vertrieb.

*

John legte den Löffel neben seinen Teller. »Ich habe eine Frage, Beth.«

Die Köchin hielt kurz inne, dann putzte sie rhythmisch weiter das Gemüse, welches in den Eintopf für den Mittag sollte. Im selben Rhythmus, zeitlich etwas versetzt, wackelte ihr beträchtlicher Oberkörper. Wie ein übergroßer Yorkshire-Pudding, musste John nicht zum ersten Mal denken.

Beth räusperte sich. Es kam nicht oft vor, dass Mr Shinfield während seines morgendlichen Besuches das Wort an sie richtete. »Fragen Sie, Sir. Geht es um die Vorräte in der Kammer? Ich habe Rupert schon gebeten, die Kartoffeln aufzufüllen. Wer weiß, was dieser Winter noch bringt, da sollten wir vorbereitet sein.«

John lächelte. »Die Vorräte habt ihr beide sicher wunderbar im Griff. Da habe ich keine Zweifel. Im Gegenteil. Du weißt, Beth, dass du für zusätzlich notwendige Ausgaben jederzeit Geld von Hannah erhältst.«

Beth winkte ab. Sie strich sich eine kupferrote Haarsträhne, die sich unter ihrer weißen Haube gelöst hatte, hinter das Ohr. »Nicht notwendig, Sir.« Sie hielt nicht ohne berechtigten Stolz viel darauf, mit möglichst geringem finanziellem Einsatz die köstlichsten und opulentesten Mahlzeiten zu zaubern. Auch die Kartoffeln, da war John sicher, würde sie in höchster Qualität zu einem günstigen Preis über einen ihrer unzähligen Kontakte bekommen.

»Nein, um die Vorräte geht es nicht. Ich hätte vielmehr gerne gewusst, ob dir über einen alten Bekannten von mir etwas zu Ohren gekommen ist. Irgendetwas, das sich die Leute erzählen.«

Verwundert schaute Beth von ihrer Arbeit auf, eine Pastinake in der Hand. Nicht nur, dass John Shinfield an diesem Morgen für seine Verhältnisse ausgesprochen redselig war, nun fragte er auch noch nach Gerüchten und Tratsch. Die Welt war ein Irrenhaus. »Um wen geht es denn?« Mit in die breiten Hüften gestemmten Händen sah die Köchin John erwartungsvoll an.

»Alexander Steele.«

»Alexander Steele«, wiederholte Beth nachdenklich. »Mr Steele, der am Hanover Square residiert, Sir?«

»Ebender.« *Residiert* war überdies das einzig angebrachte Wort. Der Hanover Square galt als eine der feinsten Adressen der Stadt.

»Hm, lassen Sie mich überlegen. Ich kenne Rose, sie arbeitet als Küchenhilfe bei den Steeles. Gelegentlich treffe ich sie auf dem Markt und wir tauschen ein paar Worte aus. Doch ich kann mich nicht erinnern, dass sie irgendetwas Ungewöhnliches berichtet hätte. Nein, wirklich nicht.« Sie machte eine Pause. »Nichts außer dem üblichen Gerede.«

»Was erzählt sie denn über die Steeles?«

Beth starrte John entgeistert an, als würde sie ihn zum ersten Mal sehen. Schnell fasste sie sich wieder. »Also, was hat sie erzählt?« Sie kratzte sich an der Stirn. »Ich achte ja nicht so sehr auf Klatsch und Tratsch. Da muss ich wirklich mal nachdenken, Sir.«

Mit ernster Miene nickte John verständnisvoll und wartete ab.

»Die Herrschaften scheinen alles in allem angenehme Arbeitgeber zu sein. Jedenfalls hat Rose mir gegenüber nie erwähnt, dass sie wechseln möchte. Und Sie glauben gar nicht, Sir, wie oft ich gefragt werde, ob ich von freien Stellen weiß. Auch, ob hier bei uns etwas frei ist, wird regelmäßig nachgefragt. Einige Herrschaften da draußen, also wirklich … Aber wo war ich stehen geblieben? Ach ja, Rose. Den Hausherrn bekommt sie wohl selten zu Gesicht, er ist häufig unterwegs. Geschäftlich. Reist regelmäßig umher, gelegentlich sogar in die neuen Kolonien. Macht wohl Geld wie Heu – das lässt er die Welt auch wissen.« Sie wischte sich die Hände an ihrer Schürze ab. »Also, es heißt, seine gesellschaftlichen Einladungen könnten sich sogar mit denen am Hofe messen. Ein opulentes Essen wird da aufgefahren, sagt Rose! Aus aller Herren Länder. Da fallen einem die Augen aus dem Kopf.« Beth schaute für einen Moment versonnen an die Decke.

Aus eigener Erfahrung konnte John dieser Schilderung nur zustimmen. Die legendären Empfänge der Steeles waren nur schwer zu überbieten.

Beth verlagerte ihre Aufmerksamkeit auf die nächste Pastinake. »In letzter Zeit ist es aber etwas ruhiger geworden. Mit den hochherrschaftlichen Dinnern bei den Steeles. Rose meint, unter der Dienerschaft geht das Gerücht, dass Mr Steele an einer beträchtlichen Fehlinvestition zu knabbern hat.« Sie legte eine bedeutungsschwangere Pause ein. »Aber auf solchen Tratsch sollte man nicht unbedingt etwas geben. Im Leben läuft es immer mal so und dann wieder so. Mein alter Herr Vater sagt das immer, wissen Sie. Mal läuft es besser, mal schlechter.« Sie zuckte mit den Schultern. »Und dann ist da Mr Steeles Gattin, Amelia. Sie ist die jüngere Tochter irgendeines Lords, das wissen Sie vielleicht besser als ich. Jedenfalls ist sie alles in allem freundlich zu ihrem Personal. Also, zumindest nicht übermäßig unfreundlich. Es steht mir ja auch nicht zu, schlecht über die Herrschaften anderer Leute zu reden.« Beth spitzte den Mund und griff nach einem Bund Möhren. »Ich möchte wirklich nicht mehr sagen.« Sie schaute aus den Augenwinkeln zu John. »Etwas besorgniserregend ist es schon, was Rose da angedeutet hat.«

John zog eine Augenbraue nach oben und schwieg auffordernd.

Mit Inbrunst schrubbte Beth die Mohrrüben, dann atmete sie tief ein, warf abermals einen schnellen Seitenblick zu John Shinfield. »Rose meint, manch einer in der Dienerschaft habe Angst vor Mrs Steele, weil sie in Verbindung zu – wie soll ich es ausdrücken – finsteren Kräften stehe.« Beths Stimme hatte sich zu einem Flüstern gesenkt.

»Finstere Kräfte? Amelia?« John entfuhr ein Lachen.

»Wie gesagt, auf so etwas sollte man nicht hören, Sir. Das sagte ich ja bereits. Aber genau so hat Rose es mir erzählt. So wahr mir der himmlische Herr helfe.« Sie richtete ihren Blick gen Zimmerdecke.

John entging der beleidigte Unterton nicht. »Was hat sie denn damit gemeint, deine Rose?«, fragte er, nunmehr mit ernster Stimme.

Beth zögerte, warf John einen prüfenden Blick zu, dann schlug sie einen verschwörerischen Tonfall an. »Irgendwelche unheimlichen Rituale eben. Die Dienerschaft hört sie manchmal um Mitternacht in ihren Gemächern irgendwelche Sprüche aufsagen. In einer fremden Sprache. Als wenn mehrere Personen sich unterhielten. Unter der Tür zeigt sich dann ein gespenstisches Licht. Einmal will eines der Mädchen am nächsten Morgen Blut auf dem Fußboden entdeckt haben.« Sie nickte mit Nachdruck und schüttelte sich.

»Willst du sagen, dass Amelia sich mit teuflischen Dingen beschäftigt?«, fragte John ungläubig. Dieses Gerücht war ihm gänzlich neu.

»Oh nein, ich sage gar nichts, Sir!« Beth schüttelte vehement den Kopf und versuchte zu verbergen, dass sie rot wurde. »Dienstbotengerede eben. Sie haben ja gefragt. Also, wenn Sie wüssten, wer in London sonst noch in irgendwelchen Humbug verstrickt ist, Sir! Ihnen würden die Ohren schlackern!« Sie zuckte mit den Schultern. »Sie haben ja gefragt, wie gesagt.«

»Richtig, das ist wahr. Bitte entschuldige. Weißt du sonst noch etwas zu berichten? Im Augenblick ist alles von Interesse.«

Beth dachte einen Augenblick nach, während die Hände wie von alleine weiterarbeiteten. »So oft treffe ich Rose ja nicht. Und wenn, dann haben wir selbstverständlich kaum Zeit für einen Plausch. Ich habe Besorgungen zu machen, sie hat Besorgungen zu machen. Was mir noch einfällt? Gelegentlich besucht Mr Steeles Mutter den Haushalt und bleibt auch einmal für ein paar Tage. Sie ist ein alter Drachen, um es gelinde zu sagen. Nicht mehr ganz richtig im Kopf. Verlangt, dass alle sie ›Lady‹ nennen, obwohl sie gar nicht von Adel ist. Sie ist ständig im

Streit, mit jedermann im Haus. Mit wirklich jedem, nicht nur der Dienerschaft. Auch ihr Sohn kann ihr nichts recht machen, und schon gar nicht ihre Schwiegertochter. Rose meinte ernsthaft, sollte Mrs Steele bei ihren sonderbaren nächtlichen Praktiken einen bösartigen Fluch auf ihre Schwiegermutter legen, dann hätte sie den Segen aller Diener im Haus. Einmal«, Beth senkte ihre Stimme, »hat die alte Dame einen Brief an den Fleischer geschickt, der den Haushalt bereits seit Jahren beliefert. Zu seinen Kunden gehören die allerhöchsten Herrschaften der Stadt, angeblich auch der Prince of Wales.« Sie deutete einen Knicks an. »Mr Steeles Mutter – also Lady Agatha, wie sie sich selbst nennt, haha – beschwerte sich in dem Schreiben bitterlich über die Qualität der angeblich halbverdorbenen Fleischwaren. Sie drohte, ihr Sohn würde zukünftig nicht mehr bei besagtem Fleischer einkaufen lassen. Man stelle sich das vor, Sir! Der *Prince of Wales* ist dort Kunde!« Ehrfürchtig schnappte Beth nach Luft. »Der Ton dieses Schreibens muss dermaßen unverschämt gewesen sein, dass der Fleischer die Steeles ab diesem Moment nicht mehr zu seiner erlauchten Kundschaft zählen wollte.« Sie schüttelte den Kopf. »Erst nachdem sowohl Mrs Steele als auch Mr Steele wortreiche Entschuldigungen ausgesprochen hatten, wurden sie wieder beliefert. Eine wahre Hexe, die vermeintliche Lady. Sagt Rose, meine ich. Doch da sie nicht auf Dauer am Hanover Square wohnt, stellt sie keinen ernsthaften Grund für Rose dar, sich andere Herrschaften zu suchen. In der Küche bekommt sie sowieso nicht allzu viel von den Auseinandersetzungen mit, sie hört es meist von den anderen Bediensteten.« Beth legte das Gemüse in eine Schüssel und wischte sich die Hände sorgfältig an der Schürze ab.

»Und hat dir diese Rose irgendetwas über das Verhältnis der Steeles zur Religion erzählt?« John machte eine Pause. »Einmal von den ominösen Ritualen abgesehen.«

»Zur Religion?« Beth lachte auf. »Darüber reden wir nicht. Dieses Thema überlassen wir denen, die etwas davon verstehen. Tja, mehr kann ich Ihnen nicht erzählen, Sir. Sie wissen ja, ich bekomme von dem ganzen Dienstbotengerede nicht viel mit. Dafür habe ich gar keine Zeit.«

»Vielen Dank, Beth. Du hast mir sehr geholfen.« John faltete seine Serviette zusammen und legte sie neben den leeren Teller. Er stand auf. »Die Mahlzeit war wie immer köstlich, vielen Dank.«

Ein Strahlen zog über das Gesicht der Köchin.

»Ach, eine Frage hätte ich noch.« John war in der Tür stehen geblieben und wandte sich beiläufig noch einmal um. »Sagt dir der Name Fredericks etwas? Rebecca Fredericks.«

Beth runzelte nachdenklich die Stirn. »Ich habe mal von einem Colonel Fredericks gehört. Der war in irgendeine unschöne Sache verwickelt. Ich kann mich aber beim besten Willen nicht mehr entsinnen, worum es ging. Er ist meines Wissens bereits verstorben. Ob er Angehörige hatte und ob darunter eine Dame namens Rebecca ist, das kann ich leider nicht beantworten, Sir.«

John hatte die Küche bereits verlassen, als Beth hinter ihm herrief.

»Ich kann aber gerne Rose bei unserem nächsten Aufeinandertreffen fragen, Sir.«

Verwundert trat John zurück in den Raum. Beth war dazu übergegangen, Federn aus einem kopflosen Huhn zu ziehen.

»Wieso Rose? Es ging um den Namen Fredericks.«

»Sicher, Sir. Ich habe Sie schon verstanden.« Sie legte das halbnackte Huhn auf den Tisch und griff nach einem Messer. »Der Colonel, wissen Sie, war Nachbar der Steeles, Sir.«

*

Die Nachrichten, die in der Bibliothek auf John warteten, entpuppten sich als belanglos. Wie er es erwartet hatte. Einladungen, die er nicht annehmen würde. Achtlos ließ er sie liegen und rief nach Hut und Mantel. Schon immer hatte er die Maxime vertreten, Aufgaben möglichst umgehend zu erledigen, auch unangenehme. *Insbesondere* unangenehme Aufgaben. Wenn er den Steeles auf den Zahn fühlen musste, konnte er genauso gut sofort damit beginnen.

Er würde darauf verzichten, seinen Besuch anzukündigen. Nicht gerade die feine Art, doch er konnte es sich herausnehmen, gegen Konventionen zu verstoßen. Man erwartete es wahrscheinlich sogar von ihm. In den einschlägigen gesellschaftlichen Zirkeln galt er längst als nicht mehr ganz bei Sinnen. Doch da er der Sohn eines Earls war und Gerüchte über ein nicht unbeträchtliches Vermögen kursierten, konnte er es sich erlauben, einen eigenen Kopf zu haben. Leider riss aus diesem Grund der Strom an Einladungen nicht ab. Insbesondere von Müttern, die ihm ihre Töchter im heiratsfähigen Alter vorstellen wollten. Und von Müttern, die ihm ihre Töchter im nicht mehr heiratsfähigen Alter vorstellen wollten.

»Sie sind einer der begehrtesten Junggesellen der Stadt«, hatte Beth einmal bemerkt.

Er hatte laut gelacht und traurig den Kopf geschüttelt. »Nicht der Junggesellen, Beth. Der Witwer.«

»Ach, Sie sind in den allerbesten Jahren, Sir.«

Was, bitte, waren denn die besten Jahre? John rieb sich die Hände. Erstaunt stellte er fest, dass sich in seinem Magen ein leises, aufgeregtes Kribbeln breitmachte. Fieldings Order war seine erste Aufgabe abseits der Alltagsbeschäftigungen seit langem. Wenn er sich ihr auch nicht freiwillig widmete, musste er sich doch eingestehen: Auskundschaften, ob die Steeles Sympathisanten des Stuart-Abkömmlings waren, war etwas anderes, als den lieben langen Tag in der Bibliothek zu sitzen. Oder dann und wann einen Besuch bei *Rodnell & Hillberg* zu machen. Ja, er sah der Visite am Hanover Square durchaus mit einer Portion erwartungsvoller Spannung entgegen.

Auf dem Weg zur Haustür rief John seiner Haushälterin zu, dass er sich auf den Weg zum Hanover Square mache, gegen Mittag aber zurück sein wolle. Eine ungewohnte Beschwingtheit lag in seiner Stimme.

Hannah trat in den Flur, hielt erstaunt inne und sah Mr Shinfield stirnrunzelnd nach. Dann lief sie leise ins Dachgeschoss hinauf, um ihren Mantel zu holen.

*

Im Tageslicht hatte der Schnee seine Reinheit eingebüßt. Vermischt mit Ruß und Rauch aus den unzähligen Schornsteinen und Schloten, die den Himmel über der Stadt befeuerten, wirkte er bestenfalls gräulich. John schmunzelte. So schnell also war das Hochzeitskleid der schönen Braut bereits beschmutzt.

Nach nur wenigen Minuten, in der nahegelegenen Shoe Lane, gelang es John, eine freie Mietkutsche anzuhalten. Sie brachte ihn über High Holbourn und den Bloomsbury Square auf die Great Russell, dann weiter auf die Oxford Street. Obwohl die eisigen Wetterverhältnisse nur ein schleppendes Trabtempo gestatteten, kam die Kutsche bei dem spärlichen Verkehr gut voran.

Draußen hatte sich das Bild der Oxford Street innerhalb der letzten Minuten stetig gewandelt. Auf Höhe der Tottenham Court Road fuhren sie noch an armseligen Hütten vorbei, der Heimat unzähliger Arbeiter der nahegelegenen Ziegel- und Holzwerke; sie lieferten das Futter für das sich ständig ausweitende Stadtgebiet. Doch bereits ab Rathbone Place wurde erkennbar, dass sich hier eine wohlhabendere Klientel niedergelassen hatte. Je weiter man nun auf der Straße in Richtung Westen kam, desto eleganter zeigten sich die Häuser.

Kurz vor der Einmündung zur Market Street wurde der Verkehr doch dichter. Der Kutscher musste langsamer werden, gar anhalten, um Bauern mit ungelenken Fuhrwerken auszuweichen, die sich behäbig durch den Schneematsch schoben. Der nahegelegene Markt war für seine Fisch- und Fleischwaren bekannt.

John zog den Vorhang zur Seite. Es war in Anbetracht der Witterung erstaunlich, wie ausgesprochen geschäftig es in den Läden zuging, welche die Oxford Street vermehrt säumten. Hutmacher, Schneider, Goldschmiede. Fasziniert beobachtete er das Schauspiel, welches sich am Straßenrand bot. Scharen vermummter Bediensteter und in ihren modischen Ensembles Pariser Couleur gnadenlos frierender Damen frequentierten die Geschäfte wie emsige Ameisen. Heraus aus einer Tür, hinein in die nächste. Ein riesiger bunter Jahrmarkt, Eis und Schnee zum Trotz. Geld und Eitelkeit kannten keine unpassende Witterung.

Hier, an der Oxford Street, profitierten die Händler von der Nähe zu den neuen Wohndistrikten der Reichen und des Adels, insbesondere zum Hanover Square und dem sich im Aufbau befindenden Cavendish Square. Das in aller Welt verdiente Geld wollte ausgegeben werden. Wollte sich verdientermaßen präsentieren. Standesgemäß, welchem Stand man auch immer zugehörte oder sich zugehörig fühlte. Mehr denn je sprengten Geld und Besitz die alten Schranken von Gnade oder Fluch der Geburt.

Er hatte natürlich gut reden, musste John sich eingestehen. Die Shinfields waren eine der ältesten Familien im Land. Vor allem ausgedehnter Grundbesitz verschaffte ihnen ein beträchtliches Einkommen. Von dem jedoch in erster Linie sein Vater und dessen Erstgeborener profitierten. Johns älterer Bruder, Edward, hatte am Cavendish Square erst kürzlich ein Haus erworben. Für einen unfassbar hohen Kaufpreis, davon war auszugehen. Jedes dieser neuen, modischen Wohngebiete nahm schließlich für sich in Anspruch, eleganter und exklusiver zu sein als alle seine Vorgänger. So fraß London sich weiter und weiter voran. In die Felder, in die umliegenden Dörfer. Der Hunger war unersättlich.

John ertappte sich dabei, wie er die vorbeiziehenden Damen nach einer schlanken Gestalt absuchte. Einem Mantel, einem Tuch, hinter dem sich ein bekanntes und doch so fremdes Gesicht vor der Witterung schützte. Dieses Gesicht hatte seine Träume der vergangenen Nacht beherrscht. John zwang seinen Blick zurück in das Wageninnere, bis die Kutsche nach links auf die Holles Street einbog. Wenige Meter weiter hielt der Wagen schließlich an.

»Hanover Square, Sir«, hörte er den Kutscher dumpf ausrufen.

John stieg aus und bezahlte den Mann. »Sie brauchen nicht zu warten.«

Der Kutscher tippte sich an die Hutkrempe und nahm einen tiefen Schluck aus einer Flasche. Dann setzte er sein Gefährt mit einem gleichgültigen Schnalzen in Bewegung. John wartete, bis der Wagen an ihm vorbeigefahren war. Er wandte sich dem Platz zu.

Umschlossen von prächtigen, vierstöckigen Wohnhäusern wirkte der Hanover Square wie der Kern einer eigenen, kleinen Stadt. In der Mitte trennte ein Eisenzaun eine großzügige Fläche des Platzes ab. Übrig blieb ein breites Kopfsteinpflaster, welches es zwei, wenn nicht gar drei Kutschen mühelos erlaubte, aneinander vorbeizufahren. Raum, der für die ausladenden Gefährte auch dringend benötigt wurde. Die Wohnadresse Hanover Square erlaubte keine unansehnlichen Fortbewegungsmittel.

Gerade bog eine prächtige Chaise vom Süden her auf den Platz ein. Sie hielt vor einem der Häuser und eine korpulente Gestalt kletterte mühsam, mit Unterstützung eines Bediensteten in Livree, heraus. Sie schob sich, watschelnd wie ein Walross, an Land, die wenigen Stufen zum Eingang hinauf, wo ein weiterer Diener die Haustür mit einer tiefen Verbeugung öffnete. Im Türrahmen blieb der Mann kurz stehen, drehte sich um und blickte auf den Platz. John kniff die Augen zusammen. Wenn er sich nicht irrte, kannte er den Mann. Ja, er war sich sicher. Lord Ignatius Swanson. Wenn das überhaupt möglich war, schien Sir Ignatius noch an Leibesfülle zugelegt zu haben, seitdem John ihm bei einer Gesellschaft seines Vaters begegnet war. Ein unangenehm aufgeblasener Mann, der alles Essbare in sich hineingestopft hatte, was in die Reichweite seiner wurstigen Finger gelangte.

Swansons Blick schien für einen Moment an John hängen zu bleiben. Dann drehte der Mann sich um. Die Tür der Stadtvilla schloss sich hinter ihm.

John erinnerte sich gut an Lord Swanson, an jenes Essen. Über dem dritten Gang hatte sich eine heftige Diskussion zwischen ihnen ergeben. In einem Gespräch mit seinem Tischnachbarn hatte Swanson lautstark die Legitimität des Sklavenhandels unterstrichen, woraufhin John ihm vom anderen Ende des Tisches her eine unzivilisierte Haltung vorwarf. Alle Gespräche waren augenblicklich verstummt. Genau dies waren die Momente, die in Kaffeehäusern wie dem *Bedford* für tagelangen Gesprächsstoff sorgten.

»Ein Gentleman achtet die Menschen als Individuen«, hatte John in die Stille hinein nachgelegt. »*Alle* Menschen. Das ist ein hohes Gut unserer Zivilisation. Und im Übrigen auch ein christlicher Grundsatz.«

Natürlich war davon auszugehen gewesen, dass sich Lord Ignatius wenig davon beeindruckt zeigen würde, wie auch immer Johns Meinung zu diesem Thema aussah.

»Unzivilisiert und unchristlich? Sie verweisen in dieser Frage auf die Religion? Drohen Sie mir gar mit der Verdammnis meiner Seele im Jenseits, junger Herr? Ich muss Sie enttäuschen, fürwahr. Lieber Freund, es ist alleine dieses Leben, welches mich interessiert«, hatte der Lord röhrend gelacht und sich ungerührt ein weiteres Brathuhn auf den Teller legen lassen. »Alleine *dieses* Leben. Nicht jenes nach dem Tode. Wie immer es aussieht. Da gehen die Meinungen der Gelehrten durchaus auseinander, wie ich jüngst hörte.« Ein lautes Lachen, das die Gläser auf dem Tisch erzittern ließ. »Und übrigens, Sie mögen es mir nachsehen, Sir. Doch in allererster Linie schaue ich überdies auf mein eigenes Leben. Ich kann mit Stolz sagen, ich bin in dem Maße zivilisiert, wie es für mich am besten ist. Was scheren mich andere?« Ein Zucken der beleibten Schultern. »Vielleicht darf ich Ihnen eine erquickliche Lektüre empfehlen?« Ein für alle Gäste sichtbares Augenzwinkern. »Bernhard Mandevilles aufschlussreiches Werk über den Bienenstaat. Ein Staat, in dem sich jeder selbst der Nächste ist und so das Gemeinwohl aller voranbringt. Wie lautet noch gleich der genaue Titel …? Ach ja, *Die Bienenfabel oder Private Laster, öffentlicher Nutzen*. Ein wunderbares Buch. Ihr Herr Vater hat mir erzählt, Sie seien ein Liebhaber des geschriebenen Wortes. Ich werde Ihnen das Buch zukommen lassen.«

Der Lord hatte mit einem süffisanten Grinsen sein Weinglas gehoben und John zugeprostet. Bevor dieser wutentbrannt etwas erwidern konnte – er wollte eine kluge Aussage von John Locke zu Toleranz und Vernunft anbringen –, hatte sein Vater ihn bereits durch einen messerscharfen Blick zum Schweigen verurteilt.

Nachdenklich betrachtete John die Tür, die sich hinter Sir Ignatius geschlossen hatte. Die Welt war klein, auch in diesem stetig wachsenden Moloch London. Er würde vorsichtig sein müssen. Es gab alte Bekanntschaften, die aufzufrischen er nicht erpicht war.

John richtete seine Aufmerksamkeit zurück auf den prächtigen Platz. Ein Zeichen des Erfolges der Stadt und des Königreiches. Löcher in der Pflasterung, wie es sie sonst nahezu überall gab, hätte man hier unter dem Schneematsch vergebens gesucht. Über den prächtigen Wohnhäusern ragte wie ein Schutzpatron die Kirche St George auf. Man hätte wirklich meinen können, die Welt sei hier in Ordnung. Gesittet, friedlich. Kultiviert. John verzog säuerlich einen Mundwinkel, dann schmunzelte er. Wurde nicht in Samuel Richardsons unsäglichem Roman die frischvermählte Dienstbotin Pamela von ihrem Lordgemahl in das hier gelegene Stadthaus der Familie geführt? Zum Ziel aller Träume! Im Grunde zeigte diese Geschichte beispielhaft, warum sich London unaufhaltsam vergrößerte. Den Landadel zog es weg vom Land in das eigene Londoner Stadthaus. Es folgten in seinem Fahrwasser unzählige Bedienstete, Glücksritter und Dirnen. Die ihrerseits Raum beanspruchten, wenn sie sich an der Themse niederließen. Um, wie die Motten das Licht, die hohen Herrschaften zu umschwirren.

Wo sollte dies alles hinführen? John schnaubte. Seine eigene Biographie war das beste Beispiel für diese ausufernde Entwicklung. Die Shinfields waren erst seit wenigen Jahren im Besitz fester Londoner Adressen. Lange Zeit, daran konnte er sich gut erinnern, hatte sein Vater, vormals ein Tory durch und durch, die herrschaftliche Nase gerümpft. Über den Sündenpfuhl, der sich Hauptstadt des Königsreiches nannte. Und von einem Deutschen regiert wurde, der kaum die Sprache seines Volkes sprach. Nein, den traditionellen Sitz der Familie Shinfield, im ländlichen Hampshire gelegen, würde er, der Earl, nicht verlassen. Sicher, man besuchte London von Zeit zu Zeit, etwa, um sich notgedrungen um Geschäftliches zu kümmern. Um Kontakte zu pflegen. Doch nichts ging über die Ruhe und Beschaulichkeit des Landlebens. Die heilige Tradition.

Heute tat der Earl so, als habe er schon immer in London gelebt. Im Zentrum des Geldes. Alle früheren Vorbehalte waren vergessen. So schlimm waren die Whigs dann anscheinend doch nicht. Whigs oder

Tories – nichts verband am Ende des Tages mehr als das Streben nach Geld und Besitz. Wie ein Krake hatte der Earl sich in Clubs und Zirkeln festgesetzt, bestrebt, den eigenen Einfluss und damit sein Vermögen zu mehren. Das Herrenhaus auf dem Land, Farley House, beherbergte heute lediglich noch eine Handvoll Angestellte, die es für die immer seltener werdenden Kurzbesuche der Familie in Stand hielten.

Während sein Vater und seine beiden Brüder Edward und Richard, wenig überraschend, sehr darauf geachtet hatten, ihrer gesellschaftlichen Stellung mit einer exponierten Wohnadresse nachhaltigen Ausdruck zu verleihen, hatte es John nicht nach Westminster, sondern in den alten Teil der Stadt gezogen. Mit dem ihm zur Verfügung stehenden Geld hatten Sara und er in der City of London nach einem bescheidenen Heim gesucht. Dort im Osten waren die Häuserpreise niedriger, die Straßen schmutziger und die Nachbarn höchst selten aristokratischen Ursprungs. Geradezu eine Erholung.

In der kurzen Phase des Glücks hatten sie niemanden sonst gebraucht. Vor allem, als Sara eines Tages kleinlaut von ihrer Vergangenheit berichtete, schien die Zurückgezogenheit Schutz zu bieten. Sie begannen, einen Großteil der an sie gerichteten Einladungen abzulehnen. Handgeschriebene Karten und parfümierte Briefchen. Schließlich war er der Sohn eines Earls. Auch wenn er in der Diaspora wohnte. Er war der Bruder eines Lords, welcher Beziehungen zum königlichen Hof pflegte. John begannen die immer wiederkehrenden Gespräche, das hohle Geplapper zu langweilen.

Im Kreis seiner Familie nahm der Unmut zu. Dort war John ohnehin das schwarze Schaf. Eine Enttäuschung für seinen Vater, den Earl of Finchampstead. Eine Enttäuschung für seinen älteren Bruder Edward. Gerade für Edward, mit seinen aufstrebenden Ambitionen. Sicherlich auch eine Enttäuschung für seinen jüngeren Bruder, Richard Shinfield, der dazu tendierte, wie ein Papagei Edwards Meinungen und Vorbehalte zu wiederholen.

Gut, dass seine Familie nie erfuhr, dass John zu jener Zeit Spion für die Krone wurde. Nicht freiwillig wurde er zum Spitzel, doch das änderte nichts. Nur so hatte er Sara schützen können. Das war die Bedingung gewesen. Nichts anderes hatte gezählt. Doch dann verlor er mit Saras Tod alles. Wie ein Kartenhaus fiel sein Leben in sich zusammen.

Für wenige Wochen – direkt nach dem Unglück, als er sich gänzlich in die Einsamkeit zurückzog, um noch einen Rest seines klaren Verstandes zu bewahren – ließ man ihn in Ruhe. Man mied ihn geradezu, wie einen Aussätzigen. Unglück wirkt abstoßend, wie die Pestilenz. Die Gefahr der Ansteckung.

Man mied ihn jedoch nur so lange, bis die Gerüchte über das Geld zu kursieren begannen. Sein neues Vermögen. Es war von Sara gekommen, die es wiederum ihrem nur kurz vorher verstorbenen Vater verdankte. Als sich die Nachricht vom Reichtum verbreitete, verließen die Geier aufgeregt ihren Horst und begannen, John erneut zu umkreisen. Nachdrücklicher als zuvor. Plötzlich schien die Heirat mit der unbekannten Tochter eines ebenso unbekannten Händlers doch kein dermaßen großes Unglück für die Familie Shinfield gewesen zu sein.

Für einen Moment hatte er damals ernsthaft erwogen, der Stadt, vielleicht sogar dem Land den Rücken zu kehren. Doch der bloße Gedanke daran, das Haus am Gough Square aufzugeben, war ihm unerträglich. Die hier greifbare Erinnerung an die gemeinsame Zeit mit seiner Frau war mehr wert als jeder Zustand, der, wo auch immer in der Welt, ihn erwarten würde.

Erstaunlicherweise hatte das Gespräch mit Richter Fielding ihm deutlich gemacht, dass der Schmerz im Laufe der vergangenen Monate durchaus kleiner geworden war. Er war nicht verschwunden, aber er schien geschrumpft und gab John unerwartet Raum, sich mit etwas Neuem zu beschäftigen. Auch wenn es nur die Bespitzelung eines alten Bekannten war, dem die Justiz verschwörerische Motive unterstellte. Das Leben war ein Irrenhaus.

Langsam schlenderte John an der eindrucksvollen Häuserfassade entlang. Ihm kamen nur wenige Passanten entgegen. Sie wirkten allesamt geschäftig und schenkten ihm keine Beachtung. Vor dem Gebäude, das an der östlichen Ecke zur Hanover Street lag, erklomm er die von Schnee und Eis befreiten Stufen. Geradezu magisch angezogen warf er einen kurzen Blick auf das sich rechts anschließende Nachbarhaus. Dies musste das Anwesen jenes Colonel Fredericks sein, von dem Beth berichtet hatte. Die stolze, unbeleuchtete Fassade des Hauses verriet John nichts, gab nichts über seine Bewohner preis.

Vor der Eingangstür der Steeles hielt er für einen Augenblick inne und atmete tief ein. Er konnte ein Schmunzeln nicht unterdrücken. Eigentlich war es geradezu ironisch. Die vermeintliche Gefahr für die hannoversche Linie der Monarchie sollte hier, am Hanover Square, wohnen.

Der Türklopfer unter Johns Hand rang dem massiven Holz einen dumpfen Ton ab.

»Sir?« Die Tür öffnete sich bereits nach wenigen Sekunden, doch nur gerade so weit, dass ein Butler seinen Kopf herausstrecken konnte. Der Mann sah ihn abwartend und dergestalt ausdruckslos an, dass er die Unhöflichkeitsgrenze zur Ablehnung nicht überschritt. Um Haaresbreite. John war sicher, wäre er anhand seiner Kleidung nicht als Gentleman erkennbar gewesen, die Tür wäre ihm sogleich wieder vor der Nase zugeschlagen worden.

Er hatte gehofft, auf einen Bediensteten zu treffen, der sich noch von früheren Besuchen an ihn erinnerte und ihn daher trotz seiner unangemeldeten Aufwartung einließ. Augenscheinlich hatte er kein Glück. Diesen Mann hatte er noch nie gesehen. Ein unglücklicher Start seiner Mission.

»John Shinfield ist mein Name. Ich möchte Mr Alexander Steele meine Aufwartung machen.«

»Wenn ich fragen darf: In welcher Angelegenheit, Sir?«

»In einer privaten Angelegenheit.«

»Ich bedauere, Sir. Mr Steele empfängt heute nicht.«

»Ist er anwesend?«

»Wie gesagt, ich bedauere außerordentlich, Sir.«

»Bitte sagen Sie ihm – wie ist Ihr Name?«

»Joseph, Sir.« Der Mann verzog weiterhin keine Miene.

»Bitte sagen Sie Mr Steele, Joseph, dass sein alter Bekannter John Shinfield ihn gerne persönlich grüßen möchte. Glauben Sie mir, Joseph, er wird mich mit Freuden empfangen, wenn Sie ihm meinen Namen nennen. Wir haben uns einige Zeit wegen anderer Verpflichtungen meinerseits nicht gesehen, doch ich kann Ihnen versichern, dass ich bereits mehrfach zu Gast in diesem Haus war.« John setzte sein gewinnbringendstes Lächeln auf, doch das Gesicht seines Gesprächspartners blieb steinern. Wie überhaupt seine gesamte Person, die weiter den Türspalt ausfüllte und John den Blick in das Innere des Hauses versperrte. John ahnte bereits, welche Antwort er bekommen würde. Er sollte sich nicht getäuscht haben.

»Ich bedauere sehr. Doch ich werde Mr Steele selbstverständlich ausrichten, dass Sie vorstellig geworden sind.« Er schob ein halbherziges »Sir« hinterher und zog seinen Kopf zurück, um die Tür zu schließen.

Oh ja, der Mann war gut, musste John sich eingestehen. Er machte nichts anderes, als seine Herrschaften vor ungewollten, penetranten Besuchern zu schützen. Genau das, was Hannah und Rupert am Gough Square erfolgreich für ihn taten. Eine grundlegende Qualität eines verdienten Dienstboten. John wollte sich bereits zum Gehen umwenden, als aus dem Inneren des Hauses eine Stimme zu hören war.

»Was geht hier vor sich? Die Kälte zieht bis hinauf in die Bibliothek. Du wirst dir noch den Tod holen, Joseph. Weiß Gott, ich zittere bereits wie Espenlaub.« Eine zierliche Hand legte sich auf die Kante der Tür und zog sie auf. Der Butler trat einen Schritt zur Seite.

»John?« Die Frau, die im Türrahmen erschien und sich mit einer Hand schützend einen wollenen Schal vor die Brust drückte, war klein, kaum größer als ein zwölfjähriges Mädchen. Sie wirkte zart, fast zerbrechlich, war schlicht gekleidet. Doch für ihr Kleid war eindeutig nur das allerbeste Tuch vom Kontinent verwendet worden. Ihre blonden Haare hatte sie unter einer weißen Haube aus kostbarster Spitze zusammengebunden. Trotz ihrer geringen Größe war sie eine eindrucksvolle Frau. Eine Frau, die man nicht unterschätzen sollte. Mit einem wachen Verstand. Aus großen, tiefblauen Augen starrte sie John ungläubig an.

Er lächelte.

»John?«, wiederholte sie. »John Shinfield! Was für eine ... Überraschung!«

»Amelia.« Er lüftete seinen Hut und verbeugte sich tief.

»Bitte kommen Sie herein, John.« Amelia Steele trat auffordernd zur Seite und hielt ihm ihre Hand entgegen. »Kommen Sie herein. Sie sind herzlich willkommen.«

John nahm die dargebotene Hand in seine beiden Hände und deutete einen Kuss an. Dann betrat er das Haus. Hinter ihm schloss Joseph lautlos die Eingangstür.

»Willkommen, Sir«, sagte der Butler, als wäre nie etwas geschehen, und griff nach Johns Mantel und Hut.

»Vielen Dank«, erwiderte John und konnte sich ein anerkennendes Lächeln nicht verkneifen. Joseph war gut, sehr gut. Wie eigentlich nicht anders zu erwarten im Hause der Steeles.

»Wir gehen in den grünen Salon. Joseph, bitte informiere Mr Steele über die Ankunft unseres überraschenden Gastes. Und danach bringe uns bitte frischen Kaffee. Sie trinken doch eine Tasse, John?«

Er nickte.

Der Butler verbeugte sich. »Selbstverständlich, Madam.« Er verschwand über die breite Treppe in die oberen Stockwerke.

»Alexander führt gerade ein geschäftliches Gespräch«, erklärte Mrs Steele entschuldigend, während sie John durch die nächstgelegene Tür in den Salon führte. »Oben, in seinem Arbeitszimmer. Eigentlich führt er immerzu geschäftliche Gespräche, Sie kennen ihn ja. Es ist wie eh und je. Doch ich denke, es wird in diesem Fall nicht mehr allzu lange dauern. Ach, Alexander wird sich zweifellos sehr freuen, Sie wiederzusehen. Lord Shinfield, Ihren Bruder, trifft er regelmäßig, doch Sie haben sich in der letzten Zeit rargemacht, John.« Sie erhob neckisch wackelnd den Zeigefinger. Mitten im Raum blieb sie schließlich stehen. »Bitte, bitte nehmen Sie doch Platz.« Sie deutete auf ein mit grünem Brokat überzogenes Sofa und setzte sich John gegenüber auf einen passenden Sessel, in dem sie fast verschwand.

John blickte sich aufmerksam in dem Empfangsraum um. Es hatte sich kaum etwas verändert. Bis ins letzte Detail strahlte der Raum Wohlstand und Eleganz aus. Das Aushängeschild eines erfolgreichen Kaufmanns. Eines der erfolgreichsten Händler des Landes. Sein Blick blieb an der Wand hängen. Er kniff die Augen leicht zusammen. »Ein sehr gut getroffenes Porträt«, bemerkte er anerkennend und wies auf die Stelle über dem Kamin. »Es wird Ihrer Schönheit immerhin annähernd gerecht, Madam.«

Amelia lachte auf und winkte ab. »Vielen Dank, John. Wie freundlich von Ihnen. Alexander hatte den Wunsch, das Bild anfertigen zu lassen. Ich muss gestehen, dass ich es immer noch etwas irritierend finde, wenn ich den Raum betrete und in dieses Gesicht schaue, welches mein eigenes sein soll.« Ihr Blick richtete sich nachdenklich auf das Porträt. »Ich finde es ein wenig, nun, sagen wir – unwirklich.«

»Ein außergewöhnliches Werk. Die Farbgebung ist beeindruckend. Kenne ich den Künstler?«

»Sicherlich nicht. Es handelt sich um einen jungen, talentierten Mann. Wie hieß er noch gleich? Ach ja, Mr Reynolds. Joshua Reynolds, glaube ich. Er ist Porträtist in Plymouth Dock. Alexander ist zufällig auf ihn aufmerksam geworden, bei einer seiner geschäftlichen Reisen.«

»Wie gesagt, eine beeindruckende Arbeit. Reist Alexander immer noch so viel wie früher?«

»Er kann es nicht lassen, möglichst alles selbst zu kontrollieren und alles Wichtige in eigener Person zu verhandeln. Ja, er ist eigentlich ständig unterwegs. Erst letzten Monat ist er vom Kontinent zurückgekehrt, wo er sich mit neuen Geschäftspartnern besprochen hat. Es muss eine stürmische Überfahrt gewesen sein. Sie können sich sicher meine Sorgen vorstellen, die ich immer durchstehen muss, wenn Alexander diese weiten Wege auf sich nimmt. Er reist selbstverständlich stets mit bewaffneter Begleitung. Doch vor einem bösen Herbststurm kann ihn das auf See auch nicht retten. Besonders schlimm für mich ist es, wenn er in die Kolonien reist.« Sie zuckte mit den Schultern.

Alexander in diesen Dingen beeinflussen zu wollen, war sicherlich zwecklos. John schätzte ihn so ein, dass er sich von niemandem in seine Entscheidungen und die Abwicklung seiner Geschäfte hineinreden ließ.

Beide schauten zur Tür, als der Butler den Raum betrat.

»Mr Steele wird in Kürze zu Ihnen stoßen, Madam.« Joseph setzte neben der Hausherrin und ihrem Gast jeweils eine Tasse ab, die er mit dampfendem Kaffee füllte. Auf dem filigranen Porzellan rankten bunte Blumen.

»Ich freue mich wirklich sehr, Sie zu sehen«, sagte Amelia, nachdem der Butler den Salon wieder verlassen hatte. »Und gestehe, dass ich etwas überrascht bin. Wir alle haben uns große Sorgen um Sie gemacht, mein Lieber.« Sie stockte. »Damals … als das mit Ihrer Gattin passiert ist. Einfach furchtbar. Es tut mir wirklich schrecklich leid. Gottes Wege sind manchmal unergründlich.«

John nickte wortlos und nahm einen Schluck aus seiner Tasse. Als er sie auf dem kleinen Mahagonitisch neben dem Sofa abstellte, merkte er, dass seine Hand leicht zitterte. Er räusperte sich. »Vielen Dank, Amelia. Ich weiß Ihre Sorge zu schätzen. Und die Anteilnahme. Ich bedauere, dass ich so lange nichts habe von mir hören lassen.«

»Nein, bitte.« Sie hob abwehrend eine Hand. »Selbstverständlich brauchten Sie erst einmal ausreichend Zeit, den furchtbaren Verlust zu verarbeiten.« Sie lächelte traurig. Dann richtete sie sich in ihrem Sessel auf, bemüht, eine fröhliche Miene aufzusetzen. »Umso mehr freue ich mich, dass Sie uns einen Besuch abstatten. Sie sind jederzeit willkommen.« Mrs Steele nippte an dem Kaffee und hielt dann die Tasse mit beiden Händen in ihrem Schoß. »Berichten Sie, wie es Ihnen ergangen ist. Wohnen Sie weiterhin in der City? In der Nähe der Fleet Street?«

»Genau, in dem Haus am Gough Square. Ich blieb dort auch … nach dem Unglück wohnen. Das Haus hat den Vorzug einer ruhigen Nachbarschaft. Der Stadtteil liegt außerdem weit genug … zu weit von gewissen Wohnvierteln entfernt, als dass sich jemand zufällig zu mir verirren würde.«

»Wohnvierteln wie diesem, meinen Sie wohl.« Bevor John etwas entgegnen konnte, sprach sie lachend weiter. »Ich verstehe schon. Weit genug entfernt von der Familie und deren weiterer Bekanntschaft.« Sie schmunzelte.

»So kann man es auch sagen.« John musste ebenfalls lachen. »Sie ahnen vielleicht, wie mir die gesellschaftlichen Verpflichtungen mittlerweile verhasst sind. In diesem eitlen Theater möchte ich kein Schauspieler sein.«

»Aber hat nicht schon der große Poet Shakespeare festgestellt, dass die ganze Welt eine Bühne ist?«, fragte Amelia amüsiert und zwinkerte John zu.

»Ich jedenfalls habe mich guten Gewissens für einen Platz im Auditorium entschieden«, erwiderte John. »Aus sicherer Entfernung beobachte ich, wie sich die anderen um die glanzvollen Hauptrollen streiten und nach Applaus geifern. Und sich dabei nicht selten zu Narren machen.«

»Jeder, wie es ihm beliebt. Aber wenn Sie dergestalt meinen, Ihr Glück zu finden, John, dann ist dies wohl der richtige Weg für Sie.« Amelias Ton wurde wieder ernst. »Doch in der Einsamkeit liegen auch viele Entbehrungen. Der Mensch ist nicht dafür geschaffen, alleine zu sein. Vielleicht wäre eine erneute Heirat …«

»Ich fühle mich nicht einsam, wirklich nicht.« Bedächtig trank er einen weiteren Schluck Kaffee.

Amelia faltete die Hände im Schoß und nickte knapp. Sie wirkte wenig überzeugt. »Mir fällt jedenfalls aus dem Stehgreif eine Handvoll Familien ein, die sich ebenfalls über einen Besuch von Ihnen freuen würden. Gerade erst hat Lady Stilton zu mir gesagt, dass sie es zutiefst bedauert, von Ihnen kein Lebenszeichen zu erhalten. Wenn ich sie richtig verstand, übersandte sie unlängst eine Einladung zu einer Soiree.«

»Bei der mir ihre beiden reizenden Töchter vorgestellt worden wären, da bin ich sicher. Oder waren es ihrer drei?«

Amelia führte ihre Tasse an den Mund und sah John über den Rand hinweg an. Amüsiert, wie er fand. Spitzbübisch. Wie eine kleine Raubkatze, mit spitzen Krallen und Zähnen, die einen Kanarienvogel in Augenschein nahm.

»Ich weiß genau, was ich bei diesen Einladungen zu erwarten habe, Amelia. Wenn ich Lady Stiltons Fängen irgendwann entkommen wäre, seien wir ehrlich, hätte mich die nächste wohlmeinende Frau Mama zur Seite genommen. Um ebenfalls vollmundig ihre holden Töchter anzupreisen – wie Orangen auf dem Markt. Dann wäre die nächste Dame an mich herangetreten, nur um das Gleiche zu tun. Oder noch schlimmer: Sie hätte ihre eigenen Vorzüge gepriesen und mir schöne Augen gemacht. Den Blick selbstverständlich immer wieder keusch hinter einem Fächer verborgen. So, wie auch ihren Zinken oder die große Warze am Kinn. Schier endlos wäre dies so weitergegangen. Am nächsten Tag wären dutzende Einladungen zu Mittagessen, Abendessen, Maskenbällen, Tanzveranstaltungen und wer weiß was noch gefolgt. Ein Albtraum, Amelia. Ein wahrer Albtraum.«

»Aber so sind die Spielregeln, John. Eine gute Partie, wie Sie es sind, entgeht der Aufmerksamkeit nicht.« Amelia ließ etwas Zucker in ihre Tasse rieseln. »Vor allem nicht, wenn es auch noch allenthalben heißt, Ihr Vermögen sei nicht unbeträchtlich.« Sie schaute ihn eindringlich an. »Ohne einen eigenen Erben zu haben, sind Sie damit der Honigtopf, um den die Bienen kreisen.«

John lächelte gequält.

»Das Einfachste für Sie wäre es, eine neue Ehe zu schließen. Dann kämen Sie Ihrer ersehnten Ruhe einen großen Schritt näher.« Amelia zuckte mit den Schultern. »So ist eben der Lauf der Welt.«

»Und der Lauf des Geldes. Wir werden sehen. Im Augenblick möchte ich meine Situation nicht ändern. Doch genug von mir, ein ermüdendes Thema. Viel wichtiger: Wie geht es Ihnen, Ihnen und Alexander?«

Amelia winkte ab. »Ach, alles beim Alten. Meinen Gatten bekomme ich bisweilen tagelang nicht zu Gesicht. Ständig ist er im *Lloyd's* oder sonst wo, um Verträge zu verhandeln. Sie haben Glück, ihn heute hier anzutreffen. Eigentlich wollte er im Hafen das Beladen eines seiner Schiffe überwachen, doch irgendetwas ist dazwischengekommen. Nun führt er schon den ganzen Morgen Gespräche in seinem Arbeitszimmer und die Boten kommen und gehen.« Sie seufzte. »Es ist wie in einem Taubenschlag. Ständig zieht ein kalter Luftzug durchs Haus. Ist das Wetter nicht eine Zumutung? Wie kann es bereits derart kalt und eisig sein? Das Jahr ist noch nicht zu Ende. Mir wird ganz flau, wenn ich mir vorstelle, dass der richtige Winter erst noch kommen wird.«

»Und die Geschäfte laufen gut?«

Amelia hielt inne und runzelte die Stirn. »Selbstverständlich. Wieso fragen Sie?«

»Ach, lediglich aus Interesse.« Er lächelte. »Vielleicht, weil mir gerade in den Sinn kam, einmal mit Alexander über die Möglichkeit einer Investition zu sprechen. Mein nicht unbeträchtliches Vermögen, Sie verstehen. Der Rest der Familie vertraut schließlich auch auf Mr Steeles Können.«

»Alexander wird sich gerne mit Ihnen über gewinnbringende Investitionen unterhalten, da bin ich sicher. Die Frage ist eher, ob es Ihnen überhaupt gelingt, über etwas mit ihm zu sprechen, das nicht den aktuellen Holzpreis oder irgendwelche Versicherungspolicen zum Thema hat.« Amelia seufzte und schaute für einen Moment mit verkniffenem Mund aus dem Fenster. Draußen hatte leichter Schneefall eingesetzt. Der Wind trieb die Flocken mal zu dieser Seite, mal zu jener. Ein neckisches Spiel. Gerade als die Gesprächspause begann, unangenehm zu werden, wendete Mrs Steele sich wieder John zu. Sie zog den Schal fest um ihre Schultern. »Was sagen Sie zu den schrecklichen Mordtaten, über die die ganze Stadt spricht? Es ist furchtbar, nicht wahr? Man traut sich fast nicht mehr vor die eigene Tür. Was für eine gottlose Bestie muss man sein, um anderen Menschen so etwas anzutun? Manchmal frage ich mich, was ich von unseren heutigen Zeiten halten soll. Es ist ein einziges Auf und Ab, finden Sie nicht auch? Alles ist im Umschwung, man weiß gar nicht mehr, was noch sicher ist. Und überall diese Bettler und das Gesindel. Ich jedenfalls verlasse alleine nicht mehr das Haus. Hier am Hanover Square sollten wir vor so etwas Abscheulichem aber doch sicher sein, was denken Sie?«

John lehnte sich nachdenklich zurück. »*Homo humini lupus*«, murmelte er.

»Bitte? Wie meinen Sie?«

»Verzeihung. Ich musste gerade an eine Passage von Thomas Hobbes denken. Sie geht mir seit ein paar Tagen nicht aus dem Sinn. *Homo humini lupus.*« Er beugte sich wieder nach vorne und stützte die Ellenbogen auf den Knien ab. »Der Mensch ist ein Wolf für den Menschen.«

Amelia sah ihn verständnislos an.

»Hobbes hat diese Aussage in einem anderen Zusammenhang getätigt, doch ich frage mich, ob sie nicht allgemeinere Gültigkeit hat.«

»Gott bewahre, John. Sie wollen doch nicht behaupten, alle Menschen könnten so etwas wie dieser Mörder vollbringen. Solche Gräueltaten.«

John zuckte mit den Schultern. »Zumindest denke ich, dass der Mensch einen Hang zu Gewalt und Vernichtung hat. Die Hürde, die es dorthin zu überspringen gilt, ist nicht so hoch, wie man vielleicht denken mag.«

»John! Wir sind doch keine Wilden!« Irritiert blickte Amelia um sich. Als wolle sie sich anhand der ausgestellten Kostbarkeiten und Schätze der menschlichen Zivilisation versichern.

Aufmerksam sah John seine Gastgeberin an. »Wenn ich an meine Erlebnisse auf dem Schlachtfeld von Culloden zurückdenke, möchte ich daran zweifeln. Es waren normale Männer, die sich dort wie Wilde verhielten.« Er verschwieg, dass es vielmehr die Erlebnisse nach der Schlacht waren, die ihn an Vernunft und Verstand der Menschen zweifeln ließen. Die königlichen Truppen hatten sich gegenüber dem besiegten Feind unnachgiebig und grausam gezeigt.

»Aber das ist doch etwas gänzlich anderes, John. Das war ein Krieg. Und dass die Jakobiter, denn die meinen Sie wohl, sich damals wie ein wildes Rudel Wölfe aufgeführt haben, davon habe ich bis heute nichts gehört.« Amelia verschränkte die Arme vor der Brust. »Entschuldigen Sie meine Offenheit. Ich war seinerzeit nicht dabei und habe natürlich keine Ahnung, was dort geschehen ist.«

John schwieg für einen Moment, dann sagte er leise: »Mitnichten sprach ich von den Jakobitern, Madam.«

Amelia sah ihn entgeistert an, dann schlug sie die Hand vor den Mund. »Um Himmels willen, John. Was ist damals geschehen?«

Er schüttelte den Kopf. »Genug, um sagen zu können, dass der Mensch mehr mit einem Wolf gemein hat, als es auf den ersten Blick scheint.«

»Oh, mein Lieber, wie furchtbar! Ich hoffe, dass Sie mit Gottes Hilfe über diese Erlebnisse hinwegkommen.« Sie legte die Hände in den Schoß. »Ich muss erneut sagen, dass es wahrlich besser für Sie wäre, Ihr zurückgezogenes Leben als einsamer Witwer aufzugeben.« Sie lächelte ihn an, ein wenig gequält. »Doch Ihr Besuch gibt mir diesbezüglich große Hoffnung. John, Sie müssen nächste Woche zu einem abendlichen Essen kommen, welches wir für eine Handvoll Freunde und Bekannte geben.« Noch bevor John etwas erwidern konnte, hob sie die Hand. »Ich akzeptiere kein Nein als Antwort. Das ist mein letztes Wort. Wirklich, ich akzeptiere kein Nein.«

»Das tut Amelia wirklich nie. So gut wie nie.«

Der Mann, der den Raum betrat, war das genaue Gegenteil seiner Frau. Groß, korpulent und mit grobschlächtigen Gesichtszügen, hätte er auch auf dem Smithfield-Markt Schweinehälften verkaufen können. Was er jedoch mit seiner Frau teilte, war die unübersehbare Vorliebe für kostbare Kleidung. Wenngleich es ihm an Zurückhaltung in ihrer Auswahl mangelte. Von der gepuderten Perücke bis zu den glänzenden Schnallenschuhen verströmte sein gesamter Aufzug den Geruch von Erfolg und Geld.

»Alexander, wir haben dich gar nicht kommen hören.« Amelia sprang von ihrem Sessel auf. Wirkte sie erleichtert? »Ach nein, wie ungeschickt von mir!« Beim Aufstehen war sie an die Tasse gestoßen und hatte ihren Kaffee verschüttet. Ein brauner Fleck zeichnete sich im Schoß ihres Kleides ab. »Wirklich ungeschickt von mir. Ich werde mich zurückziehen und frisch machen. Bitte entschuldigt mich.« Amelia lächelte John zu, der ebenfalls aufstand, legte beim Vorbeigehen kurz ihre Hand auf Alexanders Arm und verließ schnell den Raum.

»Ich wollte es gar nicht glauben, als Joseph deinen Namen nannte.« Mit ausladenden Schritten trat Alexander Steele auf John zu und schüttelte ihm schwungvoll die Hand. »Ich freue mich, John. Hatte dich schon außer Landes gewähnt. Oder Schlimmeres.«

Im Widerspruch zu seiner Aussage wirkte Steeles Miene wenig erfreut – so jedenfalls wollte es John scheinen. Er lächelte seinen Gastgeber höflich an. »Nein, ich war die ganze Zeit über in London. Ich habe mich lediglich etwas aus dem gesellschaftlichen Leben zurückgezogen.«

»Etwas, ja, ja«, schnaubte Alexander und klopfte John hart auf die Schulter. »Vielleicht war das richtig. In deiner Situation, meine ich. Furchtbar, furchtbar. Sara war so ein nettes Ding. Aber es ist vor allem richtig, dass du da jetzt einen Haken drangemacht hast.« Er schlug einen verschwörerischen Ton an und grinste. »Wer ist denn deine derzeitige Auserwählte? Mir kannst du es verraten.«

John stöhnte innerlich. Feingefühl war nie Alexanders Stärke gewesen. Ein weiterer Punkt, in dem er sich grundlegend von seiner Frau unterschied.

»Ich bin glücklich und zufrieden, ohne eine neue Ehe eingegangen zu sein. Danke der Nachfrage.«

»Na, dann freuen sich die Dirnen in Covent Garden ja über gute Einnahmen«, bellte Alexander vergnügt. »Weißt du, ich kenne da eine junge Maid, die solltest du unbedingt einmal aufsuchen. Sie kommt irgendwoher vom Kontinent. Aus Flandern, glaube ich. Sachen macht sie, dass dir der Verstand vergeht. Ein Teufelsweib! Ich stelle sie dir gerne persönlich vor. Wie ich zufällig weiß, hat sie auch nichts gegen eine *Ménage-à-trois*. Wenn wir dann schon mal bei ihr sind.«

John schüttelte nur den Kopf.

»Wo ist der alte Draufgänger geblieben? Ich erinnere mich noch gut an die Geschichten aus dem Munde deines Bruders Edward, wonach du früher nichts hast anbrennen lassen.«

John zuckte mit den Schultern. »Edward neigte schon immer zur Übertreibung. Außerdem ändern Menschen sich bisweilen, Alexander.«

Ein lautes Lachen. »Ändern? Das bezweifle ich ausdrücklich. Ich würde kaum derart erfolgreich Geschäfte tätigen, wenn ich meine Partner über all die Jahre nicht gut kennen würde. Geändert hat sich von denen noch kein einziger. Daher weiß ich ja auch so gut, wie ich sie zu nehmen habe. Du musst natürlich selbst wissen, was du mit deinem Leben machst. Ich kann dir nur sagen, dass du es genießen solltest, solange es geht.« Er ließ sich in dem Sessel nieder, in dem seine Frau zuvor gesessen hatte, und deutete auf das Sofa. »Überleg es dir mit der Kleinen. Ich verspreche dir, sie treibt dir die Trübsal aus dem Schädel.« Er stützte seine klobigen Hände auf der Armlehne ab. »Ich habe leider nicht viel Zeit, da ich jeden Moment einen wichtigen Besuch erwarte. Die Geschäfte, du verstehst. Doch ich bin natürlich höchst gespannt, mehr von dir zu erfahren.« Ungehalten schüttelte Alexander den wuchtigen Kopf, als der Butler mit einem fragenden Blick und einer dampfenden Kaffeekanne in der Tür erschien.

»Lieber Alexander, lass uns nicht von mir und meinem langweiligen Leben in der selbstgewählten Einöde sprechen. Erzähl mir lieber, wie es dir geht. Wie es euch geht.«

Alexander lehnte sich im Sessel zurück, zog ein besticktes Taschentuch aus seiner Jacke und begann es nachdenklich in den Händen zu drehen. Dabei ließ er John nicht aus den Augen. »Es geht uns hervorragend. Wir können nicht klagen.« Er machte eine Pause. »Die Geschäfte gehen gut.« Er faltete das Tuch zusammen und schob es zurück in die Tasche seiner Jacke. »Keine nennenswerten Vorkommnisse, seitdem du dich zurückgezogen hast. Mit deiner Familie bin ich in regem geschäftlichen Kontakt. Vorwiegend mit Edward und deinem Herrn Vater.« Ein tiefes Stirnrunzeln.

»Deiner Frau Mutter geht es ebenfalls gut?«, hakte John nach, um das Gespräch am Laufen zu halten. Er hatte den Eindruck, als ob Alexander die Konversation lieber jetzt als gleich beenden würde.

Alexander winkte ab. »Die alte Dame hält sich für die Großfürstin von Wer-weiß-wo.« Er drehte mit dem Finger neben der Stirn. »Es wird immer schlimmer mit ihr. Aber was will man machen, ich kann sie ja nicht nach Bedlam einweisen, oder?« Er dachte kurz nach. »Der Skandal einer Einweisung wäre größer als das Schmierentheater, welches sie aufführt. Für meine Geschäfte wäre ein solches Aufsehen nicht gerade förderlich. Die Gazetten würden sich darauf stürzen. Ich kann mir schon genau vorstellen, wie sich meine Konkurrenten das Maul zerreißen würden. Die Mutter von Alexander Steele, einem der einflussreichsten Händler der Stadt, eine Geisteskranke. Eingewiesen nach Bedlam, Londons Hospital für Irre. Wie die Mutter, so der Sohn, das würden sie hinter meinem Rücken sagen.« Er schüttelte verärgert den Kopf. »Nein, gewisse Leute würden alles daransetzen, mich zu diskreditieren und zu zerlegen.« Er lachte höhnisch auf. »Wobei ich übrigens nicht sage, dass Mutter nicht nach Bedlam gehört.«

Die Insassen von Bedlam täten mir leid, dachte John. Er war in der Vergangenheit bei Einladungen der Steeles auf Agatha getroffen, hatte jedoch kaum mehr als ein Wort des Grußes mit ihr gewechselt. Amelia und Alexander hatten alles Erdenkliche dafür getan, die aufgeputzte Dame in Beschlag zu nehmen und ihr während des Tischgespräches möglichst wenig Spielraum zu geben.

John hatte schnell festgestellt, dass Alexanders Mutter ein auffallendes und durchaus verstörendes Gebaren an den Tag legte. Wenn sie nicht gerade mit wutverzerrtem Gesicht auf Amelia oder ihren Sohn einredete, führte sie angestrengte Zwiegespräche mit sich selbst. Dabei gestikulierte sie immer wieder lebhaft oder lachte spitz auf. Die Abendgesellschaft war jedes Mal sichtlich bemüht gewesen, die alte Dame höflich zu ignorieren.

Aus einer Bemerkung Alexanders hatte John seinerzeit geschlossen, dass Agatha Steele über ein großes eigenes Vermögen verfügte, vermacht von ihrem Gatten. Sie war die betagte Witwe eines Händlers, Samuel Steele, der zu Lebzeiten für seine Ruchlosigkeit und sein Investitionsgeschick berüchtigt gewesen war. Das eine hatte wohl das andere bedingt.

Sein Vermögen hatte Alexanders Vater kurz nach jener Zeit gemacht, in der ein Händler noch am Boden der gesellschaftlichen Ordnung rangierte. Erst seit der Adel in den modernen Zeiten frisches Geld benötigte und Allianzen, nicht selten durch familiäre Bande geschlossen, mit der aufstrebenden Händlerschicht einging, hatte diese an wirklichem Einfluss gewonnen. Das Geschäft mit dem höheren Stand florierte. Der Adel kam an Geld, das Geld der Händler wurde geadelt. Augenscheinlich war Agatha dies zu Kopf gestiegen.

Unter vier Augen war Sara von Amelia mit einem kurzen Abriss des Lebens ihrer Schwiegermutter unterhalten worden. Mrs Amelia Steele hatte dabei keinen Hehl daraus gemacht, dass sie ihre Schwiegermutter auf den Tod nicht ausstehen konnte. Ein Gefühl, das bei der alten Frau auf Erwiderung stieß.

Agatha Smith war die Tochter eines alteingesessenen Hufschmiedes in Brighton. Auf einer seiner vielzähligen Handelsreisen war Samuel Steele auf die junge Frau aufmerksam geworden. Wenngleich Agatha nicht als sonderlich schön galt, besaß sie etwas Resolutes und Impertinentes, das dem jungen Handelsmann wohl gefiel. Verwandte Seelen, wie Amelia es abschätzig nannte. Schnell hatte man sich verheiratet. Mit Mr Smith war Samuel sich umgehend einig geworden. Der Schmied schien seine Tochter gar nicht schnell genug unter die Haube bringen zu können.

In den folgenden Jahren gelang es Steele, ein beträchtliches Vermögen anzuhäufen. Ob Wein, Schafe oder Sand, er handelte mit allem, was ihm lukrativ erschien. Er war ein Mann der Stunde, ein einfallsreicher Profiteuer. Untrüglich sein Gespür für das, was erst morgen in großer Nachfrage sein würde und bereits heute günstig eingekauft werden konnte. Für seinen wirtschaftlichen Erfolg, so hatte es allenthalben geheißen, ging Samuel Steele dabei über Leichen. Flüsternd hatte Amelia Sara eine unglaubliche Geschichte erzählt.

Vor Jahren hatte es in London eine Gerichtsverhandlung gegeben, in der Samuel vorgeworfen wurde, seinen damaligen Kompagnon in einer dunklen Gasse erstochen zu haben. Als Motiv wurde Habgier angenommen. Doch aalglatt schlängelte Samuel sich durch alle Vorwürfe, schwor auf alles, was ihm und der Kirche heilig war. Habgier? Schulden habe der Mann bei ihm gehabt, was hätte ihm da sein Ableben genützt? Auch könne er nicht an zwei Orten gleichzeitig sein – Agatha erinnerte sich während der Verhandlung plötzlich daran, dass ihr Mann zur fraglichen Zeit bei ihr zuhause gewesen sei. Ein Zeuge, der Samuel dennoch in der Nähe der Gasse gesehen haben wollte, war sich bei genauerem Nachdenken einige Tage später dann doch nicht mehr so sicher. Am Ende blieb dem Gericht nur, Samuel Steele zähneknirschend von den Vorwürfen freizusprechen.

John betrachtete Alexander nachdenklich. Wie der Vater, so der Sohn? Wovor schreckte Alexander zurück, wenn es darum ging, seine Ziele zu erreichen? Vor Hochverrat? Er musste an seinen eigenen Vater denken und konnte sich ein trauriges Lächeln nicht verkneifen. Vielleicht musste es ja so sein, dass Väter eine Strafe für ihre Kinder waren. Vielleicht war dies Bestandteil einer natürlichen Ordnung.

»Es freut mich, wenn wenigstens *dich* meine Mutter erheitert«, stellte Alexander trocken fest.

»Entschuldige, nein, ich habe gerade an etwas anderes gedacht.«

»So?«

John fasste einen Entschluss. Er würde einen Vorstoß wagen. »Dass das Verhältnis zwischen manchen Eltern und ihren Kindern dem des Monarchen zu seinem Volk ähnelt. Bei den Leuten auf der Straße ist unser König momentan nicht unbedingt wohl gelitten. Sie werfen ihm Verschwendungssucht und ein unmoralisches, zuchtloses Verhalten vor. Wie seinerzeit auch schon seinem Vater. Und doch würden sie nichts lieber tun, als ganz oben in seiner persönlichen Gunst zu stehen. Oder sie rufen gleich nach einem neuen König, einem Stuart. Es gibt immer wieder Stimmen, die Bonnie Charles als den rechtmäßigen Herrscher ausrufen.«

Alexanders Blick verfinsterte sich zusehends, während John sprach. »Was daran humorvoll sein soll, verstehe ich nicht, Sir. Die Leute auf der Straße reden immer, wenn der Tag lang ist. Sie sind naturgemäß niemals zufrieden.« Er richtete sich im Sessel auf und verengte die Augen zu Schlitzen. »Wir haben es nicht zuletzt auch unserem heutigen König zu verdanken, dass unsere Nation so bedeutend und wohlhabend geworden ist. Keiner unserer kontinentalen Nachbarn kann sich mit uns messen. Ich für meinen Teil, John, würde weniger auf das Geschwätz von Straßendirnen und Taugenichtsen hören!« Die Schärfe in Alexanders Stimme war nicht zu überhören. Abrupt sprang er auf.

Verunsichert erhob sich John ebenfalls. Das Gespräch verlief anders, als er es sich ausgemalt hatte. Er musste auf der Hut sein. »Da magst du nicht unrecht haben. Vielleicht habe ich wirklich zu lange zurückgezogen von der Welt gelebt.«

Alexander nickte, musterte John aus zusammengekniffenen Augen. »Dem wird so sein, alter Junge.« Er schlug John betont jovial auf die Schulter. »Aber das werden wir ändern.«

John unterdrückte den Impuls, sich an die schmerzende Schulter zu fassen. »Ich möchte gerne noch die Gelegenheit nutzen, mit dir über ein anderes Thema zu sprechen.«

»Ein anderes Thema?« Alexander blieb stehen, stemmte die Hände in die Hüfte und presste den Mund zusammen.

»Ein geschäftliches Thema.«

Alexander hob eine Augenbraue und sah John unverwandt an.

Was war nur mit dem Mann los? John stockte. »Wir beide … könnten vielleicht ins Geschäft kommen. Über die Summe sollten wir im Detail sprechen, doch ich glaube, dass ich von deinem Wissen profitieren könnte. Natürlich gegen eine angemessene Entlohnung. Deine Mühen sollen nicht umsonst sein.« John lächelte Alexander auffordernd an. Das Lächeln gefror jedoch auf seinen Lippen, als Alexander mit versteinertem Gesicht zwei Schrittlängen nach vorne sprang und ihn mit beiden Händen fest am Revers packte.

»Unterstehe dich!«, raunzte Alexander, das Gesicht keine Handbreit von John entfernt. »Ich lasse mich nicht unter Druck setzen, von niemandem. Ich weiß, was ihr vorhabt. Unterschätzt mich nicht!«

John spürte Speicheltropfen auf seinem Gesicht. Er roch Kautabak in Alexanders Atem. Und Alkohol. In wütenden, blutunterlaufenen Augen sah er, wie sein Gegenüber sich darum bemühte, die Kontrolle über sich zu behalten. Alexander war kurz davor, ernsthaft zuzuschlagen.

»Was …?«, sagte John verdutzt und trat einen Schritt zurück.

»Diese Spielchen funktionieren bei mir nicht, John. Lasst euch das gesagt sein. Ein für alle Mal! Ich gebe den Ton an. Und den Preis. Sonst niemand.« Alexander beugte sich vor und schubste John an den Schultern rüde nach hinten. »Und nun kommst du!« Ein sarkastisches Lachen. »Mit deinem Geschwafel. Ist das alles, was euch einfällt?«

John strauchelte und fing sich mit einer Hand an der Sessellehne auf. Er war völlig verdutzt. Was geschah hier gerade?

Alexander strich betont langsam die Ärmel seines Hemdes glatt, dann setzte er ein eisiges Lächeln auf.

»Es ist an der Zeit zu gehen, mein Freund.«

Ein Räuspern. Die Männer blickten gleichzeitig zur Tür, in der Joseph erschienen war und eine knappe Verbeugung andeutete.

Alexander nickte und überprüfte mit einem kurzen Griff den Sitz seiner Perücke. Sie hatte sich keinen Fingerbreit verzogen. »Leider wartet mein nächster Gesprächspartner bereits auf mich, doch wir müssen uns unbedingt bald wiedersehen. Vielleicht zum Abendessen bei uns? Ich werde Amelia bitten, dich einzuladen. Auf bald, John.«

Benommen schüttelte John die ihm dargebotene Hand. Vor Schmerz verzog er das Gesicht, als Steele fest zudrückte, wie ein Schraubstock.

»Ah, da ist ja auch meine liebe Gattin.« Alexander verließ, ohne sich noch einmal umzudrehen, schnellen Schrittes den Raum.

»Ich hörte noch gerade etwas von einem gemeinsamen Abendessen«, sagte Amelia und betrat den Raum. Ihre Stimme klang belegt. Sie hustete trocken. »Wir – also, wir haben ja bereits verabredet, dass Sie uns zum Dinner besuchen werden, John. Ich denke, der Freitag würde passen. Ein paar Freunde und Geschäftspartner von Alexander werden kommen. Keine große Gesellschaft.« Sie zögerte. »Wir freuen uns auf Ihr Erscheinen, Sir.«

John blinzelte, bemüht, einen klaren Kopf zu bekommen. Amelia wirkte wie ausgewechselt. »Vielen Dank. Ich … freue mich ebenfalls.«

»Ich lasse Ihnen durch einen Dienstboten eine Einladung zukommen.« Sie geleitete John aus dem Zimmer.

Als sie sich der Eingangstür näherten, erschien der Butler mit Johns Hut und Mantel.

»Vielen Dank.« John griff nach seinen Sachen.

»Zu Diensten, Sir.« Der Butler verbeugte sich und öffnete die Haustür.

»Also … auf ein Wiedersehen in der nächsten Woche, Amelia.«

»Es war eine ausgesprochene Freude, Sie wiederzusehen, John.« Mrs Steeles Stimme klang kühl.

John nickte. Dann hielt er inne. »Bevor ich es vergesse, ich wollte noch etwas anderes fragen.«

Sie runzelte die Stirn. »Bitte.«

»Wer wohnt eigentlich in dem Haus nebenan?« Es entging John nicht, wie Amelia bei seiner Frage zusammenzuckte.

»Nebenan? Die Highfields. Warum? Es steht nicht zum Verkauf, soviel ich weiß. Falls Sie doch vorhaben sollten, der City den Rücken zu kehren.« Ihr Lachen wirkte aufgesetzt.

»Nichts dergleichen, nein. Ich dachte nur, es würde einem Colonel Fredericks gehören.«

Ein abschätzender Blick, ein kurzes Zwinkern. »Der Name sagt mir leider nichts.«

»Da habe ich wohl etwas verwechselt. Es ist auch nicht weiter wichtig«, fügte er schnell hinzu, als Amelia ihn fast argwöhnisch ansah.

Mit einem leisen Räuspern machte Joseph auf sich aufmerksam. »Wenn Sie mir meine Einmischung nachsehen, Sir, das haben Sie nicht, Sir.«

»Was habe ich nicht, Joseph?« John streifte sich den Mantel über.

»Etwas verwechselt, Sir. Das Haus gehörte vor einigen Jahren einem Colonel Fredericks.«

»Dann habe ich mich also doch nicht getäuscht. Was wurde denn aus dem Colonel?«

»Er verstarb, Sir.«

»Ah, dann verkauften seine Kinder an die Highfields?«

»Er war kinderlos, Sir.«

»Ich verstehe.« Rebecca konnte demnach nicht die Tochter des ehemaligen Besitzers sein. Er verschwendete nur seine Zeit. Erwartungsgemäß.

»Das Haus wurde nicht verkauft, Sir.«

»Nicht?«, fragte John geistesabwesend.

»Mrs Highfield ist die Großnichte von Mr Fredericks. Sofern ich das Verwandtschaftsverhältnis richtig verstanden habe. Sie und ihr Gatte nutzen das Haus gelegentlich als Stadtresidenz. Sehr selten, um ehrlich zu sein.«

»Als Stadtresidenz, ich verstehe. Wo kommen die Herrschaften denn her?«

»Das kann ich leider nicht beantworten, Sir. Soweit ich weiß, irgendwo aus den nördlichen Teilen des Landes. Ich habe sie selbst erst einmal gesehen. Hin und wieder scheint ein Verwalter nebenan nach dem Rechten zu sehen.«

»Joseph, ich bin immer wieder über dein Wissen erstaunt.« Amelia rieb sich betont fröstelnd die Hände. »Doch nun wollen wir Mr Shinfield nicht länger in der eisigen Luft stehen lassen.« Sie hüstelte.

John nickte und winkte dann einer an der Ecke wartenden Mietdroschke. Der Kutscher signalisierte, dass er ihn gesehen hatte. Mit einem Peitschenschlag setzte er die Pferde in Bewegung.

»Noch einmal. Auf Wiedersehen, Amelia.« John verbeugte sich, setzte den Hut auf.

»Auf Wiedersehn, John.« In Amelias Stimme lag ein reservierter Ton, der nicht zu ihrem höflichen Lächeln passen wollte. Sie trat schnell ins Haus zurück.

Mit einem dumpfen Schlag fiel die schwere Eingangstür ins Schloss.

Nachdenklich ging John zur Kutsche, nannte seine Wohnadresse und stieg ein. Der Besuch bei den Steeles war anders verlaufen, als er es sich vorgestellt hatte. Erstaunt sah John aus dem Fenster auf das Haus, während die Kutsche an Fahrt aufnahm. Warum hatte sich Alexander dermaßen aggressiv benommen? Von Anfang an hatte John den Eindruck gehabt, dass Steele wenig begeistert über seinen Besuch war. Als habe er tiefe Vorbehalte gegen ihn. Dabei machte der Mann doch seit vielen Jahren Geschäfte mit seiner Familie.

John ließ das Gespräch mehrmals in seiner Erinnerung Revue passieren, konnte aber beim besten Willen keinen Anlass für Alexanders unfreundliches Verhalten erkennen. Auch Amelia hatte später reserviert gewirkt. Auf der Hut geradezu. Und dabei war er in seinem eigentlichen Anliegen keinen Schritt weitergekommen.

Eines stand immerhin fest – diese Nachforschung würde keine einfache Aufgabe werden, wahrlich nicht. Er konnte nach diesem desaströsen Besuch geradezu dankbar sein, überhaupt zu einem Abendessen bei den Steeles eingeladen zu sein.

Konzentriert schloss John die Augen. Er war also nicht viel schlauer als zuvor. Eher verwirrter. Er musste das Dinner abwarten. Er würde die Einladung jedenfalls nutzen, um weiter nachzuforschen. Vielleicht würde es ihm gelingen, sich unbemerkt im Haus umzuschauen. Denn einer Sache war John sich nach diesem Besuch sicher. Irgendetwas stimmte nicht in dem herrschaftlichen Haus der Steeles am Hanover Square.

Während sie in den alten Teil der Stadt zurückfuhren, stellte John erstaunt fest, dass es ihn unerwarteterweise reizte, hinter das Geheimnis der Steeles zu kommen. Die ganze Angelegenheit war … er suchte nach einem passenden Wort … ja, sie war geradezu *persönlich* geworden.

»Warte also ab, Alexander Steele«, murmelte John mit neuer Zuversicht und richtete unter dem Mantel den Kragen seiner Jacke. »Ich komme schon dahinter, was du treibst.«

*

Vor dem Haus hatte Rupert die Stufen mit einer Mischung aus Sand und Kaminasche bestreut. John ermahnte sich, daran zu denken, in der Eingangshalle sogleich die Stiefel auszuziehen. Andernfalls würde Hannah den ganzen Tag mit einem Putzlappen und vorwurfsvollem Blick durch die Stockwerke patrouillieren.

Wenige Häuser weiter trat ein großer, derb wirkender Mann vor die Tür.

»Sir.« John lüftete den Hut zum Gruß. Der Nachbar nickte, murmelte etwas Unverständliches und stieg vorsichtig die vereisten Stufen hinab. John blickte ihm nach, wie er in einer nahen Gasse verschwand.

Er war dem Mann erst zweimal begegnet. Beide Male war er tief in Gedanken versunken gewesen, hatte kaum Johns Gruß erwidert. Mr Samuel Johnson, wie Beth berichten konnte. Natürlich war sie bestens informiert: Bei Johnson handele es sich um jenen bekannten Schriftsteller und Gelehrten, von dem die halbe Stadt sprach. Seit kurzem wohne er zur Miete hier am Gough Square.

John klopfte, so gut es ging, den Schmutz von seinen Stiefeln.

»Was für eine unsagbare Freude, Sie erneut zu sehen, Sir.«

Erstaunt wandte John sich auf dem obersten Treppenabsatz der plötzlich ertönenden Stimme zu. Und konnte ein Stöhnen nur knapp unterdrücken.

»Lassen Sie mich hinzufügen, was für ein glücklicher Zufall. Die Wege der göttlichen Fortuna sind wahrlich unergründlich.« Paul de l'Estagnol verbeugte sich beflissen.

»Sir.« John erwiderte die Verbeugung knapp. Sehr knapp. »Wie ich sehe, erfreuen Sie sich an einem Spaziergang. Die frische Luft klärt den Kopf. Ah, und dort ist ja auch …« John hielt inne. Traurig lugte der Kopf des Spaniels auf Brusthöhe unter de l'Estagnols Mantel hervor. »Troja? Spartakus? Nein … Pompeji, natürlich.«

»Dem kleinen Engel ist es doch ein wenig zu frisch geworden, da musste ich ihn aufnehmen«, erklärte de l'Estagnol und streichelte den Kopf der zitternden Kreatur. »Wir sind anscheinend etwas von unserem Weg abgekommen. Es war ansonsten solch ein netter Spaziergang. Doch eine Gasse gleicht hier wahrlich der nächsten. Ein Labyrinth, *mon Dieu*! Dass wir gerade an diesem Ort auf Sie treffen, Mr Shinfield, nenne ich nichts weniger als göttliche Intervention. Ich befürchte jedoch, wir müssen umkehren – so gerne ich mit Ihnen plaudern würde, Sir. Pompeji bedarf *dringend* einer kleinen Erwärmung.« De l'Estagnols Blick glitt zu Johns Haustür. »Sonst holt sich das arme Wesen noch eine Erkältung. Oder schlimmer, gar den Tod.« Er machte eine Pause. Als John nichts erwiderte, fuhr er fort, diesmal mit leiser Ungeduld in der Stimme: »Vielleicht können Sie mir die Richtung nach ›The Strand‹ weisen. Ein Labyrinth, diese Gässchen und schmalen Höfe. Sehr *pittoresque*, doch ein Labyrinth. Der schnellste Weg zurück in die Wärme eines lodernden

Feuers ist jetzt vonnöten, Sir. Der arme *chien*. Und auch meine eigene Person bedarf einer Pause von dieser unwirtlichen Kälte. Vielleicht eines Glases erwärmten Weins.« Er hielt sich die Hand vor den Mund und hustete mehrmals lautstark.

Aus Johns erhöhter Perspektive wirkte der kleine, bunt gekleidete Mann mit seiner überdimensionierten Perücke noch irrwitziger und geckenhafter. Was für ein ungewöhnlicher Zufall, dass John ihn vor der eigenen Haustür antraf. Er besah sich de l'Estagnol mit gerunzelter Stirn. Was wollte der Mann? Sicher nicht nur sein Hündchen wärmen. De l'Estagnols Gebaren hatte etwas von einem einstudierten Auftritt voller dramatischer Gesten.

»Sir, ist alles in Ordnung?« In Johns Rücken hatte sich die Haustür geöffnet und Rupert war im Rahmen erschienen. Argwöhnisch beäugte er de l'Estagnol, der eine erneute Hustensalve losließ und sich dabei halb abwendete.

»Rupert, bitte sei so gut und begleite Mr de l'Estagnol, der sich in unseren unübersichtlichen Gefilden verlaufen hat, durch die Gassen zur Fleet Street. Von dort, da bin ich sicher, wird er ohne jede Schwierigkeit seinen Weg zurück zu ›The Strand‹ finden, seinem Ziel.«

»Selbstverständlich, Sir. Ich hole schnell meinen Mantel. Eine Sekunde.«

»Sir …«, setzte de l'Estagnol in verschwörerischem Ton an, sobald Rupert verschwunden war. Er trat einen Schritt auf John zu. »Sir, vielleicht könnten Sie …«

»Ich bin sehr in Eile, Sir«, unterbrach ihn John. »Mein Dienstbote wird Sie sicher durch die Gassen auf Ihren Weg bringen.«

»Hier entlang, bitte«, sagte Rupert und trat die Stufen hinunter. »Es ist nicht weit bis zur Fleet Street, Sir. Dort können Sie auch eine Droschke nehmen.«

»Also … ja, vielen Dank.« De l'Estagnol verbeugte sich in Richtung John. »Ich danke Ihnen für die freundliche Unterstützung, Sir.« Ein gequältes Lächeln.

John lüftete seinen Hut, drehte sich um und trat ins Haus. Nachdem die Tür ins Schloss gefallen war, schüttelte er den Kopf, in einer Mischung aus Gereiztheit und Verwunderung. Er wurde aus dem sonderbaren Gecken nicht schlau. Ein höchst sonderbarer Vormittag.

»Wird Rupert länger außer Haus sein, Sir?«, fragte Hannah. Sie kam mit einem Poliertuch in der Hand aus dem Empfangszimmer.

»Nein, er ist in wenigen Minuten zurück. Er begleitet Mr de l'Estagnol lediglich bis zur Fleet Street.«

»Ah, ist das der Name des Gentlemans? Rupert hat sich schon gewundert.«

»Gewundert? Warum?«

»Er hat ihn für einen Schuldeneintreiber oder so etwas gehalten.«

»Einen Schuldeneintreiber? Bei uns? Eine abwegige Schlussfolgerung.«

»Sir, das habe ich Rupert auch gesagt. Es lag wohl daran, dass der Herr in den vergangenen Tagen bereits mehrfach über den Platz geschlichen ist. Rupert meint, er habe dieses Haus beobachtet. Wie ein Schuldeneintreiber eben, der auf den Schuldner lauert.«

»Wie oft hat er ihn hier gesehen?«

»Heute in der Früh. Gestern. Rupert kann Ihnen das genauer sagen, Sir.«

John nickte geistesabwesend und ging zur Treppe. Weshalb hatte de l'Estagnol behauptet, sich verlaufen zu haben, wenn er diese Gegend augenscheinlich bereits aufgesucht hatte? War das Zusammentreffen in der Buchhandlung ebenfalls nicht zufällig gewesen? Ein böser Verdacht beschlich ihn. Stand der Mann im Zusammenhang mit seinem Auftrag, die Steeles auszukundschaften? Hatten die Jakobiter diesen Mr de l'Estagnol auf John angesetzt? Doch das würde bedeuten, dass sie von Johns Absichten wussten. Unwahrscheinlich.

Er stutzte, als er an dem kleinen Tisch vorbeikam, auf dem Briefe und Nachrichten für ihn abgelegt wurden.

»Die Nachricht hat ein Bote vor etwa einer Stunde gebracht«, sagte Hannah und deutete auf den Briefumschlag.

Wie vom Blitz getroffen starrte John auf den weißen Umschlag, der in der Mitte der Tischplatte lag. Er war schwungvoll mit *Mr John Shinfield, Esquire* adressiert. In Saras Handschrift.

Mit zitternden Fingern nahm John den Umschlag auf und öffnete ihn behutsam. Vorsichtig entnahm er eine Karte. Dieselbe Handschrift. Beim Lesen verschwamm sie vor seinen Augen, als bewegten sich die Buchstaben auf dem Papier. Wie Würmer auf einem Grab.

Sir,

eine Verabredung führt mich am morgigen Tag in Ihren Teil der Stadt. Ich hoffe, Sie sehen mir die Freiheit nach, Ihnen bei dieser Gelegenheit gegen

Mittag einen kurzen Besuch abzustatten. Sollte ich Sie nicht persönlich antreffen, so sende ich bereits heute meine herzlichen Grüße,
Rebecca Fredericks

John stieß den Atem aus. Miss Fredericks. Morgen. Hier. Ein Ausblick, der ihn gleichermaßen erfreute und ängstigte. Erneut blieb sein Blick an der schwungvollen Handschrift hängen. Er unterdrückte ein Frösteln.

»Sir?« Dann lauter: »Sir?«

Verwirrt schaute er auf.

»Sir, ist alles in Ordnung? Geht es Ihnen gut? Sie sehen kreidebleich aus. Als hätten Sie ein Gespenst gesehen.«

»Nein, nein. Alles in Ordnung. Ich ziehe mich in die Bibliothek zurück.« John wandte sich nach oben. Nach drei Stufen blieb er jedoch stehen und drehte sich erneut um. »Bitte richte Beth aus, dass ich morgen gegen Mittag einen Gast erwarte. Vielleicht kann sie eine Erfrischung vorbereiten. Etwas … ach, ihr wird schon etwas einfallen.«

»Ein Gast?« Die Verblüffung war Hannah ins Gesicht geschrieben. »Selbstverständlich, ich richte es ihr sogleich aus.«

John wollte bereits weitergehen, doch ein lautes Hüsteln seiner Haushälterin ließ ihn innehalten. »Was gibt es denn, Hannah?«

»Sir.« Sie machte einen Knicks und deutete auf seine Stiefel.

John seufzte.

Kapitel 8

»Wie konnten Sie mir diese Information vorenthalten? Wie konnten Sie?«

»Es handelt sich lediglich um ein kleines Problem, das gerade dabei ist, sich in Wohlgefallen aufzulösen. Wie haben Sie überhaupt davon erfahren?«

»Ich werde nicht so dämlich sein, Ihnen meine Quellen zu offenbaren. Sie gefährden die gesamte Operation! Spielen Sie das nicht herunter. Solch eine Dummheit! Unfassbar. Erst Ihre verstörenden Bluttaten, nun das.«

»Keine Dummheit. Eine kleine Irritation.«

»Eine *schwerwiegende* Irritation, die alles zerstören kann. Und Sie behalten sie für sich! Damit gefährden Sie jedoch uns. Solch eine Dummheit!«

»Sir, ich hatte Ihnen bei unserem letzten Gespräch mitgeteilt, dass ich die Loyalität unseres verehrten Freundes auf die Probe stellen würde. Das tat ich, und nun haben wir das Resultat. Ich gebe zu, dass ich mit einem derart unverfrorenen Gebaren nicht gerechnet habe. Ernsthaft sollten wir uns fragen, ob Steele überhaupt jemals wirklich für unsere Sache eingestanden ist. Fast hat es den Anschein, als habe er nur nach einem Vorwand für seine dreckige Erpressung gesucht. Insofern ist es ausgesprochen gut, dass seine wahre Gesinnung ans Tageslicht kommt. Kochen Sie die Sache also nicht unnötig hoch. Ich werde das Dokument in Kürze mein Eigen nennen.«

»Dieses Dokument – was verzeichnet es?«

»Ein paar Namen, ein paar Zahlen, behauptet er.«

»Meinen Namen?«

»Das ist zu erwarten, Eure Lordschaft. Schließlich ist der Verfasser einer der wenigen aus dem unteren Kreis, der mit Ihnen persönlich zusammengekommen ist. Demnach ist zu erwarten, dass Ihr Name auf der Liste verzeichnet ist.«

»Wieso erstaunt mich das nicht? Ich bin kurz davor, unseren Freunden auf dem Kontinent eine Nachricht zukommen zu lassen. Und die ganze

Operation zu stoppen. Der Kopf, der dann unweigerlich rollen muss, wird Ihrer sein.«

»Genau das ist doch das Druckmittel unseres Judas, mein lieber Freund. Glauben Sie ja nicht, dass ich in einem solchen Fall alleine untergehen werde. Sie, unsere Gemeinschaft, ein paar Spitzel – der Henker von Tyburn wird für Tage gut beschäftigt sein.«

»Das wird er sowieso, wenn diese Namen in falsche Hände geraten. Genau dies kann wohl geschehen, wenn Steele seine Drohung wahr macht.«

»Der Verräter, welcher die Aufzeichnung angefertigt und an Steele verkauft hat, ist bereits gefunden. Er wurde von mir gebührend betraft, das kann ich versichern.«

»Wie konnte er überhaupt an das Wissen gelangen?«

»Für eine unserer ersten Zusammenkünfte hatte ich ihn involviert. Ein Fehler, wie ich heute weiß. Mein Vertrauen in seine Devotion war falsch. Ein Priester überdies. Ist das nicht geradezu eine Ironie? Er nutzte jedenfalls sein Wissen und mein Vertrauen, um uns zu bespitzeln. Fertigte eine Liste mit Namen unserer Unterstützer an, wandte sich an Steele, um Geld aus seinem Wissen zu schlagen. Eine unschöne Sache, zweifellos. Sie sorgen sich jedoch umsonst, Sir. Ich habe eine Ahnung, wer im Besitz des Papieres ist. Ich verfolge bereits einen Plan, wie mit dieser Sache umzugehen ist.«

»Ein weiterer Ihrer fulminanten Pläne. Dass ich nicht lache!«

»Im Grunde handelt es sich bei allem, was ich tue, um einen *einzigen* Plan. Nicht um mehrere. Einen großen Plan, in dem viele kleine Rädchen ineinandergreifen. Wie bei einer Taschenuhr.«

»Sie sollten sich sorgen, dass Ihr eigenes Stündlein nicht allzu bald geschlagen hat.«

»Sir, Sie sind ein Poet! Ich versichere Ihnen, dass alles vorzüglich vorangeht. Dass sich alles zu unserem Vorteil entwickelt. Wir machen große Fortschritte beim Rekrutieren des Mobs, der für die nötigen Ablenkungen sorgen wird. Auch bei der Frage nach einer Aufstockung unserer finanziellen Mittel ist eine Lösung in greifbarer Nähe. Wir sind gut vorbereitet. Die Puzzleteile fügen sich und das entstehende Bild zeigt uns beide immer deutlicher am Ziel. Ich möchte Sie lediglich um ein Quäntchen Geduld bitten, bevor ich Ihnen die nächsten Ergebnisse präsentiere. Spielen Sie bis dahin weiter die Ihnen zugedachte Rolle. Unser Erfolg ist nicht aufzuhalten.«

»Was bleibt mir auch anderes übrig. Für eine Umkehr ist es im Grunde viel zu spät. Ich hoffe nur, dass wir mit Ihnen nicht auf das falsche Pferd gesetzt haben, mein Herr. Ich bleibe jedoch ausdrücklich dabei: Sie spielen unnötig mit dem Feuer. Vergessen Sie nicht, um was es geht. Um *wen* es geht!«

»Meiner Verantwortung bin ich mir zutiefst bewusst. Bei unserem nächsten Zusammentreffen werde ich Ihnen Erfreuliches zu berichten haben, da bin ich sicher.«

»Dann werde ich Sie nicht länger aufhalten. Sie haben augenscheinlich einiges zu tun, Sir. Bemühen Sie sich nicht, ich finde den Weg alleine.«

Kapitel 9

Die Ähnlichkeit mit Sara war eindeutig. Verstörend eindeutig. Doch heute sah John auch die vielen Unterschiede zu seiner verstorbenen Frau. So lagen die Augen von Miss Fredericks etwas weiter auseinander und ihr Kinn wies ein kleines Grübchen auf. Wenn er sich nicht täuschte, war sie außerdem eine ganze Handbreit größer als die Verstorbene. Es war beruhigend, die Unterschiede immer wieder aufzuzählen.

John räusperte sich. »Darf ich Ihnen noch etwas Tee anbieten, Madam? Oder vielleicht doch eine kleine Mahlzeit? Ich kann Ihnen stolz versichern, dass meine Köchin über ausgesprochen ansehnliche Fähigkeiten verfügt.«

Rebecca Fredericks schüttelte dankend den Kopf. Sie hatte erst ein einziges Mal an ihrer Tasse genippt, seitdem Hannah sie neben ihr abgestellt hatte. »Ich möchte Sie nicht lange aufhalten, Mr Shinfield. Ich dachte mir lediglich, dass es eine nette Idee sei, bei Ihnen vorbeizuschauen.«

»Eine ausgesprochen nette Idee. Sie hatten in der Gegend zu tun, wie ich Ihrer gestrigen Nachricht entnehmen konnte.«

Sie winkte ab. »Eine kurze Verpflichtung.«

»Ich … ich möchte Ihnen erneut danken, dass Sie mir kürzlich eine Mitfahrgelegenheit geboten haben.«

»Nicht der Rede wert, Sir. Sehen Sie es als einen christlichen Akt.« Sie lächelte. »Bei den Wetterverhältnissen, die London derzeit heimsuchen, muss man ein herzloser Mensch sein, wenn man seinen Mitmenschen einen Heimweg zumutet, der mit Frostbeulen einhergeht. Oder Schlimmerem.«

»Ich hätte Ihnen jedenfalls am nächsten Tag gerne eine Dankesnachricht zukommen lassen. Doch ich muss Ihre Adresse vergessen haben.«

Miss Fredericks lachte auf. »Das liegt daran, dass ich sie Ihnen gar nicht genannt habe.« In beiläufigem Ton sprach sie weiter. »Wenn ich in London bin, wohne ich meist bei Freunden. Den Shattertons.«

»Lady und Lord Shatterton?«

Sie nickte.

»Dann sind Sie in jener Nacht einen beträchtlichen Umweg für mich gefahren. Das bereitet mir wirklich ein schlechtes Gewissen, Madam. Wohnen die Shattertons nicht in Westminster, an der Great Marlborough Street?«

»Das ist richtig. An jenem Abend hatte ich jedoch noch einer erkrankten Freundin versprochen, sie aufzusuchen. Daher führte mich mein Weg erst einmal Richtung St Paul's. Zu Ihrem Glück, das kann man vielleicht sagen. Doch Sie sehen, es liegt keinerlei Grund vor, ein schlechtes Gewissen zu pflegen.« Sie nippte erneut an ihrem Tee. »Ich habe überdies die Erfahrung gemacht, dass ein schlechtes Gewissen etwas völlig Unnützes ist. Es hält einen nur unnötig in der Vergangenheit gefangen.« Nachdem sie die Tasse abgestellt hatte, sah sie sich im Empfangszimmer um. »Sie erwarten nicht oft Besuch, nicht wahr?«

»Wie kommen Sie darauf? Haben die Shattertons Ihnen das gesagt?«

Sie lachte. »Die lieben Shattertons? Nicht dass ich mich erinnere. Ihr Name taucht bei so manchem abendlichen Dinner auf, Mr Shinfield. Für die Londoner Gesellschaft sind Sie ein dankbares Thema, wenn einem mal nichts anderes mehr einfällt. Wenn das Wetter und der Verfall der Baumwollpreise bereits mehrfach durchgesprochen wurden. Nein, ich pflege meine Besuche und Zusammentreffen nicht mit meinen verehrten Gastgebern zu besprechen. Ich lege großen Wert darauf, meinen Tagesablauf selbst zu planen und das zu tun, wonach mir der Kopf steht.« Sie sah John aufmerksam an.

»Eine bemerkenswerte Eigenschaft bei einer jungen Dame.«

»Ach, finden Sie?«

»Bitte verstehen Sie mich nicht falsch, doch die Angehörigen Ihres liebreizenden Geschlechtes … verfügen meist nicht über einen solchen Freiraum.«

Miss Fredericks faltete mit ernster Miene die Hände im Schoß. »Liebreizendes Geschlecht? Bitte entschuldigen Sie meine Heiterkeit. Ein hübscher Kanarienvogel im viel zu engen goldenen Käfig, nichts anderes bezeichnet diese Formulierung.« Ein Hauch von Boshaftigkeit schlich sich in ihre Stimme. »Doch Sie haben natürlich recht, Sir. Dies ist die allgemein verbreitete Sichtweise in unseren Gefilden. Sowohl bei den Herren als auch bei den Damen selbst. Oh ja, vielleicht gerade bei den Damen.« Sie schüttelte den Kopf, dachte für einen Augenblick nach. »Wissen Sie, Mr Shinfield, ich habe Glück gehabt. Wenn man das so sagen kann, denn es klingt ein wenig makaber. Meine Eltern verstarben zur selben Zeit, ein unglücklicher Unfall, und hinterließen mir als ihrem einzigen Sprössling ein gewisses Vermögen, über welches ich in Ermangelung naher männlicher Verwandtschaft frei verfügen kann. Ein glücklicher Umstand, wage ich zu sagen. Wobei dieses Glück auf dem Unglück meiner Eltern fußt, was ich zutiefst bedauere. Aber eben nicht ändern kann.« Sie legte abermals eine nachdenkliche Pause ein. »Und schon wären wir erneut bei der Frage nach dem Sinn eines schlechten Gewissens. Es ist doch wie so oft im Leben: Der Verlust des einen ist der Gewinn des anderen.« Sie platzierte die Hände auf den Stuhllehnen und spitzte die Lippen. »Denken Sie nicht auch?«

John nickte stumm.

»Nun genieße ich also die ungewöhnliche Freiheit, mir meine Gesellschaft selbst aussuchen zu dürfen«, fuhr Miss Fredericks beschwingt fort und lehnte sich bequem im Stuhl zurück. »Das ist der Vorteil des Geldes, keine Frage. In der irrigen Hoffnung, meiner habhaft zu werden, umschwirren mich ledige Lords und gierige Mütter, die für ihre Söhne eine gute Partie suchen. Die meisten Türen stehen mir offen.« Sie lächelte süffisant. »Eine Situation, die Ihnen in ähnlicher Weise nicht allzu fremd sein sollte. Da haben wir einiges gemein, wie mir dünkt. Mit dem bedeutenden Unterschied, dass Sie die Aufmerksamkeit der Gesellschaft zu meiden scheinen, ich sie hingegen schamlos auskoste. Ein ausgesprochen wenig liebreizendes Verhalten, wenn man es bedenkt. Finden Sie nicht auch, Sir?«

John wusste nicht, was er erwidern sollte, und flüchtete sich in ein Husten. Er griff nach seiner Tasse.

Rebecca Fredericks beugte sich ein wenig nach vorne. »Verzeihen Sie meine Offenheit. Und verzeihen Sie mir, wenn Sie sich durch diese Offenheit unwohl fühlen, Mr Shinfield. Messen Sie dem fahrigen Gerede einer Angehörigen des schwachen Geschlechts keine übermäßige Bedeutung zu.«

»Nein, nein, bitte entschuldigen Sie sich nicht, Miss Fredericks. Ich bewundere Ihre Sichtweise und Ihre Stärke. Man … man trifft einfach selten auf eine Frau wie Sie.«

Sie hob lächelnd die Augenbrauen und zuckte mit den Schultern. »Doch zurück zu Ihrer ursprünglichen Frage, Sir. Wieso glaube ich also, dass Sie nicht allzu häufig Besucher empfangen? Zum einen wirkt dieser Raum irgendwie leblos auf mich, wenig genutzt. Zum anderen schien Ihre Haushälterin bei meinem Eintreffen gar nichts mit mir anfangen zu können. Offensichtlich besitzt sie keine Routine beim Empfangen von Gästen. Wenn ich es mir so überlege – vielleicht eher eine gewisse Übung in ihrer Abweisung?«

Unweigerlich musste John lachen. »Wie klug Sie sind, Miss Fredericks. Sie haben den Nagel auf den Kopf getroffen. Bitte verzeihen Sie, wenn unsere Gastlichkeit etwas holperig wirkt. Seit dem Tod meiner Frau war wirklich kaum jemand in diesem Zimmer. Ich selbst fühle mich hier irgendwie fehl am Platz.«

Miss Fredericks nickte verständnisvoll. Sie erhob sich von ihrem Stuhl und strich ihr Kleid glatt. Auch John erhob sich.

»Mr Shinfield, dann schlage ich doch einfach vor, dass unser nächstes Zusammentreffen an einem anderen Ort stattfindet. Umso mehr weiß ich zu schätzen, dass Sie mich hier empfangen haben. Doch nun möchte ich Sie nicht länger aufhalten. Ich habe eine weitere Verabredung und wollte schließlich nur kurz bei Ihnen vorbeischauen.« Sie wandte sich zur Tür. »Doch ich bin sicher, wir werden uns wiedersehen. Schließlich bereiten mir die Gespräche mit Ihnen eine gewisse Freude.«

In der Halle half John Miss Fredericks in den Mantel. Hannah hatte ihn schon bereitgehalten. Dann öffnete die Haushälterin mit einem Knicks langsam die Haustür.

Miss Fredericks streifte ihre Handschuhe über. »Vielen Dank für den Tee, Sir. Auf Wiedersehen.« Sie wickelte sich den Schal um den Kopf und trat vor die Tür, ohne Hannah eines Blickes zu würdigen.

»Hallo, hallo! Was für eine Freude«, rief eine Stimme vom Platz. »Ich grüße Sie, Mr Shinfield.«

Das war doch nicht möglich. John trat vor die Tür und warf einen giftigen Blick in Richtung Mr de l'Estagnol. Der kleine Mann stand mitten auf dem Platz und verbeugte sich geflissentlich.

»Madame«, säuselte er Rebecca Fredericks zu und verbeugte sich erneut.

Fragend wandte Miss Fredericks sich zu John um.

»Dies ist Mr de l'Estagnol«, sagte John kurzangebunden. »Miss Fredericks.«

»Eine Freude, *Mademoiselle. Un plaisir.*«

Miss Fredericks nickte dem kleinen Mann denkbar knapp zu.

»Haben Sie sich erneut verlaufen, Sir?«, fragte John mit grollendem Unterton.

»Oh nein, Sir. Mitnichten. Ich spaziere lediglich ein wenig an der Luft. Auf Wiedersehn.« Er lüftete den Hut, bedachte Miss Fredericks mit einem abschließenden Blick und schlenderte weiter, bis er um eine Ecke verschwand.

»Auf Wiedersehen, Madam.« John verbeugte sich, ohne dass es von Miss Fredericks wahrgenommen wurde. Sie drehte sich nicht noch einmal um und verließ den Platz schnellen Schrittes in entgegengesetzter Richtung.

John schüttelte den Kopf und trat zurück ins Haus. Nachdem die Tür leise ins Schloss gefallen war, stand er noch für Minuten reglos in der Halle.

»Kann ich Ihnen noch etwas bringen, Sir?«, fragte Hannah.

»Nein, danke.«

»Dann decke ich ab.«

»Nicht nötig, Hannah«, sagte John und ging zurück ins Empfangszimmer. Er schloss die Tür hinter sich.

Kapitel 10

Fast hatte John erwartet, nichts mehr von Amelia und Alexander zu hören. Doch die avisierte Einladung wurde schließlich überbracht.

Kritisch betrachtete John sein äußeres Erscheinungsbild in dem schmalen Spiegel, der in seinem Schlafraum stand. Der blaue Mantel, sein elegantestes Kleidungsstück, war an mehreren Stellen mit silbernen Mustern bestickt. Doch, er saß noch ganz passabel, obwohl er bereits zwei oder drei Jahre alt war. Wie gewohnt verzichtete John auch an diesem Abend auf eine Perücke. Er hatte sein Haar diesmal jedoch leicht gepudert. Ein Zugeständnis an seine Rückkehr in die Gesellschaft. Alles sicherlich nicht die neueste Mode, doch es würde reichen müssen.

Draußen war es bereits dunkel, dichte Wolken verdeckten den Mond und verschluckten einen Großteil seines Lichtscheins. Die Temperatur war eisig. Wer jetzt nicht mehr unbedingt hinausmusste, der blieb am wärmenden Kaminfeuer. John schätzte die Wahrscheinlichkeit, zügig eine Mietdroschke zu bekommen, für die Fleet Street am höchsten ein. Dort würde er also sein Glück versuchen. Er prüfte den Sitz seines Degens und zog dann einen dicken Wollmantel über. Auf der Treppe war zu hören, wie Hannah aus dem oberen Stockwerk herunterkam. »Ich mache mich jetzt auf den Weg«, rief er.

»Sehr wohl, Sir.« Hannah erschien im Türrahmen. »Einen angenehmen Abend wünsche ich, Sir.«

Er setzte den Dreispitz auf, warf einen letzten prüfenden Blick in den Spiegel und ging hinunter in die Eingangshalle. Seine Haushälterin folgte ihm und öffnete die Tür, während er sich wollene Handschuhe überstreifte. Ein eisiger Hauch zog in das Haus.

»Guten Abend, Sir.« Hannah knickste.

»Guten Abend, Hannah.«

In gefrorenen Resten lag der Schnee schmutzig an den Rändern des schlecht beleuchteten Platzes. Die letzten Tage war das Wetter klar und trocken geblieben, mittags hatte die durchblitzende Sonne es sogar geschafft, Eis und Schnee anzutauen. Die Folge war jedoch, dass die Feuchtigkeit an vielen Stellen erneut gefroren war und spiegelglatte Flächen im Dunkeln lauerten. Vorsichtig überquerte John den menschenleeren Gough Square. Er warf einen Blick auf das Gebäude von Mr Johnson. Die Fenster im Haus des Schriftstellers waren allesamt hell erleuchtet.

Am Bolt Court blockierte ein schwerer Holzkarren den direkten Durchgang zur Fleet Street. Augenscheinlich waren die Achse und ein Rad gebrochen. Der Besitzer hatte das Gefährt einfach stehen lassen, vielleicht, um es am Morgen mit einem Ochsen wegzuziehen. John erwog kurz umzukehren, dann ging er weiter nach Westen in Richtung Dunstan's Court. Die Gassen waren hier dunkel, und nur das vereinzelte Licht aus angrenzenden Häusern sorgte für ausreichend Helligkeit, dass überhaupt der Weg zu finden war. Erneut verspürte John den Drang umzukehren, um eine Laterne oder Fackel zu holen. Die nächste Gasse, so wusste er, war lediglich von schiefen Lagerhäusern gesäumt. Lichter würde es zu dieser Stunde dort keine mehr geben. Just in diesem Moment brach der Mond schwach durch die Wolkendecke und verdrängte das Schwarz zugunsten eines unsteten Graus. John zuckte mit den Schultern und konzentrierte sich weiter auf den Boden, während er um die nächste Ecke bog. Ein Bein wollte er sich heute Abend nicht brechen, doch es war schließlich nicht mehr weit bis zur Fleet Street. Mit etwas Vorsicht würde es schon gehen.

»Da ist er!«, ertönte im Dunkel die dumpfe Stimme eines Mannes, keine drei Schritte von John entfernt. Überrascht drehte er sich in die Richtung, aus der die Stimme gekommen war. Dabei glitt er auf einigen mit einer dünnen Eisschicht überzogenen Pflastersteinen aus und verlor sein Gleichgewicht. Als er auf dem kalten Boden aufschlug, schoss ihm der zugleich alarmierende und dankbare Gedanke in den Kopf, dass ihm der Sturz wohl gerade das Leben gerettet hatte. Auf der Höhe, wo sich soeben noch sein Kopf befunden hatte, hörte er im Fallen einen Gegenstand mit Wucht durch die Luft zischen. Ein verhaltenes Fluchen folgte. John rollte sich zur Seite, weg von der Stimme. Er richtete sich auf und zog gleichzeitig den Degen unter seinem Mantel hervor. Langsame Schritte drangen an sein Ohr, aus unterschiedlichen Richtungen. Verdammt, er hatte es mit mehr als nur einem Gegner zu tun! Langsam ging John rückwärts weiter in die Gasse hinein, den Blick angestrengt in das Dunkel gerichtet. Nach einigen Schritten stieß sein Rücken gegen einen Mauervorsprung.

»Er ist bewaffnet. Das Schwein hat ein Messer oder einen Degen!« Eine andere Stimme, ebenfalls gedämpft.

Langsam erkannte John erst eine, dann zwei Gestalten im Dunkel. Sie kamen vorsichtig auf ihn zu. Zwar konnte er nur Silhouetten ausmachen, doch der kleinere der Männer schien etwas Längliches in seiner Hand zu halten. Einen Prügel? Eine Eisenstange? Fieberhaft überschlug John seine Optionen. Flucht? Beim Wegrennen konnte er sich im Dunkeln leicht den Hals brechen. Außerdem wusste er nicht, ob im hinteren Teil der Gasse weitere Männer lauerten. Siedend heiß schoss ihm der Holzkarren in den Sinn – oh, er hätte sich selbst ohrfeigen können. Es war eindeutig, dass er in eine Falle getappt war. Er war den Wegelagerern direkt ins Netz gelaufen. Sollte er um Hilfe rufen? Das würde in diesem einsamen Teil der hinteren Gassen wohl wenig ausrichten. Bei der Witterung hatten alle Leute ihre Türen und Fenster fest verrammelt. Überhaupt, in den Lagerhäusern war zu dieser Zeit keine Menschenseele mehr. Den Atem konnte er sich also sparen. Außer ein paar Ratten würde er mit einem Hilferuf niemanden hervorlocken.

Es blieb nur eines. John presste grimmig den Mund zusammen und prüfte seinen Stand. Zwei Banditen. Das sollte er alleine regeln können. Mit festem Griff hob er den Degen. Die Gestalten blieben keine zehn Schritte von ihm entfernt stehen.

Hinter den Wolken hatte sich der Mond ein Stück weiter hervorgekämpft. John vermochte zu erkennen, dass die Männer in schwarze Mäntel gehüllt waren und ihre Gesichter mit ebenso schwarzen Tüchern verhüllt hatten. Er hatte sich nicht getäuscht: Der Kleinere hielt in seiner Hand eine Eisenstange oder einen Schürhaken. In der Faust des anderen Mannes – er war etwa von Johns Größe, aber kräftiger gebaut – blitzte ein langes Messer auf.

»Ich trage weder Geld noch sonstige Wertsachen bei mir!«, rief John und bemühte sich, Stärke und Selbstbewusstsein in seine Stimme zu legen. »Bei mir gibt es nichts zu holen. Außer einer blutigen Nase.«

Der größere Mann lachte auf und trat einen weiteren Schritt nach vorne. Der andere folgte.

»Ich warne euch …«, setzte John erneut an, doch der Mann mit dem Messer fiel ihm ins Wort.

»Schnauze halten! Du verschwendest deine letzten Atemzüge.« Der Kerl gab seinem Kumpan ein knappes Zeichen.

Blitzschnell schoss der Mann nach vorne und holte dabei mit der Stange aus. Im ersten Augenblick sah es so aus, als ziele er auf Johns Mitte, doch im letzten Moment riss der Mann das Eisen nach oben. Reflexartig hob John seine Waffe, direkt in den Schlag hinein. Er spürte die Kraft seines Gegners, als beide Waffen mit einem metallischen Knall aufeinanderprallten. Steinsplitter trafen ihn einen Lidschlag später im Gesicht. Die Stange war neben seinem Kopf in die Mauer geschlagen. John holte zum Gegenangriff aus, doch der Mann war mit einer äußerst schnellen, drehenden Bewegung bereits wieder aus der Reichweite seines Degens verschwunden.

Eine erschreckende Erkenntnis ließ Johns Magen sich schmerzhaft zusammenziehen. Dies waren keine einfachen Halunken, die den nächstbesten Passanten hinterrücks ohnmächtig schlugen, um ihn in Ruhe auszurauben. Diese Männer hatten gelernt zu töten. Diese Männer *wollten* töten.

Der Mann mit der Stange setzte erneut zum Schlag an. Diesmal folgte ihm der andere nur eine Sekunde später, das lange Messer fest in der Hand. John trat ihnen fast gleichzeitig mit einem tiefen Ausfallschritt entgegen. Er spürte, wie die Spitze seiner Klinge den Mantelstoff des Großen durchdrang. Der Mann sprang grunzend zur Seite. Im gleichen Augenblick durchzuckte ein brennender Schmerz Johns rechten Oberschenkel. Er hatte gehofft, der Eisenstange durch den Gegenangriff auszuweichen. Offensichtlich hatte er sich verkalkuliert. Auch wenn das Metall ihn mehr gestreift als wirklich getroffen hatte. Mit zusammengebissenen Zähnen drängte er den pulsierenden Schmerz von sich.

Während die beiden Männer erneut sicheren Abstand suchten, sprang John einige Schritte weiter in die Gasse hinein und presste seinen Rücken gegen die Mauer eines Lagerhauses. Er spürte, wie ihm trotz der Kälte der Schweiß über Gesicht und Rücken rann. Hastig zog er den rechten Handschuh aus, strich sich damit über die nasse Stirn und warf ihn dann zu Boden. Er brauchte einen festen Halt. Es war nicht damit zu rechnen, dass weitere Männer im Dunkeln lauerten. Sie stünden, durch die Kampfgeräusche angelockt, sicher längst an der Seite ihrer Gefährten.

Die kleinere Gestalt tänzelte an ihn heran, die Eisenstange wie einen Speer vor sich haltend. Der andere Mann folgte gemächlich. Johns Stich schien ihm keinen nennenswerten Schaden zugefügt zu haben. Seine Körpersprache drückte unmissverständlich aus, dass er sich seiner Beute sicher war.

Die Stange schnellte nach vorne, wurde aber sogleich wieder zurückgezogen. John atmete aus, merkte aber zu spät, dass es sich lediglich um eine Finte gehandelt hatte, denn der nächste Schlag folgte aus dem Schwung des angedeuteten ersten heraus. John tat einen schnellen Schritt zur Seite, konnte aber nicht verhindern, dass er an der Hüfte getroffen wurde. Diesmal schrie er vor Schmerz auf. Es gelang ihm geistesgegenwärtig, den nächsten, direkt folgenden Schlag mit seinem Degen abzuwenden. Einen eigenen Angriff ersparte er sich, denn sein Gegner zog sich behände wieder einige Schritte zurück. Zweifelsohne um den nächsten Angriff vorzubereiten. Durchatmen! John musste sich zwingen, durchzuatmen und den Schmerz niederzuringen.

Der Mond brach gänzlich durch die Wolken und tauchte die Szenerie in ein graues, unwirkliches Licht. Als wolle der Himmelskörper unbedingt zuschauen, was dort unten geschah. Als habe er Sorge, den kurz bevorstehenden Höhepunkt eines blutigen Schauspieles zu verpassen.

In schnellem Rhythmus hob und senkte sich Johns Brust. Er fühlte sich wie eine Maus. Von zwei Katern belauert, die noch nicht wussten, wie lange sie ihr perfides Spiel weitertreiben sollten – bevor der letzte, der tödliche Schlag kam. Die Männer schienen Vergnügen an dem mörderischen Angriff zu haben. Er würde nicht mehr lange durchhalten können. Nicht, wenn ihn beide Kerle gleichzeitig in die Zange nahmen. Noch blendete sein Körper die Schmerzen weitgehend aus, doch er spürte, wie ihn langsam seine Kräfte verließen. Er hörte den größeren Mann feixen und sah, wie der Kerl sich auf eine neuerliche Attacke vorbereitete.

John spannte jeden Muskel in seinem Körper an. Er würde sich nicht unter Wert verkaufen. Sollten sie doch kommen! Sah so das Ende aus? Auf dem Boden einer düsteren Gasse? Saras Gesicht erschien vor seinem inneren Auge. Er schluckte.

»Ich kann nicht glauben, was ich hier sehe.« Die urplötzlich ertönende Stimme gehörte einem dritten Mann. Und klang amüsiert. »Zwei Männer gegen einen! *Vraiment*?!«

Die beiden dunklen Gestalten drehten sich irritiert um und starrten den Neuankömmling ungläubig an. Mindestens genauso erstaunt wie John. Für einen winzigen Augenblick pausierte das Geschehen, stand die Welt still.

Nicht im Traum hätte John gedacht, jemals derart glücklich über das Erscheinen von Paul de l'Estagnol zu sein. Wie gewohnt war der Mann von Kopf bis Fuß extravagant gekleidet. Seine frisch gepuderte Perücke leuchtete im Dämmerlicht des Mondes wie ein mystischer Nachtvogel aus einer anderen Welt. Etwa fünfzehn Schritte entfernt, genau in der Mitte der Gasse, lehnte er auf einem Spazierstock und schüttelte traurig seinen Kopf.

»Männer von Ehre würden sich nicht derart niederträchtig verhalten. Doch das sind Sie wohl auch nicht, Männer von Ehre.« Er schnalzte missbilligend mit der Zunge.

Der Augenblick, in dem die Zeit angehalten schien, war vorbei. Knapp nickte der größere der beiden Spießgesellen seinem Kumpan zu, dann behielt er mit gezückter Waffe wieder John im Auge. Während der Mann mit der Eisenstange auf de l'Estagnol zuhielt, erinnerte sich John an eine Lektion, die er beim Militär gelernt hatte: Im Kampf um Leben und Tod muss man ausnahmslos jeden Vorteil für sich nutzen. Ausnahmslos jeden. Ein Zweikampf erschien ihm im Augenblick wesentlich vorteilhafter, als es mit zwei Gegnern gleichzeitig aufzunehmen. Jede Sekunde war kostbar, wer wusste, wie lange de l'Estagnol aushalten würde. Einen Schlag? Zwei? John erwartete von dem schmächtigen Gecken wahrlich kein langes Durchhaltevermögen. Es war Selbstmord, was der Mann da machte. Das dargebotene Opfer musste er nutzen. John mobilisierte seine Kräfte und griff sein Gegenüber mit Wutgebrüll an.

Der Mann wich ihm gewandt aus und vergrößerte den Abstand für einen Moment. John sah aus dem Augenwinkel, dass de l'Estagnol mitnichten völlig hilflos das Opfer des Eisenschwingers wurde. Vielmehr hatte er aus seinem Spazierstock ein Stilett gezogen und hielt damit seinen Gegner fuchtelnd auf Abstand. »Komm doch, komm doch!«, hörte er ihn fröhlich rufen. Fröhlich! Unglaublich. Vielleicht würde er auf diese Weise gar drei Schläge aushalten.

Den halbherzigen Stich seines eigenen Gegners parierte John diesmal mit Leichtigkeit. Er hatte ihn vorausgesehen; der Mann schien abgelenkt von dem irrwitzigen Schauspiel, das sich wenige Schritte entfernt ihren Augen darbot. John erwiderte mit einem offensiven Stich in die Körpermitte und war mehr erstaunt als erleichtert, als sein Degen erst den Mantelstoff durchdrang und dann den Widerstand von Fleisch fand. Diesmal war es an seinem Gegner, aufzuschreien. John zog die Waffe zurück und wollte zum nächsten Schlag ansetzen, doch der Mann wich rückwärts in die Gasse zurück, wo seine schwarze Gestalt nach wenigen Schritten mit den tiefen Schatten der Lagerhäuser verschmolz. Eine neuerliche Finte? Angestrengt behielt John mit erhobener Waffe das Dunkel im Auge, suchte nach Bewegungen.

Nichts. Er wagte einen schnellen Blick zu de l'Estagnol. Der kleine Mann tänzelte mit koboldhaften Sprüngen um den Banditen herum und bedachte ihn mit Schimpfwörtern, größtenteils in französischer Sprache. Immer wieder versuchte sein Gegner, die Eisenstange in de l'Estagnols Reichweite zu bringen, doch der schien jeden Schlag vorherzusehen und war bereits weitergehüpft, bevor die Waffe überhaupt in seine Nähe kam. Wäre die Lage nicht dermaßen ernst gewesen, John hätte sich ein Lächeln gestattet.

Ein kratzendes Geräusch in der Dunkelheit ließ ihn alarmiert zusammenfahren. Er versuchte vergeblich, etwas in den Schatten zu erkennen. Kurzentschlossen nahm er den Dreispitz vom Kopf und warf ihn weit in die Gasse hinein. Dorthin, wo er den Ursprung des Geräusches vermutete. Dumpf schlug der Hut auf dem Pflaster auf. Das Kratzen ertönte erneut, jetzt näher. John spannte jede Faser seines Körpers an, bereit für den Angriff. Erleichtert stieß er einen Herzschlag später den Atem aus. Eine große Ratte flitzte zwei Schritte vor ihm über den Boden der Gasse.

»*Merde*!« De l'Estagnol klang erstmals wütend. »Aber doch nicht meine *perruque*!«

Die Stange musste den Kopfschmuck getroffen haben, denn die Perücke wies auf einer Seite eine tiefe Delle auf; jedoch saß sie weiter fest auf dem Kopf des agil herumhüpfenden Mannes.

»*Nicht* meine Perücke!«, wiederholte de l'Estagnol mit grollender Stimme. Und sprang schneller, als John es ihm jemals zugetraut hatte, auf seinen Angreifer zu. Duckte sich unter der schwingenden Stange hindurch und stach mit dem Stilett tief in den Arm seines Gegners. Sofort quoll Blut aus der Wunde und tropfte auf den Boden.

»Der Spaß ist vorbei, *Monsieur*!«, schimpfte der kleine Mann.

John kam nicht umhin, die Selbstbeherrschung des Banditen zu bewundern. Kein Schmerzenslaut verließ seine Kehle. Vielmehr wechselte das Eisen in die andere Hand und er nahm sofort wieder eine Angriffsposition ein. In der Tat, kein unerprobter Gelegenheitskämpfer. Eher wirkte er wie ein Meuchelmörder. John lief es eiskalt den Rücken hinunter.

Ein gellender Pfiff durchbrach die Dunkelheit. Ohne auch nur einen Lidschlag zu zögern, sprang de l'Estagnols Gegner einige Schritte zur

Seite und verschwand umgehend im finsteren Teil der Gasse. Der Spuk war vorbei, so abrupt, wie er begonnen hatte.

»Das hätten wir«, schnaufte de l'Estagnol und lächelte zufrieden. Er trat auf John zu und verbeugte sich. »Ich schlage vor, dass wir uns zügig in Gefilde begeben, die besser beleuchtet sind als diese Gruft. Und deutlich wärmer.«

John nickte sprachlos.

Das Stilett verschwand schwungvoll im Spazierstock, dann pfiff de l'Estagnol auf zwei Fingern. Wie ein Wirbelwind kam Pompeji aus der Dunkelheit angeschossen und sprang freudig wedelnd um den Mann herum.

»Oh, du hast wunderbar gewartet. Brav, sehr brav.« De l'Estagnol nahm das Tier auf den Arm und streichelte es. Dann sah er zu John auf. »Wollen wir, Mr Shinfield? Ich kenne eine gemütliche Taverne, keine zehn Minuten von hier, Richtung Temple Bar.« Er deutete beiläufig in die Dunkelheit. »Vergessen Sie Ihren Hut nicht, Sir.«

*

Sie hatten sich im *Hog & Frog* an einen der hinteren Tische gesetzt. So zurückgezogen wie möglich und so öffentlich wie nötig. John merkte, wie seine Hände zitterten, als er das Bier langsam zum Mund führte. Kaum war die Anspannung von ihm abgefallen, meldete sich der Schmerz seiner Verletzungen. Hüfte und Oberschenkel pochten um die Wette. Glücklicherweise war er nicht ernsthaft verletzt. Er atmete tief ein und dann wieder aus, bemüht, den Schmerz auszublenden. Mit einer Mischung aus Unglaube und Bewunderung musterte er sein Gegenüber. De l'Estagnol war nichts von der kämpferischen Auseinandersetzung anzumerken. Abgesehen von der ramponierten Perücke, die ihr vormals adrettes Erscheinungsbild auch nach ausgiebiger Bearbeitung nicht mehr vollständig wiedergewann. Pompeji hatte es sich unter dem Tisch, zu Johns Füßen, gemütlich gemacht.

Aufmunternd nickte de l'Estagnol John zu.

»Ich danke Ihnen, es sieht so aus, als hätten Sie mir das Leben gerettet.« Während er die Worte aussprach, wurde John die Tragweite ihrer Bedeutung bewusst. Er war soeben nur knapp dem Tod entronnen.

»Eine unangenehme Situation, in der Sie sich da befanden, in der Tat. Ich freue mich, wenn ich Ihnen zu Diensten sein konnte, Mr Shinfield.«

»John. Bitte nennen Sie mich John.«

»Paul.«

Die Männer schüttelten sich über den Tisch hinweg die Hände.

»Ich weiß noch gar nicht, was ich von dem Vorfall halten soll«, grübelte John. »Ich meine, Wegelagerer und Banditen gibt es in der Stadt an vielen Ecken. Doch irgendetwas sagt mir, dass die Sache hier anders liegt. Der Überfall war so …«

»Professionell«, ergänzte de l'Estagnol und starrte nachdenklich in seinen Krug. Die Männer schwiegen für einen Augenblick. Dann schaute Paul auf. »Die beiden Halunken waren ausgebildete Kämpfer, keine Gelegenheitsdiebe. Ehemalige Soldaten, würde ich mutmaßen.« Er zögerte. »Sie schienen es ernsthaft auf Sie abgesehen zu haben. Auf Ihre Person.«

»Den Eindruck hatte ich auch«, seufzte John. Er fasste an sein verletztes Bein. Trotz der Wärme des Schankraumes fröstelte ihn. Er zog das Bein langsam an und verzog dabei das Gesicht.

»Glücklicherweise sind Sie mit einem blauen Auge davongekommen. Ein paar Tage lang werden die Prellungen Ihnen noch zusetzen, doch das ist überschaubar. Mein Rat an Sie ist, schnell herauszufinden, wer hinter dem Angriff steckt. Dieser ist fehlgeschlagen, doch wer sagt Ihnen, dass es nicht einen weiteren geben wird? Gedungene Schläger bemühen sich meist, ihren Auftrag zu erfüllen.« Er lächelte traurig. »In der Regel hängt ihre Entlohnung genau davon ab. Haben Sie jemanden erkannt? Haben die Männer etwas zu Ihnen gesagt? Oder untereinander gesprochen?«

»Sie waren mir gänzlich unbekannt, da bin ich sicher. Der eine hat den anderen gewarnt, dass ich eine Waffe trage. Der Größere meinte, ich solle meinen Atem sparen.« John runzelte die Stirn. »Meine letzten Atemzüge vielmehr.«

De l'Estagnol zog eine Augenbraue hoch. »Vielleicht sonst noch etwas, das Ihnen einfällt?«

»Nein, ich meine nicht. Doch, da war noch etwas. Zu Anfang. Bevor der erste Schlag kam. ›Da ist er‹ oder ›Das ist er‹. Ich erinnere mich nicht mehr genau. Und dann war da auch der blockierte Durchgang. Unten am Bolt Court. Nur deshalb bin ich überhaupt in die Gasse abgebogen, in der die Männer lauerten.«

»Das bestätigt, dass die Halunken auf Sie gewartet haben. Ich denke, diese traurige Wahrheit steht fest. In klaren Worten: Wir haben es mit einem geplanten Anschlag auf Ihr Leben zu tun. Nichts weniger.«

John schüttelte den Kopf. »Ich verstehe das nicht. Wer trachtet nach meinem Leben? Weshalb dieser Angriff, weshalb lauert man mir in der Nähe meines Hauses auf?«

Nachdenklich rieb Paul an seiner Nasenspitze. »Wohin waren Sie unterwegs?«

John stutzte. »Wie meinen Sie?«

»Aus welchem Grund haben Sie gerade heute Abend das Haus verlassen? Zu jener Stunde, als man auf Sie lauerte.« Geduldig sah de l'Estagnol John über den Tisch hinweg an. Als erkläre er einem Kleinkind, woher die Milch kommt.

»Ich folgte einer Einladung. Einer gesellschaftlichen Einladung. Zu einem Abendessen.« John griff sich an die Stirn. »Meine Güte, man erwartet mich dort noch immer. Ich sollte einen Boten mit einer Nachricht zu den Steeles senden. Erklären, was passiert ist.« Suchend sah er sich im Raum um. Vielleicht konnte er für ein paar Münzen einen Schankjungen schicken.

»John, Sie tun bitte vorerst nichts dergleichen.«

Entgeistert hielt John inne.

»Überlegen Sie doch mal«, fuhr de l'Estagnol mit leiser Stimme fort. »Es lauerten Ihnen soeben zwei Männer auf, die *wussten*, dass Sie des Weges kommen würden. Sie machten sich gar die Mühe, Ihren Weg dergestalt zu blockieren, dass Sie einen Umweg einschlagen mussten. Einen Umweg, der in die Falle führte. Ich denke, man sollte zuerst fragen, woher diese Banditen Kenntnis von Ihrem Vorhaben hatten. Meinen Sie nicht auch?« Er sah John mit Nachdruck an. »Woher also, was meinen Sie?« Er klopfte mit den Fingern einen langsamen Rhythmus auf den Tisch. »Wer hat gewusst, dass Sie ungefähr zu dieser Zeit das Haus verlassen würden? Wer konnte erahnen, welchen Weg Sie nehmen würden, und folglich ein Hindernis aufbauen, um Ihre Schritte umzulenken?«

Ungläubig schüttelte John den Kopf. »Sie wollen doch nicht andeuten, dass meine Gastgeber …?«

»Gar nichts möchte ich andeuten. Ich möchte Sie lediglich auffordern, ohne Vorbehalte darüber nachzudenken, wer eine solche Information besaß. Neben Ihren Gastgebern vielleicht ja auch einer der übrigen Gäste?«

»Das ist nicht ausgeschlossen. Um Himmels willen, was für ein Gedanke. Die Steeles wussten es, sicherlich ihre Gäste. Und dann natürlich mein Hauspersonal. Doch für meine Dienerschaft verbürge ich mich.«

De l’Estagnol lächelte nachsichtig. »Eine ehrenhafte Sichtweise, doch zu diesem Zeitpunkt leider völlig unklug. Verbürgen, lieber John, sollten Sie sich für niemanden. Grundsätzlich nicht. Fällt Ihnen sonst noch jemand ein?«

Er dachte einen Moment nach, dann schüttelte John matt den Kopf. Er fühlte sich furchtbar erschöpft.

»Somit ein überschaubarer Kreis, wie mir scheint«, sagte de l’Estagnol betont fröhlich und lehnte sich in seinem Stuhl zurück. Er dachte nach. »Da sollte es nicht allzu schwierig sein herauszufinden, wer Ihnen gedungene Mörder auf den Hals schickt. *Warum* er dies tat, wäre dann die nachfolgende Frage.«

John schwieg. Ein paar Atemzüge lang sammelte er sich, versuchte einzuordnen, was er gerade gehört hatte. Irritiert merkte er, dass irgendetwas an seinem Verstand nagte. Eine weitere Frage. Konzentriert ging er dem Gedanken nach. Umkreiste ihn, griff ihn und zog ihn schließlich an sich heran. Schlagartig verfinsterte sich seine Miene. »So dankbar und erleichtert ich wegen Ihres heutigen Auftauchens und Ihrer rettenden Hilfe bin, drängt sich mir der Verdacht auf, dass Sie wohl nicht zufällig Ihren Weg in die dunkle Gasse gefunden haben. Genauso wenig wie zuvor in die Buchhandlung. Oder zu meinem Haus, wo Sie bereits meinem Haushalt aufgefallen sind. Sie könnten demnach eine weitere Person sein, die wusste, dass ich das Haus verlassen würde.« Er starrte de l’Estagnol grimmig an und rückte seinen Stuhl zurück. Seine Hand glitt zum Degen. »Wie lange folgen Sie mir bereits? Und warum?«

Pompeij bellte beleidigt auf und zog sich an eine andere Stelle unter dem Tisch zurück.

Abwehrend hob de l’Estagnol die Hände, biss sich auf die Unterlippe und kratzte sich dann ausgiebig an der Schläfe. »Lassen Sie mich eines betonen, John: Mit dem Überfall habe ich nichts zu tun. Auch liegt es mir fern, Ihnen auf irgendeine Art und Weise zu schaden. Das versichere ich Ihnen. Ich verstehe Ihren Unmut, Ihre Irritation. Und möchte Ihnen völlig vorbehaltlos Rede und Antwort stehen. Das fällt mir nicht unbedingt leicht, wie ich zugeben muss. Bitte hören Sie mich mit Wohlwollen an, bitte verurteilen Sie mich nicht vorschnell. Darf ich darauf bauen?«

John, für einen Moment aus dem Konzept gebracht, zögerte, dann nickte er ungeduldig. Was, wollte er den Mann zum Reden bringen, sollte er anderes tun? »Erklären Sie sich.«

Tief atmete de l'Estagnol ein, hielt den Atem für einige Herzschläge an und stieß ihn dann vernehmlich aus. »Unsere Wege kreuzen sich – wenn ich dies so nennen darf – bereits seit einer Weile. Seit vielleicht acht Wochen, möchte ich schätzen.«

John starrte den Mann aus aufgerissenen Augen ungläubig an. »Zwei ganze Monate?« Was für ein Spiel wurde hier gespielt? »Zwei Monate?«, wiederholte er fragend.

»Wobei Sie es mir nicht unbedingt leicht machten«, lächelte de l'Estagnol. »Sie verlassen ja kaum einmal *votre maison*. Insofern blieben die Gelegenheiten, Ihnen innerhalb des genannten Zeitraums zu folgen, sehr überschaubar.«

John wischte die Bemerkung unwirsch zur Seite. »Und warum folgten Sie mir?« In seiner Stimme mischte sich Unglaube mit Wut. Ein Verdacht ließ ihn innehalten. War Paul de l'Estagnol ein Spion der Franzosen? Stand John bereits länger unter Beobachtung? Ging es um eine späte Rache an Saras Entscheidung? Sollte eine alte Rechnung beglichen werden? Mit drohender Miene richtete John sich in seinem Stuhl auf.

Beschwichtigend hob de l'Estagnol eine Hand. »Ich folgte Ihnen, Sir, um Sie besser kennen zu lernen. Um dann Kontakt zu Ihnen aufzunehmen. Ich weiß, das klingt beunruhigend für Ihre Ohren, doch ich möchte mich mit aller Offenheit erklären.« Er warf einen kurzen Blick an den Nebentisch und senkte die Stimme.

Also doch. Ein Spion der Gegenseite, ganz sicherlich. John unterdrückte den Impuls, den Mann am Kragen zu packen und mit dem Gesicht voran auf die Tischplatte zu befördern.

De l'Estagnol wich eine Handbreit vom Tisch zurück, als habe er Johns Absicht in dessen Miene lesen können. Schnell sprach er weiter. »Ich habe kürzlich einige Rückschläge erlitten. Finanzieller und gesellschaftlicher Art. Wie Sie sich denken können, hängen diese beiden Aspekte nicht unwesentlich zusammen. Lassen Sie es mich so sagen: Mein Name gilt in einigen Zirkeln zurzeit nicht mehr allzu viel. Ich treffe infolgedessen immer öfter auf verschlossene Türen, wo man mich vormals noch mit offenen Armen empfing. Das alles liegt in erster Linie an ein paar unglücklichen Fehlinvestitionen, die ich gutgläubig getätigt habe. Doch auch an falschem Gerede und Verleumdungen. An hinterhältigen Verleumdungen meines Charakters.« Er verzog wütend das Gesicht. »Spitze Zungen können mindestens einen genauso großen Schaden zufügen wie eine scharfe Schneide aus Metall.« Er biss sich auf die Lippe und starrte auf den Boden. »Das traurige Resultat ist, dass eine mir gewogene Gönnerin sich von einem Tag auf den anderen von mir lossagte. Anscheinend hat man ihr genügend Gift ins Ohr geträufelt.« Er seufzte und warf John einen kurzen, fragenden Blick zu. »Verstehen Sie mich nicht falsch – mein eigenes Verhalten war nicht immer vorbildlich, daher muss ich mir einen Teil der Schuld an meiner misslichen Lage sicher selbst zuschreiben. Doch unter uns, von einem Gentleman zum anderen, wer kann von sich behaupten, keinerlei Fehltritte in seinem Leben begangen zu haben?« De l'Estagnol nahm einen weiteren Schluck aus seinem Bierkrug. Dann sah er John inständig an. »Ich sehe, Sie widersprechen meiner Ausführung nicht, Sir. Das gibt mir Hoffnung.« Er zog ein Spitzentuch aus seiner Jackentasche und tupfte sich die Stirn.

John schnaubte. Diese Theatralik. Was sollte er von de l'Estagnols Ausführungen halten? Der vorgeblichen Bitte eines glücklosen Gentlemans. »Erhoffen Sie sich Geld von mir?«, fragte er schließlich ungehalten.

Mit einem Ausdruck des Entsetzens richtete de l'Estagnol sich in seinem Stuhl auf. »Geld? Von Ihnen, John? Um Himmels willen, nein. Selbstverständlich nicht. Der Himmel sei mein Zeuge! Keinen Penny erhoffte ich mir von Ihnen. Was ich mir vielmehr wünschte, war ein gutes Wort Ihrerseits, vielleicht eine freundliche Empfehlung. Mich trieb die Hoffnung an, es würde Ihnen gelingen, die geschlossenen Türen wieder einen Spaltbreit für mich zu öffnen. Ihre Reputation, denn das war der Strohhalm, an den ich mich klammerte, sollte ein wenig auf meine Person abfärben. Mir bei einigen Damen neue Aufmerksamkeit verschaffen.« Er sah John eindringlich an. »Verstehen Sie? Ich hoffte, auf diesem Weg den Kontakt zur Gesellschaft zurückzuerlangen. Durch Sie, den Sohn des Earl of Finchampstead.« Er hüstelte. »Ich bin selbst über mehrere Ecken mit dem Adel auf dem Kontinent verbunden, doch ein Earl ist da wahrlich eine andere Dimension.« Um Verständnis bittend zuckte er mit den Schultern. »So sind nun einmal die Regeln der guten Gesellschaft. In diesem Spinnennetz bin ich gänzlich gefangen.«

John lachte auf, mit einer Portion Zynismus. »Da haben Sie sich genau den Richtigen ausgesucht, Sir. Ich verkehre kaum noch in der sogenannten Gesellschaft. Das sollte Ihnen spätestens durch Ihre Observierung aufgefallen sein.«

»Gerade deshalb«, sagte de l'Estagnol und lächelte entschuldigend. »Ich konnte annehmen, dass Sie nichts von meinem jüngsten Absturz in die

Ungnade wussten. Überhaupt: Ein Empfehlungsschreiben in Ihrer Handschrift wäre bereits eine bedeutende Hilfe. Ein Name ist ein Name, Sir. Persönlich müssten Sie gar nicht in Erscheinung treten. Ihr Name unter einem Schreiben ...« Er ließ die Worte in der Luft hängen.

»Sie scheinen mir ein gewiefter Fuchs, Paul.« Bedächtig verschränkte John die Arme vor der Brust. Vielleicht etwas zu gewieft, der Mann. Was war von dieser Geschichte überhaupt wahr? Ging es lediglich darum, ihn als Instrument einer gesellschaftlichen Rehabilitierung zu benutzen? Mit einer Sache hatte de l'Estagnol jedenfalls recht: So waren die Spielregeln der gehobenen Kreise. War der Mann kein Spion der Franzosen? John würde abwarten. Abwarten und auf der Hut sein. Sollte Paul ein falsches Spiel mit ihm spielen – nur zu. Der Mann war gewieft, keine Frage. Doch zu einem solchen Spiel gehörten immer zwei. John ertappte sich dabei, wie ein Lächeln in sein Gesicht stieg. »Schauen Sie nicht so betreten drein, Paul. Irgendwie bewundere ich sogar Ihre Zielstrebigkeit. Was sah Ihr Plan weiter vor?«

Mit einer unüberhörbaren Spur von Erleichterung in der Stimme antwortete de l'Estagnol: »Nun, zunächst wollte ich herausfinden, wofür Sie sich interessieren, was für ein Mensch Sie sind. Dann wollte ich mit Ihnen in Kontakt treten, unsere Bekanntschaft erneuern.«

»Unsere Bekanntschaft, ja.« Beim besten Willen konnte John sich nicht entsinnen, de l'Estagnol jemals zuvor begegnet zu sein. Ein weiterer Umstand, der ihm Kopfzerbrechen bereitete. Einen Mann wie Paul de l'Estagnol vergaß man schwerlich.

Für einen Augenblick stockte Paul. Dann fuhr er leise fort. »In Kontakt treten, wie gesagt. Mit mäßigem Erfolg, wie wir beide wissen. Dabei schien mir die Buchhandlung der ideale Ort, um Sie anzusprechen. Nun ja, auch der einzige Ort, wenn ich ehrlich bin. Denn nach all der Zeit hatten Sie mir kaum andere Anhaltspunkte gegeben. Sie verlassen selten das Haus. Ich hatte gehört, dass Sie sich zurückgezogen haben. Aber der Grad Ihrer Abschottung hat mich doch erstaunt.« Er rieb sich das Kinn. »Sie verzeihen meine Offenheit? Ich besaß schnell Routine in meiner Tätigkeit, Ihren wenigen Spaziergängen zu folgen. Da meine persönliche Situation jüngst dringlich wurde, sprach ich Sie mithilfe von Pompeij an.« De l'Estagnol senkte den Blick.

»Ich verurteile Sie mitnichten, Paul. Wenn Sie sich in einer misslichen Lage befinden, dann ist es nur verständlich, dass Sie nach einem Ausweg suchen. Ob dieser Ausweg in meiner Person liegt, ist eine andere Frage. Ich kann Ihre Intention nachvollziehen, ohne dass ich die beabsichtigte Inanspruchnahme meines Namens gutheißen muss.« John kniff die Augen zusammen. »In erster Linie bin ich Ihnen dankbar für die Hilfe, die Sie mir ohne Rücksicht auf Ihr eigenes Wohlergehen geleistet haben. Ohne Ihr Auftauchen hätte es wahrlich schlecht um mich gestanden. Dann läge ich jetzt sicherlich mit eingeschlagenem Schädel auf kalten Pflastersteinen. Doch ist das Beweis genug?« Er rang sich zu einem beschwichtigenden Lächeln durch. »Es scheint, ich kann von Glück sagen, dass Sie mir gefolgt sind.«

De l'Estagnol strahlte. »Kein Groll, Sir?«

John schüttelte den Kopf. »Doch damit haben sich meine Fragen bei weitem nicht erschöpft, wie Sie sich denken können. Es geht mir nicht aus dem Kopf, wie unerschrocken und beweglich Sie dem Angreifer entgegengetreten sind. Augenscheinlich verfügen Sie über ein gewisses Maß an Kampferprobung. Ein Umstand, den man auf den ersten Blick nicht unbedingt mit Ihrer Person in Verbindung bringt.«

»Das haben Sie wahrlich trefflich formuliert, Sir. Sie haben natürlich recht, ich verfüge über eine gewisse Erfahrung in der körperlichen Auseinandersetzung. Jedoch weniger in den traditionellen Künsten unserer Gefilde, wie dem Faustkampf oder dem Führen eines Degens. Nein, ich genoss dankenswerterweise eine Zeitlang die Ausbildung durch einen Mann, der aus den fernen östlichen Ländern stammt. Er war es, der mir einige Tricks und Kniffe beibrachte, mit denen man seinem Gegner effektiv zusetzen kann. Es geht, kurz gesagt, um eine umfassende Beherrschung des eigenen Körpers. In der kämpferischen Auseinandersetzung ist das Moment der Überraschung dabei durchaus ausschlaggebend. Eine Methode, die in Anbetracht meiner körperlichen Statur natürlich nicht unerheblich ist.« Er schmunzelte. »Und die in der Regel äußerst erfolgreich ist. Was eben auch damit zusammenhängt, dass ihr Stil in unseren Breitengraden kaum bekannt ist. So schaffe ich es, aus einer vermeintlichen Schwäche eine ausgeprägte Stärke zu machen.« Er grinste. »Wer erwartet bei einem Mann *à la mode* schon so etwas wie Kampfeskraft?«

»Ihr Aufzug ist eine durchdachte Maskerade«, stieß John aus. »Sie spielen den eitlen Gecken nur.« Schnell hob er beide Handflächen. »Sie entschuldigen sicherlich meine Direktheit.«

»Nein, nein. Es gibt keinen Grund, sich zu entschuldigen. Ich bin dankbar für Ihre Offenheit. Ganz unrecht haben Sie schließlich nicht.

Jedoch auch nicht völlig recht.« De l'Estagnol zwinkerte. »Schließlich tragen wir alle eine Maske.« Ernster fügte er hinzu: »Schauen Sie mich an, John. Wenn ich nicht übersehen werden möchte, wenn ich Gehör finden möchte, dann muss ich einen bleibenden Eindruck erzeugen. Dann muss ich auffallen. Umso mehr gilt dies, wenn ich bei den Damen Eindruck schinden möchte. Ein prächtiger Aufzug und ein keckes Mundwerk sind dafür unerlässlich. Ich sage dies aus Erfahrung.« Er schmunzelte. »Klassifiziert mich das als einen eitlen Gecken, wie Sie sagen?« Er sprach schnell weiter, bevor John etwas einwerfen konnte. »Sicherlich! Doch was genau davon Maskerade und was Charakter ist, das kann ich selbst gar nicht sagen.« Er zuckte lächelnd mit den Schultern und drehte schwungvoll die Handgelenke. »Ein Dilemma, *vraiment.*« Mit Bedacht strich er die Ärmel seiner Jacke glatt. »Man richtet sich in seinem Leben ein. Spielt anderen etwas vor. Nicht selten sich selbst. Der Welt präsentiert man ein ausgewähltes Gesicht, doch da sind noch weitere. Die man für sich behält. Oder nur in Ausnahmefällen nach vorne treten lässt.«

Fasziniert verfolgte John Pauls Rede.

»Also bin ich ein eitler Geck. Und noch einiges mehr.« De l'Estagnol winkte einem Schankjungen und deutete auf ihre leeren Krüge. »Heute Abend wollen wir nicht auf dem Trockenen sitzen«, sagte er fröhlich.

»Sir, ich habe plötzlich eine Vorstellung davon, wie es Ihnen gelungen ist, mich zu beobachten«, raunte John und schüttelte ungläubig den Kopf. »Sie sind wahrlich ein Pfiffikus.«

»Ach ja?«

»Sie sind mir in unterschiedlichen Aufzügen gefolgt, nicht wahr? Sie haben sich verkleidet, haben sich in gänzlich andere Personen verwandelt!« Wie es ein Spion nicht besser bewerkstelligen könnte, hallte es in Johns Kopf.

De l'Estagnol grinste verschmitzt, dann nickte er.

»Habe ich Sie gesehen? In einer anderen Rolle, meine ich.«

»Oh ja, Sie haben sogar einmal mit mir gesprochen.«

»Mit Ihnen gesprochen? Das kann nicht sein. Erzählen Sie, wann war das? Wie sahen Sie aus?«

»Oh, ein Taschenspieler offenbart niemals seine Tricks. Bitte sehen Sie mir nach, dass ich Ihre Neugier im Augenblick nicht befriedigen werde.«

»Nun gut, vorerst gebe ich mich zufrieden. Verraten Sie mir jedoch, warum Sie mich bei der Suche nach den Angreifern und ihren Hintermännern unterstützen wollen. So zumindest habe ich Ihre Ausführungen verstanden.«

»Natürlich möchte ich Ihnen helfen, um in Ihrer Gunst zu stehen. Das ist doch ersichtlich.« Paul lachte, als habe er einen Witz gemacht, dann verzog er grimmig die Mundwinkel. »Darüber hinaus bin ich ernsthaft davon überzeugt, dass Sie meine Hilfe gut gebrauchen können – die Sache scheint mir ziemlich ernst. Sie sind da in irgendetwas hineingeraten, was nicht weniger als Grund zur Sorge um Ihr Leben gibt. Was wollen Sie also tun? Stillhalten und den nächsten Angriff aus der Dunkelheit abwarten? Bestimmt nicht! Sie müssen herausfinden, was hier vor sich geht. Schnell, denn die Zeit arbeitet im Zweifel gegen Sie. Ja, ich unterstütze Sie dabei, John. Vier Augen und vier Ohren sind hilfreicher als zwei. Von vier Fäusten gar nicht zu sprechen.« Er sah John ernst an. »Ich bin durchaus neugierig, wer es auf einen Mann wie Sie abgesehen hat. Insbesondere warum.« Betont jovial setzte er sich in seinem Stuhl zurück und verschränkte die Arme. »Außerdem habe ich gerade nichts Besseres zu tun.« Er grinste, wurde dann abermals ernst. »Hat sich jüngst Ungewöhnliches in Ihrem Leben ereignet? Mit wem traten Sie in Kontakt? Wer mit Ihnen? Vielleicht bringt uns irgendetwas auf eine Spur. Wie kommt es, dass Sie Ihren selbstgewählten Rückzug aus der Gesellschaft für ein *dîner* am heutigen Abend aufgeben wollten? Warum haben Sie …?« Er hielt abrupt inne, sah auf und wedelte ungeduldig mit der Hand. »Wie gerufen. Da kommt endlich unser Bier.«

Sie warteten, bis der Schankjunge die vollen Bierkrüge abgestellt hatte und sich wieder anderen Gästen zuwendete.

Tief atmete John ein. »Sie sehen mich in einer Bredouille, Paul. Ich kann der Logik Ihres Gedankenganges folgen und sehe, dass der Angriff auf mich durchaus mit etwas zu tun haben kann, was sich jüngst ereignete. Doch leider kann ich Ihnen nicht mitteilen, worum es dabei geht. Ich habe mich zu umfänglicher Verschwiegenheit verpflichtet, müssen Sie verstehen.« Und werde einem möglichen Ohr der Franzosen sicherlich nicht von einem Verdacht gegen hiesige Jakobiter berichten.

De l'Estagnol legte die Stirn in nachdenkliche Falten. »Verschwiegenheit? Ein Anzeichen dafür, dass wir bereits auf der richtigen Spur sein könnten.« Grübelnd schwenkte er sein Bier in der Hand. »Selbstverständlich müssen Sie zu Ihrem einmal gegebenen Wort stehen. Als Gentleman bleibt Ihnen keine andere Wahl.« Er nahm einen tiefen Schluck. »Doch wenn … wenn ich Ihnen sagen würde, um welche Angelegenheit es geht, John, dann bräuchten Sie lediglich *nicht* zu dementieren.« Er lächelte.

John blinzelte erstaunt. »Das ist ja sehr spitzfindig von Ihnen, doch da Sie nicht wissen können, worum es geht, hilft es nicht weiter.«

»Sie meinen das Versprechen, welches Sie Fielding gegeben haben?«

John lachte auf. »Sie sind ein Schlitzohr. Also, da Sie mir in den letzten Tagen gefolgt sind, war das wohl nicht schwer zu erraten. Doch weiter in der Sache, um die es geht, bringt es Sie nicht.«

»Warten Sie es ab.« Paul legte eine dramatische Pause ein. »Fielding hat Sie gebeten, Alexander Steele auf den Zahn zu fühlen.«

»Woher … wie …?«

»Ganz einfach: Sie waren vor wenigen Tagen am Hanover Square. Ich hörte, wie Sie beim Besteigen einer Kutsche diese Adresse nannten. Und heute Abend begaben Sie sich erneut auf den Weg zu den Steeles. Das haben Sie selbst gesagt. Ein Abendessen bei den Steeles, die ein prachtvolles Haus am Hanover Square ihr Eigen nennen. Eine auffallende Häufigkeit von Besuchen, betrachtet vor dem Hintergrund, dass Sie sonst keinerlei gesellschaftliche Besuche tätigen.«

»Ich werde dazu nichts sagen, Paul.« Johns Stimme klang heiser.

»Wunderbar.« De l'Estagnol lächelte. »Nun, da der neue Friedensrichter Sie nicht für irgendeinen Kleinkram zu einem der wohlhabendsten Bürger Londons schickt, muss es um etwas sehr Ernstes gehen.« Während er sprach, ließ de l'Estagnol John keine Sekunde aus den Augen. »Aha!«

»Was meinen Sie damit? Ich habe nichts gesagt.«

»Natürlich nicht. Und doch kann ich in Ihrer Miene so einiges lesen. Zugegebenermaßen nicht wie in einem offenen Buch, dafür haben Sie sich zu sehr unter Kontrolle. Aber dennoch ausreichend. Also weiter: Worum geht es bei der geheimnisvollen Angelegenheit? Bestechung? Betrug?« Er dachte mit zusammengezogenen Augenbrauen nach. »Nein, dazu würde man nicht den ungewöhnlichen Schritt tun, Sie heranzuzuziehen. Es ist doch für alle Welt offensichtlich, dass man ohne ein gewisses Maß an Betrügerei und Kaltschnäuzigkeit nicht derart erfolgreich sein kann wie Alexander Steele. Das gilt wohl ebenso für jeden anderen unserer verehrten Händler, ohne die unser geliebtes Königreich keine führende Rolle in der Welt einnehmen könnte. Nein, wahrlich kein plausibler Grund für eine Bespitzelung durch Sie, John. Zu gewöhnlich. Was sollen gerade Sie da groß auskundschaften? Der Betrug gehört zum Händlerdasein dazu.

Ein offenes Geheimnis, wer soll sich da noch drüber aufregen? Genauso wenig wie über die Korruption, die bis in die höchste Etage der Regierung zu finden ist. Aha, ein interessanter Gedanke. Die Regierung, natürlich. Es muss um etwas Politisches gehen. Selbstverständlich!« Sichtlich zufrieden lehnte de l'Estagnol sich über den Tisch. »Fieldings Kontakte zu den Whigs. Bitte vergessen Sie nicht das Atmen, John. Sie werden bereits puterrot im Gesicht.«

»Ich … ich sage Ihnen nichts. Kein Wort.«

»Vielen Dank! Dann versuche ich, die ganze Sache noch etwas konkreter zu machen, wenn Sie nichts dagegen haben.« Er rieb sich die Hände. »Lassen Sie mich also überlegen. Was kann von solcher Dringlichkeit sein, dass man Steele bespitzeln lässt? Welche großen politischen Themen können mit ihm in Verbindung gebracht werden? Und wieso ist überhaupt Fielding mit eingeschaltet? Fielding. Er ist der Schlüssel, nicht wahr? *La solution.*«

John bemühte sich um einen versteinerten Gesichtsausdruck.

De l'Estagnol lachte laut auf. Es war offensichtlich, dass er die Situation genoss. »John, strengen Sie sich nicht an.« Er schüttelte den Kopf. »Was also beschäftigt unseren neuen, schriftstellernden Friedensrichter? Einen Mann, der augenscheinlich selbst hohe politische Ambitionen hat und über weitreichende Kontakte verfügt. Er *sollte* Sie rekrutieren, nicht wahr? Ach, sagen Sie nichts. Worum geht es Fielding, zu welchen Fragen wendet man sich von hoher Stelle aus an ihn? Das königliche Justizsystem und wie es diese Stadt sicherer machen kann, natürlich. Das ist bekanntermaßen fast schon so etwas wie sein Steckenpferd. Aber nicht der Grund, an *Sie* heranzutreten. Nein. Das wohl nicht.« De l'Estagnol legte die Fingerspitzen aneinander und dachte konzentriert nach. »Was beschäftigt ihn noch? Wozu äußert er sich öffentlich in seinen Schriften?« Er riss die Augen auf und schlug mit den Händen auf die Tischplatte. »Natürlich! Da wird wohl sein anderes großes Thema dahinterstecken. Über das hat der Gute oft genug mit erhobenem Zeigefinger geschrieben.« Aufgeregt senkte Paul seine Stimme zu einem Flüstern. »Aber Alexander Steele ein Jakobit? Das klingt doch ein wenig abenteuerlich. Meinen Sie nicht auch?«

John schnappte nach Luft.

»Ich weiß, Sie werden mir nichts sagen«, feixte de l'Estagnol und griff nach seinem Krug. Ungläubig runzelte er die Stirn. »Befürchtet man etwa einen neuerlichen Aufstand der Jakobiter, diesmal unter Beteiligung eines der einflussreichsten Händler der Stadt? Ich hätte gedacht, seit Culloden wäre diese Gefahr gebannt. Oh! Natürlich, die Schlacht von Culloden. In der Sie mitgekämpft haben, John. Sie sehen, ich habe meine Hausaufgaben gemacht. Culloden. Was für ein wunderbarer Aufhänger, um in dieser Sache an Sie heranzutreten.« Kopfschüttelnd fügte er hinzu: »Jakobiter! Da sind Sie wahrlich in etwas hineingeraten, John. Ich frage Sie erst gar nicht, wie Fielding Sie dazu gebracht hat, in einer solchen Sache überhaupt mitzumischen. Da müssen Sie ja noch eine gehörige Rechnung offen gehabt haben. Wirklich, Jakobiter! Eine Unterstützung des Stuart-Nachkömmlings kommt einem Hochverrat gleich. Da rollen Köpfe. Wenn Steele Sie bei Ihrem Besuch durchschaut hat, dann wäre es zumindest verständlich, warum er Ihnen Schergen auf den Hals gehetzt hat. Lieber Ihr Hals als seiner, sag' ich da nur.«

John hatte das ungute Gefühl, die Kontrolle über das Gespräch verloren zu haben. »Das würde jedoch bedeuten, dass Alexander Steele wirklich ein Jakobit ist. Sonst würde er schließlich nicht derart brutal handeln. Einmal angenommen, alles was Sie soeben gesagt haben, trifft überhaupt zu.«

»Ich denke, wir sind an dem Punkt angekommen, offen miteinander reden zu müssen.« De l'Estagnol nahm einen tiefen Schluck und setzte dann mit ernster Miene den Krug ab. »John, wenn ich Ihnen helfen soll, dann müssen wir die verschlüsselten Reden beenden. Klarheit ist das Gebot der Stunde. Ich möchte Ihnen wirklich helfen. Doch dafür müssen Sie mir vertrauen. Ja, ich verstehe, wenn Sie mit diesem Gedanken Schwierigkeiten haben. Nach meiner Vorgeschichte. Nach den Umständen unseres Zusammentreffens. Wirklich, ich verstehe es. Doch ich versichere Ihnen, dass alles, was Sie sagen, unter uns bleiben wird. Ohne Ihre Zustimmung spreche ich mit niemandem über irgendetwas.« Eindringlich fügte er hinzu: »Seit dem Gespräch mit dem Richter hat die Situation sich für Sie geändert. Grundlegend geändert.«

Unter dem Tisch gab Pompeji einen zufriedenen Seufzer von sich. John dachte angestrengt nach. Er fasste an sein schmerzendes Bein. Wo war er da hineingeraten! Mit seiner Feststellung jedenfalls lag de l'Estagnol vollkommen richtig. Lag es wirklich im Bereich des Möglichen, dass Alexander ihn kaltblütig beseitigen wollte? Was war schiefgelaufen? Wusste Alexander seine geheime Identität als Sympathisant der Stuarts durch John gefährdet? Wodurch hatte er ihm dazu Anlass gegeben? Er hatte doch lediglich ein paar harmlose Fragen gestellt. John sah de l'Estagnol nachdenklich an. Im Augenblick konnte er nicht an zwei Fronten gleichzeitig kämpfen. Er fasste einen Entschluss.

»Ich vertraue Ihnen, Paul. Was, bitteschön, kann ich auch anderes tun, nachdem Sie mein Leben gerettet haben. Und ich bin Ihnen für Ihr Angebot dankbar, mir zu helfen. Ich denke, Sie haben recht: Ich bin da in etwas hineingeraten, dessen Ausmaß ich momentan nicht überschauen kann. Ihr Blick auf die Sache wird sehr wertvoll sein. Doch Ihnen muss klar sein, dass Sie sich höchstwahrscheinlich selbst in Gefahr begeben, wenn Sie mir dabei helfen wollen, Licht in dieses Dunkel zu bringen. Mir war bewusst, dass die Angelegenheit, in die Fielding mich eingeweiht hat, ihre Risiken birgt. Doch mit einem Angriff in mörderischer Absicht, so kurz nach dem Beginn meiner Nachforschungen zudem, hatte ich nicht gerechnet.«

Bedächtig nickte de l'Estagnol zustimmend.

»Sie scheinen mir wirklich entschlossen, dieses Risiko einzugehen. Dem kann ich nur mit der gebotenen und eingeforderten Offenheit begegnen. Nichts anderes wäre in der gegebenen Situation fair, das ist mir bewusst.«

John sammelte sich, dann berichtete er de l'Estagnol von dem Gespräch mit Henry Fielding. Er beschränkte sich auf das Wesentliche und schloss mit seiner Beobachtung, dass der Richter nicht alleine im *Bedford* erschienen war. Seine frühere Tätigkeit als Spion für die Krone verschwieg er. An dieses Kapitel wollte er nicht rühren.

De l'Estagnol hatte ihm aufmerksam zugehört, an der einen oder anderen Stelle merklich aufgehorcht, aber nichts gesagt. Nun lehnte er sich in seinem Stuhl zurück und rieb sich über die in Falten gelegte Stirn. »Eine ungewöhnliche Geschichte, Sir. Sie als Spitzel hinzuzuziehen, meine ich. Durch den neuen Friedensrichter, der sicher alle Hände voll zu tun hat, Taschendiebe und Wegelagerer einzubuchten. Nein, irgendetwas an der ganzen Sache irritiert mich.« Er zuckte mit den Schultern. »Finden wir es also heraus.«

»Am besten nehme ich wohl Verbindung mit Fielding auf und treffe mich mit ihm. Er sollte von dem Angriff erfahren. Vielleicht bekomme ich etwas Genaueres über die Hintergründe seines Auftrages heraus.«

»Davon würde ich Ihnen abraten, John. Es ist unwahrscheinlich, dass der Richter Ihnen mehr sagt, als er bereits getan hat. Im Zweifel bricht er die ganze Sache ab, untersagt Ihnen gar den weiteren Kontakt mit Steele. Das würde es nur schwieriger für uns machen, hinter den Angriff zu kommen.

Mehr persönliche Sicherheit bringt Ihnen eine Beendigung des Auftrages auch nicht. Wenn Steele überzeugt ist, dass Sie ihm Schaden zufügen können, wird er nicht ruhen, bis Sie beseitigt sind. Nein, unsere Bemühungen müssen gänzlich autark sein. Je weniger Menschen davon wissen, dass wir den Spieß umdrehen wollen, umso weniger Einschränkungen müssen wir hinnehmen. Zumal noch gar nicht klar ist, wer in dieser unschönen Angelegenheit mit wem in Verbindung steht.«

»Sie meinen, selbst der Richter könnte …«

»Wie immer bei Intrigen, wie klein oder groß sie auch sein mögen, kann man böse Überraschungen erleben. Das ist alles, was ich im Augenblick mit Sicherheit sagen kann. Und da ist noch etwas anderes.«

»Ja?«

»Also, ich versprach Ihnen Offenheit, daher möchte ich Ihnen einen weiteren Grund nicht verschweigen, warum Fielding zumindest vorerst keine Verbindung zu Ihnen aufnehmen sollte.«

»Und der wäre?«

»Es ist mir unangenehm, dies zu berichten.« De l'Estagnol hüstelte. »Ich hatte in der Vergangenheit selbst vereinzelten Kontakt mit den Hütern des Gesetzes. Meist ging es um Geld, welches ich mir geliehen hatte. Es kam gelegentlich vor, dass der ein oder andere meiner Geldgeber nicht … zufrieden mit der Ernsthaftigkeit meiner Begleichung war. Und mir Eintreiber auf den Hals hetzte. Doch was soll ich tun? Ein Gentleman hat nun einmal Ausgaben, die unabdingbar sind.« Er senkte den Blick. »Meine derzeitige Situation trägt nicht zu einer Entspannung meiner finanziellen Situation bei. Im Gegenteil.« Er stockte. »Ich bin darauf bedacht, gewissen Menschen für den Augenblick aus dem Weg zu gehen. Ein Aufenthalt im Schuldgefängnis wäre zu dieser Jahreszeit nicht gerade förderlich für meine Gesundheit. Es wäre also in meinem höchsteigenen Sinne, wenn der Richter und seine Männer nicht auf mich aufmerksam würden.« Zerknirscht sah er John an.

»Um welche Summe geht es? Vielleicht kann ich doch etwas für Sie tun.«

Vehement schüttelte de l'Estagnol den Kopf. »Es war mir soeben ernst mit der Aussage, dass ich von Ihnen kein Geld nehmen möchte, John. Dies wäre unmoralisch. Schlicht falsch. Nein, ich werde meinen Kopf schon aus der Schlinge ziehen.« Er grinste. »Es wäre ja nicht das erste Mal. Und Geldnöte gehören zum Leben eines Gentlemans eigentlich zwingend dazu. Da befinde ich mich in guter und – mit Verlaub – erlauchter Gesellschaft. Viele Herrschaften leben auf Kredit, egal wie hoch sie in der Gesellschaft stehen. Nein, ich werde einen Weg finden. Da bin ich sicher. Vorerst haben wir andere Sorgen, nicht wahr?«

John fasste sich an den Kopf. »Mir brummt der Schädel. Wie Sie meinen. Doch was ist jetzt zu tun? Was sind die nächsten Schritte?«

»Ich denke, es ist eindeutig. Sie müssen zurück zu den Steeles.«

»Was? Machen Sie Witze? Ich dachte, die Wahrscheinlichkeit sei nicht unbeträchtlich, dass Alexander hinter dem Angriff auf mich steckt.«

De l'Estagnol nickte. »Und deshalb werden Sie ihn überraschen. Ihn möglichst provozieren, eine Dummheit zu begehen, die ihn überführt. Dann kann er seiner gerechten Strafe zugeführt werden. Durch Fielding. Oder wohl eher durch Sir William Lee. Das sei momentan noch dahingestellt.«

»Den Lord Chief Justice?«

De l'Estagnol nickte erneut. »Wie ich bereits sagte, irritiert mich Fieldings Rolle in dieser höchststaatlichen Angelegenheit. Es würde mich nicht wundern, wenn Sir William die eigentliche Person hinter Ihrem Auftrag ist. Zumindest wird wohl eher er sich mit einem Mann von Alexander Steeles Kaliber befassen müssen, sollte sich bewahrheiten, dass Steele schuldhaft in etwas verstrickt ist.« Er machte eine Pause. »Ist Sir William nicht involviert, sollte er es im Zweifel wohl besser werden.«

»Kennen Sie ihn?«

De l'Estagnol lachte auf. »Oh nein, ich bin ihm nie begegnet. Seine Lordschaft verkehrt in Kreisen, die jenseits meines Vorstellungsvermögens liegen.« Er zwinkerte. »Er pflegt wohl eher mit Personen Ihres Standes Umgang, John.« Fast beiläufig sprach er weiter. »Ist Sir Edward, Ihr verehrter Herr Bruder, nicht bekannt mit dem Lord Chief Justice?« De l'Estagnol sah John abwartend an, dann hob sich sein Blick über Johns Schulter und wurde schlagartig ernst.

»Da wissen Sie mehr als ich«, antwortete John. »Möglich wäre es wohl. Edward legt großen Wert darauf, mit den richtigen Personen in freundschaftlicher Verbindung zu stehen.« John lächelte mit einem Anflug von Süffisanz. »Richtig meint hier natürlich wichtig.«

»John!«, zischte de l'Estagnol durch zusammengepresste Lippen.

»Aber so ist es nun einmal. Edward war schon immer …«

»John, hören Sie mir zu!«, fiel de l'Estagnol ihm ins Wort. »Hören Sie genau zu. Schauen Sie sich nicht um!«

Augenblicklich erstarrte John. Er musste seine gesamte Willenskraft aufbringen, um ruhig sitzen zu bleiben und weiter geradeaus auf de l'Estagnol zu blicken.

»Die Tür ist bereits zweimal in kurzer Folge einen Spalt weit geöffnet worden. Gerade so weit, dass man hereinspähen kann. Ich konnte in dem Licht, das nach draußen fiel, nur einen Schatten ausmachen. Doch es erscheint mir mehr als wahrscheinlich, dass jemand auskundschaftet, wer in diesem Schankraum zugegen ist. Die Fenster sind zu stark beschlagen, als dass man einfach hereinschauen könnte. Nach unseren heutigen Erlebnissen existiert eine nicht zu vernachlässigende Wahrscheinlichkeit, dass wir das Ziel dieser Suche sind.«

»Was sollen wir tun?«, stieß John hervor. Seine Hand suchte den Degen.

De l'Estagnol dachte nach. »Hier drinnen wird uns nichts geschehen. Zu viele Leute. Doch irgendwann müssen wir vor die Tür, spätestens wenn der Wirt den Laden schließt. Ich verwette meine Perücke, dass dann zwei alte Bekannte bereits sehnsuchtsvoll im Dunkeln warten.« Er stockte. »Oder gar ein paar mehr von ihnen, falls sie Verstärkung bekommen haben.« Mit einem grimmigen Lächeln fügte er hinzu: »Wir haben ihnen das letzte Zusammentreffen nicht gerade angenehm gestaltet.«

John schnaubte. »Wie schaffen Sie es nur, jedweder Situation ein gewisses Maß an Humor abzugewinnen? Was tun wir also? Seelenruhig unser Bier austrinken und auf die Sperrstunde warten?«

»So versessen bin ich auf ein Wiedersehen mit unseren Freunden, vor allem dem jovialen Eisenschwinger, nun auch nicht. Nein, wir sollten umgehend handeln. Wo Sie schon von Bier sprachen …« Er winkte dem Schankjungen.

Ungläubig blinzelte John den kleinen Mann an, während der Junge an den Tisch trat. War Paul nicht ganz bei Sinnen?

»Ich habe da eine Frage, mein Junge«, sagte de l'Estagnol freundlich und schob dem Kind auf der Tischplatte eine Münze zu. Er hielt inne und legte einen Finger auf das Geldstück.

»Fragen 'Se ruhig, Sir. Wat woll'n 'Se denn wissen?« Der gierige Blick des Jungen schnellte zwischen de l'Estagnols Gesicht und der Münze hin und her.

»Gibt es einen hinteren Ausgang aus diesem Gebäude?«

Eifrig und ohne jedes Zögern nickte der Junge. John hatte den Eindruck, als bekäme der Junge diese Frage nicht zum ersten Mal gestellt.

»Im Lager, hinten, 'ne Stiege. Die führt raus.« Der Blick haftete auf dem Geldstück.

»Du bekommst das Geld, wenn du uns hinführst. Sofort hinführst, auf mein Zeichen.«

Ein erneutes Nicken. De l'Estagnol hob den Finger, und die Münze verschwand schneller, als man schauen konnte, in der Hosentasche des Jungen.

»Gut.« Paul griff unter den Tisch nach Pompeji, der ein verärgertes Grunzen von sich gab. Dann vergewisserte er sich mit einem raschen Blick, dass die Eingangstür geschlossen war. Er nickte erst John und dann dem Jungen knapp zu.

»Hier lang, Eure Lordschaften.« Der Junge deutete auf eine Tür hinter dem verlassenen Tresen und ging voraus.

John und Paul folgten dem Jungen mit gesenkten Köpfen in die Küche. Zwei, drei Gäste schauten neugierig auf und verfolgten, wie sie durch die Tür verschwanden.

In dem kleinen Raum herrschte wilde Unordnung. John ließ den Blick schweifen. Die Tische bogen sich unter benutztem Geschirr, schmutzigen Töpfen und halbverarbeiteten Zutaten. Beth wäre beim Betreten dieses Raumes vor Entsetzen auf der Stelle tot umgefallen. Ein junges Mädchen in einer schmutzigen Schürze blickte weniger erstaunt als gelangweilt von ihrem Platz an der winzigen Kochstelle auf.

»'s alles in Ordnung, Eve«, winkte der Junge ab. Das Mädchen zuckte mit den Schultern und wandte sich wieder dem Kochtopf zu, in dem es lustlos rührte.

Sie durchquerten mit ein paar Schritten den Raum und gingen ein paar Stufen hinunter, durch eine niedrige Tür. In der halbdunklen Kammer lagerten Fässer und mehrere Säcke. Getreide und Kartoffeln, vermutete John. Oder was auch immer der Wirt in seine Speisen mischen ließ.

»Da, die Stiege rauf.« Der Junge deutete auf eine schmale Holztreppe, an deren Ende sich eine Tür, nicht viel größer als eine Luke, befand. Sie war von innen mit einem schweren Riegel verschlossen. »Da sind 'Se direkt in der Gasse, Mylords. Ich mach hinter Euer Gnaden wieder dicht.«

De l'Estagnol klopfte dem Jungen auf die Schulter und schnippte ihm ein weiteres Geldstück zu. »Dank dir, mein Junge. Und wenn dich jemand fragt, kannst du dich nicht an uns erinnern, verstanden!«

Das Kind nickte eifrig und folgte ihnen die Treppe hinauf. De l'Estagnol öffnete die Tür und stieg hindurch. John musste sich gehörig krümmen, um überhaupt hindurchzupassen. Während er sich draußen aufrichtete, fiel die Tür bereits wieder zu und man hörte, wie der Riegel eilig vorgeschoben wurde.

Einen Augenblick lang blieben die beiden Männer regungslos nebeneinander in der beißenden Kälte stehen. Sie befanden sich am Ende einer dunklen Sackgasse. Etwa fünfzehn Schritte lag die nächste Straße entfernt, die besser beleuchtet war. De l'Estagnol streichelte Pompeji sachte über den Kopf. Dann legte er zu John gewandt den Finger auf den Mund und schob sich an der Mauer entlang. Lautlos, Schritt für Schritt in Richtung der grauen Einmündung. John folgte ihm, darauf bedacht, ebenfalls keinen Laut von sich zu geben. Sie erreichten die Straße und schauten vorsichtig nach links und nach rechts. Es waren nur wenige Passanten unterwegs. Dick vermummte Gestalten, die eilig durch die Kälte schritten. Oder volltrunken die nächste Schenke ansteuerten.

Durch einige Fenster fiel genügend Licht auf die Straße, so dass man in beide Richtungen bis zur nächsten Straßenecke sehen konnte. De l'Estagnol deutete mit einer Kopfbewegung nach links. Eine dunkle Gestalt lungerte an der Ecke herum. Sie wandte ihnen den Rücken zu und hielt etwas in der Hand, halb vom Mantel verdeckt. Der Eisenschwinger.

John unterdrückte einen verärgerten Ausruf. Die Verletzung, die de l'Estagnol dem Burschen zugefügt hatte, schien ihm nicht übermäßig zugesetzt zu haben. Sehr bedauerlich. Der Mann war vielleicht zwanzig Schritte von ihnen entfernt. Anscheinend beobachtete er den Eingang des *Hog & Frog*. Grimmig legte John seine Hand fest auf den Knauf des Degens. Er brannte darauf, die Gelegenheit zu nutzen und dem Halunken eine gehörige Abreibung zu verpassen. Sie würden schon den Namen seines Auftraggebers aus ihm herausprügeln.

De l'Estagnol schüttelte energisch den Kopf und drückte John seine freie Hand fest gegen die Brust. Abermals schüttelte er den Kopf, zeigte auf Johns verletztes Bein und legte den Zeigefinger auf den Mund. Dann deutete er mit Nachdruck nach rechts, in die dem Eisenschwinger entgegengesetzte Richtung. Wie zur Bestätigung schoss der Schmerz aus Johns Bein heiß durch sein Rückgrat. Er biss die Zähne zusammen und atmete tief ein. Resigniert nickte er. *Ein* Kampf war wohl genug für diese Nacht.

Kapitel 11

Ein Fuhrwerk rumpelte über die Kreuzung, an welcher der Mann auf seinem Beobachtungsposten stand. John und Paul nutzten den Moment. Sie bogen mit leisen Schritten nach rechts in die Straße, darauf bedacht, wie einfache Passanten zu wirken. Dabei hielten sie sich dicht an der Häuserseite. Nach ein paar Schritten gab de l'Estagnol das Zeichen, die Straße zu überqueren, um nach links in die nächstgelegene Gasse abzuschwenken. John schaute sich noch einmal um. Hastig stieß er de l'Estagnol an und deutete zurück. Sein Gefährte unterdrückte einen Fluch. Der Eisenschwinger war verschwunden. Hastig beschleunigten sie ihre Schritte. Noch bevor sie in die Gasse einbogen, erklang ein greller Pfiff durch die Nacht.

»John, lassen Sie uns die Beine in die Hand nehmen. Meinen Sie, Sie schaffen das, mit Ihren Verletzungen?«

John nickte. Was sollte er auch sonst tun?

»Mir nach also.« Augenblicklich rannte de l'Estagnol los. Schneller, als man es einem Mann seiner Statur zutraute. Einem Mann, der zudem einen zappelnden Hund auf dem Arm trug.

John heftete sich an seine Fersen, erstaunt und erleichtert zugleich, wie gewandt Paul vereisten Stellen und schimpfenden Passanten auswich. Ohne an Tempo einzubüßen. Sie rannten mal nach links, mal nach rechts, bogen von belebteren Straßen in verlassene Gässchen und umgekehrt. Bereits nach kurzer Zeit hatte John die Orientierung verloren. Atemlos horchte er, ob sie verfolgt wurden. Das Blut pochte derart laut in seinen Ohren, dass er es nicht mit Sicherheit sagen konnte. Doch dann ertönte ein befehlsartiger Ruf, gefolgt von einem neuerlichen Pfiff. John wagte einen schnellen Blick über die Schulter, wurde dafür jedoch mit einem Fehltritt auf dem unebenen Kopfsteinpflaster bestraft. Strauchelnd fluchte er und fing sich erst im letzten Moment. Trotz des stechenden Schmerzes in seinem Bein steigerte er umgehend sein Tempo, um wieder zu de l'Estagnol aufzuschließen. Ein weiterer Pfiff. Nicht weit entfernt. Noch verfügten sie über einen gewissen Vorsprung. Doch der schrumpfte.

Abrupt bog Paul in eine Gasse, blieb dann vor einer unscheinbaren, groben Holztür stehen. Beinahe wäre John in ihn hineingelaufen. Nur knapp vermochte er einen Zusammenprall zu vermeiden.

»S-Stellen Sie … keine Fragen.« Paul rang nach Atem. Er richtete seine Perücke und zog hastig am Schoß seines Mantels. Dann klopfte er gegen die Tür. Und noch einmal, in einem komplizierten Rhythmus. Indes waren in der Ferne schnelle Schritte zu hören. Sie wurden lauter. De l'Estagnol warf John einen vielsagenden Blick zu und pochte erneut ungeduldig gegen das Holz, diesmal fester.

Die Tür öffnete sich zunächst einen Spalt, nur eine Sekunde später mit Schwung ganz weit. Im Türrahmen stand eine junge Frau. John trat einen Schritt zurück, starrte sie überrascht an. Ihr Kleid bedeckte die Frau gerade so weit, dass man sie nicht nackt nennen konnte.

»Du hast Nerven, hier mitten in der Nacht aufzukreuzen, Paul!« Grimmig funkelte die Frau de l'Estagnol an. Ihr Blick streifte John. »Und alleine bist du auch nicht.« Sie drehte ihren Kopf zur Seite und sprach in die Dunkelheit hinter sich. »Alles in Ordnung, Will.«

»Meine Teure, wir sind in einer unangenehmen Situation.« De l'Estagnols Stimme klang galant und fest. Als habe er nicht soeben erst den minutenlangen, schweißtreibenden Lauf eines Gejagten hinter sich gebracht.

»Wann bist du das denn einmal nicht?« Die Frau schlug fröstelnd die Arme vor die Brust. Die Schritte wurden immer lauter. John vermutete, dass die Verfolger nur noch zwei Ecken entfernt waren. Und es handelte sich bei ihnen um mehr als zwei Personen.

»Bitte, lass uns rein, Emma. Ich erkläre dir alles.«

Die Frau war ebenfalls auf die Schritte aufmerksam geworden. Sie stutzte, dann verdrehte sie die Augen, trat eilig zur Seite. »Macht schnell!«

Keine drei Herzschläge später standen sie in einem Flur. Die Tür schloss sich nahezu lautlos hinter ihnen. Ein schwerer Riegel fiel dumpf ins Schloss. Von innen war die massive Tür mit Eisenplatten ausgeschlagen. Oben eine Aussparung für ein kleines Guckloch, das John auf der Außenseite nicht aufgefallen war. Unerwünschten Eindringlingen wollte man es augenscheinlich schwermachen. John hob erstaunt eine Augenbraue. Wo waren sie hier?

»Kommt«, sagte Emma ungeduldig und ging voran. An zwei geschlossenen Zimmertüren und einer nach oben führenden Treppe vorbei, auf einen flackernden Lichtschein zu. Er fiel durch den Spalt einer angelehnten Tür, hinter der leise Bewegungen und Stimmen zu hören waren. Noch bevor sie an der Tür angekommen waren, öffnete sich diese und eine große Gestalt füllte den Rahmen aus.

»Will, mach Platz. Ich habe gesagt, dass alles in Ordnung ist.« Emma klang nicht verärgert. Eher ungeduldig, wie im Gespräch mit einem kleinen Kind, dem man wieder und wieder dasselbe erklären muss. »Es ist bloß Paul.« Die Gestalt gab einen grunzenden Laut von sich. »Will ist nicht der Hellste«, sagte Emma an John gerichtet, während der Mann den Durchgang freigab. »Doch er hat andere Qualitäten.« In ihrer Stimme schwang eine kaum verhohlene Drohung mit.

Seitlich schob John sich in den Raum, peinlich darauf bedacht, der Person namens Will nicht zu nahe zu kommen. Der Hüne war ein Berg aus Muskeln, trug im breiten Gesicht jedoch den argwöhnischen Ausdruck eines zurückgebliebenen Jungen, der zu oft das Opfer von Hänselei und Drangsalierung geworden war. Und darüber gelernt hatte, lieber selbst zuzuschlagen, bevor sein Gegenüber überhaupt die Zeit fand, auf dumme Gedanken zu kommen.

Will bedachte John mit einem argwöhnischen Blick. Geflissentlich ignorierte John den Mann. Schläger waren wie bissige Hunde, man übersah sie am besten. So lange wie irgend möglich. Schaute ihnen niemals direkt in die Augen. John unterdrückte ein Frösteln und trat zwei weitere Schritte weg von Will.

»Setzen Sie sich dort hin.« Emma wies auf einen Stuhl. »Ich muss mit Paul sprechen. Sie warten so lange hier.« Sie wandte sich Paul zu und wies in den Raum. »Gib den Hund zu Louisa. Sie kann auf ihn aufpassen.« Nachdem de l'Estagnol getan hatte, wie ihm geheißen, griff Emma seinen Arm und führte ihn mit ungehaltener Miene zur Tür hinaus.

Wie heiße Wellen spürte John Wills Feindseligkeit über sich hinwegschwappen. Ergeben ließ er sich in den Stuhl sinken, froh darüber, endlich sein Bein zu entlasten. Es schmerzte, als steckte noch ein Messer im Fleisch. Er verzog das Gesicht und betastete die Wunde durch den zerrissenen Stoff der Hose. Dann erst sah er sich in dem Raum um. Ihm stockte der Atem.

Das große Zimmer wurde erleuchtet von einem prasselnden Kaminfeuer und durch ein gutes Dutzend ausladender Kerzenständer. Das einzige Fenster war durch einen schweren Samtvorhang verschlossen. Zwei hohe Regale, jeweils neben dem Kamin, bedeckten die rechte Wand. Sie waren angefüllt mit Büchern, Figurinen und allem möglichen Zierrat. An den übrigen Wänden reihten sich einige kostbar aussehende Sitzmöbel, flankiert von filigranen Tischchen. Auf den Polstern räkelten sich sechs junge Frauen. Jede war eine ausgesprochene Schönheit. Atemberaubend. Sie unterhielten sich leise miteinander, lasen in Büchern oder schienen zu schlafen. Seine Anwesenheit jedenfalls ließ sie nicht in ihrer jeweiligen Tätigkeit innehalten. Vielmehr behandelten sie, in ausgesprochenem Gegensatz zu Will, den Neuankömmling wie Luft.

Johns aufmerksamem Blick entging jedoch nicht, dass diese Unaufmerksamkeit lediglich vorgegeben war. Jede der Frauen warf sich mit kleinsten Bewegungen routiniert in eine vorteilhafte Pose, legte hier ein Bein nach vorne, zog dort eine Schulter zurück. Schals verrutschten und gaben den Blick auf sich hebende Brüste frei. Kleidersaum zog sich wie von Zauberhand zurück und entblößte weiße Knöchel. Locken umspielten in Liebkosung schwanengleiche Hälse.

John atmete aus. Es war ihm warm geworden. Er konnte nicht sagen, ob die plötzliche Hitze vom Kaminfeuer herrührte oder von dem Anblick, der sich ihm bot. Er räusperte sich, verschob seine Sitzposition und schlug die Beine übereinander. Ein Kichern erklang.

Er hatte plötzlich eine genaue Vorstellung davon, wohin Paul sie geführt hatte. Sie befanden sich in einem Freudenhaus. Nicht in irgendeinem beliebigen Bordell, sondern in einem der legendären Häuser, das sich auf die wohlhabende Klientel der Stadt spezialisiert hatte. Diese Mädchen waren sündhaft teuer. Angeblich versiert wie keine anderen in den ungewöhnlichsten, ausgefallensten Liebesdiensten. Der Zugang zu ihnen erfolgte ausschließlich durch die Empfehlung eines langjährigen Kunden. Dergestalt standen die Mädchen nur einem kleinen, eingeweihten Zirkel der reichsten Bürger und Adeligen zur Verfügung. Exklusivität hatte ihren Preis. Doch wichtiger vielleicht war das Versprechen an die erlauchten Gäste, dass sie nach einem Besuch keine unliebsamen Begleiter mit nach Hause nahmen. Keine Syphilis, keine Pocken. Dafür wurden die Mädchen regelmäßig kostspieligen Behandlungen unterzogen.

Seiner Vermutung nach diente dieses Versprechen dazu, die zahlungskräftige Kundschaft in Sicherheit zu wiegen – und den Preis für die amourösen Dienste hochzutreiben. Wie unangenehm war es schließlich, wenn Lady C. von ihrem verehrten Gatten ein ungewolltes Präsent aus dem Bordell mitgebracht bekam. Oder Lord D. nicht mehr an sich halten konnte und in aller Öffentlichkeit seine privatesten Regionen bearbeitete, da ihn der Juckreiz gänzlich übermannte. Um solche Unannehmlichkeiten zu vermeiden, wurde tief in die Tasche gegriffen. Ob es deshalb auch half?

Neugierde ließ ihn aufschauen. Von diesen herausgehobenen Häusern hatte er gehört, selbst aber bisher noch keines von innen gesehen. Man raunte, dass es in London weniger als eine Handvoll solcher Etablissements gab. Sie waren angeblich allesamt in unauffälligen Stadtteilen versteckt. Verborgen, neben Lagerhäusern oder Werkstätten gelegen, in unscheinbaren Gebäuden. In unregelmäßigen Abständen zogen das Haus und seine Mädchen weiter. Richteten sich in einem neuen Versteck ein.

Diese Geheimniskrämerei trug gehörig zum Renommee der sündhaft teuren Bordelle bei. Einen triftigen Grund für das Versteckspiel gab es eigentlich nicht. Von Seiten der Gesetzeshüter hatten sie kaum etwas zu befürchten. Schließlich, davon war auszugehen, verkehrte die hohe Justiz selbst hier. Und so manch eine Gattin war froh, wenn der Ehemann nicht bei einer beliebigen Dirne an der nächsten Straßenecke haltmachte. Denn abhalten, so wussten die meisten, würden sie die Männer sowieso nicht von ihren Vergnügungen. Dann sollte der außereheliche Beischlaf wenigstens mit einem gewissen Maß an Verschwiegenheit stattfinden. Und der Hoffnung, selbst lästigen Krankheiten zu entgehen, wenn der Gatte doch einmal wieder den Weg in das eheliche Bett fand.

Zwei oder drei Gentlemen hatten sich seinerzeit in Johns Anwesenheit damit gebrüstet, Kunden dieser exklusiven Damen zu sein. Ein Ausdruck von Prestige unter Männern, bei denen teure Wohnadressen wie Hanover Square oder Cavendish Square nur noch ein gegenseitiges müdes Lächeln hervorrufen konnten.

Langsam ließ John seinen Blick über die Frauen gleiten, saugte jedes Detail auf. Er konnte gar nicht anders, fühlte sich wie Odysseus, der den Sirenen lauschte. Sein Auge blieb an einer großgewachsenen Rothaarigen haften, die vorgeblich teilnahmslos in einem Buch blätterte. Sie befand sich etwas abseits von den übrigen Mädchen, in einer Ecke des Raumes. Ihr Kleid war so raffiniert geschnitten, dass es die Rundung ihrer ausladenden Brüste bei jeder noch so kleinen Bewegung unterstrich. Für den Bruchteil einer Sekunde schaute die Frau auf und ihre Blicke trafen sich. Ein kleiner Blitzschlag, der John in den Eingeweiden brannte. Dann konzentrierte die Frau sich wieder auf ihre Lektüre. In ihrer Mimik hatte sich keinerlei Bewegung abgezeichnet. Unnahbar wie eine griechische Göttin ruhte die junge Frau auf dem schmalen Sofa. John schätzte, dass sie ungefähr fünf Jahre jünger war als er. Sie erinnerte ihn an jemanden. Fasziniert ruhte sein Blick auf der Frau. Ihre herausgestellte Distanziertheit machte sie nur noch begehrenswerter. Er schluckte, verspürte einen anschwellenden Drang, die Frau zu berühren. Ja, ihr Antlitz weckte alte Erinnerungen. Erneut trafen sich ihre Blicke. Diesmal hielt sie ihn. Lächelte sanft.

»Kommen Sie. Setzen Sie sich zu mir.« Die Frau klopfte mit der flachen Hand auf das Polster neben ihr. Dann setzte sie sich langsam auf, rückte ein wenig zur Seite, um Platz zu machen. »Nun los, ich beiße Sie nicht.« Ein spöttisches Lächeln umspielte ihre Lippen.

Zögernd stand John von seinem Stuhl auf. Er spürte mehr, als dass er es sah, wie Will sich augenblicklich verspannte. Ein paar Schritte, und der massige Aufpasser gab ein gereiztes Grunzen von sich.

»Will, Schätzchen, entspann dich. Ich habe unseren Gast zu mir gebeten. Hier –«, sie deutete erneut neben sich, »setzen Sie sich.«

John tat, wie ihm geheißen. Er ließ sich neben der rothaarigen Schönheit nieder. Sie saßen etwas weniger als eine Armlänge voneinander entfernt. Die Frau betrachtete ihn ausgiebig von der Seite.

»Ich möchte mich Ihnen gerne vorstellen, Madam. Mein Name ist John S-.«

Sie fiel ihm mit einem Kopfschütteln ins Wort. »John reicht vollkommen. Und bitte nennen Sie mich nicht Madam. Davon bin ich nämlich weit entfernt.« Sie schmunzelte. »Mein Name ist Kathrin.«

John neigte den Kopf und stellte fest, dass er immer noch seinen Hut aufhatte. Hastig nahm er ihn ab und drückte ihn mit beiden Händen auf den Schoß. »Bitte verzeihen Sie.«

Kathrin winkte ab und ließ sich langsam zurückfallen, bis sie in einer halbaufrechten Position die hohe Lehne des Sofas berührte. John musste seine gesamte Willenskraft aufbringen, um seinen Blick nicht von ihrem Gesicht hinabgleiten zu lassen.

»Was für schönes Haar Sie haben, John«, sagte sie im Plauderton. »Eine Perücke zu tragen wäre wahrlich ein Frevel. Mir gefallen Männer mit vollem, lockigem Haar, müssen Sie wissen.« Sie hob einen Arm und strich

John mit einer langsamen Bewegung seitlich über den Kopf. »Leider gibt es davon so wenige.«

»Ich danke Ihnen. Doch bitte lassen Sie mich ein Missverständnis aus der Welt räumen. Also, ich bin nicht in Ihrem Haus, weil … weil ich Gesellschaft suche. Womit ich nicht meine, dass ich Ihre Gesellschaft nicht zu würdigen wüsste. Nein, nein, das meine ich natürlich nicht. Wie soll ich es ausdrücken … nun, ich führe kein Geld bei mir, wenn Sie verstehen, was ich meine, Kathrin.«

»John«, antworte Kathrin mit ernster Miene und schaute ihn aus grünen Augen an. »Sie sind mit Paul hergekommen, sind augenscheinlich ein Freund von ihm. Niemand wird Sie hier als schnöden Kunden betrachten. Selbstverständlich nicht.« Sie schüttelte den Kopf, über so viel Dummheit erstaunt. »Ich gedenke lediglich, Ihnen etwas Gastfreundschaft zu erweisen, solange sie auf Pauls und Emmas Rückkehr warten. Ein wenig Plauderei, damit Sie sich nicht langweilen. Es wäre schlicht unhöflich, sollten Sie sich bei uns langweilen.« Erneut schüttelte sie den Kopf. »Sie könnten kein Kunde bei uns sein, John.«

Der letzte Satz hinterließ einen leisen Stich. »Oh. Ich dachte, also, weil die übrigen Damen und Sie sich so … so vorteilhaft präsentieren. Außerdem scheint der gute Will etwas gegen meine Anwesenheit zu haben.« John schielte zu dem Mann hinüber, der ihn voller Grimm nicht aus den Augen ließ.

Kathrin lachte auf. »Aber Sie sind ein Mann, John. Da wollen wir uns alle von der besten Seite zeigen. Berufliche Routine, wenn Sie verstehen. Und Will«, sie dachte kurz nach, »also Will ist Will. Er ist ein herzensguter Kerl. So etwas wie unser großer Bruder, der uns rund um die Uhr beschützen will. Ignorieren Sie ihn einfach. Bei Ihnen, da bin ich sicher, benötigen wir keinen Schutz. Wobei …« Sie lächelte vielsagend.

»Was meinen Sie?«, fragte er, erneut verunsichert.

»Ich habe Sie mir genau angeschaut. Männer sind für mich ein offenes Buch, ich kann hervorragend in ihnen lesen. Das bringt meine Tätigkeit mit sich. Sie sind ein spannendes Buch, John, auf dessen Seiten sich so manches aufregende Kapitel verbirgt. Und, dafür lege ich meine Hand ins Feuer, auch das ein oder andere dunkle.« Ihre Augen blitzten.

»Wie kommen Sie darauf?«

»Erst kürzlich waren Sie in eine Schlägerei verwickelt, bei der Sie einiges eingesteckt haben.« Sie schaute auf sein Bein. »Sie sind nicht der Typ für

Kneipenraufereien. Was mag da also dahinterstecken? Ein potentiell dunkles Kapitel, würde ich vermuten. Tja, und dann sind Sie im Fahrwasser von Paul hier. Wenn das mal nicht ein untrügliches Zeichen für irgendwelchen Ärger ist, in dem Sie stecken.« Gutmütig kicherte sie. »Doch, wenn ich es mir recht überlege – Sie haben etwas Schurkenhaftes an sich.«

Nun war es an John, aufzulachen. »Kathrin, Sie haben eine ausgezeichnete Beobachtungsgabe. Doch ich muss Sie enttäuschen, ich bin gänzlich harmlos und führe ein langweiliges Leben, das weit davon entfernt ist, aufregend zu sein. Normalerweise jedenfalls. Ihnen und den übrigen Damen droht keine Gefahr durch meine Person. Will sollte sich vollends entspannen.«

»Mich täuschen Sie nicht, Sir. In Ihrem Blick, wie Sie uns Mädchen angesehen haben, kann ich erkennen, dass Sie ein Schwerenöter sind.« Sie studierte ihn von der Seite, aus den Augenwinkeln, einen Mundwinkel lächelnd hochgezogen. »Vor Ihnen ist kein Mädchen sicher. Leugnen Sie nicht, Sir.«

»Aber das war in einem vorherigen Leben«, entfuhr es John, noch bevor er sich auf die Zunge beißen konnte.

Kathrin strahlte. »Sehen Sie, nun wird unsere Unterhaltung interessant.« Sie richtete sich auf und zog die Füße auf das Polster, unter ihren Schoß. »Lassen Sie uns ein wenig plaudern, über Ihre aufregende Zeit. Ich höre so gerne die Geschichten anderer Menschen. Sie glauben nicht, wie eintönig das Leben bei uns bisweilen sein kann.« Erwartungsvoll sah sie John an. »Ersparen Sie mir nichts, ich kann es vertragen«, fügte sie mit einem Augenzwinkern hinzu. Sie deutete auf das Buch, in dem sie gelesen hatte. »Ich widme mich gerade einer interessanten Lektüre.« Sie hielt den Band hoch. »Sagt der Titel Ihnen etwas?«

»Nein, ich gestehe, dass ich ihn nicht kenne.«

»Es ist eine schlüpfrige Geschichte. Doch sie lässt mich nicht rot werden, wenn Sie verstehen, was ich meine. Meine eigenen Memoiren, würde ich sie verfassen, ließen dieses Werk wie ein Gebetbuch aussehen.« Sie bekräftigte ihre Aussagen mit einem spöttischen Nicken. »Was ich damit sagen will: Glauben Sie ja nicht, Gentleman, wie Sie sind, dass meine Ohren der Schonung bedürfen. Bitte berichten Sie ungehemmt von Ihren amourösen Schandtaten.«

In Johns Kopf drehte es sich. Gesichter tauchten vor seinem inneren Auge auf. Er hatte sie längst vergessen geglaubt. Doch wollte er von ihnen erzählen? Ein abgeschlossenes Kapitel. War es das wirklich? Er sah Kathrin an. Gespannte Erwartung stand ihr ins Gesicht geschrieben. Er spürte eine Verbindung zwischen sich und dieser Frau. Wie anders wirkte sie jetzt. Ihre kühle Distanziertheit war verflogen und einer unerwarteten Nähe gewichen. Doch vor das betreffende Kapitel hatte er ein schweres Schloss gehängt. Warum also sollte er einem Freudenmädchen, das er erst wenige Augenblicke kannte, Kompromittierendes erzählen? Einer Frau, die er nach dieser ungewöhnlichen Nacht niemals wiedersehen würde. Verunsichert kratzte er sich am Kinn. »Müssen Sie nicht, nun, verfügbar sein? Ich meine, falls sich weitere Gäste einstellen.«

Kathrin schüttelte den Kopf. »Unsere Tür bleibt geschlossen. Zumindest solange Emma und Paul sich unterhalten. Nein, lassen Sie sich nicht abhalten. Ich bin ganz Ohr.«

Von sich selbst überrascht, verspürte John den Drang, zu reden. Erinnerungsfetzen überschlugen sich. Als dränge ein Korken darauf, aus einer zu oft geschüttelten Glasflasche zu springen. Ein Schwindel befiel ihn, raubte ihm die Luft. Er sog angestrengt den Atem ein. »Es ist wahr. Bevor ich nach London zog, was drei Jahre her ist, nutzte ich so manche Gelegenheit für ein amouröses Abenteuer. Nein, ich muss mich berichtigen. Eigentlich jede Gelegenheit.« Er stockte.

Kathrin schwieg abwartend.

»Also, eigentlich jede sich mir bietende Gelegenheit. Schließlich musste ich nicht viel dafür tun. Ich entstamme einer alten Familie, müssen Sie wissen. Im Umfeld unseres ländlichen Familiensitzes gab es eigentlich immer irgendein Mädchen, das den Sohn des Earls anschmachtete. Ich bin übrigens nicht der älteste Sohn. Ich habe noch zwei Brüder, von denen einer älter ist.« John lehnte sich zurück und dachte nach. Vor seinen Augen verschwamm Kathrin langsam zu einem Bild all jener Frauen, mit denen er sich eingelassen hatte.

»Natürlich weiß ich heute, dass ich naiv war. Und unwissend. Ein Junge vom Land mit einem sehr beschränkten Horizont. Trotz meiner klassischen Erziehung, wie sie die meisten jungen Gentlemen aus aristokratischem Hause erhalten. Oder gerade deswegen, wenn ich es recht überlege. Denn diese Ausbildung war mir stets als Zwang meines gestrengen Vaters vorgekommen. Gelangweilt hat sie mich. Heute weiß ich ihren Wert durchaus zu schätzen. Doch damals hat sie mich nur gelangweilt. Als junger Mann träumte ich davon, selbst die Regeln meines Lebens vorgeben zu können. Wie um dem ermüdenden Lernen von Latein und Griechisch etwas entgegenzusetzen. Können Sie das verstehen, Kathrin?«

»Ja«, antwortete sie mit leiser, aber fester Stimme und nickte ernst.

»Was tat ich also? Ich suchte das körperliche Vergnügen. Kurz vor meinem vierzehnten Geburtstag führte mich eine Küchenhilfe unseres Hauses in die Freuden des Erwachsenenlebens ein. Sie war vielleicht zwei Jahre älter als ich, eindeutig sehr erfahren im Umgang mit dem männlichen Geschlecht. Nachher war ich wie benommen. Es fällt mir schwer, es zu beschreiben. Es war ein Gefühl, als habe sich das Leben mit einem Schlag verändert. Es war von Farben ausgefüllt, wo vorher nur Grau und Tristesse geherrscht hatten. Ich war begeistert und verspürte den Drang, dieses Erlebnis zu wiederholen. Ein paar Mal noch trafen wir uns des Nachts, heimlich. Doch obwohl sie sich mir mit Leidenschaft hingab, wurde mir das Mädchen schnell über. Ich weiß nicht warum, doch mir drängte sich die Frage auf, warum ich mich auf sie beschränken sollte. Ich begann, dem Mädchen nachzustellen, das bei der Wäsche half. Sie war mir schon zuvor aufgefallen, hatte sich in mancher Nacht in meine Träume geschlichen. Sie erinnern mich an sie.«

Kathrin lächelte beiläufig.

»Ich gestehe, ich war erstaunt, dass es keiner großen Überredungskünste bedurfte, um an mein Ziel zu kommen. Bereits bei unserem zweiten Zusammentreffen verabredete sich das Mädchen mit mir für die kommende Nacht. Drei Tage später zog ich bereits weiter, zur nächsten Eroberung.« Er schüttelte den Kopf. »Heute ist mir bewusst, es hatte eine ordentliche Portion jugendlichen Leichtsinns dazugehört, all diese Mädchen mit in mein Bett zu nehmen. Über mögliche Folgen habe ich mir wahrlich keinerlei Gedanken gemacht. Zu meiner Verteidigung möchte ich sagen: Woher sollte ich auch von ihnen gewusst haben? Die körperliche Beziehung zwischen Männern und Frauen wurde im Lehrplan meines Vaters selbstredend ausgespart. Alles, was ich darüber wusste, hatte ich aus den Gesprächen der Dienstboten aufgeschnappt. Was ich belauschte, waren nicht selten unsinnig anmutende Aussagen, die mir eher Kopfzerbrechen bereiteten, als dass sie etwas erklärten.« Er lachte auf. »Einmal hat sich ein älterer Stalljunge vor einem anderen Knecht gebrüstet, es der Köchin ordentlich besorgt zu haben. Besorgt, was denn? Kartoffeln? Hieß das, man bringt der Köchin Kartoffeln mit, wenn man sie betten will? Und dem Mädchen, das die Kamine reinigt, einen Kehricht?« Er schüttelte den Kopf. »Sie werden nicht glauben, was ich tat.«

»Oh nein!«, entfuhr es Kathrin mit weit aufgerissenen Augen. Lachend hielt sie sich die Hand vor den Mund. »Nein, das kann nicht sein!«

John schmunzelte. »Doch, leider doch. Mir gefiel zu der Zeit ein anderes Mädchen aus unserer Dienerschaft. Sie war gerade erst zu dem Haushalt gestoßen und half der Waschfrau beim Reinigen der Wäsche. Ich fing sie eines Morgens ab und überreichte ihr wortlos ein Stück Seife.«

»John! Das arme Ding muss Sie für gänzlich verrückt gehalten haben.«

Er grinste vielsagend.

»Nein, Sie nehmen mich auf den Arm!«

»Keine fünf Minuten später lagen wir im Stall hinter einem Heuballen. Ich schwöre Ihnen, Kathrin, bis dahin hatte ich keinen einzigen Ton von mir gegeben.«

Ungläubig schüttelte Kathrin den Kopf. »Sehen Sie, ich hatte recht mit meiner Feststellung, dass sich das schwache Geschlecht vor Ihnen in Acht nehmen muss.«

Er lächelte halbherzig, fuhr dann mit neuem Ernst fort. »Ich stürzte mich mit Vehemenz ins Abenteuer, das ist wahr. Ich hatte nur mein eigenes Vergnügen im Sinn. Solange die Mädchen und Frauen sich mir bereitwillig hingaben, war ich nicht wählerisch. Mögliche Krankheiten oder Schwangerschaften bedachte ich nicht. Erst aus Unwissenheit, dann aus Gewohnheit nicht. Daran sollte sich über viele Jahre auch nichts ändern. Ähnlich verantwortungslos hielt ich es sogar noch bei meiner Rundreise durch Europa, wie sie von jungen Gentlemen allenthalben zum Zwecke der Bildung gemacht wird.«

»Die sogenannte *Grand Tour*, ich weiß. Bildung, natürlich. Ich sehe, da müssen auch Sie lachen. Es ist doch allgemein bekannt, dass sich die jungen Männer bei der Reise vor allem die Hörner abstoßen.«

»Im Rückblick frage ich mich, ob ich überhaupt irgendetwas anderes auf dem Kontinent getan habe. Über mir muss die gesamte Zeit ein schützender Glücksstern geleuchtet haben. Hell geleuchtet. Denn weder in Paris, noch in Rom, noch in Lissabon fing ich mir eine der zahlreichen Krankheiten ein. Von denen ich unterwegs mehrfach hörte, das möchte ich gestehen. Ich war nicht so unwissend, wie ich mich gerne gab. Man tauscht sich schließlich mit anderen Reisenden aus. So manch einer von ihnen klagte mir sein Leid. Über einen sich verschlechternden

Gesundheitszustand, über Geschwüre und Schmerzen. Ich hörte zu, aber nicht hin. Schließlich hatte ich bereits das nächste Mädchen im Sinn, ließ mein Geld zu einem beträchtlichen Teil in den Bordellen am Wegesrand. Gerade auch in Paris. Ich meine – die Franzosenkrankheit! Der Name kommt schließlich nicht von ungefähr. Doch ich war unbekümmert. Ich war wie ein … ein Süchtiger.« Er schüttelte langsam den Kopf.

»Erst viel später nahm ich die möglichen Krankheiten ernst. Als eine Unpässlichkeit jemanden aus meinem nahen Umfeld befiel. Es schaudert mich, wenn ich an die Reise über den Kontinent zurückdenke.«

»Ich kann kaum glauben, dass Sie derart unbedarft durch die Betten der Hurenhäuser sprangen, ohne an eine Ansteckung zu denken. Warum sind Männer stets derart unbedarft?« Nun war es an Kathrin, den Kopf zu schütteln. »Haben Sie vor Ihrer Reise durch Europa denn keine Bordelle aufgesucht?«

»Freudenhäuser hat es bei uns in Hampshire keine gegeben. Zumindest nicht in der direkten Nähe unseres Wohnsitzes. Oder sie waren mir nicht bekannt. Bei den wenigen Besuchen Londons hatte ich keine Gelegenheit, etwas anderes zu tun, als meinem Vater bei seinen Geschäften zur Hand zu gehen. Wir blieben stets nur kurz in der Stadt, damals hatte der Earl es noch eilig, dem Moloch möglichst schnell wieder zu entfliehen. Vom Fenster der Kutsche aus sah ich Straßendirnen, selbstverständlich. Freudenhäuser, daran war gar nicht zu denken. Vielleicht haben sie mich daher später, auf dem Kontinent, so fasziniert. Sie machen alles so scheinbar einfach. Nein, in Hampshire hat sich meist eine Küchenmagd oder Tochter eines ansässigen Handwerkers gefunden, die sich mit mir auf ein Schäferstündchen einließ. Wenn dem einmal nicht so war, dann verdiente sich die Frau des Schankwirts vom *Golden Hart* gerne ein paar Münzen dazu.«

»Erzählen Sie mir von ihr.«

»Ein unrühmliches Kapitel, das möchte ich vorwegnehmen. Ich hatte der hübschen jungen Frau anfangs eher halbherzig nachgestellt. Sie war mit einem viel älteren, sauertöpfischen Mann verheiratet. Nicht wenig war ich überrascht, dass sie bei unserem ersten Gespräch sogleich ihrem Willen Ausdruck verlieh, sich mit mir zu treffen. Zwar gegen Bezahlung, doch das störte mich nicht. Also verabredeten wir uns sporadisch an ungestörten Orten in der Umgebung. Immer dann, wenn mir die Pausen zwischen den Eroberungen zu lang wurden. Wir taten es in einem abgelegenen Stall, am alten Brunnen im Wald, hinter dem Holzverschlag nahe den Weiden. Je nach Witterung. Dass die Wirtin unsere Zusammenkünfte stets lautstark zu genießen schien, gefiel mir umso besser. Die mageren Zuwendungen meines Vaters hielt ich also beisammen. Sie verschwanden nach und nach allesamt im Rock der Wirtin.« Er dachte nach. »Sie mochte sechs Jahre älter als ich gewesen sein. Im Grunde war sie meine erste Dirne.«

»Gerade auf dem Land läuft so einiges unter der Hand, was in der Stadt genauso, nur öffentlicher geschieht. Nicht nur bei Männern Ihres Standes, glauben Sie das ja nicht.« Kathrin zuckte mit den Schultern. »Diese Frau hat sich Ihnen für Geld hingegeben. Kein Grund, dies als unrühmliche Erinnerung im Kopf zu behalten.«

»Ich weiß Ihre aufbauenden Worte zu schätzen, doch die eigentliche Geschichte beginnt erst noch. Bitte haben Sie noch einen Augenblick Geduld, ich verspreche, ich werde darauf zu sprechen kommen. Ein wenig muss ich zuerst ausholen, berichten, wie ich zu jener Zeit das Leben sah.

Ich komme nicht umhin, mit ernstgemeinter Beschämung einzugestehen, dass ich meine herausgehobene Stellung nur zu gerne dafür nutzte, damit die jungen Frauen ihre Röcke hoben. Als dem Sohn eines Earls boten sich mir natürlich gewisse Gelegenheiten. Das besonders Verwerfliche daran, das verstehe ich im Rückblick, ist der Umstand, dass so manch eines der Mädchen den ambitionierten Wunsch hegte, die nächste Schwiegertochter des Earls zu werden. Ich war schließlich nicht der älteste Sohn, von dem zwangsläufig eine gesellschaftlich adäquate Eheschließung erwartet wurde. Mehr als nur einmal habe ich voller Berechnung mit diesem Traum der Mädchen gespielt. Gänzlich unbekannt waren Verbindungen schließlich nicht, in denen ein Sohn aus gutem Hause einer hübschen Magd verfiel und sie in den Stand der Ehe erhob. Also habe ich zu Anfang Hoffnungen geweckt, von denen ich wusste, dass ich sie niemals erfüllen würde. Nicht, weil ich Sorge hatte, unter meinem Stand zu heiraten. Nein, ich konnte mir gar nicht vorstellen, jemals eine Ehe einzugehen. Mich auf eine einzige Frau einzulassen. Das lag außerhalb meiner Vorstellungskraft.« Ironisch hob er eine Augenbraue. »Heute weiß ich natürlich, dass es gang und gäbe ist, sich Mätressen zu halten und Dirnen aufzusuchen. Doch damals schien mir die Ehe schlicht ein Ding der Unmöglichkeit. Hatte ich einmal durch sanfte Worte und wilde Versprechen erlangt, wonach ich strebte, ließ ich die Eroberung schnell wieder fallen. Dass meinetwegen einige Tränen flossen, bedrückte mich nicht. Ich hatte bereits das nächste Vergnügen im Kopf, während das letzte Mädchen noch schluchzend an meinem Bein hing.« Grimmig schlug John seine Faust in die flache Hand. »Ich habe mich verhalten wie ein Schurke.«

»Das haben Sie, wie es sich anhört. Doch auch darin gleichen Sie nur den übrigen Angehörigen Ihres Geschlechtes.«

»Da mögen Sie nicht allzu weit von der Wahrheit entfernt liegen. Ich jedenfalls war wie in einem Rausch. Meine Gedanken kannten nur die Suche nach der nächsten Eroberung. Ich weitete meinen Radius aus, was nicht ohne Konsequenzen blieb. Ein um das andere Mal gab es Beschwerden von aufgebrachten Vätern beim Earl. Ein um das andere Mal lauschte ich an der Tür des Arbeitszimmers oder der Bibliothek. Verfolgte die Gespräche, bei denen es um meine Person ging. Mit einer Mischung aus Stolz und Angst hörte ich, was für ein sündhafter Teufel ich sei. Der sich an der Unschuld unwissender, nichts Böses ahnender Mädchen verging.« John stockte, dann räusperte er sich. »Vor allem der Auftritt des wutentbrannten Schmiedes eines Nachbardorfes ist mir im Gedächtnis geblieben. Der aufgebrachte Mann hat geschrien und immer wieder mit der Faust auf den Tisch geschlagen. Er hat wirklich verzweifelt geklungen. Doch mich beunruhigte der Umstand, dass mein Vater indes ruhig blieb. Er hat den Schmied einfach toben lassen, bis diesem die Puste ausging. Und dann das getan, was er in diesen Situationen immer tat.« John stieß ein sarkastisches Lachen aus. »Bereitwillig öffnete er seine Börse. Zeigte sich großzügig. Ich wollte es nicht glauben, doch ein ums andere Mal zogen die vormals aufgebrachten Väter dankbar buckelnd wieder von dannen. Glauben Sie mir, Kathrin, mein Vater griff wirklich tief in seine Tasche, um Stimmen zum Schweigen zu bringen, die behaupteten, ich hätte auf liederliche Weise Bastarde gezeugt und die Aussichten ansonsten tugendhafter Mädchen auf eine Heirat boshaft zerstört. Ich fühlte mich gedemütigt. Nicht durch die Anschuldigungen, sondern durch die Tatsache, dass mein Vater Schweigen über mein Verhalten erkaufte. Ich hatte das Gefühl, als bringe er damit *mich* zum Schweigen.«

»Und was sagte Ihr Vater zu Ihnen? Er versuchte sicherlich, Ihrem Treiben Einhalt zu gebieten. Wahrscheinlich setzte es eine gehörige Abreibung.«

»Das sollte man doch meinen, nicht wahr? Schließlich ließ er ansonsten unnachgiebige Strenge walten. Nein, mein Vater hat mich nicht ein einziges Mal auf die Vorfälle angesprochen. Nie, bis zum heutigen Tage nicht. Mit keinem Wort sind meine Ausschweifungen oder ihre Folgen thematisiert worden. Genau das ist es, was ich nicht verstand. Ein Umstand, der mich zuerst erstaunte, dann verunsicherte und schließlich wütend machte. Nicht einmal dieser Teil des Lebens schien *mir* zu gehören. Warum ließ er, der sonst jedwede noch so kleine Verfehlung ahndete, der mit durchgedrücktem Rücken jeden Sonntag auf seiner Bank in der Kirche saß, mir mein verderbtes Verhalten durchgehen? Zumal es ihn einiges von seinem wertvollen Geld kostete.«

John schüttelte den Kopf und starrte gedankenverloren an die Decke, dann wandte er sich wieder Kathrin zu. »Ich weiß, das alles klingt dramatischer, als es vielleicht war. Doch damals empfand ich eben so. Ich fühlte mich verraten. Und verkauft. Daher fasste ich einen Entschluss. Draußen, lauschend vor jener Tür, hinter der mein Vater mein Leben mit seinem Geld regelte. Wo er nach seinem Belieben entschied, was von meinem Verhalten ausradiert werden sollte. Ich schwor mir, ich würde ihn aus der Räson bringen. Ihn zu einer Reaktion zwingen. Ich wollte mich nicht von dem alten Mann ignorieren lassen. Egal, wie hart und demütigend die anschließende Strafe auch ausfallen würde. Ich werde nicht vergessen, wie ich im Gang vor der Tür stand, die Hände so fest zu Fäusten geballt, dass ich später Male in den Handinnenflächen hatte. Nie zuvor hatte ich mich derart wütend gefühlt wie in jenem Augenblick. Doch was tun? Was würde den Earl so aus der Ruhe bringen, dass er zu seiner strafenden Grausamkeit zurückfand?« John lachte bitter auf. »Ein kindischer Gedanke, nicht wahr? Eigentlich paradox. Andere Sprösslinge wären froh gewesen, einer Strafe zu entgehen. Ich sehnte mich nach ihr. Rationalität und Vernunft waren nichts für meinen hitzigen Kopf. Der Plan war daher auch ohne große Überlegung gefasst. Ich würde genau zu jenem liederlichen Teufel werden, für den man mich anscheinend allenthalben hielt. Keinem der Mädchen, mit denen ich mich eingelassen hatte, hatte ich bis zu jenem Augenblick etwas Böses gewollt. Stets behielt ich die Zusammenkünfte für mich, damit meine Gespielinnen möglichst keine Schwierigkeiten bekamen. Damit ihre Väter möglichst nicht im Herrenhaus vorstellig wurden. Ich war, so attestierte ich mir selbst, diskret gewesen. Prahlte nicht. Protzte nicht. Hatte auf den Wunsch einiger

Mädchen hin darauf geachtet, meinen Samen außerhalb ihrer Körper zu ergießen.

Das alles sollte sich ändern. Ein Teufel hat schließlich nur die Sünde im Kopf. Für diese Sünde sollte mein Vater zahlen. Er sollte bluten, bis es ihm wehtat. Endlich wehtat.

Fortan wandte ich mich den Mädchen unter einem anderen Vorzeichen zu. Hatte ich zuvor eher die sich bietenden Gelegenheiten genutzt, begann ich, sämtlichen Röcken im Haus und in den nahegelegenen Ortschaften mit Vehemenz nachzustellen. Je zurückhaltender meine Auserwählte, da sich mein zerstörerischer Ruf warnend herumsprach, umso mehr umschmeichelte ich sie, umso heftiger schwor ich ihr ewige Treue und Liebe. Bis mein flüchtiges Interesse an ihr befriedigt war. Die Besuche aufgebrachter und bettelnder Väter in unserem Haus wurden alsbald zahlreicher. Ich fragte mich, ob sich mit meinen Schandtaten auch herumsprach, dass der Earl sich erstaunlich großzügig zeigen konnte. Die Börse meines ansonsten geizigen Vaters schien auf einmal bodenlos. Ich bandelte auch mit verheirateten Frauen im Dorf an, wenig darauf bedacht, die Treffen geheim zu halten. Aufgebrachte Ehemänner wären doch eine Abwechslung für meinen Vater. Vielleicht konnten sie noch mehr aus ihm herausschlagen. Nur, dass gar niemand auftauchte. Mir noch nicht einmal irgendwer im Dorf auflauerte. Ich hatte mit mehr Widerstand gerechnet, hatte Prügel und Beschimpfungen von Brüdern oder gehörnten Ehemännern erwartet. Auch von dieser Seite schien mir eine Bestrafung nicht vergönnt. Ich verstand die Welt nicht mehr, fühlte mich wie ein Blatt, das wahllos vom Wind durch die Luft getrieben wurde.

Oh, beinahe hätte ich es vergessen. Der Pastor stattete unserer Familie eines Tages einen unangekündigten Besuch ab. Unser Pastor. Sonst kam er ausschließlich auf Einladung der Familie ins Herrenhaus. Er stand an jenem Tag verloren in der Mitte des Empfangszimmers, umkreist von meiner sitzenden Familie. Der Mann stotterte von der Sünde und den Geboten und dem Begehren eines anderen Weibs. Sein Blick streifte mich dabei immer wieder ängstlich. Mir war klar, worauf der gute Mann hinauswollte. Auf was und auf wen seine unerwartete Predigt abzielte. Ich schaute ihn jedoch unverwandt an, mit derselben herrschaftlichen Miene, wie sie meine Brüder und mein Vater zur Schau trugen. Dann und wann hielt der Geistliche inne und wischte sich mit einem Taschentuch die Schweißperlen von der geröteten Stirn. Ich hatte ihn immer als einen hinter meinem Vater her buckelnden Speichellecker angesehen – fast schon bewunderte ich seinen Auftritt.

Nach einigen Bibelzitaten gipfelte des Pastors Sermon in der Aussage, der allmächtige Vater sehe alle Sünden und behalte sie für das Jüngste Gericht in seinem Gedächtnis. Wenn er die Sünder nicht gar schon zu Lebzeiten mit einer Strafe belege. Merklich nahm der Mann all seinen Mut zusammen und wedelte mit erhobenem Zeigefinger vor meinem Gesicht hin und her. Dabei rollte er derart wild mit den Augen, dass ich das Weiße darin sehen konnte. Wie ein verängstigter Gaul sah er aus. Der Arme tat mir beinahe leid, er wirkte, als stehe er kurz vor einem Zusammenbruch. Ich starrte ihn weiter ausdruckslos an, wartete auf eine Reaktion meines Vaters. Ich wartete vergeblich.

Mein Vater stand schließlich von seinem Sessel auf und dankte dem Mann knapp für seine geistlichen Worte. Wir alle seien gut auf die Predigt des kommenden Sonntags vorbereitet. Wie erbaulich, uns den Text vorab mitzuteilen. Dann ließ der Earl den Pastor, der keinen geraden Satz mehr herausbekam, durch einen Dienstboten hinausbegleiten und zog sich, ohne den übrigen Anwesenden Beachtung zu schenken, in die Bibliothek zurück.

Ich wurde erneut enttäuscht. Was interessierten mich Jüngstes Gericht und göttliche Strafe, wenn *mein* Vater weiter beharrlich zu meinen Taten schwieg?«

»Und Ihre Frau Mutter? Sie haben Sie noch gar nicht erwähnt. Wie reagierte sie?«

John hielt inne, grübelte. »Meine Mutter. Ich habe sie wirklich ausgeblendet. Das liegt sicher daran, dass sie nicht da war. Selbst wenn sie neben einem stand. Meine Mutter war eine wandelnde Hülle, die verängstigt zu meinem Vater aufschaute. Sie sprach so gut wie nie. Eigentlich nur, wenn mein Vater sie ausdrücklich dazu aufforderte. Was nicht übermäßig oft geschah, wenn ich es mir überlege. Und dann antwortete sie meist kaum hörbar. Mit einer Zaghaftigkeit, in der stets unterdrückte Furcht mitschwang. Ich kann mich heute kaum an den Klang ihrer Stimme erinnern. Nein, meine Mutter hielt sich aus allem heraus. Niemals hätte sie es gewagt, Ihrem Ehemann zu widersprechen. Oder auch nur eine Meinung zu äußern, die der meines Vaters entgegenstand. Sie war eine durch und durch unglückliche Frau, da bin ich heute sicher. Als sie vor wenigen Jahren starb, war es wohl eine Erlösung für sie. Vom Leid, das den Namen meines Vaters trägt. Sie hat niemals mit mir darüber gesprochen. Oder mit sonst jemandem, möchte ich annehmen. Nein, der Besuch des Pastors löste, wenn auch aus anderen Gründen, bei ihr genauso wenig eine Reaktion aus wie bei meinem Herrn Vater.«

»Gehe ich dann recht in der Annahme, dass die Predigt des Pfaffen Sie folglich nur noch weiter anstachelte?«

Stumm nickte John.

»Nun bringen Sie die junge Wirtsfrau ins Spiel, möchte ich mutmaßen. Als Höhepunkt Ihrer Versuche, den Herrn Vater zu einer Handlung zu provozieren.« Erwartungsvoll rutschte Kathrin auf dem Polster hin und her, rieb sich gespannt die Hände. »Erzählen Sie mir alles.«

John stieß den Atem aus, dann sah er sich in dem Raum um. Sie saßen so weit abseits, dass keines der anderen Mädchen ihrer leisen Unterhaltung zu folgen schien. Will hatte sich mittlerweile auf einem Stuhl neben der Tür niedergelassen und starrte in das Kaminfeuer.

Nachdenklich sah John Kathrin an. Wieso erzählte er ihr das alles – er hatte nicht vorgehabt, jemals wieder an diese alten Geschichten zu rühren. Es musste an den verstörenden Ereignissen dieses Abends liegen. Anscheinend hatten sie ihn heftiger aus der Bahn geworfen, als er es sich selbst eingestehen wollte. Nun war er schon einmal bis hierhin gelangt, also würde er auch weitererzählen. Das Gespräch hatte etwas von einer Beichte. Er beichtete einer Hure sein lasterhaftes Leben. Das Erstaunliche war, dass es sich gut anfühlte. Befreiend.

»Leider liegen Sie mit Ihrer Einschätzung richtig, Kathrin. Nachdem sich kein Erfolg abzeichnete, legte ich es schließlich auf einen handfesten Skandal an. Wollte eine Reaktion meines Vaters unumgänglich machen. Es musste etwas Öffentliches geschehen, etwas, das der Earl nicht mehr ignorieren konnte. Nicht ignorieren konnte, da es sonst seine eigene Reputation schmälern würde. Das, davon war ich felsenfest überzeugt, würde er niemals geschehen lassen. Wenn ich meinen Namen öffentlich, für alle Welt sichtbar beschmutzte, beschmutzte ich auch seinen. Das war die Idee.« John senkte seine Stimme noch weiter und Kathrin beugte sich gespannt zu ihm hinüber. Er konnte ihre Haut riechen. Eine betäubende Welle schwappte über ihn hinweg und sein Kopf fühlte sich leicht an. Beschwipst, als habe er zu viel Wein getrunken.

»Nun, ich suchte das *Golden Hart* auf, an einem kalten Oktobernachmittag. Der Schankraum war bereits gut gefüllt. Klammes Wetter trieb die Leute mit einem Gin in der Hand an das wärmende Kaminfeuer. Ich gab Fanny, der Frau des Wirtes, ein Zeichen, sich mit mir an der Hintertür zu treffen. Sie runzelte die Stirn, nickte dann aber zögerlich. Draußen unterbreitete ich ihr, dass ich gedachte, ihre … ihre Dienste in Anspruch zu nehmen. Jetzt, sogleich. Sie schüttelte den Kopf. Es sei zu viel los und ihr Mann könne Verdacht schöpfen. Außerdem sei es viel zu kalt hier draußen.

Dann solle sie uns doch hineingehen lassen, erwiderte ich keck und zog betont beiläufig eine Münze aus meiner Hosentasche. Meinen Notgroschen. Ich kannte Fanny nur zu gut. Ihre Augen weiteten sich und sie strich mit ihrer Zungenspitze über die Lippen. Einen Moment betrachtete sie das kostbare Geldstück, wie eine Schlange das Kaninchen betrachtet, bevor sie mit geöffnetem Maul vorschnellt. Dann nickte sie und griff nach der Münze, doch ich zog das Geldstück zurück und schüttelte den Kopf. Erst das Vergnügen, beharrte ich. Seufzend nahm Fanny meine Hand und führte mich durch die Hintertür des Gebäudes in einen Lagerraum. Er war mit dem Schankraum durch eine angelehnte Tür verbunden. Fanny spähte kurz hindurch, vergewisserte sich, dass ihr Mann beschäftigt war, dann zog sie die Tür leise zu. Zweifelnd und mit Sorgenfalten auf der Stirn sah sie sich um, ihr Blick kehrte immer wieder zur Tür zurück. Sie war augenscheinlich kurz davor, es sich anders zu überlegen. Also ließ ich das Geldstück in meiner Hand erneut aufblitzen. Wie gesagt, ich kannte Fanny nur zu gut. Sie flüsterte, ich solle schnell machen, und begann eilig, ihren Rock hochzukrempeln.« John schluckte, rieb sich mit der flachen Hand über den Hals. »Ich griff ihre Schultern und schob sie unsanft mit dem Gesicht voran über ein hölzernes Bierfass, das nahe der Tür stand. Fanny keuchte erstaunt, blieb aber liegen. Ich solle mich beeilen, wiederholte sie. Forsch schob ich erst den Rock gänzlich nach oben, dann meine eigene Hose herunter. Ich brauchte nur einen Augenblick, dann trat ich nahe an sie heran. Mühsam unterdrückte Fanny ein Stöhnen. Sie biss sich auf die Hand, um das verräterische Geräusch zu unterdrücken. Es würde ihr nur schwer gelingen, das wusste ich von unseren bisherigen Stelldicheins. Ich bewegte mich daher heftiger. Und heftiger. Als Fanny sich nicht mehr zurückhalten konnte, griff ich hinter mich an die Tür und zog sie langsam auf. Dann setzte ich noch einmal alles daran, damit sie alle Vorsicht vergaß.«

John starrte auf seine Schuhspitzen. »Draußen im Schankraum war es auf einen Schlag still geworden. Für einen Augenblick hätte man eine

Stecknadel fallen hören können. Dann durchbrach ein anzüglicher Pfiff die Stille. Ein wildes Gejohle setzte ein. Das Rücken von Stühlen war zu hören, ein lautstarkes Durcheinander. Erschrocken wurde Fanny unter mir erst starr, dann versuchte sie hastig aufzustehen. Doch ich beugte mich über sie und hielt sie mit beiden Händen auf den Schulterblättern nach vorne gedrückt. Ich – ich hörte erst abrupt auf, als ein Schatten im Türrahmen erschien und ein wilder Fluch ausgestoßen wurde. In Windeseile trat ich einen Schritt nach hinten, zog die Hose nach oben und drehte mich zur Seite. Knapp entging ich der Faust des Wirtes. Hinter ihm stand eine gaffende Traube von Menschen. Alles trat so ein, wie ich es mir ausgemalt hatte. Mit einer großen Geste ließ ich die Münze auf den Boden fallen. Zu Fannys Füßen. Dann sprang ich, bevor der Wirt mich am Schlafittchen packen konnte, behände zur Hintertür, öffnete sie und verschwand aus dem Gasthaus. Aus dem Augenwinkel bekam ich gerade noch mit, wie sich die aufgeregten Menschen durch die Tür in den Lagerraum drängten. In der Furcht, etwas von dem Spektakel zu verpassen. Dabei behinderten sie den vor Wut schäumenden Wirt in seinem Bestreben, mir nachzusetzen.«

Für einen Herzschlag stand John wieder vor der Hintertür des Wirtshauses. »Fannys Schluchzen war das Letzte, was ich hörte.« Er schüttelte das Bild von sich ab. »Der Plan war aufgegangen, genau wie ich es mir in meinem jugendlichen Leichtsinn ausgemalt hatte. Vor Zeugen hatte ich meinen Ruf als liederlicher und schonungsloser Verführer in Stein gemeißelt. Ein Sünder vor dem Herrn. Eine Schande für Seine Lordschaft, den Earl. Was der gute Pastor wohl bei unserem nächsten Zusammentreffen sagen würde? Mit mir äußerst zufrieden, daran erinnere ich mich gut, rannte ich den ganzen Weg vom Dorf bis zu unserem Herrenhaus. Nun sollte mein Vater es wagen, mich zu ignorieren! Diesen Vorfall konnte er nicht so einfach unter den Teppich kehren, davon war ich überzeugt. Ich war sicher, absolut sicher, den guten Ruf der Familie im Umland nachhaltig und empfindlich befleckt zu haben. Ich war der sündige Verführer eines verheirateten Weibes, der zudem für die vollzogene Tat Geld bezahlt hatte.

Zuhause angekommen, ging ich atemlos sogleich in mein Zimmer und legte mich aufs Bett. Mit einem Mal fühlte ich mich ausgezehrt, daran erinnere ich mich gut. Meine Gedanken wirbelten umher. Ich gebe zu, dass ich vor der anstehenden Bestrafung doch stärker zitterte, als ich mir selbst zunächst eingestehen wollte.«

»Aber waren Sie erfolgreich, John? Was für eine Grausamkeit überlegte sich der Earl im Gegenzug für Ihre …«, sie suchte nach dem richtigen Wort, »… Indiskretion.«

Traurig lächelte John. »Es lief alles anders ab, als ich gedacht hatte. Erneut.« Er seufzte. »Ich mied in den nächsten Tagen natürlich das Dorf, um mir kein blaues Auge einzufangen, und wartete gespannt darauf, zu meinem Vater zitiert zu werden. Ich saß im Unterricht vor meinem Tutor, rezitierte halbherzig lateinische Vokabeln und schielte immer wieder zur Tür, bis der Mann mich schließlich entnervt fragte, ob alles mit mir in Ordnung sei. Nur eine aufziehende Erkältung, wiegelte ich ab und versuchte, meine Gedanken auf den Lernstoff zu richten.

Als drei, vier Tage lang nichts, aber auch wirklich gar nichts geschah, konnte ich die Spannung kaum noch ertragen. In meiner Vorstellung hatte sich die anstehende Bestrafung proportional zu der Zeit des Wartens verschlimmert. Was würde der Earl sich diesmal einfallen lassen? Peitschenhiebe? Kerker bei Wasser und Brot? Tage in einer Tonne voller Wasser verbringen, das Kinn gerade oberhalb der Wasserlinie?«

Kathrin gab einen Laut des Unglaubens von sich. Mit zusammengezogenen Augenbrauen sah sie John an. »Sie nehmen mich auf den Arm!«

»Schauen Sie bitte nicht so ungläubig, Kathrin. Mein Vater ist wirklich meisterhaft im Ersinnen von Bestrafungen.«

»John, für Tage in einer Wassertonne stehen. Das ist doch gar nicht möglich.«

Er zuckte mit der Schulter. »Da sollten Sie sich bei einem unserer ehemaligen Dienstboten erkundigen, der würde Ihnen etwas anderes berichten. Wofür war sein Aufenthalt in der Tonne noch die Strafe? Lassen Sie mich überlegen. Wenn ich mich richtig erinnere, stibitzte er irgendetwas aus der Speisekammer. Ein Stück Schinken, möchte ich meinen. Diebisches Verhalten wurde natürlich strengstens geahndet. Dass der Mann sich infolge der Bestrafung eine Erkrankung der Lunge zuzog, war dann nur Teil der gebotenen Konsequenz.« Traurig schüttelte John den Kopf.

Beide schwiegen für einen Moment.

»Ich hielt die Anspannung, wie gesagt, nicht mehr aus. Möglichst beiläufig sprach ich einen Hausdiener an, von dem ich wusste, dass er unten im Dorf lebte. Stephan hieß er, war etwas jünger als ich und schien mir vor allem nicht der Hellste. Was es hoffentlich leichter machen würde, ihm etwas Brauchbares zu entlocken, ohne dass er sich mir gleich verschloss. Aus Angst vor *seiner* Bestrafung durch meinen Vater.

Ob es Neuigkeiten gebe, fragte ich den Jungen. Worüber man denn derzeit im Dorf so spreche? Ich sei in letzter Zeit so mit meinem Unterricht beschäftigt, dass ich gar nicht mehr aus dem Haus gekommen sei und somit auch nicht mitbekommen hätte, was allenthalben in der Nachbarschaft geschehen sei.

Der Junge sah mich mit einer Mischung aus Überraschung und Misstrauen an. Ich konnte in seiner Miene lesen, dass er sich durch meine Ansprache äußerst unwohl fühlte. Es geschah schließlich nicht oft, dass eine seiner Herrschaften in vertraulichem Ton ein Wort an ihn richtete. Und dann auch noch etwas berichtet bekommen wollte, was selbige Herrschaft höchstpersönlich betraf. Jeder Diener mit ausreichend Verstand hätte in dieser Situation einfach Unwissen geheuchelt. Mein jovialer Tonfall und ein ausgesucht freundliches Lächeln schienen Stephan aber die Vorsicht vergessen zu lassen – er war wirklich nicht mit einem großen Geist gesegnet, der Arme.

Aber das müsse ich doch gehört haben, sagte er. Schließlich betreffe es meine eigene Person. Seine verehrte Lordschaft, der Earl, habe den Wirt und seine Frau vor zwei Tagen mit Schimpf und Schande aus dem Dorf jagen lassen. Damit beendete der Junge bereits wieder seine Auslassung.

Ich muss ihn dergestalt perplex angestarrt haben, dass Stephan schließlich erklärend hinzufügte: Wegen des unzüchtigen, hinterhältigen Verhaltens, dem ich, Seiner Lordschaft verehrter Sohn, zum Opfer gefallen sei.«

Kathrin verschluckte sich und begann zu husten. Es dauerte einen Moment, bis sie sich gefangen hatte. »Sie, John? Das Opfer unzüchtigen Verhaltens? Das ist ja so, als schreibe man mir die Qualitäten einer Ordensschwester zu.«

»Ich brauchte auch erst einen Moment, um zu verarbeiten, was mir da mitgeteilt worden war. Ich fragte mit zitternder Stimme bei dem Jungen nach, versuchte jedes mögliche Detail herauszubekommen. Offenbarte in einem Moment der Schwäche, dass es doch alles anders gelaufen sei. Ich denke, Stephan genoss es, von mir ins Vertrauen gezogen zu werden. Bereitwillig plauderte er drauflos. Breitete in blumigen Worten vor mir aus, was ihm im Dorf zu Ohren gekommen war. Das war einiges, denn naturgemäß hatte es kaum ein anderes Thema unter den Dorfbewohnern gegeben.

So erschloss sich mir nach einigen Minuten ein erschreckendes Bild. Mein Vater hatte einfach den Spieß umgedreht. Er hatte seinen Sekretär ins *Golden Hart* geschickt und der Wirtin vorwerfen lassen, sie habe sich an seinem Sohn, der im Grunde noch ein Kind sei, vergangen und ihm gleichzeitig Geld abgepresst. Sie könne froh sein, wenn er sie nicht einkerkern lasse und vor Gericht stelle. Überhaupt, jeder der bei der unzüchtigen Tat anwesenden Zeugen, der etwas anderes behaupte, werde von meinem Vater ebenfalls gerichtlich belangt. Die Frau und ihr Ehemann hätten sofort ihre Habseligkeiten zusammenzupacken und für immer aus der Gegend zu verschwinden. Wer wisse schon, ob der Ehemann nicht Teil dieses schmutzigen und verabscheuungswürdigen Planes gewesen sei. Vielleicht hatte er seine Frau gar angestiftet, um das Geld erpressen zu können. Steckte mit ihr unter einer Decke. Der Gesandte meines Vaters forderte die Münze zurück, die ich im Lagerraum zurückgelassen hatte. Verängstigt, so berichteten Zeugen der Begebenheit gegenüber Stephan, überreichte der Wirt sie. Der Sekretär nahm sie mit dem Hinweis an sich, das Geldstück allein sei bereits Beweis genug, dass der Mann in die üble Tat verstrickt sei.«

Kleinlaut schüttelte John den Kopf. »Mit diesen Worten also berichtete mir der Diener, was geschehen war. Was geschehen war, nachdem ich meinen ach so durchdachten Plan im Wirtshaus ausgeführt hatte. Vom Täter war ich zum Opfer geworden. Und wofür das Ganze? Von meinem Vater kam weiterhin keine Silbe. Bei unseren kurzen Zusammentreffen, hauptsächlich zu den gemeinsamen Mahlzeiten, ließ er sich nichts anmerken. Mein Plan war eindeutig nicht aufgegangen. Wie unklug von mir, überhaupt etwas anderes erwartet zu haben.«

»Das muss niederschmetternd gewesen sein. Wie verhielten Sie sich im Weiteren? Versuchten Sie erneut, Ihren Vater aus der Reserve zu locken?«

John schüttelte den Kopf. »Mir war die Unmöglichkeit klargeworden, gegen den Earl etwas zu erreichen. Damit verlor ich den Ansporn, mir weitere Schandtaten zu überlegen. Ich ließ mich weiter dann und wann mit einem Mädchen ein, doch weitaus seltener. Dass Fanny für meine Tat bestraft worden war, setzte mir gehörig zu. Grausam hatte ich sie benutzt und öffentlich gedemütigt. Ich schämte mich meines Verhaltens. Verlor damit einen Teil jener Unbeschwertheit, die ein wichtiger Bestandteil des selbstsüchtigen Nachstellens gewesen war.« John wechselte die Sitzposition, da sein Bein erneut zu schmerzen begann. »Ich frage mich heute, ob das nicht genau das Ansinnen meines Vaters gewesen ist. Mich durch sein Schweigen mürbe zu machen, verstehen Sie?«

»Ein interessanter Gedanke, fürwahr. Da könnten Sie richtigliegen. Schließlich änderten Sie Ihr Verhalten, wurden zurückhaltender. Das Schweigen war demnach bereits die Strafe.« Kathrin schwankte zwischen Anerkennung und Fassungslosigkeit. »Fast muss man Ihren Vater bewundern. Ein schlauer Fuchs.«

John schnaubte, dann schwieg er einige Zeit gedankenverloren. »Genug von dieser unrühmlichen Geschichte«, sagte er schließlich.

»Verraten Sie mir abschließend nur noch eines: Erhielten Sie Ihre Münze zurück?«

John lachte. »Nein, natürlich nicht. Mein Vater behielt sie ein.«

»Eine wirklich wenig erfreuliche Episode. Ich verstehe, dass Sie dem weiblichen Geschlecht danach anders gegenübertraten. Vielleicht, verzeihen Sie meine Offenheit, weniger selbstbezogen.«

»Sparen Sie nicht mit Ihrer Kritik, sie ist absolut berechtigt. Dennoch vermisse ich manchmal diese Leichtigkeit in Liebesdingen, die mir als jungem Mann innewohnte. Es ist alles nicht einfacher geworden.«

»Was genau meinen Sie?«

»Die Unbeschwertheit ist verloren. Wie ich bereits sagte. Ich muss gestehen, dass gerade London mich zusätzlich gehörig verunsichert hat. Hierhin zu ziehen hat Illusionen zerstört.«

»London?«

»Die Hauptstadt spielt nach anderen Regeln, als ich es auf dem Land gewohnt war. Hier bin ich lediglich einer unter vielen. Die Kontaktaufnahme zu den Damen geht anders vonstatten. Die Damen sind wählerischer. Oder spielen sie nur selbst mehr mit den Männern, welche sie umschwärmen? Doch es ist hauptsächlich ein anderer Punkt, der mich ernüchtert hat. Ich habe es bisher noch nie ausgesprochen, doch es verstört mich, an all die Krankheiten zu denken, die man sich an jeder Ecke einfangen kann. Dieser Umstand trägt maßgeblich zu meiner Vorsicht in Liebesdingen bei. Nicht nur die Straßendirnen können etwas weitergeben, auch so manche höhere Dame leidet an ihren intimsten Stellen an einer Unpässlichkeit. Aus nächster Nähe musste ich es erfahren.«

»Am eigenen Leib?« In Kathrins Stimme schwang echte Sorge mit. Ihr Blick glitt kurz an John hinab.

»Glücklicherweise nicht. Nein, ich erfuhr davon, nachdem mein jüngerer Bruder sich nur wenige Tage nach unserem Umzug in die Hauptstadt mit einer verheirateten Frau aus besten Kreisen einließ. Damals, so sollte ich erklärend hinzufügen, wohnten wir noch gemeinsam im Anwesen unseres Vaters. Eine amouröse Affäre also. Wie hat der gute Richard sich mit seiner Eroberung vor Edward und mir gebrüstet! Wie ein Pfau spreizte er die Flügel und klopfte sich selbst auf die schmalen Schultern. So gefiel ihm das neue Leben in der Stadt. Eine Meinung, die er alsbald ändern sollte. Es dauerte nicht lange, und es stellten sich starke Geschwüre und Schwellungen an seinem Geschlecht ein. Verängstigt offenbarte er sich mir eines Tages. Ich gestehe, ich war zutiefst erschrocken. Natürlich bestand ich augenblicklich darauf, einen Arzt hinzuzuziehen. Erst sträubte Richard sich, dann gab er klein bei. Die Angst, unter einer verunstaltenden, vielleicht gar todbringenden Krankheit zu leiden, übertraf seine Furcht, durch irgendeine Indiskretion zum Gespött der Leute zu werden.

Der gerufene Arzt, ein Greis mit höchster Reputation, klärte uns nach eingehender Untersuchung kopfschüttelnd auf. Richard habe sich natürlich die Franzosenkrankheit eingefangen. Natürlich! Nach einem Blick auf unsere Gesichter, in denen sich blankes Entsetzen spiegelte, fügte der Mann unnötigerweise mit zittriger Stimme hinzu, so nenne man allenthalben die Syphilis.«

Kathrin nickte. »Daran dachte ich sogleich, als Sie davon erzählten. Eine weit verbreitete, eine unangenehme Krankheit, die sich durch den Beischlaf verbreitet. Wir selbst fürchten sie wie der Teufel das Weihwasser. Was an Vorkehrungen getroffen werden kann, das tun wir.« Sie seufzte.

»Der Arzt betonte süffisant, vor allem in den Hurenhäusern – ich vergesse nicht, wie er Richard dabei aus wässerigen Augen ansah – bekomme man die Franzosenkrankheit gerne als kostenlose Dreingabe. An mich gewandt fragte er, ob ich mich auch untersuchen lassen wolle.« John lachte auf. »Ich lehnte dankend ab und fasste in diesem Moment den Entschluss zur Enthaltsamkeit. Der Arzt ließ den sichtlich verstörten und ungewohnt kleinlauten Richard zur Ader und verschrieb ihm die Einnahme von Quecksilber. Nachdem er eine horrende Summe kassiert hatte, wackelte der Greis auf seinen Gehstock gestützt hinaus, zu seiner wartenden Kutsche. Das prächtige Gefährt hätte einem Lord zur Ehre gereicht.

Anfangs ging es Richard wirklich besser. Dann, nach einigen Wochen, erneut schlechter. Viel schlechter. Zu jenem Zeitpunkt stellten sich die starken Schmerzen ein. Erst wiederholte Aderlasse und die Verwendung sündhaft teurer Salben und Tinkturen brachten meinem Bruder schließlich Linderung. Für einige Monate verkehrte der Arzt regelmäßig bei uns. Lange blieben diese Besuche also kein Geheimnis.

Übrigens begann auch mein Herr Vater, als er dem stadtbekannten Arzt eines Morgens in der Eingangshalle begegnete, dessen Dienste in Anspruch zu nehmen. Bisweilen schaute der alte Mann also ebenfalls bei Seiner Lordschaft vorbei, um Mittelchen gegen die Gicht anzurühren. Diese Krankheit plagt den Earl seit Jahren. Und der Quacksalber schaute bei ihm vorbei, um detailliert von Richards Leiden zu berichten, da bin ich sicher. Ich kann mir gut vorstellen, wie die beiden alten Männer den bedauernswerten Zustand meines jüngeren Bruders besprachen. Der eine kopfschüttelnd und mit zittriger Stimme, der andere schmallippig und verächtlich.

Bei einer unschönen Gelegenheit bekam ich ungewollt mit, wie mein Vater Richards anhaltende Unpässlichkeiten kommentierte. Vernichtend, mit beißendem Spott. Nichts anderes war zu erwarten gewesen. Das Leid anderer Menschen ist für unseren Herrn Vater Lebenselixier. Es erfreut ihn, unterhält ihn. Mitglieder der eigenen Familie nimmt er da nicht aus. Im Gegenteil, wir sind das vorrangige Ziel seiner Grausamkeiten.« Ungläubig neigte John den Kopf zur Seite. »Je mehr ich darüber nachdenke – vielleicht hält ihn diese Grausamkeit sogar am Leben. Er hat das siebzigste Lebensjahr längst überschritten.

Der Arzt trug jedenfalls nach jedem seiner Besuche auf unserem Anwesen eine gefüllte Geldbörse mit sich. Zu seiner stattlichen, wartenden Kutsche, die ihn zum nächsten Hausbesuch bringen sollte. Patienten wie uns hatte er wohl einige in der Stadt. Jedenfalls wirkte der Mann bei seinem Abschied stets sehr zufrieden.«

»Das kann ich mir gut vorstellen«, nickte Kathrin. »Selbst die Franzosenkrankheit spült noch irgendwem Geld in die Taschen.«

»Auch wenn die Behandlung irgendwann für abgeschlossen erklärt wurde, Richard scheint sich nie wieder richtig erholt zu haben. Häufig klagt er über Schmerzen in Kopf und Gliedern. Mittlerweile ist er ebenfalls in ein eigenes Haus gezogen. Führt das Leben eines kränklichen Junggesellen in seinem vergleichsweise kleinen Anwesen am Bloomsbury

Square. Ganz im Gegensatz zu seinen sonstigen eisernen Grundsätzen scheint unser Vater ihm dabei finanziell unter die Arme gegriffen zu haben. Sicherlich wollte er ihn lediglich aus dem Haus haben. Wer weiß schon, welchen Plan der Demütigung der alte Herr damit verfolgt? Auch Edward kann sich bissige Bemerkungen gegenüber Richard nicht verkneifen, bisweilen behandelt er ihn wie einen dementen Krüppel.« John lehnte sich zurück. »Ich jedenfalls hege keinerlei Neid oder Häme. Mit Schaudern denke ich daran, welche Pein die Franzosenkrankheit hervorrufen kann. Das vermag kein Geld der Welt aufzuwiegen.«

Beide schwiegen für einen Augenblick.

»Man könnte sagen, dergestalt wurde ich vom Saulus zum Paulus«, lachte John schließlich. »Hautnah zu erleben, wie mein Bruder von dieser hinterhältigen Krankheit gezeichnet wurde, war Warnung genug für mich, körperliche Enthaltsamkeit anzustreben. Zumindest weitgehend, denn ganz konnte … kann ich den Verlockungen nicht widerstehen. Irgendwann kommt der Punkt, an dem die Sehnsucht nach der warmen Umarmung einer Frau einfach zu groß wird und alle Skrupel und Ängste übertönt. Doch bei den zwei oder drei Frauen, die ich in London vor meiner Heirat bettete, bestand ich darauf, ein Kontrazeptiv zu verwenden. Ich bilde mir zumindest ein, dass dies einen gewissen Schutz vor bösen Überraschungen bietet. Ich scheine Glück gehabt zu haben, denn bis zum heutigen Tage erfreue ich mich bester Gesundheit. Keine Franzosenkrankheit. Keine entstellten Körperteile.« Er lächelte. »Ich weiß, ich schwanke bei diesem Gedanken zwischen Erleichterung und Sarkasmus. Denn im gesellschaftlichen Kreis der Gentlemen, mit denen ich seinerzeit verkehrte, habe ich dennoch stets so getan, als führte ich jenes ausschweifende Leben eines Schürzenjägers weiter. Ich wollte nicht hintanstehen, wenn sich die Männer mit ihren amourösen Eroberungen brüsteten. Wenn sie darauf abzielten, sich gegenseitig zu beeindrucken. Insbesondere einer dieser Freunde kannte die Bordelle der Stadt in- und auswendig. Er versorgte unsere Runde stets mit den wildesten Anekdoten.« John dachte zurück an Alexanders prahlerische Geschichten. Ob er auch in diesem Bordell verkehrte?

Müde rieb sich John die Stirn. »Seit der Erkrankung meines Bruders mustere ich meine Mitmenschen verstohlen auf verdächtige Anzeichen für die Franzosenkrankheit. Schnell finden sich bei so manchem Gesprächspartner Anzeichen für diese Krankheit, die ein umtriebiges

Leben mit sich bringt. Einige Männer schimpfen nach ein paar Krügen Bier offen über diese oder jene Dirne, die ihnen die Pocken verpasst habe. Die moralischen Schreihälse, die London als Hochburg der Sünde bezeichnen, haben wohl nicht gänzlich unrecht.«

»Glauben Sie das wirklich? Ist die Sünde nicht vielmehr Teil des Menschen, egal wo er sich aufhält?«

»Ich stimme Ihnen selbstverständlich zu. Es liegt wohl einfach an der Vielzahl der Menschen hier in der Stadt. Viele Menschen vereinen in sich eine Vielzahl von Sünden. Eigentlich also nichts Ungewöhnliches. Dennoch denke ich manchmal mit Wehmut an die alte Zeit zurück, auf dem Land. Weit weg von der Hauptstadt. Um wie viel einfacher erscheint doch das Landleben, auch heute noch. Die Krankheiten des Beischlafs werden dort ausgeblendet, scheinen keine ernstzunehmende Gefahr. Schließlich geht auf dem Land alles seinen vermeintlich geordneten und gesitteten Weg. Ich sehe, Sie wollen widersprechen. Zu Recht, wie ich sogleich eingestehe, denn dies ist bloß eine oberflächliche, eine heuchlerische Sichtweise. Ich selbst kann schließlich ein Lied davon singen. Dennoch ist es wirklich so: Bei uns machte man sich allenthalben keine Gedanken über so etwas wie die Syphilis. Weil man sich ernsthaft sicher vor einer Ansteckung wähnte. Als hielten sich Krankheiten brav an die Grenzen der fernen Stadt und wagten es nicht, diese Linie zu übertreten.

Wie gesagt, dies ist eine äußerst simple, eine starrsinnige Sichtweise. Geradezu naiv, wie überhaupt so mancher ländliche Blick auf die Dinge. Aber verbreitet. Wichtige Neuerungen und bahnbrechende Erkenntnisse unseres bewegten Zeitalters werden außerhalb der Großstadt gar nicht oder erst mit beträchtlicher Verzögerung wahrgenommen. Die Welt, davon bin ich überzeugt, befindet sich derzeit in einem dramatischen Umbruch. Jeder, der Augen im Kopf hat, kann dies sehen. Jeder, der die unzähligen Journale und Wochenschriften liest, kann es erkennen. Jeder, der die breiten Diskussionen um Fragen der Religion und Philosophie verfolgt, weiß es. Die alten Ordnungen der Gesellschaft brechen auf. Das alte Wissen wird Schritt um Schritt von modernem verdrängt. Doch es gibt in der Wahrnehmung dieser Veränderungen eben bedeutende Unterschiede zwischen London und dem alten England. Man liegt mit der Aussage, auf dem Land sperre man sich bewusst gegen das Neue, nicht falsch. Wie oft habe ich von unchristlichen und gefährlichen Einflüssen gehört, die das Land bedrohen. Auch aus den Mündern meiner Familie vernahm ich diese Warnrufe. Der

Grund dafür ist wohl schlichtweg Furcht. Furcht vor Veränderung. Erst der Umzug nach London hat mich zu dieser Erkenntnis geführt. Neue Einblicke und meine Heirat haben mich zu einem anderen Menschen gemacht. Wenn auch nicht unbedingt zu einem besseren. Doch entschuldigen Sie, Kathrin, ich bin abgeschweift.« John schloss mit einem Gefühl der Erleichterung. Er hatte sich Ballast von der Seele geredet. In der Tat, er hatte ganz vergessen, wie gut ein offenes Gespräch tun konnte.

Mit einem Anflug von Traurigkeit schüttelte Kathrin den Kopf. »Sie gehen zu hart mit sich ins Gericht, John.«

»Meinen Sie?«, fragte John halbherzig und legte den Kopf gegen die Lehne des Sofas. Er schloss die Augen. Plötzlich ausgezehrt und zerschlagen, hörte er dem Knistern des Kaminfeuers zu. Ging er wirklich zu hart mit sich ins Gericht? Ein verlockender Gedanke. Die Schuld einfach abstreifen, hinter sich lassen. Er hielt die Augen geschlossen. Dachte an Sara, an die kurze glückliche Zeit.

Ein rasselndes Husten von Will holte John schlagartig zurück aus seinen Gedanken. Hastig setzte er sich auf. War er eingeschlafen? Er hatte jegliches Zeitgefühl verloren. Waren es erst Minuten, seitdem de l'Estagnol und Emma das Zimmer verlassen hatten? Oder gar Stunden? Sein Blick streifte durch den Raum, alles wirkte unverändert. Er suchte Kathrin. Die rothaarige Frau war aufgestanden und hatte sich auf einen Stuhl nahe dem Kamin gesetzt. Gedankenverloren schaute sie in die Flammen.

In Johns Gesicht schlich sich ein verträumtes Lächeln. Wenn es nach ihm ginge, könnte de l'Estagnol gerne noch um einiges länger wegbleiben. Eine wohlige Benommenheit überkam ihn, als befände er sich auf der Schwelle zum Schlaf. Ja, für Stunden könnte er hier sitzen und diese Frau einfach anschauen. Ihr flammendes Haar und die strahlend weiße Haut. Seine Existenz war wohltuend reduziert auf dieses eine Bild. Alles andere war unwichtig. Vergessen. Eine unverhoffte Wohltat.

»Einen Penny für Ihre Gedanken.«

Erschrocken zuckte John zusammen und sprang auf. De l'Estagnol wartete keine drei Schritte von ihm entfernt. Mit einem breiten Grinsen im Gesicht.

»Ich hoffe, Sie haben sich in meiner Abwesenheit nicht zu sehr gelangweilt.«

»Mitnichten.« Johns Blick glitt zu Kathrin.

»Hm.« Das Lächeln in de l'Estagnols Gesicht vertiefte sich. Doch dann schüttelte er es mit einer knappen Bewegung ab und sah John mit neuem Ernst an. »Lassen Sie uns darüber reden, wie es weitergeht. Unsere Verfolger, es sind an der Zahl drei, befinden sich immer noch in diesem Viertel. Ich habe Nachricht erhalten, dass sie die Gassen durchstreifen, wohl in der Hoffnung, dass wir unseren Kaninchenbau verlassen. Wir werden genau dies also nicht tun.« De l'Estagnol schaute zur offenen Tür, in deren Rahmen Emma mit verschränkten Armen lehnte.

Die Frau zuckte mit den Schultern und verdrehte die Augen.

»Unsere Gastgeberin hat großzügigerweise nichts dagegen einzuwenden, wenn wir die heutige Nacht unter diesem Dach verbringen. Dieses Entgegenkommen weiß ich sehr zu schätzen, bedeutet es doch für dieses Etablissement, heute auf weitere Einnahmen zu verzichten. Es wäre schlicht unratsam, wem auch immer die Tür zu öffnen.« Er dachte nach. »Ich schlage also vor, dass wir uns zur Ruhe begeben und erst bei Tageslicht den Rückzug antreten. Morgen können wir dann mit neuer Kraft überlegen, wie genau wir weiter vorgehen sollen. Sind Sie einverstanden?«

»Alles, was Sie sagten, scheint sinnvoll. Machen wir einen Schritt nach dem anderen. Für heute haben wir wohl genug erlebt. Und Ihnen«, er wandte sich an Emma und verbeugte sich, »danke ich für die Hilfe in einer Notlage.«

Emma schnaubte, rang sich aber ein knappes Nicken ab. »Schnappen Sie sich eine Kerze, da von dem Tisch. Dann bring' ich Sie zu Ihrem Quartier für die heutige Nacht.«

Sie führte die beiden Männer in den Flur und von dort die Treppe empor. »Erwarten Sie nicht zu viel, mehr als eine Matratze kann ich Ihnen nicht bieten.« Ein paar Stufen weiter fügte sie schnippisch hinzu: »Aber die ist sauber, keine Sorge.«

Sie stiegen bis unter das Dach hinauf. Als sie auf dem letzten Treppenabsatz angekommen waren, deutete Emma auf zwei schmale Holztüren. »Das da sind die Kammern. Nicht vergessen, die Kerzen müssen gelöscht werden. Ein Brand fehlt uns gerade noch.« Sie warf de l'Estagnol einen kühlen Blick zu, drehte sich auf dem Absatz um und verschwand die Treppe hinunter.

»Machen Sie es sich so bequem wie möglich, John. Gute Nacht.«

»Gute Nacht. Und nochmals danke, Paul.«

De l'Estagnol winkte ab und verschwand hinter der linken Tür. John betrat den anderen Raum, eine schmale Kammer, in der gerade eine Matratze und eine Truhe Platz fanden. Doch Emma hatte nicht gelogen, alles war sauber. Er schloss die Tür hinter sich, legte Degen und Mantel auf die Truhe, zog im Stehen die Stiefel aus. Vorsichtig, ohne das verletzte Bein zu sehr zu belasten, ließ er sich auf der Matratze nieder. Er drehte sich langsam auf den Rücken und verschränkte die Arme hinter dem Kopf. Was für ein Tag. Heute Morgen hätte er nie gedacht, dass er in einem Bordell zu Ende gehen sollte. Er schloss die Augen. Müdigkeit schwappte in Wellen über ihn. Grummelnd richtete er seinen Oberkörper noch einmal auf, beugte sich zur Seite und blies die Kerze aus.

*

Nur widerwillig ließ er sich von dem Klopfen aus dem Schlaf holen. John richtete sich mühsam auf und starrte in die Dunkelheit. Es dauerte einige Atemzüge, bis er wieder wusste, wo er sich befand. Erneut klopfte es, leise. Dann öffnete sich die Tür zu seiner Kammer langsam und gab den Weg für einen schwachen Lichtschein frei. Mit einem unterdrückten Fluch kniff er die Augen zusammen.

»John, sind Sie wach?«

Er räusperte sich. »Kathrin, sind Sie das?«

Die Tür öffnete sich vollständig und Kathrin trat einen Schritt in die Kammer, eine schmale Kerze in der Hand. »Ihre Salbe. Sie sollten sie unbedingt auftragen.«

»Salbe?« Verständnislos sah er die Frau an. Sie hatte sich umgezogen, trug einen seidenen Hausmantel. Eine Haube aus weißer Spitze hielt das kupferne Haar zusammen.

Kathrin schloss die Tür hinter sich. Sie stellte die Kerze auf die Truhe und hob einen kleinen Tiegel in die Höhe. »Wir sollten Ihre Verletzungen behandeln. Ansonsten haben Sie noch deutlich länger etwas von den Schmerzen.« Sie öffnete den Behälter. Sogleich breitete sich ein ranziger Geruch aus. »Die Salbe hilft bestens bei Prellungen und Abschürfungen. Wir haben immer etwas von ihr im Haus, von Zeit zu Zeit greifen wir Mädchen dankbar auf sie zurück.« Das unstete Licht der Kerze ließ ihr Gesicht für einen Augenblick so erscheinen, als lächele sie.

»Ich ... ich spüre die Verletzungen kaum. Sie dürfen sich bitte meinetwegen nicht derartig viel Mühe machen.«

»Unsinn! Ziehen Sie die Hose aus. Ich weiß genau, dass Sie starke

Schmerzen leiden. Los, nun zieren Sie sich nicht.« Ungeduldig wedelte sie mit der Hand.

Mit zusammengebissenen Zähnen versuchte John, das Beinkleid im Liegen abzustreifen.

»Warten Sie, ich helfe Ihnen. Ich sehe doch, dass Sie Schmerzen haben. Bleiben Sie einfach ruhig liegen.« Kathrin streifte erst seine Strümpfe ab, dann zog sie vorsichtig an den Hosenbeinen.

John verzog das Gesicht, während er versuchte, seinen Körper in eine hilfreiche Position zu bringen. »Die Hüfte«, sagte er entschuldigend.

Kathrin nickte. »So, noch einmal ziehen. Geschafft. – Hm.« Kritisch beäugte sie Johns Bein. »Da haben Sie aber einen schönen Schlag abbekommen.« Sie griff in den Tiegel. »Es wird ein wenig brennen.« Vorsichtig bestrich sie die Wunde großflächig mit der Salbe. »Und nun die Hüfte.« Sie schob Johns Lendentuch auf einer Seite vorsichtig hinab.

John atmete scharf ein.

»Sie brauchen sich nicht zu genieren. Nichts, was ich nicht bereits kennen würde.« Belustigung schwang in ihrer Stimme mit.

»Es ist nur … Ihre kalte Hand«, sagte John schnell mit belegter Stimme und hoffte, dass Kathrin im Halbdunkel des flackernden Kerzenscheins nicht die Röte auffiel, die in sein Antlitz stieg.

»Selbstverständlich.« Mit leichten, kreisförmigen Bewegungen trug sie vorsichtig die Salbe auf. »Die Haut verfärbt sich schon stark. Dieser Schlag hat gesessen.« Sie schüttelte den Kopf.

John schloss die Augen und bemühte sich, an etwas anderes als die schöne Frau zu denken, die sich gerade über ihn beugte und an seinem Lendenbereich rieb. Vergeblich. Er kniff sich unauffällig fest in das andere Bein. Doch auch das half nichts, der Schmerz kam erst gar nicht in seinem Kopf an. Hilflos presste er die Augen noch fester zusammen. Vielleicht war es dunkel genug, dass sie nichts bemerkte.

»Es ist wirklich nur eine Prellung, Sie haben großes Glück gehabt«, hörte er Kathrin sagen. Sie senkte die Stimme zu einem Flüstern. »Und nun sollten Sie sich ein wenig entspannen, John.« Während sie die letzten Worte sprach, glitt Kathrins Hand unter den Stoff.

John war wie gelähmt.

»Machen Sie sich keine Gedanken.« Ihre Hand war nun alles andere als kalt. Sie löste das Lendentuch gänzlich, zog es geschmeidig zur Seite. »Ich bin in meiner freien Zeit hier. Wie ich vorhin schon gesagt habe: Sie sind nicht einer unserer Gäste, John. Sie sind mein privates Vergnügen.« Sie kicherte.

John spürte mehr, als dass er hörte, wie Kathrin den Mantel öffnete und ihn zu Boden gleiten ließ. Er öffnete die Augen.

*

Schnellen Schrittes waren sie in der kalten Morgensonne unterwegs. Pompeji hatten sie in Louisas Obhut gelassen. Der kleine Hund schien sich dort ausnehmend wohl zu fühlen. Was an einem nicht enden wollenden Vorrat an Leckereien liegen mochte.

John warf einen verstohlenen Seitenblick auf de l'Estagnol, der neben ihm ein Liedchen pfiff. Ob er mitbekommen hatte, was letzte Nacht nebenan in der Kammer geschehen war? Paul ließ es sich jedenfalls nicht anmerken.

Sie hatten sich in den unsteten Strom von Passanten gemischt, der sich die Leather Lane in Richtung Holbourn hinabwälzte. Überrascht hatte John einige Minuten zuvor beim Verlassen des Bordells festgestellt, dass sie sich viel weiter nördlich befanden, als er es gestern für möglich gehalten hatte. Sie hatten zügig ein Gewirr aus Gassen durchschritten, immer auf der Hut, wer hinter der nächsten Ecke lauern könnte. Nach kurzer Zeit wusste John bereits nicht mehr, ob er das unscheinbare Gebäude jemals wiederfinden würde. Erleichtert waren sie schließlich in die Leather Lane gebogen. Geradezu greifbar fiel die Anspannung von ihnen ab.

John ertappte sich, wie er dabei war, in de l'Estagnols Gepfeife einzustimmen. Erstaunlich, dass er nach den gestrigen Geschehnissen heute Morgen besserer Stimmung war als noch Tage zuvor. Bester Stimmung sogar. Obwohl er an allen Fronten im Trüben fischte und ihm Ungewisses bevorstand. Gefährliches womöglich. Lebensgefährliches. Er streckte den Rücken durch und schritt beschwingt aus. Er war voller Tatendrang.

De l'Estagnol passte seine Geschwindigkeit umgehend an Johns ausholende Schritte an. »Ich begleite Sie bis zur Pembertons Row, dort trennen sich unsere Wege. Dann ist es nur noch ein Steinwurf bis zum Gough Square. Sie sollten die letzten Schritte bis zu Ihrem Haus sicher sein, John. Bei Tageslicht werden die Halunken es nicht wagen, Sie auf einem belebten Platz anzugreifen.«

»Und Sie? Wo gehen Sie hin?«

»Ich habe noch etwas zu erledigen. Ich werde aber um die Mittagszeit, so denke ich, zu Ihnen an den Gough Square kommen. Dann stellen wir in aller Ruhe und vor allem mit klarem Kopf einen Plan auf, wie wir weiter vorgehen wollen. Bis dahin bleiben Sie bitte unbedingt im Haus, John. Empfangen Sie am besten auch niemanden außer meiner Person. Solange wir nicht zuverlässig wissen, wer Ihren Tod anstrebt, müssen wir auf der Hut sein.« Er legte nachdenklich einen Finger an die Unterlippe. »Wobei es natürlich höchst interessant sein könnte, *sollte* jemand bei Ihnen auftauchen. So kurz nach dem missglückten Hinterhalt kann ein unangemeldeter Besuch durchaus ein Hinweis sein. Weisen Sie Ihre Dienstboten doch an, sich das Erscheinungsbild und natürlich die Namen etwaiger Besucher gut einzuprägen. Bevor sie sie wegschicken.«

John nickte. Schwungvoll wich er einem alten Mann mit Handkarren aus, der vor ihnen die Straße entlang schlurfte. Etwas brannte auf seiner Zunge. »Ich möchte Sie noch etwas fragen, Paul«, sagte er möglichst beiläufig.

»Hm.« De l'Estagnol war damit beschäftig, aufmerksam die Umgebung im Auge zu behalten. Er warf John einen Blick zu. »Was möchten Sie denn wissen?«

»Ich vermute, jetzt ist nicht der richtige Zeitpunkt für ausführliche Gespräche, doch eine Frage bitte ich Sie mir zu beantworten.«

»Und die lautet?«

»Also … wer ist diese Emma? Woher kennen Sie sie?«

De l'Estagnol schaute John für einen Moment forschend an. Dann lächelte er und ließ den Blick weiter über die Passanten, Straßenecken und Hauseingänge streifen. »Emma?« Er machte eine Pause.

Wie ein routinierter Bühnendarsteller, der die Spannung seines Monologs erhöhte. John verdrehte die Augen.

Paul lachte auf. »Emma ist meine Schwester.« Fröhlich stimmte der kleine Mann abermals sein Pfeifkonzert an. Die ramponierte Perücke wippte dazu im Takt.

Kapitel 12

Er saß auf der Truhe, um sich tiefe Dunkelheit, und lauschte. Nichts. Manchmal, wenn er hier saß, konnte er ihre gedämpften Geräusche hören. Stöhnen. Weinen. Wirres Gerede. Doch im Augenblick herrschte Stille, vollkommene Stille. Er atmete tief ein. Es mochte nur Einbildung sein, doch er glaubte, sie riechen zu können. Ihre Angst.

Nirgends sonst hatte er die Möglichkeit, sich derart zu konzentrieren. Es war, als legte er in der Dunkelheit seinen Körper ab und bestünde nur noch aus Geist. Lebendig gewordenem Verstand. Hierhin zog er sich stets zurück, wenn er in Ruhe seine Pläne durchdenken und gestalten wollte. Oder musste, wie jetzt. Zurzeit lief es, gelinde gesagt, nicht wie geplant. Es war dringend nötig, dass er die Geschehnisse wieder in eine Bahn lenkte, die von ihm kontrolliert wurde. Es war zum Aus-der-Haut-Fahren. Die Schachfiguren taten nicht das, was sie sollten. Er würde mit Nachdruck in das Spiel eingreifen müssen. Einen Bauern opfern. Er lächelte. Was für ein treffendes Bild.

Beunruhigt war er nicht. Dass er an seinem Plan justieren musste, war keine Überraschung. Damit hatte er gerechnet. Es waren einfach zu viele Faktoren, zu viele involvierte Personen. Selbstverständlich traten Probleme auf. Herausforderungen, keine Probleme. Er liebte Herausforderungen. Er meisterte Herausforderungen. Ein brillanter Geist, das war er. Er nickte in die Dunkelheit.

Es war nicht auszuschließen, dass Steele seine Drohung wahrmachte. Den Versuch der Erpressung abzuschmettern, hatte nun Priorität. Jetzt brauchte er einen vorzeigbaren Erfolg, um seine Mitstreiter ruhigzustellen. Er musste sich ihrer Unterstützung versichern, ob er wollte oder nicht. Er wollte eher nicht. Doch auch dafür würde sich noch eine Lösung finden. Später. Wenn er am Ziel war.

Beim Gedanken an seine glorreiche Zukunft wurde ihm warm ums Herz. Endlich, endlich würde er bekommen, was er verdiente. Was ihm zustand. Er würde dem Pöbel schon zeigen, was für ein Genius unbemerkt unter ihnen lebte. Ehrfurcht würden sie vor ihm verspüren. Und Angst. Angst zu säen war die beste aller Waffen. Oh ja, er würde nach und nach all jene bestrafen, die ihn stets übersehen hatten. In seinem Kopf existierte eine lange Liste. Voller Vergnügen rieb er sich die Hände.

Eine neue Herausforderung, nun denn. Er würde gewohnt zügig auf die Situation reagieren. Wie schon bei dem Vorfall mit dem aberwitzigen Seemann, der mitbekommen hatte, dass er sich dieser dreckigen Dirne widmete. Sein Auftauchen war dem Trunkenbold teuer zu stehen gekommen. Es war eine unvorhergesehene Freude gewesen, dem Mann das Messer in den Leib zu schieben. Erst die Hure, dann ihr Freier. Ein unverhofftes Geschenk. Eine göttliche Belohnung. Gäbe es so etwas wie einen Gott. Er grinste so breit, dass es fast schmerzte. Die Hure und der Matrose. An den anschließenden Zustand der Erfüllung und Erhabenheit dachte er mit Genugtuung zurück.

Für einen Moment gestattete er sich, seine Gedanken zu jenem Abend zurückschweifen zu lassen. Er ließ die Bilder langsam aufsteigen. Verzückt sog er erneut den metallischen Duft des Blutes in seine Nase. Hörte das Brechen von Knochen. Sah das malträtierte Fleisch. Ihn durchfuhr ein erregtes Zittern und er unterdrückte ein Stöhnen. Auch deshalb saß er so gerne hier unten in der Dunkelheit. Hier konnte er alles sehen. Wieder und wieder, bis es irgendwann sich zu verflüchtigen begann. Dann spätestens war es Zeit für die nächste Bestrafung.

Genug der Erbauung. Er kehrte zu den vor ihm liegenden Entscheidungen zurück. Es galt, das Richtige zu tun. In seinem Kopf spielte er die Möglichkeiten durch, verfolgte – wie an einer langen Perlenschnur – die sich jeweils daraus ableitenden Konsequenzen und nachfolgenden Entwicklungen. Mal diese, mal jene Person ließ er verschwinden, pflanzte mal diese, mal jene Intrige. Zog gedanklich mal diesen, mal jenen Mitstreiter ins vermeintliche Vertrauen. Am Ende der Perlenschnur sollte dann der kostbare Preis liegen. Das Ziel. Über allem schwebte das große Ziel. Sein Ziel. Die Belohnung für seinen Wagemut und seinen Verstand. Welcher Weg dorthin war der kürzeste? Welcher war der sicherste? Welcher bereitete ihm das größte Vergnügen?

So ging er seine Optionen durch, siebte aus, was ausgesiebt werden musste. Behielt über, was Erfolg versprach. Wog dann die übrig gebliebenen Möglichkeiten gegeneinander ab. Noch bevor er die finale Antwort hatte, stand eines bereits fest: Seine nächste Handlung würde Aufsehen erregen. So oder so. Das bekümmerte ihn keinesfalls. Er hatte schließlich zu lange an den Vorbereitungen gesessen, als dass er selbst in Gefahr geraten konnte. Wertvolle Jahre, die sich nun auszahlten. Nein, das Risiko war äußerst gering. Er verzog das Gesicht zu einer Grimasse. Wenn überhaupt, dann bedauerte er, dass das anstehende Aufsehen nicht ihm persönlich zugeschrieben werden würde. Manchmal träumte er davon, ihnen allen die Wahrheit einfach ins Gesicht zu schreien. Ihnen das Entsetzen ins Gesicht zu schreiben. Das Entsetzen darüber, dass sie ihn verkannt hatten. Weil sie nicht das Können und die Brillanz gesehen hatten, die in ihm glühten. Er ballte die Fäuste und atmete tief ein. Geduld, ermahnte er sich, Geduld. Denke stets an das Ziel.

Plötzlich, wie so oft, stand die Antwort einfach vor seinem inneren Auge. Er wusste, was sein nächster Schritt sein musste. Natürlich. Zuversicht durchströmte ihn, fast schon ekstatisch. Er war ihnen allen überlegen. Nichts konnte ihn aufhalten. Es war seine Bestimmung, emporzusteigen. Er lachte auf, glücklich. Keine göttliche Bestimmung, nein. Da es kein göttliches Wesen gab, war er die oberste Instanz. Er. Und er konnte sich nehmen, was immer er wollte. *Er.*

In der Dunkelheit tastete er mit einem fast nicht wahrnehmbaren Zittern nach der Zunderbox und entzündete routiniert die Kerze, die er mit hinuntergenommen hatte. Als die Dunkelheit zurückwich, schaute er in einer Mischung aus ernster Nachdenklichkeit und Begeisterung auf die Türen, hinter denen es heute so still war. Eine dieser Stillen würde er brechen. Eine. Ja, dafür war jetzt der richtige Augenblick gekommen. Nicht nur, dass es ihm zusätzliche Kraft und Ruhe für die anstehenden Aufgaben geben würde. Nein, nicht nur das. Ein Schmunzeln. Er brauchte schlicht den Platz. Nun, da er die Gewissheit hatte, wie es weiterging. Die Vorfreude übermannte ihn beinahe.

Er sammelte sich für einen Moment, dann stand er auf und trat vor die nächstgelegene Tür auf der linken Seite. Den Schlüssel hatte er bereits in der Hand. Da ließ ihn ein Geräusch innehalten. Verstimmt verzog er den Mund. Erst erklang ein Schleifen, dann fiel ein schummriger Lichtschein in den Gang. Zerstörte den Zauber. Jäh und rücksichtslos.

»Sir«, hörte er die ausdruckslose Stimme seines Dieners hinabsprechen. »Sie haben soeben Besuch erhalten.«

Er unterdrückte einen Fluch.

Kapitel 13

Der Tisch in der Bibliothek war gedeckt mit einer reichen Auswahl an Speisen. Der Geruch von gebratenem Speck überlagerte den von Pergament und Folianten. Aus einer silbernen Kanne stieg heißer Dampf auf. John hatte Hannah gebeten, den Kaffee besonders stark aufzubrühen.

Sowohl John als auch Paul de l'Estagnol langten mit Heißhunger zu. Nachdem er sein drittes Stück kalten Schweinebraten vertilgt hatte, faltete Paul die Serviette langsam zusammen und legte sie beiseite. Er ließ sich im Stuhl zurücksinken und verschränkte die Hände vor dem Bauch. »Wunderbar. Hätte ich gewusst, welche kulinarischen Köstlichkeiten mich bei Ihnen erwarten, dann hätte ich nicht ein dermaßen enges Beinkleid gewählt.« Er klopfte auf den stramm sitzenden Hosenbund.

John war die neue Garderobe sogleich aufgefallen. Paul hatte sich geradezu schlicht in dunkelblauen Samtstoff gehüllt. Jacke und Hose waren durch gleichfarbige Stickereien verziert. Zu dem ungewohnt zurückhaltenden Eindruck trug auch die Perücke bei, eine kleinere Variante des vormaligen Kopfschmuckes. Man hätte seinen Aufzug als unauffällig bezeichnen können, wäre Paul nicht mit Mimik und Gestik in die alte Rolle des exaltierten Gecken gefallen. John konnte sich ein Grinsen nicht verkneifen. Er verstand de l'Estagnol immer mehr als einen Zauberkünstler. Ein Fabelwesen.

Als habe er Johns Gedanken lesen können, grinste auch Paul und streifte von einer Sekunde auf die andere das geckenhafte Verhalten wie einen Handschuh ab. Er setzte sich betont aufrecht, trank einen Schluck Kaffee und schaute John dann voller Ernst ins Gesicht. »Ich habe mich entschlossen, Ihrer nächsten Frage zuvorzukommen. Ich werde Ihnen von Emma berichten, bevor wir uns dem weiteren Vorgehen widmen. Schließlich versprach ich Ihnen Offenheit, Sir.«

John nickte. Fabelwesen und Gedankenleser.

»Emma ist meine Schwester, das sagte ich bereits. Meine Halbschwester, möchte ich ergänzen.« Paul wischte sich einen unsichtbaren Krümel aus dem Mundwinkel. »Wir haben dieselbe Mutter. *Hatten*, um korrekt zu sein.«

Halbgeschwister. John nickte. Das erklärte die fehlende Ähnlichkeit.

»Emma ist zwei Jahre älter als ich. Das betont sie auch ständig, in Worten und in ihrem Verhalten. Sicherlich ist Ihnen dies gestern nicht entgangen. Emmas Vater war irgendein Halunke, der unserer Mutter den Kopf verdrehte. Kaum hatte er ihr einen dicken Bauch gemacht, zog er auch schon weiter. Womit das eigentliche Elend begann, wie Sie sich vorstellen können. Bei meinem Vater war das Zusammenspiel nicht wirklich rühmlicher. Er ist ein Adliger vom Kontinent, mit französischen Wurzeln, dem unsere Mutter für ein paar Wochen als Mätresse diente. Bis sie erneut schwanger wurde. Zur Ehrenrettung meines Vaters kann ich sagen, dass er sie nicht einfach fallen ließ. Das heißt, fallen ließ er sie schon, er reiste schließlich wieder zurück auf den Kontinent, zu seiner Familie. Doch er verfügte eine nicht unbedeutende Summe, damit ich eine ordentliche und angemessene Erziehung genießen konnte. Als ich in das relevante Alter kam, war von diesem Geld jedoch nicht mehr allzu viel übrig. Was daran liegen mag, dass Mutter zwischenzeitlich zwei weitere Halbgeschwister in die Welt gesetzt hatte. Von unterschiedlichen, mir nicht weiter bekannten Männern.« Paul lächelte. »Ich hege keinen Groll gegen sie – einmal ganz abgesehen von dem Umstand, dass sie mittlerweile verstorben ist. Immerhin hat sie uns selbst aufgezogen, so gut es eben ging. Die Waisenhäuser der Stadt sind voll von Kindern, die eine betrüblichere Geschichte über ihre Herkunft erzählen können.«

Nachdenklich hielt Paul inne. »Ich erzähle dies, damit Sie wissen, mit wem Sie es zu tun haben, John. Ich habe Sie nicht angelogen, als ich von meiner Abstammung sprach. Ich habe die Wahrheit nur etwas verschönert.« Ein Schulterzucken. »Man soll immer das Beste aus einer Situation herausholen. Das ist zu so etwas wie meinem Motto geworden. Ich habe mich entschlossen, nicht am Boden der Gesellschaft zu bleiben. Schließlich schmieden wir alle unser eigenes Glück. Emma, um darauf zurückzukommen, hat ihres in einer durchaus lukrativen Unternehmung gefunden. Und um diese Frage ebenfalls vorwegzunehmen: Selbst wenn meine Schwester es anböte, ich würde ihr Geld nicht nehmen.« Die Heiterkeit in Pauls Stimme wirkte aufgesetzt. »Nennen Sie es geschwisterliche Sturheit. Oder Stolz. Ich werde jedenfalls nicht an ihrem Rockzipfel hängen.« Er verschränkte die Arme vor der Brust.

»Ich danke Ihnen für Ihre Offenheit, Paul. Selbstverständlich fälle ich kein Urteil, weder über Sie noch über Ihre Schwester.« Wer war er, dies zu tun? John hatte einen Kloß im Hals. Mit aller Kraft verdrängte er die Bilder seiner Vergangenheit. Wie viele unwissende Halbgeschwister fielen in seine Verantwortung?

»Dann ist es an mir, Ihnen zu danken. Dieses Verständnis, Sir, unterscheidet Sie wohltuend von einem Großteil der vermeintlich besseren Gesellschaft.«

Mit einem halbherzigen Lächeln nahm John die Dankesbekundung entgegen. Zeit, das Thema zu wechseln. »Dann lassen Sie uns überlegen, wer hinter dem gestrigen Angriff steckt. Wie finden wir es heraus?«

»Da bleibt nur eins, Sir. Sie müssen in die Höhle des Löwen.«

»Den Steeles einen erneuten Besuch abstatten? Dann denken Sie weiterhin, dass es am Hanover Square nicht mit rechten Dingen zugeht.«

»Da bin ich mir ziemlich sicher. Das ungewöhnlich aggressive Verhalten von Mr Steele, der Überfall auf dem Weg zu seiner Einladung – das können keine Zufälle sein. Alles deutet darauf hin, dass Fieldings Vermutung gar nicht so weit hergeholt ist und Steele wirklich mit den Jakobitern unter einer Decke steckt. Bei Ihrem Besuch muss er Verdacht geschöpft haben, dass Sie ihn ausspionieren wollen.«

»Was soll mein erneuter Besuch bei den Steeles bewirken?«

»Sie sollen die Herrschaften provozieren, ganz einfach. Sie müssen durchblicken lassen, John, dass Sie Bescheid wissen. Und Vorsorge getroffen haben, sollte Ihnen etwas zustoßen. Alexander Steele wird daraufhin das dringende Bedürfnis nach einem Gespräch mit etwaigen Kumpanen haben, die in die Sache verstrickt sind. Dann komme ich ins Spiel.« Paul grinste.

»Spannen Sie mich nicht unnötig auf die Folter.«

»Ich werde Mr Steele nach Ihrem neuerlichen Zusammentreffen nicht aus den Augen lassen. Niemand wird sein Haus betreten, ohne dass ich es mitbekomme. Er wird nirgendwo hingehen, ohne dass man ihm folgt. So werden wir schon herausbekommen, mit wem er unter einer Decke steckt.«

»Ich locke also Steele aus der Reserve, und Sie verfolgen, wohin er uns führt.«

»Das ist der Plan, richtig.«

»Dabei kommt Ihnen selbstverständlich Ihr Talent zur Verwandlung zugute, von dem ich annehme, dass Sie es in Fülle besitzen.«

Paul deutete eine Verbeugung an.

»Doch selbst das sollte nicht ausreichen, den Mann Tag und Nacht zu beschatten und gleichzeitig sein Haus unter Beobachtung zu halten. Steele ist ein umtriebiger Geschäftsmann mit einer Vielzahl von Kontakten. Ihm auf Schritt und Tritt zu folgen wird ein Ding der Unmöglichkeit sein. Dann ist da noch seine Frau, von der wir gar nicht wissen, inwieweit sie möglicherweise involviert ist.«

»Sie haben vollkommen recht«, sagte Paul beschwingt und gab etwas Zucker in seine Tasse. »Mit allem, was Sie gesagt haben, Sir.«

Perplex verfolgte John, wie sein Gegenüber hingebungsvoll in der Kaffeetasse rührte – mit einem verschlagenen Lächeln auf den Lippen.

»Spucken Sie es aus, Paul!« Der Mann konnte es mit seinem Faible für Spannungsbögen auch übertreiben.

»Also, es ist wie folgt.« De l'Estagnol legte den Löffel beiseite und schob die Tasse von sich. »Ich werde der genannten Aufgabe nicht alleine nachgehen. Wie Sie richtig feststellen, wäre dies gar nicht möglich. Womit ich jedoch ausdrücklich nicht meine, dass Sie mir helfen.« Ernst schüttelte er den Kopf. »Nein, nach Ihrer erneuten Aufwartung bei den Steeles ziehen Sie sich erst einmal zurück. Sollten wir einen Sturm entfachen, wäre es unklug, wenn Sie sich in seiner Mitte befänden. Im Anwesen selbst sollten Sie für die Dauer Ihres Besuchs sicher sein. Zu viele Leute, das Personal. Steele macht sich sicher nicht selbst die Hände schmutzig. Doch danach heißt es für Sie: Zurück zum Gough Square und die Türen verschließen.

Ich habe gewisse Verbindungen und bin in der glücklichen Lage, die eine oder andere Gefälligkeit einzufordern. Ich werde, um es kurz zu machen, nicht alleine sein, wenn es darum geht, den Steeles auf die Finger zu schauen. Sicherlich, es wird eine gewisse Herausforderung darstellen, in einem solch vornehmen Distrikt bei einer Beobachtung nicht aufzufallen. Doch ich setze in meine Helfer das größte Vertrauen. Sie sind, wie soll ich es sagen, mit allen Wassern gewaschen. Wir werden bestens darüber informiert sein, wer das Anwesen der Steeles betritt und wer es verlässt. Mit diesem Wissen können wir dann überlegen, wie weiter vorzugehen ist.«

»Eine Armada von Helfern. Ich bin beeindruckt. Geradezu erstaunt.« Über diese neue Information würde John nachdenken müssen.

Paul winkte ab. »Wenn Sie so lange wie ich in den unterschiedlichsten Kreisen verkehren, dann ist es unumgänglich, sich Verbündete zu suchen, auf die man sich in schwierigen Zeiten verlassen kann.« Er stockte. »In einigen Kreisen ist mir dies wohl besser gelungen als in anderen.«

»Ich verstehe. Wann soll mein Besuch bei den Steeles stattfinden?«

»Wenn Sie so weit sind, möchte ich vorschlagen. Je früher, desto besser. Das Moment der Überraschung, wissen Sie.«

»Sind Ihre ominösen Verbündeten denn schon so bald bereit für die Observation?«

Paul schlug sich lachend auf die Knie. »Mein lieber Freund, Sie kennen die kleine Welt des Paul de l'Estagnol anscheinend noch nicht gut genug. Ob unsere Helfer bereit sind, ist Ihre Frage? Sie haben ihre Arbeit bereits aufgenommen!« Er lehnte sich zurück, merklich mit sich zufrieden.

John kniff die Augen zusammen. Dieses Spiel konnten zwei spielen. Auch er setzte sich bequem in seinem Stuhl zurück und verschränkte demonstrativ die Arme. »Nichts anderes habe ich erwartet.« Er rief laut nach Hannah und wandte sich sogleich wieder an Paul. »Dann kann ich meiner Haushälterin sagen, dass die bestellte Droschke nur noch wenige Minuten warten muss. Meinen Mantel hält Hannah auf meinen Wunsch hin schon bereit.«

Flüchtig glitt ein Ausdruck des Erstaunens über Pauls Gesicht, schlug dann in Anerkennung um. »Auch Sie sind voller Überraschungen, *Monsieur.*«

John deutete grinsend eine Verbeugung an. Dann stutzte er. »Mir fällt noch etwas ein.«

Paul nickte auffordernd.

»Etwas von dem Gespräch. Steele sprach von einer Gesellschaft, als er mich wütend anging.«

»Wahrhaftig? Eine Gesellschaft? Das sagte er?«

»Ich bin mir sicher, dass dieses Wort fiel. Er wird wohl die Jakobiter meinen. Ein weiteres Indiz dafür, dass er mit ihnen in Verbindung steht.«

»Interessant.« Dabei beließ de l'Estagnol es und stand auf. Die Haushälterin öffnete die Zimmertür, Johns Mantel über ihrem Arm.

Kapitel 14

Erneut kam John nicht umhin, seinen Blick über den vormaligen Wohnsitz des Colonels schweifen zu lassen. Die Fassade gab heute genauso wenig über die Bewohner preis wie noch vor ein paar Tagen.

In seinem Rücken hörte John, wie die Kutsche ratternd davonfuhr. Er wandte sich zum Platz, schaute sich aufmerksam um. Der Hanover Square war belebter als bei seinem letzten Besuch, was wohl der besseren Witterung zuzuschreiben war. Es war noch immer kalt, doch bei weitem nicht mehr dermaßen eisig, dass es körperlich wehtat. Am Himmel kämpfte sich eine ehrgeizige Sonne durch die diesige Wolkendecke.

John blinzelte. Hier stand er also, einmal mehr. Vor den Residenzen der Wohlhabenden und des Adels, der Spitze der Londoner Gesellschaft. Eine Welt, die er gut kannte, die ihm aber fremd geworden war. Eine Welt des äußeren Scheins und der Intrigen. Diese dunkle Seite erfuhr er nicht zum ersten Mal am eigenen Leib.

Aufmerksam musterte John die Passanten, suchte nach Pauls Helfern, die das Anwesen der Steeles beobachteten. War es das elegante Paar, das untergehakt langsam die Häuserzeilen entlangschlenderte? Das Mädchen, das ihnen mit einem Knicks entgegentrat und anpreisend einen Weidenkorb hoch hielt? Oder der Botenjunge in Livree, der an einer Straßenecke herumlungerte und dabei von einem Bein auf das andere trat?

John schritt auf das Anwesen der Steeles zu. Er hatte den Arm bereits zum Klopfen erhoben, da öffnete sich die Tür. Ein Mann trat schnellen Schrittes aus dem Haus. Um Haaresbreite wäre er mit John zusammengestoßen.

»Verzeihung, mein Herr«, entschuldigte sich der Mann und lüftete den Hut. »Wie unachtsam von mir.«

»Es ist nichts passiert, Sir«, erwiderte John und hob ebenfalls den Hut vom Kopf. Er trat einen Schritt zur Seite.

Der Mann nickte John knapp zu und lief die Stufen hinunter.

John sah ihm nach, wie er mit flatterndem Mantel über den Gehsteig eilte. Der Mann war beinahe so groß wie er selbst, vielleicht ein paar Jahre jünger. Gut gekleidet, fraglos. Die Perücke nach neuester Mode gefertigt. John beschlich das Gefühl, dem Mann bereits begegnet zu sein. Nachdenklich ruhte sein Blick auf der Gestalt, bis sie um eine Hausecke verschwand. Nur wenige Atemzüge später folgte der Botenjunge in Livree. John stieß einen anerkennenden Pfiff aus. In seinem Rücken vernahm er ein lautes Hüsteln.

»Mr Shinfield, Sir. Eine Freude, Sie zu sehen.« Joseph trug auch heute seine unbeteiligte und unbeeindruckte Miene zur Schau, doch dieses Mal öffnete er die Tür vollständig. »Möchten Sie bitte eintreten, Sir?«

In der Halle machte der Diener eine knappe Verbeugung. »Ich bedaure, Sir. Mrs Steele ist zurzeit außer Haus und wird erst gegen Abend zurückerwartet.«

»Und Mr Steele? Ist er anwesend?«

»Er befindet sich in einer Besprechung und hat mich ausdrücklich angewiesen, ihn unter gar keinen Umständen zu stören. Ich bedauere, Sir.«

»Wird sein Gespräch denn länger dauern? Was denken Sie, Joseph?«

»Das kann ich nicht sagen, Sir. Mr Steele schien selbst von dem Termin überrascht und hat sich sogleich zurückgezogen. Vor wenigen Minuten. Mit der ausdrücklichen Bitte, ihn *keinesfalls* zu stören. Wie gesagt, Sir.«

»Wenn Sie nichts dagegen haben, Joseph, warte ich auf Alexander. Vielleicht habe ich Glück und sein Gespräch ist bereits in Kürze beendet.«

Eine weitere Verbeugung, etwas knapper diesmal. »Wie Sie wünschen, Sir. Darf ich Ihnen den Mantel abnehmen? – Vielen Dank. Dort entlang, bitte.« Joseph wies auf das Empfangszimmer und schritt langsam voran. »Sobald sein Gast sich verabschiedet hat, werde ich Mr Steele unverzüglich wissen lassen, dass Sie ihm Ihre Aufwartung machen möchten. Wünschen Sie eine Erfrischung, Sir?«

John setzte sich in denselben Sessel wie bei seinem vorigen Besuch. Er schüttelte den Kopf. »Nicht nötig, vielen Dank.« Sein Blick streifte das Porträt von Amelia Steele.

»Wie Sie wünschen. Darf ich sagen, Sir, dass Sie gestern Abend schmerzlich vermisst wurden? Mrs Steele war sehr in Sorge. Sie wird erfreut sein, von Ihnen zu hören.«

Das wird sich noch herausstellen, dachte John grimmig, quittierte die Aussage aber mit einem höflichen Lächeln.

Der abschließende Hauch einer Verbeugung, und Joseph verließ lautlos den Raum.

Während John wartete, trommelten seine Finger wie von selbst einen kleinen Rhythmus auf die Stuhllehne. De l'Estagnols Melodie vom Morgen, stellte er überrascht fest. Ein Schlitzohr, dieser Mann. Auf seinen Vorteil aus, keine Frage. Doch mit einem Humor und einer Kühnheit, dass man es ihm nicht wirklich übelnehmen konnte. Der Mann war wohl weniger ein Spion der feindlichen Seite als vielmehr ein gewöhnlicher Hochstapler. Ein äußerst talentierter obendrein. Es musste schwierig sein, in zwei derart unterschiedlichen Welten zu leben. Aus der Gosse an die herrschaftlichen Tische der feinen Gesellschaft zu treten. Weder der einen Gruppe wirklich zuzugehören, noch der anderen. Kein Wunder also, dass er auf Unterstützung angewiesen war. Auf jemanden, der Türen öffnen konnte, die ihm sonst verschlossen waren. Es waren schwierige Zeiten für einen gesellschaftlichen Außenseiter wie Paul, der das Spiel der Reichen und Einflussreichen wunderbar beherrschte, doch in ständiger Angst leben musste, dass jemand hinter die Maske schaute.

Nachdenklich runzelte John die Stirn. Wie anders war da seine eigene Stellung. Sie war der von Paul genau entgegengesetzt. Nach Saras Tod hatte er sich bewusst aus den höheren Kreisen verabschiedet. Er wollte sich genau von dem zurückziehen, was Paul anzog. In ihrer Unterschiedlichkeit waren sie beide also gar nicht so verschieden. Außenseiter in unsteten Zeiten. Nein, das war Unsinn. Eigentlich herrschten für Außenseiter immer unstete Zeiten. John musste schmunzeln. Er sollte sich wohl nicht zu laut beklagen. Am Ende zählte doch immer nur, über welches Vermögen man verfügte. Mit Geld ließ sich nahezu jedes Problem lösen. Demnach sollte er ruhig schlafen können. Doch es waren andere Dinge, die ihn des Nachts aufschrecken ließen.

John stand auf und schlenderte durch den Raum. Für einige Minuten blieb er vor Mrs Steeles Porträt stehen und betrachtete es. Eine wirklich beeindruckende Arbeit. Das Bild unterstrich Amelias Vorzüge und schaffte es gleichzeitig, kleine Makel zu mildern, ohne sie auszuradieren. Amelia war in das bestmögliche Licht gerückt worden. Der junge Maler hatte eindeutig das Zeug dazu, es weit zu bringen. Nicht nur die Damen der Gesellschaft würden sich darum reißen, von ihm verewigt zu werden.

Er besah sich einige Buchrücken in einem der Regale, fand aber keinen Titel, der ihn interessierte. Hauptsächlich Romanzen, ein paar historische

Abrisse. Wie er die Steeles einschätzte, würde auch ein Blick in die eigentliche Bibliothek, ein Stockwerk höher gelegen, nichts Aufregenderes zu Tage fördern. Er lächelte. Bei *Rodnell & Hillberg* waren der Hausherr und seine Gattin jedenfalls keine Kunden.

Bei seinem ziellosen Rundgang durch den großen Raum blieb John schließlich neben der Tür stehen. Joseph hatte sie beim Verlassen lediglich angelehnt. Konzentriert lauschte John nach draußen, in die Halle, ins Haus. Es herrschte tiefe Stille. Ohne weiter nachzudenken, öffnete er langsam die Tür und trat hinaus in die verlassene Halle. Bedächtig zog er hinter sich die Tür wieder zu. Würde Joseph vorbeikommen, sollte er sich nicht dazu animiert fühlen, einen Blick in den Salon zu werfen. Um sich daraufhin, pflichtbewusst durch und durch, Gedanken über den Verbleib des Gastes zu machen.

Am Fuß der breiten Treppe angekommen, lauschte John erneut. Aus den oberen Stockwerken gelangte kein Laut herunter. Ganz leise, von weit her, drang aus einem hinteren Bereich des Hauses ein Lachen. Wahrscheinlich die Dienstboten in der Küche. Ihre gute Laune ließ darauf schließen, dass sie nicht damit rechneten, ihren Herrschaften unerwartet gegenüberzustehen. Die Luft war rein. John grinste. Tatendrang überkam ihn. Er rieb sich die Hände.

Mit vorsichtigen Schritten stieg er die Treppe hinauf. Was sollte er untätig herumsitzen, wenn sich die unverhoffte Gelegenheit bot, ein wenig herumzustöbern? Er musste herausfinden, woran er war. Hatten die Steeles etwas mit dem feigen Überfall auf ihn zu tun? Waren sie in etwas verstrickt, das – wie Fielding es ausgedrückt hatte – die Sicherheit des ganzen Landes gefährdete? Er war gekommen, es herauszufinden. Handfeste Hinweise, das wusste er, wären ein Glücksfall. Doch umschauen wollte er sich. Der Moment bot sich geradezu an. Wenn Amelia heute länger außer Hause blieb, dann standen die Chancen gut, dass sie von ihrer Zofe und sonstigen persönlichen Bediensteten begleitet wurde. Außer diesen Personen würde kaum jemand durch die herrschaftlichen Zimmer wandern.

John zog die Augenbrauen zusammen. Joseph, natürlich. Der Diener stellte ein unkalkulierbares Risiko dar, doch das war John einzugehen gewillt. Im Zweifel würde er sich schon herausreden. Nicht nur Paul war in der Lage, unterschiedliche Rollen zu spielen. Wurde er, John selbst, nicht hinter vorgehaltener Hand als zurückgezogener Spinner bezeichnet? Nun, darauf konnte er aufbauen, sollte man ihn erwischen. Bei den

Steeles war sein Ruf sowieso bereits zerstört, wenn man Pauls Annahme folgte.

Erneut fühlte John Beschwingtheit in sich aufsteigen. Amüsiert schüttelte er den Kopf. Dieses Abenteuer bereitete ihm mehr Vergnügen, als es eigentlich gedurft hätte.

Im ersten Stock angekommen, blieb er regungslos stehen, hielt den Atem an. Nichts. Er entspannte sich. Auf dieser Etage, wenn er sich richtig erinnerte, befanden sich unter anderem ein großer Speiseraum und die Bibliothek, in die sich der Hausherr nach gesellschaftlichen Abendessen gerne mit den anwesenden Herren zurückzog, um voller Stolz seine exquisiten Vorräte an Tabak und Spirituosen anzubieten. Unwahrscheinlich, dass hier irgendetwas Kompromittierendes zu finden wäre. Darüber hinaus fand sich auf dieser Ebene das prunkvolle Arbeitszimmer, in dem Steele Geschäftspartner und Freunde empfing. Da er sich jetzt gerade dort aufhielt, blieb der Raum ebenfalls außen vor. Nein, John musste noch eine weitere Etage höher hinauf. In die privaten Schlafgemächer und vor allem in das zusätzliche, kleine Arbeitszimmer, von dem Alexander einmal erzählt hatte. In diesen Raum, so damals die Einlassung des betrunkenen Hausherrn, zog er sich zurück, wenn er absolute Ruhe für seine wichtigste Arbeit benötigte. John vermutete daher, dass das große Zimmer lediglich dem kalkulierten Auftritt des erfolgreichen Geschäftsmannes diente. Seine wirkliche Arbeit verrichtete Alexander zurückgezogen ein Stockwerk höher.

Damit war jenes zweite Arbeitszimmer aller Wahrscheinlichkeit nach der Ort, an dem Alexander sensible Dokumente aufbewahrte. Wenn John etwas finden wollte, standen die Chancen auf der zweiten Etage eindeutig am besten.

Eine nicht unangenehme Mischung aus Verwegenheit und Wut trieb John an, die Treppe weiter emporzusteigen. Vorsichtig trat er auf den seitlichen Rand der Stufen, immer an der Wand entlang, um ein Knarzen des Holzes zu vermeiden. Hier oben sollte man ihn möglichst nicht erwischen, er näherte sich dem privaten Reich der Steeles. Ein Bereich des Anwesens, den John auch früher, als er noch die prunkvollen Gesellschaften der Steeles besuchte, nie zu Gesicht bekommen hatte.

Langsam, fast ehrfürchtig betrat John den Flur des nächsten Stockwerkes. Eine Handvoll Türen ging von ihm ab. Tische entlang der Wände boten Platz für kostbare Vasen und goldene Figuren. Ein prächtiger

Kandelaber beherbergte ein Dutzend Kerzen, von denen weniger als die Hälfte brannten. John hob eine Augenbraue, halb bewundernd, halb abgestoßen. Jeder dieser Gegenstände für sich war ein Vermögen wert. Vorsichtig strich er über den Kopf eines goldenen Drachen, der gleich neben dem Treppenabsatz auf einem Mahagonitisch thronte. Überraschend kühl fühlte sich das Metall an, fast eisig.

Nachdenklich schaute John den Gang hinunter, der am Kopfende von einem einzelnen Fenster beleuchtet wurde. Schwere Vorhänge waren halb zugezogen. Zusammen mit dem Licht der Kerzen herrschte ein diffuses Licht. Hinter welcher der Türen lag das Arbeitszimmer? Es gab wohl nur eine Möglichkeit, es herauszufinden. John trat auf den tiefen Teppich, der den gesamten Flur hinablief und jedes Geräusch seiner Bewegungen schluckte. Nach nur zwei Schritten hielt er abrupt inne. Er hatte etwas gehört. Angestrengt spitzte er die Ohren. Eine Stimme, eindeutig. Alexanders Stimme. Sie kam aus dem hinteren Teil des Flures. Dort war eine der Türen nicht gänzlich geschlossen. Ein hauchdünner Lichtstreifen zeichnete sich ab, wo die Tür eine schmale Öffnung ließ.

Johns erster Impuls war es, sich auf dem Absatz umzudrehen und schnurstracks zurück in den Empfangsraum zu gehen. Das wäre vernünftig gewesen. Doch seine Neugier übertönte die schwache Stimme der Vernunft. Seine Gedanken überschlugen sich. Was machte Alexander mit seinem Gast hier oben? Warum hatte er ihn nicht eine Etage tiefer in seinem regulären Arbeitszimmer empfangen? Hatte Joseph nicht gesagt, der Termin sei nicht verabredet gewesen? Es musste sich bei dem überraschenden Gast demnach um eine besondere Person handeln. Gastgeber und Gast führten ein Gespräch in größter Zurückgezogenheit.

Mit angespannten Sinnen schlich John weiter den Gang entlang, auf die hinterste Tür zu. Der Teppich gab ihm das Gefühl, als berührten seine Füße gar nicht den Boden. Mit jedem Schritt wurde die dumpfe Stimme etwas lauter. Nach etwa der Hälfte des Weges vermochte John, einzelne Satzfetzen zu verstehen.

»… habe ich bereits mehrfach zum Ausdruck gebracht … nicht akzeptables Angebot … behalte ich die Kontrolle, ob es Ihnen passt …«

Alexander klang aufgebracht. Wütend. Ein Streitgespräch unter Handelspartnern, die sich uneins waren? Vermutlich war Alexander in Verhandlungen grundsätzlich kein angenehmer Partner. Vorsichtig drehte John sich um. Es machte keinen Sinn, sich die anderen Räume anzuschauen, wenn sich Alexander mit seinem Gast auf dieser Etage befand. Das Risiko, beim Herumschnüffeln in den Schlafräumen ertappt zu werden, war zu hoch. Ob es am Tonfall von Alexanders Stimme lag – plötzlich fühlte John sich nicht mehr wohl bei dem Gedanken, dem Mann alleine zu begegnen. Paul hatte die Gefahr für gering erachtet, dass John im Haus der Steeles etwas zustoßen könnte. Doch er war sicherlich nicht davon ausgegangen, dass John ohne das Wissen irgendeines Zeugen die privaten, abgelegenen Räumlichkeiten des Anwesens betrat. Instinktiv griff John an seine Seite. Den Degen hatte er mit dem Mantel bei Joseph abgegeben. Nein, an dieser Stelle behielt sein Verstand die Oberhand. Ein Rückzug war angebracht.

John entfernte sich langsam von der Tür, hinter der Alexander weitersprach. Da drang abermals ein Satzfragment an sein Ohr. Es ließ ihn wie versteinert innehalten.

»… haben wir also weiter ein gemeinsames Ziel – Shinfield.«

Heiß pochte das Blut in Johns Ohren. Er brauchte eine Sekunde, um das Gehörte zu verarbeiten. Hinter der Tür sprach man über ihn!

»… gilt es schnell zu erledigen. Sie haben keine andere Wahl, es muss …«

Die lähmende Überraschung wich drei Herzschläge später eiskalter Entschlossenheit. John drehte sich abermals um und trat näher an die Tür heran.

»… Bezahlung ist absolut angemessen. In Anbetracht dessen, was alles auf dem Spiel steht. Vor allem für Sie persönlich.« Ein knappes, hämisches Lachen. »Kommen Sie mir also nicht mit irgendwelchen Drohungen. Ich scheiße auf Ihre Drohungen.«

John stand direkt an der Tür. Alexanders Stimme war lauter geworden, so dass John jedes Wort verstehen konnte. Steele war aufgebracht. John versuchte, durch den Spalt zu blicken, etwas zu erkennen. Vergeblich, er konnte nur den schmalen Streifen eines Regals ausmachen. Kein Anzeichen von Alexander, geschweige denn von seinem mysteriösen Gesprächspartner.

»Zum letzten Mal sage ich es Ihnen. Wirklich zum letzten Mal. Wenn Sie so dumm sind, nicht zahlen zu wollen, dann werden die Aufzeichnungen das Licht der Welt erblicken. Nach derart sensiblen Informationen lecken sich gewisse Kreise die Finger. Mein Name findet sich natürlich nicht in dem Dokument, dafür ist gesorgt. Sie müssen zahlen. So oder so.

Und dann doch lieber so, meinen Sie nicht?« In Alexanders Stimme lag Hohn. Und bissige Schärfe. »Statt mit Ihrem Leben.«

Aufgeregt näherte John sein Ohr noch eine Handbreit dem Türspalt. Worum ging es hier? Mit was für Aufzeichnungen drohte Steele seinem Gesprächspartner? Vertrauliche Handelsunterlagen? Ging es um den Vorwurf, die Sache der Stuarts zu unterstützen? Was hatte das mit John zu tun? Kleine Schweißperlen bildeten sich auf seiner Stirn.

»Ihr Schweigen ist angebracht«, fuhr Alexander in unveränderter Tonlage fort.

John hatte den verstörenden Eindruck, dass Steele seine Wut genoss.

»Endlich sind Ihnen die Optionen und vor allem das schöne Geschwafel ausgegangen. All Ihre verlockenden Versprechungen! Pah! Nun wird nach *meinen* Regeln gespielt.« Ein dumpfes Geräusch, wie der Schlag einer Faust auf die Tischplatte. »Bis zum bitteren Ende.«

Stille. Keine Antwort. Nicht einmal das Geräusch einer Bewegung.

Dann wieder Alexanders Stimme, verändert. Sie war leiser und klang erschöpft. Als habe Steele nach dem aufgebrachten Erguss einen Teil seiner Kraft eingebüßt. »Und nun gehen Sie! Sie haben genau einen Tag Zeit, mir das Geld zu bringen. Einen Tag, keinen Moment länger! Sonst findet die Liste ihren Weg an die Öffentlichkeit. Auf Wiedersehen, Sir.«

Es dauerte einen Herzschlag, bis John die Bedeutung dieser Aussage verstand. Er drehte sich um und rannte zur Treppe, dankbar für den Teppich, der jedes verräterische Geräusch seiner Schritte schluckte. Steele durfte auf keinen Fall wissen, dass er das Gespräch belauscht hatte. Als John gerade um die erste Biegung gelangt war, hörte er Steele, der in diesem Augenblick wohl aus dem Zimmer heraustrat, etwas sagen.

»Halten Sie die Sache aus der Gesellschaft raus. Ich warne Sie.«

Das kurze Lachen, das diesmal als Antwort folgte, klang alles andere als eingeschüchtert. In ihm schwang etwas mit, das John einen kalten Schauer über den Rücken laufen ließ. Er beschleunigte seine Schritte und machte nur für eine Sekunde am Fuß der Treppe halt. Sein Blick flog zum Empfangszimmer, dessen Tür noch ebenso angelehnt war wie zuvor. Ohne weiter nachzudenken, sprang John zur Eingangstür, öffnete sie und trat auf die Straße. Mit einem dumpfen Ton fiel die Tür hinter ihm ins Schloss.

Erst in der Kutsche, die er hastig an der nächsten Straßenecke bestieg, fiel John ein, dass er sowohl seinen Mantel als auch den Degen im Haus der Steeles zurückgelassen hatte. Verärgert schlug er mit der Faust neben sich auf den Sitz.

*

»Wäre dieses Lachen nicht gewesen, Steele hätte auch alleine in seinem Zimmer sitzen und einen Monolog halten können«, berichtete John kopfschüttelnd.

Aufmerksam hatte de l'Estagnol seiner Schilderung zugehört. »Sie haben alles richtig gemacht, John.« Er goss seinem Gegenüber eine weitere Tasse Kaffee ein. »Schnell aus dem Haus zu verschwinden war das Beste, was Sie haben tun können. Stellen Sie sich vor, bei dem Mann hätte es sich um einen der Angreifer gehandelt und er wäre Ihnen dort begegnet. Nicht auszudenken. Dann wäre es heikel geworden.«

»Um ehrlich zu sein, ich ärgere mich etwas über meine kopflose Flucht. Ich hätte wenigstens so lange in der Kutsche warten können, bis der ominöse Gast ebenfalls das Haus verließ. Dann wüssten wir jetzt bereits, ob unsere Vermutung stimmt. Dann wären wir einen bedeutenden Schritt weiter.«

Paul winkte ab. »Ich erwarte diesbezüglich jeden Moment Nachricht. Wie ich bereits sagte, wird das Anwesen im Auge behalten. Also werden wir ohnehin erfahren, wer das Haus nach Ihnen verlassen hat. Eine Beschreibung der Person wird uns sicher weiterhelfen.« Er nickte. »Und auch, wer jener Mann war, dem Sie vorher vor dem Anwesen begegneten, könnte interessant sein.«

»Er kam mir bekannt vor. Ich weiß jedoch beim besten Willen nicht, woher.« Nachdenklich schüttelte John den Kopf. »Was machen Sie aus der Sache mit dem Dokument? Ich verstehe nicht, was diese Aufzeichnungen mit dem Angriff auf mich zu tun haben sollen. Irgendetwas war nicht stimmig, so wie Alexander davon sprach.«

»Ich kann natürlich nur mutmaßen, doch wenn diese Aufzeichnungen etwas mit einem geplanten Unternehmen der Jakobiter zu tun haben, dann könnte dies aus Steeles Sicht ein Motiv für Ihren unangemeldeten Besuch gewesen sein. Damit läge er schließlich nicht falsch. Deshalb waren Sie schließlich bei ihm. Doch woher weiß er das? Vielleicht einfach, weil Sie plötzlich bei den Steeles auftauchten – mit neugierigen Fragen im Gepäck. Folglich sein Bestreben, Sie auszuschalten. Die sicherste aller Optionen, wenn man nur kaltschnäuzig genug ist.« Paul schaute nachdenklich ins Leere. »Sie haben gehört, die Beseitigung Ihrer Person sei das gemeinsame Ziel Steeles und seines ominösen Gastes?«

»So habe ich es verstanden, klar und deutlich.«

»Dann müssen wir an das Schriftstück kommen. Und zwar schnell. Bringt man Steele zur Strecke und führt ihn der Justiz zu, bleibt noch diese andere Person, die ebenfalls Ihren Tod will.«

»Glauben Sie, Fielding weiß bereits von diesem Dokument? Hat es ihn gar dazu bewogen, mich mit der Aufgabe einer Auskundschaftung Steeles zu betrauen? Ich weiß, Sie befürworten nicht, den Richter zum jetzigen Zeitpunkt hinzuzuziehen, doch wenn er das Dokument …«

»Er hat keine Ahnung davon. Wüsste er davon, müsste er nicht auf Zehenspitzen herumtreten und Sie an den Hanover Square schicken.« Paul schmunzelte. »Dann gäbe es andere Wege, da bin ich sicher.« Er stand von seinem Stuhl auf und trat zu einem der Fenster. Mit auf dem Rücken verschränkten Armen sah er hinaus. »Es hat sich niemand gezeigt«, erklärte er schließlich und wandte sich um. »Es ist nicht ausgeschlossen, dass Ihr Leben weiterhin in Gefahr ist. Doch lassen Sie uns auf das Dokument zurückkommen. Fielding, da bin ich sicher, hat es nicht in seinem Besitz. Weiß nichts davon. Ansonsten säße Steele in Gewahrsam und sein Anwesen würde auf den Kopf gestellt. Mit der jakobitischen Gefahr spaßt unsere Regierung nicht. Ja, wir brauchen diese Aufzeichnung. Es wird sich nicht um harmlose Notizen handeln. Steele wäre nicht derart sicher, Geld dafür zu erhalten. Ich meine – er hetzt Ihnen *Mörder* auf den Hals! Da wird das Dokument schon ordentlich Zündstoff in sich bergen. Wahrscheinlich genug, um die ganze Jakobiterbande dem Henker zu übergeben.« Er rieb sich das Kinn. »Was bei der ganzen Sache noch interessanter ist: Offensichtlich gibt es einen Konflikt innerhalb dieser Gruppe. Steele droht, seine eigenen Leute zu verraten, sollte er kein Geld erhalten. Eine klassische Erpressung.«

Erstaunt nickte John. »Daran habe ich noch gar nicht gedacht. Es scheint also eine Auseinandersetzung zwischen einzelnen Jakobitern zu geben. In die ich mitten hineingeplatzt bin.«

»Übrigens ein weiterer Punkt, aus dem ich noch nicht ganz schlau werde. Warum gerade Sie? Weil Sie mit den Steeles bekannt sind und gegen die Jakobiter auf dem Schlachtfeld gekämpft haben?« Ungläubig schüttelte Paul den Kopf. »Das hört sich ein wenig konstruiert an, wenn Sie verstehen, was ich meine. Für solche Aufgaben hat die Regierung in der Regel andere Leute. Erfahrener in solchen Dingen.« Abwartend sah Paul John an.

Betont unbewegt zuckte John mit den Schultern. »Wir werfen mehr Fragen auf, als wir beantworten. Ich gestehe, fast stündlich verwirrt mich die ganze Sache nur mehr.«

»Waren Sie früher bereits in Spionagetätigkeiten verwickelt, John? Etwa bei Ihrer Reise auf dem Kontinent?«

Die Ablenkung hatte nicht funktioniert. Sollte er Paul reinen Wein einschenken? Doch die Sorge, der ungewöhnliche Mann könne in Wirklichkeit für die Franzosen oder wer weiß wen arbeiten, stahl sich augenblicklich wieder in sein Bewusstsein. »Auf dem Kontinent? Um Himmels willen, nein.« Nur die halbe Wahrheit. Aber keine Lüge.

»Doch Fielding hat Sie dazu gebracht, dieses Spiel mitzuspielen. Gegen Ihren Willen.« Mit einer hochgezogenen Augenbraue verschränkte Paul die Hände vor der Brust, öffnete den Mund, sagte jedoch nichts weiter.

John ignorierte die Aussage. »Auch auf die Gefahr hin, dass ich mich wiederhole: Wir benötigen diese Aufzeichnungen.«

Für einen Augenblick musterte Paul Johns Miene, dann lächelte er knapp. »Wie finden wir sie?«

John dachte angestrengt nach, dann schüttelte er resigniert den Kopf. »Ich habe keine Ahnung. Sie sind im Besitz Steeles, so viel steht wohl fest.«

»Was wissen wir über die Aufzeichnungen?«

»Sie wurden Steeles gesichtslosem Gesprächspartner angeboten. Wofür dieser zahlen soll.« Er hob den Kopf. »Ja, herein.«

Beide Männer wandten sich Hannah zu, die zögerlich den Raum betrat. Sie machte einen Knicks in Johns Richtung, dann warf sie einen verstohlenen Blick auf de l'Estagnol. Einen Blick, in dem Ablehnung und Skepsis mitschwangen. Paul war der Ausdruck augenscheinlich nicht entgangen, denn auf seinem Gesicht zeichnete sich sogleich ein ironisches Lächeln ab.

»Was gibt es, Hannah?«, fragte John irritiert.

Die Haushälterin trat einen Schritt näher.

Erstaunt bemerkte John, dass sich auf ihren Wangen rote Flecken abzeichneten.

»Sir, eine Nachricht.« Hannah wendete den Blick nicht von John ab. »Abgegeben am Hintereingang, in der Küche.« Es gelang ihr nicht, die Missbilligung aus der Stimme herauszuhalten. »Für … den Herrn.«

»Vielen Dank«, flötete Paul übertrieben freundlich und trat auf Hannah zu. Sie zuckte zusammen, als er ihr schwungvoll die Nachricht aus der Hand nahm.

»Wir benötigen nichts weiter, danke.« John sah seiner Haushälterin stirnrunzelnd nach. Zögernd blieb die Frau im Türrahmen stehen.

»Ist noch etwas?«

»Es ist vielleicht nicht der richtige Moment, Sir, doch ich habe Beth versprochen, Sie zu fragen.«

»Mich zu fragen?«

»Die Arme erhielt vor einer Stunde die Nachricht, dass ihr Vater auf dem Sterbebett liegt. Sie lässt fragen, ob sie und Rupert heute noch nach Wokingham reisen dürfen. Dort leben ihre Eltern.« Hastig fügte sie hinzu: »In zwei, spätestens drei Tagen werden Beth und Rupert aller Voraussicht nach wieder zurück sein.«

»Meine Güte, die arme Beth!« John sprang von seinem Stuhl auf. »Ich sollte zu ihr gehen.«

»Nicht nötig, Sir. Das hat Beth ausdrücklich gesagt. Bitte keine Umstände. Ich … ich glaube, sie ist zu aufgewühlt. Sie möchte nicht, dass Sie sie so sehen.«

Widerwillig setzte John sich wieder. »Bitte richte Beth aus, dass die beiden selbstverständlich aufbrechen können, wann immer sie möchten. Sie soll sich keine Gedanken machen, hörst du, Hannah. Sag ihr das. Es ist egal, wie lange es bis zu ihrer Rückkehr dauert. Hoffentlich kommen sie nicht zu spät in Wokingham an, sollte es wirklich etwas Ernstes sein.« Er grübelte. »Zahle Beth bitte aus der Haushaltskasse Geld für die Postkutsche aus. Das ist die schnellste Verbindung, denke ich.«

Hannah nickte, warf einen abschließenden kritischen Blick auf Paul und schloss hinter sich die Tür.

John entschuldigte sich. »Ich verstehe wirklich nicht, was in Hannah gefahren ist. Vielleicht ist sie es einfach nicht mehr gewohnt, dass Gäste im Haus sind. Oder sie ist selbst mitgenommen von Beths Sorgen. Das entschuldigt natürlich nicht ihr unhöfliches Verhalten, Sir.« Er zuckte mit den Schultern. »Es ist bestimmt wegen Beth.«

»Vielleicht«, lächelte Paul und faltete das Blatt Papier auseinander. Während er es überflog, verschwand sein Lächeln und machte einem tiefen Stirnrunzeln Platz.

Gespannt wartete John darauf, dass Paul etwas sagte. Doch der kleine

Mann schritt gedankenverloren zum Kamin, knüllte das Papier zusammen und warf es mit einer wütenden Handbewegung in die Flammen.

»Jetzt sagen Sie nicht, einer Ihrer Kreditgeber hat Sie ausfindig gemacht«, versuchte John feixend, die Stimmung zu heben.

Doch Paul reagierte nicht. Er starrte weiter nachdenklich vor sich hin. Als er schließlich zu John aufsah, kratzte er sich am Kopf. »Es war die Nachricht, auf die wir gewartet haben. Doch sie enthielt nicht, was wir erwartet haben.« Er verschränkte die Arme, legte den Kopf schief und kniff ein Auge zusammen. Geistesabwesend fuhr seine Zunge über die unteren Zähne. Dann räusperte er sich. »Nach Ihnen hat niemand das Haus der Steeles verlassen.«

Ungläubig starrte John Paul an. Wie konnte dies sein?

»Nun«, fuhr Paul fort und rieb sich die Hände. Er trat erneut ans Fenster, vor dem mittlerweile die Dunkelheit einsetzte. »Es steht noch die Mitteilung aus, wer der Mann war, dem Sie am Eingang begegneten.« Er drehte sich zu John um. »Es ist fraglos an der Zeit, dass ich dem herrschaftlichen Anwesen am Hanover Square einen persönlichen Besuch abstatte. *Secrètement*. Irgendetwas geht dort nicht mit rechten Dingen zu. Jakobiter, Erpressung, geheimnisvolle Gäste. Langsam beginnt die ganze Sache, interessant zu werden. Finden Sie nicht auch, Sir?«

Paul streckte sich, nicht unähnlich einer Katze, bevor sie zum Sprung auf die ahnungslose Beute ansetzt.

Kapitel 15

Ein stetes Tropfen drang an sein Ohr. Erst leise, dann – als er langsam zu sich kam – immer lauter. Eine Pfütze vielleicht, in die von einer Decke schwere Wassertropfen fielen. Das Geräusch klang dumpf und hallte schmerzhaft in seinem Kopf wider. Jeder Aufschlag auf der Wasseroberfläche spiegelte sich als harter Stoß in seinem Schädel.

Er schlug die Augen auf. Doch die Dunkelheit blieb. Wo war er? Mühsam bekämpfte er die aufkommende Panik. Ermahnte sich, ruhig und besonnen zu bleiben. Konzentriert atmete er ein und aus. Ein und aus. Ruhe bewahren! Ein und aus. Besonnen die Lage sondieren und dann entschlossen handeln!

Er versuchte, seine Arme zu bewegen. Vergeblich. Die Hände waren auf dem Rücken zusammengebunden. Er versuchte, seine Beine zu bewegen. Auch sie waren gefesselt und an irgendetwas festgemacht. Er fluchte innerlich. Verschnürt wie ein verdammtes Paket. Er atmete ein und aus.

Was auch immer um seine Augen gewickelt war, es erschwerte das Atmen durch die Nase. Doch sein Mund war frei. Immerhin. Immerhin. Vielleicht sollte er einfach laut losschreien. Irgendwo mussten doch Menschen sein, die ihm helfen konnten. Tief holte er Luft.

»Spar dir deinen Atem. Du wirst noch genug davon brauchen.«

Er zuckte zusammen und sein Herzschlag stockte. Dass noch jemand in seiner Nähe war, hatte er nicht bemerkt. Nicht gespürt. Was ihn jedoch noch mehr erschreckte und ihm einen kalten Schauer über den Rücken jagte, war der Klang der Stimme. Er kannte sie gut. Doch etwas war fehl am Platz, war anders. Die Stimme klang amüsiert. Hochgradig amüsiert. Freudig erregt.

Ein Stuhl wurde über Steinboden geschoben.

Er atmete aus.

»Du weißt, warum du hier bist.« Die Stimme kam näher.

»Machen Sie mich augenblicklich los.« Es war ein Reflex. Natürlich wusste er genau, was von ihm verlangt wurde. Verdammt, er war zu unvorsichtig gewesen! Er konzentrierte sich auf das Atmen. Ein und aus. Er würde schon etwas Sinnvolles aushandeln können. Im Verhandeln war er schließlich unschlagbar. Ein und aus. »Machen Sie mich los«, wiederholte er und bemühte sich, bestimmt zu klingen. Fieberhaft versuchte er sich zu erinnern, was geschehen war. Er bekam es nicht zusammen. Das Gespräch in seinem Haus. Ein Gesicht. Sein Gesicht! Ein Schmerz. Dann nur noch Dunkelheit. »Ich bin sicher, dass wir uns irgendwie verständigen können.« Ein und aus.

»Sieh an, wir spielen plötzlich den Großmütigen.« Die Heiterkeit hatte sich noch gesteigert. Freude. Entzücken. »Nun denn, dann bedarf es wohl einer Ermahnung.«

Er schrie auf. Ein harter Schlag hatte sein rechtes Schienbein getroffen. Unerträglich raste der Schmerz durch das Bein, dann durch den ganzen Körper. Spasmisch zuckte er. Aus, nur noch aus. Ihm wurde schwarz vor Augen.

*

Ein Schwall eiskalten Wassers traf ihn im Gesicht.

»Ich habe nicht den ganzen Tag Zeit.« Langeweile zog durch die Luft.

Er prustete, der Stoff klebte auf seinem Gesicht. Die Schmerzen kehrten so stark zurück, dass er wimmerte und nur gepresst durch die Zähne atmen konnte. Ein und aus, ein und aus. Im Stakkato. Ihm war unsäglich übel. Er wollte zurück in die Dunkelheit.

»Wir machen es kurz: Wo ist es?«

Er hustete. Was sollte er tun? Wenn er es ihm sagte, war alles umsonst gewesen. Es war doch nur logisch, dass er lediglich so lange seines Lebens sicher war, wie er die Information für sich behielt. Sie würden ein Geschäft machen, sich einigen. So war es immer geplant gewesen. Im Verhandeln war er schließlich unschlagbar. Dies war ein Geschäft wie jedes andere. Ein verdammt wichtiges Geschäft. Er brauchte das Geld dringend. »Ich habe meine Konditionen bereits mitgeteilt«, presste er heraus.

Der Mann lachte. »Die Spielregeln haben sich soeben geändert. Also, wo ist es?«

Trotz des schier unerträglichen Schmerzes in seinem Bein wurde er wütend. Er hatte gewusst, dass er sich auf ein gefährliches Spiel einließ.

Aber schließlich war er selbst mit allen Wassern gewaschen und hatte nicht zum ersten Mal mit dem Feuer gespielt. Durchsetzungskraft und Verschlagenheit – von Kindesbeinen an hatte er sie besessen. Sie hatten ihn zu dem gemacht, der er war. Ein Erfolg auf ganzer Linie. Die Regeln gab nur er vor! Nur er. Schließlich hatte er das Pack in seiner Hand. Die gesamte feine Truppe. Solange er ihnen nicht zu viel verriet. Er konnte sie alle miteinander, jeden verdammten Einzelnen von ihnen untergehen lassen. Er hatte mitbekommen, wie sie hinter seinem Rücken ihre Nasen rümpften. Doch sein Geld hatte sie angelockt. Das Geld nahmen sie wie selbstverständlich, um ihre grandiosen Pläne umsetzen zu können. Das Geld und seine Kontakte auf dem Festland. Durchsetzungskraft und Verschlagenheit! Nun würden sie es sein, die zahlten.

Ein verstörender Gedanke durchfuhr ihn. Hatte seine Mutter gar recht gehabt mit ihren zeternden Warnungen? Nein, es konnte nicht sein. Er war weiterhin Herr der Lage. »Sie lassen mich augenblicklich gehen, zahlen die vereinbarte Summe – dann bekommen Sie, was Sie wollen.« Krampfhaft hustete er. Die Bewegung löste eine neue Welle des Schmerzes aus. Beinahe brach er unter ihr zusammen. Er brachte seine ganze Kraft auf, um hinzuzufügen: »Es ist nicht in London. Ohne mich erhaltet ihr es nicht. Doch es wird seinen Weg an die Öffentlichkeit finden, sollte mir etwas zustoßen.«

»*Sollte mir etwas zustoßen*«, äffte ihn die Stimme nach. »Du glaubst, Forderungen stellen zu können? Das zeigt mir, dass du wirklich keinen blassen Schimmer davon hast, mit wem du dich angelegt hast«, zischte es nahe an seinem Ohr. »Es war ein Fehler, dass du dich mit dem Pfaffen eingelassen und diesem Judas das Dokument abgekauft hast.«

Er zuckte zusammen. Etwas Kaltes fuhr an seinem Kinn entlang. Ihm stockte der Atem. Langsam zog das Etwas zu seinem Wangenknochen, kreiste dort und verschwand wieder. Er atmete weiter. »Ich … ich …«, stammelte er. Bleib Herr der Lage, ermahnte er sich. Lass dich nicht einschüchtern. Sie wollen etwas von dir. Du hast sie in der Hand. Das ganze vorgeblich fromme Pack. Wenn du hier raus bist, zertrittst du sie alle wie Läuse. Kleine, dreckige Läuse. »Der Mann kam zu mir. Ich … ich gehe um ein Fünftel mit dem Preis runter. Sozusagen um … um … unser Missverständnis aus der Welt zu räumen.«

Stille. Dann die Stimme, nur ein Hauch an seinem Ohr.

»Wo – ist – es?«

Trotz der nahezu betäubenden Hölle aus Schmerzen frohlockte er. Ja, er hatte sie in seiner Hand. Sollte der Kerl doch weiter fragen und fragen. Versuchen, ihn mürbe zu machen. Sie wollten etwas von ihm. Sie brauchten etwas von ihm. Oh nein, er ließ sich nicht einschüchtern. Von nichts und niemandem. Noch nie zuvor hatte er sich einschüchtern lassen, damit würde er sicherlich jetzt nicht anfangen. Sein Leben war sicher, solange er nichts sagte. Er würde verhandeln. Er konnte im Preis noch etwas nach unten gehen, ohne Frage. Es war ein Geschäft wie jedes andere. Schmutziger, blutiger. Aber ein Geschäft wie jedes andere. Alles hatte seinen Preis. Alles. Und im Verhandeln war er unschlagbar. Er bemühte sich, seiner Stimme Nachdruck zu verleihen. Bemühte sich, die Atmung zu kontrollieren. Ein und aus. Nur er wusste wirklich Bescheid. Ein und aus. Nur er.

»Es läuft so: Ich bekomme das Geld, ihr bekommt das Dokument. Mein Angebot steht, ich erlasse aus gutem Willen einen Teil der Summe. Eure weiteren Pläne verfolgt ihr ohne meine Unterstützung. Damit ist natürlich Schluss. Ich werde mich aber auch nicht in den Weg stellen. Selbstverständlich nicht.«

Sie konnten gar nicht ablehnen. Im Verhandeln war er unschlagbar. Er wusste immer, welchen Preis etwas hatte. Was herauszuholen war. Ein. Und aus. Ein.

Der Schlag traf ihn seitlich ins Gesicht. Er fiel direkt zurück in die Dunkelheit. Doch nur kurz. Nach wenigen Augenblicken taumelte sein Bewusstsein zurück an die Oberfläche. Er konnte die Panik kaum beherrschen. Sein Atem entzog sich seiner Kontrolle.

»Wo?«, fragte die Stimme an seinem Ohr scharf. »Du sagst mir jetzt, wo das Dokument ist, und ich habe vielleicht Nachsicht mit dir.«

In dieser Sekunde wusste er, dass es ausweglos war. Er hatte verloren. Doch er hatte noch eine Überraschung in der Hinterhand. Eine letzte Genugtuung. Atemlos flüsterte er einen Namen. Aus der sich anschließenden eisigen Stille las er heraus, dass die Ironie seiner Offenbarung verstanden worden war. Mühsam sog er unter Schmerzen Luft in seine Lunge.

Das neuerliche Geräusch erinnerte ihn an ein Messer, das an einem rauen Schleifstein gewetzt wurde. Es erinnerte ihn auch an etwas anderes, eine Begegnung vor vielen Jahren. Eine Frau? Etwas nahm vor seinem Auge Gestalt an, zerfloss jedoch wieder, bevor er es erkennen konnte.

Nein, er verstand das Geräusch nicht, konnte es nicht zuordnen. Er musste sich täuschen.

Sein nächster Gedanke war nicht von Schmerz getragen. Von Angst.

Und aus.

*

Wie schwerer Regen fielen die Tropfen in die Wasserlachen und färbten sie rot. Zu hören waren sie indes nicht. Das Knacken und Zischen, das beim Aufprallen der Eisenstange auf den reglosen Körper entstand, übertönte das Aufklatschen der spritzenden Fontänen auf dem Boden, den Wänden, der Decke.

Über allem lag das frenetische Lachen des Mannes, der mit dem Eisen auf den vor ihm liegenden Toten einprügelte. Je mehr er von Blut, Gehirnmasse und Körperfetzen bedeckt war, umso besser schien seine Laune zu werden.

Dieser Name. Der Name. Er wollte an ihm zweifeln. Doch er war sicher, dass er die Wahrheit gehört hatte. Dort also befand sich das Dokument. Dort. Der Name. Er. Es machte alles leichter. Und schwieriger.

Erst nach einigen langen Minuten hielt er erschöpft und außer Atem inne. Ekstatisch strich er sich eine Haarsträhne aus dem Gesicht, verschmierte dabei den rot-grauen Sud auf seiner Stirn. Die Stange rutschte ihm aus der glitschigen anderen Hand und schlug mit einem lauten Klirren auf dem Steinboden auf. Langsam ließ er sich neben dem Eisen zu Boden gleiten.

Ein und aus und ein und aus und ein und aus und ein und aus. Ein und aus und ein und aus. Ein und aus. Ein. Und aus.

Sein Atem beruhigte sich. Das fröhliche, geradezu kindische Lachen ging in ein erschöpftes Kichern über, welches noch lange durch das Gewölbe hallte. Die Ratten würden sich erst aus ihren Löchern hervortrauen und hinter ihm aufräumen, wenn er den Ort längst verlassen hatte.

Er ließ sich nach hinten gleiten, bis er ausgestreckt auf dem Boden lag. Er genoss diesen Moment der Erschöpfung. Ein kostbares Gefühl, ein Geschenk. Erschöpft starrte er an die Decke. Er sah in die Vergangenheit. Er sah in die Zukunft.

Dann, irgendwann, erhob er sich mit einer einzigen Bewegung. Es gab viel zu tun.

Kapitel 16

Das Getrampel der Pferde wurde von ängstlichem Wiehern, gebrüllten Befehlen und Salven aus Musketen begleitet. Benommen blinzelte er in den Himmel. Schwarze Schatten flogen am Rande seines Gesichtsfeldes vorbei. Unter seinem schmerzenden Rücken vibrierte die Erde. Keine zwei Schritte neben seinem Kopf preschte ein Pferd vorüber. Hufe warfen den moorigen Boden auf und bedeckten sein Gesicht mit Schlamm und Dreck. Er hustete. Nur eine Frage von Augenblicken war es, bis er überrannt würde. Er schloss die Augen in dieser kalten Gewissheit. Unter seinem Rücken und in seinen Ohren wurde das Getrampel lauter.

John schreckte auf. Kalter Schweiß perlte auf seiner Stirn. Das Getrampel der Hufe klang in seinen Ohren nach, vermischt mit einer Stimme, die seinen Namen rief. Zwei Atemzüge dauerte es, dann realisierte er, dass es an seine Tür klopfte. Hannahs aufgeregte Stimme war von draußen zu hören.

»Mr Shinfield! Sind Sie wach? Mr Shinfield, Sir, eine Nachricht für Sie.« Es klopfte lauter.

Mit einem Satz sprang er aus dem Bett, warf sich einen Hausmantel über und öffnete die Tür. Hannah hielt mitten in der Bewegung inne, die Hand bereits zum neuerlichen Anklopfen erhoben.

»Was gibt es denn?«, fragte John mit belegter Stimme und rieb sich die Augen.

»Entschuldigen Sie die Störung, Sir. Eine wichtige Nachricht für Sie.«

Er hielt ihr die Handfläche entgegen.

»Nicht schriftlich, Sir. Der Botenjunge wartet unten. Er sagt, er dürfe nur mit Ihnen persönlich sprechen. Es sei dringend, betont er. Sie sollen ihm wohl irgendwohin folgen.«

Erstaunt hob John die Augenbrauen. Das klang nach einer Nachricht von Paul. Die Müdigkeit fiel augenblicklich von ihm ab. Eigentlich hatte

Paul angekündigt, er werde sich erst am Morgen wieder melden. Was die beabsichtigten Nachforschungen bei den Steeles betraf, war er sehr vage geblieben. Wenn er nun mitten in der Nacht einen Boten schickte, musste er etwas Wichtiges zu Tage gefördert haben. Aufregung kribbelte in Johns Magen.

»Ach ja, der Junge meint, dass er vom Friedensrichter Fielding geschickt wurde«, zerstörte Hannah jäh Johns Erwartungen.

John konnte seine Enttäuschung nur schwer verbergen. »Fielding? Wirklich? Ich … bin in wenigen Minuten unten. Wie spät ist es? Ist Beth schon in der Küche? Vielleicht kann sie eine Kleinigkeit aufwärmen. Nein, sie ist zu ihrem kranken Vater gereist, nicht wahr.«

Die Haushälterin nickte mit zusammengepressten Lippen. Dabei löste sich eine glanzlose Strähne braunen Haares unter ihrer Haube. »Es ist gerade drei Uhr vorbei, Sir. Machen Sie sich keine Gedanken, ich werde sicher etwas Essbares zustande bringen.« Eifrig schob sie das Haar zurück unter die Kopfbedeckung.

In Gedanken versunken schüttelte John den Kopf. »Nicht nötig, Hannah. Vielen Dank. Ich werde hören, was der Bote Dringliches zu sagen hat. Wo er mich hinführen soll. Geh wieder zurück ins Bett.«

»Es macht mir wirklich nichts aus, Sir. Ich glaube auch nicht, dass ich einschlafen werde.« Die Haushälterin wirkte verstimmt.

John seufzte. »Versuche es, Hannah. Versuche es. Mit Beth und Rupert außer Haus werden die nächsten Tage auch nicht weniger anstrengend werden.« Er schickte sich an die Tür zu schließen.

»Wie Sie meinen, Sir.« Hannah drehte sich widerwillig um und stapfte die Treppe hinauf.

John schüttelte den Kopf und griff nach seiner Ausgehkleidung. Was Fielding wohl von ihm wollte? Und dann auch noch zu dieser ungewöhnlichen Stunde. John stockte. Hatte der Richter Wind von den jüngsten Geschehnissen bekommen – dem Überfall? Ein anderer Gedanke ließ John erstarren. Ging es gar um Paul? Hatte man ihn im Anwesen der Steeles erwischt, und sollte John sich nun erklären? Oder schlimmer noch – war Paul das Opfer von Steeles Schergen geworden? John unterdrückte die Panik, die in ihm aufzusteigen begann. Nun, es gab wohl nur eine Möglichkeit herauszufinden, was der Richter von ihm wollte. Pauls ausdrückliche Aufforderung, auf keinen Fall das Haus zu verlassen, musste er wohl ignorieren.

Nachdenklich schnallte er sich einen Degen um, prüfte den Sitz. Verärgert schlug er sich gegen die Stirn. Seine andere Waffe nebst Mantel befand sich noch immer am Hanover Square. Ein weiteres Problem, das es zu lösen galt.

*

Es war ein Kind, das die Nachricht des Friedensrichters überbrachte. Die Botschaft gewohnt kurz und trotz ihrer mündlichen Übermittlung der vorigen nicht unähnlich: Henry Fielding, Magistrat von Westminster, bittet John Shinfield, ihn aufzusuchen. Umgehend. Diesmal würde der Bote ihm den Weg weisen. Ein sofortiger Aufbruch sei notwendig.

Zum *Bedford* ging es demnach nicht, schlussfolgerte John, während er dem Jungen bestätigend zunickte. Zu dieser Nachtzeit war es bereits geschlossen. Er knöpfte den Mantel zu. Die Kälte der Nacht empfing ihn wie einen alten Bekannten.

»Hier lang, Sir.« Das Kind vergewisserte sich mit einem kurzen, ungeduldigen Blick über seine Schulter, ob John ihm folgte. »Is' nich' weit, Sir. Wir brauchen keine Kutsche nich'.«

Ein Gefühl der Erleichterung überkam John. Er ließ seinen Blick über den menschenleeren Platz schweifen. Zum Hanover Square wollten sie nicht, dafür hätten sie eine Kutsche nutzen müssen. Vielleicht hatte die Sache doch nichts mit Pauls nächtlicher Erkundung zu tun. John zuckte ratlos mit den Schultern und folgte dem Kind. Er hatte Mühe, zu dem Botenjungen aufzuschließen. Der Kleine rannte flink wie ein Wiesel durch die Gassen.

»Wie heißt du, mein Junge?«, fragte John ein wenig atemlos. Keine Reaktion. Den abgewetzten Umhang fest um sich gezogen, führte der Junge ihn wortlos weiter durch die Gassen und über verlassene Plätze. Die rußende Fackel in seiner mit Lumpen umwickelten rechten Hand warf einen flackernden Lichtschein. Die Sicht war überdies gar nicht schlecht, da der helle Mond in dieser Nacht an einem nahezu sternenklaren Himmel prangte. Neuschnee war weiterhin ausgeblieben, doch es war bitterkalt.

Sie gingen nach Osten, in Richtung der großen Kathedrale. Vergeblich bemühte sich John abermals, mehr aus dem Jungen herauszubekommen. Was wollte Fielding von ihm? »Hat der Richter sonst noch etwas gesagt?«

Schweigen war die einzige Antwort.

»Hast du einen kleinen Mann mit auffälliger Perücke gesehen? Er spricht mit französischem Akzent.«

Flüchtig schaute das Kind auf. Mit einem Blick, als sei John nicht ganz bei Verstand. Doch erneut antwortete der Junge nicht. Er rannte weiter, ohne eine Pause einzulegen und ohne sein Tempo zu verlangsamen, die rußende Fackel über den kleinen Kopf erhoben. John schnaubte resigniert. In der Kälte wurde sein Atem als eisiger Nebel sichtbar. Er warf dem Jungen einen Seitenblick zu. Eine kleine Wolke stieg rhythmisch aus dem Mund des Kindes auf.

Aus einer Spelunke stolperten ihnen zwei Betrunkene entgegen, doch sie nahmen den Jungen und John gar nicht wahr. Aufatmend lockerte John den Griff um seinen Degen. Das Kind sah ihn mit gerunzelter Stirn an, als mache John sich lächerlich, und hechtete weiter.

Hinter dem Fleet-Gefängnis, dessen Gestank sie schon von weitem begrüßte, wurde es in den Straßen lebhafter. Vor allem Angetrunkene waren unterwegs, angelockt von den schäbigen Tavernen und billigen Gin-Häusern der Gegend. Ein paar Prostituierte warteten auf Kundschaft. Sie traten ungeduldig von einem Bein auf das andere und gruben sich in den abgegriffenen Stoff, den sie am Leib trugen. John schüttelte den Kopf. Ein junges Mädchen hatte ihm beim Vorübergehen etwas Derbes zugerufen.

Eine einsame Kutsche ratterte über Ludgate Hill. Nachdem sie hinter dem Fahrzeug die Straße überquert hatten, schaute John nach Westen, die Häuserzeilen hinunter. Die mächtige Silhouette von St Paul's thronte majestätisch im Nachthimmel. Auf dem Platz vor der Kathedrale waren mehrere Leute unterwegs, der ein oder andere mit einer Fackel. Unstete Schatten in der Nacht. London kam niemals gänzlich zur Ruhe.

Je mehr sie sich der Themse näherten, umso menschenleerer wurde es. Sie umrundeten eine Straßenecke, tauchten in ein Geflecht enger, kleiner Gassen ein. In der Tat, eine Kutsche hätte sie hier nicht weit gebracht. Das Kind bog erneut ab, zielstrebig.

John hob prüfend den Kopf. Sie mussten bereits nah am Wasser sein. Er meinte, den Fluss bereits riechen zu können. Leise Stimmen drangen an sein Ohr. Rufe. Der Junge hielt geradewegs auf sie zu.

Von der Bristol Street bogen sie in die Coalman's Alley. Hier reihten sich einige schiefe Lagerhäuser aneinander. John warf den stockdunklen Fassaden im Vorbeigehen einen nachdenklichen Blick zu. Während es tagsüber in diesem Viertel sicher lebhaft zuging, unzählige Waren geliefert und abtransportiert wurden, war die Gegend des Nachts wie ausgestorben. Zumindest von rechtschaffener Bevölkerung. Wie von alleine fand Johns Hand den Knauf seiner Waffe. Das Gewirr aus kleinen Gassen und Mauervorsprüngen war der ideale Ort für einen Überfall. Ob es wirklich so klug gewesen war, das Haus zu dieser Stunde zu verlassen? Ihm fiel Pauls Warnung ein. John seufzte. Für solche Gedanken war es wohl zu spät. Indes verfolgte der Junge unbeirrt seinen Weg, hinab zum Fluss.

Am Ende der schmalen Gasse erkannte John nun auch das dunkle, breite Band aus Wasser, auf dessen Oberfläche sich tanzende Lichter spiegelten. Sie stammten von einer Handvoll Fackeln und hellen Laternen. John verlangsamte seine Schritte. Am Ufer hatten sich mehrere Menschen versammelt, vielleicht ein halbes Dutzend. Die meisten von ihnen schritten hin und her, riefen sich gelegentlich etwas zu. Anspannung lag greifbar in der Luft. Und noch etwas anderes, Bedrohliches.

Mitten im Zentrum der Aktivitäten stand ein einzelner Mann, ruhig und bewegungslos. Wie ein Standbild. Er hat etwas Dämonisches an sich, dachte John, als er auf Henry Fielding zuging. Wirklich unheimlich, wie er da zwischen den Lichtern stand, den dunklen Fluss, durchzogen von flüssigem Feuer, hinter sich. Der Wächter zum Eingang der Hölle.

In diesem Moment bemerkte der Richter ihn und winkte John eilig heran. Das Bild des dämonischen Wächters verflüchtigte sich augenblicklich.

»Meinen großen Dank, Mr Shinfield, dass Sie zu dieser Stunde meinem Ruf folgen.«

»Sir.« John nickte zur Begrüßung.

Die Männer schüttelten sich die Hände, dann griff Fielding in seine Manteltasche und gab dem Botenjungen, der im Hintergrund herumlungerte, eine Münze. Wortlos verschwand das Kind und ließ die beiden Männer im Halbdunkel zurück.

»Es ist ein wenig schöner Anlass, der uns erneut zusammenführt, John.«

Aus dieser unmittelbaren Nähe sah John die tiefe Müdigkeit in Fieldings Gesicht. In die Stirn grub sich eine breite Falte, die Augen waren geschwollen und gerötet. Der Richter wirkte überarbeitet, todmüde. Noch etwas schwang in seinem Blick mit: Entsetzen.

John fröstelte. Er lenkte seinen Blick auf das nahe Ufer. Die Rufe dort waren mit einem Mal verstummt. Die Männer gingen weiterhin umher, doch in einem deutlich größeren Abstand voneinander. Sie leuchteten den Boden ab und warfen dabei große Schatten, die wie eigenständige Lebewesen über das Ufer zuckten. Es war ersichtlich, dass die Männer angestrengt nach etwas suchten. »Eine gespenstische Szenerie«, bemerkte John. Er räusperte sich, sein Mund war plötzlich völlig trocken.

Fielding nickte. »Und Sie haben noch nicht alles gesehen, John«, sagte er mit leiser Stimme, ohne auch nur den Anflug von Heiterkeit.

John schaute den Richter fragend an.

Fielding verschränkte die Arme vor der Brust. »Es gibt eine Leiche. Schrecklich zugerichtet.«

Gott im Himmel! »Schrecklich, sagen Sie?«

»Zweifellos.« Fielding drehte sich um und deutete auf eine Stelle am Ufer.

Das Einzige, was John ausmachen konnte, war eine Erhebung am Boden. Er schaute genauer hin, kniff stirnrunzelnd die Augen zusammen. Etwas lag dort, war mit einer dunklen Decke oder einem Tuch bedeckt. Übelkeit stieg sauer in ihm auf und sammelte sich drückend in der Magengegend. Er schnappte nach Luft, vergrub seine Hände in den Manteltaschen. Sie zitterten.

Dort am Ufer lag etwas Lebloses. Paul, da war er sich sicher. Der Mann hatte sich überschätzt und mit dem Leben gezahlt. Sie hatten ihn erwischt, diese Schweine. Hatten ihn erwischt, wie er durch das Anwesen der Steeles spionierte. Auf der Suche nach Material, das diese unheilige Truppe überführen konnte. Natürlich hatten sie kurzen Prozess mit ihm gemacht. Wie sie es schon bei ihm versucht hatten.

»Dort?« Johns Stimme war nicht mehr als ein Krächzen.

Der Richter nickte. »Vor etwas mehr als einer Stunde bin ich an diesen Ort gerufen worden. Nicht mein Bezirk, die City. Doch in dieser Sache wurde mir übergeordnete Autorität zugewiesen. Ein in der Nähe wohnender Schiffsarbeiter war auf der Suche nach seinem pausenlos bellenden Hund auf den Toten gestoßen. Trotz seiner Handlaterne ist er wohl geradewegs über ihn gestolpert.« Er machte eine Pause. »Der Arme hat zweifellos den Schock seines Lebens erlitten, kann kaum einen geraden Satz herausbringen. Seine Frau, die immerhin so viel aus ihm herausbekam, dass am Wasser eine übel zugerichtete Leiche liege, alarmierte einen Wachmann. Oben, in der Nähe der Kathedrale. Und der hat dann sogleich mich verständigt. Es gilt die Anweisung, bei allen irgendwie auffälligen Toten meine Person zu unterrichten.« Fielding warf John einen knappen Blick aus seinen blutunterlaufenen Augen zu. »Nachdem ich den eindeutig nicht freiwillig aus dem Leben geschiedenen Toten genauer in Augenschein genommen hatte, ließ ich schließlich, nach einer kleinen Verzögerung, nach Ihnen schicken.«

»Ich verstehe.« Woher hatte der Richter nur gewusst, dass de l'Estagnol mit ihm in Verbindung stand? Er durfte sich nichts anmerken lassen. Erst einmal alles leugnen. Erst einmal einen klaren Kopf bekommen. Das wäre sicherlich auch Pauls Rat gewesen. »Wie furchtbar, die Geschichte, Henry. Ich hoffe aufrichtig, dass Sie den Mörder dingfest machen können. Doch wieso haben Sie mich rufen lassen? Wie kann ich Ihnen bei dieser schrecklichen Sache behilflich sein?«

Ein seitlicher Blick von Fielding. »Bitte kommen Sie, John.«

Er folgte dem Richter zögernd zum Ufer, zu der gewölbten Decke. Für einige Augenblicke standen sie wortlos nebeneinander. Das Rauschen des Wassers war kurzzeitig das einzige Geräusch. Dann räusperte sich der Richter.

»Ich würde Ihnen den Anblick gerne ersparen. Doch Sie werden gleich verstehen, warum dies nicht geht.« Fielding winkte einem der Männer. »Copper, kommen Sie mal mit der Laterne rüber.«

John schluckte, zog den Mantel enger um sich und ballte dann die Hände in der Tasche. Hier am Wasser war es noch kälter als in den Straßen. Reif überzog die Steine und glitzerte im wechselhaften Licht der Fackeln. Er bemühte sich, nicht auf die verdeckte Leiche zu schauen, doch es war ihm unmöglich. Geradezu magisch zog die gewölbte Decke aus grauem Stoff seinen Blick an. Er riss sich mit aller Kraft von dem Anblick los und ließ seine Augen stattdessen dem angesprochenen Mann folgen, der gerade zu ihnen trat. John erkannte ihn. Es war derselbe, den er schon im *Bedford* in Begleitung des Richters gesehen hatte.

»Ich stelle Ihnen Jonathan Copper vor, John. Einen meiner fähigsten Gehilfen.«

John nickte dem Mann knapp zu. »Mr Copper.«

»Copper, stellen Sie die Laterne bitte dort hin und entfernen Sie dann vorsichtig die Decke.« Fieldings Stimme klang angestrengt.

Der Anblick war furchtbar. Anfangs musste John sich zwingen, nicht voller nacktem Entsetzen wegzuschauen; dann musste er genau hinsehen, um den Toten überhaupt zu erkennen. Das, was da vor ihm lag, sah eigentlich gar nicht wie ein Toter aus. Vielmehr wie ein großer Haufen Fleisch und Knochen. Wahllos zusammengewürfelt. Der gesamte Körper war deformiert, jeder, wirklich jeder Knochen musste gebrochen worden sein. An vielen Stellen traten weiße Stücke aus den Wunden heraus. Aufgeplatztes Fleisch, das den Blick auf das Innere freigab. In der Bauchdecke klaffte ein besonders großes Loch. Nein, Tote sahen anders aus. Selbst jene, die er auf dem Schlachtfeld gesehen hatte.

John unterdrückte einen ständig zunehmenden Brechreiz. Ein säuerlicher Geschmack kroch unerbittlich seine Kehle empor. Abrupt drehte er sich von der Leiche weg und holte tief Luft. Einmal. Zweimal. Dreimal. Er ließ den Blick schweifen, starrte in die Ferne, konnte aber nichts sehen. Nichts, bis auf das Fleisch. Das groteske Bild des toten Körpers hatte sich eingebrannt. Mit einer Mischung aus Verzweiflung und Hoffnung schloss er die Augen. Doch das Bild blieb. Es hatte Besitz von ihm ergriffen. Ergeben wandte John sich wieder der Leiche zu. Sein Blick glitt zum Kopf. Er schluckte. Die eine Hälfte des Schädels war eingedrückt, ganze Knochenpartien fehlten. Die andere Hälfte war angeschwollen und voller Verfärbungen.

Er räusperte sich. Es klang wie das Krächzen eines alten Mannes. Dann sah er auf und blickte Fielding in die Augen. In ihnen spiegelte sich Johns eigenes Entsetzen. Fast unmerklich nickte er.

Fielding senkte den Blick.

»Ja, es ist Alexander Steele«, bestätigte John mit tonloser Stimme. Dann ging er drei Schritte weiter das Ufer hinunter und erbrach sich in die Themse. Auf der anderen Seite des Flusses bellte ein Hund.

»Sie können ihn wieder zudecken, Copper«, hörte er den Richter wie aus weiter Ferne sagen.

*

»Sie verstehen, dass dies einen jähen und unerwarteten Schlussstrich unter Ihre Aufgabe zieht, John. Unter unsere Aufgabe.« Resigniert zuckte Fielding mit den Schultern. »Einen Toten kann ich schwerlich vor Gericht stellen.«

Die beiden Männer waren ein paar Schritte die Gasse hinaufgegangen, außer Hörweite der anderen Männer, die weiterhin das Ufer absuchten.

Es dauerte einen Moment, bis John seine Gedanken geordnet hatte. Zugleich musste er sich bemühen, dass man ihm nicht seine Erleichterung anmerkte. Eindeutig handelte es sich bei dem Toten nicht um de l'Estagnol. Er biss sich auf die Unterlippe, um ein verräterisches Lächeln zu verbergen. »Ich denke auch, dass es wenig Sinn hat, einen Toten als Jakobiter anzuklagen«, pflichtete er Fielding bei.

Der Richter nickte müde. »Ja, das ergibt keinen Sinn. Zumal, wenn der Tote das bemitleidenswerte Opfer eines Irren geworden ist. Und wir öffentliches Aufsehen vermeiden wollen. Eine Panik in der Bevölkerung ist das Letzte, was wir jetzt brauchen. Mrs Steele haben meine Leute nicht zuhause angetroffen – worüber ich zugegebenermaßen etwas erleichtert bin. Deshalb habe ich kurzerhand Sie zur Identifizierung hergebeten, John. Auf Ihr Stillschweigen kann ich vertrauen. Die Nachricht von den gewaltsamen Umständen zu Steeles Ableben soll nicht gleich durch die ganze verdammte Stadt kursieren. Sie sind nach unserem Treffen im *Bedford* mit Alexander Steele in Kontakt getreten.« Es war keine Frage, die Fielding stellte.

»Ich … ich habe das Ehepaar am Hanover Square aufgesucht.« John nickte.

»Ist Ihnen bei diesem Besuch etwas aufgefallen? Irgendetwas, das Rückschlüsse auf Mr Steeles Beteiligung an einer Verschwörung gegen unseren König zuließe?« Die Frage wurde vom Richter mit einer Spur Desinteresse vorgebracht. Als kenne er die Antwort bereits.

»Sie meinen verborgene Kruzifixe und Rosenkränze? Oder gar ein heimliches Porträt von Bonnie Prince Charlie?« John versuchte ein spöttisches Lächeln. Er war nicht gewillt, zum jetzigen Zeitpunkt zu viel preiszugeben. Unbedingt musste er sich mit Paul besprechen. Steeles Tod war eine unfassbare Entwicklung. Es irritierte ihn, dass Fielding die Sache anscheinend schnell zu den Akten legen wollte.

Der Richter verzog keine Miene.

»Nun … nein, es ist mir nichts aufgefallen.«

»Sie zögern?«

John starrte auf die nebligen Wolken seines gefrierenden Atems.

Fielding wartete.

John zuckte mit den Schultern. »Ich hatte lediglich den vagen Eindruck, dass irgendetwas nicht stimmig war. Ein Gefühl, verstehen Sie? Mit dem konkreten Beweis einer jakobitischen Verschwörung kann ich nicht dienen, Sir.«

Fielding nickte, sah John jedoch weiter abwartend an.

»Mehr kann ich dazu nicht sagen.« Ärger stieg in John auf. »Mehr kann ich nicht sagen«, wiederholte er. »Sie selbst gingen ja davon aus, dass sich bei den Steeles irgendetwas tut.«

»Vielleicht Eheprobleme?« Fielding ignorierte Johns gereizten Ton. Oder hatte er ihn schlicht nicht bemerkt?

John verzog das Gesicht. »Vielleicht.« Er verspürte den dringlichen Wunsch, das Gespräch zu beenden. Und die Kälte zu verlassen, die nicht nur seinen Körper, sondern auch seinen Geist zu lähmen begann.

Prüfend musterte Fielding John, dann lächelte er schmal. »Wie dem auch sei, Sir. Ich entlasse Sie hiermit jedenfalls aus Ihrer Verpflichtung. Wie Sie, so stehe auch ich zu meinem Wort.«

Mit einem überraschten Nicken quittierte John die unerwartete Aussage. Dann drehten sich beide Männer gleichzeitig zum Ufer um. Dort waren die Stimmen mit einem Schlag lauter geworden.

»Aha, endlich. Er wird abgeholt«, murmelte Fielding.

Ein Handkarren wurde zum Wasser gezogen, und zwei Männer mühten sich, die Überreste von Alexander Steele aufzuladen. Sie schienen ihrer Aufgabe, wenig überraschend, nicht viel abgewinnen zu können.

»Was für ein grauenhaftes Lebensende. Man hofft ja geradezu, dass es im jenseitigen Leben so etwas wie einen gerechten Ausgleich gibt. Für all das Leid.« Der Richter hatte mehr zu sich als zu John gesprochen. Lauter fuhr er fort: »Ich werde später Mrs Steele aufsuchen. Wenn sie an den Hanover Square zurückgekehrt ist.« Er seufzte. »Wahrlich keine freudige Aufgabe. Die furchtbaren Details zum Ableben ihres Gatten werde ich erst einmal zurückhalten. Dennoch, keine schöne Aufgabe.«

»Wahrlich nicht«, musste John beipflichten. »Und was, Henry, wenn diese Tat doch im Zusammenhang mit der von Ihnen angenommenen jakobitischen Verschwörung steht?« Ein Gedanke, der durch das Bestreben genährt wurde, nicht von den weiteren Ermittlungen ausgeschlossen zu werden. John wollte herausbekommen, was hinter dem Überfall auf ihn steckte. Zugleich durfte er Fielding gegenüber nicht den Verdacht aufkommen lassen, dass er bereits etwas wusste. Auch wenn er Pauls Vorsicht für überzogen hielt: Solange nicht Licht in das Dunkel gebracht war, durften sie niemandem vertrauen.

»Wie meinen?« Henry Fielding starrte John verständnislos an. »Der Mord an Steele?«

John nickte, voller Anspannung. Er begab sich auf dünnes Eis. »Was, wenn Alexander umgebracht wurde, gerade weil er in eine Verschwörung verwickelt war und wir dabei waren, ihm auf die Schliche zu kommen? Es scheint ja in maßgeblichen Kreisen ein Verdacht gegen ihn bestanden zu haben. Das sagten Sie doch im *Bedford* – ansonsten wären Sie schließlich nicht an mich herangetreten.« Aufmerksam beobachtete er Fieldings unbewegte Miene.

»Sosehr ich den Jakobitern jede Schandtat zutraue, John – aber dieser Gedanke ist doch schlicht abwegig. Verzeihen Sie meine Offenheit. Dieses Verbrechen trägt eindeutig die Handschrift eines irren Schlächters. Werfen Sie doch nur einen Blick auf den Toten! Das Werk eines Irren, der wahllos seine Opfer auswählt und bestialisch zurichtet. Ich habe leider in der jüngsten Vergangenheit genügend ähnliche Opfer gesehen.« Fielding schüttelte vehement den Kopf. »Ich sehe keine Verbindung zu den Jakobitern. Warum sollten sie jemanden auf diese Art aus dem Weg schaffen? Ein Stich ins Herz, Gift – vielleicht. Aber so?« Er schüttelte erneut den Kopf. »Glauben Sie mir, ich würde nicht zögern, diese Verräter für jedwedes Verbrechen an den Pranger zu stellen. Doch dieser Mord reiht sich nahtlos in die traurige Riege einiger anderer ein. An Prostituierten, alten Männern. Jüngst an einem Mädchen, das auf dem Markt verschwand. Die brutale Handschrift ist unmissverständlich. Die übrigen Opfer haben ganz gewiss nichts mit den Jakobitern zu tun gehabt.«

Eine Wolke schob sich vor den Mond, und man konnte für einen Moment kaum die Hand vor Augen sehen. Die Welt machte eine atemlose Pause. Dann gab die Wolke den Himmelskörper zögerlich wieder frei.

Nachdenklich richtete John den Blick gen Himmel. »Und der Zeitpunkt, Henry? Sie finden es nicht merkwürdig, dass Mr Steele Opfer einer mörderischen Bestie wird, nur wenige Tage nachdem Sie mich beauftragt haben, ihn zu bespitzeln?«

»Nein, das finde ich nicht merkwürdig. Dies nennt man einen Zufall, John.« Fielding verfolgte, wie sich die Männer abmühten, den Handkarren vom Ufer zu ziehen. »Ein ausgesprochen tragischer Zufall.« Er verschränkte die Arme. »Nichtsdestotrotz ein Zufall.« Am anderen Ufer begann der Hund abermals zu bellen. Ein plötzliches Winseln und er verstummte abrupt.

Fielding runzelte die Stirn, wandte sich wieder John zu und taxierte ihn aus leicht verengten Augen.

Zwischen Johns Schulterblättern löste sich ein eisiger Tropfen und lief ihm den Rücken hinunter. Ohne dem Impuls nachzugehen, sich an den Rücken zu fassen, hielt John dem Blick stand.

»Ich danke Ihnen jedenfalls, dass Sie mir für die umgehende Identifizierung des Opfers zu dieser ungewohnten Stunde zur Verfügung standen, Shinfield. Soll ich Ihnen jemanden rufen, der Sie zurückbegleitet?«

»Nicht notwendig, vielen Dank. Mein Weg ist nicht allzu weit. Eine … Freude, Ihnen zu Diensten gewesen sein zu können, Sir.« Er verbeugte sich.

»Sir.« Fielding tat ihm die Verbeugung nach. »Ich hoffe, wir treffen beim nächsten Mal unter erfreulicheren Umständen aufeinander.« Damit drehte er sich um und ging zurück ans Ufer, wo Copper auf ihn wartete.

Einen Augenblick lang nahm John fröstelnd die Szenerie in sich auf. Auf eine unangenehme Weise nahm sie ihn gefangen und wollte ihn nur widerwillig loslassen. Ein Zittern baute sich in seinem Nacken auf und wanderte durch den ganzen Körper. Fröstelnd hielt John die Hand vor Augen. Er wusste nicht, was ihn mehr erschaudern ließ: die beißende Kälte oder das Grauen der bestialischen Mordtat. Gestern hatte er noch Alexanders Stimme gehört, heute war der Mann nur noch ein entstelltes Stück Fleisch. Ein schlechter Traum.

Der Richter jedenfalls schien von der zufälligen Auswahl Steeles als Mordopfer überzeugt. Je länger er darüber nachdachte – für John ergab sich eine ganz andere Schlussfolgerung. Denn warum befand sich Alexanders Leiche gerade hier, am Fluss? In beträchtlicher Entfernung vom Hanover Square. Flussaufwärts zudem! Was machte einer der wohlhabendsten Kaufleute der Stadt des Nachts alleine in dieser verlassenen Gegend? Er hatte da so eine Idee. Vielleicht war die Erpressung schiefgegangen. Vielleicht hatte der Mörder Steele hier bei der vermeintlichen Geldübergabe aufgelauert? Ihn in einem der nahen Lagerhäuser derart dämonisch zugerichtet. Es wie die Tat eines Irren aussehen lassen. Eine ausgesprochen perfide Ablenkung vom wirklichen Motiv des Mörders. Perfide und äußerst clever.

Nachdenklich schloss John für einen Moment die Augen. Ein unglücklicher Zufall. So sah es Fielding. Warum nicht die schlau eingefädelte Tat der Jakobiter, um sich einer Gefahrenquelle zu entledigen? Steele hatte schließlich gedroht, diese Leute auffliegen zu lassen. Aufgrund von Johns Besuch war Steele davon ausgegangen, dass die Umstürzler bereits in den Fokus der Regierung geraten waren. Hatte Steele daher seiner Erpressung

Nachdruck verliehen? Versucht, John aus dem Weg zu räumen, um Zeit für seine schmutzigen Geschäfte zu gewinnen?

Glühende Hitze stieg John in den Kopf. Dann wäre der Mord an Alexander eine Tat, für die er, John, durch seinen Besuch am Hanover Square den unmittelbaren Auslöser darstellte. Er dachte an das mysteriöse Gespräch zurück, welches er im Haus der Steeles belauscht hatte. Wer, zum Teufel, war der andere Mann gewesen? Steeles Mörder? Das Bild des bestialisch entstellten Toten trat ihm erneut vor Augen.

John atmete mehrmals tief ein und schüttelte den Kopf. Wie ein Hund, der nach dem Regenguss sein Fell vom Nass befreit. Doch die Geister ließen sich nicht so einfach abschütteln.

In Gedanken versunken schritt er zurück durch das dunkle Labyrinth der Gassen und Hinterhöfe. Der Mond gab gerade so viel Licht, dass er seinen Weg gefahrlos finden konnte. Zufall, hatte Fielding gesagt. Wie gerne hätte er an einen Zufall geglaubt. Doch John konnte den beunruhigenden Gedanken nicht beiseiteschieben, dass mehr an der Sache war. Nein, etwas anderes war gar nicht möglich, betrachtete man die Geschehnisse der vergangenen Tage.

Aus einer kleinen Gasse, zwischen eng stehenden, schiefen Häusern, trat John gedankenverloren auf den Ludgate Hill. Eine Laterne erhellte an dieser Stelle die Straße und ließ die kläglichen Überreste der aufgeworfenen Schneehügel schmutzig glitzern. Er sehnte sich nach seinem Bett. Und vielleicht einem Glas Brandy. Ganz sicher einem Brandy. Einem doppelten.

Pferdegetrampel ließ John aufschrecken. Er schaute sich um, brauchte einen Moment, um sich zu orientieren. Hastig sprang er zur Seite, um einer Kutsche auszuweichen, die nahe der Häuserwand geradewegs auf ihn zupreschte. Auf den rutschigen Pflastersteinen verlor er das Gleichgewicht und schlug schmerzhaft mit dem rechten Arm auf. Die Räder der Kutsche schlingerten nur einen Schritt von seinen Füßen entfernt vorbei. Reflexartig zog er die Beine an den Bauch. Erst Sekunden später wagte er wieder zu atmen.

Während John sich mühsam aufrichtete und seinen schmerzenden Arm abtastete, hörte er den Kutscher laut fluchen. Rutschend kam das Gefährt an der nächsten Straßenecke zum Stillstand. Die Pferde wieherten nervös, wie durch ein Wunder waren sie auf den Beinen geblieben.

Der Arm war nicht gebrochen, würde ihn aber sicherlich am Morgen mit einer großflächigen Verfärbung empfindlich an seinen nächtlichen Sturz erinnern. Schwer atmend lehnte John sich gegen die nächste Hauswand. Er sah sich um. Die Straße war menschenleer, und auch die Fenster in den umliegenden Häusern blieben dunkel. Mit dem gesunden Arm stützte er sich auf seinem Knie ab, die Wand im Rücken.

Eines der Pferde wieherte laut. Wütend schimpfte der gegen die Kälte in einen dicken Mantel gewickelte Kutscher und kletterte vorsichtig von seinem Bock. »Mach doch die Augen auf, Mann!«, rief er John zu. Beruhigend klopfte er einem der Pferde auf die Flanke. Dann beugte er sich zum Kutschenschlag vor, der sich einen Spalt weit geöffnet hatte. »Nichts passiert, Madam. Nur wieder so'n Besoffener, der keene Augen im Kopp hat. Bleim 'Se drinne, wir fahren sofort weiter. Unsicheres Pflaster hier.« Er warf einen verächtlichen Blick hin zu John.

Der Warnung zum Trotz öffnete sich die Tür ein weiteres Stück, und ein Gesicht erschien, das neugierig die Straße hinunterspähte. Zu ihm. John tat einen überraschten Atemzug und richtete sich auf. Dann stieß er sich von der Wand ab, klopfte kurz den rechten Ärmel seines Mantels ab und deutete eine sprachlose Verbeugung an.

»Mr Shinfield. Sie sind ein wahrer Nachtvogel«, sagte Rebecca Fredericks. In besorgtem Tonfall fuhr sie fort: »Um Himmels willen, sind Sie verletzt?«

»Nicht der Rede wert, Madam.« Er trat an die Kutsche heran, den Kutscher ignorierend, welcher ihm verärgerte Blicke zuwarf.

»Was für ein Zufall, dass wir erneut aufeinandertreffen. Abermals mitten auf den eiskalten Straßen der Stadt.« Rebecca Fredericks schüttelte ungläubig den Kopf. »Aber wissen Sie, was das Unglaublichste ist? Vor weniger als einer Stunde habe ich noch von Ihnen gesprochen.«

»Von mir, Miss Fredericks?« Er war bis auf drei Schritte an die Tür herangetreten. Im spärlichen Licht der Laterne, das bis hierher drang, war ihre Ähnlichkeit mit Sara weniger offensichtlich.

»Ja, von Ihnen! Ich komme von einer Abendveranstaltung bei Lord Hancock. Sie wissen schon, einer dieser schrecklich langweiligen Anlässe mit grauenvollem Essen und noch grauenvollerer Konversation.« Sie lachte, und John hatte augenblicklich wieder Saras Bild vor Augen.

»Aber dann hörte ich, wie Ihr Name fiel, und war natürlich ganz Ohr.«

»Mir war nicht bewusst, dass ich Bekanntschaft mit jemandem aus dem Kreise von Lord Hancock pflege.«

Miss Fredericks winkte ab. »Jedenfalls meinte einer seiner Gäste, Lord Swanson, zu seinem Tischnachbarn, er glaube, Sie vor einigen Tagen am Hanover Square gesehen zu haben.«

»Sir Ignatius?«

»Augenscheinlich ist Seine Lordschaft ein guter Freund der Hancocks. Ich fragte ihn, was denn so ungewöhnlich an Ihrem Erscheinen auf einem öffentlichen Platz sei. Er berichtete daraufhin von Ihrem zurückgezogenen Leben, welches wohl auf wenig Gegenliebe bei Ihrem Vater, dem Earl of Finchampstead, und Ihren beiden Brüdern stößt.« Sie sah John eindringlich an. Ihr Blick war weniger von Neugier und Sensationslust als vielmehr von Mitgefühl geprägt.

John zuckte mit den Schultern.

Der Kutscher räusperte sich ungeduldig, doch Rebecca Fredericks schenkte ihm keine Beachtung. Ihr Blick ruhte auf Johns Gesicht. »Am Tisch ergab sich daraufhin ein lebendiges Gespräch über Ihre Person.«

»Aha.« Er spürte, wie der Schmerz aus dem Arm in seinen Rücken zog.

»Sie wissen ja, wie bei solchen Veranstaltungen geredet wird.«

»Ja, das ist mir bekannt. Ein Grund, warum ich solche Gesellschaften meide.«

Miss Fredericks nickte. »Über einer Tasse Tee werden dort ganze Reputationen zerfetzt.«

»Ich fürchte, dafür ist es bei mir bereits zu spät, Madam.«

»Sie kokettieren, Mr Shinfield.« Miss Fredericks lachte. »Sie waren dann doch nur ein beiläufiges Randthema des Abends.«

»Es beruhigt mich ungemein, dies zu hören.«

Ihre Miene wurde ernst. »Wobei ich Ihnen sagen möchte, dass es mich betrübt hat, was ich über Ihren Schicksalsschlag erfahren musste.«

Der Schmerz in Johns Rücken wurde stärker. Er nickte knapp, sagte aber nichts.

»Madam, die Pferde holen sich hier in der Kälte den Tod.« Der Kutscher klang mehr als schlecht gelaunt.

Rebecca Fredericks warf dem Mann einen kurzen, missbilligenden Blick zu und wandte sich dann wieder zu John. »Bitte steigen Sie ein. Wir werden Sie bei Ihnen zuhause absetzen.«

»Das ist nicht nötig, Madam. Ihre Richtung scheint eine andere zu sein. Außerdem habe ich es von hier nicht mehr weit.«

»Ich bestehe darauf, Mr Shinfield. Sie haben sich verletzt und es ist bitterkalt. Ich würde es mir nicht verzeihen, wenn Ihnen auf dem weiteren Weg noch etwas zustieße.«

Er zögerte.

»Ist alles in Ordnung, Sir? Kann ich behilflich sein?«

Überrascht drehte John sich um, und auch Miss Fredericks schaute erstaunt in die Richtung, aus der plötzlich die Stimme zu Ihnen gedrungen war.

»Welche Überraschung, Mr Copper«, sagte John. »Ich habe Sie gar nicht gehört.«

»Bitte verzeihen Sie, wenn ich Sie erschreckt habe.« Er verbeugte sich. »Madam. Ich war auf dem Heimweg Richtung St Paul's und sah die Kutsche am Straßenrand. Wollte nur sichergehen, dass alles in Ordnung ist.«

»Es ist alles in bester Ordnung, Mr Copper.« John lächelte. »Die Dame war so freundlich, einen Umweg auf sich nehmen zu wollen, damit ich sicher zum Gough Square gelange. Doch das ist unnötig. Ich werde mich einfach Ihnen auf dem Heimweg anschließen, wir haben anscheinend den gleichen Weg vor uns.«

»Sehr gerne, Sir. Selbstverständlich.« Copper tippte an die Hutkrempe.

John wandte sich zu Miss Fredericks. »Mr Copper ist ein Gehilfe des neuen Friedensrichters von Westminster, müssen Sie wissen. Madam, ich danke Ihnen für das zuvorkommende Angebot und Ihre Sorge.«

»Ich wünsche Ihnen alles Gute, Mr Shinfield. Vielleicht statte ich Ihnen in Bälde einen Besuch ab, um mich zu vergewissern, wie es Ihnen geht.« Noch bevor sie die Tür ganz schließen konnte, trieb der Kutscher, der mittlerweile wieder den Bock erklommen hatte, die Pferde an. Knirschend setzte sich das Gefährt in Bewegung. Rebecca Fredericks' entrüstete Stimme war noch kurz zu hören, dann knallte die Wagentür zu und die Kutsche verschwand im Dunkel der Straße.

Die Männer sahen dem Gefährt hinterher.

»Richtung St Paul's also, Sir.« Copper rieb sich die kalten Hände.

»Richtung St Paul's«, bestätigte John, und die beiden Männer machten sich stumm auf den Weg durch die kalten Straßen Londons.

Was für eine Nacht, dachte John schaudernd. Und welch grausame Nachricht die arme Amelia am Morgen erwartete. Er unterdrückte nur mühsam ein erneutes Schaudern.

Kapitel 17

Geweckt hatte sie ein Geräusch. Herausgerissen aus der feuchten Umarmung eines Traumes. Zumindest glaubte sie, dass es ein Geräusch gewesen war, denn sie war plötzlich hellwach und lauschte in die Dunkelheit. War dort nicht gerade ein Schritt auf der Treppe zu hören gewesen? Sie seufzte leise. Er kam wirklich spät zurück nach Hause. Rücksichtsvoll, wie er nun einmal war, wollte er sie nicht wecken. Schlich wie ein Dieb durch das eigene Haus. Ein Lächeln umspielte ihre Lippen. Ein Zittern lief ihre Wirbelsäule hinab.

Sie setzte sich auf die Bettkante und ihre Hand tastete nach der Zunderbüchse, die sie immer griffbereit hielt. Es dauerte nur wenige Augenblicke, bis der Schein einer Kerze das Dunkel an den Rand des Zimmers verdrängte. Ein prüfender Griff, ob die Haube saß, ein Streichen, um den hastig übergeworfenen Umhang zu glätten.

Während der wenigen Schritte zur Tür fiel ihr wieder wohlig ein, was sie vor dem abrupten Erwachen geträumt hatte. Am Rand ihrer Kehle hatte sich Feuchtigkeit gesammelt. Sie schluckte.

Abermals hatte sie von ihm geträumt. Regelmäßig suchte dieser eine Traum sie heim, in immer gleicher Abfolge. Sie musste sich eingestehen, dass sie sich nach seiner nächtlichen Heimsuchung sehnte. Der Herr im Himmel mochte ihr verzeihen! Des Nachts schloss sie stets die Augen in der Hoffnung, die warmen Bilder erneut zu erleben. In ihrer Phantasie zu sehen, wie er mit einem entschuldigenden Lächeln in das Zimmer trat, ganz zerzaust von Wind und Regen. Durchweicht bis auf die Knochen. Sein Lächeln, ein Geschenk an sie. Nur sie.

»Oh nein, all die nassen Sachen«, flüsterte sie dann stets besorgt aus dem Bett heraus. Deutete auf die Pfütze, die sich auf dem Boden bildete, wo er mitten im Raum stehen geblieben war. »In dem feuchten Stoff holt man sich ja den Tod.«

»Es tut mir leid, dass ich solche Umstände bereite.« Sein Lächeln, das ihr so heiß durch den Körper lief. »Ich werde mich der nassen Kleidung entledigen müssen.«

Zaghaft nickte sie und verfolgte gebannt, wie er die Stiefel auszog und den durchtränkten Mantel auf den Boden gleiten ließ, gefolgt von seinem Hemd, seiner Hose. Sein entschuldigendes Lächeln, als er schließlich auch die Wäsche abstreifte. Nass, alles war nass. Wie Gott ihn geschaffen hatte, stand er vor ihr, in der Mitte des Zimmers, lächelnd. Sie glühte in seinem Strahlen. Konnte ihren Blick nicht von seinem Körper lösen. Muskeln zeichneten sich unter seiner blassen Haut ab, das nasse Haar lag wellig auf den breiten Schultern. Ihr Blick glitt hinab. Sie atmete tief ein.

»Ich friere bitterlich«, sagte er dann stets zu ihr, weiterhin lächelnd. Es galt nur ihr, dieses Lächeln. Einzig und allein. »Darf ich mich in deinem Bett wärmen?« Ein bittender Blick.

Sie zog die Decke bis zur Nasenspitze und schloss die Augen. Dann nickte sie leicht. Sie wollte nicht. Sie durfte nicht. Natürlich nicht. Doch war es nicht gerade ihre Aufgabe, sich um ihn zu kümmern? Ihre Pflicht. Zu sehen, dass es ihm gut ging. Auch den Boden würde sie trockenwischen. Später.

Er schlüpfte unter die schützende Bettdecke, zitternd vor Kälte. Um sich aufzuwärmen, schmiegte er sich eng an sie. Ganz eng. Sie hielt ihre Augen geschlossen, wagte es nicht, ihn anzusehen. Sie lagen so dicht beieinander, dass sie nicht mehr wusste, wo ihr Körper aufhörte und seiner begann. Kaum gelang es ihr, ein Stöhnen zu unterdrücken.

»Das ist besser«, seufzte er in ihr Ohr. Die Stimme wie blutroter Samt. »Du hast mich vor einer Erkältung gerettet. Oder gar Schlimmerem.«

Diesmal entfuhr ihr der verräterische Laut.

Behutsam griff er mit einer Hand an ihre Brust. »Wie lange ich auf diesen Moment gewartet habe«, flüsterte er in ihr Ohr. Sie wiederholte seine Worte in ihrem Kopf. Wie lange ich gewartet habe. Langsam strich seine Hand an ihrem Körper entlang, hinunter. Ihr stockte der Atem. Sie rang nach Luft, voller Schwindel.

An dieser Stelle war sie dieses Mal aufgewacht, herausgerissen aus der immer gleichen Abfolge ihres Traumes. Sie wusste, wie er weiterging. Bis ins letzte Detail wusste sie, wie der Traum sich fortsetzte.

An der Zimmertür angekommen, strich sie sich gedankenverloren über den Umhang und kniff sich fest in eine Brustwarze, bis diese wohlig schmerzte. Versonnen verzog sie das Gesicht und öffnete leise die Tür, trat einen Schritt in die Dunkelheit des Treppenhauses. Sie hielt abrupt inne. »Oh, Sir!« Erstaunt lächelte sie ihrem Gegenüber ins Gesicht. »*Sie* sind es.«

Der Schlag traf sie völlig unerwartet. Sie schrie atemlos auf und fiel nach hinten, zurück in das Zimmer. Hart schlug sie mit dem Hinterkopf auf dem Boden auf, und ihr wurde schwarz vor Augen. »Warum?«, schoss es ihr noch erstaunt durch den Kopf. »Warum?«

Kapitel 18

»Darum«, sagte Copper und deutete auf die Haustür. Sie stand einen kaum wahrnehmbaren Spalt weit offen und zeigte am Rahmen, auf der Höhe des Schlosses, Spuren gewaltsamen Eindringens. »Das ist der Grund, warum Sie auf keinen Fall alleine hineingehen sollten, Sir.«

Gerade noch hatten sie sich voneinander verabschiedet, als Copper John nur zwei Herzschläge später eindringlich zurief, das Haus nicht zu betreten. John hatte sich zu Copper umgedreht und ihn verständnislos angeschaut. »Warum?«, hatte er gefragt. Nun betrachtete er die Kerben im Holzrahmen und runzelte die Stirn. »Ich verstehe nicht«, sagte er ungläubig und ließ den Blick nach oben gleiten, die Hausfront hinauf. Alle Fenster waren dunkel. Nichts regte sich. »Ich muss nachsehen, was …«

»Warten Sie, Sir!« Copper fasste John mit festem Griff am Arm. »Wer ist im Haus?«

»Hannah, meine Haushälterin. Beth und ihr Mann, Rupert. Köchin und Hausdiener. Moment, nein, sie sind zurzeit außer Haus. Bei Verwandten.«

Einen Moment dachte Copper nach, dann nickte er knapp. »Lassen Sie mich vorgehen. Und bleiben Sie dicht hinter mir, Sir. Warten Sie, wenn ich Sie bitte zu warten.«

»Wie Sie meinen.«

Aufmerksam besah sich Fieldings Gehilfe im fahlen Mondschein den Boden rund um den Eingang des Hauses. Wegen der ungünstigen Lichtverhältnisse beugte er sich so weit hinab, dass seine Nasenspitze fast die Pflastersteine berührte. Schließlich richtete er sich wieder auf und zuckte mit den Schultern.

Nur für den Bruchteil einer Sekunde erstaunt, beobachtete John, wie Copper eine Pistole unter seinem Mantel hervorzog und sich langsam zur Eingangstür begab. Während ihres gemeinsamen Heimwegs hatte John bereits den Eindruck gewonnen, dass es wohl unangebracht war, Copper zu unterschätzen. Einfach, aber unangebracht. Hinter dem verschmitzten und jovialen Auftreten des Mannes lag eine wachsame Entschlossenheit. John war sich sicher, dass Copper nicht ohne Grund für jemanden wie Fielding arbeitete. Ja, er musste sein anfängliches Bild revidieren, welches er im *Bedford* gewonnen hatte. Der Mann erinnerte ihn weniger an ein Wiesel als an einen drahtigen Terrier. Freundlich wedelte er mit dem Schwanz, konnte aber jederzeit gnadenlos zubeißen.

John legte die Hand fest auf seinen Degen und nickte bestätigend. Vorsichtig drückte Copper die Haustür auf. Nach wenigen Schritten verharrten sie in der Halle und lauschten in die Dunkelheit, die nur von dem schwachen Licht des Mondes erhellt wurde, das durch die Eingangstür fiel. Stille. Außer dem eigenen Atem konnte John keinen Laut hören.

Fragend nickte Copper zu der Tür, die linkerhand von der Eingangshalle abging.

»Empfangszimmer«, flüsterte John.

Ein weiteres Nicken, diesmal zur Treppe, die hinabführte.

»Küche und Vorratsräume.«

Mit einem Handzeichen gab Copper John zu verstehen, in der Halle zu warten. Dann schlich er erst mit vorsichtigen Schritten die Treppe hinab, und keine Minute später, nachdem er zurückgekehrt war und den Kopf geschüttelt hatte, öffnete er vorsichtig die Tür zum Empfangszimmer. Er verschwand in dem Raum. Bereits kurz darauf erschien er wieder im Türrahmen. »Ziemliches Durcheinander.«

John stöhnte auf, während Copper sich bereits auf den Weg zur Treppe nach oben machte. Einbrecher waren das eine. Einbrecher, die eine Spur der Verwüstung hinter sich ließen, etwas anderes. Vielleicht sah es in den anderen Räumen besser aus, hoffte er.

Doch im ersten Stock wiederholte sich der Anblick. Jeder der Räume war durchwühlt worden und es herrschte ein heilloses Durcheinander. Zorn stieg in John auf. Auch im darüberliegenden Stockwerk bot sich ein Bild von Chaos und Verwüstung. Die Einbrecher hatten ganze Arbeit geleistet. Schränke und Schubladen waren leergeräumt, der Inhalt wild auf dem Boden verteilt. Hannah würde die Fassung verlieren.

»Dienstboten?«, fragte Copper knapp. Sie waren auf dem Treppenabsatz im dritten Stock angekommen.

»Ja, die Dienstboten«, antwortete John niedergeschlagen. Wie hatte er nur glauben können, diese Nacht hätte mit Alexanders bestialisch zugerichteter Leiche bereits all ihre Schrecken offenbart?

Während sie vorsichtig entlang der Wand den kleinen Flur entlanggingen, ließ Johns Anspannung etwas nach. Das Kind war in den Brunnen gefallen, daran gab es nichts mehr zu ändern. Er würde am Morgen, bei Tageslicht, in Ruhe feststellen müssen, was entwendet worden war. Die Einbrecher jedenfalls schienen bereits über alle Berge zu sein. »Seien Sie bitte leise und wecken Hannah nicht unnötig«, flüsterte er und deutete auf die geschlossene Zimmertür. Die Vorstellung, heute Nacht noch seine Haushälterin beruhigen zu müssen, überstieg Johns momentan arg strapazierte Leidensfähigkeit.

Copper hatte bereits mit einem Blick durch die geöffnete Tür Beths und Ruperts Zimmer inspiziert. Nun betätigte er lautlos die Klinke der nach innen öffnenden Tür zum letzten Zimmer.

Anerkennend verfolgte John die Bewegungen des Mannes. Bemerkenswert, gestand er. Copper bewegte sich völlig lautlos. Keine Diele knarrte, keine Tür quietschte. Dazu benötigte man eine ausgeprägte Geschicklichkeit und Körperbeherrschung. Zweifellos das Ergebnis unzähliger Stunden Übung. Was Copper wohl getan hatte, bevor er in Fieldings Dienste trat?

Das Geräusch einer Zunderbüchse riss John aus seinen Gedanken. Dann flackerte das Licht einer Kerze auf, erhellte durch die halbgeöffnete Tür schemenhaft das Treppenhaus. John runzelte die Stirn.

»Sir.«

Coppers Stimme klang seltsam tonlos. Vor allem hatte er das Flüstern aufgegeben. Sie würden Hannah doch aufwecken. John seufzte.

»Sir!«, sagte Copper erneut, lauter.

Zögernd betrat John das Zimmer seiner Haushälterin. Er konnte sich nicht erinnern, wann er es das letzte Mal betreten hatte. War er überhaupt seit dem Kauf des Hauses jemals wieder hier oben gewesen, auf dieser Etage? Sara würde sicherlich das ein oder andere Mal bei den Dienstboten gewesen sein. Aber er?

Wie versteinert blieb er nach einem Schritt in den Raum stehen. Er brauchte einige Augenblicke, um das Bild, welches sich ihm bot, zu verarbeiten. Copper kniete am Boden und hielt eine Kerze über Hannahs Gesicht. Ausdruckslos schaute er John an. Schwarze Schatten umtanzten ihn fröhlich.

»Ist das Ihre Haushälterin, Sir?«

John nickte kraftlos. Dies konnte nur einer seiner nächtlichen Albträume sein. Jetzt, genau jetzt wäre der Zeitpunkt gewesen, um aufzuwachen. Er starrte auf die am Boden liegende Frau, wissend, dass ihm ein Aufwachen nicht vergönnt sein würde. »Kann man …?«, setzte er zu fragen an. Obwohl er die Antwort bereits kannte.

»Nein.« Copper wandte seinen Blick wieder dem reglosen Körper zu. »Sie ist tot.«

Beide Männer verharrten einen Augenblick, dann fügte Copper nüchtern hinzu: »Erwürgt, eindeutig.«

John musste schwer schlucken. Mit zwei Schritten war er so nah an Hannah herangetreten, dass er sie im fahlen Kerzenlicht genauer sehen konnte. Ihre Augen waren verdreht und quollen förmlich aus den Höhlen, der Hals war von roten Flecken überzogen. Aus Mund und Nase war Blut gelaufen. Es färbte den weißen Stoff, der in ihrem Mund steckte, rot. John kniff die Augen zusammen. Ihre Haube, erkannte er. Zusammengeknüllt. Wer, um Himmels willen, hatte ihr die Haube in den Mund gestopft?

An der rechten Schläfe klaffte eine blutige Wunde. Von einem Schlag? Das Haar war wild zerzaust, einige stumpfe Büschel lagen herausgerissen auf dem Boden. John trat einen Schritt zurück, wie um sich durch die Distanz zu schützen. Seinen Blick hielt er weiter auf das seltsam fremde Gesicht geheftet. Benommen schüttelte er den Kopf. Dies war keine gewöhnliche Nacht. Es war der Beginn der Apokalypse. Beinahe hätte er auflachen müssen. Die Hölle begann im Diesseits. Da war er sich endgültig sicher.

Copper unterdrückte einen Fluch. »Das Schwein hat sich an ihr vergangen.«

Erst jetzt nahm John wahr, dass Hannahs Nachtkleid über die knochigen Hüften hinaufgeschoben worden war. Stofffetzen baumelten um ihre Knöchel. Blut und noch etwas anderes verklebten ihre Scham. Er musste seinen Blick abwenden. Ihm war schwindelig. Auf der Suche nach einem Ruhepunkt, der seinen revoltierenden Magen beruhigte, sah er sich in dem Raum um.

Das Zimmer war so schnörkellos und praktisch eingerichtet, wie es Hannah selbst zu Lebzeiten gewesen war. Ein Bett, ein Schrank, ein Tisch mit zwei Stühlen. Die Vorhänge vor dem Fenster zugezogen. Kaum persönliche Gegenstände. Das Wenige dennoch durchwühlt. Neben dem Bett ein kleines Tischchen, darauf ein zerfleddertes Buch.

John machte einen vorsichtigen Halbbogen um die Tote und griff nach dem Band, schlug ihn auf. Las den Titel. *Pamela oder Die belohnte Tugend.*

Vertrauliche Briefe eines schönen jungen Frauenzimmers an seine Eltern. Er zog die Augenbrauen hoch, fast war er versucht aufzulachen. Dieses grässliche Buch. Warum verfolgte es ihn? Dann stutzte er. Ein winziges Stück Papier ragte ein paar Seiten weiter aus dem Buch hervor. Er zog es heraus und betrachtete es irritiert. Die Handschrift kannte er. Es war seine eigene. Eine knappe Notiz an Hannah, mit dem Inhalt, er werde für ein paar Tage London verlassen.

Dunkel erinnerte er sich. Kurz nach Saras Unglück hatte er die Nachricht an einem frühen Morgen auf den Tisch in der Eingangshalle gelegt und war der Stadt entflohen. Der Stadt, ihren Toten. Und ihren Lebenden. Die ihn mit ihren scheinheiligen Beileidsbekundungen umkreisten wie gierige Geier das Aas.

Nachdenklich drehte John das Papier in der Hand. Und hielt erneut erstaunt inne. Auf der Rückseite stand ebenfalls etwas geschrieben. Zwei Worte, eines in kruder Handschrift. »Hannah«, in Johns Schrift. Gefolgt von »Shinfield«. Während der Vorname der Adressatin von ihm selbst auf das seinerzeit gefaltete Papier geschrieben worden war, stammte die Ergänzung seines Nachnamens aus einer anderen Feder. Hatte Hannah den Familiennamen hinzugefügt? Eine alberne Vorstellung.

»Sir, alles in Ordnung bei Ihnen?« Copper stand mit einer fließenden Bewegung vom Boden auf.

»Ja.« John räusperte sich. »Alles in Ordnung. Ich ging gerade lediglich einer Erinnerung an vergangene Zeiten nach.« Beiläufig steckte er das Papier in seine Manteltasche. »Was … was tun wir jetzt? Hannah ist einem grauenhaften Verbrechen zum Opfer gefallen. Sollten wir nicht …?«

Abrupt endete er, da Copper eindringlich einen Finger vor den Mund legte und dann eilig die Kerze ausblies. In der plötzlichen Dunkelheit war John vollkommen blind. Angespannt lauschte er in die Nacht. Und hörte nach einem Moment vollkommener Stille leise Schritte. Sie kamen die Treppe herauf.

»Hinter die Tür«, flüsterte Copper.

Nach ein paar Herzschlägen hatten sich Johns Augen so weit an die Dunkelheit gewöhnt, dass er Schemen im Zimmer ausmachen konnte. Er sah, wie Coppers Schatten sich lautlos in Richtung Tür bewegte und hinter ihr verschwand. Wie ein versierter Dieb oder Wegelagerer, dachte John. Dann schlich auch er langsam und vorsichtig in den schwarzen Winkel hinter der Zimmertür, behutsam darauf bedacht, nicht auf die am Boden liegende Leiche seiner Haushälterin zu treten.

Nebeneinander verharrten die Männer in der Dunkelheit und hörten, wie die Schritte aussetzten, um danach weiter die Treppe heraufzukommen. John konzentrierte sich auf das unregelmäßige Knarren der Holztreppe. Es waren die Geräusche nur einer Person, stellte er erleichtert fest. Sie waren dem Eindringling also zumindest zahlenmäßig überlegen.

John bemerkte, wie Copper nach seiner Pistole griff, schlug den Mantel zur Seite und legte die Hand auf den Griff seines Degens. Die Schritte stockten. John hielt den Atem an. Nach einer gefühlten Ewigkeit schlich die Person weiter die Treppe herauf. Ihnen entgegen. John wusste nicht, ob er erleichtert oder entsetzt sein sollte.

Das grauenvolle Bild von Hannahs misshandelter Leiche erschien vor seinem Auge, vermischte sich mit dem von Alexander Steele. Eine eiskalte Wut baute sich Atemzug für Atemzug in ihm auf. Zog von seinem Bauch durch den ganzen Körper. Mühsam unterdrückte er ein Zittern.

Der Eindringling war auf ihrer Etage angekommen, betrat den Flur vor der halbgeöffneten Tür zu Hannahs Zimmer. Und blieb erneut lautlos stehen. Copper griff nach Johns Arm und gab ihm mit einem festen Druck zu verstehen, er solle ruhig bleiben. Die in der Stille liegende Anspannung war kaum auszuhalten.

Dann knarrte eine Bodendiele direkt vor der Tür. Ein weiterer Schritt war zu vernehmen. Und ein weiterer. Nur die Holztür trennte sie noch von Hannahs Mörder, der vorsichtig in das Zimmer schlich. Um sich an seiner Tat zu ergötzen? Um gar die Tote erneut zu schänden?

Ein grimmiges Lächeln zog über Johns Gesicht. Die kalte Wut füllte ihn jetzt vollends aus, ließ keinen Raum mehr für Angst oder Zweifel. Es war ein betäubendes, aber nicht unangenehmes Gefühl, wie er es bisher nur vom Schlachtfeld kannte.

Abrupt ließ Copper Johns Arm los, stieß einen lauten Schrei aus und stemmte sich gegen die Tür. Mit voller Wucht schlug sie gegen die Person auf der anderen Seite. Ein überraschter Schmerzensschrei war zu hören, dann das dumpfe Aufschlagen eines Körpers auf den Boden.

Copper riss die Tür wieder auf. »Schnell«, rief er John atemlos zu, »halten Sie ihn fest!«

Die beiden Männer stürzten sich auf den am Boden Liegenden, und John führte einen Schlag in die Gegend aus, in der er die Schemen eines

Kopfes ausmachte. Ein weiterer Schrei und der harte Aufprall seiner Faust auf einen Schädel zeigten ihm, dass er richtig gezielt hatte. Er verspürte ein kurzes Gefühl der Euphorie, das so schnell wieder verschwand, wie es gekommen war. Der Körper unter ihm verlor seine Spannung und gab jeglichen Widerstand auf.

»Halten Sie das Schwein gut fest!«, rief Copper erneut. »Ich mache Licht.«

Mit seinem ganzen Gewicht drückte John den Widersacher auf den Boden. Doch der Gegner leistete keinen Widerstand, war augenscheinlich nicht mehr bei Bewusstsein. Zischend entzündete sich in Johns Rücken eine Kerze. Langsam drängte ihr glühender Schein die Dunkelheit zurück. Entsetzt stockte John der Atem. Dann sprang er auf und hielt Copper zurück, der sich auf den am Boden liegenden Mann stürzen wollte.

»Verdammt, Copper, warten Sie!« John rang nach Atem. »Warten Sie! Das ist Rupert!«

Verständnislos starrte Copper John an. »Rupert?«

»Rupert. Mein Hausdiener.« Er ließ Copper los.

»Aber was …?« Verwirrt stützte Copper sich schwer atmend auf seine Knie, dann richtete er sich auf.

Die beiden Männer standen sprachlos nebeneinander und starrten auf den bewusstlosen Hausdiener. An Ruperts Schläfe hatte Johns Schlag eine großflächige Schwellung hinterlassen. Copper steckte zögerlich die Pistole weg, kniete sich nieder und legte ein Ohr an Ruperts Mund. »Er atmet.«

Ein leises Stöhnen bestätigte die Aussage, begleitet von einem Flackern der Augenlider. Es wurde stärker, bis Rupert schließlich die Augen öffnete.

John beugte sich über den Mann. »Bleib ruhig liegen, Rupert. Alles ist in Ordnung. Du … du hast einen Schlag auf den Kopf bekommen und warst kurze Zeit bewusstlos.«

Rupert sah John Shinfield verständnislos an. »Sir. Den Kopf? Schlag?« Er machte Anstalten, sich aufzurichten.

»Bleib noch einen Augenblick liegen«, hielt John ihn zurück. »Es wird dir gleich besser gehen.«

Gehorsam ließ Rupert sich zurücksinken und schloss die Augen. »Beth«, sagte er angestrengt. »Sie wartet unten in der Kälte. Wollte nicht, dass ich im Haus nach dem Rechten sehe.« Er schluckte. »Die Tür.«

Vielsagend schaute John zu Copper.

Ratlos zuckte der Mann mit den Schultern und dachte nach. Dann räusperte er sich. »Ich denke, ich sollte den Richter verständigen. Er wird nicht erfreut sein. Zwei Leichen in einer Nacht.«

Rupert riss die Augen auf und richtete sich ruckartig auf. »Leichen?« Sein verschreckter Blick blieb an Hannah hängen, weniger als drei Schritte von ihm entfernt. »Aber …«, war das Einzige, was er herausbrachte. Schneeweiß im Gesicht rang er nach Atem. »Aber …«

Copper, der den Hausdiener genau beobachtet hatte, entspannte sich merklich. »Wir sollten ihn nach nebenan in sein eigenes Zimmer bringen«, sagte er zu John.

Die beiden Männer halfen dem unverständliche Laute brabbelnden Rupert auf und stützten ihn. Copper hielt in einer Hand die Kerze und leuchtete ihnen den Weg. Nachdem sie den Hausdiener vorsichtig in sein Bett gelegt hatten, schlossen sie die Tür zu Hannahs Zimmer und stiegen die Treppe hinab ins Erdgeschoss, wo eine nicht nur vor Kälte zitternde Beth ängstlich durch die halbgeöffnete Haustür lugte.

»Ich informiere den Richter, Sir.« Copper stellte die Kerze auf den Tisch, der sonst Platz für Nachrichten und Mitteilungen bot, und knöpfte seinen Mantel zu. »Lassen Sie vorerst niemanden in den Raum im obersten Stockwerk.« Er sah John mit Nachdruck an, bis dieser nickte. »Ich denke, wir werden uns in Kürze wiedersehen.« Beim Hinausgehen bedachte er Beth, die ihn mit großen Augen und offenem Mund ansah, mit einer kurzen Verbeugung. Dann verschwand er in der Nacht.

»Bitte komm herein, Beth.« John merkte, wie eine bleierne Müdigkeit ihn zu übermannen drohte. »Rupert geht es gut. Er hat sich lediglich den Kopf … gestoßen. Er liegt im Bett und schläft sicherlich bereits, es gibt keinen Grund, sich Sorgen zu machen. Ich wäre dir sehr verbunden, wenn du in der Küche ein Feuer anzünden und uns eine Kanne Kaffee kochen würdest.« Er schloss die Eingangstür. Sie fiel ins Schloss, ließ sich jedoch nicht absperren. »Eine große Kanne, wenn möglich. Wir alle werden sie brauchen«, fügte er erschöpft hinzu.

*

Sie saßen in der Bibliothek. John Shinfield, Jonathan Copper und Henry Fielding. Im Kamin prasselte ein Feuer, jeder der Männer hielt gedankenverloren ein Glas Brandy in der Hand. Seit einigen Minuten hatte niemand mehr etwas gesagt. Draußen kündigte die Dämmerung bereits den neuen Tag an. Man hätte meinen können, die drei Männer seien zu einem netten Plausch zusammengekommen. Doch es lag eine für alle greifbare Anspannung in der Luft. Eilig zusammengetragene Stapel von Büchern und Dokumenten zeugten noch von dem Chaos, das John beim Betreten der Bibliothek vorgefunden hatte.

Johns Blick wanderte zur Zimmerdecke. Über ihnen war der von Fielding verständigte Coroner dabei, Hannahs Leiche zu untersuchen. Ein Zimmer weiter beschäftigte Dr. Hampton sich schon seit geraumer Zeit damit, Rupert ausführlich zu examinieren. Seine medizinische Fürsorge würde sich später in der Höhe der Rechnung widerspiegeln, daran bestand kein Zweifel. Der Hausdiener, das hatte ein erster Blick des herbeigerufenen Doktors bereits ergeben, würde nach ein, zwei Tagen Ruhe gänzlich wiederhergestellt sein. Gott sei Dank. Diese Nacht hatte bei weitem mit genug Leid und Gewalt aufgewartet.

Im Untergeschoss weinte Beth sich die Augen aus, während sie glänzende Töpfe schrubbte. Nicht wegen ihres verletzten Mannes. »Der hat einen steinharten Schädel, das wird schon wieder«, hatte sie wegwerfend zu John gesagt. Nein, sie weinte Hannahs wegen. Wegen dessen, was ihr angetan worden war. In das Weinen mischten sich immer wieder Beteuerungen wütender Rachegelüste. »Wenn ich das Schwein in die Finger kriege!«, hörte John sie schluchzen. Er hatte die leere Kaffeekanne zum Auffüllen in die Küche gebracht. Und als er den Raum wieder verließ, sagte sie so etwas wie: »Aus dem mache ich Blutwurst!« Grimmig gestand sich John ein, dass seine Gedanken den Äußerungen von Beth nicht unähnlich waren.

»Ich fasse Ihre Überlegungen noch einmal zusammen, John«, unterbrach Fielding das Schweigen und stand von seinem Stuhl auf. Er begann, auf und ab zu gehen. Dabei wich er den herumliegenden Bücherstapeln aus. »Die zeitlich enge Abfolge der Morde an Steele und Ihrer Haushälterin veranlasst Sie zu der Annahme, nein Überzeugung, dass hier ein Zusammenhang besteht.« Eine Pause, begleitet von einem prüfenden Blick in Richtung John. »Ein Zusammenhang, den Sie in Ihrem Besuch am Hanover Square begründet sehen. Und damit in jenem Auftrag, den ich Ihnen erteilte.« Fielding blieb stehen und sah John, der wortlos nickte, fragend an. Der Richter seufzte vernehmlich und nahm seine

Wanderung erneut auf. »Ich muss eingestehen, dass die Umstände wirklich zumindest verdächtig sind. Wobei ich den Jakobitern eine Mordserie an Londoner Bürgern nur widerwillig zutraue. Sie passt so gar nicht zu dem politischen Fokus der Sympathisanten des Möchtegern-Monarchen. Was soll das bezwecken, außer vielleicht, unsere Bevölkerung in Panik zu versetzen. Ein Mordversuch am König, das traue ich ihnen ohne Umschweife zu. Aber Steele? Und nur kurz darauf Ihre Haushälterin?« Er brütete einige Augenblicke vor sich hin. »Zwischen diesen beiden Toten gibt es keine Verbindung. Die Morde wirken wahllos. Nichtsdestotrotz kann ich meine Augen nicht davor verschließen, dass irgendein Zusammenhang bestehen *könnte.* Was denken Sie, Copper?«

»Nun, Mr Shinfield hat einen nachvollziehbaren Schluss gezogen, Sir. Wenn ich etwas aus meiner bisherigen Arbeit gelernt habe, dann den, dass zwei Zufälle selten Zufall sind. Zwei Morde in einer Nacht. Und beide Opfer waren Mr Shinfield persönlich bekannt. Dies zumindest ist eine Verbindung.« Er blickte zu John, der ihm aufmerksam zuhörte. »Man hat hier augenscheinlich etwas gesucht, Sir.« Er deutete auf die unregelmäßigen Lücken in den Regalen. »Es wird interessant sein festzustellen, ob bei den Steeles ebenfalls Eindringlinge zugange waren.«

John musste an Paul denken. Hoffentlich war der Mann bei seinem Ausflug zum Hanover Square äußerst vorsichtig gewesen. Ansonsten würde man seine Verstrickung in die ganze Sache kaum noch geheim halten können. Seine Verbindung zu de l'Estagnol sowie den feigen Überfall hatte John dem Richter gegenüber weiterhin mit keiner Silbe erwähnt. Wie er es mit Paul besprochen hatte. Ob dies richtig war?

Fielding grübelte. »Haben Sie das Umfeld auf Spuren untersucht, Copper?«

»Bevor wir das Haus gemeinsam betraten, Sir, habe ich den Eingangsbereich genauer in Augenschein genommen. Der Boden gab aber keine brauchbaren Hinweise auf den Eindringling preis.« Er stockte. »Oder die Eindringlinge.«

»Ich verstehe.« Fielding wandte sich an John. »Und Ihre Dienerschaft war außer Haus, so dass nur die Ermordete anwesend war?«

»Ja, Beth und Rupert mussten zu erkrankten Verwandten. Nach Wokingham.«

Mit einem Räuspern schaltete sich Copper ein. »Als ich eben mit den beiden sprach, erzählten sie etwas durchaus Merkwürdiges. Sie erhielten wohl eine knappe Depesche. Der Vater Ihrer Köchin liege im Sterben, hieß es darin. Erstaunlicherweise – oder vielmehr glücklicherweise – erfreute sich der alte Herr vor Ort jedoch bester Gesundheit. Es herrschte allseitiges Erstaunen, als das Ehepaar am vermeintlichen Krankenbett eintraf. Die Köchin und ihr Mann kehrten postwendend um und kamen bereits diese Nacht zurück nach London. Durch einen glücklichen Zufall schafften sie es, in Wokingham eine verspätete Postkutsche zu erreichen. Ansonsten wären sie frühestens am morgigen Abend hier angekommen.«

»Hört sich nach einem ausgefuchsten Spiel an, um das Haus diese Nacht leer zu haben«, warf Fielding nachdenklich ein. »Lässt sich etwas aus der Nachricht ableiten? Aus der Handschrift?«

»Sie ist vernichtet, leider.« Copper schüttelte den Kopf. »Die Sache gefällt mir nicht, Sir.«

»Eine weitere Ungereimtheit, die zeigt, dass wir hier nicht von bloßen Zufällen sprechen können«, bemerkte John.

»Hm«, grummelte Fielding und blieb nach ein paar weiteren Schritten genau vor John Shinfield stehen. »Was also schlagen Sie vor?«

Erstaunt erwiderte John den Blick des über ihm aufragenden Mannes. »Vorschlagen, Henry? Dass Sie der Sache nachgehen und das Monster fassen, das Hannah derart zugerichtet hat!« Er schnaubte. »Unabhängig von seinen etwaigen politischen Sympathien.«

»Ich verstehe Ihre Wut, John. Selbstverständlich wird es eine Untersuchung geben, das kann ich Ihnen versichern.«

Die drei Männer richteten gleichzeitig ihren Blick auf die geschlossene Zimmertür. Im Treppenhaus waren schwere Schritte und angestrengtes Schnaufen zu hören. »Vorsichtig, Mann!«, rief eine heisere Stimme. »Die Arme hat schon genug erlitten. Da musst du ihr nicht noch den Kopf anschlagen.« Unverständliches Gemurmel folgte als Antwort. Dann entfernten sich die Schritte schwerfällig das Treppenhaus hinunter.

»Eine Untersuchung, Henry. Aha.« John richtete sich in seinem Stuhl auf. Er hatte einen Entschluss gefasst. »Ich werde Ihnen sagen, was ich in dieser Sache vorschlage, Sir.« Er stand abrupt auf. Die beiden Männer trennte weniger als eine Armlänge voneinander. »Ich werde Ihnen sagen, was *ich* in dieser Sache unternehmen werde.«

Der Richter blickte ihn unbewegt an.

»Ich werde herausbekommen, wer für diese Tat verantwortlich ist. Wer in mein Haus eingedrungen ist, sich durch meinen Hausrat gewühlt hat. Wer das Leben meiner Haushälterin auf dem Gewissen hat.« Er verschränkte die Arme. »Das zumindest bin ich ihr schuldig.« Das bin ich Sara schuldig, dachte er. Hannah war als Saras Dienstmagd in dieses Haus gekommen. Außerdem hingen mit diesem Mord weitere Verbrechen zusammen. Mit dem Verweis auf Hannah konnte er ohne großes Versteckspiel an die Aufklärung des Falls gehen.

Fielding kniff die Augen zusammen. Die beiden Männer starrten einander einige Atemzüge lang an. Dann entspannten sich die Gesichtszüge des Richters.

»Wenn Sie darauf bestehen, John –«, sagte er.

John traute seinen Ohren nicht. Er hatte mit Widerstand gerechnet, mit dem Vorwurf, seine Kompetenzen zu überschreiten. Mit dem Hinweis auf nationale Befindlichkeiten.

»Es gibt meinerseits jedoch eine Empfehlung«, ergänzte Fielding.

»Die wäre?«, fragte John misstrauisch.

»Ich empfehle Ihnen nachdrücklich Copper als Ansprechpartner, John. Die beiden Verbrechen sind zu brutal, als dass Sie gänzlich alleine etwas unternehmen sollten. Zumal wir ja nicht ausschließen können, dass Ihre eigene Person in Gefahr ist.«

»Wie kommen Sie auf den Gedanken?« Hatte Fielding doch etwas von dem nächtlichen Überfall auf John mitbekommen?

»Wenn Ihre Vermutung richtig ist, dann steht Ihr Besuch bei den Steeles im Zusammenhang mit zwei Morden. Wir wollen sicherstellen, dass nicht Sie ein weiteres Opfer werden.«

Hörte John einen leisen Unterton von Amüsiertheit in Fieldings Stimme? Er erforschte das Gesicht seines Gegenübers, blickte jedoch auf eine unbewegte Maske. Für einen Moment zögerte John. »Gut, ich bin damit einverstanden, dass Copper mich unterstützt, falls ich ihn benötige. Vier Augen und Ohren können gelegentlich mehr in Erfahrung bringen als zwei. Das ist wohl richtig.« Er machte eine Pause. »Auf diese Weise wären Sie natürlich bestens über die Entwicklungen informiert, Henry. Praktisch, in der Tat.«

Diesmal lachte Fielding laut. »So ist es, John. Stellen Sie Nachforschungen an, finden Sie heraus, was hinter den Morden steckt. Und natürlich, wer.« Seine Miene wurde wieder ernst. »Davon will ich Sie nicht abhalten. Aber tun Sie es möglichst diskret. Stellen Sie nicht unnötig eine Verbindung zwischen Ihnen und mir her. Ich kann Sie zu nichts autorisieren, das muss Ihnen klar sein. Ich werde meine eigenen Methoden einsetzen, um die Sache aufzuklären. Je weniger Aufsehen wir erregen, umso besser. Sollten die Jakobiter involviert sein, handelt es sich hier um Vorgänge von nationaler Relevanz.« Er seufzte und seine Stirn legte sich in Falten. »Ihnen ist ja bekannt, dass ich in dieser Sache gewissen Kreisen gegenüber Rechenschaft ablegen muss.«

»Selbstverständlich. Mir selbst ist viel daran gelegen, so wenig Aufsehen wie möglich zu erregen. Insofern bin ich für die Unterstützung dankbar.« John nickte Copper zu, wohl wissend, dass er sich hüten würde, den Gehilfen des Richters einzubeziehen.

Auch Fielding nickte knapp. »Zögern Sie bitte nicht, mich bei Fragen oder wichtigen Entwicklungen direkt zu Rate zu ziehen.«

»Das werde ich tun, Sir.« John trank sein Glas aus und stellte es ab. Copper erhob sich und tat es ihm nach.

»Gut«, sagte Fielding und stellte sein leeres Glas zu den beiden anderen. »Dann bleibt mir nur noch, Ihnen einen guten Morgen zu wünschen.« Er unterdrückte ein Gähnen. »Sie wissen, wo Sie mich finden.«

John begleitete die Männer zur Eingangstür.

»Bis die Tür instand gesetzt worden ist, stelle ich einen Mann ab, der den Eingang bewacht«, bemerkte Fielding zum Abschied.

Beim Hinausgehen meinte John, ein zufriedenes Lächeln über das Gesicht des Richters huschen zu sehen. Der alte Fuchs, dachte John. Er denkt, er hat mich am Haken. Er hat nicht ganz unrecht. Aber eben auch nicht völlig recht.

»Melden Sie sich, Sir, wenn ich behilflich sein kann«, sagte Copper zu John. »Jederzeit.«

»Schlafen Sie erst einmal ein paar Stunden, Mr Copper. Ich habe den Verdacht, dass wir allesamt einen ausgeschlafenen und klaren Kopf benötigen.« Er brauchte Zeit, um sich mit Paul zu beratschlagen. Er konnte Copper wirklich nicht an seiner Seite gebrauchen. »Ich selbst werde mich aufs Ohr legen. Ich melde mich dann bei Ihnen.«

Copper nickte, tippte sich an den Hut und verließ zusammen mit dem Richter das Haus.

Nur mühsam unterdrückte John ein Gähnen. Er war todmüde, wusste jedoch, dass er keinen Schlaf finden würde. Nachdem er die Haustür so gut wie irgend möglich verschlossen hatte, stieg er nachdenklich die Treppe hinauf. In seinem Kopf wirbelte ein Sturm von Gedanken und

Bildern, den er als unangenehmes Summen hören konnte. Er schüttelte den Kopf, wie um Wasser aus dem Gehörgang zu entfernen. Das Summen blieb.

Er betrat die Bibliothek und blieb nach zwei Schritten im Raum stehen, sah sich um. Betrachtete die übereinandergeworfenen Bücher, die losen Papiere auf dem Boden vor dem Sekretär. Warum das Durcheinander? Was war gesucht worden, und warum hier bei ihm? Wirkliche Wertgegenstände bewahrte er keine im Haus auf. Von den wenigen etwas kostbareren Stücken war so weit nichts gestohlen worden. Ja, Copper hatte recht. Es wäre interessant gewesen zu wissen, ob es bei den Steeles ebenfalls Eindringlinge gegeben hatte. Das zumindest würden sie bald erfahren – nachdem Fielding Amelia aufgesucht und sie vom Tode ihres Mannes unterrichtet hatte. Vielleicht sogar schon früher, wenn er Rückmeldung von Paul erhielt. Konnte der gar zur Aufklärung des Mordes an Steele beitragen? Hatte er im Anwesen etwas gesehen oder gehört?

John starrte auf das am Boden liegende Exemplar von Newtons Abhandlung über die Schwerkraft. Direkt daneben Henry Fieldings *Joseph Andrews*. Er kratzte sich müde an der Stirn. Was insbesondere nicht zu dem Bild eines gewöhnlichen Einbruchs passte, war der grausame Mord an Hannah. Nein, korrigierte er sich widerwillig – es war nicht der Mord als solcher, der keinen Sinn ergab. Vielleicht hatte seine Haushälterin den oder die Einbrecher überrascht, hatte sie gar zur Rede stellen wollen. Woraufhin man sie gewaltsam zum Schweigen gebracht hatte. Von solchen Gräueltaten las man immer wieder in den Gazetten. Wie jedoch passte es dazu, dass man sich außerdem an der Frau vergangen hatte? Ein Einbruch musste möglichst lautlos und schnell vonstattengehen. Jede zusätzliche Minute im Haus erhöhte das Risiko, aufzufallen und erwischt zu werden. Je mehr er darüber nachdachte, umso weniger ergab irgendetwas einen Sinn. John stieß seufzend den Atem aus und verschränkte die Arme vor der Brust. Wann genau war sein Leben eigentlich zu einem einzigen Albtraum geworden?

Als er gedankenverloren die losen Papiere aufgesammelt hatte und den offenen Sekretär schließen wollte, stockte er. Seine Hand griff fahrig in das Innere des Möbels, suchte die Lade ab. Ein weiteres Mal, und dann ein drittes Mal. Schließlich beugte er sich hinunter und inspizierte den überschaubaren Inhalt aus zusammengekniffenen Augen. Eine eiskalte Hand legte sich um seinen Magen und raubte ihm für einen Moment den Atem. Dann wurde ihm siedend heiß.

Das kleine Bild, welches Saras Porträt zeigte, war verschwunden. Johns Atem ging stoßweise. Und mit jedem Atemzug stieg die Wut. Heiß legte sie sich über seine Sorgen und Bedenken. Es war an der Zeit, das Leben dieser Verbrecher zu einem Albtraum zu machen.

*

Er saß gebeugt über seinem Frühstück. Speck, ein paar Eier, etwas Brot. In Gedanken versunken stocherte er auf dem Teller herum, ohne wirklich wahrzunehmen, was da vor ihm lag. Tiefe Falten auf der Stirn zeugten von seiner gedrückten Stimmung. In der Küche herrschte eine ungewohnte Stille, nur unterbrochen von Beths gelegentlichen Schluchzern. Und auch die hörte John nicht.

Ein Klopfen riss ihn schließlich aus seinen Gedanken.

»Soll … soll ich öffnen, Sir?« Beth deutete mit einer Hand auf die Tür, die von der Küche nach draußen führte. Der Zugang für Lieferungen und Dienstboten. Anders als die Eingangstür war sie mit einem schweren Bolzen gesichert, den Beth nun auch tagsüber vorlegte. Dienstboteneingänge waren beliebt bei Einbrechern. Nicht bei allen, wie es schien.

John nickte und richtete sich auf. »Schauen wir nach, wer da etwas von uns will.« Gespannt erwartete er noch immer eine Nachricht von de l'Estagnol.

Mit einem großen Taschentuch wischte Beth sich durch das Gesicht, dann schnäuzte sie sich lautstark, bevor sie Bolzen und Riegel umlegte. »Wir brauchen nichts, Liebchen«, sagte sie zu dem rothaarigen Mädchen, das vor der Tür stand, einen Korb unter dem Arm.

Das Mädchen knickste, den Blick scheu zu Boden gerichtet. Es war in ausgefranste, aber saubere Lumpen gewickelt, um sich vor der Kälte zu schützen. »M'am, einen guten Morgen wünsche ich.« Das arme Ding klang erkältet, die Stimme rau und belegt. »Eine Nachricht habe ich abzugeben, M'am.«

Fragend sah Beth zu John.

»Eine Nachricht? Komm herein, Kind. Wärm dich etwas auf.« Zwischen den Lumpen hatte John an den Händen für einen kurzen Moment Frostbeulen gesehen. Zur Köchin gewandt fügte er daher hinzu: »Vielleicht ist ja auch noch etwas Warmes vom Frühstück übrig?«

»Gott möge es Ihnen vergelten, Sir.« Das Mädchen trat hustend in die Küche und Beth schloss die Tür.

»Du sprachst von einer Nachricht für mich?« Er trat einen Schritt auf das Mädchen zu, das weiterhin schüchtern seinen Blick gesenkt hielt. »Du brauchst nicht verängstigt zu sein, Kind«, sagte er freundlich. »Hier tut dir niemand etwas. Beth bereitet dir gleich etwas zu essen, solltest du hungrig sein. Du …«

John stutzte. Verdutzt trat er noch einen Schritt näher. Von wegen verängstigt – ein breites Grinsen überzog das Gesicht des Kindes. Und nun begann es auch noch zu kichern. Er runzelte die Stirn. Er wusste, dass Kinder bisweilen unvorhergesehen reagierten, doch was an der Situation derart komisch sein sollte, verstand er nicht.

Als habe es seine Verwirrung bemerkt, hielt sich das Mädchen sogar feixend eine Hand vor den Mund, während ihre Schultern vor unterdrücktem Lachen bebten. John wollte gereizt an die abzuliefernde Nachricht erinnern, da fiel es ihm wie Schuppen von den Augen. Er grinste über beide Ohren.

»Kind, reiß dich bitte etwas zusammen«, mahnte Beth indes mit strengem Blick. »Du hast es mit der Herrschaft des Hauses zu tun.«

John lachte auf und schüttelte den Kopf. »Schon gut, Beth. Alles in Ordnung. Wir gehen nach oben.« Er bedeutete dem Mädchen, ihm zu folgen, und verließ die Küche, Richtung Bibliothek.

Wie vom Blitz getroffen starrte Beth hinter John Shinfield und dem Kind, das ihm mit hüpfenden Schritten folgte, her. Nein, derzeit verstand sie die Welt wirklich nicht mehr. Waren denn jetzt alle verrückt geworden? Alle miteinander? Kopfschüttelnd räumte sie Johns nahezu unangetastetes Frühstück ab.

Kapitel 19

»Nun weiß ich auch, wo ich Sie gesehen habe«, sagte John mit einer Mischung aus Bewunderung und Ungläubigkeit. Sein Blick verharrte auf dem Kopf seines Gegenübers. De l'Estagnol hatte sich umgezogen und war wieder in sein altes Selbst geschlüpft. Nahezu, denn seine jetzige Perücke war zwar elegant, aber ungewohnt klein und damit vergleichsweise unauffällig.

Paul deutete Johns Blick richtig. »Eine Frage des Platzes«, sagte er und wies auf den Korb, der zu seinen Füßen stand. »Gut gepackt passt da schon eine ganze Menge hinein, doch irgendwo muss man immer Abstriche machen.«

»Was, wenn ich damals doch einen Apfel von Ihnen hätte kaufen wollen?«

Langsam griff Paul unter das Tuch, welches den Korb abdeckte. Grinsend zog er einen prallen, roten Apfel hervor.

»Beeindruckend!« John stemmte beide Hände in die Hüfte. »Wirklich beeindruckend!« Er deutete auf einen Stuhl und setzte sich Paul gegenüber, nachdem dieser Platz genommen hatte. »Es sind letzte Nacht schreckliche Dinge geschehen«, kam John sogleich auf den Punkt. »Sowohl Alexander Steele als auch meine Haushälterin Hannah sind auf grauenvolle Weise ermordet worden.« Er deutete auf die Unordnung. »Beth und Rupert hat man aus dem Haus gelockt, wohl um freie Hand zu haben. Jemand ist hier eingestiegen, augenscheinlich auf der Suche nach irgendetwas.«

Mit gerunzelter Stirn sah Paul sich um, dann nickte er mit finsterer Miene. »Ich habe bereits davon gehört. Von Steele, meine ich.« Als John ihn erstaunt ansah, fügte er hinzu: »Ich verfüge über ein paar – sagen wir – Augen und Ohren, die es mich unverzüglich wissen lassen, wenn etwas Ungewöhnliches in der Stadt geschieht. Steeles Tod ist längst kein Geheimnis mehr. Ich weiß auch, John, dass Sie in der Nacht unten am Fluss beim Richter waren, um den Toten zu identifizieren. Nicht unweit der Coalman's Alley, nicht wahr? Steele besitzt dort ein paar Lagerhäuser.«

»Tatsächlich? Da wissen Sie mehr als ich«, sagte John voller Erstaunen. Die Lagerhäuser, an denen er vorbeigekommen war, gehörten also Steele. »Doch was soll er dort mitten in der Nacht getan haben?«

»Jeder weiß, wie detailliert Steele stets alles selbst kontrolliert hat. Dafür war er in Händlerkreisen geradezu berüchtigt. Vielleicht wollte er nach dem Rechten sehen und lief dem Mörder direkt in die Arme? Das zumindest mutmaßt man auf der Straße.« Paul zog eine Augenbraue hoch. »Dass auch hier, am Gough Square, etwas geschehen sein muss, erkannte ich an Fieldings Helfer, der draußen das Haus bewacht. Mit grimmiger Miene übrigens.« Er ließ seinen Blick erneut über das Durcheinander im Raum schweifen. »Die Eingangstür wurde aufgebrochen, wie ich im Vorbeigehen sah.« Er atmete tief ein. »Ich entschied mich dafür, mein Gesicht nicht zu zeigen und vorsichtshalber in Verkleidung zu erscheinen. Ich musste also noch einmal umkehren, was ein Grund für mein spätes Erscheinen bei Ihnen ist, John. Doch Hannah ermordet? Just zu dem Zeitpunkt, an dem Sie zu Fielding beordert waren?« Er dachte nach. »Das ist eine wahrlich abscheuliche und vor allem traurige Neuigkeit.« Paul kratzte sich am Kinn. »Sie muss den Einbrecher überrascht haben.«

»Leider ist dies noch nicht die ganze Geschichte. Es scheint, als habe der Mörder sich an Hannah vergangen.«

Für einige Minuten sagte Paul nichts. »Mit was für einem Monster haben wir es zu tun? Ich bin fassungslos.«

»Dass er sich … die Zeit für seine Tat genommen hat, zeigt doch, wie sicher der Mann sich seiner Sache war.«

Paul nickte zustimmend. »Und es zeigt, mit welch unbarmherziger Brutalität er vorgeht. Es scheint gar, als sei das Verbrechen an Ihrer Haushälterin kein Zufall, sondern eingeplant gewesen. Eine furchtbare Entwicklung. Sie verdeutlicht wohl, dass wir jemanden gehörig aufgeschreckt haben. Jemanden, der genau weiß, was er tut.« Betreten sah er John an. »Ich habe nicht damit gerechnet, dass selbst Ihre Dienerschaft in Gefahr ist.« Er kratzte sich am Kinn. »Es sei denn, es gibt einen Grund für diesen Mord.«

»Was für einen Grund sollte es geben? Ich meine: die Haushälterin!«

Mit gespitzten Lippen zuckte Paul die Schultern. »Wir haben es mit einem ruchlosen Menschen zu tun. Sie müssen mir alles erzählen, was sich zugetragen hat. Jedes Detail. Warum nur musste Hannah sterben? Haben wir etwas übersehen?«

John schluckte. »Natürlich frage ich mich, ob ich nicht hätte wachsamer sein müssen. Doch dass selbst meine Dienerschaft in Gefahr sein könnte …« Er schüttelte ungläubig den Kopf. »Wie Sie bereits sagten: Der Kerl weiß genau, was er tut. Es ist erschreckend. Er hat Beth und Rupert weggelockt, um freie Bahn zu haben. Fast scheint es, als blicke er zu uns herein. Ich habe den Eindruck, wir werden von den Ereignissen getrieben und kommen keinen einzigen Schritt weiter. Die Katastrophe wird von Tag zu Tag nur größer.« Fest ballte John beide Hände zu Fäusten. »Wir müssen etwas unternehmen!« Er überlegte. »Vielleicht sollte ich doch zu Fielding gehen.«

Vehement schüttelte Paul den Kopf. »Ich traue dem Richter nicht. Oder zumindest nicht denen, die da im Schatten hinter ihm stehen und Sie in die ganze Sache hineingezogen haben. Was soll Fielding denn tun? Ihnen einen ständigen Bewacher zur Seite stellen?« Er schnaubte. »Das hält einen zu allem entschlossenen Mörder auch nicht davon ab, Sie ins Visier zu nehmen. Und darüber hinaus behindert uns ein Bewacher nur bei unseren Nachforschungen.«

Nachdenklich schwieg John, dann zuckte er mit den Schultern. »Haben Sie etwas herausgefunden? Sind Sie vergangene Nacht im Haus der Steeles gewesen?«

Paul nickte. »Ich kenne ein junges Ding, das für die Steeles arbeitet und dem ich schon länger schöne Augen mache.« Er grinste. »Es war gar kein Problem, für ein überfälliges kleines Rendezvous in das Haus zu gelangen. Die junge Dame war sehr willig, mich in ihre Kammer zu führen. Nachdem sie etwas von dem Wein getrunken hatte, den ich ihr mitbrachte, konnte ich mich auf Erkundung begeben. In dem Getränk, das gebe ich unumwunden zu, war ein gewisses Mittelchen. Sehr praktisch. Weitgehend harmlos, nimmt man es nicht regelmäßig zu sich. Das Mädchen schlief sofort ein. Unter dem Mantel der Dunkelheit suchte ich den dritten Stock auf. Leider gelang es mir jedoch nicht, das Arbeitszimmer zu betreten. Die Tür war abgesperrt, und das Schloss ist wirklich nicht ohne. Steele hat eindeutig vorgesorgt. An seine Unterlagen kommt so leicht niemand heran. Ich hätte die Tür wohl irgendwann aufbekommen, doch das hätte seine Zeit gebraucht. Und wahrscheinlich wäre das Schloss dann zerstört gewesen. Keine guten Voraussetzungen, um letzte Nacht unbemerkt zu bleiben.«

John ließ die Schultern sinken. »Dann war Ihre Mission also wenig erfolgreich. Ich hatte auf so etwas wie einen Durchbruch gehofft, wenn ich ehrlich bin.«

»Ein Durchbruch war es leider nicht. Ich habe keine Belege finden können, dass die Steeles gemeinsame Sache mit den Jakobitern machen, nein. Da ich nicht in das Arbeitszimmer hineinkam, widmete ich mich den anderen Räumen auf der Etage.«

»Und was fanden Sie dort?«

»Ein paar Dokumente, meist persönlicher Natur. Nichts, was uns weiterhelfen würde. Doch was ich in den Räumen *nicht* vorfand, weckte meine Neugierde.« Er nickte bedächtig.

»Was meinen Sie?«

»Es muss gegen ein Uhr in der Nacht gewesen sein, als ich meine Erkundungstour unternahm. Nachtschlafende Zeit also. Doch die Zimmer waren allesamt leer. Auch die Schlafräume. Keine Menschenseele.«

»Sie haben also Alexander Steele nicht gesehen? Nicht gehört?«

Paul schüttelte den Kopf. »Kein Haar von ihm.«

»Und Mrs Steele?«

»Von ihr ebenfalls keine Spur. Alle Betten waren unbenutzt. Die Herrschaften waren eindeutig nicht zuhause.«

»Das ist doch nicht unbedingt ungewöhnlich. Vielleicht waren sie irgendwo eingeladen.«

»Unwahrscheinlich, wenn die Dienerschaft davon ausgeht, dass die Herrschaft anwesend ist und sich zurückgezogen hat, um ungestört zu sein.«

»Ihr Rendezvous hat Ihnen dies gesagt?«

»Genau. Die junge Dame mahnte ausdrücklich zur Lautlosigkeit, als sie mich durch den Dienstboteneingang einließ. Mr und Mrs Steele seien im Haus, in ihren Privatgemächern, daher müssten wir sehr vorsichtig sein.«

John grübelte. »Steele war eindeutig außer Haus, ansonsten hätte man seinen bestialisch zugerichteten Körper kaum in derselben Nacht unten an der Themse finden können. Doch Amelia wurde für den Nachmittag zurückerwartet, das sagte mir Joseph. Also haben beide heimlich und unbemerkt das Haus verlassen, ohne der Dienerschaft Bescheid zu geben.«

»In der Tat ungewöhnlich. Und eigentlich unmöglich. Meine Erfahrung mit Bediensteten hat mich zu der festen Überzeugung geführt, dass ihnen nichts entgeht. Vor allem nicht Abreise und Ankunft ihrer Herrschaft.

Vergessen Sie nicht – ich habe das Haus unter Beobachtung. Die Steeles haben es nicht mehr verlassen. Und doch wurde Alexander Steeles Leiche an der Themse gefunden.« Paul grübelte. »Und dann geschah, wahrscheinlich kurz nachdem Steele gefunden wurde, der Mord an Ihrer Haushälterin. *Das* macht die ganze Sache erst wirklich ungewöhnlich.«

John schwieg.

»Es ist eindeutig, dass die Vorfälle zusammenhängen, John. Vielleicht gar von langer Hand geplant wurden. Ich meine, da lockt jemand die Köchin und ihren Mann aus dem Haus, bricht hier ein und durchsucht das Haus. Bringt die einzige anwesende Person um. Genau in der Nacht, in der man auch Ihren alten Bekannten Alexander ermordet auffindet. Übrigens nicht wirklich weit von hier.« Paul schnalzte mit der Zunge. »Was mich zu der Frage führt, ob Ihnen etwas entwendet wurde.«

Zögernd nickte John. »Bisher ist mir nur von einem Gegenstand aufgefallen, dass er fehlt. Ein Bild meiner verstorbenen Frau. Eine Miniatur. Nichts Kostbares, sieht man von dem persönlichen Wert der Abbildung für mich ab.« Er deutete auf den Sekretär. »Das Bild befand sich dort drinnen.«

»Ein Bild? Die Sache wird immer ungewöhnlicher. Warum ein Bild Ihrer Frau? Sonst nichts?«

»Wie es scheint, sonst nichts.«

Mit zusammengekniffenen Augen schaute Paul sich in der Bibliothek um. »Der Eindringling hat Schubladen und Bücherregale durchwühlt. Er hat gemordet. Nach einem Bild wird er da wohl kaum gesucht haben. Eher nach so etwas wie Wertpapieren, Geld, Dokumenten, sollte man annehmen. Sind Sie sicher, John, dass diesbezüglich nichts abhandengekommen ist?«

John nickte nachdrücklich. »Solche Dinge lasse ich verwahren, da kann man in diesem Haus nicht fündig werden.«

»Das lässt nur einen Rückschluss zu.« Paul erhob sich und ging nachdenklich auf und ab. Schließlich blieb er abrupt vor John stehen. »Halten wir fest: Wonach auch immer man suchte, es wurde lediglich etwas Persönliches mitgenommen. Folglich hatte der Eindringling eine persönliche Beziehung zu Ihnen. Er kennt Sie, John.«

John ließ die Worte auf sich wirken. Er fühlte sich wie betäubt.

»Und aus gegebenem Anlass können wir wohl ausschließen, dass es sich bei dem Eindringling und Mörder um Steele gehandelt hat.« Paul wies auf das Durcheinander. »Was in Ihrem Besitz gesucht wurde, das können wir jedoch mit ziemlicher Sicherheit sagen.«

Verdutzt schaute John auf.

»Jenes kompromittierende Dokument, von welchem Sie Steele mit dem Unbekannten sprechen hörten.« Paul nickte langsam. »Ja, da bin ich mir sicher. Genau darum geht es hier. Und damit erahnen wir auch, wer für alles verantwortlich ist. Für das Durcheinander, den Mord an Hannah. Genau dieser Unbekannte, der sich bei Steele im Arbeitszimmer befand.«

»Für den Mord an Hannah? Und der Mord an Steele?«

»Der geht wohl mit ziemlicher Sicherheit ebenfalls auf die Rechnung dieses Mannes. Steele hat ihn unter Druck gesetzt, wollte Geld. Er bekam den Tod. Der Mörder ließ es so aussehen, als habe ein Irrer zugeschlagen. Perfide. Perfide, aber gut durchdacht. Wir haben es mit einem intelligenten Mörder zu tun, keine Frage. Intelligenz, gemischt mit einer gehörigen Portion Wahnsinn, möchte ich vermuten.«

»Ich gestehe, Ihre Schlussfolgerung klingt logisch. Doch wie passt jener Überfall auf meine Person in dieses Bild?«

»Der Überfall passt wirklich nicht zu den anderen Ereignissen. Weshalb ich im Augenblick davon ausgehe, dass er auch nichts mit diesem Mörder zu tun hat.« Paul rieb an seinem Kinn. »Zumindest nicht direkt. Ich hege immer noch die Vermutung, dass Alexander Steele der Auftraggeber war, welcher Ihnen die beiden Schergen auf den Hals hetzte. Aus irgendeinem Grund sah er sich durch Sie bedroht. Möglicherweise bereits einzig durch Ihren unvorhergesehenen Besuch. Wir werden es vielleicht nie sicher herausfinden.« Langsam verschränkte Paul die Arme vor der Brust und setzte sich wieder an den Tisch. »Dass er in etwas verstrickt war, daran besteht wohl kein Zweifel.«

»Sie haben noch etwas herausgefunden?«

»Nachdem ich mich in der Nacht von meiner kleinen Dienstmagd verabschiedet hatte – als sie aus der Betäubung aufwachte, lag ich natürlich bereits wieder neben ihr –, folgte ich einer plötzlichen Eingebung und begab mich in die Gassen um ›The Strand‹.«

»Was wollten Sie dort?«

»Es gibt dort die eine oder andere Taverne, in der sich traditionell Sympathisanten des Stuart-Königs treffen. Meist harmlose Leute, die im Suff alten Zeiten nachhängen. Da erklingt dann zu später Stunde der schiefe Gesang von Betrunkenen, wenn sie rührselig den ›König überm Wasser‹ besingen. Ich habe mich jedenfalls unter diese Leute gemischt und meine Ohren offengehalten. Bei einem ausgesprochen redefreudigen Mann irischer Abstammung ließ ich den Namen Alexander Steele fallen. Die Art, wie er augenblicklich jegliche Gesprächsfreude verlor und mir deftige Prügel androhte, zeigte mir, dass er ihn nicht nur kannte, sondern ausdrücklich nicht über ihn sprechen wollte. Ähnliches ergab sich eine Stunde später in einem anderen Bierhaus. Es ist nur ein Gespür, welches ich habe, doch ich bin überzeugt, dass etwas im Gange ist.« Er hob schnell eine Hand. »Ich weiß, dass dies nichts beweist, John. Es ist ein Eindruck, ein Gefühl.« Er lächelte. »Doch darauf kann ich mich in der Regel ganz gut verlassen.«

»Wie verwandeln wir Ihr Gefühl in Gewissheit? Wie machen wir den Mörder von Steele und Hannah dingfest?«

»Wir müssen mehr über Steele erfahren. Über das Dokument. Ich bin überzeugt: Wenn wir diese Aufzeichnungen haben, dann haben wir auch den Unbekannten.«

Geräuschvoll atmete John aus. »Aber Steele ist tot. Daran werde ich Sie wohl kaum erinnern müssen.«

»Deshalb müssen Sie noch einmal mit Mrs Steele sprechen, John. Die neue Situation mag sie dazu bewegen, Ihnen mitzuteilen, was am Hanover Square vor sich geht.«

»Ich soll die *Witwe* ausfragen? Die Trauer um ihren Mann dazu nutzen, sie gesprächig zu machen? Alexander ist noch nicht einmal unter der Erde.«

Paul zuckte mit den Schultern. »Ich bin davon überzeugt, dass Mrs Steele beteiligt ist, falls ihr Gatte wirklich in eine jakobitische Verschwörung verstrickt war. Vielleicht weiß sie sogar über den Verbleib des gesuchten Dokumentes Bescheid. Kennt gar die Identität des Mörders.« Er rückte seinen Stuhl noch etwas näher an den Tisch. »Wir wissen nicht, was in dem Hirn des ominösen Mannes vor sich geht, was seine Pläne und Motivationen sind. Auch wenn er Sie persönlich *bisher* nicht angegriffen hat …« Paul ließ die Worte im Raum stehen.

»Wenn wir also vermuten, dass Amelia Steele nützliche Informationen besitzt, die uns zu dem Täter führen können, dann wird Fielding dieser Gedanke ebenfalls kommen.« John kaute auf der Unterlippe. »Das Gleiche gilt womöglich auch für den Mörder selbst. Ich mag mir nicht ausmalen, was das für Amelias Sicherheit bedeuten könnte.«

»Da stimme ich zu. Ein Grund mehr, unverzüglich zum Hanover Square zurückzukehren. Sie müssen mit der Witwe sprechen, bevor dies jemand anderes tut. Zumindest bevor sie gewarnt ist.«

John erhob sich nickend von seinem Stuhl, doch de l'Estagnol bedeutete ihm mit einer Handbewegung, sich wieder zu setzen.

»Noch etwas anderes. Sagt Ihnen der Name Humphrey Sharp etwas?«

»Sir Humphrey? Ja, sicherlich. Mein Vater ist mit dem Earl of Beenham bekannt. Lord Sharp ist sein Sohn. Warum fragen Sie, Paul? Was hat Sir Hum…?« John hielt inne, fasste sich an den Kopf. »Ich verstehe. Der Mann, der das Anwesen der Steeles verließ und mit mir zusammenstieß. Lord Sharp, natürlich! Er kam mir vage bekannt vor. Es muss zehn Jahre her sein, dass ich ihn das letzte Mal gesehen habe.«

»Ja, Sharp ist der Mann, dem Sie bei Steele begegneten. Er fuhr danach übrigens in den Palast, wie man mir berichtete.«

»Glauben Sie, Paul, dass Lord Sharp etwas mit den Jakobitern zu tun hat?«

»Er war vielleicht nur einer der vielen Geschäftspartner Steeles.« De l'Estagnol spreizte die Hände. »Vielleicht gehört er aber auch zu den heimlichen Unterstützern einer Stuart-Monarchie. Zumindest sprach er am Tage von Alexander Steeles Tod mit dem Mann. Kurz bevor Sie jenes merkwürdige Gespräch belauschten.«

John nickte. »Es besteht die Möglichkeit, dass Sir Humphrey weiß, mit wem Steele sich in dem Arbeitszimmer unterhielt. Vielleicht hat er jenen Mann gar gesehen.« Er schlug mit der Handfläche auf den Tisch. »Also eventuell eine brauchbare Spur.«

»Das sehe ich auch so.«

»Ich werde Sharp eine Nachricht zukommen lassen, in der ich ihn um ein Treffen bitte.«

»Zu offensichtlich, John. Zu offensichtlich.« Paul schüttelte den Kopf. »Sie müssen vermeintlich zufällig auf ihn treffen, ansonsten könnten Sie unnötigen Verdacht erregen.«

»Sollte Sharp zu den Jakobitern gehören, dann argwöhnt er sicherlich bereits, dass ich Steele am Hanover Square im Auftrag des Richters aufsuchte.«

»Das wissen Sie nicht.« Ruhig sah Paul John an. »Ich schlage vor, dass Sie quasi in Lord Sharp hineinstolpern. In einem Kaffeehaus zum Beispiel. Oder im Theater.«

»Sie lassen ihn beobachten, nicht wahr?« John schnalzte mit der Zunge. Langsam wurde es ihm unheimlich, über welche Ressourcen de l'Estagnol verfügte.

Paul grinste. »Sobald Seine Lordschaft einen geeigneten Ort aufsucht, erhalte ich Nachricht und Sie versuchen, ihm auf den Zahn zu fühlen.«

»Das könnten doch auch Sie tun, *Monsieur*.«

»Oh, sicherlich«, winkte Paul ab. »Doch wie Sie eben sagten – Ihre Väter kennen sich. Wo ich eine Bekanntschaft erst mühsam etablieren müsste, können Sie auf Bestehendes zurückgreifen. Allein schon der zeitliche Aspekt, verstehen Sie?«

»Natürlich«, antwortete John knapp.

»Sie beide waren mit Steele bekannt. Ein wunderbarer Aufhänger für ein Gespräch.«

»Ich hoffe nur inständig, dass es uns endlich weiterbringt. Ich kann es kaum erwarten, den Mörder von Hannah in die Finger zu kriegen.« Er ballte die Fäuste.

»John, sosehr wir uns beeilen müssen, möchte ich doch noch eine andere Frage an Sie richten. Jetzt ist ein guter Zeitpunkt, denke ich.«

John runzelte die Stirn. »Was für eine Frage, wovon reden Sie?«

»Ihre Frau Sara. Was geschah mit ihr?«

»Wieso sprechen Sie jetzt von meiner Frau? Ich … ich verstehe nicht.« Er schaute aus dem Fenster. Auf die kahlen Ulmen draußen auf dem Platz.

Paul deutete auf die Unordnung. »Der einzige entwendete Gegenstand ist ein Bild Ihrer Frau, das sagten Sie selbst. Ein ungewöhnlicher Umstand, den ich gerne besser verstehen möchte. Daher rührt meine Frage.«

John schluckte und löste seinen Blick vom Fenster. Mit gesenktem Kopf starrte er auf seine Hände, die er im Schoß gefaltet hatte, und schwieg. Nach einer gefühlten Ewigkeit sah er zu Paul auf. »Ich habe es mir zur Angewohnheit gemacht, nicht über den Tod meiner Frau zu sprechen.«

Paul nickte. Er sagte nichts.

Vor der Tür erklangen leise Stimmen. Beth, die etwas zu Rupert sagte. Eine knappe Antwort, dann Stille.

Mit gerunzelter Stirn richtete John sich im Stuhl auf und verschränkte die Hände vor der Brust. »Es ist etwas mehr als ein Jahr her, dass Sara bei einem Unfall ums Leben kam.« Er schluckte. »Ein tragisches Unglück, es geschah auf der Themse.« Er wischte sich über die Stirn, blies kurz die Backen auf.

»Das tut mir sehr leid, John«, sagte Paul leise.

»Sie … sie ließ sich mit einem kleinen Fährboot übersetzen, wollte auf die südliche Seite. Irgendeine Erledigung, ich weiß es gar nicht genau. Eine junge Dienstmagd war bei ihr, fast noch ein Kind. Rosanna hieß sie, glaube ich. Ich selbst war hier im Haus, als es geschah. Ich weiß also nur, was mir von Dritten berichtet wurde.« Er schwieg erneut, dann zuckte er mit den Schultern. »Ein Augenzeuge berichtete, ein anderes, größeres Boot habe das Ruderboot gerammt. Ein unglücklicher Zusammenstoß, so drückte er es aus. Es waren zu der Zeit einige Boote und Schiffe an dieser Stelle der Themse unterwegs. Der andere Bootsführer hat die kleine Fähre schlicht übersehen. Es kam zum Zusammenstoß und das Ruderboot wurde umgeworfen. Sara, Rosanna und der Mann an den Rudern – sie alle fielen ins Wasser. Während der Mann sich ans Ufer retten konnte, verschluckten die Wellen meine Frau und das Mädchen einfach. Von einem Augenblick auf den nächsten waren sie verschwunden. Von der Strömung gepackt und hinuntergezogen. Mitgerissen.« Mit einer zitternden Hand strich John über die Tischkante. Er räusperte sich. »Das Mädchen wurde Stunden später gefunden. Flussabwärts. Sara haben die Wasser wohl weiter mitgerissen. Ihre Leiche wurde erst mehrere Wochen später entdeckt. Der Coroner, der schließlich ihren Tod attestierte, ging davon aus, dass sich ihr Körper irgendwo unter Wasser verfangen hatte. Vielleicht … vielleicht an Wurzelwerk. Sie war kaum mehr zu erkennen.«

»Eine tragische Geschichte, wahrlich.« Paul rieb an einem Augenwinkel. Nachdenklich sah er John an. »Der Mann konnte sich retten, sagen Sie?«

John nickte. »Er erschien auch zur Untersuchung des Coroners. Ein Häuflein Elend. Konnte sich an den Zusammenstoß und die Minuten danach nicht einmal mehr erinnern. Er stand wohl unter Schock. In solchen Situationen kann es vorkommen, dass das Gedächtnis seinen Dienst verweigert.«

»Eine wirklich unfassbare Tragödie, von der Sie berichten.«

»Das Schwierigste«, sagte John leise, »war der Umstand, dass ich mich nie wirklich von Sara verabschieden konnte. Von einem Moment auf den anderen war sie einfach verschwunden. Tot.«

»Ich denke, dass ich Sie verstehe. Keinen Abschied nehmen zu können, jemanden urplötzlich zu verlieren – ein Albtraum. Verständlich, dass Sie sich zurückgezogen haben, kein Interesse an gesellschaftlichem

Schnickschnack verspüren. Konnte Ihnen wenigstens Ihre Familie in dieser schweren Zeit beistehen?«

John lachte auf. »Meine Familie war immer gegen diese Ehe. Die Nase gerümpft, das haben sie. Eine Bürgerliche, die Tochter eines unbekannten Händlers. Da hatte man sich für den Familienstammbaum doch etwas anderes vorgestellt. Das Verhältnis meiner Familie zu meiner Frau war zu Lebzeiten äußerst angespannt. Ironischerweise änderte sich dies nach ihrem Tod.«

»Wie? Das verstehe ich nicht.«

»Es zeigte sich, dass der nur kurz vor Sara verstorbene Vater, selbst seit vielen Jahren Witwer, mitnichten irgendein kleiner Handelsmann war. Vielmehr kann man attestieren, dass er sein Geschäft höchst erfolgreich betrieben hatte. Ich befand mich darüber im Unklaren, meine Frau ebenso. Das sagte sie mir zumindest. Jedenfalls hinterließ er ein beträchtliches Vermögen. Es reichte aus, um meine Brüder und meinen Vater urplötzlich umzustimmen. Was für eine reizende Frau meine Gattin doch gewesen sei, hieß es auf einmal. Wie glücklich die Verbindung beider Familien.« Er lächelte säuerlich.

»Wirklich? Das haben Ihr Vater und Ihre Brüder wirklich zum Ausdruck gebracht?«

»Oh ja, und einiges mehr. Geld, Reichtum – das ist alles, was für sie zählt. Diese Verblendung widert mich an. Sie ist nichts Ungewöhnliches, wie ich natürlich weiß. Doch ich werde mich an diesem Übel nicht beteiligen, das habe ich mir geschworen. Ich habe etwas verloren, das kein Geld der Welt aufwiegen kann. Deshalb habe ich mich zurückgezogen, deshalb pflege ich keine Kontakte zu den verlogenen Zirkeln meiner Familie.« John legte die Hände auf den Tisch, plötzlich ganz ruhig. Beinahe erleichtert. »So, damit ist Ihre Frage wohl hinreichend beantwortet, Paul.« Wobei er nicht alles erzählt hatte. Sara war nicht die gewesen, für die er sie gehalten hatte. Dafür hatte er bitter zahlen müssen. Zahlte er immer noch. Doch manches ruhte besser im Grab.

»Da ist noch etwas anderes, John.«

John runzelte die Stirn.

»Jene Miss Fredericks, die ich vor Ihrem Haus traf …«

»Was ist mit ihr?«, unterbrach John ihn ungehalten.

»Wie gut kennen Sie die Dame?«

»Sie … ist eine gute Bekannte. Warum fragen Sie?«

»Irgendetwas an Miss Fredericks irritierte mich. Es ist mehr ein Gefühl, gestehe ich. Ich kann es gar nicht genau in Worte fassen.«

»Sie haben die Dame doch nur kurz gesehen. Ich denke, Sie täuschen sich. Sehen hinter jeder Ecke irgendetwas lauern.«

Paul zuckte mit den Schultern. »Es verwundert mich, dass ich so gut wie nichts über Miss Fredericks in Erfahrung bringen konnte.«

»Sie haben ihr doch nicht etwa nachspioniert? Paul, Sie gehen zu weit! Für Ihre Unterstützung bin ich Ihnen dankbar, doch das gibt Ihnen wahrlich nicht das Recht, sich in jede Facette meines Privatlebens einzumischen.«

Noch bevor de l'Estagnol etwas sagen konnte, drang aus der Eingangshalle eine aufgebrachte Stimme herauf.

»... sage ich Ihnen erneut, dass ich das Haus meines Bruders betrete, wann immer ich es für richtig halte!«

»Sir, aber Sir ...«, stammelte ein anderer Mann.

»John!«, rief die erste Stimme mit Nachdruck in das Haus hinein. »Wo steckst du?«

»Das fehlt mir gerade noch«, raunte John und stand auf. »Mein verehrter Bruder Edward hat sich in unser Stadtviertel verirrt und macht mir seine Aufwartung. Wenn man vom Teufel spricht.« Er eilte zur angelehnten Bibliothekstür und öffnete sie.

»Sir!« Die andere Stimme klang verzweifelt. »Sir, es ist eine Anordnung des Friedensrichters Fielding, dass niemand ungefragt das Haus von Mr Shinfield betreten darf.«

»Papperlapapp, ich weiß selber, was ich darf.«

Eine dritte Stimme meldete sich zu Wort. »Mann, unterstehen Sie sich, *Lord Shinfield* das Betreten des Hauses seines Bruders zu verwehren.«

»Sir, äh ... Eure Lordschaft, äh ...« Der Mann, den Fielding zur Bewachung abgestellt hatte, wirkte ernsthaft eingeschüchtert.

John stöhnte auf. Er wandte sich zu Paul. »Auch das noch. Edward hat Richard im Schlepptau, meinen jüngeren Bruder.«

»John, bist du das dort oben?«, rief Lord Shinfield barsch die Treppe hinauf.

»Natürlich, er ist in der Bibliothek. Das hätte man sich denken können.« Richard Shinfield klang entnervt. Und ein Quäntchen amüsiert. »Bücher, Bücher – immer seine Bücher.«

Das trompetenartige Schnauben von Edward Shinfield ließ jede Amüsiertheit vermissen. Schritte erklangen auf der Treppe. Schritte und das dumpfe Geräusch eines Stockes. John drückte sein Kreuz durch und trat vor die Tür. De l'Estagnol folgte ihm und blieb zwei Schritte hinter John im Flur stehen. Die beiden sahen, wie erst eine, dann eine zweite weißgepuderte Perücke erschien, Stufe für Stufe gefolgt von den Männern, die sie trugen.

»Edward. Richard.« Grüßend hob John eine Hand. Die Geste wirkte abwehrend. »Was für eine Überraschung. Seid in meinem bescheidenen Heim willkommen.«

»Bescheiden, fürwahr.« Edward begleitete seine Aussage mit einem Laut, der einem Knurren glich. »Bis heute ist mir unverständlich, weshalb du dich gerade an diesem abgelegenen Ort hast niederlassen müssen. In diesem dunklen Etwas von einem Haus. In dieser heruntergekommenen Nachbarschaft. Wenig standesgemäß für einen Mann mit deinem Namen. Und deinem Vermögen.«

Edward Shinfield war kaum kleiner als John, doch seine stämmige Körperfülle ließ ihn doppelt so breit wirken. Rüschenbesetzte Hemdsärmel und weite Rockschöße taten ein Übriges, um diesen Eindruck zu unterstreichen. Rote Linien auf Wangen und Nase gaben beredtes Zeugnis, dass Seine Lordschaft dem Wein grundsätzlich nicht abgeneigt war. Die modische, schneeweiß gepuderte Perücke verstärkte im Kontrast noch die Röte der Gesichtshaut. Die tiefliegenden Augen waren ruhelos, standen kaum still.

Wie so oft fühlte sich John beim Anblick seines älteren Bruders an eine Bulldogge erinnert. Eine Bulldogge in sündhaft teurer Garderobe und mit einem gleißenden Zuckerhut auf dem Kopf. Er konnte sich ein Grinsen nicht verkneifen. »Edward, mit deinem ansehnlichen Anwesen am Cavendish Square kann meine bescheidene Bleibe wahrlich nicht konkurrieren.«

Misstrauisch beäugte Edward seinen Bruder, entschied sich dann aber, die Aussage als Kompliment aufzufassen. Er verbeugte sich knapp. »Wie wahr, lieber Bruder. Wie wahr.«

»Und wie geht es dir, Richard?«, fragte John und wandte sich an den zweiten Mann. Wenn Edward einer Bulldogge glich, dann war sein jüngerer Bruder ein Schwan. Als Kleinster der Geschwister – aber immer noch mehr als einen Kopf größer als de l'Estagnol – besaß er mit seinem langen Hals und der schmalen Statur fast so etwas wie feminine Schönheit. Mit Rouge gepuderte Wangen und Schönheitspflästerchen nach französischem Vorbild unterstrichen diesen Eindruck. Richards Kleidung war schlicht, stand der Edwards in ihrer Kostspieligkeit aber in nichts nach. Auffällig war ein silberner Gehstock, auf den er sich stützte.

Richards Stimme wollte so gar nicht zu dem optischen Eindruck passen. Sie war tief und klang fest. »Ich will nicht klagen, John. Es ging schon besser, es ging schon schlechter.«

In die sich anschließende unbehagliche Stille hinein bellte Edward: »Und wer sind Sie, Sir? Hatten wir bereits das Vergnügen?« Argwöhnisch taxierte er Paul, der als Antwort eine tiefe Verbeugung machte.

»Bitte verzeiht.« John trat einen Schritt zur Seite und gab den Blick auf Paul frei. »Darf ich meinen Bruder Sir Edward vorstellen, ältester Sohn des Earl of Finchampstead. Seine Lordschaft wird von unserem gemeinsamen Bruder Richard begleitet.«

Die drei Männer verbeugten sich gegenseitig, wobei Edward es bei einer denkbar knappen Verneigung beließ.

»Und dies«, John deutete mit einem Lächeln auf Paul, »ist Paul de l'Estagnol, ein verehrter Freund. Wir waren gerade in der Bibliothek und unterhielten uns, als wir euch hereinkommen hörten.«

»Entstammen Sie dem kontinentalen Adel, mein Herr?«, fragte Edward in merklich freundlicherem Tonfall. »Ich gestehe, dass ich die Familie de l'Estagnol im Augenblick nicht zuzuordnen vermag, doch man kann nicht jeden Stammbaum vom Kontinent kennen, nicht wahr?« Er lachte knurrend, als habe er soeben einen vortrefflichen Witz gemacht.

»Das wäre wahrlich zu viel verlangt, Sir Edward. *Naturellement.*« Es gelang Paul, in seine Miene sowohl Beifall für Edwards vermeintliche Gewitztheit als auch eigene, erhabene Noblesse zu legen.

Aufs Neue bestaunte John seinen ungewöhnlichen Gefährten. Er unterdrückte ein Schmunzeln.

»*Alors*, meine Familie stammt wirklich vom Kontinent. Ich bewundere Ihren Spürsinn, Lord Shinfield. Dennoch – ein gänzlich unbedeutender Name, de l'Estagnol.« Mit einer wegwerfenden Handbewegung unterstrich Paul seine Rede. Sie bewirkte, wie John auf den Gesichtern seiner Brüder abzulesen vermochte, dass Paul durch seine ausgesuchte Bescheidenheit den Namen in den Hochadel erhob. Dementsprechend verbindlich wurde auch Lord Shinfields Ton.

»Lieber Monsieur, dann sollten Sie einmal bei uns soupieren. Meine Küche ist nicht ohne Reputation, wenn ich das sagen darf. Nicht wahr,

John?« Edward bedachte John mit einem beifallheischenden Blick, der sich sofort ins Abschätzige wandelte. »Vielleicht ist mein verehrter Bruder diesbezüglich nicht der beste Leumund. Schließlich bekommen wir ihn nur äußerst selten zu Gesicht. Ich bin geradezu überrascht, ihn überhaupt in Begleitung anzutreffen. Wir waren der Annahme, er habe jedwedem menschlichen Umgang abgeschworen.«

Mehr schlecht als recht verbarg Richard ein Grinsen, indem er sich zur Seite drehte und so tat, als studiere er ein Bild, welches im Treppenabgang hing. Dann wandte er sich an Paul. »Mir kommt Ihr Name durchaus bekannt vor, Sir. Ich komme jedoch im Augenblick nicht darauf, wo ich ihn schon einmal gehört habe. Es war in einer Unterhaltung mit anderen Gentlemen, so viel weiß ich noch.« Er sah Paul, der ein aufmerksames Lächeln aufgesetzt hatte, nachdenklich an. »Befassen Sie sich gar mit der Juristerei, Mr de l'Estagnol? Aus irgendeinem Grund verbinde ich Ihren Namen mit einem, nun, juristischen Kontext. Warten Sie, ich erinnere mich sicher gleich.« Er lehnte sich nachdenklich auf seinen Stock.

»Was ist der Grund eures Besuches?«, wechselte John rasch das Thema. »Ich vermute, dass ihr nicht zufällig am Gough Square vorbeigekommen seid. Sollte ich mich irren?«

»Wir sind äußerst beunruhigt, John. Daher sind wir hier«, antwortete Edward und zog die Stirn in tiefe Falten. »Es geht um eine Neuigkeit, die sich in Windeseile in der Stadt verbreitet.« Abwartend hielt er inne.

John sah seinen Bruder auffordernd an. »Eine Neuigkeit?«

Edwards Blick glitt bedeutungsvoll zu Paul de l'Estagnol und dann zurück zu John.

»Oh, du brauchst dich nicht in Zurückhaltung zu üben, Edward.« John trat neben Paul. »Mr de l'Estagnol kann gerne hören, was du zu sagen hast, sofern es meine Person betrifft.«

»Wie du meinst, verehrter Bruder.« Eine geschwollene Ader auf Edwards Stirn und die sich verstärkende rote Gesichtsfarbe straften die gelassen vorgebrachte Aussage Lügen. »Wie du meinst. Es ist die traurige und furchtbare Nachricht in aller Munde, dass Alexander Steele das Opfer eines wahnsinnigen Mörders geworden ist.« Er schaute John eindringlich an, die Augen zu schmalen Schlitzen verengt. »Steele war ein Freund unserer Familie, das ist allgemein bekannt. Ein langjähriger Geschäftspartner. Dennoch stellt man sich in einigen Kreisen die Frage, warum gerade du vom Friedensrichter Fielding letzte Nacht an den Fundort der Leiche gerufen wurdest.«

»Ich habe Alexander nicht umgebracht, sollte das deine Sorge sein.«

»Bitte mach dich nicht lächerlich, John. Darum geht es nicht. Doch dass unser Familienname so prominent in dieser Tragödie auftaucht, stört nicht nur Richard und mich – auch unser Vater ist wenig erfreut darüber.«

Im Hintergrund nickte Richard bestätigend.

»Erst vergräbst du dich hier in diesem Haus«, fuhr Edward lauter fort. »Stößt die Familie und unsere Freunde vor den Kopf, indem du dich vor der guten Gesellschaft verleugnen lässt. Und nun besteht deine Rückkehr ausgerechnet darin, am Fundort einer Leiche aufzutauchen.« Er schüttelte heftig den Kopf, wie ein Dachshund, der einen gefangenen Vogel zu Tode rüttelt. »Alle Welt fragt sich, was du mit dieser scheußlichen Sache zu tun hast. Fragt uns!«

»Ja, man fragt uns, was du mit dieser unerfreulichen Sache zu tun hast«, erklang das Echo aus Richards Mund.

»Dann steht auch noch einer dieser ungehobelten Helfer des Richters vor dem Haus und will mir den Einlass verwehren. Stehst du unter Hausarrest? Ich freue mich schon auf die irritierten Anfragen unserer Freunde und Bekannten. Was, wenn die Gazetten Wind davon bekommen? Wir werden zum Gespött.« Edward deutete mit seinem Zeigefinger auf John. Es gelang ihm nur schwer, seine Wut zu verbergen. »Sie ziehen unseren guten Namen in den Schmutz, Sir!«

»Unseren guten Namen«, kam abermals das Echo.

John brachte seine gesamte Beherrschung auf, um wenigstens halbwegs ruhig antworten zu können. »Vergangene Nacht wurde in dieses Haus eingebrochen, dabei kam meine Haushälterin ums Leben. Du siehst, mein lieber Bruder, es gibt einen plausiblen Grund dafür, dass jemand ein Auge auf die unverschlossene Eingangstür hat. Es könnte schließlich jeder einfach hier … hereinkommen.«

Erschrocken trat Edward einen Schritt zurück und sah sich hastig um. Als würde der Mörder immer noch in einer Ecke des Hauses lauern und sich auf ihn stürzen können.

»Die Leute tun das, was sie immer tun. Sie reden. Fielding bat mich um einen Gefallen, dem bin ich nachgekommen. Nicht mehr und nicht weniger. Er wollte lediglich Amelia ersparen, mitten in der Nacht einen Toten zu identifizieren – es hätte ja auch falscher Alarm sein können.«

»Warum … warum in aller Welt sollte Fielding gerade dich für eine solch unangenehme Aufgabe auswählen? Du hast Alexander doch lange nicht mehr gesehen. Mindestens ein Jahr.«

»Das stimmt nicht. Es ist erst ein paar Tage her, dass ich den Steeles meine Aufwartung gemacht habe.«

Entgeistert starrte Edward seinen Bruder an. »Vor ein paar *Tagen*?«

»Ja, ich habe den beiden einen kurzen Besuch am Hanover Square abgestattet«, entgegnete John betont beiläufig.

Aus funkelnden Augen blitzte Edward seinen Bruder erbost an. »Alle dachten, du hättest dich gänzlich zurückgezogen. Nun so was. Da wird das Gerede weiterhin groß sein. John Shinfield kehrt urplötzlich aus dem selbstgewählten Exil zurück – und der Mann, den er besucht, wird nur kurze Zeit später das Opfer eines Wahnsinnigen.«

»Zufall. Das nennt man Zufall. Das ganze Leben ist voll davon.« John meinte, Fielding durch seinen Mund sprechen zu hören. »Du stellst das alles dramatischer dar, als es in Wirklichkeit ist.« Mit jedem Wort wurde er merklich ungehaltener. Lange würde er sich nicht mehr beherrschen können.

Paul und Richard verfolgten indes gebannt den Schlagabtausch der Brüder. Beide waren jeweils einen großen Schritt zurückgetreten, sei es aus Vorsicht oder Schaulust.

»Es ist dramatisch, John!« Die Ader auf Edwards Stirn pochte in schnellem Takt. Er schrie beinahe. »Ich mache zurzeit einer jungen Dame aus höchsten – ich wiederhole: aus höchsten – Kreisen den Hof. Ihre Eltern schauten bisher wohlwollend auf eine mögliche Verbindung unserer beiden Familien. Bisher! Ich mag mir gar nicht vorstellen, was geschieht, wenn sie von deiner Verwicklung in einen bestialischen Mordfall hören. Das Schlimmste ist zu befürchten! Geht das in deinen Kopf? Weißt du eigentlich, was für eine Mitgift auf dem Spiel steht? Weißt du das? Doch nein, so etwas interessiert dich ja nicht, wo du seit Saras Tod auf einem großen Vermögen sitzt und deine Verpflichtungen der Familie gegenüber vernachlässigst. Verpflichtungen, hörst du! Wie ein Abtrünniger verhältst du dich. Ein Abtrünniger, für den die Blutsbande …«

Mit eisiger Kälte in der Stimme fiel John seinem Bruder ins Wort. »Du vergisst dich, Edward. Ich wünsche dir für deine nächste Heirat alles Gute, doch begehe nicht den Fehler, Sara ins Spiel zu bringen. Mein Verhalten bedarf keiner Rüge. Wenn sich irgendjemand dennoch das Maul zerreißen will, dann tut es mir leid. Aber es interessiert mich nicht. Ich habe mir gewiss nichts vorzuwerfen.« Sein Lächeln war ebenso eisig wie seine Worte. »Und jetzt ist es wohl besser, wenn ihr, Richard und du, euren Besuch beendet. Schließlich habt ihr noch einen weiten Rückweg vor euch. Zumal durch eine ausgesprochen unsichere Gegend.«

Mit offenem Mund und hochrotem Kopf stand Edward fassungslos vor John. Für eine Sekunde wirkte er wie versteinert, und nur das Pochen auf seiner Stirn gab Zeugnis davon, dass er nicht gänzlich erstarrt war. Dann drehte er sich abrupt auf dem Absatz um und stampfte an Richard vorbei die Treppe hinunter. Mit einem lauten Knall schlug die Haustür gegen die Wand. Fast gleichzeitig folgte ein überraschter Schmerzensschrei und dann weiteres Gepolter, als fiele jemand die Treppenstufen vor dem Haus hinunter.

»Gehen Sie mir aus dem Weg, Mann! Sofort!«, war Edwards bellende Stimme zu hören.

John biss die Zähne aufeinander.

»Ich empfehle mich«, sagte Richard Shinfield mit einer knappen Verbeugung in Richtung John und Paul. Er wirkte belustigt. »Du kennst ja Edward, John. Er nimmt alles äußerst ernst. Doch er wird sich wieder beruhigen. Die Nachrichten des heutigen Morgens haben ihn sehr aufgebracht. Alexander und Amelia sind schließlich nicht nur seit langem mit unserer Familie bekannt, Edward hat auch einen beträchtlichen Teil seines Vermögens bei Alexander investiert. Und dann die Sache mit der anstehenden Mitgift.« Er zuckte mit den Schultern. »Wahrscheinlich sorgt sich unser Bruder zutiefst, was aus seinem Geld wird. Diese Sorge überschattet vielleicht sogar noch seine Aufregung Amelias wegen.« Er schlug einen verschwörerischen Ton an. »Ich beobachte schon seit einiger Zeit, wie er Mrs Steele mit einem besonderen Blick betrachtet, wenn er glaubt, dass niemand es bemerkt. Geradezu begehrlich, möchte ich sagen.« Ein trauriger Schatten zog über Richards Gesicht. »Kein Wunder also, dass Edward ganz aufgewühlt ist, wo Amelias Schicksal doch derzeit gänzlich unklar ist. Eine wirklich schreckliche Situation. Man kann nur für sie beten und hoffen, dass sie nicht in wirklicher Gefahr ist.«

»Wieso in Gefahr?« Verständnislos sah John Richard hinterher, der sich zum Gehen anschickte.

Erstaunt hielt Richard inne. »Hast du es denn nicht gehört? Kurz nachdem der Bericht von Alexanders Tod in der Stadt herumging, gab es bereits eine weitere, ebenfalls schockierende Nachricht. Amelia ist verschwunden.«

»Was meinst du damit – verschwunden?«

»Seit gestern Abend hat sie niemand mehr gesehen. Als habe sich der Erdboden aufgetan und sie einfach verschluckt.«

Wie vom Donner gerührt, warf John Paul einen hilflos fragenden Blick zu. Die Antwort bestand in einem bestürzten Schulterzucken.

Richard lehnte auf seinem Gehstock. »Wir sind vorhin zum Hanover Square gefahren, um Genaueres herauszufinden. Doch mehrere Männer des Friedensrichters verwehren jedermann den Einlass in das Haus. Nicht ohne Grund, möchte ich hinzufügen. Eine ganze Meute von Schaulustigen hat sich vor dem Anwesen der Steeles eingefunden. Gaffer, sensationslüsterne Geier. Abschaum, der seine perverse Freude daran findet, wenn den Höhergestellten etwas Tragisches zustößt. Wir getrauten uns wegen des Mobs nicht einmal, die Kutsche zu verlassen. Glücklicherweise erkannte der Butler der Steeles Edwards Wappen an der Kutsche und schob sich todesmutig durch die Schaulustigen zu uns. Der arme Kerl war ganz aufgelöst. Wie heißt er noch gleich? Joshua, glaube ich. Oder war es Jeremias? Jedenfalls berichtete er durch das Fenster unseres Wagens, dass Henry Fielding gerade das gesamte Anwesen durchsuche, da Alexander Steele zu Tode gekommen sei. Und Mrs Steele habe seit den frühen Abendstunden niemand mehr gesehen, obwohl sie doch im Haus gewesen sein muss. Ist das nicht merkwürdig? Die Dienerschaft hat sie am Nachmittag von einigen Besorgungen zurückkommen sehen, doch niemand bemerkte, wie sie das Haus erneut verließ. Einfach zu verschwinden entspricht gar nicht Amelias Wesen. Joshua – oder Jeremias? – befürchtet jedenfalls das Schlimmste. Das mag man ihm nicht verdenken, nicht wahr? Alexander Steele bestialisch ermordet. Was kann dann mit Amelia geschehen sein? Nichts Gutes. Nichts Gutes, befürchten auch Edward und ich.« Richard schüttelte traurig den Kopf. »Nun mache ich mich aber auf meinen Weg, die Herren. Edward wird sicher bereits ungeduldig in der Kutsche auf mich warten.« Er lächelte. »Es hat mich gefreut, Ihre Bekanntschaft gemacht zu haben, Mr de l'Estagnol. Wenn mein verehrter Bruder sich beruhigt hat, werde ich ihn daran erinnern, dass er Ihnen eine Einladung aussprechen wollte.«

Richard klemmte sich seinen Stock unter den Arm, während er die Treppe hinunterstieg. »Woher kenne ich nur diesen Namen?«, murmelte er zu sich selbst. »Wo habe ich ihn nur schon einmal gehört?«

Als kurz darauf die Tür im Erdgeschoss zufiel, stieß John geräuschvoll den Atem aus. Er wischte sich einige Schweißperlen von der Stirn. »Lassen Sie uns in die Bibliothek zurückkehren. Dort sollte irgendwo noch eine Flasche Brandy stehen. Ich denke, ein doppeltes Glas ist jetzt genau das Richtige.«

»Eine hervorragende Idee. Doch eines sollten wir vorher noch tun.«

»Was meinen Sie?«

»Wir sollten Ihre Köchin einweihen, dass ich im Haus bin. Ich habe das sichere Gefühl, auf ihre Verschwiegenheit können wir uns verlassen. Es wird damit einfacher für mich sein, Ihr Haus zu betreten und mich hier frei zu bewegen.«

»Natürlich, das werden wir umgehend tun. Doch danach widmen wir uns dem Brandy.«

Kapitel 20

»Da ist der Mob.« Während die Kutsche auf den Hanover Square einbog, deutete Copper auf die Menschenansammlung vor dem Anwesen der Steeles. »Es scheint sogar, als seien es noch ein paar Schaulustige mehr geworden, Sir.« Er schüttelte den Kopf. »Nichts fasziniert den Pöbel so sehr wie das Elend anderer Leute.«

John nickte und gab ein geistesabwesendes Murmeln von sich. Seine Gedanken waren woanders. Er überlegte, wie er möglichst viel von Fielding erfahren konnte, ohne selbst zu viele Informationen preiszugeben. Paul hatte noch einmal betont, wie wenig er Fielding über den Weg traute – oder vielmehr jenen nebulösen Regierungskreisen, die hinter der Beauftragung Johns standen. Als Copper am Nachmittag am Gough Square erschienen war, hatte sich Paul lautlos ein Stockwerk höher zurückgezogen. Er wollte warten, bis sich die beiden Männer auf den Weg zum Haus der Steeles gemacht hatten. Dort sollte John Details über Amelias Verschwinden herausbekommen und den neuesten Stand von Fieldings Ermittlungen ergründen. Möglichst einen Blick in das Arbeitszimmer von Alexander werfen. Währenddessen würde Paul noch einmal sein Glück in den Tavernen und Bierhäusern rund um ›The Strand‹ versuchen. Schwierigkeiten, das Haus am Gough Square unbemerkt zu verlassen, gab es für Paul keine mehr. Der von Fielding abgestellte Bewacher hatte sich verabschiedet. Zuvor war die Eingangstür durch einen Handwerker instand gesetzt worden.

»Sir, wir nehmen den Dienstboteneingang.« Die Kutsche hielt an der nächsten Straßenecke und die beiden Männer stiegen aus. Copper führte John an den wartenden, sich aufgeregt unterhaltenden Menschen vorbei zu einem Nebeneingang des Gebäudes. Er nickte den beiden Wache stehenden jungen Männern zu. Zügig betraten sie das Haus.

John fiel sogleich die gedrückte Stimmung und das Grauen in den Gesichtern der Dienstboten auf. Ein junges Ding stand in einer Ecke der riesigen Küche und schluchzte ohne Unterlass. Eine andere Frau hatte den Arm fest um sie gelegt und versuchte vergeblich, das Mädchen zu trösten.

»Wo ist der Richter?«, fragte Copper einen übermüdet wirkenden Mann, der ihnen entgegenkam.

Der Angesprochene deutete zur Decke hinauf. »Oben. Arbeitszimmer.«

Copper nickte zum Dank. Sie schritten durch einen langen Gang in die Eingangshalle, von dort die Treppe hinauf, in das Stockwerk mit den privaten Räumen. John überlief ein Frösteln, während sie die letzten Stufen nahmen.

»John, kommen Sie.« Fielding stand am Ende des Flures, vor dem Arbeitszimmer. Die Tür war halb geöffnet. Neben dem Richter erkannte John Joseph. Der sonst so souveräne Butler wirkte verstört und hielt den Blick betreten gesenkt.

»Vielen Dank, Joseph. Ich lasse nach Ihnen rufen, sollte ich weitere Fragen haben.« Mit einem knappen Nicken entließ Fielding den Butler.

Joseph verbeugte sich. Als er an John vorbeiging, runzelte er fast unmerklich die Stirn, machte dann eine erneute Verbeugung. »Sir.« Seine Stimme klang unterkühlt. Er warf John einen kurzen, eisigen Blick zu, dann verschwand er die Treppe hinunter.

Der Richter und Jonathan Copper wechselten einen kurzen Blick, dann folgte Copper dem Butler in die unteren Etagen.

»Joseph macht Sie für das Unglück, welches seine Herrschaft heimgesucht hat, verantwortlich«, sagte Fielding mit einem leisen Schmunzeln auf den Lippen.

»Er macht *mich* verantwortlich?«

Der Blick des Richters bekam etwas Abwägendes. »Er hat eins und eins zusammengezählt – auch wenn bei ihm keine Zwei als Summe herauskommt. Joseph meint, seit Ihrem Besuch in diesem Haus habe sich etwas geändert. Die Steeles seien unruhig gewesen, geradezu besorgt. Ach nein, seit Ihren *Besuchen,* sollte ich wohl richtig sagen.« Fielding machte eine abwartende Pause.

»Richtig. Ich war noch einmal hier. Gestern Morgen. Ich vergaß, es Ihnen gegenüber zu erwähnen, da ich die Steeles nicht angetroffen habe.« John bemühte sich, möglichst beiläufig zu klingen.

»Und der Grund Ihres Besuches?«

»Erneut auf Tuchfühlung gehen, um herauszubekommen, ob an den Vorwürfen gegen die Steeles etwas dran ist.«

Bedächtig nickte Fielding. »Doch Sie trafen niemanden an?«

»Joseph ließ mich ein, da Alexander wohl im Haus, aber gerade in einem geschäftlichen Gespräch war. Amelia, so ließ er mich wissen, sei zu Besorgungen oder Besuchen unterwegs. In der Stadt. Ich wartete also eine geraume Zeit, und als Alexander nicht erschien, verließ ich das Anwesen wieder. Ohne mit einem der Steeles gesprochen zu haben.«

»Und vergaßen beim Verlassen Ihren Mantel nebst Degen.«

»So ist es. Ich war sehr in Gedanken, während ich im Empfangszimmer wartete. Irgendwann entschloss ich mich, einfach zu gehen. Erst in der Kutsche fiel mir auf, dass ich die besagten Gegenstände zurückgelassen hatte. Sehr gedankenlos von mir, fraglos.«

»Da muss Ihnen aber gehörig kalt gewesen sein auf Ihrer Rückfahrt.«

»So ist es.«

Fielding kräuselte die Lippen. »Ist Ihnen bei Ihrem gestrigen Besuch etwas aufgefallen, John? Ich versuche zu rekonstruieren, wer gestern zu welcher Zeit in diesem Haus war.«

»Ich habe wie gesagt lediglich Joseph zu Gesicht bekommen.«

»Von Steeles geschäftlichem Termin haben Sie nichts mitbekommen? Jemanden gesehen, der das Haus verließ?«

»Ich habe niemanden gesehen, leider nein. Doch, warten Sie. Als ich ankam, verließ ein Herr das Haus und stieß mit mir zusammen. Joseph sollte Ihnen dazu am besten etwas sagen können.«

Fielding nickte, sagte aber nichts weiter.

»Joseph weiß sicher auch, wer Steeles nächster Besucher war. Jener Geschäftspartner.« Wenn Fielding ihm einen Namen nannte, waren sie einen großen Schritt weiter.

»Das ist ja das Verwunderliche, Sir. Das kann er nämlich nicht.« Fielding kratzte sich am Kinn. »Niemand hat diesen Besucher kommen oder gehen sehen. Steele hat Joseph lediglich denkbar knapp informiert, er sei in einem Gespräch und wünsche unter keinen Umständen, gestört zu werden.«

John bemühte sich, seine Enttäuschung nicht zu zeigen. »Das ist in der Tat ungewöhnlich. In einem großen Haushalt wie diesem muss doch jemand den Mann eingelassen haben.«

»Wir haben mit allen Bediensteten gesprochen. Niemand will den Besucher gesehen haben, wie gesagt. Ich frage mich schon, ob es ihn überhaupt gegeben hat, oder ob Steele aus einem anderen Grund einfach seine Ruhe haben wollte.«

John hatte bereits den Mund geöffnet, um Fielding zu bestätigen, dass tatsächlich jemand bei Steele gewesen war. Im letzten Moment wurde ihm bewusst, dass er dies nicht tun konnte, ohne sich zu verraten. Schnell schloss er den Mund wieder.

»Sie wollten etwas sagen, Sir? Ich bin für jede Information oder Vermutung dankbar.«

»Es … es erstaunt mich bloß, dass niemand von den Dienstboten etwas sagen kann. Ungewöhnlich.«

»Leider wird es noch ungewöhnlicher.«

Verständnislos schaute John den Richter an.

»Es war gestern noch jemand im Haus, den wir nicht identifizieren können. Und zwar zu nächtlicher Stunde.«

John merkte, wie ihm die Hitze in den Nacken schoss. Er hustete hinter vorgehaltener Hand, um seine Irritation zu verbergen.

»Eine junge Küchenmagd, Rose heißt sie, hat einem meiner Gehilfen berichtet, dass sie gestern Nacht einen Mann in dieses Haus gelassen hat.« Er räusperte sich. »Zu einem Stelldichein, wenn Sie verstehen, was ich meine.«

»Ich verstehe, denke ich. Doch dann kennen Sie den fraglichen Mann ja.« Kannte Fielding ihn tatsächlich?

»Ein Druckereigeselle namens Thomas. Arbeitet bei *Blackwill's*.«

»Aha.« Er kannte ihn nicht.

»Doch soeben kam einer meiner Männer von besagter Druckerei zurück. Es gibt dort zwar einen jungen Mann namens Thomas, doch dessen Aussehen passt nicht auf die Beschreibung, welche Rose uns gegeben hat. Auch will er das Mädchen nicht kennen. Rose schwört indes Stein und Bein, ihren Galan dort einmal abgeholt zu haben. Ich neige dazu, dem Kind Glauben zu schenken. Als ich ihr mitteilte, dass ihr amouröser Abenteurer augenscheinlich nicht der ist, für den er sich ausgegeben hat, fing sie bitterlich zu weinen an.« Fielding schüttelte den Kopf. »Das arme Ding. Wenn er sie gar mit einem Bastard beschenkt hat, dann steht sie vor großen Problemen. Dass diese naiven Mädchen aber auch immer auf die fragwürdigsten Avancen hereinfallen.« Er schüttelte erneut den Kopf.

John musste an Fieldings zweite Frau denken. Er verkniff sich eine Bemerkung.

»Wahrscheinlich ist das Mädchen auf irgendeinen Tunichtgut hereingefallen, der mit dieser Masche Erfolg hat und ein Ding nach dem anderen umgarnt. Dennoch muss ich herausbekommen, wer er ist, um mit ihm zu sprechen. Selbst wenn er mit dem Mord und dem Verschwinden von Mrs Steele nichts zu schaffen hat, hat er vielleicht etwas gesehen oder gehört, das uns weiterhelfen kann.«

»Mrs Steeles Verschwinden – eine besorgniserregende Entwicklung.«

»Keine Neuigkeit für Sie, wie mir scheint.«

»Tatsächlich nicht. Ich erhielt unlängst Besuch meiner beiden Brüder, Edward und Richard. Sie berichteten mir besorgt von Amelias ungeklärtem Aufenthaltsort. Ich befürchte, Henry, mittlerweile weiß die ganze Stadt, dass Mrs Steele verschwunden ist.«

Fielding gab einen grunzenden Laut von sich. »Klatsch und Tratsch sind die Geißeln unserer Zeit.« Ruckartig hob er beide Hände. »Womit ich natürlich nicht Ihre verehrten Brüder meine, John.« Er hüstelte. »Lord Shinfield ist sicher tief besorgt um das Wohlergehen von Mrs Steele. Schließlich ist Ihre Familie gut mit den Steeles bekannt.«

»Seine Lordschaft ist gewiss tief besorgt. Was können wir tun, um Amelias Verschwinden aufzuklären?«

»Die Umstände ihrer Abwesenheit sind leider ebenfalls höchst ungewöhnlich. Gestern am frühen Abend kam sie mit ihrer Zofe und zwei weiteren Bediensteten zurück ins Haus und zog sich augenblicklich in ihre privaten Räume zurück.« Der Richter deutete auf eine Tür. »Das ist bereits das letzte Mal, dass sie gesehen wurde.«

»Wie? Kein Kontakt mehr zur Dienerschaft? Zu Joseph oder zu ihrer Zofe?«

»Nein, sie betrat ihre Räumlichkeiten, bat darum, nicht gestört zu werden, und ward seitdem nicht mehr gesehen. Es ist nicht einmal klar, ob sie mit ihrem Gatten zusammentraf, denn Alexander Steele wurde seit dem frühen Nachmittag nicht mehr gesehen. Man nahm allenthalben an, er habe sich zum Arbeiten zurückgezogen. Nichts Ungewöhnliches für ihn.«

»Wo verbrachte Amelia bis zu ihrer Rückkehr den Nachmittag? Sie war in London unterwegs, wenn ich richtig unterrichtet bin.«

»Sie stattete zwei, drei anderen Damen einen Besuch ab.« Fielding zog ein Papier aus der Tasche und warf einen Blick darauf. »Laut ihrer Zofe besuchte sie Lady Pulingham. Und anschließend Lady Shatterton.«

»Lady Shatterton?«

»Ja. Wieso fragen Sie?«

»Ihr Name kam kürzlich beiläufig in einem Gespräch auf, in einem gänzlich anderen Zusammenhang jedoch.«

»Ist dem so?«

»Manchmal gewinnt man fast den Eindruck, London sei ein provinzielles Dorf, finden Sie nicht? Dieselben Namen und Gesichter, wieder und wieder.«

Fielding tat Johns Bemerkung mit einem Schulterzucken ab.

»Dies ist Alexanders Arbeitszimmer?« John trat einen Schritt nach vorne, um in den Raum schauen zu können. Doch Fielding versperrte ihm die Sicht und machte keinerlei Anstalten, zur Seite zu treten.

»Wir untersuchen, ob wir irgendwelche Hinweise in Steeles Unterlagen finden, welche auf den Mord oder zumindest seinen letzten Besucher Rückschlüsse erlauben«, sagte der Richter und verschränkte die Arme.

»Darf ich mich einmal umsehen?«

»Ich bedauere, wir müssen Steeles Geschäftsunterlagen als streng vertraulich einstufen. Dafür haben Sie sicherlich Verständnis.« Fieldings Ton ließ keine Widerrede zu. Ein wenig freundlicher ergänzte er: »Die halbe Stadt hat mit ihm zu tun gehabt, wie es scheint – betrachtet man zumindest den wohlhabenden Teil Londons.«

»Verraten Sie mir bitte zumindest eines, Henry.«

Fielding hob eine Augenbraue.

»Fanden Sie den Raum unversehrt vor, oder gab es einen Eindringling?«

Das Zögern war merklich. Doch dann schien der Richter sich dafür zu entscheiden, John die gewünschte Information zu geben. »Nun, eine weitere Merkwürdigkeit: Wir fanden den Raum verschlossen vor, mussten ihn aufbrechen lassen – ein äußerst solides Schloss. Doch es steht zweifelsfrei fest, dass in seinem Inneren nach etwas gesucht wurde. Papiere waren durchwühlt, Akten verstreut. Ja, es scheint, als habe jemand nach etwas gesucht.« Er seufzte. »Wie bei Ihnen, Sir.«

Die beiden Männer sahen einander für einen Moment reglos an.

»Ich gestehe, John, dass mich diese ganze Sache betrübt. Betrübt und verwirrt. Morde, Einbrüche – das Ausmaß und die Verstrickungen dieser Angelegenheit nehmen beängstigende Formen an. Aus denen ich immer weniger schlau werde. Stecken die Jakobiter dahinter? Eine Verbindung scheint nicht ausgeschlossen. Und doch ergibt sich kein schlüssiges Bild. Die Steeles jedenfalls scheinen durch Ihre Besuche verunsichert worden zu sein, wenn wir Joseph Glauben schenken dürfen. Ob sie ahnten, dass

Sie mit dem Ansinnen zu ihnen kamen, Beweise für eine Beteiligung an kriminellen Machenschaften der Jakobiter zu finden? Warum, frage ich Sie, sollten sie dies tun?«

»Sir?« Coppers Kopf war auf der Treppe erschienen. »Wir wären so weit, Sir.«

»Danke, Copper. Stellen Sie einen Mann ab, der hier oben aufpasst, dass niemand die Räumlichkeiten betritt. Wir machen dann morgen weiter.« Er wandte sich an John. »Kommen Sie. Ich lasse Ihnen eine Kutsche kommen.«

John warf einen letzten Blick auf die Tür des Arbeitszimmers, dann folgte er dem Richter die Treppe hinunter.

Der Mob vor der Tür hatte sich weitgehend verlaufen. John vermutete, dass weniger ein schwindendes Interesse an Mord und Skandalen als vielmehr die fortgeschrittene Stunde der Grund dafür war. Es zog die hungrigen Mägen vor die Kochtöpfe. Er beobachtete, wie Fielding Befehle gab, welche seiner Männer beim Anwesen der Steeles bleiben sollten. Dann öffnete er die Tür der Droschke, welche Copper herbeigerufen hatte.

»Wohin, Sir?«, fragte der Kutscher.

Einer plötzlichen Eingebung folgend nannte er nicht seine eigene Adresse, sondern eine Straße, nicht allzu weit entfernt vom Hanover Square. Es war noch nicht zu spät am Tag, um einen höflichen Besuch abzustatten.

»Jawohl, Sir.«

Nachdenklich schloss John die Tür des Verschlags und nahm Platz. Mit einem Ruck setzte sich der Wagen in Bewegung.

Kapitel 21

Das Haus, vor dem die Kutsche John bereits wenige Minuten später absetzte, stand dem Anwesen der Steeles in nichts nach. Eine Stadtvilla, wie sie vornehmlich von den Angehörigen der höchsten Kreise der Gesellschaft bewohnt wurde. Wenn das überhaupt möglich war, dann wirkte diese ruhige Straße noch gediegener als der Hanover Square.

Dem überraschend jungen Butler, der die schwere Tür öffnete, nannte John seinen Namen und das Ansinnen, der Dame des Hauses seine Aufwartung zu machen. Falls sie in diesen für sie schweren Zeiten überhaupt empfange. Doch anders als bei seinem ersten Zusammentreffen mit Joseph wurde John sogleich in ein opulent ausgestattetes Empfangszimmer geführt und gebeten, dort zu warten. Es dauerte keine fünf Minuten und der Butler kehrte zurück. Er bat John leise, ihm zu folgen. Über eine breite Treppe gelangten sie in das darüberliegende Stockwerk, wo der junge Mann nach wenigen Schritten an eine Tür klopfte. Nachdem von innen die Aufforderung zum Eintreten erklungen war, öffnete der Butler die Tür und trat mit einer tiefen Verbeugung zur Seite.

Der Salon, den John betrat, war kostbar eingerichtet. Nur das Beste, was man in London für Geld bekommen konnte, hatte hier Verwendung gefunden. Die aus tropischen Hölzern gefertigten Schränke und eine kleine Sitzgruppe zeugten von meisterhafter Handwerkskunst. Bei den Dekorationsgegenständen war Gold das vorherrschende Material. Johns Blick blieb an einer prächtigen Uhr hängen, die neben dem Kaminsims an der Wand hing. Das Ziffernblatt war von goldenen Blättern umgeben, in denen verschiedene Tiere saßen: ein Affe, ein Fisch, eine Katze. Der Sims selbst war gänzlich mit Figurinen und Büsten bedeckt. Auch darunter einige aus dem edlen Metall. John trat weiter in den Raum hinein. Der tiefe Teppich gab ihm das irritierende Gefühl, als schreite er auf einer Wolke.

Nicht unähnlich einer königlichen Hoheit thronte eine betagte Frau auf einem Sessel, eine halbfertige Stickerei auf ihrem Schoß. Sie war gänzlich in schwarze Seide gekleidet. Auf ihrem Kopf bedeckte eine schwarze Haube weißes Haar.

John verbeugte sich. »Ich danke Ihnen, dass Sie mich in dieser schweren Stunde empfangen. Ich bin gekommen, um Ihnen mein tiefempfundenes Beileid auszusprechen, Madam.«

Agatha Steele neigte huldvoll den Kopf, dann zog sie ein ebenfalls schwarzes Taschentuch aus einer Tasche und betupfte ihre Augen. John hätte schwören können, dass sie gänzlich trocken waren.

»Für Ihre freundlichen Worte bin ich Ihnen zutiefst dankbar, Lord Shinfield. Bitte setzen Sie sich doch.« Sie deutete gebieterisch auf einen Sessel, ihr genau gegenüber.

»Vielen Dank.« John nahm Platz. »Doch die Ehre, Lord Shinfield genannt zu werden, kommt meinem älteren Bruder Edward zu, Madam. Ich bin lediglich Mr John Shinfield.« Er lächelte.

Mrs Steele winkte gönnerhaft ab. »So bescheiden, Eure Lordschaft. Ich werde Sie einfach John nennen, wenn es Ihnen recht ist. Wir sind ja unter uns. Nennen Sie mich Agatha. Titel sind Schall und Rauch, habe ich schließlich immer zu meinem geliebten Sohn gesagt.« Sie führte erneut das Taschentuch ans Auge.

John erwog, ob er abermals darauf hinweisen sollte, dass ihm der Titel eines Lords nicht zukam, doch bevor er zum Sprechen ansetzen konnte, sprang Mrs Steele abrupt von ihrem Sessel auf. Mit großen Augen verfolgte John, wie sie zum nächstgelegenen Fenster eilte, schneller und agiler, als er es einer Frau ihres Alters zugetraut hätte. Agatha Steele musste das sechzigste Lebensjahr längst überschritten haben, doch in ihren Bewegungen schwangen noch immer Robustheit und Kraft mit.

Mit einem festen Ruck riss Mrs Steele den Vorhang zur Seite und spähte aus dem Fenster, zur Straße hinunter. »Gut, Sie haben Ihre Kutsche nicht vor meiner Haustür warten lassen. Das ist gut. Ich kann es nicht leiden, wenn diese Dinger vor meinem Haus herumstehen. Das ist so gewöhnlich.« Sie ging energisch zurück zu ihrem Sessel. »Wo waren wir stehen geblieben? Ach, wo bleibt denn das Mädchen? Diese faulen Tunichtgute!« Wütend griff sie nach einer silbernen Glocke, die neben ihrem Sessel auf einem grazilen Tisch stand, und wedelte derart heftig damit, dass John geneigt war, sich die Ohren zuzuhalten.

»Lady Agatha, Sie haben geläutet?« Ein Mädchen, vielleicht fünfzehn

Jahre alt, war im Türrahmen erschienen. Es wirkte verschreckt, zutiefst eingeschüchtert.

»Wo bleiben unsere Erfrischungen, Kind? Was soll Seine Lordschaft von diesem Haushalt denken? Er wird noch glauben, wir seien hier bei armen Leuten. Wir trinken Tee. Sie trinken doch Tee, John?« Ohne eine Antwort abzuwarten, klatschte sie ungeduldig in die Hände. »Tee. Los, los!«

Das Mädchen nickte und verschwand eilig. Agatha Steele ließ sich in ihren Sessel zurückfallen und seufzte.

»Haben Sie auch so große Schwierigkeiten, gute Bedienstete zu finden? Entweder sind sie dumm wie Stroh oder klauen wie die Raben, nicht wahr? Und sie sind so dreckig. Ständig habe ich Angst, sie könnten mir irgendwelche Krankheiten einschleppen. In was für unsittlichen Verhältnissen einige von ihnen leben. Unvorstellbar!« Kopfschüttelnd schien sie einen langen Augenblick das Unvorstellbare zu bedenken. Dann lächelte sie ihren Gast an. »Ich erinnere mich an Sie, John. Sie waren mehrfach zu Gast bei meinem Sohn und meiner Schwiegertochter. Es ist äußerst liebenswert von Ihnen, mir einen Kondolenzbesuch abzustatten. Äußerst liebenswert.« Diesmal schnäuzte Agatha sich in das Taschentuch und seufzte mit Nachdruck. Dann schnellte sie auf ihrem Sitz nach vorne, so dass sich John erschrocken in seinen hineindrückte. »Sie sind der Erste! Können Sie das glauben? Niemand sonst hat den Anstand, mich nach dem grausamen Tod meines geliebten Sohnes aufzusuchen. Er war eine einflussreiche Persönlichkeit, ein großer Mann. Die halbe Stadt hat mit ihm Geschäfte gemacht. Das Geld, welches er investiert hat – riesige Summen! Warum kommt niemand hierher? Mein Gatte, der Herr habe ihn selig, würde sich im Grabe umdrehen, wenn er das wüsste. Ich verfluche sie alle. Alle, die eine trauernde alte Frau wie mich einfach ignorieren. Man sollte doch meinen, die Angehörigen der edlen Gesellschaft seien untereinander eine Stütze, nicht wahr? Auch warte ich immer noch auf eine Depesche Seiner Majestät. Es muss doch mittlerweile bis an sein Ohr vorgedrungen sein, dass mein Sohn von uns gegangen ist.«

Agatha Steele wirkte ernsthaft echauffiert. Auf ihren Wangen zeichneten sich rote Flecken ab. John befleißigte sich eines möglichst unverfänglichen Nickens, als ihn die Frau abwartend anstarrte.

»Noch mehr verfluche ich natürlich Alexanders Mörder, diese stumpfsinnigen Fanatiker. Sie sind Abschaum.« Mit erhobenem Zeigefinger blitzte Mrs Steele John an. »*Abschaum*, merken Sie sich das, mein Herr.

Nicht die edle Verbindung, die sie vorgeben, zu sein!« Sie sackte zurück in ihren Sessel. »Ich bin natürlich froh, dass keiner dieser Verbrecher die Dreistigkeit hat, hier zu erscheinen«, murmelte sie und verzog das Gesicht. »Diese Demütigung.«

»Wie meinen Sie das, Madam? Ich verstehe nicht. Von welchen Verbrechern sprechen Sie?« Es war schwer zu glauben, dass diese Frau wusste, wovon sie sprach. Wahrscheinlich legte ihr verwirrter Geist sich etwas zurecht, um mit dem Verlust des Sohnes umgehen zu können.

Agatha Steele schaute John mit einem strahlenden Lächeln an. »Sie sind keiner von ihnen, das weiß ich. Nein, *Sie* nicht, John.«

»Bitte, was meinen Sie?« Noch mehr undurchsichtiger Wahnsinn.

»Pst.« Agatha legte einen Zeigefinger auf den Mund und sah sich vorsichtig um. »Senken Sie Ihre Stimme, Sir. Es ist nicht gut, über sie zu sprechen. Es ist gefährlich. Das hat mir Alexander immer wieder gesagt.« Sie begann, ein fröhliches Lied zu pfeifen und dabei wild die Augen zu verdrehen.

Spätestens jetzt war John davon überzeugt, dass der Verstand der alten Frau ernsthaften Schaden gelitten hatte. Vielleicht war es doch keine gute Idee gewesen, ihr einen Besuch abzustatten. Er hatte gewusst, dass Alexanders Mutter eine schwierige und exzentrische Person war, doch was er gerade erlebte, deutete auf eine geistige Verwirrung hin. Auf eine Krankheit gar. Wie sollte man auch nur einem Bruchteil von dem, was sie von sich gab, Glauben schenken? Ja, sie musste ernsthaft krank sein. »Haben Sie etwas von Ihrer Schwiegertochter gehört?«, versuchte er das Gespräch zurück auf jene Fragen zu lenken, von deren Beantwortung er sich etwas erhoffte. »Es heißt, Amelia sei spurlos verschwunden.«

»Das wundert mich wenig.« Mrs Steele gab ein spitzes Lachen von sich. »Sie ist eine von ihnen. Wer weiß, was sie mit ihr gemacht haben. Doch es interessiert mich auch nicht. Sie hat meinen Sohn auf dem Gewissen. Sie und diese Leute. Abschaum sind sie, alle miteinander. Plumpe Mörder.«

Mit offenem Mund starrte John die Frau an. Er musste sich verhört haben. Von was für Leuten sprach sie? Er setzte an, nachzufragen.

»Der Tee, gnädige Frau.«

John blinzelte und sah zur Tür. Das Mädchen war zurückgekehrt, ein beladenes silbernes Tablett in den Händen. Es war schwer. Das Kind mühte sich merklich, es gerade zu halten.

»Nun stell es schon dort hin.« Unwirsch deutete Mrs Steele auf den Tisch neben sich. »Hopp, hopp, du unnützes Ding!«

Das Kind stolperte eilig nach vorne. John hielt den Atem an. Für eine Sekunde sah es so aus, als würde es seine Balance verlieren. Er sprang auf, doch das Mädchen fing sich im letzten Moment und stellte das Tablett mit einem leisen Klirren wie geheißen ab. John ließ sich zurück in den Sitz fallen.

Mrs Steele wedelte ungeduldig mit der Hand. »Hinfort, du ungeschickte Dirne! Ich schenke selber ein. Deine Tölpelhaftigkeit kann man unserem hochwohlgeborenen Gast ja nicht antun.«

Die Erleichterung auf dem Gesicht des Dienstmädchens war nicht zu verkennen. Eilig verließ es den Raum. John empfand Mitleid mit dem Mädchen. Im gleichen Zuge sank sein Mitgefühl für Agatha Steele. Anscheinend hatte Beth mitnichten übertrieben. Alexander Steeles Mutter war eine anstrengende und mit Vorsicht zu genießende Frau. Gelinde gesagt.

»Ein hervorragender Tee«, bemerkte Mrs Steele im Plauderton. »Ich beziehe selbstverständlich nur die allerbeste Qualität.« Sie beugte sich verschwörerisch nach vorne. »Er kostet ein Vermögen.« Sie lächelte selbstgefällig und goss das dampfende Getränk in zwei Tassen aus Porzellan. Sie waren filigran mit blauen Vögeln bemalt und sahen aus, als hätten sie ebenfalls ein nicht unerhebliches Vermögen gekostet.

John nahm die ihm gereichte Tasse entgegen. »Vielen Dank, Madam. Um also auf Ihre Schwiegertochter zurückzukommen …«

»Wie geht es Ihrem erlauchten Vater, dem Earl?«, fiel Mrs Steele ihm ins Wort. Sie sah ihn über die dampfende Tasse hinweg an und gab kein Anzeichen, dass sie ihn überhaupt gehört hatte. »Der *Earl* ist solch ein kultivierter Mann, ich bin voller Bewunderung für ihn. Und wie ich hörte, verfügt er über gute Verbindungen zum Hofe.« Ihre Augen glitzerten. »Sie sollten mich das nächste Mal in Begleitung Ihres Herrn Vaters besuchen, John. Ich bin überzeugt, er wäre entzückt, meine Bekanntschaft zu machen. Erstaunlicherweise sind wir uns bisher noch nicht begegnet.« Sie seufzte und nahm mit spitzen Lippen einen winzigen Schluck aus der Tasse. Wie ein Vogel, der in eine Pfütze pickte. »Es ist wirklich schwer, allen gesellschaftlichen Verpflichtungen nachzukommen. Unsereiner muss sich zweimal überlegen, welche Einladung man annimmt und welche nicht. Ihr Vater wird ein Lied davon singen können. Man sollte sein Gesicht nicht überall zeigen. Wie schnell hat einen schließlich die schlechte Gesellschaft umringt. Um an uns Höhergestellten zu reißen, wie

Wölfe, die sich voller Gier auf das einsame Lamm stürzen.« Versonnen lächelte sie. »Die Bürde unseres Standes, nicht wahr?«

John ersparte sich eine Antwort. Sie wurde auch nicht erwartet, wie er nicht ohne Erleichterung feststellte. Irritiert beobachtete er seine Gastgeberin. In Gedanken verloren starrte Agatha Steele einen langen Moment mit geweiteten Augen ins Leere. Wahrscheinlich ging sie im Geiste die anstrengenden Pflichten einer Dame ihrer exponierten gesellschaftlichen Stellung durch. Floh als goldenes Lämmchen vor den Zudringlichkeiten des schmutziggrauen Wolfsrudels, das überall auf sie lauerte. Dieser Besuch stellte sich immer mehr als reine Zeitverschwendung heraus. John hüstelte mit Nachdruck.

»Nun«, nahm die Frau den Faden wieder auf, »Ihr erlauchter Herr Vater, der Earl, muss jedenfalls unbedingt mein bescheidenes Haus mit seiner Anwesenheit beehren. Ich ahne, wir werden uns wundervoll verstehen.« Kokett blinzelte sie John zu. »Ein stattlicher Mann soll er sein, der Earl of Finchampstead. Und auch Ihr Familienanwesen in Hampshire soll sich nicht verstecken müssen.« Genüsslich nahm sie einen weiteren Schluck Tee zu sich. »Wie mir zu Ohren kam, ist Ihr Vater bereits seit einigen Jahren verwitwet. Eine weitere Gemeinsamkeit, welche uns verbindet.« Abermals schienen ihre Gedanken abzudriften, und das versonnene Lächeln stellte sich erneut auf ihrem Gesicht ein.

John konnte ein Seufzen nicht unterdrücken. »Mrs Steele, ich muss mit Ihnen über Ihre Schwiegertochter Amelia sprechen. Was Sie da eben gesagt haben …«

Mit einem Klirren setzte Agatha Steele ihre Tasse auf dem Untersetzer ab. Tee schwappte über den Rand und ergoss sich bis auf die Tischplatte. »Hören Sie mir denn gar nicht zu, mein Herr? Ich sagte doch, dass es gefährlich ist, über sie zu sprechen!« Sie warf John einen wütenden Blick zu. »Warum hören Sie mir nicht zu? Sie bringen sich in Gefahr, wenn Sie über sie sprechen! Diese Verbindung macht vor nichts halt. Denken Sie an meinen armen Alexander. Das hat er davon, dass er sich ihnen angeschlossen hat. Tot. Von dem Pack ermordet.«

»Aber es heißt doch, ein Wahnsinniger …«

»Dass ich nicht lache. Die sind gewieft, alle miteinander. Verwischen ihre Spuren. Träumen von der großen Macht. Würden dafür alles tun. Alles! Diese … diese … arroganten Halsabschneider! Mein Geld wollten sie nehmen, aber ich sollte nicht an den Treffen teilnehmen. Können Sie sich das vorstellen? Eine feine Gesellschaft ist das, wahrlich. Die ganze Geheimnistuerei. Arrogante Bastarde!« Sie beugte sich vor und flüsterte in verschwörerischem Ton: »Und als ich nicht sofort einwilligte, den Mund zu halten, haben sie mir sogar gedroht. Gedroht! Mir!« Lachend warf sie den Kopf in den Nacken. »Mir zu drohen. Als wenn sie etwas Besseres wären, diese Lords und Ladys.« Ihre Miene verfinsterte sich schlagartig. »Doch glauben Sie ja nicht, mein Sohn hätte mir zur Seite gestanden. Oder meine Schwiegertochter.« Das letzte Wort spie sie beinahe aus. »Mein Geld wollten sie. Nur mein Geld. Alle miteinander. In der Hölle sollen sie schmoren!« Sie griff zu ihrer Tasse und warf sie mit Wucht gegen die Wand, wo sie in tausend Scherben zerbarst. Die braune Flüssigkeit spritzte durch den Raum. »In der Hölle!«, schrie Agatha Steele.

Erschrocken zuckte John zusammen. Was war in die Frau gefahren? Agatha Steele schien wirklich nicht bei Sinnen zu sein. Er sollte wohl besser nach der Dienerschaft rufen. Bevor noch andere Dinge zu Bruch gingen oder die Frau sich selbst verletzte. Doch ein Geräusch von Mrs Steele ließ ihn innehalten. Sie hatte sich vornübergebeugt und schluchzte lautstark. John beugte sich ebenfalls vor und merkte angestrengt auf, um zu verstehen, was sie zwischen den Schluchzern von sich gab.

»Sie haben … meinen Sohn … auf dem Gewissen. Diese … Mörder«, stammelte Agatha.

John hatte den Eindruck, als spreche die Frau zu sich selbst. Sie schien seine Anwesenheit ganz vergessen zu haben.

»Gedroht haben sie. Ich dürfe nicht über sie reden. Müsse vergessen, dass sie überhaupt existieren. Diese Bastarde! Warum haben sie Alexander das angetan? Die Drecksarbeit hat er für sie gemacht. Und das ist der Dank!«

»Bitte beruhigen Sie sich, Madam. Es wird sich alles einrenken. Sie … Sie sind nervlich stark angespannt, wegen des Todes von Alexander.« John war aufgestanden und hatte zwei Schritte auf Mrs Steele zugemacht. »Man wird Ihre Schwiegertochter finden, da bin ich sicher. Gemeinsam werden Sie den furchtbaren Schmerz besser durchstehen.«

Mit einem Satz sprang Agatha auf und rannte zum Fenster. »Amelia hat ihn hintergangen. Diese Hure!« Sie drehte sich um und begann, im Zimmer auf und ab zu laufen, ohne John dabei eines Blickes zu würdigen. »Jetzt hat sie sich davongemacht. Dieses dreckige Miststück. Diese Mörderin!« In Agathas Blick lagen Trauer und Wut. Und Wahnsinn. »Dieses Weib macht bestimmt bereits für den nächsten die Beine breit. Mein

Alexander hat ihr wohl nicht gereicht. Diese verdorrte Dirne. Nicht mal ein Kind hat sie meinem Sohn geschenkt. Jetzt lässt sie sich sicher von einem ihrer mörderischen Kumpane befingern, das Miststück. Träumt gar davon, die Mätresse des Königs zu werden. Haha. Doch so einfach lasse ich sie nicht davonkommen, diese Bande! Oh nein, so einfach nicht. Ihr habt die Rechnung mit der Falschen gemacht.«

»Madam, bitte beruhigen Sie sich.« Erneut versuchte John, zu Agatha durchzudringen. Es schien jedoch, als höre sie ihn gar nicht.

»Alexander hätte das Dokument einfach verbrennen sollen. Dieser Narr! Er hat zu sehr mit dem Feuer gespielt. Oh, was für ein Narr. Hat er denn gar nichts von seinem Vater gelernt? Man muss seine Karte ausspielen, wenn der Zeitpunkt richtig ist. Nicht früher, nicht später. Dieser Narr! Doch für seinen Tod werden sie büßen, das schwöre ich. Wenn ich dieses verfluchte Dokument in die Finger bekomme, dann Gnade ihnen Gott.«

Eisig durchfuhr es John. »Erzählen Sie mir von diesem Dokument, Madam«, stieß er hervor. Ein Geräusch ließ ihn zusammenfahren. Er wandte sich überrascht zur Tür, in welcher der junge Butler stand. Hinter ihm war das verschreckte Gesicht des Dienstmädchens zu sehen. Wie lange standen die beiden schon dort? Was hatten sie von Agathas verstörendem Ausbruch mitbekommen?

»Madam.« Der Mann trat langsam in den Raum, steuerte auf Agatha zu, die stehen geblieben war und ihn orientierungslos anschaute. »Madam, es ist Zeit für Ihre Medizin.«

»Meine … Medizin.« Mrs Steele sackte von einer Sekunde auf die andere in sich zusammen. Sie wirkte plötzlich kleiner und um Jahre gealtert. »Ja, die Medizin.« Ihre Stimme war ein kraftloses Flüstern. Sie tastete nach der Armlehne ihres Sessels und ließ sich langsam nieder. »Wo zum Teufel ist meine Medizin?«

Der Mann winkte dem Mädchen, das mit einer Flasche und einem Löffel zu Mrs Steele eilte. »Sir, ich muss Sie leider bitten zu gehen.« Der Butler machte eine Verbeugung und sah John um Nachsicht bittend an. »Lady Agatha fühlt sich nicht wohl. Das schreckliche Unglück, wie Sie sicher verstehen.«

John nickte zögernd. Für einen Moment wusste er nicht, was er sagen sollte. Es brannte ihm auf der Zunge, Agatha Steele erneut nach dem Dokument zu fragen, das sie erwähnt hatte. Sie schien etwas zu wissen. Etwas, das Paul und ihm weiterhelfen konnte.

»Sir.« Unverwandt lächelnd sah der Butler ihn an.

»Nun, äh, Mrs Steele – ich danke Ihnen, dass Sie mich empfangen haben. Ich hoffe, dass es Ihnen bald besser geht.« Es hatte keinen Sinn. Er würde wiederkommen müssen.

Agatha sah zu John auf, während das Dienstmädchen die Flasche entkorkte. »Wer sind Sie, Sir?« Verständnislos runzelte sie die Stirn.

Irritiert räusperte sich John. »John Shinfield, Madam. Ihr Diener.«

»Oh!« Ein schwaches Strahlen zog über Agatha Steeles Gesicht. »Lord Shinfield, welch eine Freude.« Gierig nahm sie den Löffel entgegen und schluckte die Medizin. Sie seufzte zufrieden. »Wie schön, dass Sie mir Ihre Aufwartung machen.« Ihr Blick hing weiter an der Flasche. Geradezu wehmütig, als das Mädchen sie wieder verschloss. Erst nachdem das Mädchen und die Flasche den Raum verlassen hatten, schwenkte ihr Blick wieder zu John. »Bitte richten Sie dem Earl of Finchampstead meine ergebenen Grüße aus. Ich bin voller Bewunderung für ihn, müssen Sie wissen. Wie ich hörte, pflegt er gute Verbindungen zum Hofe. Ihr Vater sollte mich unbedingt einmal besuchen.« Agathas Blick wurde müde, ihre Lider begannen zu zucken. »Unbedingt … Ihr Vater …«

»Ich werde es ihm ausrichten, Madam.« John verbeugte sich, und auf ein erneutes Zeichen des Butlers wandte er sich zur Tür.

»Lord Shinfield?« Ihre Stimme klang matt, als spreche sie durch eine wollene Decke.

John blieb in der Tür stehen und drehte sich um. »Madam?«

Die Frau sprach so leise, dass John sie fast nicht verstand. »Sie … Sie sind keiner von denen, das weiß ich. Sie …« Ihre Stimme war nur noch ein Flüstern. Dann sackte Agathas Kopf zur Seite und ein lautes Schnarchen erfüllte den Raum.

»Hier entlang, bitte, Sir«. Der Butler schob John förmlich aus dem Zimmer, das Lächeln immer noch wie eingemeißelt im Gesicht. Während sie schweigend die Treppe hinuntergingen, eilte eine weitere Dienstmagd an ihnen vorbei, in der Hand einen Eimer und ein Tuch. Zweifellos war ihr die wahrscheinlich aussichtslose Aufgabe zugedacht, die Rückstände des Tees von den Wänden und Polstern zu entfernen. In der Eingangshalle angekommen, räusperte sich der Butler verhalten. »Bitte entschuldigen Sie Mrs Steele, Sir. Sie leidet unter einer schwachen Gesundheit. Der Tod ihres Sohnes hat sie zusätzlich sehr mitgenommen. Bitte sehen Sie es ihr nach, wenn sie wirr gesprochen hat. Vergessen Sie es einfach, Sir.«

»Natürlich.« John war in Gedanken jedoch genau bei dem, was Mrs Steele ihm gesagt hatte.

»Leider, müssen Sie wissen, neigt sie schon länger dazu, Phantasien nachzugehen und diese für wahr zu erachten.« Der Butler lächelte entschuldigend. »Diesbezüglich konsultiert sie seit längerem einen Arzt.« Er reichte John den Mantel und öffnete die Haustür. »Der Doktor erklärte uns, man dürfe nicht alles ernst nehmen, was Mrs Steele sagt. Beunruhigen Sie sich also bitte nicht durch wirre Aussagen, Sir.«

»Selbstverständlich nicht«, bemerkte John kurz angebunden und schritt die Treppe hinab. Der Mann war ihm unsympathisch. Er lächelte für seinen Geschmack ein wenig zu häufig. Am Fuß der Treppe warf John einen prüfenden Blick zurück. Der junge Butler stand in der geöffneten Tür und sah ihm aufmerksam nach. Als sich ihre Blicke trafen, lächelte der Mann, verbeugte sich tief und schloss eilig die Eingangstür. Kopfschüttelnd zog John den Mantel enger um sich. Die steinerne Mimik eines Joseph war ihm um einiges lieber als die anbiedernde Fratze eines solchen Jünglings. Probleme, geeignetes Personal zu finden, waren das eine. Doch dieser Mann passte nicht zu dem Anwesen und seiner Hausherrin, die geradezu zwanghaft darauf bedacht schien, Noblesse und Gediegenheit auszustrahlen.

Er trat zu der wartenden Mietdroschke. Beim Einsteigen warf John einen letzten, nachdenklichen Blick auf Mrs Steeles Anwesen. Es wirkte in all seiner herausgekehrten Pracht und seinem Glanz wie ein übergroßer, goldener Vogelkäfig. Ein lebloser Käfig.

Die Droschke bog um die nächste Ecke und eine weitere Kutsche kam John entgegen. Der Blick durchs Fenster zeigte zwei Männer, die John bekannt waren. Er schmunzelte. Fielding und Copper waren ebenfalls auf dem Weg zu Agatha Steele. Sie würden aus der alten Dame momentan wohl nicht allzu viel herausbekommen.

Nachdenklich rieb John sich die Hände. Der Abend war noch nicht zu weit fortgeschritten für einen weiteren Besuch. Er musste herausbekommen, was mit Amelia geschehen war. Kurzentschlossen öffnete er das Fenster und rief dem Kutscher eine Adresse zu. Dann warf er sich mit grimmigem Gesichtsausdruck auf die Sitzbank zurück. Seine Abkehr von der gehobenen Gesellschaft löste sich an nur einem Tag in gänzliches Wohlgefallen auf.

Kapitel 22

»Das leise Murren wird Ihnen nicht entgangen sein.«

»Welches Murren? Ihres? Das höre ich doch bei jedem einzelnen unserer Gespräche heraus.«

»Sie wissen ganz genau, dass ich die Versammlung meine. Wäre da nicht die geradezu greifbare Sorge einiger unserer Freunde, genauso unschön wie Steele zu enden, müssten Sie mittlerweile wohl mit einigem Widerstand rechnen. Man fragt sich hinter vorgehaltener Hand, wie es weitergehen soll. Wir wollen Chaos stiften, aber nicht selbst darin versinken.«

»Die Sorge unserer Freunde ist berechtigt. Mit Blick auf ein drohendes unschönes Lebensende, meine ich. Ich bin äußerst froh, dass alle Beteiligten sich dies so lebhaft vor Augen führen. Wir können uns jetzt keine Störungen erlauben. Keine Abweichler. Nicht aus dem inneren Kreis. Wer aus der Reihe tanzt und dadurch unsere Aufgabe gefährdet, endet wie Steele. Ausnahmslos. Auch wenn ich mit eigener Hand dafür sorgen muss.«

»Ihre Herrschaft des Schreckens könnte sich irgendwann rächen. Doch das ist dann Ihr Problem, mein Herr. Zumindest haben Sie das Problem mit Steele endlich aus der Welt geschafft. Die uns kompromittierenden Aufzeichnungen sind somit vernichtet, aus der Welt, nehme ich an.«

»Sie nehmen richtig an.«

»Wunderbar. Ich muss sagen, das beruhigt mich sehr und erhöht mein Vertrauen in Sie beträchtlich. Was mich jedoch weiterhin irritiert, ist Ihr Unvermögen, John Shinfield ruhigzustellen. Wann unternehmen Sie etwas? Man bekommt geradezu den Eindruck, Sie hätten keinen Einfluss auf ihn. Der Mann mischt sich ununterbrochen in unsere Angelegenheiten ein. Ich dachte, Sie wollten sich seiner endgültig annehmen. So perfide dieser Gedanke auch ist.«

»Täuschen Sie sich nicht, Sir. Seine Tage sind gezählt. Seine Stunden, um genau zu sein. Wir benötigen jetzt auch das Geld. Dafür ist er die

Schlüsselfigur – mehr kann ich Ihnen dazu im Moment nicht sagen. Ich warte noch die abschließende Nachricht einer Kontaktperson ab. Doch es sieht ganz danach aus, als werde sich unsere Kriegskasse in Bälde um eine beträchtliche Summe vergrößern. Eine unfassbar beträchtliche Summe, die ich aus dieser Richtung zugegebenermaßen niemals erwartet hätte. Wahrlich eine Fügung des Schicksals. Doch wie dem auch sei, was einzig zählt, ist, dass das Geld sich so gut wie in unserem Besitz befindet. Ganz wie unsere Vereinbarung mit Seiner Hoheit es vorsieht.«

»Das Geld? Heißt das …?«

»Genau das heißt es. Die finale Etappe unseres Planes steht unmittelbar bevor. Heute Morgen erreichte mich eine diesbezügliche Depesche aus Frankreich.«

»Das sind großartige Neuigkeiten, in der Tat. Warum haben Sie bei der Versammlung nicht davon berichtet? Unsere Mitstreiter könnten eine derart gute Nachricht sehr wohl gebrauchen.«

»Weil Sie und ich, mein Lieber, stets einen gewissen Vorsprung haben sollten. Schließlich gehen unsere Pläne weiter als die der verehrten Gemeinschaft, nicht wahr?«

»Das ist richtig. Ein gekonnter Schachzug von Ihnen, das muss ich zugeben. Was also ist zu tun?«

»Ich nehme mich endgültig des wunderbaren Mr Shinfield an. Ach, wie gerne ich das sage: Mr John Shinfield. Fast könnte ich ein wenig sentimental werden. Fast fürchte ich, ihn nach seinem Tod zu vermissen. Ein wenig zumindest. Er ist so überaus unterhaltsam, finden Sie nicht auch? Dieser unwissende Tropf!«

»Ich hatte erst wenige Male das Vergnügen, persönlich mit ihm zusammenzutreffen. Um ehrlich zu sein – ich kann den Mann nicht ausstehen. Sie werden es mir nachsehen, denke ich.«

»Sie sind immer zu einem Scherz aufgelegt. Es Ihnen nachsehen? Natürlich, Eure Lordschaft. Mein Empfinden deckt sich schließlich mit dem Ihrigen.«

»Erstaunlich, ganz erstaunlich. Fast bin ich geneigt, Sie voller Neugier zu fragen, welcher Vorfall zu dieser ungewöhnlichen Beziehung geführt hat.«

»Oh, es ist kompliziert, ohne Frage. Wie dem auch sei. Lassen Sie uns die weiteren Punkte ansprechen. Der neugierige John ist lediglich eine unserer vielzähligen Aufgaben. Ein paar strategisch wichtige Köpfe müssen noch rollen, um die Ankunft Seiner Hoheit vorzubereiten. Gleichzeitig werden wir auf diese Weise das notwendige Durcheinander anzetteln. Einen Aufruhr, der den Pöbel gegen die Obrigkeit aufbringt. Steele hat hier gute Vorarbeit geleistet. Das muss man ihm lassen.«

»Was interessiert es das gemeine Volk, ob ein paar hohen Herren der Hals durchschnitten wird? Für wahrscheinlicher halte ich es, dass der Mob lautstark dabei applaudiert.«

»Es wird nicht bei besagten Herren bleiben. Ein paar weitere Dirnen, ein paar normale Bürger – das sollte reichen, die bereits angeheizte Stimmung endgültig zum Überkochen zu bringen. Die Gazetten kennen kaum ein anderes Thema mehr. Vor allem, seit Steele gefunden wurde. Es kursieren schon Flugblätter, die von einer Strafe Gottes für die Hure London sprechen.«

»Ich verstehe. Und wir bereiten die verängstigten Bürger für den royalen Retter vor.«

»Einen von Gott gesandten Retter überdies. Es reicht jedoch nicht, in den Bierhäusern große Reden zu schwingen. Die heimlichen Gefolgsleute unseres Königs werden ihren handfesten Beitrag zu unserer Sache leisten müssen. Dafür werden sie gut entlohnt, in barer Münze. Ein weiterer Grund, weshalb wir das Geld zügig benötigen. Ja, der Wink mit dem gefüllten Geldbeutel hat noch immer Wunder gewirkt. Es wurden, wie gesagt, von Steele bereits zuverlässige Männer rekrutiert, die einen Aufstand anführen sollen. Ein löblicher Beitrag zur Rückkehr unseres geliebten Monarchen. Wenngleich Steeles letzter Beitrag.«

»Ob diesen Männern bewusst ist, dass es ihnen das Leben kosten kann? Das Militär wird sicher hart zurückschlagen, wenn sich ein Aufstand formiert.«

»Was den für uns notwendigen Tumult nur verstärken wird.«

»Sie wollen London in Schutt und Asche legen?«

»So weit würde ich nicht gehen. Schließlich soll unser König nicht auf eine Ödnis treffen, wenn er heimkehrt. Doch ohne Opfer wird es nicht gehen. Auf beiden Seiten.«

»Sie haben einen wahrhaft grausamen und perfiden Plan gesponnen. Ich sage dies so offen heraus, weil ich weiß, dass Sie es als Lob und Bestätigung verstehen. Mir läuft es kalt den Rücken herunter, wenn ich mir ausmale, wie viel Blut Sie vergießen wollen. Nicht zuletzt durch Ihre eigene Hand obendrein. Unmöglich, dies zu bewerkstelligen, bin ich versucht zu sagen. Doch ich kenne Sie mittlerweile gut und komme daher zu einer anderen Feststellung. Und die lautet: Monströs. Erschreckend monströs.«

»Wie auch immer Sie mein Vorgehen bezeichnen wollen, Sir, Sie werden mir nicht gerecht. Das können Sie wohl auch gar nicht. In Ihren einengenden Kategorien denke ich einfach nicht. Ich tue vielmehr alles, was notwendig ist, um ans Ziel zu kommen. Alles, Sir.«

»Dessen bin ich mir bewusst. Dieses Wissen zieht mir die Eingeweide zusammen. Doch es ist auch der Grund, warum wir beide überhaupt zusammenarbeiten. Der Grund, weshalb wir bald Geschichte schreiben werden. Nur das zählt am Ende, insofern stehe ich auf Ihrer Seite. Die Historie lehrt uns schließlich, dass jedes Imperium auf Blut gebaut wird. Damit habe ich mich abgefunden. Die wahrlich einmalige Gelegenheit, ganz vorne am Tisch der Macht zu sitzen – ganz vorne! –, können wir uns nicht entgehen lassen. Um dies zu erreichen, davon bin ich felsenfest überzeugt, sind Sie der einzig mögliche Partner.«

»Das haben Sie sehr treffend ausgeführt, Sir. Ich freue mich über das Vertrauen, welches Sie in meine Person haben.«

»Oh, da haben Sie mich missverstanden, mein Herr. Ich traue Ihnen nicht über den Weg. Aber ich vertraue zutiefst Ihrer Abartigkeit.«

Kapitel 23

Lady Shatterton sah John zutiefst missmutig an. Auch ihr Gatte hatte John seit dessen unangemeldetem Erscheinen an der Great Marlborough Street mit kaum mehr als einem höflichen Kopfnicken bedacht. Aus einem glänzend roten Gesicht blinzelte Lord Shatterton seinen Gast kurzsichtig und ungehalten an. Seine lockige Perücke wirkte viel zu klein. Als sei das fleischige Gesicht durch zu üppige Nahrungsaufnahme aus der Kopfbedeckung herausgewachsen.

Shatterton ergriff die Hand seiner Frau, neben der er saß, und drückte sie derart fest, dass Lady Shatterton einen spitzen Schrei ausstieß. Doch anstatt ihren Mann zu tadeln, warf sie John einen bösen Blick zu. Er allein schien der Verursacher ihrer Schmerzen zu sein. Mit einem schnellen Ruck entzog sie ihrem Mann die Hand und strich fahrig den Schoß ihres mausgrauen Kleides glatt.

Die Farbe des Kleidungsstücks war der ihres dünnen Haars verblüffend ähnlich. Eine Zofe hatte vergeblich versucht, das Haar mit Hilfe eines Brenneisens in ein lockiges Kunstwerk zu verwandeln. Auf John wirkte das Resultat wie ein verlassenes Vogelnest, durch das ein Herbststurm erbarmungslos gewütet hatte. Am liebsten, fuhr es ihm durch den Kopf, würde er Lord Shatterton die enge Perücke abnehmen, um sie seiner Frau aufzusetzen. Ein Akt der Barmherzigkeit, zumindest für seine eigenen, gepeinigten Augen. Ein ums andere Mal streifte Johns faszinierter Blick den Kopf seiner Gastgeberin. Es war wie ein Zwang, er konnte nichts dagegen tun.

»Es ist die Sorge um Mrs Steele, die mich zu Ihnen treibt«, erklärte John den Shattertons bereits zum zweiten Mal. Seine einlassende Erklärung für den späten Besuch hatte lediglich den sauertöpfischen Blick von Lady Shatterton verstärkt. Ihr Mann hatte irgendetwas Unverständliches gemurmelt, dabei aus zu schmalen Schlitzen zusammengekniffenen Augen versucht, Johns Gesicht zu fokussieren.

»Ich bin ernsthaft in Sorge«, wiederholte John, leise Ungeduld in der Stimme.

»Nun, also – das ist vorbildlich von Ihnen, Sir«, antwortete der Hausherr diesmal. »Doch weshalb Sie uns zu dieser vorgerückten Stunde diesbezüglich aufsuchen, entzieht sich meinem – äh – Verständnis.«

Lady Shatterton quittierte die Aussage mit einem Nicken, das ihre Frisur rhythmisch erzittern und Johns Atem stocken ließ. Ein neuerlicher Blick von Lady Shatterton in seine Richtung, diesmal Bote unverhohlener Wut, machte John deutlich, dass ihr seine Faszination für das verwüstete Haupthaar nicht entgangen war. Er zwang sich zu einem freundlichen Lächeln, welches seine Gastgeberin jedoch mit eisiger Miene quittierte.

Ruckartig wandte sich Lady Shatterton ihrem Mann zu und zeigte John betont die kalte Schulter. »Es war mir gar nicht bewusst, dass Mr Shinfield mit den Steeles bekannt ist.« Ihr Blick streifte John flüchtig. »Wie es heißt, hat Mr Shinfield seit längerem der guten Gesellschaft entsagt.« Sie plusterte sich auf. »Noch *kürzlich* sagte mir *Lord* Shinfield« – ein erneuter Blick, diesmal voller Häme –, »er bedauere das kühle Verhältnis des Bruders zu seiner Familie und deren Freunden. Betrübt war Seine Lordschaft, wahrlich *betrübt*. Etwas anderes kann man kaum sagen. Lord Shinfield wusste sich keinen Rat, der Arme. Sein Bruder sei schlicht nicht zugänglich. Ignoriere Einladungen, verprelle einstige Freunde. Und auch der *Earl* of Finchampstead ist über diesen Umstand wohl wenig erfreut. Ich meine, in seinem vorgerückten Alter muss der Earl seine Kräfte sicherlich schonen und bedarf *jeder* Unterstützung seiner liebenden Familie.« Missbilligend schüttelte sie den Kopf. »Die Sorge um die arme, arme Amelia könnte man somit überraschend finden.« Sie verschränkte die Arme und wandte sich wieder zu John, um mit herausgestellter Ausdruckslosigkeit durch ihn hindurchzuschauen.

Es hatte John die Stimme verschlagen. Ungläubig räusperte er sich und starrte das vor ihm sitzende Ehepaar an. Feindselige Stille breitete sich im Raum aus.

Ungeduldig stieß Lady Shatterton schließlich ihren Gatten in die wulstige Seite. »Henry!«

»Nun, ähm, Ihre Sorge, Sir, ist – äh – überraschend. Uns war gar nicht bekannt, dass Sie überhaupt mit den Steeles verkehren.« Wenn überhaupt möglich, hatte Lord Shattertons Gesicht noch an roter Färbung dazugewonnen.

John atmete tief ein. Und aus. Und wieder ein. »Sie irren sich, Lord Shatterton. Noch vor wenigen Tagen sprach ich sowohl mit Amelia als auch mit Alexander. Mich verbindet eine jahrelange Bekanntschaft mit Mr und Mrs Steele.« Er merkte selbst, wie gezwungen die Freundlichkeit klang, die er in seine Stimme zu legen bemüht war. Menschen wie die Shattertons waren es gewesen, die ihm den Abschied aus den gesellschaftlichen Zirkeln der Stadt leicht gemacht hatten. »Wir standen in einem freundschaftlichen Verhältnis zueinander.« Was zugegebenermaßen ein wenig dick aufgetragen war. John schlug die Beine übereinander und besah sich seine Schuhspitze.

Ein Schnauben von Lady Shatterton. Erneut wandte sie sich ihrem Mann zu. »Aus dem *Nichts* tauchte Mr Shinfield unlängst bei den überraschten Steeles auf. Einem *Überfall* gleich. So scheint es wohl seine Art zu sein, wie wir sehen. Die völlig überraschte Amelia sah sich genötigt, eine abendliche Einladung an den Herrn auszusprechen. Doch dann folgte der Gipfel der Unhöflichkeit: Mr Shinfield erschien einfach nicht zu dem Essen.« Sie legte eine dramatische Pause ein. »Und hatte nicht einmal den Anstand, seine Abwesenheit durch eine Nachricht zu *entschuldigen.*« Sie zog eine Augenbraue hoch, beinahe bis zum Haaransatz. »Wie sagt es meine verehrte Freundin, Lady Hogdewood, doch immer so trefflich: Die eigene Familie kann man sich nicht aussuchen. Sie ist von Gott gegeben – oder vom Teufel.« Lady Shatterton nickte wissend. »Wenn ich mich recht entsinne, bemerkte Lady Hodgewood dies auch in Gegenwart von Lord und Lady Sharp, mit denen Amelia überaus gut bekannt ist. Ach ja, ebenfalls zugegen war Lord Shinfield.« Ein zufriedenes Lächeln erstrahlte auf Lady Shattertons dünnen Lippen. »Ich werde Seine Lordschaft wieder einmal zum Tee einladen, denke ich. Was meinst du, Henry?«

»Ja, sicherlich, meine Liebe. Lord Shinfield, genau. Ein höchst angenehmer Kerl, der Gute. Er wird deiner Einladung sicher nur zu gerne folgen, Jane.«

»Natürlich wird er das!« Sie legte die Stirn in tiefe Falten und bedachte zur Abwechslung ihren Gatten mit einem wütenden Blick. »Man *reißt* sich schließlich geradezu um eine Einladung zu einer meiner herausragenden Gesellschaften.«

»Deine Gesellschaften sind … sind stets herausragend, meine Liebe. Das ist allgemein bekannt. Selbst bei Hofe spricht man davon, sicherlich.«

Mit einem zufriedenen Lächeln senkte Lady Shatterton in gespielter Demut den Kopf und nestelte mit spitzen Fingern an ihrer Frisur.

»Dann hat Amelia bei ihrem gestrigen Besuch also über mich gesprochen, Lady Shatterton?«, fragte John.

Die Angesprochene sah ihn schnippisch an. In ihrem Blick konnte John lesen, wie sie überlegte, ob sie ihm überhaupt antworten solle. Er konnte geradezu sehen, wie ihre Gedanken hektisch dabei waren, irgendetwas gegeneinander abzuwägen. John rechnete schon mit einer erneuten Abfuhr und war daher erstaunt, als Lady Shatterton sich seiner Frage nicht verschloss, sondern zu einer Antwort ansetzte.

»Sie sprach von Ihnen, ja. Wahrlich nicht in den höchsten Tönen, mein Herr.«

»Bitte seien Sie versichert, dass es mir darum geht, Amelias Verbleib ausfindig zu machen. Ich sorge mich ernsthaft um ihr Wohlergehen. Teilte sie Ihnen irgendetwas mit, Lady Shatterton, was Rückschlüsse auf ihren derzeitigen Aufenthaltsort zulässt? Sprach sie davon, was sie für den weiteren Tag plante, nach dem Besuch in diesem Haus?«

»Nein, das tat sie nicht.« Lady Shatterton zögerte kurz, dann sprach sie mit etwas gezügelter Feindseligkeit weiter. »Ich habe beim besten Willen keinerlei Vorstellung davon, wo sich die Arme aufhält. Doch ich könnte mir vorstellen, dass sie sich lediglich aus Trauer zurückgezogen hat. Ich meine, Alexanders Tod ist schließlich eine *furchtbare* Sache. Ich zittere, wenn ich nur daran denke. Eine wirklich grauenhafte Vorstellung, dieser Mord. Ich frage mich ernsthaft, ob denn mittlerweile niemand mehr in dieser Stadt sicher ist. Es liegt am Pöbel. Das ist meine ehrliche Meinung. Wir werden vom Pöbel überrannt. Ich warne bereits seit langem davor, nicht wahr, Henry? Und nun wurde Alexander ermordet! Einer der *angesehensten* Bürger dieser Stadt. Kein Adel, das ist wahr, aber ein angesehener Bürger nichtsdestotrotz. Äußerst vermögend. Die arme Amelia.« Aus einer Falte ihres Kleides zog sie ein Taschentuch und betupfte lebhaft ihre trockenen Augenwinkel. »Sie kam am gestrigen Tag nur auf einen kurzen Besuch hierher. Wir plauderten ein wenig, dann verabschiedete sie sich auch schon wieder.«

Jane Shatterton dachte nach, dann riss sie unvermittelt die Augen weit auf und knüllte das Taschentuch in den Händen zusammen. »Wenn sie sich jedoch nicht aus Trauer zurückgezogen hat, dann ist ihr wirklich etwas geschehen. Wer weiß, vielleicht ist ihr dieser scheußliche Kerl, der ihren Gatten auf dem Gewissen hat, gefolgt.« Sie schauderte. »Vielleicht gar aus unserer Straße heraus, von hier. In der Gegend streift immer wieder Pack herum, nicht wahr, Henry? Man sollte meinen, diese gewöhnlichen Leute hielten sich von den Menschen, die über ihnen stehen, fern. Doch dem ist nicht so. Lauern, das tun sie. Ja, sie lauern wie wilde Tiere. In der Hoffnung, dass etwas für sie abfällt. Diese Schmarotzer! Allesamt Tagediebe und Banditen! Vielleicht, nun, vielleicht ist dieses Monster Amelia gefolgt, um ihr etwas *anzutun*. Um sie auszurauben? Vielleicht schlich es sich später unbemerkt in das Haus der Steeles. Mit ... mit bösen Absichten.« Sie tupfte einen Tropfen Speichel aus ihrem Mundwinkel und vergrub dann die Hände tief im Schoß des Kleides. »Gar mit *liederlichen* Absichten.« Lady Shattertons Atem beschleunigte sich, sie nahm funkelnden Auges an Fahrt auf. »Der Kerl fiel dann über Amelia her, fraglos geleitet von seinen teuflischen Trieben. Und als Alexander Amelia zu Hilfe eilen wollte, ihr gegen die zudringlichen Arme des liederlichen Verbrechers beistehen wollte, wurde er selbst zum Opfer des Monsters. Er eilte seiner armen Frau zu Hilfe, so dass der Peiniger von ihr ablassen musste. So konnte wenigstens Amelia fliehen. Ja, so muss es sich zugetragen haben! Amelia ist dann natürlich voller Panik geflohen. Kopflos! Vor Angst gänzlich von Sinnen. Kann man es ihr verdenken? Nein, nein. Mir ginge es schließlich genauso, wenn mich plötzlich aus der Dunkelheit ein lüsternes Monster greifen würde.« Erneut wischte sie Speichel vom Mund, diesmal voller Hast. »Die Lüsternheit ist eine schreckliche, schreckliche Waffe des Satans.«

John folgte voller Erstaunen dem Redeschwall. Er hatte den Eindruck, dass Lady Shatterton mittlerweile seine Anwesenheit ganz vergessen hatte, derart groß war ihre Rage. Lord Shatterton hingegen saß teilnahmslos neben seiner Gattin, als gehe ihn das alles nichts an. Vielleicht hatte er derartige Ausbrüche bereits zu oft mitanhören müssen.

Taschentuch und Hände glitten zittrig zurück in den Schoß. Lady Shatterton schnaufte. »Nicht auszudenken, wäre *ich* das Ziel dieses Mannes geworden. *Greifen* würde mich der Kerl, um sich gewaltsam an meiner Tugend zu vergehen. Lieber Gott, stehe mir bei in meiner Stunde der Not! Ein grober Griff, gewiss. Schreien würde ich, kratzen, schlagen. Doch er ließe mir kein Entkommen. Oh nein, der Frevler kennt nur ein Ziel, sieht sich kurz vor dem Erfolg seiner Missetat. Erbarmungslos reißt das Scheusal an meinem Kleid, versessen, mich zu entblößen. In Ohnmacht würde ich wohl fallen, sähe ich seinen gierigen Blick. Wie sie auf mich starren, diese teuflischen, lüsternen Augen. Die mir sagen, dass er nur eines im Sinn hat, dieser … dieser gewöhnliche Mann. Seine überquellende Lust an mir zu stillen. Das will er! Danach lechzt es ihn. Wie ein Tier will er über mich herfallen.« Ihre Stimme wurde brüchig. »Flehen … ja, flehen würde ich, betteln. Doch der schändliche Mann kennt kein Erbarmen. Grob drückt er mich darnieder, er … er entblößt sich für die unsägliche Tat. Nein, er kennt kein Erbarmen. Er wird nicht von mir ablassen. Zu stark ist sein Drang, mich voller Niedertracht zu entehren.« Ein trockenes Flüstern. »Zu groß ist der Reiz meiner Tugend.« Sie schnappte nach Luft und drehte die Augen gen Himmel. »Oh, die arme Amelia. Die arme Amelia. Und Alexander bezahlte für seine edle Tat mit dem Leben. Ja, genau so muss es gewesen sein. Es gibt schlicht keine andere Erklärung. Oh, mein Gott, wie grauenvoll. Und nun – nun irrt Amelia verstört durch die Gassen dieser furchtbaren Stadt, einsam und verloren. Der Schändung entronnen und doch verloren.« Sie schlang die Arme atemlos um ihre Mitte.

John räusperte sich lautstark.

Lady Shatterton zuckte zusammen. Sie schluckte. Mit großen Augen blickte sie von John zu ihrem Gatten. Doch der reagierte nicht, starrte weiter mit offenem Mund stumm vor sich hin. Lady Janes Gesichtszüge verhärteten sich, sie stieß abermals einen spitzen Finger in Lord Shattertons ausladende Seite. »Henry, ich möchte, dass du die Dienstboten *umgehend* zu besonderer Achtsamkeit ermahnst. Mein Leben steht auf dem Spiel. Schlimmer noch: meine *Tugend.* Ich fühle mich in diesem Haus nicht mehr sicher, seitdem wir von allen Seiten von Vagabunden und Banditen umringt werden. Meine Güte, wenn ich mir vorstelle, dass diese finsteren Spießgesellen hier *eindringen* und Hand an mich legen. Wer weiß schon, welche *liederlichen* Absichten sie hegen, wenn sie an unserem Haus vorbeistreunen. Diese groben, dreckigen Kerle, die nichts anderes im Kopf haben, als sich den ganzen Tag mit billigem Gin zu betrinken und herumzuhuren. Sicherlich hat sich bei dem Pack bereits herumgesprochen, dass in diesem ehrbaren Haus eine rechtschaffene und tugendhafte Dame lebt. In ihrer Liederlichkeit und Unmoral zieht sie dieses Wissen wahrscheinlich umso mehr an. *Ermuntert* sie noch in ihren verwerflichen Absichten. Steigert ihre Gier.« Deutlich zeichneten sich an Lady Shattertons Hals rote Flecken ab. »Eine Dame kann heutzutage nicht vorsichtig genug sein. London steckt voller Abschaum, es ist eine Tragödie! Eine ehrbare Frau wie ich, in ernster Gefahr, das Opfer unsäglicher Leiden und Schande zu werden. Schande!« Sie begann, sich mit einer Hand hektisch Luft zuzufächeln. »Henry, ich verlange von dir, dass du an meine Sicherheit denkst. Du musst Maßnahmen ergreifen. Umgehende Maßnahmen! Das verlange ich und dulde keinen Aufschub.«

John lag es auf der Zunge, die reißerischen Spekulationen um Amelias mögliches Schicksal als reinen Humbug zurückzuweisen. Und im gleichen Atemzug auch die vermeintliche Gefahr für Lady Shattertons tugendhaften Leib und ihr Leben zu relativieren. Er verkniff sich jedoch einen bissigen Kommentar und ermahnte sich zu Bedachtsamkeit. Noch gab er die Hoffnung nicht vollends auf, von seinen Gastgebern etwas Brauchbares zu erfahren. Auch wenn Lady Shatterton eindeutig mehr mit sich selbst beschäftigt war als mit Amelias oder auch Alexanders Schicksal. Er versuchte es noch einmal. »Erinnern Sie sich, um wie viel Uhr Mrs Steele Ihr Haus wieder verließ? Gestern, Madam, als Sie beide hier zusammentrafen.«

»Nein, das tue ich nicht.« Herausgerissen aus ihrer gewalttätigen Phantasie, kehrte Lady Shatterton in Sekundenschnelle zu ihrer alten Feindseligkeit zurück. Die Flecken am Hals verblassten und die alte Härte ergriff Besitz von ihren Gesichtszügen und ihrer Stimme. »Henry, mein Lieber. Würdest du mich bei unserem überraschenden Gast entschuldigen? Ich werde mich zurückziehen.« Mit großer Geste legte sie eine Hand auf die Stirn. »Das tragische Schicksal unserer Freunde hat mich doch sehr mitgenommen. Ich fürchte, ich bekomme Temperatur. Mir ist ganz heiß. Es ist wohl kein Wunder, dass bei dieser Aufregung meine zarte Gesundheit leidet. Vielleicht solltest du besser nach dem Arzt schicken, Henry. Ich werde mich bis zu seinem Eintreffen zur Ruhe legen. Bitte trage Sorge dafür, dass ich nicht gestört werde. Und ermahne das Personal zu größter Wachsamkeit, um Himmels willen! Niemand darf in dieses Haus eindringen. Schließlich gilt es auch, unseren lieben Gast Rebecca zu schützen.«

Johns Herzschlag setzte für einen Moment aus.

»Wenngleich meine Gefährdung sicherlich ungleich höher ist. Ich spüre die lüsternen Blicke förmlich auf mir, sobald ich das Haus verlasse.« Sie zögerte und blieb stehen. »Wenn ich es mir recht überlege, Henry – schicke mir doch den Laufburschen nach oben. Er – er kann vor meiner Zimmertür Wache halten. Diesen Tom. So heißt er doch, oder?«

Lord Shatterton sah seine Frau fragend an.

Unwirsch herrschte sie ihren Gatten an. »Diesen kräftigen, großen Jungen meine ich! Er sieht aus, als könne er zupacken. Mich verteidigen, meine ich.« Ohne eine Antwort abzuwarten, warf Lady Shatterton John einen kühlen Blick zu, begleitet von einem beinahe unmerklichen Nicken, ihrem einzigen Zugeständnis an eine Verabschiedung. Dann stürmte sie aus dem Raum, noch bevor John die Möglichkeit hatte, aufzustehen und sich mit einer Verbeugung zu empfehlen.

Schwerfällig erhob sich Lord Shatterton von seinem Sitzplatz. »Nun, äh, Lady Shatterton fühlt sich nicht wohl. Auch ich – äh – sollte mich zurückziehen. Sie werden mich sicher entschuldigen, ich muss umgehend die Dienerschaft instruieren, damit Lady Shattertons – äh – Sicherheit gewährleistet ist.«

John stand auf. »Selbstverständlich. Ich danke für Ihre Gastfreundschaft und bedauere es aufs äußerste, sollte mein Besuch zu Lady Shattertons Unwohlsein beigetragen haben. Erlauben Sie, Lord Shatterton, eine letzte Frage, bevor ich Sie verlasse: Haben Sie ebenfalls gestern mit Amelia Steele gesprochen?«

»Ich? Wie kommen Sie darauf?«

»Dann ist sie Ihnen nicht begegnet?«

»Nun, ich habe sie wohl kurz bei ihrem Eintreffen gesehen. Sehr kurz. Wir haben ein paar Höflichkeiten ausgetauscht, das war alles. Dann haben sich Amelia und meine Frau zurückgezogen.« Er lachte gekünstelt. »Frauengespräche, Sie verstehen.«

Während John halbherzig zurücklächelte und sich zum Abschied förmlich verbeugte, vernahm er, wie die Eingangstür geöffnet und wieder geschlossen wurde.

»Jeremias wird Sie hinausbegleiten, Sir«, erklärte Shatterton abwesend und griff nach der Dienstbotenklingel.

»Nicht nötig«, warf John schnell ein. »Ich finde den Weg alleine.«

»Wie Sie wünschen. Seien Sie doch so gut und bitten Sie Jeremias, wenn Sie ihn sehen, er möge diesen Burschen zum Zimmer meiner Frau hinaufschicken. Diesen Tom. Einen guten Abend, mein Herr.« Schwerfällig nahm Lord Shatterton wieder Platz, griff nach einer Zeitung und würdigte John keines weiteren Blickes.

»Auch Ihnen einen guten Abend, Sir.« John drehte sich schulterzuckend um und ging durch die Tür in einen schmalen Vorraum, von dort weiter in die Eingangshalle.

Lächelnd sah Miss Fredericks ihm entgegen. »Ich vermeinte doch, Ihre Stimme gehört zu haben«, sagte sie. Sie reichte dem Butler ihren Mantel und ein kleines Päckchen. »Bitte legen Sie es in mein Zimmer, Jeremias. Vielen Dank.«

»Lord Shatterton bittet mich, Ihnen etwas auszurichten, Jeremias«, fügte John schnell hinzu.

Der Butler blieb stehen. »Sir?«

»Bitte stellen Sie den Laufburschen Tom zu Lady Shattertons Schutz ab. Er soll vor ihrer Zimmertür Position beziehen.«

»Ich verstehe, Sir. Tom.« Ein beinahe unmerkliches Grinsen zog über das Gesicht des Butlers. Er verbeugte sich und wandte sich dann zum Gehen.

Nachdem der Mann sie alleine gelassen hatte, trat Miss Fredericks zwei Schritte auf John zu. »Beinahe hätten wir uns verpasst, Sir. Wie freundlich von Ihnen, mir einen Besuch abzustatten.«

»Ich – ich muss gestehen, dass mein eigentliches Anliegen ein Gespräch mit Lady und Lord Shatterton war. Doch ich kann nicht verschweigen, auf eine Begegnung mit Ihnen gehofft zu haben, Miss Fredericks.«

»Ist dem so? Doch sagen Sie mir zuerst, Mr Shinfield, was es mit Lady Shattertons Schutz auf sich hat? Ist etwas geschehen, ist sie in irgendeiner ernsthaften Gefahr?«

»Sie scheint wegen der jüngsten Ereignisse verunsichert. Der Mord an Steele. Sie haben davon gehört?«

Rebecca Fredericks nickte traurig. »Die gesamte Stadt spricht von nichts anderem.«

»Lady Shatterton glaubt anscheinend, dieser Mörder lauere auch ihr auf. Sie scheint zu befürchten, mit ihrer ausgesprochen tugendhaften Ausstrahlung das Opfer schändlicher Übergriffe zu werden.«

Miss Fredericks schüttelte ungläubig den Kopf. »Jane ist wahrlich eine treue Freundin, doch manchmal kann ich mich über sie nur wundern. Sie hat eine, sagen wir, ausgeprägte Imagination. Sieht sie sich als verfolgte Demoiselle?« Sie konnte ein Lächeln nicht verbergen. »Ein keusches Ding, soeben einem Gemälde von Antoine Watteau entstiegen?«

John musste lachen. »Wie überaus treffend beschrieben. Ja, die anmutige Schäferin, die von galanten Schäfern umschwirrt wird. Das Bild versuchte sie soeben von sich zu zeichnen. Nur dass Lady Janes Idyll von Halunken und Tagedieben bedroht ist. Die schöne Schäferin wird vom gierigen Pöbel verfolgt, wie es aussieht. Die Worte ›liederliche Absichten‹ fielen gleich mehrfach.«

Mit einem Zwinkern nickte Rebecca Fredericks. »Ja, Lady Shatterton ist sehr tugendhaft.«

»Immerhin kommt Lord Shatterton ihrem Wunsch nach und stellt einen Bediensteten zu ihrem persönlichen Schutz ab.«

»Hm. Tom, ja. Das habe ich mitbekommen.«

»Sie wirken verwundert, wenn ich mir die Feststellung erlauben darf, Madam.«

»Tue ich das? Es ist nur, dass mir dieser Tom nicht in den Sinn käme, würde ich um meiner Tugend willen eine Bewachung benötigen.«

»Nicht?«

»Lassen Sie es mich so sagen: Tom entspricht wohl eher dem Bild eines Angreifers denn dem eines Beschützers. Ein ungebildeter junger Mann aus einfachen Verhältnissen, der weder lesen noch schreiben kann. Eigentlich genau jemand, den Lady Shatterton allenthalben als Pöbel zu verachten scheint. Er ist von robuster, kräftiger Gestalt, ein bäuerlicher Hüne. Geeignet dafür, Aufgaben im Haus und im Garten zu übernehmen, die schiere Körperkraft verlangen. Er besitzt nicht gerade das, was man einen schnellen Verstand nennt. Kurz gesagt: Auf mich wirkt dieser Tom ziemlich ungehobelt. Vor allem stellt er in der Dienerschaft jedem Rock nach. Nicht gerade Qualitäten, die ihn für seine neue Aufgabe auszeichnen. Im Gegenteil.« Sie machte eine Pause. »Sollte man meinen.« Dann wechselte sie den Tonfall. »Wie geht es Ihrer Verletzung?«

»Verletzung?«

»Ihr Arm, Sir. Der Sturz, vergangene Nacht.«

»Oh, der Sturz. Lediglich ein paar blaue Flecken. Das hatte ich bereits vergessen.« Er stockte. »Die Dinge überschlagen sich derzeit geradezu. Ich meine nicht nur den brutalen Mord an Alexander Steele. Da fallen ein paar kleine Blessuren nach einem Sturz auf glatter Straße gar nicht weiter ins Gewicht.«

»Wie meinen Sie das? Welche Dinge überschlagen sich?« Irritation zeichnete sich auf Rebecca Fredericks' Gesicht ab.

John lächelte bitter. »Der gestrige Sturz war eine Lappalie. Der wahre Schrecken erwartete mich kurz darauf.« Er verschränkte die Arme. »Vergangene Nacht wurde in mein Haus eingebrochen«, erklärte er. »Meine Haushälterin wurde dabei ermordet.«

Miss Fredericks unterdrückte einen Aufschrei und hielt sich die Hand vor den Mund. »Ihre Haushälterin? Ermordet? Meine Güte, wie schrecklich!« Sie tat einen weiteren Schritt auf John zu.

Für einen Moment dachte er, sie würde ihre Hand auf seinen Arm legen. Mit Bedauern bemerkte er, wie sie im letzten Moment innehielt und stattdessen die Hände fest zusammenpresste.

»Wie überaus schrecklich«, wiederholte Miss Fredericks.

Er nickte. »Der schrecklichen Ereignisse nicht genug: Alexander Steele war ein alter Bekannter von mir.«

»Oh, Mr Shinfield. Wie unsagbar furchtbar. Es ist unfassbar, was zurzeit in dieser Stadt an Gräueltaten geschieht. Der Mord an einem bedeutenden Geschäftsmann ist ein neuer Höhepunkt.« Sie schüttelte traurig den Kopf. »Mrs Steele soll überdies verschwunden sein, hört man allenthalben.«

»Das ist leider wahr. Deshalb bin ich bei den Shattertons vorstellig geworden.«

»Ich verstehe. Weil Mrs Steele gestern Lady Shatterton aufsuchte. Konnte Jane Ihnen etwas Hilfreiches mitteilen?«

»Lady Shatterton schien ... wie soll ich sagen ... wenig erfreut über meinen Besuch. Dementsprechend zugeknöpft begegnete sie meinen Fragen.«

Miss Fredericks lachte auf. »Das wundert mich nicht. Ach, bitte entschuldigen Sie, dass ich lache. Das ist in der gegenwärtigen Situation wohl nicht angebracht. Doch ich kann mir nur zu gut vorstellen, wie Jane Ihnen die Ohren langgezogen hat.« Sie schmunzelte.

»Sie sehen mich verwirrt. Warum sollte Lady Shatterton dies tun wollen?«

»Erinnern Sie sich an das, was ich Ihnen über das Abendessen bei Lord Hancock erzählt habe? Wie Sie am Tisch zum Thema des Gespräches wurden?«

»Und Sie mich gegenüber Sir Ignatius verteidigten? Ja, daran erinnere ich mich.« Er seufzte. »Das übliche Gerede eben.«

»Verteidigt wäre sicherlich zu viel gesagt. Ich gestehe, dass ich mir von Lord Swanson mit einer gewissen Neugier von Ihnen berichten ließ. Doch ich habe Ihren Charakter nicht in Frage gestellt, nur um der allgemeinen Meinung zu entsprechen, die am Tisch herrschte. Nein, in dieses Horn habe ich wahrlich nicht geblasen.«

John deutete eine ironische Verbeugung an.

»Sie scheinen nicht zu verstehen, mein Herr.« Rebecca Fredericks warf John einen eindringlichen Blick zu. »Ihr Ruf ist nicht der beste, zumindest in gewissen Kreisen nicht. Sie gelten als verschroben, unfreundlich und unhöflich. Man zerreißt sich das Maul über Sie. Und bedauert den Earl of Finchampstead, einen derart undankbaren und missratenen Sohn zu haben.«

»Das ist mir bekannt, Madam. Es berührt mich recht wenig, wenn ich ehrlich bin. Der Dünkel und die Eitelkeiten gewisser Kreise können mir gestohlen bleiben.«

Miss Fredericks lächelte. »Genau deshalb beäugt man Sie, Mr Shinfield. Sie verhalten sich – anders. Anders als die anderen. Das beunruhigt. Es darf Sie also nicht wundern, dass Lady Shatterton nicht erbaut ist, wenn Sie plötzlich auf ihrer Türschwelle auftauchen. Sie sind kein gerngesehener Gast bei jenen, denen Sie augenscheinlich Ihre Verachtung dermaßen offen zu verstehen geben. Sofern man Sie aufgrund Ihres Vermögens nicht als potentiellen Schwiegersohn oder Ehemann erachtet, hält man nicht sonderlich viel von Ihnen. Ich dachte, das wäre Ihnen bewusst, Sir.«

»Aber Sie verhalten sich doch ebenfalls nicht konform, Madam. Wir sprachen jüngst davon, dass Sie ebenfalls einen eigenen Weg gehen. Einen Weg, der nicht dem allgemein üblichen entspricht.«

»Das ist richtig. Aber jetzt machen Sie es sich wirklich zu einfach. Sie haben bereits auf den wichtigen Unterschied zwischen uns beiden hingewiesen.« Diesmal war es an Miss Fredericks, einen ironischen Knicks zu machen. »Ich gehöre dem schwachen Geschlecht an. Das verschafft mir eine gewisse, sagen wir, Narrenfreiheit. Es wird schließlich geradezu erwartet, dass ich ein sprunghaftes und von meinem Herzen gesteuertes Verhalten an den Tag lege. Bei jungen Damen wird als vielversprechende und anziehende Koketterie ausgelegt, was bei einem Herrn als unfreundlicher Affront gilt. Zumal Sie als Sohn eines Earls im Mittelpunkt des gesellschaftlichen Interesses stehen. Natürlich gibt Ihnen dies Freiheiten, legt Ihnen aber eben auch eine gewisse Verpflichtung auf. Die Verpflichtung, den gesellschaftlichen Regeln – viele von ihnen unausgesprochen – zu folgen. Dem Bild, welches man von Ihnen als Mann von adeliger Herkunft hat, weitgehend zu entsprechen.« Sie legte eine Pause ein. »Diese Regeln sind nichts im Vergleich zu dem Korsett, welches uns Frauen angelegt wird. Einzig Schmuckstücke sollen wir den Männern sein. Verstand zählt wenig.« Sie lächelte. »Selbst wenn man ihn haben sollte. Nein, in der Ehe wird die Frau zum Teil des Mannes. Da kann ein zu klarer Kopf nur hinderlich sein. Hübsch darf er sein, der Kopf, natürlich. Aber nicht zu schlau, nein.

Was bedeutet dies für meine Situation, welche Sie mit der Ihrigen vergleichen? Solange ich nicht den Vorschriften eines Ehemannes gehorchen muss, kann ich mich einer vergleichsweisen Freiheit erfreuen. Entscheiden, wen ich besuche, was ich kaufe, welche Einladung ich annehme. Eine angenehme Freiheit. Im Leben einer Frau kommt diese Möglichkeit erst dann wieder, wenn der Gatte vor einem verstirbt und er – möglichst ohne männliche Erben – ein ordentliches Vermögen hinterlässt. Worauf man nicht zu sehr bauen sollte. Sie ahnen vielleicht, wie hoch einige Herrschaften verschuldet sind.

Natürlich kann man alternativ auch als alte Jungfer enden. Sicherlich keine wirkliche Freude, wohlgemerkt. Wird man doch beäugt, was mit einem nicht stimmt, da man vermeintlich *übrig geblieben* ist. Schlechte Ware sozusagen.« Sie lächelte traurig. »Ach, schauen Sie nicht derart entsetzt drein, Mr Shinfield. Ist Ihnen noch nie der Gedanke gekommen, dass es eine gehörige Portion an Stärke verlangt, ein Leben zu führen, so wie unsere Zeit es von den Frauen verlangt? Ihnen abverlangt. Ein Leben, wie es die Männer mit Blick auf den eigenen Vorteil für das andere, das ach so schwache Geschlecht eingerichtet haben.« Nachdenklich legte sie einen Finger an den Mund. »Fast könnte man sagen, die Frauen seien das starke Geschlecht. Und die Männer das schwache.« Sie stieß ein Lachen aus. »Sehen Sie, Sir. Da haben wir es. Die zusammenhanglosen, wirren Gedanken einer jungen Dame. Schenken Sie ihnen keine weitere Beachtung, um Himmels willen.« Gesenkten Hauptes warf Miss Fredericks John einen spöttischen Blick zu.

John konnte sich ein Lachen nicht verkneifen. »Ich habe Sie verstanden, Madam. Und ich möchte Ihren Ausführungen eine gewisse Logik nicht absprechen.« Er schüttelte den Kopf. »Doch ich stehe weiterhin vor der Schwierigkeit, von Lady Shatterton keine brauchbare Information zu Amelia Steeles Besuch erhalten zu haben. Amelia ist eine Frau, die unseres Schutzes bedarf, unserer Sorge.«

»Es wird doch sicherlich eine Suche geben. Ist man von Seiten des Gesetzes nicht längst dabei, Mrs Steele ausfindig zu machen?«

»Sicherlich. Doch ich kann nicht einfach ruhig dasitzen und abwarten. Da kam mir der Gedanke, der gestrige Besuch bei den Shattertons könnte einen Hinweis liefern. Doch wie gesagt, Lady Shatterton schweigt. Zu diesem Thema zumindest.«

»Vielleicht liegt es daran, dass Sie schlicht keine relevante Information besitzt, die sie mitzuteilen hätte?«

»Da mögen Sie natürlich recht haben. Doch irgendetwas sagt mir, dass sie mehr hätte erzählen *können.*«

»Ach, meinen Sie?« Für einen Moment schloss Miss Fredericks die Augen. »Dann lassen Sie mich mit ihr sprechen, vielleicht kann ich etwas erfahren. Ich glaube es zwar nicht, doch es kann wohl auch nicht schaden.«

»Das würden Sie tun? Ich danke Ihnen herzlich, Miss Fredericks. Lassen Sie mir doch einfach eine Nachricht zukommen, falls sich etwas ergibt.«

»Gut, ich werde einen passenden Moment abwarten und mit Jane reden. Dann setze ich Sie so schnell wie möglich in Kenntnis, sollte etwas Brauchbares zutage treten.« Sie zuckte mit den Schultern. »Seien Sie nur nicht enttäuscht, wenn Sie hier eine Sackgasse verfolgen.«

»Ich weiß Ihre Unterstützung zu schätzen, Miss Fredericks.« John stockte. »Vielen Dank.« Er musterte die Frau unauffällig. Sie war ihm ein Mysterium. Er hatte den Eindruck, sie schon seit Jahren zu kennen, und doch überraschte sie ihn bei jedem Zusammentreffen aufs Neue. In diesem Augenblick wurde ihm etwas klar. Er wollte sie wiedersehen. Unter Umständen, bei denen sie nicht über Morde und Gräueltaten sprechen mussten. Würde sie eine Einladung annehmen? Oder sie lächelnd zurückweisen? Es gab wohl nur eine Möglichkeit, dies zu erfahren. John fasste sich ein Herz und räusperte sich.

Doch Miss Fredericks kam John zuvor. Sie sprach mit gesenkter Stimme, trat einen halben Schritt näher. »Da ist noch etwas, über das ich mit Ihnen sprechen möchte. Es geht um diesen Mr de l'Estagnol. Mir ist da etwas zu Ohren gekommen, das Sie unbedingt …«

Lautstark klopfte es an die Eingangstür. Miss Fredericks und John zuckten erschrocken zusammen und drehten sich um. John runzelte dabei die Stirn. Worauf hatte Miss Fredericks hinausgewollt? Doch mehr als dieser Gedanke beunruhigte ihn das untrügliche Gefühl, eine Gelegenheit verpasst zu haben. Er schluckte. Sein Mund war trocken.

Wie aus dem Nichts erschien Jeremias, als habe er das Klopfen bereits in weiser Voraussicht vorhergesehen. Er öffnete die Tür und trat mit einer tiefen Verbeugung zur Seite. Begleitet von einem angestrengten Schnaufen schob sich ein breiter Schatten durch den Türrahmen. Der eintretende Mann blieb nach wenigen Schritten stehen und wischte sich mit einem Tuch über die Stirn. Dann sah Lord Swanson sich schwer atmend um. Als sein Blick Rebecca Fredericks traf, verzog sich sein Gesicht zu einem freudigen Lächeln. Mühsam zwang er seinen umfangreichen Körper zum Ansatz einer Verbeugung.

Jeremias schloss die Haustür.

»Madam, eine unfassbare Freude ist es …«, begann Swanson. Jäh brach er ab, als er John erblickte. Seine Gesichtszüge froren ein, die Augen verengten sich. »Mein Herr«, raunzte er und bemühte sich nicht einmal, den Versuch einer Verbeugung zu unternehmen.

»Lord Swanson.« John unterstrich seinen höflichen Tonfall mit einem Lächeln. »Es ist mir eine Freude, Sie wiederzusehen.«

Swanson grunzte lediglich und wandte sich Miss Fredericks zu. »Ich wollte Ihnen meine Aufwartung machen, Madam. Doch wie ich sehe, sind Sie bereits in Gesellschaft.«

»Lord Swanson, wie äußerst freundlich, dass Sie mich mit Ihrem Besuch beehren. Mr Shinfield und ich trafen zufällig aufeinander. Er kam von einem Gespräch mit Lord und Lady Shatterton und war gerade dabei, sich zu verabschieden.«

»Ich verstehe.« Swansons Miene hellte sich merklich auf. Er wandte seinen Kopf zu John. »Ach, richtig, Sir. Sie sind Mr John Shinfield. Ich erinnere mich. Wir trafen im Haus Ihres verehrten Vaters aufeinander, nicht wahr?«

»Jetzt, wo Sie es sagen, Lord Swanson, erinnere ich mich auch an die Begebenheit.«

Beide Männer lächelten sich einen Augenblick an. Wie zwei Raubkatzen, die einander umschleichen und dabei abwägen, wer den ersten Sprung wagen soll.

»Mr Shinfield macht sich Sorgen um den Verbleib von Amelia Steele und besprach sich mit Lady Shatterton«, bemühte sich Miss Fredericks, die in der Luft hängende Spannung aufzulösen. »Ich meine, dies ist eine sehr löbliche Haltung von Mr Shinfield. Finden Sie nicht auch?«

Lord Swanson lächelte knapp. »Demnach sind Sie mit den Steeles gut bekannt, Sir? Das war mir nicht bewusst. Weder Alexander noch Amelia haben Sie mir gegenüber je erwähnt. Wir sind Nachbarn, müssen Sie wissen.« Er runzelte die Stirn. »Waren, muss ich wohl sagen. Waren

Nachbarn.« Er schüttelte den Kopf. Seine Wangen und seine Kinnpartie schwappten hin und her. »Dann waren wirklich Sie es, den ich kürzlich am Hanover Square zu sehen meinte, Sir. Zweifellos auf dem Weg, Ihre guten Freunde aufzusuchen.« Er zog eine Augenbraue hoch. »Auch am Tag von Alexanders furchtbarem Ableben waren Sie dort, wie es heißt. Vielleicht als Letzter, der Alexander lebend sah. Man stelle sich dies einmal vor. Vom Mörder abgesehen, heißt das natürlich.« Swanson legte den Kopf zur Seite. Die Hautlappen seines Kinns berührten seine Schulter. »Eine schreckliche Geschichte. Es wird Zeit, dass diesem Mörder das Handwerk gelegt wird. Zwei derart angesehene Menschen zu töten, eine Unverschämtheit. Das bestialische Ermorden der Dirnen war schlimm genug. Doch ein Ehepaar aus den höchsten Kreisen? Geradezu unvorstellbar.«

»Noch steht nicht fest, was mit Amelia geschehen ist«, sagte John ruhig.

Swanson prustete. »Der Kerl hat sie ebenfalls auf dem Gewissen. Alles andere ist höchst unwahrscheinlich. Sie war ein hübsches Ding, fraglos. Ich mag mir gar nicht ausmalen, was dieser Satansbraten mit ihr angestellt hat.«

»Um Himmels willen, Lord Swanson!«, rief Rebecca erschrocken aus und legte die Hand auf den Mund.

»Verzeihen Sie, Madam. Es ist ein Fehler, vor den reizenden Ohren des schönen Geschlechts eine derart schonungslose Feststellung zu machen. Ihre schwache Natur ist für eine solch schreckliche Wahrheit nicht gewappnet. Ich traf eben mit Lord Sharp zusammen, müssen Sie wissen. Er teilt meine Ansicht uneingeschränkt. Wir diskutierten unsere Befürchtungen in gänzlicher Offenheit.«

»Mit Sir Humphrey?«, fragte John interessiert.

»So ist es. Er war ebenfalls gut mit den Steeles bekannt.« Swanson wandte sich zu Rebecca Fredericks. »Ich möchte um Verzeihung bitten ob meiner direkten Worte, Madam.«

John fing einen verstohlenen Blick von Miss Fredericks auf, eine Mischung aus Amüsiertheit und Genugtuung. Swanson hingegen wurde von der jungen Frau mit einem Knicks und demütig gesenktem Kopf bedacht.

»Eine schreckliche Wahrheit, doch eine Wahrheit nichtsdestotrotz«, fuhr Lord Swanson unbeirrt fort. »Man muss das Schlimmste annehmen. Warum sonst sollte Mrs Steele verschwunden sein? Und Sie suchen nach ihr, Sir?« Sir Ignatius' Miene drückte Skepsis aus. »Da konnte Lady Jane Ihnen wohl auch nicht weiterhelfen, nicht wahr?« Er faltete die Hände vor seinem ausladenden Bauch und sah John abwartend an. Scheinbar beiläufig bewegte er die Hände, und ein halbes Dutzend kostbarer Ringe warf einen bunten Funkenregen.

Täuschte er sich oder wirkte Seine Lordschaft amüsiert? John versuchte vergeblich, die unbewegte Miene seines Gegenübers zu ergründen. Er setzte nicht allzu viel Vertrauen in Lord Swansons Charakter. Die Diskussion um dessen unmoralische Handelsaktivitäten am Tisch seines Vaters fiel ihm wieder ein. »Lady Shatterton zeigte sich sehr besorgt«, sagte er ausweichend. »Um ihre eigene Sicherheit besorgt.«

»Dann lassen Sie sich bei Ihrer Suche nicht aufhalten, Sir.« Swanson trat einen Schritt zur Seite, um die Tür freizugeben. »Sollte der armen Amelia noch zu helfen sein, dann kommt es sicherlich auf jede Minute an.« Einladend deutete er auf die Eingangstür. »Ich wünsche Ihnen eine erfolgreiche Suche. Doch bitte nehmen Sie sich in Acht. Da draußen lauert immerhin ein Monster, nicht wahr?« Diesmal blitzten Swansons Augen mit seinen Ringen um die Wette.

John zwang sich zu einem unverbindlichen Lächeln, dann verbeugte er sich vor Rebecca. »Es hat mich gefreut, Sie wiederzusehen, Madam«, sagte er knapp. »Und Sie, Sir«, fügte er kühl hinzu.

»Die Freude war ganz auf meiner Seite, Sir. Sollten Sie wieder einmal *zufällig* an den Hanover Square kommen, dann versäumen Sie es doch bitte nicht, mir einen Besuch abzustatten. Wir sind uns bisher nicht oft begegnet, doch ich empfinde unsere Gespräche stets als ungemein erfrischend. Ich muss unbedingt Ihrem verehrten Herrn Vater von unserem glücklichen Zusammentreffen berichten. Ich bewundere den Earl. Er hat drei so großartige und doch so gänzlich unterschiedliche Söhne großgezogen. Er muss vor Stolz geradezu bersten.« Der Lord lächelte breit, dann wandte er sich Miss Fredericks zu.

John bezwang sein drängendes Verlangen nach einer Entgegnung. Ihm war bewusst, dass Lord Swanson ihn provozieren wollte. Er nickte Miss Fredericks zum Abschied zu. Der Blick, den sie ihm zuwarf, war sorgenvoll. Verwirrt senkte John den Kopf, wandte sich zur Tür und trat vors Haus. Während der Butler geräuschlos hinter ihm die Eingangstür schloss, konnte John noch für einen Moment Lord Swansons leicht nasale Stimme in seinem Rücken hören. Er verdrehte die Augen.

»… uns in den Salon zurückziehen. Ich habe eine aufregende Nachricht für Sie, mit der Sie sicherlich …«, hörte er den Lord mit honigsüßer Stimme sagen. Als wolle der Mann mit einem Zuckertopf Bienen locken. Dann fiel die Tür ins Schloss und die Stimme erstarb.

Das winterliche London hatte ihn wieder. Es war dunkel geworden. John schritt die Great Marlborough Street hinunter, auf der Suche nach einer Mietdroschke. Er war verwirrt. Seine Gedanken kreisten weniger um die Informationen, die er von den Shattertons erhalten oder eben auch nicht erhalten hatte. Nein, das Bild von Miss Fredericks ging ihm nicht aus dem Kopf. Wie sie von dem korpulenten Lord Swanson umgarnt wurde, der sich wie ein fetter Pfau vor ihr spreizte. John ballte die Fäuste in seiner Manteltasche und trat wütend gegen einen großen Kiesel, der auf dem Pflaster lag. Oh ja, er war wütend. Kurz erwog er, umzukehren. Am liebsten hätte er Swanson die Faust gegen das speckige Kinn gerammt.

Ungehalten stieß John einen Pfiff aus und winkte brüsk einer entgegenkommenden Kutsche. Der Fahrer machte nickend neben ihm halt. John nannte den Gough Square als Ziel. Noch immer mit seinen Gedanken bei Swanson und Rebecca, stieg er ein und schloss die Tür mit einem dumpfen Knall hinter sich. Erst dann hielt er erstaunt inne. »Oh, verzeihen Sie«, sagte er, während die Kutsche sich in Bewegung setzte. »Ich war davon ausgegangen, dass dieser Wagen frei sei. Ich werde dem Kutscher umgehend signalisieren, dass …«.

»Da sind Sie ja endlich, John«, sagte Paul de l'Estagnol. Mit Schwung warf er die Kapuze zurück. Die Müdigkeit zeichnete Linien um seine Augen, doch er lächelte breit über Johns Erstaunen. »Wir haben es eilig.« Er nickte John zu. »Unterwegs können Sie mir berichten, was Sie bei den Shattertons und der alten Mrs Steele erfahren haben.«

»Woher wissen Sie …?«

»Nennen Sie es eine Eingebung.«

Halb verärgert, halb bewundernd verschränkte John die Arme vor der Brust. »Eine Eingebung. Dass ich nicht lache.«

Kapitel 24

Die ländliche Szene hatte etwas Verstörendes. Mit wächsernem Blick starrten die Schäferinnen und Schäfer ausdruckslos vor sich hin, umringt von einer Handvoll ebenso starrer Schafe. John lief es kalt den Rücken hinunter. Wie ausgestellte Leichen wirkten die unbewegten Figuren in ihrer übertriebenen Grazie. Nur Menschen aus der Stadt konnten sich so das Landleben vorstellen. Pastellfarbener Liebreiz und bunte Schmetterlinge.

Der Luft fehlte es an Sauerstoff, das hatte John bereits beim Betreten des Gebäudes bemerkt. Beim Einlass war ihm mitgeteilt worden, er müsse sich sputen. In weniger als einer halben Stunde schließe das Haus für den heutigen Tag. Es war sein erster Besuch in dem Amüsierbetrieb an der Fleet Street. Obwohl das Gebäude in der Nähe seines Wohnhauses lag, war Johns Interesse an modellierten Wachsfiguren bisher wenig ausgeprägt gewesen.

John wischte sich über die Stirn und sah sich in dem stickigen Raum um. Dabei öffnete er die Knöpfe seines Mantels. Zwei weitere Besucher bewunderten diesen Bereich von Mrs Salmons Wachsfigurenkabinett. Er nickte den beiden Damen zu und lüftete den Hut, als sich ihre Blicke kreuzten. Die Frauen ignorierten ihn.

»Was für eine liebliche Episode«, bemerkte die eine Frau zu der anderen. Sie deutete auf einen Schäfer, der ergebungsvoll neben einer Schäferin kniete.

»Nicht wahr?«, bestätigte die andere eifrig nickend. Sie stieß einen tiefen Seufzer aus, während sie beide Hände auf die Brust presste. »Ein Idyll. Eine Szene aus dem Paradies.«

Ein amüsiertes Schnauben entfuhr John. Irritiert schauten die Damen auf. Abermals zückte er den Hut und eilte, begleitet von entrüsteten Blicken, zu der Tür, welche in den nächsten Ausstellungsraum führte. Auf der Schwelle blieb er stehen und ließ den Blick schweifen. Mehrere Berühmtheiten der englischen Geschichte, meist gekrönte Häupter, teilten sich in kleinen Szenen den engen Raum. In der Mitte ein Schafott, auf dem der kniende Stuart-König Charles I. seine Enthauptung erwartete. Über ihm ragte ein massiger Henker auf, eine Axt in der Hand. Bereit zum Schlag.

Johns Blick blieb an der Exekutionsszene hängen. Dabei interessierte ihn weniger der vor dem Tode stehende Monarch, als vielmehr ein Mann aus Fleisch und Blut. Vertieft in die Anordnung, war dieser der einzige Besucher. Er hatte John den Rücken zugewandt. Seine ausgesuchte Kleidung wies ihn als eine ausgesprochen wohlhabende Person aus. An sich nichts Ungewöhnliches. Mrs Salmons Kabinett wurde von allen Gesellschaftsschichten frequentiert. John machte lautlos einen großen Schritt in den Raum.

Der Mann beugte sich derweil in einer ruckartigen Bewegung über das Schafott und streckte einen Arm aus. Streichelte er mit der Hand über einen Gegenstand? John konnte es aus seiner Position nicht genau erkennen. Er tat daher einen weiteren Schritt nach vorn. Abrupt richtete sich der Mann auf und drehte sich um.

Wie ertappt blinzelte er John an, strich den linken Ärmel seines Mantels glatt und räusperte sich. »Eine beeindruckende Darstellung, finden Sie nicht auch, Sir?« Hastig trat er zwei Schritte zur Seite. Wirkte er verlegen? Jedenfalls nestelten seine Hände fahrig an der korrekt sitzenden Kleidung.

John kniff die Augen zusammen. Es schien ihm, als habe der Mann gerade etwas in seine Manteltasche gesteckt. Lächelnd trat er an sein Gegenüber heran, warf einen prüfenden Blick auf die Enthauptungsszene. Wo der Mann zuvor verweilt hatte, sah er einen Weidenkorb auf dem Podest stehen – zweifelsohne dazu bestimmt, den Kopf des zum Tode verurteilten Monarchen aufzufangen. »Beeindruckend, sicherlich«, antwortete John und lüftete seinen Hut.

»Kennen wir uns, mein Herr? Sie kommen mir bekannt vor, Sir.« Die gepresste Stimme verriet Aufregung.

John täuschte Erstaunen vor. »Ich wüsste nicht, Sir, woher …« Er hob eine Hand. »Wo Sie es sagen. Sind wir uns nicht unlängst vor dem Haus der Steeles am Hanover Square begegnet?« Fragend runzelte er die Stirn, gab sich betont nachdenklich.

»Sie haben recht, Sir. Sie haben recht, natürlich.« Der Mann nickte eifrig. Dann trat er auf John zu und reichte ihm schwungvoll die Hand. »Humphrey Sharp, Ihr ergebener Diener.«

John ergriff die dargebotene Hand. »Es ist mir eine ausgesprochene Freude, Lord Sharp. John Shinfield.«

»Ach, welche Überraschung. Eine angenehme Überraschung, möchte ich ergänzen. Mr Shinfield, natürlich. Das hätte ich sogleich erkennen müssen. Ihr Vater ist der verehrte Earl of Finchampstead. Die Ähnlichkeit ist unübersehbar.«

John deutete eine Verbeugung an. »Es ist einige Jahre her, dass wir beide aufeinandertrafen, Sir. Sie waren seinerzeit mit Ihrem Vater zu Gast bei uns auf Farley House, wenn ich mich recht entsinne.« Ehrlicherweise musste John sich eingestehen, dass er selbst kaum eine Erinnerung an den Besuch hatte.

Sharp lachte auf. »Oh ja. Ich erinnere mich, wo Sie es sagen. Das muss mindestens zehn Jahre her sein.« Er klatschte in die Hände. »Ich weiß noch, wie ich Sie bewundert habe, John. An jedem Finger hatten Sie ein paar Mädchen, die Ihnen hinterherliefen.« Anerkennend schnalzte Lord Sharp mit der Zunge. »Ein Teufelskerl, das waren Sie.«

Daran also erinnerte Sir Humphrey sich? Kein Thema, welches John zu vertiefen bestrebt war. »Diese Zeiten sind vorbei«, winkte er ab. »Was für ein erfreulicher Zufall, dass wir hier aufeinandertreffen.« Weder war das Treffen ein Zufall, noch war es sonderlich erfreulich.

»Nicht wahr! Bei diesem unangenehmen Wetter kam ich spontan auf den Gedanken, die Ausstellung zu besuchen. Es ist bereits länger her, dass ich zuletzt hier war.« Sharp schaute sich um. »Es hat sich jedoch nicht viel verändert, will ich meinen. Das Haus bietet einen passablen Zeitvertreib, finden Sie nicht auch? Während es draußen stürmt oder schneit, erschließt sich dem Auge hier drinnen so manche überraschende Entdeckung – im Trockenen. Dieses unwirtliche Wetter, welches unser Land derzeit heimsucht, ist gar nicht nach meinem Geschmack. Feuchtigkeit und Kälte.« Fröstelnd zog er die Schultern hoch. »Ernsthaft überlege ich, den kommenden Winter in südlichen Gefilden zu verbringen. Lissabon soll zu dieser Zeit angenehm sein. Oder auch das südliche Frankreich. Was meinen Sie, Shinfield? Ich denke jedenfalls, dass es überall besser auszuhalten ist als in London. Wenn es nicht regnet, dann schneit es. Und dazwischen liegt die Stadt umschlungen von einem klammen Nebel.« Sharps Blick glitt zum Schafott, dann zurück zu John. Er lächelte bemüht.

Hinter dem Lächeln meinte John eine flatterige Ungeduld wahrzunehmen. Das Verhalten des Mannes irritierte ihn. Er nickte freundlich. »Ja, der Londoner Nebel. Frankreich bietet fraglos klimatische Vorzüge.« Genug vom Wetter. Welche Vorzüge sah Sharp wohl noch in Frankreich? Katholische Sympathien für die Stuarts? »Es ist jedenfalls ein glücklicher Zufall, dass wir uns hier begegnen, Sir. Ich gestehe, dass ich Sie vor Alexanders Haus nicht erkannt habe. An jenem furchtbaren Tag …«

Sir Humphreys Miene trübte sich. »Ist es nicht entsetzlich, was dem armen Mr Steele zugestoßen ist? Auf diese Art aus dem Leben gerissen zu werden! Durch die Hand eines Wahnsinnigen. Wir beide müssen gar zu den letzten Menschen gehören, die den Mann lebendig gesehen haben. Man stelle sich dies einmal vor! Eine Tragödie.« Während er mit John sprach, schweifte Sir Humphreys Blick immer wieder durch den Raum, in dem die Männer nach wie vor die einzigen Besucher waren.

Betrübt nickte John. »Eine Tragödie, in der Tat. Doch leider war es mir an jenem Tag gar nicht vergönnt, mit Alexander zu sprechen. Ich kam gänzlich ohne Anmeldung, und Mr Steele befand sich wohl in einem Gespräch, wie ich von seinem Butler erfuhr. Im Unterschied zu Ihnen sah ich Alexander daher nicht.«

»Ach, ich verstehe.« Abermals schaute Sharp sich um.

»Sie sprachen also mit ihm?«

Ein Stirnrunzeln. »Alexander? Nun ja, selbstverständlich. Wir waren verabredet und besprachen eine meiner Investitionen. Eine unbedeutende Summe«, sagte Sharp mit wegwerfender Handbewegung. »Doch selbst da sollte man sich hin und wieder über den Status quo informieren. Es war lediglich ein kurzes Gespräch.« Fahrig rieb er seine linke Hand am Oberschenkel und ließ erneut einen raschen Blick durch den Ausstellungsraum schweifen. Dann bedachte er John mit einem knappen Lächeln, bevor seine Augen abermals in Richtung Tür drifteten.

John folgte dem Blick. Er hörte, wie sich die beiden Damen draußen angeregt über die Schäferszene unterhielten. »Haben Sie denn schon mit Richter Fielding gesprochen, Sir?«

»Mit Fielding?« Sharp sah John entgeistert an. »Warum sollte ich das tun?«

»Vielleicht haben Sie bei Ihrem Besuch etwas Ungewöhnliches bemerkt. Etwas, das einen Hinweis auf den späteren Mord geben könnte.«

Sharp trat einen Schritt zurück und schüttelte abwehrend den Kopf. »Ein abwegiger Gedanke. Es war ein ganz gewöhnliches Geschäftstreffen.

Ich wüsste nicht, weshalb ich mit diesem Fielding sprechen sollte.« In seiner Stimme lag eine Spur von Verachtung.

»Sie haben aber doch sicherlich mitbekommen, mit wem Alexander sich nach Ihrem Gespräch traf? Wer jener Mann war.« Gespannt wartete John auf die Antwort.

»Nein, dazu kann ich nichts sagen. Ich habe davon rein gar nichts mitbekommen. Heute erfahre ich durch Sie erstmals davon, dass Steele außer Ihnen noch jemand anderen sah.«

»Wie gesagt, ich traf leider nicht mit Alexander zusammen«, bemerkte John.

»Ach ja.«

Die Stimmen aus dem Nebenraum wurden lauter, mündeten in ein kokettes Gelächter.

Neugierig wandte John seinen Kopf zur Tür.

Als wolle er Johns Aufmerksamkeit vom Nebenraum weglenken, trat Lord Sharp mit einem schnellen Schritt in sein Blickfeld. »Und was bringt Sie in Mrs Salmons Ausstellung, Mr Shinfield? Suchten Sie ebenfalls Zuflucht vor dem Wetter? Die Arbeiten sind faszinierend, finden Sie nicht auch?«

»Faszinierend, das sind sie.« John atmete tief ein. Ihm gefielen diese Räumlichkeiten weniger. »Faszinierend. Es hat fast den Anschein, als würde unsere große Historie auf kleinstem Raum zum Leben erweckt.« Er deutete auf einige der Figuren. »Königin Boudicca hier, dort Heinrich VIII. Ein Potpourri herrschaftlicher Größen. Sehr illuster. Direkt vor uns Charles, nur Augenblicke davon entfernt, das royale Haupt zu verlieren.«

Lord Sharp schmunzelte. »Wer behauptet, das königliche Leben speise sich nur aus Luxus und Annehmlichkeiten, der wird bei diesem Anblick jedenfalls eines Besseren belehrt.«

»Die Stuarts waren kein vom Glück verwöhntes Königshaus.«

»Das haben Sie sehr milde ausgedrückt, Sir.« Nachdenklich legte Sharp eine Hand ans Kinn und strich sich über den rötlichen Kinnbart. »Den Anspruch auf den Herrschaftsthron zu verlieren, das ist schon mehr als ein Unglück.«

»Insbesondere, wenn dieser Anspruch sich auf eine göttliche Bestimmung stützt.«

»Wahrlich.« Sharp nickte.

John deutete auf die kniende Wachsfigur. »Der Verlust des Herrschaftsanspruches ist etwas, womit sich seine Nachkommen auch weiterhin nicht abfinden wollen.«

»Ist das denn so verwunderlich? Wären Sie der Abkömmling eines vormaligen Monarchen, würden Sie dann nicht auch versuchen, Ansprüche geltend zu machen?«

»Mit Gewalt? Und gegen das vermeintlich eigene Volk?«, fragte John und sah Sharp aufmerksam an.

Entrüstet schüttelte Lord Sharp den Kopf. »Wer spricht denn von Gewalt? Nein, das meine ich nicht.« Er trat einen Schritt zur Seite. »Sie missverstehen mich, Sir.« Er drehte sich zum Schafott und starrte es mit grimmigem Blick an.

John verschränkte die Arme und schwieg.

Nach einem Moment der Stille fuhr Lord Sharp fort: »Ich weiß auch keine Lösung für dieses Problem. Es ist eine Debatte, an der sich die Geister scheiden. Entweder etwas ist gottgegeben oder es ist es nicht. Einmal König von Gottes Gnaden, immer König – sollte man meinen.« Er räusperte sich und sah John mit einem Schulterzucken an. »Die Historie lehrt uns, dass dem nicht so ist.« Er lächelte. »Das sind wohl die modernen Zeiten, von denen allenthalben gesprochen wird.«

»Eine Erkenntnis, mit der sich nicht jedermann abfinden möchte.«

Entnervt stieß Sharp die Luft aus. »An das Schreckgespenst der Jakobiter glaube ich nicht. Sicherlich, ein paar Tories mögen den Stuarts hinterherweinen. Doch auch die wissen ganz genau: Auf einem toten Pferd reitet es sich schlecht.«

»Kürzlich sprach ich mit dem neuen Friedensrichter. Er hat dazu eine gänzlich anderslautende Ansicht.«

»Das denke ich mir. Fielding, der alte Narr. Man kann den Eindruck gewinnen, er führe einen persönlichen Krieg gegen die Stuarts. Unter uns, der Mann wäre wohl besser bei seiner Schreiberei geblieben.« Lord Sharp hielt inne, machte eine Verbeugung und lüftete den Hut. »Meine Damen«, sagte er an die beiden Frauen gewandt, die aus dem Nebenraum herüberkamen. Die Reaktion bestand aus einem Nicken und einem leisen Kichern. Sharp wandte sich erneut zu John. »Mr Shinfield, es war mir eine Freude, Sie zu treffen. Leider nötigt mich die vorgerückte Stunde, mich zu verabschieden.« Sein Blick glitt zu der Hinrichtungsszene, flatterte dann wieder zu John zurück. Er kräuselte die Lippen. »Nun, äh, vielleicht besuchen Sie mich einmal. Ihr Bruder, Lord Shinfield, ist des Öfteren mein Gast.«

»Das ist sehr freundlich von Ihnen, Sir Humphrey. Sehr freundlich.«

»Leben Sie wohl, Sir.« Sharp reichte John die Hand, dann drehte er sich auf dem Absatz um und verließ den Raum. Wenige Augenblicke später folgten ihm die beiden Damen.

Nachdenklich blieb John noch einige Minuten vor dem Schafott stehen, den Blick auf den Korb gerichtet. Dann sah er sich um, vergewisserte sich, alleine zu sein. So nah wie möglich trat er an das Schafott, beugte sich über den Korb, ließ eine Hand hineingleiten und tastete das Behältnis ab. Enttäuscht zog er die leere Hand zurück. Aufmerksam betrachtete er die Szene, griff in den Mantel des knienden Monarchen. Nichts.

»Sir!«, kam eine aufgebrachte Stimme von der Tür. Ein untersetzter Mann mit Brille und einer fleckigen Schürze sah John wütend an. »Es ist nicht gestattet, unsere Wachsfiguren anzufassen, Sir.« Er stampfte mit einem Fuß auf den Boden. »Unter keinen Umständen, Sir!« Er kam auf John zu. »Sie wissen ja gar nicht, wie leicht die Stücke beschädigt werden.«

»Selbstverständlich, selbstverständlich«, erwiderte John. »Bitte verzeihen Sie.« Dann trat er schnell an dem kopfschüttelnden Mann vorbei und verließ auf direktem Weg Mrs Salmons Ausstellung. Er stieg in die Kutsche, die einige Schritte weiter die Straße hinauf wartete.

»Konnten Sie etwas herausfinden?«, fragte Paul de l'Estagnol neugierig. »Lord Sharp zumindest verließ unlängst merklich angespannt das Wachsfigurenkabinett. Mehrfach blickte er sich dabei um.«

John ließ sich auf die Sitzbank fallen, Paul gegenüber. Er nahm seinen Hut ab und legte ihn auf den Schoß. »Wir haben einen der Jakobiter, denke ich«, erklärte er. »Und es scheint, als verwendeten sie Mrs Salmons Kabinett für den Austausch ihrer Nachrichten.« Er lehnte sich zurück und verschränkte die Arme.

Paul stieß einen leisen Pfiff aus. Dann rieb er sich die Hände. »Es sieht so aus, als gäbe es heute noch etwas zu tun.«

»Das dachte ich mir«, entgegnete John und nickte zustimmend.

Kapitel 25

»Mr Rodnell, Sir. Hier ist jemand, der Sie sprechen möchte. Ein Mr Wolfe. Es sei von Wichtigkeit, betont er.«

»Hm«, grummelte Daniel Rodnell und sah von seinem Schreibtisch auf, wo er sich tief über ein Schriftstück gebeugt hatte. Eine einzelne Kerze erleuchtete den Raum nur spärlich. »Weiß er, dass ich da bin, Michael?« Natürlich wusste Wolfe es, sonst wäre er gar nicht erst aufgetaucht.

Der junge Mann zog die Mundwinkel verlegen nach unten. »Ja, Sir. Ich habe wohl fallenlassen, dass Sie im Büro seien. Es tut mir leid. Hätte ich Sie verleugnen sollen?«

Der Buchhändler winkte ab. »Es ist alles gut. Mr Wolfe ist einer jener Herren, die sich sowieso nicht leicht abwimmeln lassen.« Er lächelte zynisch. »Sicherlich nicht. Bitte ihn doch herein.« Er erhob sich von seinem Stuhl und rückte an seiner Perücke.

Einen Moment später betrat Matthew Wolfe das enge Büro. Hinter ihm schloss Michael mit einem neugierigen Blick auf den Gast die Tür.

»Sir«, neigte Wolfe den Kopf und nahm seinen Hut ab. »Ich hoffe, Sie sehen mir meinen Überfall nach.« Er ließ seinen Blick rasch durch den Raum gleiten, dann richtete er ihn mit einem verbindlichen Lächeln wieder auf Rodnell.

»Sie kämen nicht höchstpersönlich, wenn es nicht wichtig wäre«, antwortete Rodnell schulterzuckend und deutete auf einen Stuhl. Er selbst blieb stehen und stützte sich mit beiden Händen auf dem Schreibtisch ab, während er wartete, dass der Gast sich setzte. »Ein unerwarteter Besuch, in der Tat. Ich vermag kaum mich zu erinnern, wann wir uns das letzte Mal sahen. Es liegt länger als ein Jahr zurück, möchte ich meinen.«

»Es war am 23. August des vergangenen Jahres«, erwiderte Wolfe in beiläufigem Tonfall. Sorgsam strich er seinen Rockschoß glatt und nahm Platz.

Daniel Rodnell lachte auf. »Wenn Sie es sagen, Sir.« Ihm war Wolfes außerordentliches Gedächtnis bekannt. Es hieß, der Mann könne sich an jeden einzelnen Augenblick seines Lebens erinnern. An jede Information, die ihm jemals zu Ohren gekommen war, an jeden Menschen, dem er jemals begegnet war. Eine nicht zu verachtende Eigenschaft für jemanden, der die geheimdienstliche Tätigkeit der Regierung koordinierte. Dass er so etwas wie der oberste Spion des Landes war, hatte Wolfe natürlich niemals auch nur angedeutet. Doch Daniel konnte eins und eins zusammenzählen.

Ein knappes Lächeln umspielte Wolfes Mundwinkel. »Wie geht es Ihnen, Daniel?«

»Bitte – verzichten wir doch auf die Plattitüden. Kommen Sie ohne Umschweife auf den Punkt. Also auf das Anliegen, welches Sie in meine bescheidene Buchhandlung geführt hat, Sir. Der Erwerb eines erbaulichen Druckerzeugnisses wird es wohl nicht gewesen sein.« Er deutete auf die Bücherstapel, die überall im Raum verteilt waren.

Der Besucher schüttelte den Kopf und musterte Daniel. Dann seufzte er. »Sie sind für uns ein wichtiger Partner, Daniel. Das wissen Sie.« Auf Rodnells Schweigen reagierte Wolfe mit einem Stirnrunzeln, dann fuhr er betont fröhlich fort: »Ein wichtiger Partner, wie gesagt. Und das bereits seit vielen Jahren. Ihre Buchhandlung hat so manchen sehr wichtigen Informationsaustausch ermöglicht.« Er nickte und faltete die Hände im Schoß.

»Wenn ich damit der Krone dienen konnte, bin ich zufrieden«, sagte Daniel. Er ließ sich langsam auf seinem Stuhl nieder und verschränkte die Arme vor der Brust. »Für dieses Lob haben Sie sich doch nicht eigens auf den Weg zu mir gemacht?«

»Ihre Direktheit ist gewohnt erfrischend.« Wolfes Kiefermuskeln zuckten. »Ich benötige ein paar Informationen und hoffe, dass Sie mir bei ihrer Beschaffung helfen können.«

Rodnell kniff die Augen zusammen. »Informationen? Die ich Ihnen beschaffen soll? Was für Informationen?«

»Mein Anliegen betrifft einen Ihrer Bekannten. Jemanden, der außer zu Ihnen, Daniel, nur sehr wenige Kontakte pflegt.« Wolfe lehnte sich in seinem Stuhl zurück und ließ Daniel Rodnell nicht aus den Augen. »Mr John Shinfield.«

»John? Wirklich?« Erstaunt schüttelte Daniel den Kopf. »Sie haben doch selbst mit ihm zusammengearbeitet, damals. Sie kennen ihn. Was sollte ich Ihnen erzählen können?«

»Ich interessiere mich dafür, was er gegenwärtig tut. Womit er sich beschäftigt, wen er trifft.«

»Mr Shinfield ist gelegentlich Kunde dieser Buchhandlung«, warf Rodnell ein. »Was soll ich Ihnen da berichten? Welche Literatur er käuflich erwirbt? Welcher Titel seinen Geschmack trifft und welcher nicht?«

Wieder das sanfte Lächeln. »Stellen Sie Ihr Licht nicht unter den Scheffel, Mr Rodnell. Es ist mir wohl bekannt, dass Sie ein freundschaftliches Verhältnis zu Mr Shinfield pflegen. Sie sehen sich nicht oft, das ist wahr, doch immer noch häufiger, als Shinfield Mitglieder seiner eigenen Familie trifft.«

»Sie sehen mich erstaunt, Sir. Meine Buchhandlung dient einigen Ihrer Leute als Möglichkeit, Nachrichten auszutauschen. Doch ich selbst habe nicht vor, irgendwem nachzuspionieren.« Noch bevor Wolfe etwas sagen konnte, sprach der Buchhändler weiter. Auf seinen Wangen zeichneten sich rote Flecken ab. »Niemandem. Und erst recht nicht Mr Shinfield. Soweit ich weiß, hat er Ihnen seinerzeit einige Dienste erwiesen. Dass er diese spätestens mit dem Tod seiner Frau einstellte, ist nur verständlich. Doch wie danken Sie ihm seine Unterstützung? Indem Sie ihn bespitzeln lassen wollen! Durch mich!« Ungläubig schüttelte Rodnell den Kopf. »Ich muss Ihre Motivation für diesen Schritt nicht verstehen, Sir. Doch genauso wenig muss ich Sie dabei unterstützen.« Mit finsterem Blick starrte er Wolfe herausfordernd an.

»Ich ahnte, dass Sie so reagieren würden«, sagte Wolfe ruhig. »Sie sind mit Shinfield befreundet, wie ich bereits ausführte. Und wollen sich ihm gegenüber vermeintlich loyal verhalten.«

Rodnell schwieg eisig.

»Sehen Sie, Rodnell – Sie schätzen die Situation gänzlich falsch ein. Denn selbstredend können Sie keine Kenntnis von meiner Motivation in dieser Sache haben. Doch ich möchte versichern, dass meine Bitte an Sie aus einem einzigen Grund herrührt. Es geht um den Schutz von John Shinfield.«

Verdutzt beugte Rodnell sich nach vorne. »Schutz?«

»Mehr kann ich Ihnen nicht sagen, lieber Freund. Doch ich bitte Sie, mir Glauben zu schenken. Mr Shinfield ist in eine Sache hineingeraten, welche äußerst brisant ist. Und gefährlich. Das ist wirklich alles, was ich sagen kann.« Er nickte gewichtig.

Ruckartig setzte Daniel Rodnell sich in seinem Stuhl zurück. »Dann sollten Sie Shinfield warnen. Das gebietet alleine schon die Fairness.«

»Die Angelegenheit … ist ein wenig kompliziert.« Wolfe setzte erneut sein Lächeln auf. »Daher benötige ich Ihre Unterstützung.«

Einen Augenblick dachte Daniel nach. Dann schüttelte er den Kopf. »Ich werde Shinfield nicht für Sie bespitzeln. Was immer Sie vorhaben, ich möchte damit nichts zu tun haben. Sprechen Sie mit dem Mann, wenn er in irgendeiner Gefahr schwebt. Das ist Ihre Pflicht, möchte ich meinen.«

»Aber ich sagte Ihnen doch bereits …«

»Sir, dies ist mein letztes Wort in der Angelegenheit.«

Jedes Lächeln war abrupt aus Mr Wolfes Miene verschwunden. »Sie werden mit uns kooperieren, Rodnell, sonst …«

»Sonst was?« Daniel war aufgesprungen. »Sie wollen mir drohen? Wirklich? Ich sage Ihnen mal was, Wolfe. Ich bin ein alter Mann, der den größten Teil seines Lebens hinter sich hat. Drohungen laufen bei mir ins Leere. Ich kann jederzeit mein Geschäft schließen und diese Stadt oder auch dieses Land verlassen, wenn es nötig ist. Es ist mir ziemlich egal, wo genau ich meine letzten Jahre verbringe. Meine Frau denkt ebenso. Drohen Sie mir also, und ich packe meine Sachen. Vor allem, Sir: Suchen Sie sich dann auch einen neuen Ort, an dem Ihre Leute unauffällig miteinander kommunizieren können.« Er breitete die Arme aus und sah sich um. »Bevor ich für Sie Informationen über Freunde sammle, stecke ich das alles hier in Brand.«

Ausdruckslos sah Wolfe sein Gegenüber an. Dann erhob er sich und wendete sich zur Tür. Mit der Hand auf dem Knauf drehte er sich noch einmal zu Rodnell um. »Sie machen einen Fehler, Sir. Das letzte Wort ist nicht gesprochen. Wie dem auch sei – ich erwarte Ihr absolutes Stillschweigen, was den Grund meines Besuches betrifft.« Damit verließ er den Raum und schloss mit einem Ruck die Tür hinter sich.

Daniel Rodnell stieß ein lautes Schnauben aus und setzte sich wieder an den Schreibtisch. Er griff nach einem Pergament, riss es entzwei und tunkte eine Schreibfeder in Tinte. Kurz dachte er nach, dann flog der Kiel über das Pergament. Nachdem die Tinte getrocknet war, faltete er das Dokument und schob es unter den Deckel eines Buches, welches er aus einem Stapel vom Schreibtisch zog. Er warf einen Blick auf den Titel und grinste.

Es klopfte sachte an die Bürotür. »Sir?«, erklang Michaels Stimme durch das Holz.

»Komm herein, Junge.«

Stirnrunzelnd betrat Michael den Raum. »Ich wollte nur sehen, ob alles bei Ihnen in Ordnung ist, Sir. Ihr Besucher stürmte soeben mit ausgesprochen wütender Miene durch die Ladentür hinaus.«

»Das denke ich mir«, antwortete Rodnell gutgelaunt. »Alles in bester Ordnung, Michael.« Er griff nach dem Buch und reichte es seinem Gehilfen über den Schreibtisch. »Bitte sei so gut und mache später auf deinem Heimweg einen kleinen Umweg.«

»Selbstverständlich, Mr Rodnell. Wohin soll ich das Buch liefern?«

»Zum Gough Square. Zu Mr Shinfield.«

Kapitel 26

Leise glitten die Ruderblätter ins Wasser. Ein eiskalter Wind blies den Männern ins Gesicht und grub sich durch ihre Kleidung bis auf die Haut. Auf dem Fluss war es noch merklich kälter als in der Stadt. John fröstelte.

»Ich lösche jetzt das Licht«, sagte Paul zu dem Mann an den Rudern. »Wir sind gleich da.« Er öffnete die Laterne, welche am Bug hing, und erstickte die Flamme.

Die Antwort des Ruderers bestand in einem knappen Grunzen, während die Dunkelheit ihren Mantel über das kleine Boot legte. Unter dem wolkenverhangenen Himmel wirkten die Lichter der wenigen anderen Boote wie Irrlichter, die über das schwarze Wasser trieben. Die vereinzelten Mondstrahlen vermochten es nicht, mehr als Umrisse sichtbar zu machen.

John schaute sich um. Er fühlte sich benebelt, wie in einem dumpfen Traum. Von den Ufern her drang aus dem ein oder anderen Gebäude Licht, warf die Fackel des ein oder anderen Passanten einen orangefarbenen Fleck in die dunkle Nacht. Die Geräusche, welche zu ihnen aufs Wasser drangen, klangen fremd. Ein unwirkliches Szenario. London breitete sich so schläfrig entlang der Themse aus, wie es für eine Stadt dieses Ausmaßes überhaupt möglich war. Die Ruhe vor dem Sturm, flog es John durch den Kopf. Etwas Böses war unterwegs und wartete nur darauf, erneut zuzuschlagen.

»Ein wenig weiter nach Steuerbord«, dirigierte de l'Estagnol leise. Der Ruderer korrigierte sacht die Richtung. »Ich kann den Anleger bereits sehen.«

John spähte ans Ufer, folgte Pauls Blick. Suchend glitten seine Augen das düstere Ufer hinauf und hinab, bis auch er die steinernen Stufen als graue Schatten ausmachen konnte. Gespannt rieb er seine eiskalten Hände.

»Noch ein wenig weiter«, sagte Paul und stand im Bug auf. »Langsam jetzt.«

Es dauerte keine Minute, dann stieß das Boot mit einem leichten Rums gegen den Stein. Im gleichen Moment sprang Paul an Land und griff nach der Reling. »Kommen Sie, John.« Und zu dem anderen Mann gewandt: »Halte dich bereit. Wenn du meinen Pfiff hörst, dann löse das Boot.« Er schlang ein Seil durch einen eisernen Ring, welcher am Anleger befestigt war.

Der wortkarge Mann blieb abermals eine Antwort schuldig, werkelte konzentriert mit den Rudern, die er kurz vor dem Anlegen eingezogen hatte.

Leicht schwankend balancierte John im Boot, dann machte er einen großen Schritt an Land. Er atmete aus. Es fühlte sich gut an, wieder festen Boden unter den Füßen zu haben – wenngleich ihre Fahrt nicht lange gedauert hatte, vielleicht eine Viertelstunde. Wasser war nie sein Element gewesen. Auch deshalb wäre ihm der Weg durch die Straßen ungleich lieber gewesen. Doch Paul hatte darauf bestanden, ein Boot zu nutzen. Auf diese Weise sei es unwahrscheinlicher, dass sie jemandem begegneten. In den Gassen wäre es leichter gewesen, ihnen zu folgen.

»Dort, das erste Gebäude«, deutete de l'Estagnol auf das Ende der Essex Street, die von ›The Strand‹ fast bis zum Fluss hinunterführte. »Keine Lichter, nirgends im Haus, außer dort – ganz schwach im Eingangsbereich. Wunderbar.« Zufrieden schnalzte er. »Waren Sie jemals in diesem Anwesen zu Gast?«, fragte er John.

John verneinte. »Sie sind sicher, dass er nicht da ist?«, vergewisserte er sich und ließ die Schemen des dunklen Hauses nicht aus den Augen.

»Absolut. Seine Lordschaft weilt heute Nacht bei einem festlichen Dinner. Es ist jetzt eine halbe Stunde nach Mitternacht – wir sollten also eine gute Stunde Zeit haben, bevor er überhaupt mit dem Gedanken spielt, den Heimweg anzutreten. Sir Humphrey ist nicht dafür bekannt, Feierlichkeiten überhastet zu verlassen.«

»Sie sind überaus gut informiert, Paul.« Mehr, als dass er es sah, spürte John de l'Estagnols Grinsen.

»Es wird ein Kinderspiel, warten Sie es ab«, sagte Paul mit leiser Stimme und deutete auf das Haus. »Keine Hunde, wie mir versichert wurde. Niemand scheint mehr wach zu sein. Kommen Sie.« Er schritt voran, auf das Haus zu. Seine dunkle Kleidung ließ ihn mit der Nacht verschmelzen.

John, ebenfalls von Kopf bis Fuß in Schwarz gekleidet, folgte Paul zu der Mauer, welche das Grundstück umgab. Sie war etwas mehr als mannshoch – aus Johns Perspektive. »Ich helfe Ihnen hinüber«, flüsterte er und verschränkte die Hände zu einem Tritt.

»Kommen Sie weiter«, erwiderte Paul mit einem Kopfschütteln und ging an der Mauer entlang, weg vom Haus, welches zur Straße hin lag. Kurz bevor die Mauer endete, blieb er an einer gusseisernen Tür stehen. Sie war in den Stein eingelassen. »*Voilà*«, sagte de l'Estagnol gutgelaunt und deutete auf das Gitter.

Vorsichtig betätigte John die Klinke. »Verschlossen«, raunte er. Sanft wurde er von Paul zur Seite geschoben.

Der kleine Mann kniete sich auf den Boden und schaute in das Schloss. Dann griff er unter seinen Mantel und zog etwas hervor, das aussah wie ein gebogener Stift aus Metall. Bedächtig führte er den Gegenstand in das Schlüsselloch ein und drehte ihn von links nach rechts. Keine drei Herzschläge später ertönte ein leises Klicken. »Geöffnet«, sagte Paul feixend und zog die Tür auf. »Nach Ihnen, John.«

Mit einem anerkennenden Nicken trat John an Paul vorbei in den Garten des Anwesens. »Die Mauer war Ihnen wohl zu anstrengend.«

»Nun, ich erleichtere uns vielmehr den Rückzug«, antwortete de l'Estagnol. »Sollten wir schleunigst das Gelände verlassen müssen, dann ist eine geöffnete Tür um einiges angenehmer als das Erklettern einer Mauer.« Er lehnte die Tür hinter sich an. »Merken Sie sich also den Weg hierhin, sollte es schnell gehen müssen. Stolpern Sie in der Dunkelheit nicht über eine Hecke. Und dann sofort zum Boot.«

»Ich verstehe.« John nickte.

»Sind Sie sicher, dass Sie mitkommen wollen? Ich kann das Anwesen auch alleine inspizieren.«

»Sie glauben doch nicht, dass ich tatenlos zurückbleibe, während Sie Lord Sharp auf den Zahn fühlen. Endlich kommen wir einen Schritt weiter. Vielleicht finden wir heute Nacht einen handfesten Beweis für die Umtriebe der Jakobiter. Vielleicht gar jenes Dokument, dessentwegen Steele anscheinend sterben musste.« John schüttelte den Kopf. »Nein, das lasse ich mir nicht entgehen.«

»Von Agatha Steele hörten Sie bereits, dass mit diesen Leuten nicht zu spaßen ist.«

»Sie sprach ein wenig wirr, die Gute. Wer weiß schon, was von ihren Anschuldigungen wahr ist.«

»Nichtsdestotrotz.« Nachdenklich rieb Paul seine Nase. »Diese Leute sind zu allem bereit. Seien Sie vorsichtig.«

Ein anderer Gedanke schoss John in den Kopf. »Die Shattertons waren bekanntermaßen keine Hilfe dabei, Amelia ausfindig zu machen. Doch Lady Shatterton erwähnte in einem Nebensatz, dass Mrs Steele viel auf die Familie Sharp hält.« Er machte eine nachdenkliche Pause. »Was, wenn sie am Tag ihres Verschwindens auch hier war?« Er warf einen Blick auf das Haus. »Was, wenn sie dort festgehalten wird. Von ihren eigenen Leuten, als in Ungnade gefallene Jakobitin, wie ihre Schwiegermutter es andeutete. Oder als unwissendes Opfer der verräterischen Umtriebe ihres toten Gatten.«

»Eine interessante Überlegung, John.« Mit einem Stirnrunzeln ließ Paul sein Auge auf dem Anwesen ruhen. »Vielleicht gar nicht so abwegig. Obwohl – derart nahe am Fluss gelegen wird das Haus keine Kellerräume besitzen. Wo soll sich eine festgehaltene Mrs Steele befinden?« Nachdenklich glitt sein Blick nach oben, zum Dach des Gebäudes. »Wir werden es hoffentlich in Kürze herausfinden.« Er bedeutete John, ihm zu folgen.

Die Männer schlichen über einen Kiesweg zur Rückseite des Hauses, darauf bedacht, möglichst wenige Geräusche zu verursachen. Während Paul de l'Estagnol sich nahezu lautlos vorwärtsbewegte, gelang es John nicht, ein leises Knirschen unter seinen Schuhsolen zu vermeiden. Angespannt wanderte sein Blick immer wieder hinauf zu den Fenstern des Anwesens. Sie blieben dunkel.

Schließlich betraten sie eine mit Steinplatten ausgelegte Terrasse. Eine zweiflügelige Tür mit kleinen, eingelassenen Glasscheiben führte von hier nach innen ins Haus. Wie zuvor kniete Paul sich vor das Schloss und brachte sein Werkzeug zum Einsatz. Diesmal dauerte es bedeutend länger, bis das ersehnte Klickgeräusch zu vernehmen war. Paul stand auf und wischte sich eine Schweißperle von der Stirn.

Durch ein nahes Fenster konnte John sehen, dass der Raum hinter der Tür ein großes Gesellschaftszimmer war. Bei ansprechendem Wetter konnten die Sharps ihre Gäste so auf direktem Weg in den Garten einladen.

Ein unterdrückter Fluch ließ Johns Aufmerksamkeit wieder zurückschnellen. Paul betätigte mehrmals die Klinke, doch die Tür bewegte sich keinen Deut. Er stellte sich auf die Zehenspitzen und sah durch das Glas. Abermals fluchte er verhalten. »Die Tür ist innen mit einem Riegel gesichert, der vorgelegt ist«, flüsterte er.

»Wenn wir das Glas einschlagen …«, setzte John an.

»... haben wir sofort das ganze Haus am Hals«, vollendete Paul den Satz und schüttelte den Kopf. »Nein, irgendjemand dort drinnen wird Nachtwache halten. Alleine schon, um bei der Rückkehr Seiner Lordschaft bereitzustehen. Wahrscheinlich döst derjenige zwar auf irgendeinem Stuhl vor sich hin, doch wir wollen ihn nicht durch ein lautes Geräusch unnötig auf uns aufmerksam machen.«

Nachdenklich biss John auf seine Lippe. »Also zurück?«, fragte er enttäuscht.

Mit gespielter Missbilligung schüttelte Paul den Kopf. »Erscheine ich Ihnen wie jemand, der so leicht aufgibt? Nein, es gibt immer mehrere Wege in ein Haus. Dieser wäre fraglos der einfachste gewesen. Nun müssen wir eben ein höheres Risiko eingehen, erwischt zu werden.« Er zuckte mit der Schulter. »Hier entlang.«

Dicht am Haus entlang schlichen die Männer zur Nordseite des Anwesens. Dort befand sich in einer etwas abgelegenen Ecke des Grundstücks, in mehrere Beete unterteilt und von einer niedrigen Steinmauer umgeben, der Küchengarten. Einige der Beete, das war selbst in der vom schwachen Mondschein durchzogenen Dunkelheit zu erkennen, waren zum Schutz vor Frost und Kälte mit Stroh bedeckt.

»Der Weg zur Küche«, erklärte Paul und deutete auf eine schmale Holztür in der Wand, die an dieser Stelle fensterlos war. Er griff in seine Manteltasche und machte sich sogleich ans Werk. Das Schloss ließ sich fast augenblicklich öffnen. Nachdrücklich legte Paul einen Finger auf den Mund und bedeutete John, an seinem Platz stehen zu bleiben. Dann öffnete er langsam die Tür. Ein schwacher Lichtschein fiel in das Dunkel des Gartens hinaus. Nur drei, vier Schritte vor der Tür verlor er bereits seine Kraft.

Für einen Augenblick verschwand Paul aus Johns Blickfeld, dann tauchte er auch schon wieder im Türrahmen auf. Er winkte John heran.

Vorsichtig betrat John einen kleinen Raum, welcher der Lagerung von Fässern und prall gefüllten Säcken diente. Es roch nach Hülsenfrüchten und Kartoffeln. Leise zog er die Tür hinter sich zu und folgte Paul durch einen Türrahmen in einen großen Raum, der nach der frostigen Kälte eine angenehme Wärme verströmte. Die Küche. In der Luft lag der Geruch von frischem Brot und süßen Gewürzen. John lief das Wasser im Mund zusammen. Eine Bewegung ließ ihn erstarren. Vor dem großen Herd, in dem ein schwaches Feuer brannte, lag auf einer Decke ein kleiner Junge.

Er drehte sich im Schlaf, stieß ein unverständliches Gemurmel aus und begann dann zu schnarchen. Im Arm hielt er eine graue Katze, die John aus grünen Augen anstarrte. Ohne zu blinzeln verfolgte sie Johns Weg zur offenen Tür, die aus der Küche hinausführte. Paul wartete bereits in dem dahinterliegenden Gang.

»Lassen Sie uns einen Blick in Lord Sharps Arbeitszimmer werfen«, raunte Paul. »Es liegt im ersten Stock.« Er deutete nach vorne, den Gang hinunter, und dann nach oben.

Woher kannte de l'Estagnol die Aufteilung des Gebäudes?, wunderte sich John. Er nickte jedoch. Jetzt war nicht die Zeit für solche Fragen.

Paul deutete auf Johns schwarzes Halstuch. »Wir sollten uns unkenntlich machen.« Er zog seinen Schal über die untere Hälfte des Gesichtes und verknotete ihn im Nacken. Dann griff er nach einer kleinen Öllampe, die auf einem nahegelegenen Tisch stand. Für einen Moment werkelte er in seinen Manteltaschen, dann ertönte ein leises Zischen und die Lampe verbreitete einen schwachen Schein. Paul zwinkerte John zu.

Wirklich, de l'Estagnol schien auf alles vorbereitet. John zollte ihm mit einem knappen Nicken Respekt, dann tat er es dem Mann nach und wickelte sich seinen dunklen Schal um das Gesicht. Langsam gingen die beiden den Gang hinunter, an mehreren geschlossenen Türen und einer schmalen Treppe vorbei, bis sie am Ende vor einer großen, halbgeöffneten Tür standen. John konnte im fahlen Licht einen weiten Raum ausmachen, dessen Boden aus glänzendem Marmor war.

Konzentriert lauschte Paul, dann schob er sich durch den Spalt.

John folgte und musste einen anerkennenden Pfiff unterdrücken. Sie standen in der weitläufigen Empfangshalle von Lord Sharps Anwesen, einem holzgetäfelten Raum mit unzähligen Gemälden an den Wänden. Eine einzelne Lampe brannte neben der Eingangstür und bot ein unstetes Licht. Auf ein paar Tischen standen wenige, aber dafür umso kostbarere Sammlerstücke. Chinesische Vasen, eine goldene Uhr in Form eines Pfaus mit gespreiztem Rad, griechische Statuen. John fühlte sich an die Einrichtung von Steeles Haus erinnert. Wie der Händler am Hanover Square stellte Lord Sharp Besuchern seinen Reichtum gleich eingangs zur Schau. John zuckte zusammen, als Paul ihm an den Arm tippte.

»Dort hinauf«, flüsterte de l'Estagnol und deutete auf eine breite Treppe, die neben der schweren Eingangstür zu den oberen Stockwerken hinaufführte. Stirnrunzelnd blieb er neben einem Stuhl stehen, der unter der

Lampe neben der Tür stand. Dann stieg er in die Dunkelheit der ersten Etage empor.

Gerade hatten sie das Stockwerk erreicht, als von weiter oben Schritte auf der Treppe ertönten. Paul zog John am Arm in einen nahegelegenen Türrahmen. Beide Männer pressten ihren Rücken gegen die geschlossene Tür, während Paul ein schwarzes Tuch aus der Tasche zog und es über seine Lampe legte. In der Dunkelheit wurden die Schritte lauter. Schlurfend näherten sie sich ihrer Etage, begleitet von einem heller werdenden Lichtschein. Ein rasselndes Husten erklang.

John wagte es nicht, den Kopf zu bewegen, doch aus dem Augenwinkel konnte er den Treppenabsatz sehen. Heller und heller wurde das Licht, bis ein alter Mann auf der Treppe erschien, eine Kerze in der linken Hand. Auf ihrer Etage blieb er stehen. John spürte, wie sich Paul neben ihm anspannte. Doch der Alte wischte mit der freien Hand über seine Stirn, seufzte und ging dann schwerfällig die Treppe weiter hinab. Erleichtert atmete John aus. Wenig später drang das Geräusch eines Stuhls, der zurechtgerückt wurde, zu ihnen herauf. Als ein leises Schnarchen von unten zu hören war, gab Paul die Lampe frei und folgte im neuerlichen Lichtschein dem Gang. Wie die Eingangshalle war auch er mit Holz vertäfelt.

Zielsicher steuerte Paul eine Tür am Ende des Flures an.

Für John sah jede der Türen, an denen sie vorbeikamen, gleich aus. Doch Paul würdigte sie keines Blickes. Man konnte den Eindruck gewinnen, er besuche das Anwesen der Sharps regelmäßig.

Vorsichtig stellte Paul die Lampe neben der letzten Tür auf den Boden und griff in seinen Mantel. Sacht führte er das gebogene Werkzeug in das Türschloss ein, drehte es nach beiden Seiten.

Diesmal konnte John kein Klicken hören, doch Pauls zufriedenem Gesichtsausdruck entnahm er, dass seine Tätigkeit von Erfolg gekrönt war. Und wirklich, als Paul die Klinke herunterdrückte, öffnete sich die Tür lautlos nach innen.

Nach einem kurzen Blick in den Raum winkte Paul John, ihm zu folgen, nahm die Lampe vom Boden auf und schritt durch den Türrahmen. »Schließen Sie die Tür hinter sich«, sagte er, als beide das Zimmer betreten hatten.

Zuerst fiel John auf, wie spartanisch eingerichtet der Raum war. Ein Schreibtisch und ein schmaler Schrank. Als einziges weiteres Möbelstück stand ein Sofa neben dem Fenster an der Wand. Es sah unbenutzt aus. Dieselbe Holztäfelung wie in der Empfangshalle verlieh dem Zimmer einen drückenden Charakter.

Paul drehte die Lampe ein wenig weiter auf und stellte sie auf den Schreibtisch. Dann zog er die Vorhänge vor dem Fenster zusammen und löste das Tuch vor dem Gesicht.

Auch John befreite sich von dem dunklen Stoff. »Ob dieses Zimmer überhaupt genutzt wird?«, fragte er leise und öffnete eine Schublade des Schreibtisches. Er blätterte durch die Handvoll Papiere, nahm eines heraus und hielt es hoch. »Ein paar Zahlen, ohne jeden Zusammenhang.« Er legte das Papier zurück, verschloss die Schublade und sah in die nächste. »Leer.« Erstaunt schaute er sich abermals genau um, zuckte schließlich mit den Schultern. Er lehnte sich gegen die Kante des Tisches und griff nach einem Tintenfass, klappte es auf. »Sehen Sie?« Er hielt es Paul entgegen. »Die Tinte ist eingetrocknet. Regelmäßig zu nutzen scheint Lord Sharp sein Arbeitszimmer nicht. Ob er wie Alexander Steele ein weiteres Zimmer nutzt?«

Paul antwortete nicht. Er sah nachdenklich in den Schrank, zog ein Buch heraus, einen Taschenspiegel, eine silberne Dose. Nachdem er die Gegenstände ausgiebig begutachtet hatte, legte er sie kommentarlos zurück und verschloss das Möbelstück wieder.

»Es sieht so aus, als vertun wir hier nur unsere Zeit«, bemerkte John. »Es gibt rein gar nichts, was uns weiterführt.«

»Vielleicht sollen wir genau diesen Eindruck gewinnen«, antwortete Paul lächelnd.

»Wie meinen Sie das?«

»Das äußere Erscheinungsbild kann täuschen.« Er breitete die Arme aus und ließ den Blick durch den Raum schweifen. »Auch das Erscheinungsbild eines Raumes. John, sagen Sie mir, was Sie sehen.«

»Was ich sehe? Eine spärliche Einrichtung, welche den Schluss nahelegt, dass Sir Humphrey sein Arbeitszimmer äußerst selten aufsucht. Dieses Arbeitszimmer zumindest. Und dann die Täfelung – man fühlt sich wie in einem Kubus gefangen. An anderen Stellen im Haus hatte ich diesen Eindruck nicht. Kein Wunder also, dass das Zimmer nicht genutzt wird. Es ist ungastlich.«

»Oh, es wird genutzt. Regelmäßig sogar.« Mit ausladender Geste wischte Paul selbstzufrieden etwas von seinem linken Ärmel. Dabei ließ er John nicht aus den Augen, quittierte dessen Erstaunen mit einem spitzen Lächeln.

»Paul, Sie spreizen sich wie ein Pfau«, warf John ihm vor. »Kommen Sie bitte auf den Punkt.«

Gelassen nahm Paul de l'Estagnol die Bemerkung hin. »Sehen Sie hier, auf dem Boden.« Er wies auf die Rückwand neben dem schmalen Schrank.

»Kratzer«, nickte John.

»Richtig. Aber nicht irgendwelche Kratzer. Halbrunde Kratzer, die sich dort fortsetzen – schauen Sie. Sie beginnen an der Wand.«

John sah zuerst auf den Boden, dann wanderte sein Blick nach oben und er fixierte mit zusammengezogenen Augenbrauen die Wand. »Sie meinen …?«

»Genau. Es ist offensichtlich. An dieser Stelle befindet sich eine versteckte Tür. Der Raum ist mitnichten an der Wand zu Ende, er geht hinter der Täfelung weiter. Daher wirkt dieser vordere Teil auch so drückend, wie Sie richtig feststellten. Die Proportionen stimmen einfach nicht. Und darüber kann auch die bewusst karg gehaltene Einrichtung nicht hinwegtäuschen, die das Zimmer größer erscheinen lassen soll, als es tatsächlich ist.« Er schnaufte. »Ehrlich, wer lässt sich denn davon hinters Licht führen?«

»Verdammt, Paul. Es stimmt.« Fasziniert ließ John den Blick schweifen. »Die Fläche ist beinahe quadratisch. Äußerst ungewöhnlich.«

Paul nickte und näherte sich der Wand. »Jetzt gilt es nur noch, den Mechanismus zu finden, der die Tür öffnet. Eigentlich müsste …« Aufmerksam fuhr er mit einer Hand über die Holzvertäfelung. Nachdem er beinahe die halbe Wand abgetastet hatte, trat er zielstrebig auf ein Panel zu und drückte es sacht. Das Holz sank fingerbreit in die Wand ein, und ein metallisches Klicken ertönte. Gleichzeitig schnappte eine Tür im Holz auf. Ihre Umrisse verliefen genau mit den Kanten einiger Holztafeln. »Eine Apparatur mit Feder«, bemerkte Paul anerkennend. »Bringen Sie doch bitte die Lampe herüber, John«, fügte er hinzu und zog die Tür auf.

John kam nicht umhin, erstaunt nach Luft zu schnappen, als er den Raum hinter der Holzwand betrat. Im Licht der hochgehaltenen Lampe offenbarte sich ein opulentes Schlafgemach. Auf dem Himmelbett glänzte teure Seide, vom Ankleidetisch glitzerten mehrere Schmuckstücke herüber. Der Boden bestand aus dunklen Dielen. Auf einem schmalen Tisch stand eine Karaffe neben zwei Gläsern. Eines von ihnen war halbgefüllt, mit tiefrotem Wein. In der Luft hing der schwere Geruch von Weihrauch. Bereits nach wenigen Atemzügen bemerkte John, wie sich sein Geist benebelte.

Während John den Raum vom Eingang her in Augenschein nahm, trat Paul, nachdem er John die Lampe aus der Hand genommen hatte, in jede Ecke, strich über das Bett, roch an dem Trinkglas, schaute an die Decke. Sie war ebenfalls holzvertäfelt. Anders jedoch die Wände, wie John jetzt auffiel. Sie schmückte eine kostbare, seidene Tapete, welche exotische Vögel auf filigranen Zweigen zeigte. Ein Meisterwerk der Handwerkskunst. Zweifellos ein Vermögen wert.

»Aha«, sagte Paul.

»Wie meinen?« John wandte sich zu seinem Gefährten, der in einer Ecke mit zurückgelegtem Kopf an die Decke starrte.

De l'Estagnol deutete mit seiner freien Hand nach oben. »Dort, in dem dunklen Holz kaum zu sehen, einige Löcher.« Er nickte. »Zur Belüftung. Clever gemacht. Über ein Rohr, das sicherlich irgendwo zur Außenwand des Gebäudes führt, wird gewährleistet, dass, wer auch immer hier im Raum verweilt, nicht den Erstickungstod erleiden muss.« Er nickte in Richtung Tür. »Dieses Zimmer ist also meistens verschlossen. Wenig erstaunlich, aufgrund seines geheimen Charakters.«

»Ein versteckter Schlafraum. Doch für wen?«, fragte John. »Und derart kostbar eingerichtet. Für wen?«, wiederholte er nachdenklich.

»Jedenfalls wurde der Raum erst kürzlich genutzt.« Paul sog die Luft ein. »Der Weihrauch riecht noch frisch.«

»Weihrauch. Wie im Gottesdienst der Katholiken.«

»Und der Anglikaner, John. Noch kein ausreichender Beweis dafür, dass hier Jakobiter am Werk waren.«

»Ein möglicher Hinweis, nichtsdestotrotz«, beharrte John. »Es muss uns doch gelingen …« Er stockte und runzelte die Stirn. »Was ist das?«

»Was meinen Sie?«

Langsam trat John an das Bett und bückte sich. »Hier liegt etwas.« Vorsichtig griff er unter die Schlafstätte. »Ein Schnürleib, wie mir scheint. Mit einem zerrissenen Verschluss. Und … oh mein Gott!« Er hielt das Kleidungsstück empor. »Sehen Sie! Blut.«

Paul nahm John den Schnürleib aus der Hand und hielt ihn ins Licht der Lampe. Dann führte er das Kleidungsstück an die Nase und atmete mehrmals konzentriert ein. Schließlich nickte er. »Es ist Blut, zweifelsohne. Und hier, dieser Riss im Stoff. Er scheint durch ein Messer verursacht zu sein.«

»Amelia!«, entfuhr es John. »Sehen Sie sich nur die Größe des Kleidungsstückes an. Das Mieder einer kleinen Frau. Einer sehr kleinen Frau. So wie Amelia.« Er sah sich erneut um. »Hier wurde sie gefangen gehalten.« Er schluckte. »Das Blut. Der Schnitt. Wahrscheinlich ist sie bereits tot.«

»Halten Sie bitte einmal die Lampe, John. Dort – über den Boden am Bett. Ja, danke.« Paul kniete sich auf den Boden und schob den Kopf unter das Bett. »Leuchten Sie mir etwas mehr von der Seite«, erklang es dumpf. »Wunderbar, so ist es richtig.« Er zog den Kopf wieder hervor und setzte sich auf die Knie. »Nichts. Kein Blut zu sehen. Auch sonst nirgends auf dem Boden.«

»Das bedeutet doch gar nichts«, warf John ein und stellte die Lampe neben de l'Estagnol auf den Boden. »Wenn er sie im Bett umgebracht hat, dann musste er nur das Bettzeug wechseln, um das Blut zu entfernen.«

»Möglich«, sagte Paul.

»Dabei entglitt ihm der Schnürleib unbemerkt und rutschte unter das Bett.«

»Möglich«, wiederholte Paul. »Doch warum zog er der Toten das Mieder überhaupt aus?«

»Wir haben es mit einem Wahnsinnigen zu tun. Einem brutalen Mörder. Wer kann schon sagen, was genau in solch einem Kopf vor sich geht? Denken Sie nur daran, wie entstellt Alexanders Leiche war.«

Paul nickte langsam.

Mit geballten Fäusten näherte John sich der angelehnten Tür. »Wahrscheinlich hat er Amelias Leiche in die Themse geworfen, dieses Schwein. Wir sollten …«

»Ruhe!«, unterbrach ihn Paul und legte einen Finger an den Mund. Dann zog er sich das Tuch über Mund und Nase, bedeutete John mit einer schnellen Geste, es ihm gleichzutun.

Ein Geräusch ließ John wie versteinert innehalten. Es war aus der Richtung des Flures gekommen.

»Verdammt!«, entfuhr es Paul gepresst. Mit wenigen Schritten stand er vor der Tür des Arbeitszimmers und legte ein Ohr auf das Holz. Er winkte John heran. »Draußen steht jemand, direkt vor der Tür«, flüsterte er. Hastig zog er John einen Schritt zurück, als die Klinke begann, sich nach unten zu bewegen. Während die Tür sich langsam nach innen öffnete, traten Paul und John in ihren Schatten an die Wand. Reglos verharrten sie dort. Halb geöffnet kam die Tür zum Stillstand. Es herrschte atemlose Stille.

Aus dem Augenwinkel sah John, wie Paul lautlos ein Messer unter seinem Mantel hervorzog. Ein tapsendes Geräusch ließ ihn wieder nach vorne in den Raum schauen, der vage durch den Lichtschein aus dem verborgenen Zimmer erleuchtet wurde. Er wollte seinen Augen nicht trauen. Keine drei Schritte von ihnen entfernt stand ein Kind im Raum und starrte gebannt auf die geöffnete Geheimtür. Ein Mädchen, vielleicht drei Jahre alt. Es trug ein Nachtgewand und eine weiße Haube auf lockigem Haar.

John entfuhr ein überraschter Laut.

Das Mädchen drehte sich um und sah die beiden Männer aus großen Augen an.

Mit einer fließenden Bewegung ließ Paul das Messer wieder in seinem Mantel verschwinden. »Hallo, mein Kind«, sagte er sanft und trat einen Schritt auf das Mädchen zu. »Wir haben uns nur verlaufen und gehen jetzt wieder.«

Das Kind wich einen Schritt zurück. Sein Blick glitt von Paul zu John.

»Am besten, du gehst wieder in dein Bett zurück, Kleine«, lächelte Paul.

Die Miene des Mädchens verfinsterte sich schlagartig und es bedachte Paul mit einem wütenden Blick. Dann riss es den Mund auf, holte tief Luft und stieß einen gellenden Schrei aus.

»Zeit, zu gehen!«, rief Paul zu John gewandt und rannte auf den Flur hinaus.

John folgte in kurzem Abstand. Das Kind schrie unterdessen unaufhörlich weiter.

Die beiden Männer eilten den Flur hinab, auf die Treppe zu. Eine Tür öffnete sich und eine wohlbeleibte Frau spähte auf den Gang. Als sie Paul und John an sich vorbeirennen sah, fiel sie in das Geschrei des Kindes ein. »Diebe! Einbrecher!« Ihre Stimme überschlug sich. »Einbrecher!«

Mit großen Sprüngen folgte John Paul die Treppe hinunter ins Erdgeschoss. Dort erwartete sie mit weit aufgerissenen Augen der alte Mann, den sie zuvor die Treppe hatten hinunterschlurfen sehen.

»H-halt«, stotterte der Mann und breitete die Arme aus, als wolle er die beiden Männer umarmen und so von ihrer Flucht abhalten.

Paul verringerte nicht einmal sein Tempo. Er schlug eine Finte und stieß den Mann in die Seite.

Taumelnd fiel der Greis auf seinen Stuhl zurück und stieß einen ächzenden Laut aus. Hilflos strampelte er mit den Beinen, wie ein atemloser Fisch auf dem Trockenen.

Nun erwachte das Haus zum Leben. Mehrere aufgebrachte Stimmen tönten aus dem oberen Stockwerk, eine schlaftrunkene Magd begegnete ihnen im Gang zur Küche. Verängstigt drückte sie sich an die Wand, als Paul und John an ihr vorbeirannten. Der Junge schlief weiter vor dem Kamin. Von dem Aufruhr hatte er nichts mitbekommen. Lediglich die Katze war verschwunden, wie John aus dem Augenwinkel bemerkte.

Als sie in den Vorraum der Küche liefen, der als Lager diente, öffnete sich die Tür zum Garten. Ein stämmiger Kerl, ein Knecht oder Hausdiener, erschien im Rahmen und funkelte John und Paul wütend an.

Wie zuvor schien Paul ausweichen zu wollen, rempelte dann jedoch den Mann mit voller Wucht an. Während der Knecht zwei Schritte nach hinten stolperte, gelang es de l'Estagnol, durch den Türrahmen zu schlüpfen und in der Dunkelheit der Nacht zu verschwinden. John wollte es ihm gleichtun, doch der Mann hatte sich bereits wieder gefangen und griff nach seinem Mantel.

Für einen Moment dachte John, er würde es schaffen, an dem Kerl vorbei zu gelangen. Doch dann spürte er einen Ruck und geriet ins Straucheln.

»Hab ich dich, du Bandit!«, stieß der Mann triumphierend aus und warf sich auf John, der mit den Knien am Boden aufschlug.

John spürte die Pranken des Mannes an seinem Hals. Er drehte sich, bemüht, den Angreifer abzuschütteln. Gleichzeitig holte er mit einem Ellenbogen aus und stieß zu, so heftig es ihm möglich war. Ein schmerzhaftes Ausatmen, gefolgt von einem Fluch. Der Schlag hatte gesessen. Der Griff des Knechtes lockerte sich für einen Moment, lange genug, dass John sich mit einem Sprung nach vorne befreien konnte. Schnell richtete er sich auf und rannte in den Garten.

»Ich kriege dich, du Schwein!«, rief der Mann in die Dunkelheit und setzte John nach.

Er konnte den Atem und die schweren Schritte seines Verfolgers hören. John schlug einen Haken, sprang in letzter Sekunde über eine Hecke, die schemenhaft vor ihm auftauchte. Stroh knirschte unter seinen Schuhsolen. Nach wenigen Schritten hatte er bereits die Orientierung verloren. In welcher Richtung befand sich nur diese gottverdammte Tür? Seinem Instinkt folgend drehte sich John nach rechts, rannte über eine Wiese und folgte dann einem breiten Kiesweg. Das Geräusch der knirschenden Steine verriet seine Position in der Dunkelheit. Die Schritte des Verfolgers kamen wieder näher. Vom Haus her erklangen aufgebrachte Rufe. Ein kurzer Blick über die Schulter zeigte John das Licht von Fackeln. Ein Hund bellte wütend. Eiskalt krampfte sich Johns Magen zusammen. Hatte Paul nicht versichert, es gäbe auf dem Anwesen keine Hunde? Er musste sofort hier raus. Sofort.

Im letzten Moment kam John zum Stehen. Um ein Haar wäre er gegen die Gartenmauer gerannt. Flüchtig überlegte er, an der Mauer entlang zu laufen, bis zum Tor. Doch in welcher Richtung befand es sich? Linkerhand? Rechts von ihm? Kurzentschlossen sprang John an der Mauer empor und zog sich schwer atmend an dem Sims empor. Keine Sekunde zu früh. Unter ihm erklangen wildes Gebell und kratzende Geräusche. Ein Hund schnappte nach ihm. Für zwei Herzschläge verharrte John auf der Mauer. Erschrocken fuhr er zusammen. Etwas Weiches hatte seine Hand berührt. Zwei glühende Augen sahen ihn aus der Dunkelheit an. Neckisch geradezu. Erleichtert atmete John aus. Die Katze aus der Küche. Das Tier huschte zur Seite, schaute noch einmal zu John und sprang dann auf der anderen Seite der Mauer hinab. »Eine gute Idee«, raunte John und ließ sich ebenfalls auf der anderen Seite hinunter. Er sah sich eilig um, während aus dem Garten aufgeregte Rufe erklangen, begleitet von wütendem Hundegebell, das sich entfernte.

Er befand sich etwa auf halbem Weg zwischen Themse und dem Haupteingang zu Sharps Haus. Kurzentschlossen rannte John die Gasse hinauf, in Richtung ›The Strand‹. Sollten der Hund und seine Verfolger das Gartentor erreicht haben, würden sie ihm mühelos den Weg zum Boot abschneiden können. In den Gassen um ›The Strand‹ zu verschwinden erschien ihm aussichtsreicher. Vielleicht hatte Paul bereits mit dem Boot abgelegt, da er nicht mehr mit Johns Erscheinen rechnete. Einen Sprung in die Themse wollte er um jeden Preis vermeiden.

Einige Fenster von Sharps Anwesen erstrahlten in hellem Licht. Als John am Eingang vorbeirannte, öffnete sich die Tür und der Greis aus dem Flur erschien. Wild fuchtelte der alte Mann mit den Armen. Was er rief, konnte John nicht verstehen, derart heftig pochte das Blut in seinen

Ohren. Noch einmal steigerte er sein Tempo und erreichte kurz darauf die Straßenecke zu ›The Strand‹. Nach Atem ringend blieb er stehen, um sich zu orientieren. In diesem Augenblick kam eine schwarze Kutsche in hohem Tempo von links herangefahren. Sie hielt genau vor John. Erstaunt trat er einen Schritt zurück. Schwungvoll öffnete sich die Tür und zwei vermummte Gestalten sprangen aus dem Gefährt. Noch bevor John wusste, wie ihm geschah, zogen sie ihn an den Armen in die Kutsche.

»Was zum Teufel …?«, rief John aufgebracht. War dies ein alternativer Fluchtweg, von Paul vorbereitet, für den Fall, dass etwas schiefging? »Wohin …?«, setzte er an zu fragen. Doch ein heftiger Schmerz am Hinterkopf ließ ihn zusammensacken. Augenblicklich wurde ihm schwarz vor Augen.

Kapitel 27

Es war die Erinnerung an Miss Fredericks' Gesicht, mit der er das Bewusstsein wiedererlangte. Sie hatte John angelächelt, voller Liebreiz und Verheißung. Ihr Haar war offen gewesen und floss wie flüssige Schokolade über ihre weißen Schultern. Er hatte das Lächeln erwidern wollen, doch sobald er seine Gesichtsmuskeln bewegte, setzte ein stechender Schmerz ein.

Verwundert stieß John den Atem aus. Reflexartig griff er mit der Hand nach dem Kopf, der pochte, als habe er einen Schlag abbekommen. Er *hatte* einen Schlag abgekommen, wurde ihm klar, gleichzeitig mit der Erkenntnis, dass er seine Hände nicht bewegen konnte. Sie waren hinter dem Rücken zusammengebunden.

Er stöhnte auf. Vor Schmerz und aus Verärgerung. Anscheinend lag er flach auf dem Boden, denn seine Beine waren ausgestreckt, aber ebenfalls zusammengebunden. Über den Augen lag ein dunkler Stoff, der ihm jegliches Sehvermögen raubte. Wahrlich keine guten Anzeichen. Sie erzeugten einen unschönen Verdacht, warum er hier lag. Was mit ihm geschehen sollte. Er stöhnte abermals. Nun würde er also für seine Unachtsamkeit bezahlen. Mehr als einmal hatte Paul ihn ermahnt, vorsichtig zu sein. Er hätte sich in der Tat ohrfeigen mögen. Wäre er nicht gefesselt gewesen.

Ein beklemmendes Gefühl von Übelkeit breitete sich in Johns Magengrube aus. Den Anflug von Panik kämpfte er jedoch erstaunlich leicht nieder. Mit Verzweiflung war ihm nicht geholfen. Konzentriert atmete er mehrmals tief ein und aus. Was sollte dieser ganze Wahnsinn? Alexander, Hannah, Amelia. Jäh stieg in ihm die Wut auf, verdrängte den letzten Rest von Angst. Er wusste, das Wichtigste in seinem Leben hatte er mit Sara bereits verloren. Das war die einzig wichtige Wahrheit, auf die er sich zurückziehen konnte.

John wusste nicht zu sagen, wie lange er so dalag. Zwei oder drei Mal meinte er, in weiter Ferne ein Geräusch zu hören, ansonsten war es vollkommen still. Trotz mehrerer Versuche gelang es ihm nicht, sich aufzurichten. Die Fesseln schienen ihrerseits an irgendwelchen Vorkehrungen festgemacht zu sein. Der Boden war nackter Stein. Längst war ihm die beißende Kälte in die Knochen gestiegen. Wenn er noch lange hier lag, dachte er grimmig, würde sein Leben auch ohne weiteres Zutun bald beendet sein. Vielleicht gar keine schlechte Option. Ihn überkam die Erinnerung an Alexanders entstellte Leiche, abgelegt am steinigen Ufer der Themse wie ein Haufen Unrat. Wohl nicht gerade das schlechteste Ende, einfach zu erfrieren. Unter den gegebenen Umständen.

Das Geräusch einer sich öffnenden Tür ließ John zusammenfahren. Nach der Stille klang es wie ein Donnerschlag. Sein Körper versteifte sich und er biss die Zähne fest zusammen, um seinen sich verkrampfenden Beinen etwas entgegenzusetzen. Er fluchte, dann löste sich die Versteifung. Flach atmete er mehrmals ein und aus. Trotz der beißenden Kälte spürte er Schweißperlen auf der Stirn. Als der Schmerz nach ein paar Atemzügen abgeklungen war, lauschte er angestrengt. Nichts war zu hören. Doch er wusste, dass er sich das Geräusch nicht eingebildet hatte.

»Ich weiß, dass da jemand ist«, stieß John hervor. Er räusperte sich, sein Hals war ausgetrocknet und schmerzte beim Sprechen.

»Wie schön.« Eine Stimme im Flüsterton, ganz nah.

John zuckte zusammen und gab dem Drang nach, sich von der Stimme wegzubewegen. Ohnehin machten seine Fesseln jeden stärkeren Reflex und jede Bewegung fast unmöglich. Er grunzte, mehr verärgert als ängstlich, warf sich hin und her. Wie ein Fisch auf dem Trockenen. Machtlos. Atemlos.

Ein leises Glucksen, Zeichen freudiger Amüsiertheit. Dann erneute Stille.

John presste den Mund zusammen. Er bemühte sich, zu lokalisieren, wo der Mann sich befand. Was er tat. Doch sosehr er auch angestrengt lauschte, er konnte rein gar nichts hören. Keinen Ton, und auch keinen Atemzug. Nichts. Dennoch fühlte er die Anwesenheit der anderen Person. Sie war da, irgendwo in seiner unmittelbaren Nähe. Zum Greifen nah. Und doch eine ganze Welt entfernt.

Fröstelnd überlief John eine Gänsehaut. Er zwang sich zur Ruhe. Für einige Minuten herrschte fast vollkommene Stille. John hörte lediglich sein eigenes Herz schlagen. Dann ließ ihn ein fester Tritt gegen das Schienbein aufschreien.

»Spiel keine Spielchen mit mir. Du kannst nur verlieren.«

Dass die flüsternde Stimme weiterhin amüsiert klang, erfüllte John mit größerem Schrecken als der unerwartete Tritt. Er räusperte sich erneut, dann sprach er mit einer heiseren Stimme, die ihm fremd war. »Was wollen Sie von mir, Mann?«

»Warum nicht gleich so. Kommen wir zur Sache. Denn du hast recht, Shinfield.« Den Namen flüsterte der Mann voller Verachtung. »Ich möchte natürlich etwas von dir. Etwas, das uns gehört. Amüsant, nicht wahr?« Eine kurze Pause. Dann sprach der Mann ohne eine Spur von Heiterkeit weiter. »Und ich werde es bekommen.«

»Warum dann dieses gewalttätige Vorgehen? Sie könnten mich doch einfach fragen. Der nächtliche Überfall kürzlich war ja ebenfalls nicht von Erfolg gekrönt. Vielleicht sollten Sie Ihre Methoden ändern.«

»Oh, du täuschst dich. Meine Methoden sind stets erfolgreich. Das wirst du bald feststellen. Und was den lächerlichen Angriff betrifft, den du erwähnst« – ein trockenes Lachen –, »der geht auf das Konto deines Freundes Alexander Steele. Ein Misserfolg, wie es aussieht. Ja, Steele war weniger erfolgreich, als allenthalben angenommen. Und auch er musste für seine Fehler bitter bezahlen.«

John stockte der Atem. Seine Gedanken überschlugen sich.

»Ich sehe, du bist überrascht. Wie schön. Da kanntest du deinen alten Freund wohl nicht gut genug. Dass du so dumm warst, das Dokument von ihm entgegenzunehmen, das verwundert mich. Doch du wirst es mir schon berichten.«

»Was – was wollen Sie von mir?«

»Das, was du von Steele genommen hast, natürlich.«

»Ich habe von Steele nichts genommen, Sie irren sich. Was soll er …?« John rang nach Atem. Vor seinen Augen explodierte ein Feuerwerk aus grellen Lichtern und Schmerzen. Er hatte das Gefühl, zu ersticken. Ein Tritt gegen die Rippen presste ihm die Luft aus der Lunge. Kurzzeitig wurde ihm schwarz vor Augen, dann ebbte der Schmerz ab. Er konnte wieder atmen. »D-Dreckschwein«, stieß er hervor.

»Tu dir keinen Zwang an, schimpf nur. Solange du es noch kannst. Ich gewähre lediglich einen kleinen Vorgeschmack auf das, was dich noch erwartet. Wenn du meine Fragen nicht zufriedenstellend beantwortest.« Ein Geräusch, als würde etwas aus Stoff geöffnet. Dann leises, metallisches Klirren. »Wir beide haben so viel Zeit und ich habe so viele wunderbare Ideen, was wir damit anstellen können.« Das Streicheln einer Hand auf Metall. »Der gute Alexander hatte ebenfalls viel Freude an meinen Einfällen.« Ein fröhliches Lachen. »Er hat sich vor Freude geradezu überschlagen.«

Ein Brechreiz stieg in Johns Hals auf. Die Bilder von Alexanders verstümmeltem Körper stürzten auf ihn ein. Er würgte.

»Ach ja, du hast ihn gesehen. Ich vergaß. Fielding hat dir seine Überreste gezeigt. Eine Erinnerung, die du dir bei der Beantwortung meiner Fragen gut vor Augen führen solltest.« Ein Glucksen, voller guter Laune.

John gelang es, die Übelkeit niederzukämpfen. »Was – was haben Sie mit Amelia gemacht? Haben Sie sie ermordet, wie Hannah?«

»Du schenkst den Damen zu viel Aufmerksamkeit, John. Das ist dein Schwachpunkt, nicht wahr. Die Frauen beherrschen dich.«

Er war wie vom Schlag getroffen. »Sie reden Unsinn. Sie …«, stammelte er.

»Es reicht.«

Die Schärfe in dem knappen Satz, obwohl geflüstert, ließ John verstummen.

»Die Zeit für unseren netten Plausch ist abgelaufen. Du sagst mir unumwunden, wo das Dokument versteckt ist.«

»Das Dokument? Ich verstehe, natürlich. Darum geht es Ihnen.«

»Also?«

»Sie wollten es von Alexander bekommen, doch der hatte es nicht, nicht wahr? Er hatte es nicht mehr.« In dem sich anschließenden Schweigen meinte John, Überraschung zu vernehmen. »Wie kommen Sie darauf, dass ich es in meinem Besitz habe?«

»Zum Beispiel daher, weil du von seiner Existenz weißt.«

»Und doch irren Sie sich. Ich weiß nicht, wo es sich befindet.«

Die Stimme war diesmal ganz nah, keine Handbreit von Johns Ohr entfernt. »Die Zeit für derartige Spielchen ist vorbei«, zischte sie erbost. »Meine Geduld ist abgelaufen. Ich will augenblicklich von dir hören, wo die Aufzeichnungen versteckt sind. Sofort!«

»Ich habe sie nicht.« John wusste nicht, wo er die Gelassenheit hernahm, mit der er antwortete.

Der Schlag mit dem Eisen traf ihn wie zuvor an der Seite. Er schrie auf, dann schnappte er nach Luft. Ein Fisch auf dem Trockenen. Ihm wurde schwarz vor Augen. Diesmal gab es kein Zurück ins Bewusstsein.

*

Kaltes Wasser ließ ihn prusten. Der Schwall hatte ihn mitten ins Gesicht getroffen. Betäubt vom Schmerz seiner Rippen, wagte John kaum zu atmen. Flach sog er die Luft ein und stieß sie wieder aus.

»Wo ist es?«

»I-ich … weiß … n-nicht.«

»Meine Geduld endet. Die Zeit des großartigen John Shinfield läuft ab. – Du schweigst? Dann schlage ich vor, du denkst noch ein wenig über deine Lage nach, bevor ich das letzte Mal nach dem Verbleib des Dokuments frage. Das allerletzte Mal, um deutlich zu sein. Einer Sache kannst du dir sicher sein: Mich mit John Shinfield zu befassen, ist ein Vergnügen, dem ich entgegenlechze. Oh ja! Ich habe so viele wunderbare Pläne für dich, dass es mich geradezu schmerzt, dir eine letzte Frist einzuräumen. Doch ich tröste mich mit der Vorfreude.«

Leise Schritte. Das Geräusch einer Tür. Und dann – Stille. Sein Peiniger hatte den Raum verlassen. John hustete. Sein ganzer Körper schmerzte und er schmeckte Blut in seinem Mund. Fast erleichtert ließ er sich zurück in die Dunkelheit fallen.

*

Rebeccas Augen lächelten ihn an, voller Liebreiz und Verheißung. Ihr Haar trug sie offen. »Ich bin hier«, flüsterte sie. In dem Satz schwang ein unausgesprochenes Versprechen mit. Ihm wurde heiß. Er streckte seine Hand aus und strich vorsichtig über ihre Wange. Sie schloss die Augen. Als sie sie nach einigen Atemzügen wieder öffnete, hatte sich ihr Blick verändert. Er zog die Hand zurück. Traurig musterte sie ihn. »John«, sagte sie. Nicht mehr. Erneut wollte er sie berühren, doch plötzlich wechselte ihr Gesicht die Farben, löste sich auf. Es verlor seine Konturen und verschwamm in einem diffusen Nebel. Er blinzelte. Da waren Augen, ein Mund. Doch immer, wenn er sich auf einen Gesichtszug konzentrierte, verschwand er. Dennoch erkannte er die Frau, die ihn hinter dem Nebel anschaute. Er stockte. »Sara«, sagte er leise. Ihre Distanz vergrößerte sich, als wäre sie erschrocken einen Schritt zurückgetreten. Er merkte, wie ihm Tränen das Gesicht hinunterliefen.

Dann sah er sie am Fenster stehen, in ihrem gemeinsamen Haus am Gough Square. Er atmete erleichtert auf. Sie schaute hinaus, stand mit dem

Rücken zu ihm, vielleicht fünf Schritte entfernt. Er machte einen Schritt auf sie zu, doch er kam ihr nicht näher. Wieder und wieder wollte er zu ihr gehen, ihre Hand ergreifen, doch die Entfernung veränderte sich nicht. Auch nicht, als er sich in einem Sprung nach vorne werfen wollte. »Sara!«, rief er ihr voller Panik zu. »Ich bin hier, hinter dir!« Ihre Schultern hoben und senkten sich. Sie seufzte. Doch nach wie vor reagierte sie nicht. »Sara, bitte komm zu mir!«, schrie er. Vergebens. Sie verhielt sich, als sei sie alleine in dem Raum. »Sara!« Er sah, wie sie eine Hand auf ihren Bauch legte und langsam kreisförmig rieb. Auch wenn er nur ihren Rücken sehen konnte, wusste er, dass sie lächelte. Er weinte.

Eine Sekunde später saß sie in der Bibliothek. Am Sekretär, ein Schriftstück vor sich. Sie schluchzte. Er stand direkt hinter ihr, schaute von oben auf ihre weiße Haube, auf das braune Haar, das darunter hervorkam. Er wusste sofort, was in dem Brief stand, wusste, warum sie weinte. Sie trauerte. Um ihren verstorbenen Vater. Sie hatte stets ein gutes Verhältnis zu ihm gehabt. Er selbst hatte den bescheidenen Mann nur zweimal getroffen, doch ja, er hatte ihn gemocht. Saras Vater war so ganz anders gewesen als die übrigen Händler, die er allenthalben kannte. Denen es darum ging, aufzutrumpfen und ihre Erfolge zur Schau zu stellen. Nein, ihr Vater war so nicht gewesen. Zurückhaltung und Schlichtheit hatte er als Tugenden verstanden. Als christliche Tugenden. Und nun hinterließ er seinem einzigen Kind ein Vermögen, das beträchtlich war. Selbst Sara hatte nicht gewusst, dass ihr Vater es durch den Handel mit Stoffen und durch einige äußerst erträgliche Investitionen zu solchem Reichtum gebracht hatte. Sie saß am Sekretär in der Bibliothek und schluchzte. Weinte um ihren verstorbenen Vater, den sie niemals wiedersehen würde. Auch er versuchte, sich die Tränen aus dem nassen Gesicht zu wischen, doch es gelang ihm nicht. Er spürte, wie die Feuchtigkeit an ihm hinunterlief, wie sie in seine Kleidung drang. Er fröstelte. Bitterkalt war es. Er würde Rupert und Hannah daran erinnern müssen, dass die Bibliothek besser zu heizen war. Fest zog er seinen Mantel um sich, doch es half nichts. Die Kälte fraß sich weiter und weiter in ihn hinein, bis in seine Knochen. Er zitterte unkontrolliert.

Tröstend legte er Sara eine Hand auf die Schulter. Sie wandte sich zu ihm um, lächelte traurig. Er zuckte erschrocken zusammen, als er in ihr Gesicht sah, und ließ ihre Schulter wieder los. »Mein lieber John«, sagte Rebecca Fredericks. »Der Tod ist so endgültig. Wir sollten alles tun, um ihm aus dem Weg zu gehen.«

»Sara«, flüsterte er.

Rebecca schüttelte den Kopf. »Sara gibt es nicht mehr. Sie ist bereits verloren. Glaube mir, du möchtest sie gar nicht wiedersehen.«

»Ich möchte …«, sagte er, »ich möchte …«

»Was denn?« Sie blickte ihn abwartend an. Lächelnd.

»Es ist so kalt.«

Sie nickte, stand vom Stuhl auf und strich ihm mit der Hand über die Stirn. Er zuckte zusammen. Ihre Hand war heiß wie Feuer.

»John, wirklich«, sagte sie. In ihrer Stimme lag ein milder Tadel. »Du musst dich retten. Du bist ein Sturkopf, wirklich. Wie der Rest deiner Familie.« Sie lächelte wissend.

»Retten«, wiederholte er verständnislos.

»Gib das Papier zurück, das nicht dir gehört. Es ist ganz einfach.«

»Mein Buch? Aber ich lese es gerade. Ich werde dafür bezahlen, das habe ich Daniel doch gesagt. Michael hat es lediglich angeschrieben, ich weiß. Bestimmt wieder zu einem viel zu günstigen Preis. Doch ich werde bei meinem nächsten Besuch dafür zahlen. Angemessen zahlen.«

Ihr Gesicht kam näher, bis es kaum eine Nasenlänge von seinem entfernt war. Er konnte ihre warme Ausdünstung riechen. Ihren Atem hören. »Wie kannst du es aber lesen?«

»Jetzt erlaubst du dir einen Spaß mit mir, nicht wahr? Es ist Latein. Jeder einigermaßen gebildete Mann kann doch Latein lesen.«

»Latein«, wiederholte sie und drehte sich weg.

Er nickte. »Es ist so kalt.« Müde schloss er die Augen.

»Komm zurück«, flüsterte sie. »Komm zurück.«

Mühsam öffnete er die Augen. Ihm stockte der Atem. Er schaute auf die Themse. Es war Nacht. Und bitterkalt. Er war nicht allein. Neben ihm stand eine dunkle Gestalt, die er nicht richtig zu erkennen vermochte. In seinem äußersten Augenwinkel stand sie. Sie war da und war auch nicht da. Er schaffte es nicht, den Kopf zu ihr hinzuwenden, konnte sie nur aus dem Augenwinkel wahrnehmen. Er fröstelte. Wollte weglaufen. Doch er war wie versteinert, konnte kein Glied bewegen. »Kalt«, sagte er leise.

»Sag mir, wo das andere Dokument ist. Dann kehrt die Wärme zurück, das verspreche ich dir.«

Sein Mund war trocken. »Ich weiß nicht, warum Sie es wollen. Aber ich habe es nicht. Was machen Sie überhaupt hier draußen in der Kälte? Was machen Sie am Fluss? Hier wurde Alexander gefunden. Wissen Sie das denn nicht, Vater?« Er wollte weglaufen, war aber immer noch so unbeweglich wie die Steine um ihn herum.

»Das Dokument gehört nicht dir, auch Alexander hat es nicht gehört. Gib es mir. Sofort!«

»Sie hören mir niemals zu!« Zorn schlich sich in seine Stimme. »Niemals hören Sie mir zu. Ich habe es nicht. Das sagte ich doch bereits.«

Erstaunt, keine sofortige Zurechtweisung zu erhalten, lauschte er in die Stille. War sein Vater noch da? Der Earl. Alle sprachen einfach von ihm als dem Earl. Das gefiel dem Earl, da war er sich sicher. Er lauschte in die Stille. Nein, er hörte keinen Laut. Nichts. Still floss selbst die Themse zu seinen Füßen dahin, und er starrte in das schwarze Wasser. Die Augen wurden ihm erneut schwer. »Kalt«, sagte er leise, zu sich selbst. »So kalt.«

»Herrgott, hier drinnen ist es kalt wie in einer Gruft. Das ist nicht verwunderlich, schließlich ist es auch eine Gruft. *Ihre* Gruft, Mr Shinfield. Ich werde neues Feuerholz holen, Sir. Sie holen sich sonst den Tod.«

Hannahs besorgte Stimme ließ ihn lächeln. Er spielte mit dem Gedanken, die Augen zu öffnen, doch er konnte sich zu einem solchen Kraftakt nicht durchringen. »Kalt«, sagte er müde. »Und du bist es, die tot ist, Hannah. Es – es tut mir leid.«

Beth stemmte die Hände in die Hüfte. Hinter ihr loderte das Herdfeuer. Dennoch war es eiskalt in der Küche. Er setzte sich an den gedeckten Tisch. Das Wasser lief ihm im Mund zusammen.

»Ich gebe ja nicht viel auf Klatsch und Tratsch. Das wissen Sie doch, Mr Shinfield.«

Er nickte bedächtig, während er nach einem Stück Brot griff.

»Rose, also Rose hat mir erzählt, dass Sie und Miss Fredericks gedenken, den Bund der Ehe zu schließen.«

Seine Hand hielt mitten in der Bewegung inne. Er dachte verwundert nach, dann nickte er und zog den ganzen Brotlaib zu sich hin.

»Was sagt denn der Colonel dazu, Sir?«

»Es gibt keinen Colonel, Beth. Er ist schon lange tot. Nein, Rebecca stammt aus dem Norden, wie Sara. Sie ist nur zu Besuch in London. Sie wohnt irgendwo, bei den … bei Lord und Lady … bei …«

»Hat sie das gesagt, diese Rebecca? Hat sie gesagt, dass sie aus dem Norden stammt, wie die gute Sara?« Beth stand an einem Tisch und hob mit ausladender Bewegung ein Hackbeil. »Hat sie das gesagt, dieses Miststück?« Das Beil fiel herab und trennte den Kopf eines Huhns von dem dazugehörigen Rumpf. Blut spritzte über den Tisch, durch die Küche. »Aus dem Norden? Wie die wunderbare Sara, der Herr habe sie selig?«

»Beth, ich muss mich über dich wundern. Rebecca ist eine wunderbare Frau. Sie ist voller Liebreiz. Und wunderschön. Sie … sie erinnert mich ein wenig an Sara. Und Sara ist tot, damit müssen wir uns abfinden.«

»Sara kann man nicht einfach so rücksichtslos ersetzen.« Wie einen erhobenen Zeigefinger schwenkte Beth das blutige Beil hin und her. »Diese Miss Fredericks sollten Sie mit Vorsicht genießen, Sir. Wer weiß schon, wo sie wirklich herkommt? Was sie wirklich will. Ich habe da ein ungutes Gefühl, ein ganz ungutes, Sir. In dieser Stadt sind viele Menschen nicht das, wofür sie sich ausgeben. Für so etwas habe ich ein Gespür, glauben Sie mir. Ich habe zum Beispiel auch Rose gesagt, dass dieser kleine Galan, in den sie so vernarrt ist, nichts taugt. Aber auf mich wollte sie nicht hören. Und was hat sie davon? Der Kerl hat sie betrunken gemacht und wer weiß was mit ihr angestellt. Dieser kleine Lump. Ihre Rebecca ist kein Deut besser, das wette ich. Ich vermisse Sara weiterhin jeden Tag. Wir dürfen sie nicht einfach vergessen. Sie dürfen Ihre Frau nicht einfach vergessen, Sir!«

Er wollte, dass sie aufhörte zu sprechen. Er griff nach einem Apfel, der in Reichweite vor ihm auf dem Tisch lag, und warf ihn nach Beth, verfehlte sie aber um Armeslänge. Beth lachte auf. Erneut hob sie das Beil und köpfte ein weiteres Huhn. Und ein weiteres und ein weiteres. Dabei lachte sie ohne Unterlass. Auf dem Boden der Küche sammelte sich das Blut in breiten Pfützen. Er vergrub den Kopf in seinem Schoß.

»Sir«, hörte er Ruperts Stimme. »Sir, es ist etwas für Sie abgegeben worden.«

Er schaute erstaunt auf, sah sich in der Küche um. Wohin war Beth verschwunden? Grinsend hob Rupert ein großes Paket auf den Küchentisch. Dann wischte er sich die Hände an seiner blutverschmierten Schürze ab. »Ich habe Blutwurst gemacht, Sir«, feixte er und begann, das Paket aufzuschnüren.

»Nein«, sagte er atemlos. »Nein, lass es zu!« Ihm wurde übel.

»Sir, es ist ein *Geschenk*.« Unbeirrt löste Rupert die schwere Schnur.

Vor Entsetzen gelähmt, sah er ihm dabei zu. Ein Arm fiel aus dem Paket. Ein Bein. Dann ein Kopf. Alexanders tote Augen starrten ihn vorwurfsvoll an. »Räum es weg, räum es weg!«, schrie er.

»Sir, es ist ein Geschenk«, wiederholte der Hausdiener unbeirrt.

»Ich will es nicht!«, stieß er hervor.

Erstaunt hielt Rupert inne. »Aber freuen Sie sich denn nicht? Sie haben ihn schließlich auf dem Gewissen.«

Er hatte das Gefühl, keine Luft zu bekommen. Fest presste er die Augen zusammen und begann zu zählen. Eins – zwei – drei – vier –

»Sie wollen wirklich heiraten, John?« Mitten auf dem Platz stand Kathrin, mit trauriger Miene. Sie war gänzlich nackt. Der starke Schneefall schien ihr nichts auszumachen.

Er weidete sich an ihrem Anblick. Auffordernd sah er sie an. Kathrin jedoch blickte wie versteinert. Er begann zu zittern. »Wärme mich«, bat er. Flehte geradezu, während um ihn herum der Schneefall zunahm. »Wärme mich.« Seine Stimme war selbst nur ein Hauch im Schneegestöber. »Die Kälte ist furchtbar.«

Ihr Gesicht blieb reglos. »Sie müssen es zuerst zurückgeben. Es gehört schließlich nicht Ihnen, John.«

Erschöpft schüttelte er den Kopf. Warum verstand ihn niemand? Er hatte es nicht. Er wusste nicht, wo es sich befand. Warum dachte alle Welt, er wüsste es?

»Außerdem täuschen Sie sich.« Sie setzte sich langsam in den Schnee, versank in der weißen Decke und sah ihn aufmunternd an. »Ihnen ist nicht kalt, John. Ihnen ist siedend heiß.«

Ja, es stimmte. Ihm war gar nicht kalt. War ihm jemals kalt gewesen? Er konnte sich nicht erinnern. Heiß war ihm. Sehr heiß. Er dampfte. Um ihn herum schmolz der Schnee, so viel Wärme gab er ab. Der Schweiß rann ihm über das Gesicht, den Körper hinunter. »Wasser, bitte.« Seine Stimme war nur noch ein Krächzen. »Durst.«

»Eine Schande für unsere Familie bist du, John«, sagte Edward. Er stand keine fünf Schritte entfernt und stemmte angewidert die Hände in die Hüften. »Da sitzt du mit deiner Hure herum, während dein Bruder und ich alles dafür tun, damit der gute Ruf unserer Familie keinen Schaden erleidet. Vater ist zutiefst enttäuscht von deinem Verhalten – dass dir das nur klar ist.«

»Ihr könnt mir gestohlen bleiben! Vater, Richard und du. Allesamt. Ich werde Kathrin heiraten. Sie hat mehr Ehre im Leib als ihr drei zusammen.« Triumphierend lächelte er zu Kathrin hinab. Sie war verschwunden.

Edward lachte auf. »Hat die Dirne dich versetzt, lieber Bruder?« Er drehte sich um und trat durch eine Tür, die plötzlich auf dem Platz auftauchte. Im Rahmen blieb er noch einmal stehen. »Ansehnliche Brüste hat sie ja, das muss ich zugeben. Aber die können dich auch nicht retten. Gib es einfach zurück. Es gehört nicht dir. Dann ist vielleicht noch Hoffnung für dich, John.« Damit zog er die Tür hinter sich zu.

Er rollte mit den Augen. Dann hustete er. Das Atmen fiel ihm schwer. Erneut überlief ihn ein Kälteschauer. Langsam ließ er sich in einen dunklen Schwindel gleiten, der gnädigen Abstand verschaffte. Abstand von ihm selbst.

»Da lässt man Sie einmal alleine, John.«

Er hörte de l'Estagnols Stimme aus großer Entfernung. Müde suchte er in dem sich drehenden Dunkel nach Pauls Gestalt, konnte sie aber nirgends ausmachen. »Hier bin ich«, wollte er rufen, doch er war zu schwach.

»Sie sehen furchtbar aus. *Mon Dieu*. Wie ein erfrorenes Kotelett.«

Er lächelte. Lächelte er? Er stellte sich vor, dass er lächelte. Dann bewegte er seine Arme. Hoch und runter, auf und nieder. Wie ein Vogel, der zögernd seine Flügel spreizt. Auf und nieder. Schließlich flog er langsam, ganz langsam hinauf. Empor, in die vollständige Dunkelheit.

Kapitel 28

»Ich hatte Besuch von Lord und Lady Shatterton. Sie sind, gelinde gesagt, äußerst besorgt.«

»Sind sie das? Ich habe, ehrlich gesagt, gerade keine Zeit, mich mit der Befindlichkeit der verehrten Shattertons zu beschäftigen. Ich bin an diesem frühen Morgen mit etwas beschäftigt, das für unsere Sache entscheidend ist. Nur äußerst ungern bin ich der Nachricht gefolgt, dass Sie mich dringend sprechen müssen. In Kürze muss ich wieder unterwegs sein.«

»Ich befände mich nicht bei Ihnen, wenn die Mitteilungen von Lord und Lady Shatterton nicht von Wichtigkeit wären. Von beunruhigender Wichtigkeit.«

»Ich kann fünf Minuten erübrigen, Sir, nicht mehr.«

»Ihr John Shinfield ist an der Great Marlborough Street aufgetaucht und hat Fragen gestellt. Unangenehme Fragen nach Amelia, nach ihren Bewegungen am Tag des Verschwindens. Er hat es sich wohl in den Kopf gesetzt, Mrs Steele aufzuspüren.«

»Ja, ich weiß. Das ist mir bekannt.«

»Das ist Ihnen bereits bekannt?«

»Selbstverständlich. Ich hatte eigentlich gehofft, Ihnen den Eindruck vermittelt zu haben, ich sei stets bestens über alles unterrichtet, was unsere Pläne betrifft.«

»Dann werden Sie wohl die Meinung der Shattertons teilen, dass es einen Unterschied macht, ob unsere überforderten Autoritäten – allen voran dieser lächerliche Fielding – Fragen stellen, oder jemand wie John Shinfield. Ich vertrete die Überzeugung, dass uns der Mann bereits zu lange beschäftigt. Ich verstehe auch nicht, warum Sie gerade ihn involviert haben. Ausgerechnet ihn! Sie scheinen persönliche Rache über unsere Sache zu stellen.«

»Reden Sie keinen Unsinn. John ist eine nicht gänzlich unbedeutende Figur beim Erreichen unseres Ziels. Nur weil Sie es nicht verstehen, heißt dies nicht, dass Sie meine Planung in Frage stellen dürfen.«

»Aber …«

»Ersparen Sie mir Ihre Einwände, Sir. Verschonen Sie mich bitte mit dem Wehklagen der Shattertons. Die beiden versuchen, mit möglichst geringem Einsatz einen möglichst großen Teil des Kuchens abzubekommen. Das ist mehr als offensichtlich. Lady Jane hat gewisse Ambitionen, was auch Ihnen fraglos bekannt ist. Sie träumt von royaler Gunst. Lachhaft! Sie sollte vielleicht aufhören, sich den Verstand von ihren bäuerlichen Dienstboten aus dem Gehirn vögeln zu lassen. Lord und Lady Shatterton hatten eine denkbar einfache Aufgabe. Wenn sie sich bereits jetzt durch den Besuch von John ins Bockshorn jagen lassen, sollten wir ernsthaft über ihren Verbleib im inneren Zirkel nachdenken. Ich kann Sie dennoch beruhigen, Sir. Das Kapitel mit der Überschrift John Shinfield ist bereits beendet.«

»Sie meinen …«

»Ich meine, dass er seine Aufgabe erfüllt hat und uns nicht mehr in die Quere kommen wird. Vielleicht möchten Sie in den nächsten Tagen die Berichte in den Zeitungen verfolgen. Dann werden Sie feststellen, dass der wahnsinnige Mörder erneut zugeschlagen hat. Wirklich – dieses böse, böse Monster scheint vor niemandem Halt zu machen. Dirnen, angesehene Bürger, selbst Angehörige des Adels. Langsam muss man sich in London ernsthafte Sorgen um die Fähigkeiten unserer Ordnungshüter machen. Meinen Sie nicht auch? Die Panik wird immer greifbarer. Können Sie es auch spüren?«

»Sie haben es also wahrgemacht. Haben ihn … aus dem Weg geräumt. Ich hatte es nicht für möglich gehalten. Ich hatte meine Zweifel. Das gebe ich unumwunden zu. In irgendeinem Winkel meines Verstandes hatte sich die Idee eingenistet, Sie seien *nicht* zu allem fähig.«

»Da ich Sie anscheinend vom Gegenteil überzeugt habe, sollten Sie diesen Umstand vielleicht auch die Shattertons wissen lassen. Sicher bestärkt es Seine Lordschaft nebst Gattin darin, sich nicht beim geringsten Gegenwind verunsichert zu zeigen. Doch nun entschuldigen Sie mich bitte, Eure Lordschaft. Mich erwartet eine denkbar wichtige Tätigkeit.«

»Dann halte ich Sie nicht länger auf.«

»Ich bin Ihr ergebenster Diener, Sir.«

Kapitel 29

Sein erster Gedanke, noch bevor er die Augen öffnete, galt nicht dem körperlichen Schmerz. Er galt dem Durst. Sein Hals war qualvoll trocken, fühlte sich an wie raues Pergamentpapier. Atemlos versuchte er, sich zu räuspern. Nicht einmal das gelang ihm. Das einzige Resultat seiner röchelnden Bemühung bestand darin, dass sich der Schmerz in seinen Rippen verschärfte. Er verzog das Gesicht und hob langsam die Augenlider.

Die hölzerne Decke, gegen die er schaute, war wurmstichig. Langsam drehte er den Kopf zur Seite. Die fleckigen Wände des Raumes waren grob verputzt, wirkten feucht und baufällig. Er erinnerte sich nicht, sie zuvor schon einmal gesehen zu haben. Schwerfällig richtete er seinen Oberkörper ein wenig auf, sah sich genauer um. Vergeblich bemüht, die stechenden Schmerzen überall am Körper zu ignorieren, das Pochen im Kopf zu unterdrücken. Wo, um Himmels willen, befand er sich?

Erstaunt zwinkerte er mehrmals. Die Einrichtung des Zimmers stand in auffallendem Kontrast zum heruntergekommenen Zustand der Wände und der Decke. Er blickte auf ausgesuchte Möbel, eine exquisite Sitzgruppe. Den Boden bedeckte ein kostbarer Teppich, nur an wenigen Stellen kamen abgewetzte Dielen zum Vorschein. Ein Rattenloch, hergerichtet für einen König. Auch das Bett, auf dem er lag, genügte zweifelsohne royalen Ansprüchen. Die aufwendig bestickte Decke und die Kissen waren mit den weichsten Daunen gefüllt. Er fühlte sich an das Geheimzimmer in Lord Sharps Anwesen erinnert.

Vorsichtig spannte er die Muskeln in den Beinen an. Sie waren nicht festgebunden, er konnte sich frei bewegen. Die Erleichterung ließ ihn beinahe lächeln.

Licht spendete eine einzelne, zur Hälfte abgebrannte Kerze. Außerhalb seiner Reichweite stand sie auf einem niedrigen Tisch. Das einzige Fenster des Raumes war mit einem schweren Vorhang verschlossen. Durch einen schmalen Spalt stahl sich ein wenig graues Licht herein. Er meinte, hinter dieser Öffnung das Metall von Eisengittern ausmachen zu können. Angestrengt kniff er die Augen zusammen. Ja, das Fenster war zweifelsohne vergittert. Er brummte grimmig und ließ den Blick weiter schweifen. In der Wand, seiner Liegestatt direkt gegenüber, war eine schwere Tür eingelassen, die einen ausgesprochen stabilen Eindruck machte. Er hätte darauf gewettet, dass man sie verschlossen hatte. Das drückende Gefühl von Gefangenschaft vermochte auch der ausgesuchte Luxus nicht zu übertünchen.

Direkt neben dem Bett fiel ihm ein weiterer Tisch auf. Sein Herz schlug höher. Dort standen eine Karaffe und ein Glas, beide gefüllt mit Wasser. Er leckte sich über die trockenen Lippen, rollte sich vorsichtig ein wenig auf die Seite und streckte zitternd seinen linken Arm aus. Als seine Fingerkuppen das kühle Glas bereits berührten, hielt er zögernd inne. Was, wenn das Wasser vergiftet war? Um ihn auf qualvolle Weise zu töten?

Er schnaubte und ergriff das Glas. Etwas von dem Wasser schwappte über den Rand, als er das Gefäß ruckartig anhob. Ja, er musste über sich selbst lachen. Welchen Sinn würde ein Gift im Wasser machen? Wenn man ihn hätte töten wollen, dann wäre dies sicherlich bereits längst geschehen. An fehlenden Gelegenheiten konnte es nicht liegen. Wahrscheinlich ließ man ihn weiter am Leben, um ihm Informationen zu entlocken. Das Dokument.

Das Wasser schmeckte köstlich. Zwar verschüttete er einen Teil, doch es rann genug von dem kühlen Nass seine Kehle hinunter. Wohlig seufzte er. Mühsam stellte er das Glas wieder auf den Tisch, legte sich zurück auf das Bett. Atmete tief ein. Der Griff nach dem Glas hatte ihn mehr Kraft gekostet, als gedacht.

John schloss die Augen.

*

Ein leises Geräusch ließ ihn aufschrecken. Hatte er es sich nur eingebildet, geträumt? Für einen Moment starrte er orientierungslos an die Decke, dann fiel ihm wieder ein, wo er sich befand. Gefangen in der Illusion eines königlichen Gemachs. Er gähnte, hatte das Gefühl, sehr lange geschlafen zu haben. Mühsam richtete er seinen Oberkörper auf.

»Sie sollten liegen bleiben.«

»Was –?« Mehr überrascht als erschreckt sah er sich um, suchte die Quelle der Stimme. Er hatte sie schon einmal gehört. Sein Blick blieb an einer Frau hängen, die es sich auf einem der Sessel bequem gemacht hatte. Kühl schaute sie ihn an, ohne eine Miene zu verziehen.

»Sie sollten liegen bleiben, sagte ich«, wiederholte sie.

»Sie sind … Emma, nicht wahr? Pauls Schwester.«

Die junge Frau schnaubte und verdrehte die Augen.

»Wo – wo bin ich?«

»Sie sind mein Gast, Mr Shinfield.« Sie klang nicht, als bereite ihr diese Gastfreundschaft ein übermäßiges Vergnügen.

»Wie bin ich hierhin gekommen? Wo ist Paul?«

»Unterwegs, wie immer. Sie werden wohl oder übel auf ihn warten müssen.« Der Anflug eines ironischen Grinsens.

»Bitte, sagen Sie, Emma, was mache ich hier?«

»Ich sagte es bereits: Sie werden auf Pauls Rückkehr warten müssen. Er wird Ihnen alles erklären. Denke ich.« Sie schlug die Beine übereinander und besah sich ihre Fingerspitzen. »Ich trage lediglich Sorge dafür, dass Sie nicht vorzeitig das Zeitliche segnen.« Sie lächelte, wie ein gelangweiltes Raubtier. »Haben Sie Hunger? Das Wasser haben Sie ja bereits gefunden.«

»Ich – ja. Ich habe großen Hunger, wo Sie es sagen.«

Geschmeidig stand Emma auf und griff nach einer tönernen Schüssel, die neben dem Sessel stand. »Ein wenig Suppe. Für den Anfang wollen wir es nicht übertreiben. Schaffen Sie es, alleine zu essen?«

Er nickte und richtete den Oberkörper weiter auf.

»Gut, aber seien Sie vorsichtig.« Offensichtlich war sie erleichtert, ihn nicht füttern zu müssen. Langsam trat sie an das Bett und reichte ihm die halbgefüllte Schüssel, dann einen hölzernen Löffel. »Essen Sie nicht zu hastig. Sonst behalten Sie die Suppe nicht lange bei sich. Und wir wollen doch, dass es Ihnen bald besser geht.« Das Raubtier kam erneut zum Vorschein. »Später schicke ich jemanden vorbei, der die Verbände wechselt.«

»Die Verbände«, wiederholte John ratlos und sah an sich hinab. Erst jetzt fiel ihm auf, dass er nicht seine eigene Kleidung trug. Unter dem einfachen Hemd und der Leinenhose zeichneten sich die Umrisse einiger Bandagen ab. »Haben Sie …?«, setzte er fragend an, während er die Schüssel entgegennahm. Ihre polierte Oberfläche fühlte sich angenehm warm an. Verheißungsvoll. Das Wasser lief ihm im Mund zusammen. Sein Magen gab ein vernehmliches Knurren von sich.

»Ob ich die Verbände angelegt habe? Nein, nicht persönlich, ich habe es lediglich beaufsichtigt.« Sie grinste anzüglich. »Kein Grund, rot zu werden, Sir. Seien Sie nicht so schamhaft. Es zeigte sich nichts, was ich nicht bereits zuvor gesehen hätte.« Sie zwinkerte und fügte beiläufig hinzu: »Mehrfach gesehen.« Emmas Blick wurde wieder eisig. »Ungewöhnlicher waren indes Ihre Blessuren. Da hat Paul wieder ganze Arbeit geleistet.«

John war dabei, den Löffel zum Mund zu führen. Auf halbem Weg hielt er inne und starrte die Frau an. »Wie meinen Sie das, Emma?«

»So, wie ich es sage. Und jetzt belästigen Sie mich nicht weiter. Ich erwähnte doch bereits mehrfach, dass Sie warten müssen, bis der Schurke wiederauftaucht.« Sie drehte sich um und schritt zur Tür, die sie ohne ein weiteres Wort öffnete und sogleich hinter sich zuzog. Das kratzende Geräusch eines Schlüssels im Schloss, dann Stille.

Sie hatte ihn eingeschlossen. Einen langen Moment schaute John ungläubig auf die Tür, als könne er ihr die Antworten auf all seine Fragen entringen. Dann löffelte er gedankenverloren seine Suppe. Mit den ersten Schlucken überwog das Hochgefühl, endlich wieder etwas zu essen. Etwas Warmes obendrein. Doch schnell kreisten seine Gedanken abermals um seine undurchsichtige Situation. Er lag nicht mehr angekettet und mit verbundenen Augen auf irgendeinem kalten Boden. Sicherlich ein Fortschritt. Ein Gefangener war er nichtsdestotrotz.

John atmete tief ein und schüttelte langsam den Kopf. Emma hatte ihn eingeschlossen, nun denn. Nicht, dass er körperlich überhaupt in der Lage gewesen wäre zu fliehen. Ohnehin wäre er in seinem Zustand nicht weit gekommen. Vielleicht gerade einmal bis vor die Zimmertür. Vielleicht. Doch wie würde es dann weitergehen? Es war nicht unwahrscheinlich, dass er dort draußen schlicht zusammenbrach. Schlimmer noch – wahrscheinlich hielt Will in der unmittelbaren Nähe Wache, begierig darauf wartend, John einen Kopf kürzer zu machen. Der Gedanke an den Hünen ließ ihn frösteln.

Oder aber … oder aber er stolperte Paul in die Arme, der anscheinend ein undurchsichtiges Spiel mit ihm trieb. Wie hatte seine Schwester ihn genannt? Einen Schurken. Wohl eine freundliche Untertreibung.

John aß den letzten Löffel der Suppe, kratzte die restlichen Tropfen zusammen. Dann stellte er die leere Schale neben den Wasserkrug und machte es sich – den Umständen entsprechend – auf dem Bett bequem. Er würde also warten. Was blieb ihm auch anderes übrig?

*

»Wann kommt Paul?«, fragte John betont beiläufig die junge Frau, die sorgsam einen Verband wechselte. Er kannte sie nicht, erinnerte sich nicht, sie zuvor zwischen Emmas Mädchen gesehen zu haben. Doch ihrem Aussehen nach hätte sie eines dieser Mädchen sein können.

Als Antwort erhielt John lediglich ein knappes Schulterzucken. Er biss die Zähne zusammen, als die Frau begann, seine Wunden sachte mit einer Salbe einzureiben. Flüchtig schloss er die Augen, dann sah er das Mädchen wieder an. »Wie geht es Kathrin?«

Sie stockte für einen Augenblick, ihr überraschter Blick flog über Johns Antlitz. Dann zuckte sie lediglich erneut mit den Schultern und widmete sich der behutsamen Versorgung seiner Verletzungen.

Die Wunden brannten höllisch. Dennoch schätzte er sich mehr als glücklich. Es schienen keine Knochen gebrochen zu sein. Prellungen, Verstauchungen, einige Abschürfungen. Er hatte Glück gehabt.

John unternahm einen neuen Versuch. Vielleicht gelang es ihm doch, etwas aus dem Mädchen herauszubekommen. Irgendetwas. »Ich … ich hatte gehofft, Kathrin käme, um meinen Verband zu wechseln.«

Ein Kichern diesmal, begleitet von einem wissenden Blick.

John wurde rot und schloss die Augen. Ergeben hielt er sie so lange geschlossen, bis die Frau den neuen Verband angelegt und seine Hose wieder über die Hüfte hochgezogen hatte. Dann versuchte er noch einmal, ein Gespräch zu beginnen. »Bitte, Madam, wo genau bin ich hier?«

Doch sie legte nur den Zeigefinger auf die Lippen und schüttelte den Kopf. Dann trat sie an die Kopfseite seines Bettes und nahm den Deckel von einem Becher, den sie mitgebracht hatte. Mit einer sachten Bewegung stellte sie das Gefäß langsam neben den Wasserkrug. Ein leichter Dampf stieg aus ihm auf. »Ein Tee, gegen die Schmerzen.« Ihre ersten Worte. Die Stimme klang freundlich, mit einem deutlichen Akzent. Niederländisch? Sie nickte ihm auffordernd zu.

»Vielen Dank«, sagte er. »Wenn Sie mir noch mitteilen, wo ich hier bin, stehe ich gänzlich in Ihrer Schuld.«

Sie tat so, als habe sie ihn nicht gehört. Sorgfältig sammelte sie ihre mitgebrachten Utensilien ein und ging zur Tür. Leise klopfte sie gegen das Holz, nur einen kurzen Moment später war das Geräusch eines Schlüssels im Schloss zu vernehmen. Die Tür öffnete sich einen Spaltbreit. Das

Mädchen schlüpfte hindurch, die Tür schloss sich sogleich hinter ihr. Erneut drehte sich der Schlüssel im Schloss.

John schnaubte enttäuscht, wütend. Er hatte nicht einmal sehen können, wer auf der anderen Seite der Tür stand. Paul? Emma? Will? Es blieb ihm wohl weiterhin nichts anderes, als abzuwarten. War dies alles Teil einer ausgeklügelten Taktik, um ihn weichzukochen? Um was genau zu erreichen? Ungeduldig griff er nach dem dampfenden Becher.

Kapitel 30

»Halt still, sonst breche ich dir das Genick!«

Die Frau versuchte nach Luft zu schnappen. Doch ihr Mund wurde von der Pranke des Mannes zugedrückt. Die Hand stank nach Fisch und nach Bier. Der ganze Kerl stank nach Bier. Angewidert sog sie Luft durch die Nase.

»Zier dich nicht so, du brauchst bei mir nicht die Unschuld zu spielen. Machst doch auch sonst für jeden die Beine breit.«

Sie wand sich. Versuchte verzweifelt, sich aus dem Griff des Mannes, der hinter ihr stand, zu lösen. Sie stöhnte auf, als er fester zudrückte.

»Ich mache keinen Spaß. Wenn du nicht mitspielst, mache ich dich kalt. Du wärst nicht die Erste.« Er lachte. »Dann kriegst du es mit der Eisenstange zu tun. Bevor ich dir den Hals aufschlitze.«

Sie wimmerte, ihr wurde schwarz vor Augen. Für einen Moment hing sie schlaff in der drückenden Umarmung. Das blanke Entsetzen raubte ihr beinahe die Sinne. Doch sie blieb bei Bewusstsein.

»Ich sehe, du verstehst mich, Weib. Tu also, was ich dir sage! Mit ein wenig Glück lass ich dich hinterher wieder laufen.« Der Mann lachte erneut.

Zitternd versuchte sie zu nicken. Der Mann log, er log! Niemals würde er sie davonkommen lassen. Er war ein erbarmungsloses Monster! Sie war verloren. Was sollte sie tun? Was konnte sie tun? Sie musste tun, was er sagte. Sie begann zu schluchzen. Unter Aufbringung aller Willenskraft gehorchte ihr Kopf schließlich und nickte.

Der Mann grunzte zufrieden. Er hielt eine Hand weiter fest auf ihren Mund gepresst, mit der anderen griff er den Saum ihres Rockes und schob ihn nach oben.

Starr vor Angst wagte sie keine Bewegung. Sie verfluchte ihre eigene Dummheit. Warum war sie nur zu dem Kerl in die dunkle Gasse getreten, als er sie rief. Zwei Guineas hatte er ihr versprochen. Doch als sie herantrat, wurde sie gewaltsam gegen die Mauer gedrückt. Es ging alles so schnell. Mit roher Gewalt presste er seine Hand auf ihren Mund, damit sie nicht schreien konnte.

Nur zwei Ecken weiter herrschte zu dieser Zeit noch ein reges Treiben. Die Bierhäuser hatten immer noch geöffnet. Sie hörte ein schrilles Lachen, gefolgt von zotigen Rufen. Nur zwei Ecken entfernt. Unerreichbar fern.

Warum nur war sie zu dem Kerl in die Gasse getreten? Warum?

Ein unterdrücktes Stöhnen drang an ihr Ohr. Sie schloss die Augen, wünschte sich an einen anderen Ort. Doch der Gestank nach billigem Gesöff, den ihr Peiniger in Wellen verströmte, hielt sie in der grauenhaften Realität gefangen. Sein widerliches Stöhnen.

Sie wollte nicht sterben. Nicht hier und jetzt, durch die Hand dieses Monsters. Warum musste gerade sie auf den furchtbaren Mann treffen, der die Stadt unsicher machte? Warum nicht Elsa? Oder Molly? Ja, Molly, die sich doch mit jedem Dreckskerl einließ.

Er ächzte. Sie hörte mehr von ihm, als dass sie ihn spürte. Wildes Schnaufen, wie bei einem Tier. Es wirkte fast, als würde er nur schwer Luft bekommen. Am Rande ihres Bewusstseins registrierte sie, dass sich sein Griff lockerte.

Ihre Gedanken kreisten. Ohne Unterlass stellten sie eine Frage. Warum gerade sie? Warum sie?

Er stöhnte lauter.

Sie wollte nicht sterben!

Sein Griff lockerte sich weiter. Das Stöhnen ging in ein Quieken über. Als würde ein Ferkel abgeschlachtet. Reflexartig biss sie in seine Pranke.

Er schrie auf, ließ sie los und schlug mit der unverletzten Hand auf ihren Hinterkopf. Sie bemerkte den Hieb gar nicht. Ihr Mund war frei. Das war das Einzige, was zählte. Sie spürte den metallischen Geschmack von Blut auf ihrer Zunge.

»Hilfe!«, schrie sie mit aller Kraft. »Zu Hilfe!«

»Du Dreckstück …«, stieß der Mann aus zusammengepressten Zähnen hervor. »Ich schlitz' dich auf, du Hure!«

Sie drehte sich zur Seite, wappnete sich für einen weiteren Angriff. Doch der Mann fluchte lediglich weiter, beinahe weinerlich. »Ich breche dir jeden Knochen!«

Verwirrt sah sie, wie der Mann hastig versuchte, seine Hose hochzuziehen, während er gleichzeitig einen Schritt von ihr fort machte.

Sie holte tief Luft. »Hilfe! Hier! Zu Hilfe!«

»Halt deine Schnauze!«, rief der Mann wütend und tat einen weiteren Schritt zurück in die Gasse. Dabei trat er auf eines seiner Hosenbeine und geriet ins Straucheln. Im vergeblichen Bemühen, die Balance zu behalten, stolperte er über einen losen Pflasterstein und fiel mit einem Aufschrei jäh der Länge nach hintenüber, auf den Hinterkopf.

Sie formte die Hände zu einem Trichter und schrie aus Leibeskräften. »Zu Hilfe! Hört mich denn niemand?«

Der Mann stöhnte vor Schmerzen und versuchte benommen, sich aufzurichten. Wie ein Käfer strampelte er am Boden. Grotesk ragte sein entblößtes Geschlecht in die Luft. Sie begann zu kichern. Den Grund dafür verstand sie selbst nicht, doch sie konnte nichts dagegen tun. Haltlos kicherte und gluckste sie, während ihr Tränen kalt die Wangen hinunterliefen. Bin ich jetzt verrückt geworden?, fragte sie sich. Und kicherte weiter, am ganzen Leib zitternd.

Sie nahm die Schritte erst wahr, als die Männer bereits um die Ecke bogen. Sie waren zu dritt, junge Gesellen oder Rekruten. Einer hielt noch einen Bierkrug in der Hand. Wie angewurzelt blieben sie stehen, starrten ungläubig von ihr zu dem Mann am Boden. Zurück zu ihr.

Ihr Kichern ging in ein haltloses Schluchzen über. Atemlos lehnte sie an der Mauer.

»D-der Mörder«, stammelte sie und zeigte auf den benommenen Mann am Boden, der es mittlerweile geschafft hatte, sich aufzusetzen.

»Mörder!«, wiederholte sie.

Als erwachten sie gleichzeitig aus der Benommenheit, begannen die drei Männer zu handeln. Mit zwei Sätzen waren sie bei dem am Boden sitzenden Mann, der ungläubig seinen Kopf abtastete.

Ein Tritt gegen seine Brust, und er schlug erneut rittlings auf dem Pflaster auf. Ein Tritt gegen die Rippen, und er rollte schreiend auf die Seite. Ein weiterer Tritt gegen den Kopf, und das Schreien ging in ein hustendes Gurgeln über.

»Dich Schwein machen wir fertig!«, schrie einer der jungen Männer.

»Das ist das letzte Mal, dass du dein mörderisches Spiel treibst!«, rief ein anderer und trat dabei wieder und wieder gegen den am Boden Liegenden.

»Der Bastard!«, rief der Dritte, immer noch mit dem Krug in der Hand, atemlos dem halben Dutzend Männern zu, die nun ebenfalls in die Gasse gerannt kamen. »Wir konnten ihn gerade davon abhalten, die Frau dort aufzuschlitzen. Das Messer war schon an ihrer Kehle.«

Laute Aufschreie. Entsetzen. Wut.

Einer der Hinzugekommenen trug eine Fackel bei sich, hob sie über den Kopf, in ihre Richtung. »Hat sich das Monster an dir vergangen, Frau?«

Sie nickte, das Gesicht tränenüberströmt. Vom Licht geblendet, hob sie zitternd eine Hand vor die Augen.

»Dafür muss dieser Teufel zahlen!«, schrie eine schrille Stimme.

»Und für die anderen, die er gemetzelt hat!«, eine andere.

Zornige Rufe der Zustimmung.

Sie konnte ihren Angreifer nicht mehr sehen, so eng standen die Menschen um ihn herum. Und es kamen, zweifellos durch den Tumult angelockt, immer mehr hinzu. Männer, vereinzelt Frauen. Nein, sie konnte ihn nicht sehen. Doch sie hörte die Tritte und Schläge gegen seinen Körper. Hörte die Flüche und Verwünschungen der aufgebrachten Menge. Spürte die Begeisterung der Menschen. Sie schloss die Augen.

»… schicken dich zurück in die Hölle …«

Benommen nickte sie, immer noch gegen die Mauer gelehnt.

»… gesehen, wie er seinen schrumpeligen Pimmel in sie reingesteckt hat, das Schwein!«

Sie nickte.

»… riesiges Messer an ihrer Kehle …«

Sie nickte.

»Ratten, überall Ratten, als wir ankamen! Die Boten des Satans!«

Sie nickte.

Mit geschlossenen Augen lehnte sie hilflos an der Mauer und nickte vor sich hin. Alles war ein böser Traum. Sie war hier, fühlte sich jedoch weit weg.

Mit einem spitzen Aufschrei zuckte sie zusammen. Ein Arm legte sich um sie.

»Ruhig. Immer ruhig, Betty. Ich bin es. Ich bringe dich von hier fort, armes Ding.«

Molly, erkannte sie und beruhigte sich. Das ist Molly. Die gute Molly. Warum gerade ich? Molly lässt sich doch mit jedem noch so schmierigen Kerl für ein paar Pennys ein. Erst jetzt öffnete sie wieder die Augen. Sie erkannte nichts.

»Ich bringe dich heim«, sagte Molly.

Bereitwillig ließ sie sich am Arm aus der Gasse führen. Weg vom Schauplatz ihres Albtraums. Sie zitterte, unkontrolliert. Die Geräusche um sie herum waren ein dumpfes, fernes Summen. Ihr Blick rettete sich in eine ferne, beruhigende Leere.

»Dieser Abgesandte des Satans! Ha! Der wird keiner von uns mehr unter den Rock gehen«, sagte Molly, Aufregung in der Stimme. Unverhohlene Begeisterung. »Sag, Betty, hast du den Schwefel riechen können?«

Sie hörte nur ein dumpfes Summen, weit weg. Sie nickte.

»Und – und hatte er wirklich den Schwanz eines Pferdes?«

Nur ein dumpfes Summen, irgendwo aus einer anderen Welt. Müde nickte sie.

»Komm, hier lang«, sagte Molly aufgeregt.

*

Copper bat den Jungen, erneut mit seiner Fackel in jede Ecke zu leuchten. Es sah in der Gasse aus wie nach einer Volksbelustigung. Wie nach einer öffentlichen Hinrichtung auf dem Hügel von Tyburn. Überall lag Abfall herum, hatten Füße Essensreste und den Dreck durchtrampelt und verteilt. Bier und Gin waren von betrunkenen Gaffern verschüttet worden, so dass sich der Dreck an vielen Stellen zu einem schmierigen Brei vermengt hatte.

Neben Copper hatte es noch zwei weiterer von Fieldings Männern bedurft, um die sensationslüsterne Menge aufzulösen und aus der Gasse zu vertreiben. Nur unter der Androhung, jeglichen Widerstand mit einer Nacht im Kerker zu belohnen, zogen sich die Leute murrend zurück. Noch immer lungerten dutzende Schaulustige in den umliegenden Gassen und Straßen, in der Hoffnung, einen Blick auf das Monster zu werfen.

Copper seufzte. Das fragwürdige Objekt der Begierde lag weniger als drei Schritte von ihm entfernt im Schmutz. Eine blutige Masse, kaum noch als menschliches Wesen zu erkennen. Von der Kleidung des Mannes waren nur noch Fetzen übrig. Zweifelsohne war sie zum Ziel einiger besonders makabrer Zeitgenossen geworden – welche eine bleibende Erinnerung an die Erlegung des Monsters ihr Eigen nennen wollten. Vielleicht sogar, um diese Memorabilien später an den Höchstbietenden zu verkaufen. Ja, es hätte ihn nicht gewundert, wenn selbst Teile des Körpers entwendet worden wären. Der Zustand der Leiche machte es jedenfalls unmöglich, dies auszuschließen.

»Irgendetwas?«, fragte Copper den Jungen.

Das Kind schüttelte den Kopf und zuckte mit den Schultern.

Abermals seufzte Copper. Keine Waffe. Kein Messer, keine Eisenstange, nichts. Dabei berichteten die kursierenden Gerüchte doch von einem ganzen Arsenal an Folterwerkzeugen, mit denen der Mann sein Opfer traktiert habe, als man ihn auf frischer Tat in dieser Gasse erwischte. Selbst glühende Zangen sollte er bei sich gehabt und der schreienden Frau an die Brustwarzen gedrückt haben. Waren diese Folterinstrumente ebenfalls von Sammlern mitgenommen worden? Oder hatte die Imagination das Geschehen über die Maße ausgeschmückt?

Diese Frau, das Opfer – ein weiteres Problem. Wer war sie? Und vor allem, wo war sie? Niemand, den sie gefragt hatten, konnte etwas zu ihrer Identität sagen. Der Richter würde nicht glücklich sein.

Copper schüttelte den Kopf. Bevor er sich auf den Rückweg nach Westminster machte, um Fielding zu informieren, warf er einen letzten, widerwilligen Blick auf die Leiche. Auf das Durcheinander von Fleisch und Knochen.

Die Bestie sah aus, als sei sie sich selbst zum Opfer gefallen.

Kapitel 31

Zögerlich verflog der Traum. Fetzen nichtssagender Bilder verabschiedeten sich von John, als er aufwachte. Sie stoben in einer Wolke davon, wie ein Schwarm Schmetterlinge. Überrascht, wie erholt und ausgeruht er sich fühlte, hielt er die Augen geschlossen. Er räusperte sich, bemerkte einen ungewöhnlichen Geschmack im Rachen. Der Tee.

Langsam öffnete er die Augen, schaute sich um. Die Kerze war ausgetauscht und erst kürzlich entzündet worden. Sie verbreitete eine angenehme Helligkeit. Auch der Wasserkrug stand aufgefüllt an seinem Platz. Der Teebecher indes war abgeräumt worden. Ein Kratzen in seinem Hals ließ ihn husten.

John blinzelte. In dem Sessel, in dem es sich zuvor Emma bequem gemacht hatte, saß Paul.

»Guten Tag, John.«

Wortlos hob John eine Hand, vorsichtig setzte er sich auf. Paul machte Anstalten, ihm zu helfen, doch John winkte ab. Er stützte sich mit den Armen auf dem Bett ab, bis er in einer aufrechten Position saß. Der Schlaf hatte ihm gutgetan, die Schmerzen waren erträglicher geworden. Es war wirklich erstaunlich, wie gut er sich fühlte. Nicht nur sein Körper hatte sich erholt, auch sein Geist war klar.

Nachdem er durstig einen Schluck Wasser getrunken hatte, musterte John Paul unverhohlen. Auf der Straße hätte er im Vorbeigehen zweimal hinschauen müssen, um ihn zu erkennen. Die bunte Kleidung war einem unauffälligen Erscheinungsbild gewichen. Die braune Hose und der graue Mantel wirkten robust und abgenutzt, der große, breitkrempige Hut schien weniger ein modischer Schmuck als vielmehr praktischer Schutz vor der Witterung.

Verschwunden war der auffällige Geck. John gegenüber saß ein patenter Handwerker. Ein Mann, der sein Geld mit harter Arbeit verdiente. Unweigerlich musste John schmunzeln. »Welchen Namen tragen Sie heute? Welcher geht mit diesem Aufzug einher? Verraten Sie es mir? Ich bin ganz neugierig.«

Paul lachte. »Der Name wechselt selbstverständlich beliebig, je nach Sinn und Zweck. Doch für Sie bleibe ich auch in dieser Gewandung einfach Paul.« Er beugte den Kopf.

»Paul also«, sagte John nachdenklich. »Ihr wahrer Name?«

»Dieser Name wurde mir bei meiner Geburt gegeben.«

»Ich verstehe. Und de l'Estagnol? Wie verhält es sich mit der Echtheit dieses Bestandteils Ihrer Person?«

Diesmal ein Augenzwinkern. »Er ist nicht gänzlich falsch zu nennen, lieber Freund. Belassen wir es doch vorerst dabei.« Paul beugte sich vor. »Ich sehe, es geht Ihnen bereits deutlich besser.«

»Jetzt lenken Sie ab. Wie unfair von Ihnen. Doch, ja, ich fühle mich um einiges besser.«

»Das zu hören freut mich außerordentlich.« Paul schürzte die Lippen. »Sie waren in einem wirklich erbärmlichen Zustand, als ich Sie zuletzt sah.«

»Nun … ich erinnere mich nicht wirklich. Doch bevor wir uns über die Umstände meines Zustandes unterhalten, möchte ich von Ihnen wissen, wo genau ich hier bin.«

»Bei Emma natürlich. Ich hatte gedacht, das wüssten Sie bereits.«

John wies auf eine baufällige Wand. »Beim letzten Besuch hatte ich einen gänzlich anderen Eindruck vom Zustand des Gebäudes erhalten. Weniger Feuchtigkeit und Schimmel.«

»Was daran liegen mag, dass Emma zwischenzeitlich mit ihren Mädchen umgezogen ist.«

»Zwischenzeitlich?«

»Vor drei Tagen, um genau zu sein.«

»Wie lange bin ich bereits hier?«

»Drei Tage.«

John schwieg erstaunt. Drei Tage.

»Sie hat auf meine, sagen wir, eindringliche Bitte hin diesen Schritt unternommen.« Paul winkte ab. »Es war sowieso an der Zeit. Die Mädchen waren bereits zu lange im letzten Haus. Wobei ich glaube, dass der nächste Wechsel des Etablissements diesmal nicht lange auf sich warten lassen wird.« Er warf einen schnellen Blick auf die Wände und die Zimmerdecke.

»Ein derart plötzlicher Umzug muss doch mit einer Vielzahl an Unannehmlichkeiten verbunden sein. Mich beschleicht der Gedanke, dass dieser plötzliche Ortswechsel etwas mit meiner Person zu tun hat.«

Paul sah John unverwandt an. »Es ist durchaus einträglich für das Geschäft, wenn dieser kleine Quell der Freuden sich in Abständen verändert. Die Kundschaft verlangt schließlich nach Abwechslung. Außerdem ist es Teil der exklusiven Note, allem den Anschein des Geheimen zu geben. Manch ein Gast wird am alten Standort vor verschlossenen Türen stehen und erst in einigen Tagen dezente Mitteilung bekommen, wo Emmas Mädchen zu finden sind. Es ist schließlich etwas Besonderes, hier Einlass zu erhalten.« Nachdenklich betrachtete er seine Fingerspitzen. »Fast wie in einer Geheimgesellschaft. Ein Zeichen unserer Zeit.« Flüchtig sah sich Paul abermals im Raum um. »Diesmal wirkt das neue Quartier eben ein wenig heruntergekommen. Ich gebe zu, dass dies der Notwendigkeit geschuldet war, sehr schnell eine neue Bleibe zu finden. Da konnten wir nicht allzu wählerisch sein. Die Sicherheit stand dieses Mal im Vordergrund.«

»Wessen Sicherheit?«

»Ihre, John.«

»Ich verstehe nicht. Wirklich, was …?«

»Ich musste auf Nummer sicher gehen, dass Sie nicht gefunden werden. Es galt, ein paar Spuren zu verwischen und ein paar falsche Fährten zu legen. Hier, in Emmas neuem Domizil, dürfte Sie so schnell niemand vermuten. Zumal das Geschäft durch den Umzug für ein paar Tage nahezu pausiert.«

»Weshalb werde ich hier gefangen gehalten? Was haben Sie vor, Paul? Den Verbleib dieses unsäglichen Dokumentes aus mir herauszuquetschen? Ersparen Sie sich die Mühe: Ich kenne ihn nicht.«

Irritiert runzelte Paul die Stirn. »Gefangen? Wie kommen Sie auf diese aberwitzige Idee? Es geht einzig darum, uns eine Atempause zu verschaffen, damit Sie sich erholen können.«

»Wie ich auf diese Idee komme, fragen Sie? Meinen Sie das im Ernst? Ich komme zum Beispiel auf diese Idee, weil die Tür dieses Zimmers stets abgeschlossen wird.«

»Das geschieht, damit niemand unbefugt diesen Raum betritt. Jedoch nicht, damit Sie nicht hinauskönnen, John.« Er kniff die Augen zusammen. »Wir haben Sie vorläufig im Zimmer eines der Mädchen untergebracht. Auch wenn das Geschäft zurzeit noch ziemlich ruhig läuft, halten sich von Zeit zu Zeit Kunden im Haus auf. Wir müssen den Anschein von Normalität wahren. Von den Gästen, so gering ihre Zahl derzeit noch ist, darf Sie niemand sehen. Der Arm des Gegners reicht weit, davon bin ich überzeugt. Daher die verschlossene Tür. Darüber hinaus behält Will diesen Flur im Auge. Wir dürfen wirklich kein Risiko eingehen.« Er blinzelte John erstaunt an. »Hat Emma Ihnen das nicht bereits alles gesagt?«

John schüttelte langsam den Kopf.

»Das ist typisch. Ich hätte es mir eigentlich denken müssen. Wahrscheinlich hatte sie noch Freude daran, Ihnen durch das Vorenthalten dieser Informationen einen Schrecken einzujagen.« Er schlug mit der geballten Faust auf die Sessellehne. »Sie kann es einfach nicht lassen. Wahrscheinlich ist sie noch ungehalten, weil der Umzug so plötzlich stattfinden musste. Sie hat ein gewisses Temperament.«

»Ist Emma wirklich Ihre Schwester, Paul? Ich frage mich ernsthaft, was ich momentan noch glauben kann.«

»Selbstverständlich ist sie meine Schwester! Meine Halbschwester, wohlgemerkt. Ich habe Sie nicht belogen. Alles, was ich Ihnen sagte, entsprach der Wahrheit.« Er setzte sich kerzengerade in dem Sessel auf und räusperte sich. »Ich gestehe, ich habe Ihnen vielleicht nicht *alles* gesagt. Zu Ihrem eigenen Schutz, das müssen Sie verstehen. Doch ich habe Sie im Wesentlichen nicht belogen. Ich stehe auf Ihrer Seite.«

»Nicht alles gesagt?« John machte eine Pause. Er richtete sich ganz auf und ließ vorsichtig die Beine über die Seite des Bettes hinab. Dann nickte er langsam. »So viel habe ich bereits vermutet. Sie wissen mehr über das ominöse Spiel, welches hier gespielt wird, als Sie mir gegenüber bisher zugegeben haben. Mir stellt sich die gewichtige Frage, was genau Ihre Rolle in dem heillosen Durcheinander ist.« Er hob abwehrend eine Hand, als Paul etwas einwerfen wollte. »Doch der Reihe nach. Was genau ist in den vergangenen Tagen geschehen, Paul? Ich erinnere mich an einen Schlag auf den Kopf. In der Kutsche, nachdem ich das Anwesen der Sharps verlassen hatte. Als ich wieder zu mir kam, war ich gefesselt und man hatte mir die Augen verbunden. Von diesem Zeitpunkt an ist alles nur noch ein schlechter Traum. Sagen Sie mir also: Wie bin ich hierhin gekommen, in dieses Zimmer?«

Paul rieb sich das Kinn. »Es ist unglücklich bei den Sharps gelaufen. Nachdem wir getrennt wurden, wartete ich noch einige Zeit im Boot auf

Sie. Doch als Sie nicht auftauchten und Hundegebell sich uns näherte, legten wir ab. Ich erfuhr erst später, dass Sie in eine Kutsche gezerrt wurden, an der Ecke zu ›The Strand‹.«

John nickte abwartend.

»Ich hielt das Anwesen der Sharps natürlich unter Beobachtung. Mein Informant sah, wie Sie in eine Kutsche verfrachtet wurden, er konnte ihr jedoch nicht rechtzeitig folgen. Ich stellte an anderer Stelle ergänzende Nachforschungen an, nur um herauszufinden, dass sich Ihre Spur in der Nähe von St Paul's verlor. Schließlich fand ich einen Mann, der glaubhaft berichtete, dass Sie in einer nahe der Kathedrale gelegenen Gasse in eine andere Kutsche getragen worden waren. Doch damit waren Sie wie vom Erdboden verschluckt. Das war der Augenblick, von dem an ich ernsthafte Besorgnis verspürte.«

»Sie haben jemanden gefunden, der mich sah? In dieser weitläufigen Stadt scheint mir das ein Ding der Unmöglichkeit.«

Paul fuhr mit der Zungenspitze über seine Lippen. »Ich habe wie gesagt ein paar Verbindungen. Gefolgsleute, könnte man auch sagen. Sie wären erstaunt, was alles im Bereich des Möglichen liegt, wenn man nur die richtigen Leute kennt. Es kostete mich gleichwohl einiges an Zeit und Geduld, um den Fahrweg der Kutsche wenigstens grob zu rekonstruieren. Entgegen Ihrer Vorstellung ist es beinahe unmöglich, sich in dieser Stadt gänzlich unbemerkt zu bewegen. Doch augenscheinlich legte diese Kutsche es darauf an, ihren Weg zu verschleiern. Durch Richtungsänderungen etwa, die keinen Sinn ergaben. Das letzte Mal wurde sie eben in der Gegend um St Paul's gesehen, dann verlor sich ihre Spur mit dem Wechsel des Gefährtes endgültig. Da es sich jedes Mal um einen schmalen Einspänner handelte, hätte die Kutsche auch leicht in einer der unzähligen Gassen verschwinden können.« Er kratzte sich an der Nase. »So jedenfalls wäre ich vorgegangen.« Paul nickte nachdenklich. »Sie kamen nie am Gough Square an, weshalb ich wusste, dass etwas grundsätzlich nicht stimmte. Fieldings Männer waren es demnach nicht, die Sie aufgegriffen hatten. Ich ging ziemlich sicher davon aus, dass Sie gegen Ihren Willen in der Kutsche festgehalten wurden. Und wer Sie in seine Gewalt gebracht hatte, davon hatte ich eine Vorstellung. Schließlich stehen unsere jakobitischen Freunde unter einem gewissen Druck. Doch wohin wollte man Sie bringen? Ausgerechnet im Umfeld der Kathedrale, von der Sie selbst nicht allzu weit entfernt wohnen, hatte man Sie zum letzten Mal gesehen. Da fiel mir jene Nacht ein, in der Sie Alexander Steele auf Bitte des Richters identifizierten.«

»Was genau meinen Sie?«

»Den Fundort der Leiche, unten an der Themse. Nicht allzu weit entfernt von St Paul's. Und in unmittelbarer Nähe einiger Lagerhäuser, welche Steele gehören. In der Coalman's Alley.«

»Der Richter und seine Leute werden diese Lagerhäuser sicherlich genauestens untersucht haben.«

»Gewiss, das werden Fieldings Leute getan haben. Doch ich kenne diese Stadt, John. Überall Löcher und Katakomben, in denen man hervorragend etwas verstecken kann. Ja, es ist ziemlich einfach, etwas zu verbergen. Gegenstände. Oder Personen. Glauben Sie mir.«

John kniff die Augen zusammen. »Sie glauben, dass Steele dort unten getötet wurde?«

Paul nickte. »Warum sollte der Mörder ihn nach der blutigen Tat noch durch die halbe Stadt zum Fluss gekarrt haben? Zumal wir über einen verhältnismäßig knapp bemessenen Zeitraum sprechen, wenn wir annehmen, dass dieselbe Person in derselben Nacht in Ihr Haus einbrach und Hand an Hannah legte.«

John biss sich nachdenklich auf die Lippe.

»Daher legte ich mich in der kommenden Nacht auf die Lauer und behielt die genannten Lagerhäuser im Auge. Drei andere Orte wurden zur gleichen Zeit von meinen Gefolgsleuten beobachtet. Darunter auch Sharps Anwesen. Vielleicht war alles nur ein großes Verwirrspiel und Sie befanden sich längst in jenem Geheimzimmer – eingesperrt. Es war fraglos ein verzweifelter Versuch, Sie aufzuspüren. Doch was blieb mir anderes übrig? Weitere Anhaltspunkte fanden sich nicht. Beth hatte weiterhin nichts von Ihnen gehört und war außer sich vor Sorge.« Er lächelte und hob eine Hand. »Bevor Sie fragen, John – ich habe Beth bereits wissen lassen, dass Sie in Sicherheit sind. Wenn jemand am Gough Square vorstellig wird und nach Ihnen fragt, so wird sie betrübt von der Influenza berichten, deretwegen Sie zurzeit das Bett hüten müssen. Eine außerordentlich ansteckende Sache, so eine Krankheit.«

»Ich verstehe. Das sollte selbst Lord Shinfield ruhigstellen.«

»Wohl wahr. Doch zurück zu den Geschehnissen jener Nacht. Vom Dach eines gegenüberliegenden Schuppens aus behielt ich die Lagerhäuser im Auge. Und hatte Glück. Es muss kurz nach Mitternacht gewesen sein, als zwei Personen eines der Gebäude betraten. Sie waren kaum auszumachen, in ihren dunklen Umhängen. Deutlich konnte ich jedoch erkennen, dass es sich nicht um die Angreifer handelte, die Sie beim letzten Mal überfallen hatten. Diese Personen, welche sich durch die Dunkelheit stahlen, waren im Gegensatz zu dem Eisenschwinger und seinem Kumpan nahezu gleich groß, von äußerst ähnlicher Statur.

Nachdem ich einige Minuten hatte verstreichen lassen, stieg ich vom Dach und folgte vorsichtig den zwielichtigen Gestalten ins Innere des Gebäudes. In den Lagerräumen war jedoch nichts mehr von ihnen zu sehen, nichts zu hören. Ich wagte es daraufhin, eine mitgebrachte Kerze zu entzünden. Vorsichtig sah ich mich um. Kein Hinweis auf den Verbleib der Personen, kein Fingerzeig auf den Weg, den sie genommen hatten. Zum einen enttäuschte mich dies, zum anderen sagte es mir, dass hier definitiv etwas Ungewöhnliches vor sich ging. Mein Riecher schien richtig gewesen zu sein. Also versteckte ich mich hinter ein paar Fässern, löschte die Kerze und wartete. In der Regel verlassen Menschen Gebäude auf demselben Weg, auf dem sie sie betreten haben. Und tatsächlich, keine halbe Stunde später hörte ich Geräusche aus dem hinteren Bereich, kurz darauf huschte ein Schatten lautlos an meinem Versteck vorbei und verließ das Lagerhaus. Ich wartete, nichts weiter tat sich. Ich kam hinter den Kisten hervor und suchte ein neues Versteck, diesmal weiter hinten. Zwei Menschen hatten das Haus betreten, einer hatte es soeben verlassen. Die zweite Person, so hoffte ich, würde mir den Weg zu dem Schlupfloch verraten. Wohl schöpfte ich Hoffnung, Sie bald zu finden, John. Zugleich saß ich auf glühenden Kohlen. Was, wenn genau in dieser Sekunde Ihr Lebenslicht erlosch? Während ich meine Zeit mit Warten vertat. Doch meine Optionen waren, gelinde gesagt, beschränkt.

Diesmal musste ich länger ausharren, eine gute Stunde, schätze ich. Dann knirschte und scharrte es keine fünf Schritte von mir entfernt. Ich hielt den Atem an. Von meinem Versteck aus beobachtete ich, wie sich die dunklen Umrisse einer Kiste anhoben und zur Seite bewegten. Alsdann stieg der Schatten eines Menschen aus dem Boden hervor, schob die Kiste an ihren Platz zurück und verschwand. Wenige Augenblicke später folgte das Geräusch der Lagerhaustür. Dann Stille.«

»Konnten Sie diesmal etwas von der Person erkennen? Von den Personen vielmehr?« John bemühte sich, möglichst ruhig zu klingen.

Paul schüttelte grimmig den Kopf.

Mit einem Stirnrunzeln quittierte John die Verneinung. »Sie hätten den Leuten folgen müssen, sie identifizieren. Sie überwältigen! Dann wüssten wir endlich, mit wem wir es zu tun haben.«

Das Lächeln, welches über Pauls Gesicht zog, entbehrte jeder Spur von Fröhlichkeit. »Ich gestehe, dass mir dieser Gedanke in dem Moment natürlich auch kam. Doch was wäre dann aus Ihnen geworden, Sir? Ich wusste schließlich noch nicht, was mich hinter dem versteckten Zugang erwarten würde. Nicht weniger als Ihr Leben stand auf dem Spiel. Nur das zählte in diesem Augenblick. Und ich sollte nicht unrecht behalten, wie ich traurigerweise vorwegnehmen muss.«

John seufzte, dann nickte er kleinlaut. Mit einem Räuspern griff er nach dem Wasserglas. »Wie ging es also weiter?«, fragte er mit belegter Stimme.

»Ich öffnete den Eingang, stieg eine schmale Treppe hinab und gelangte in einen kurzen Gang, an dessen Ende sich eine Tür befand. Sie war verschlossen, doch es gelang mir ohne weitere Mühe, sie zu öffnen.« Paul stockte. »Dahinter befand sich ein weitläufiges Gewölbe. Bis auf eine Handvoll Unrat war es so gut wie leer. Abgesehen von zwei Stühlen, die neben einigen in den Boden eingelassenen Eisenringen standen. Und einer blutigen Eisenstange, die an einem der Stühle lehnte.«

»Zwei Stühle«, sagte John tonlos.

»Zwei Stühle. Neben Eisenringen.« Paul macht eine Pause. »An den Eisenringen waren Sie festgezurrt.«

John schwieg. Er dachte an die demütigende Lage, in der er sich befunden hatte. Festgebunden, auf einem kalten Steinboden liegend. Gefangen im Gewölbe eines Lagerhauses – so viel wusste er nun.

»Im ersten Augenblick hielt ich Sie für tot, John. Ich war zu spät gekommen. Unser Gegner hatte sein Ziel erreicht. Ich kniete neben Ihnen nieder und strich über Ihre eiskalte Stirn. Wie groß war meine Erleichterung, als Sie sich plötzlich regten! Nur ein wenig, fast unmerklich, aber es genügte, mir zu zeigen, dass Sie am Leben waren. Ich band eilig die Fesseln los und untersuchte Sie vorsichtig. Ihr Zustand war kritisch, keine Frage. Sie waren verletzt, unterkühlt und nicht mehr bei Sinnen. Doch Sie lebten.«

»Wie … wie haben Sie mich aus dem Gewölbe herausbekommen?«

»Eine anspruchsvolle und vor allem anstrengende Aufgabe. Doch sie war zu meistern.« Ein Zwinkern, nicht ohne eine Spur von Stolz.

»Sie haben mich alleine die Treppe hinaufgetragen?« Ungläubig starrte John Paul an.

»Das tat ich, Sir. Durch das Lagerhaus, hinaus auf die Gasse. Von dort noch ein Stück weiter, bis ich schließlich auf jemanden traf, der mir half, Sie zu einer Kutsche zu bringen.« Er winkte ab. »Getragen wäre überdies zu viel gesagt. Geschleift ist wohl das treffendere Wort. Einige Ihrer blauen Flecke mögen gar ihre Ursache in meiner Rettungsaktion haben.«

»Nichtsdestotrotz.« Anerkennend neigte John den Kopf. »Eine beachtliche Aktion. Sie brachten mich dann zu Ihrer Schwester.«

Paul hüstelte. »Sie war, gelinde gesagt, wenig erfreut, als ich mit Ihnen im Gepäck vor ihrer Tür auftauchte. Emmas Geschäft verträgt es nicht unbedingt, in irgendwelche Konflikte hineingezogen zu werden. Deshalb bemühe ich mich, Emma aus meinen Angelegenheiten herauszuhalten. Doch in diesem Fall konnte sie mir ihre Unterstützung nicht verweigern. Sie ist alles andere als dumm, wissen Sie.« Er zog an seiner Hutkrempe. »Sie ahnt, was auf dem Spiel steht.«

»Was auf dem Spiel steht?«, wiederholte John.

Paul nickte ernst. »Darauf komme ich noch zu sprechen. Doch lassen Sie mich zunächst fortfahren. Wir kümmerten uns sogleich um Ihre Wunden, verfrachteten Sie in ein warmes Bett, begruben Sie unter einem Berg von Decken. Sie bekamen hohes Fieber, doch Emma und ihren Mädchen gelang es nach ein paar Tagen unermüdlicher Pflege, es niederzukämpfen.« Er grinste. »Die fürsorglichen Qualitäten und Kenntnisse dieser Mädchen suchen ihresgleichen.«

»Ich erinnere mich nicht«, sagte John.

»Das wundert mich nicht. Es stand für ein paar Tage wahrlich nicht gut um Sie. Wir wagten es erst, Sie hierhin zu bringen, als es Ihnen erkennbar besser ging.«

»Das Gewölbe – waren Sie nochmals dort?«, unterbrach John Pauls Bericht.

»Selbstverständlich. Noch in derselben Nacht, nachdem ich Sie in Emmas Obhut gelassen und ein paar Vorkehrungen für Ihre Sicherheit getroffen hatte. Ich schlich mich erneut in das Gewölbe, doch diesmal war ich zu spät. Man hatte Ihr Verschwinden bereits bemerkt. Die Eisenstange war verschwunden, die Stühle lagen in Trümmern verstreut auf dem Boden. Die Sitzmöbel schienen das Opfer eines ungezähmten Wutausbruches geworden zu sein. Ich ließ das Lagerhaus noch für zwei Tage und Nächte beobachten, doch es zeigte sich nichts Ungewöhnliches. Nein, der Vogel war eindeutig ausgeflogen.«

John ballte die Fäuste und stieß einen Fluch aus. »Wir waren diesem Teufel noch nie so nah auf den Fersen! Was für ein Jammer, dass er unerkannt entwischt ist.«

»Sie sollten es von einer anderen Warte aus betrachten, John. Der Mörder Steeles, der Anführer der Jakobiter, war *Ihrer* Person noch nie so nah. Frohlocken Sie, dass Sie nicht zu seinen Opfern zählen. Ich glaube, nur wenige Menschen, die bereits auf seiner – bitte verzeihen Sie mir den Ausdruck – Schlachtbank lagen, können dies von sich behaupten.«

Gleich einem Hammerschlag traf John die Wahrheit dieser Aussage. Er schluckte.

»Doch wir haben durchaus etwas dazugelernt. Und damit sind wir dem Gegner einen wichtigen Schritt näher gekommen. Zum einen arbeitet er nicht alleine. Mindestens eine weitere Person unterstützt ihn. Tatkräftig. Zum anderen ist sein Handeln eng mit dem Schicksal der Steeles verbunden. Er tötet nicht ohne Grund. Er hat eine Mission. Ansonsten ergäbe es keinen Sinn, dass er Sie im Visier hat, John.«

»Und die anderen Toten? Die Dirnen?«

»Interessant, nicht wahr? Auf den ersten Blick scheinen diese vielen Mordfälle nichts mit den Steeles oder Ihnen gemein zu haben. Vom politischen Motiv her betrachtet, meine ich. In ihrer Ausführung ähneln sich die Taten indes sehr.« Er schürzte die Lippen. »Wir alle sollen auf eine falsche Fährte gelenkt werden. Wahllos ist hier rein gar nichts. Wir haben es mit einer kühl kalkulierenden Person zu tun, egal wie wahnsinnig ihre Taten auch wirken.«

»Die Taten dieser *Personen*, meinen Sie.«

Paul nickte. »Ja, es sind mehrere Menschen an den Gräueltaten beteiligt. Eine einzelne Person jedoch wird alle Fäden ziehen.« Er grübelte. »Der Mann handelt nicht alleine. Ein wichtiges Indiz.«

»Wofür?«

»Darauf komme ich gleich zu sprechen. Doch lassen Sie uns zuerst überlegen, was wir bis dato von der Motivation des Mörders wissen.«

»Er – nun, er sucht diese Aufzeichnungen. Dieses Dokument, von dem Steele sprach, als ich ihn in seinem Arbeitszimmer belauschte.«

»Ein sehr rationales Motiv für jemanden, der anscheinend höchst begeistert seine Mitmenschen auf blutigste Art und Weise ermordet. Bitte berichten Sie, John, woran Sie sich seit Ihrer Entführung in der Kutsche erinnern. Lassen Sie sich Zeit. Jedes noch so kleine Detail könnte wichtig sein.«

John berichtete, was geschehen war, während er auf dem Boden des Gewölbes festgehalten wurde. Erst stockend, dann immer flüssiger fasste er seine Erinnerungen und Eindrücke in Worte. Versuchte, so nüchtern wie möglich das Wenige wiederzugeben, was er gehört, was er gespürt, was er gerochen hatte. Doch was war Realität, was lediglich fiebrige Einbildung gewesen? Sein Vater, Miss Fredericks, Kathrin – dunkel erinnerte er sich, dass sie ihm erschienen waren. Er musste kurz davor gewesen sein, den Verstand zu verlieren. Oder hatte ihn in der Situation bereits verloren. Daher verzichtete er darauf, Paul mit den allzu wirren Episoden zu behelligen. »Es … es war alles wie ein Albtraum, ich war wirklich nicht mehr bei Sinnen«, schloss John mit leiser Stimme. »Doch eines ist mir im Gedächtnis geblieben. Alles in diesem wirren Zustand schien sich um das Dokument zu drehen, ständig wurde ich nach seinem Verbleib gefragt.« Er kratzte sich an der Stirn. »Ob wirklich durch meine Peiniger oder nur in meiner Einbildung, das vermag ich im Rückblick nicht mehr sicher zu sagen.«

Paul nickte bedächtig. »Vielleicht ist es kein Zufall, dass Sie nicht lange nach den Besuchen bei Agatha Steele und den Shattertons verschleppt wurden.«

»Wie meinen Sie das?«, fragte John, aus seinen Gedanken gerissen.

»Eventuell kamen Sie unserem Gegner durch Ihr Auftauchen bei diesen Herrschaften zu sehr auf die Spur?«

»Das bezweifele ich. Agatha Steele wird niemand Glauben schenken. Sie erwies sich bei unserem Gespräch, gelinde gesagt, als äußerst verschroben. Machte Andeutungen auf eine Verschwörung, der ihr Sohn zum Opfer gefallen sei. Für ihre Schwiegertochter hatte sie überhaupt kein gutes Wort übrig. Es klang aus Agatha Steeles Mund so, als habe Amelia selbst das Messer an den Hals ihres Gatten geführt. Wer soll das glauben?« John zuckte mit den Schultern. »Natürlich habe ich aufgehorcht, als die alte Dame auf eine Verschwörung zu sprechen kam. Doch ich bezweifle, dass sie bei klarem Verstand war. Was war Hirngespinst, was Realität?« Er dachte einen Moment nach, dann schüttelte er den Kopf. »Mit dem, was sie mir sagte, können wir niemanden überzeugen. Und die Shattertons hätten mich am liebsten sofort wieder hinausgeworfen«, fuhr er fort und fasste abermals das Gespräch in knappen Worten zusammen.

Die Kerze war um eine ganze Handbreit abgebrannt, als John schließlich mit seinem Bericht schloss. »Alles in allem habe ich den Eindruck, dass Sharp die wichtige Spur ist. Dieses Geheimzimmer, das blutige Kleidungsstück. Und dann der Überfall auf mich, nur unweit seines Anwesens.«

»Nicht abwegig«, bemerkte Paul nach einer kurzen Pause. »Ja, Sharp scheint zumindest seine Finger im Spiel zu haben.« Er kniff die Augen zusammen. »Vielleicht ist er gar der Kopf der Jakobiter.«

»Meinen Sie?«, fragte John erschöpft und lehnte sich zurück, so bequem wie möglich. Er atmete tief ein. War Sharp jener Mann, der ihn ohne erkennbaren Skrupel beinahe umgebracht hatte?

In der sich anschließenden Stille gingen beide Männer ihren eigenen Gedanken nach.

Als er erneut sprach, bemühte sich John, die Irritation aus seiner Stimme herauszuhalten. »Was ich aufschlussreich fände, Paul, wäre, von Ihnen endlich reinen Wein eingeschenkt zu bekommen.« Er verschränkte die Arme vor der Brust und ignorierte den Schmerz, den die Bewegung auslöste. »Sie sind in dieser ganzen Sache weit weniger unwissend, als Sie vorgeben. Klären wir doch zuallererst Ihre – sagen wir – etwas undurchsichtige Identität.« Herausfordernd sah John Paul de l'Estagnol direkt in die Augen. Die Erschöpfung war verschwunden. Aufregung durchpulste seinen Körper. Aufregung, gepaart mit Achtsamkeit. »Wer sind Sie, Sir? Erst wenn ich dies weiß, kann ich mich mit Lord Sharp befassen. Wenigstens diesen Teil des Rätsels können wir umgehend auflösen.«

Paul hielt Johns Blick stand, ohne auch nur mit der Wimper zu zucken. Seine Miene verriet nichts davon, was in seinem Kopf vor sich ging. Nach einigen Atemzügen nickte er jedoch und ließ sich in seinem Sessel zurückfallen.

John wusste sogleich, dass er dieses Spiel gewonnen hatte. Nein, nicht das Spiel, korrigierte er sich. Diese Partie.

»Sie haben wohl wirklich den Anspruch darauf, alles zu erfahren.« Ein Lächeln huschte über Paul de l'Estagnols Gesicht. »Man kennt mich«, sagte er mit einem unverkennbaren Glitzern in den Augen, »als den Habicht von London.«

»Wie bitte?«, fuhr es aus John heraus. Er musste sich verhört haben.

Kapitel 32

Es gab keinen Zweifel. Er hatte ihn erkannt. Unten, bei den Lagerhäusern. Er schlug mit der Faust gegen die Tür, bis er blutete. Das Blut konnte er nicht sehen, da ihn völlige Finsternis umgab, doch er konnte es spüren. Warme Feuchtigkeit beschmierte das Holz, tropfte seine Knöchel hinab, auf den Boden. Angewidert hielt er inne. Das Blut anderer verursachte ihm Freude, Genugtuung. Manchmal – im besten Fall – sogar rauschhafte Euphorie. Doch sein eigenes Blut konnte er nicht ansehen, konnte nicht ertragen, es zu verlieren. Dann wurde ihm schwindelig, übel, verkrampfte sich sein Magen. Wie auch jetzt.

Verärgert wischte er die verletzte Hand an einem Tuch ab und ließ es achtlos fallen. Sein Diener würde hier unten später sowieso alles säubern müssen. Er schluckte die aufsteigende Übelkeit hinunter. Es war keine Zeit für Schwäche. Es war Zeit für unumwundene Härte. Für Rache gar. Hätte er an so etwas Gewöhnliches wie Rache geglaubt.

Ein Wimmern, gedämpft durch die schwere Tür, ließ ihn innehalten. Er lauschte gierig. Es kam nicht durch die Tür, vor der er stand. Nicht durch die Tür, gegen die er soeben noch geschlagen hatte. Natürlich kam es nicht von dort, das wäre wohl zu viel der Freude gewesen. Wäre ein wahrgewordener Traum gewesen. Des Nachts fantasierte er gelegentlich von diesem Schluchzen, das niemals ertönte. Bald, sehr bald würde sich auch dies ändern. Versonnen leckte er über seine trockenen Lippen.

Das Geräusch, welches seinen Puls beschleunigte, kam von der anderen Seite des schmalen Gangs, schwoll langsam an. Eine Wehklage, süßer, als jedes musikalische Instrument auf dieser Welt sie erzeugen konnte. Gebannt lauschte er. Lächelte bewundernd. Der menschliche Körper war das beste Instrument, unübertroffen. Er besaß mannigfache Saiten, die nur darauf warteten, angeschlagen zu werden. Und *er* war ein Virtuose dieser Kunst. Wenn er sie ausübte, war er frei. Überlegen und frei. Die Laute von Pein, Verzweiflung und Angst schafften es stets innerhalb von nur wenigen Herzschlägen, seine Stimmung merklich aufzuhellen. Ihre Musik wärmte seine Seele.

In was für einem wunderbaren Zeitalter sie doch lebten. Wie fasziniert er damals gewesen war, als er erstmals ein Buch über Anatomie in den Händen hielt. Mehr zufällig schlug er es auf, war sogleich gefangen genommen von den Skizzen und Erläuterungen, die sich dem menschlichen Körper widmeten. Eine Offenbarung. Eine Erleuchtung. Der Beginn seiner Entfaltung. Der Beginn seines Studiums von Muskeln und Innereien. Zuerst mithilfe der Literatur, dann anhand des toten Objektes. Schließlich anhand der Lebenden. Für Geld bekam man sie alle, ob tot oder lebendig. Die Stadt floss schließlich förmlich über vor Körpern. Schmutzige Huren standen im Überfluss an jeder Straßenecke. Ihre bloße Existenz eine Verhöhnung. Sie waren seine bevorzugten Studienobjekte.

Er wusste genau, wessen es jetzt bedurfte, um einen klaren Kopf zu bekommen. Einen völlig klaren Kopf – die Voraussetzung für die Planung der nächsten Schritte. Er musste der desaströsen Situation Rechnung tragen, in der er sich befand. Er würde aus seiner Deckung kommen müssen, weiter als je zuvor. Für einen zerschmetternden Schlag. Ein Risiko, gewiss. Doch das hatte auch seine Reize.

Durch das Dunkel ging er sicheren Schrittes zu der Treppe. An ihrem Fuß hing das Ende eines schmalen Seils an der Wand. Seine Hand fand es auf Anhieb. Hier unten, in seinem heimlichen Reich, kannte er jeden Winkel. Hier herrschte er ohne Einschränkung.

Zweimal zog er sacht an dem Seil. Er konnte es von hier nicht hören, wusste aber, dass oben im Haus eine kleine Klingel läutete. Lieblich. Er wartete. Ergötzte sich voller Vorfreude an dem dumpfen Wimmern, das in unsteten Wellen zu ihm schwappte. Köstliche Musik, eine vielversprechende Ouvertüre.

Sosehr er dieses Hochgefühl festhalten wollte, trübte doch ein Gedanke seine Stimmung ein. Er knirschte mit den Zähnen. Mr John Shinfield. Er musste sich beherrschen, nicht auszuspucken. Dass dieser Taugenichts aus dem Gewölbe hatte entkommen können, war nicht nur ein Ding der Unmöglichkeit, es bedurfte einer Korrektur. Schnell. Endgültig. Längst hätte er ihn wie eine Ratte ersäufen sollen. Gelegenheiten hatte es zur Genüge gegeben. Doch er hatte ihn noch benutzen wollen. Hatte ihm eine nicht unbedeutende Rolle in diesem Meisterstück zugewiesen. Johns

Blut sollte dazu beitragen, *seinen* glorreichen Sieg zu gewährleisten. Ein Fehler? Hätte es einen anderen, sichereren Weg gegeben?

Er schnaubte, verärgert über diese Fragen, die er sich halbherzig stellte. Es gab immer einen anderen Weg. Das war eine Maxime, auf die er sich regelmäßig berief. Sie war der Kern seines Genius. Er plante schließlich stets nicht zwei, sondern vielmehr drei Schritte voraus. Dergestalt war es ein Leichtes, alternative Wege zu beschreiten, stieß man auf ein Hindernis. Doch wie hatte er damit rechnen können, dass der Habicht es wagte, sich in seine Angelegenheiten einzumischen? Wie hatte er die Anzeichen übersehen können, dass der Kerl seine Finger im Spiel hatte? Wie hatte der Mann es überhaupt geschafft, unbemerkt zurück in die Stadt zu kommen? Welche seiner Spitzel hatten versagt? Alle!

Er hatte den Habicht erkannt, als dieser das Lagerhaus bespitzelte, nachdem John daraus verschwunden war. Verfluchen konnte er sich, dass er den Mann nicht schon früher erledigt hatte! Dieses Kind war in den Brunnen gefallen. Im Augenblick blieb ihm daher nur ein Weg. Die Zeit lief davon, gleichzeitig rückte sein Sieg in greifbare Nähe. Doch damit verringerten sich auch die Alternativen im weiteren Vorgehen. Es gab nur einen Weg. Ansonsten geriete alles in Gefahr, die gesamte Operation. John Shinfield musste sterben. Umgehend.

Ein unangenehmer Gedanke drängte sich hartnäckig aus einem hinteren Teil des Bewusstseins an die Oberfläche seines taktierenden Verstandes. Für einen Moment war er versucht, diesen Gedanken einfach zu verdrängen. Ihn harsch zurückzustoßen, erneut einzusperren. Doch dann ließ er ihn widerwillig zu. Schließlich war sein Geist groß genug, so etwas wie Zweifel zuzulassen. Er drückte seine Schultern durch.

Wie bei einem plötzlichen Wetterumschwung machte sich eine Beklemmung in ihm breit. Unangenehm, beinahe schmerzend. Eine bedrückende, körperlose Stimme. Die ihm gehörte. Und auch nicht. Sie belästigte ihn, soweit er in seinem Leben zurückdenken konnte. Er wollte nicht, dass sie zu ihm gehörte. Doch sie träufelte bereits ihre Worte wie grünes Gift. Lähmte die Windungen seines genialen Verstandes.

Hatte Eitelkeit ihn zu unverzeihlicher Unachtsamkeit verleitet? Hatte er sich womöglich doch von persönlicher Rache leiten lassen? Von etwas so *Gewöhnlichem* wie Rache? Hatte er Genugtuung schwerer gewichtet als die größeren Ziele, an denen er arbeitete? Den Tod des vermeintlich so wunderbaren Mr John Shinfield zu lange hinausgezögert?

Wie ein Wasserfall überschwemmten ihn die Zweifel. Der Damm war gebrochen und die Zweifel nutzten die rare Gelegenheit, ihn zu verunsichern. Zu demütigen. Heiß fraß sich Sorge in seine Eingeweide, ließ ihn das Gesicht schmerzhaft verziehen. Hier im Dunkel war der einzige Ort, an dem er sich diese Reaktion gestatten konnte.

Sollte Eitelkeit die Schuld am derzeitigen Misserfolg tragen?

»Eitelkeit!«, schrie die höhnische Stimme in seinem Kopf.

»Versager«, lachte sie.

»Monster!«, flüsterte sie.

Monster.

Ein verstörender Gedanke, nicht seiner würdig. Heftig bewegte er den Kopf, als wolle er die frevelhaften Gedanken abschütteln. Mühsam schob er die aufbegehrenden Zweifel zurück in die Tiefen seines Bewusstseins. Zu den anderen Gefangenen. Sollten sie sich dort doch gegenseitig auffressen.

Allmählich übernahm sein kluger Geist wieder die Kontrolle. Sein Atem beruhigte sich. Ein Gefühl von Erleichterung durchströmte seinen Körper. Außerordentliche Genies hatten nicht nur das Recht, nein sogar die Pflicht, Beschränkungen ihres Könnens aus dem Weg zu räumen. Innerliche Beschränkungen wie äußerliche. Er musste an sich glauben. Auf eine spirituelle Weise sogar. Ohne jegliche Ressentiments. Ohne Zweifel. Größe zeichnete ihn aus. Ergriffen strich er zitternd über seine kalte Stirn.

Meisterlich war das einzige Wort, um seine Planungen adäquat zu beschreiben. Den anstehenden Problemen musste er indes furchtlos ins Auge schauen. Einer seiner Spielzüge war nicht wie geplant aufgegangen. Der Mann, der ihm den Verbleib des unsäglichen Dokumentes enthüllen sollte, war entkommen. Entkommen, unter seinen Fingern hindurchgeschlüpft. Ein Ding der Unmöglichkeit. Nicht vorgesehen. Unwürdig seiner Genialität. Ein Schlag in sein Gesicht. Dieser verfluchte Habicht!

Er merkte, wie die Tentakel erneut aus ihrem Kerker hervorkriechen wollten. Wie der Zweifel sich anschickte, seine Stimme abermals zu erheben. Ein Fluch, geboren aus Enttäuschung, kam über seine Lippen. An allem, an wirklich allem trug John Shinfield die Schuld! An allem! Rote Wut waberte in das Dunkel seines Blickfeldes, kristallisierte sich in bewegten Flecken. Sie sahen aus wie Blut. Diesmal gefielen sie ihm.

Die Tür am Kopfende der Treppe öffnete sich und ein heller Lichtstrahl schoss in die Dunkelheit. Reflexartig hob er die Hand vor die Augen. »Nun komm schon, ich warte bereits eine Ewigkeit!«

Die Tür schloss sich und der Mann trat wortlos die Treppe hinunter, eine schmale Kerze in der Hand.

»Sind oben die Türen meines Zimmers sicher verriegelt?« Er ließ die Hand wieder sinken. Seine Augen hatten sich schnell an das Halbdunkel gewöhnt. »Die übrigen Dienstboten hast du anderweitig beschäftigt, und sie wissen, dass sie keinesfalls stören dürfen?«

»Selbstverständlich, Sir.« Die Stimme des Butlers klang unterwürfig. Wie ein Hund, der an den Stiefeln seines Herrn leckt. Sie wirkte außerdem aufgeregt. Erwartungsvoll.

Er verkniff sich ein Grinsen. Ein Knochen für das Hündchen. Ein blutiger Knochen. Er liebte es, bei der Fütterung zuzuschauen. Es entspannte ihn. Entspannung war genau das, was er dringend benötigte.

Welchem Gesetz folgte das Universum, dass es ihn gerade jetzt mit der Vergangenheit konfrontierte? Ihm Stolpersteine in den Weg legte? Mühlsteine. Es konnte sich dabei nur um eine Prüfung handeln. Eine Prüfung seines Genies. Er war für Großes bestimmt. Das Universum wollte sich vergewissern, dass er die Kraft dazu hatte. Den Willen. Ja, nichts anderes konnte dahinterstecken, wenn gerade jetzt ein alter Gegner auftauchte. Ein Gegner, den er bereits besiegt geglaubt hatte. Der Habicht. Nein, nein, nein – der Spatz. Der Spatz. Namen haben Macht. Der Spatz. Lediglich ein Spatz. Jede Feder einzeln würde er ihm ausreißen. Ihn rupfen und den Hunden vorwerfen. Ihn ein für alle Mal …

»Sir?«

Er runzelte die Stirn. Unterbrochen zu werden gefiel ihm gar nicht. Er warf dem Butler einen kalten Blick zu, unter dem der Mann förmlich zusammenschrumpfte. Gut so. Die Leine eines Hundes durfte man nicht zu lang lassen. Für einen Augenblick hielt er die greifbare Spannung aufrecht, dann winkte er gönnerhaft in Richtung der Tür, hinter der er zuvor das Wimmern gehört hatte. Es war verstummt. »Sie gehört dir«, sagte er.

Der Mann schluckte aufgeregt. »Sir. Sir? Darf ich … darf ich …?«

Bedächtig nickte er. »Ich sagte doch bereits, dass sie dir gehört. Es gibt keine Einschränkungen. Es liegt ganz bei dir, was du mit deiner Kunst anstellst.« Er leckte sich über die Unterlippe. »Ich werde euch lediglich beobachten.«

Heftiges Nicken. Verzücken in den weit aufgerissenen Augen. Feuchte Handflächen, die am Stoff der Hose abgewischt wurden.

Bewusst langsam grub er in seiner tiefen Manteltasche nach dem Schlüssel für das Türschloss. Zögerte es hinaus, die Hand hervorzuziehen, obwohl das kalte Metall bereits in ihr ruhte. Ein Seitenblick auf den Diener zeigte ihm die erhoffte Reaktion. Der Mann verfolgte gebannt jede seiner Bewegungen, den Mund geöffnet. Im Licht der Kerze glänzte in seinem Mundwinkel ein Tropfen Speichel.

Wie ein Magier auf dem Jahrmarkt zog er mit einem Lächeln den Schlüssel hervor, hielt ihn in das Licht. Bereit für den Applaus. Drehte ihn zwischen Daumen und Zeigefinger, damit er die Kerze reflektierte. Dem Butler entfuhr ein leises Stöhnen. Er verbeugte sich tief, ganz tief und streckte die Hand aus, beinahe flehentlich.

Flüchtig ließ er den Schlüssel über der Handfläche schweben. Die Zeit stand still. Dann fiel das Metall herab. Die Hand des Butlers schloss sich gierig. »Lass die Hure wissen, wer der Herr ist.« Er versuchte, seine Stimme kühl und unbewegt klingen zu lassen, doch es gelang ihm nicht, seine Aufregung gänzlich zu unterdrücken.

Als ahnte sie, was ihr bevorstand, nahm die Frau ihr Schluchzen wieder auf. Lauter als zuvor.

»Hörst du, wie leidenschaftlich sie dich erwartet?«

Der Mann nickte eilfertig. Gelegenheiten wie diese waren rar. Er wusste sie zu schätzen. Ein menschliches Leben ganz alleine in der Hand zu haben, ohne jegliche Sorge, entdeckt oder überrascht zu werden – das war ein Geschenk des Himmels.

Erst beim zweiten Versuch fanden die zitternden Finger des Dieners das Schlüsselloch.

Abrupt verstummten die wehklagenden Laute, als der Schlüssel im Schloss gedreht wurde. Doch die Tür war noch nicht ganz geöffnet, da begann die Frau gellend zu schreien. Genau wie er es erwartet hatte. Mit milder Missbilligung schüttelte er den Kopf.

»Hilfe! Zu Hilfe! Hört mich denn niemand?« Schrill wiederholte sie ihre Schreckensschreie.

Sein Diener trat in den kleinen Raum. Ein Schlag ins Gesicht ließ die Frau verstummen. Er hörte das Aufklatschen der flachen Hand auf ihrer Wange und schmunzelte. Die Frau begann, unkontrolliert zu schluchzen. Vorsichtig darauf bedacht, die am Boden abgestellte Kerze nicht umzustoßen, trat er in den Türrahmen, um nichts von dem zu verpassen, was in der Zelle vor sich ging. Er blieb dabei so weit im Schatten, dass ihn die Frau nur schwerlich ausmachen konnte. Er glaubte nicht, dass sie seine Anwesenheit bisher überhaupt realisiert hatte.

»Schrei, so laut du willst, Dirne. Niemand kann dich hören.« Aufregung und Demut waren gänzlich aus dem Gebaren des Butlers verschwunden. Als habe man einen Hebel umgelegt. Er war zu einer anderen Person geworden. Der Hund hatte sich übergangslos selbst in einen Herrn verwandelt. »Steh auf!«, fuhr er die Frau grob an. Um seiner Anweisung Nachdruck zu verleihen, schlug er ihr erneut ins Gesicht. Härter.

Ihr Kopf schleuderte zur Seite, doch sie fasste sich erstaunlich schnell. In ihrem Blick lag Trotz. »Wagen Sie es nicht! Ich – ich warne Sie.«

Erneut schlug er zu. »Ich werde dich lehren, mir Widerworte zu geben.«

Sie schrie gellend auf, doch dann richtete sie mit fester Stimme erneut das Wort an ihren Peiniger. »Sie wissen nicht, wen Sie vor sich haben. Mein Mann wird Sie zermalmen. Sie vernichten!«

Er kam nicht umhin, ihr ein gewisses Maß an Bewunderung zu zollen. Obwohl sie lediglich eine liederliche Dirne war. Umso mehr sah er in freudiger Erregung der Wendung entgegen, welche diese voraussichtlich kurze Unterhaltung bald nehmen würde. Beinahe unmerklich nickte er, als der Diener seinen Blick suchte.

»Dein Gatte?«, fragte der Diener die Frau höhnisch. »Meinst du das verräterische Dreckschwein, dem ich jeden Knochen in seinem fetten Leib gebrochen habe. Und das bereits seit Tagen vor sich hin rottet.« Er grinste in ihr ungläubiges Gesicht. Kostete jede Sekunde ihrer Verwirrung aus. »Alexander Steele«, flüsterte er schließlich, ließ den Namen auf der Zunge zergehen. »Vielmehr die Reste, die von ihm übrig sind. Meinst du diesen Mann? Keine Sorge, du wirst ihn bald wiedersehen. Doch ob du ihn erkennen wirst? Ob ihr euch erkennen werdet?«

Über Amelia Steeles geschwollenes Gesicht flutete in kürzester Zeit eine ganze Woge von Gefühlen. Erstaunen. Entsetzen. Ablehnung. Unglaube. Furcht. Verzweiflung. Vor allem Verzweiflung.

»Sie haben ihn unten am Fluss gefunden. Die Ratten waren äußerst traurig, als er von diesem Fielding weggeschafft wurde.« Der Diener lachte laut auf. Ein eisiges Geräusch.

»Sie … lügen.« Ihre Stimme kam aus weiter Ferne.

»Wie du meinst. Du wirst es nie selbst herausfinden.«

Die Frau zitterte am ganzen Körper. In ihrem grotesk verzerrten Gesicht blieb nur eines: Angst. Todesangst. Sie stand auf der Schwelle zum Wahnsinn.

Er studierte sie genau. Wie anders sie nun aussah, kaum wiederzuerkennen. Er musste an das Porträt von Amelia denken, das in ihrem Empfangszimmer hing. Stolz bildete es das ab, was andere als Schönheit bezeichneten. Er wusste es besser. Die Schönheit war eine Illusion. Die Frau war in Wahrheit eine hässliche Spinne, die ihre männlichen Opfer in ihr tödliches Netz lockte. Schönheit? Nein, dieses Weib wies kaum noch eine Ähnlichkeit mit dem götzenhaften Bild auf. Dabei standen sie erst am Anfang von dem, was mit ihr geschehen würde. Am Anfang ihrer Verwandlung. Er rieb sich die Hände.

Sie machte Anstalten, zur Tür zu rennen, doch damit war zu rechnen gewesen. Der Butler griff mühelos in ihr Haar, riss sie zurück und drückte Amelia Steele mit dem Gesicht nach unten auf die schmale Pritsche. Er lachte erneut, diesmal freudig. Ausgelassene Heiterkeit durchflutete den Raum. Mit einer Hand presste er die Frau auf die Pritsche, mit der anderen entledigte er sich seiner Kleidung.

Sie schrie erneut, doch ihre Stimme wurde vom schmutzigen Stoff des dünnen Betttuches erstickt. Dann verstummte sie von einer Sekunde zur nächsten. Im gleichen Augenblick wurde der gepresste Atem des Butlers hörbar.

Ruhig, beinahe meditativ beobachtete er das Schauspiel. Sah die verrenkten, zuckenden Körper. Hörte das Geräusch von nacktem Fleisch auf nacktem Fleisch. Roch die tiefe Angst und die hohe Ekstase. Genoss den Tanz der beiden so erfrischend unterschiedlichen Tänzer. Für den Bruchteil einer Sekunde spielte er mit dem Gedanken, sich dazuzugesellen. Doch er hielt sich zurück, erinnerte sich an das, was er seinem Butler versprochen hatte. Selbst in diesem Moment galt es, das große Ziel nicht aus den Augen zu verlieren. Er musste den Mann bei Laune halten. Wenngleich dieser gewöhnliche Kerl natürlich weit unter ihm stand. Sich bereits glücklich schätzen musste, derart in sein Vertrauen gezogen zu werden, die Genialität seiner Taten miterleben, begleiten zu dürfen. Der Mann war seiner nicht würdig. Doch er benötigte ihn. Noch zumindest. Später, später würde es einmal anders aussehen. Und dann …

Ja, der Mann hatte sich diese Belohnung verdient. Er war ein gehorsamer Hund. Und einem Hund warf man dann und wann einen Knochen hin, um sich seiner Loyalität zu versichern.

Fasziniert schaute er zu. Auch wenn jede Pore seines Körpers danach schrie, mit seinem Dienstboten die Rollen zu tauschen. Seine eigenen Hände über das Weib streichen zu lassen, solange noch etwas Leben in ihr war. Er seufzte. Etwas anderes war leider im Moment vorrangig.

Und während er einen Schritt näher trat, während er gierig ihre neu einsetzenden gurgelnden Schreie aufsaugte, formte sich in einem anderen Teil seines Kopfes ein Plan. Das erstickte Röcheln der Frau wurde zur angenehmen Hintergrundmusik, als Gestalt annahm, was zu tun war. Wie er zwei Fliegen mit einer Klappe schlagen konnte. Wie er dieses Mannes, der sich Habicht von London nannte, habhaft werden konnte. Und gleichzeitig für das Ableben von John sorgte. Fliegen fing man bekanntlich mit Honig. Er würde einen verlockenden Topf anbieten, dem man nicht widerstehen konnte. Und die beiden Schmeißfliegen dann zerquetschen. Es war ein einfacher, geradezu simpler Plan. Das waren die erfolgreichsten. Es kam an zentraler Stelle eine Frau darin vor. Er lächelte säuerlich. Männern setzte man am besten eine Dirne vor, dann verloren sie am sichersten ihren Verstand. Und jegliche Vorsicht.

Amelia Steele lag reglos auf der Pritsche. Ihr nackter Körper war von Blessuren übersät. Blut trat aus unzähligen Wunden aus. Irrte er sich, oder sahen einige davon aus wie Bisse? Mit hochgezogener Augenbraue sah er seinen Butler an, der zwei Schritte von der Frau weggetreten war und sie gierig anstarrte. Hungrig. Eine ganz neue Variante. Interessant. Der Hund zeigte Zähne.

»Sir«, sagte der Butler mit belegter Stimme. »Habe ich die Erlaubnis, die Truhe zu benutzen?«

Die Truhe. »Selbstverständlich, selbstverständlich.« Fahrig wedelte er mit einer Hand. Es gelang ihm nicht mehr, die eigene Aufregung zu unterdrücken. Die Truhe.

Der Butler zwängte sich an ihm vorbei. Er trat einen Schritt zur Seite, bedacht darauf, nichts von dem Blut und den anderen Flüssigkeiten abzubekommen, mit denen der Mann beschmiert war. Nicht, dass ihn dies abgestoßen hätte, doch er wollte seine Kleidung nicht beschmutzen. Er hatte noch etwas vor.

Das Öffnen eines schweren Deckels, dann metallisches Klirren. Der Butler stand am Ende des Ganges über die Truhe gebeugt. Tiefe Schatten umspielten ihn, während er konzentriert den Inhalt durchging, mal abwägend dieses in die Hand nahm, mal jenes. Er wirkte versonnen.

Er sah zurück zu Amelia. Bewusstlos lag sie in der Zelle. Ihr Brustkorb hob sich flach – das einzige Zeichen, dass sie noch am Leben war. War sie schon über den entscheidenden Punkt hinaus? Würde es dem Hund gelingen, sie zurück ins Bewusstsein zu holen, bevor er sich weiter mit ihr beschäftigte? Die Utensilien der Truhe anzuwenden, ohne dass die Hure etwas davon mitbekam, war nur halb so erquicklich.

Amelia Steele. Sie gehörte zu ihrer Verbindung, wie auch Alexander dazugehört hatte. Er war dagegen gewesen, das schwache Geschlecht in die Gesellschaft aufzunehmen, doch in diesem Punkt hatte er nachgeben müssen. Die Anweisung aus Frankreich hatte ihm keine Wahl gelassen. Doch der Verrat ihres Gatten war der beste Grund, auch Amelia ihrer gerechten Bestrafung zuzuführen. Nicht dass sie etwas über den Verbleib des Dokumentes wusste. Da war er sich sicher. Alexander hätte dieses Weib niemals so weit in sein Vertrauen gezogen. Doch der Verrat war ein genauso guter Grund wie jeder andere. Mrs Steele war seinem Wohlwollen ausgeliefert. Und mit diesem Wohlwollen stand es derzeit nicht allzu gut.

Sein Diener trat zurück in die Zelle. In seiner Hand lag ein schweres Werkzeug, es ähnelte einer Zange. Er postierte sich neben Amelia und bewegte probehalber die Griffe des Instrumentes. Zufrieden grunzte er, strich beinahe ehrfürchtig mit seiner freien Hand über die Innenschenkel der Frau.

Ihre Augen begannen zu zittern, sie stöhnte leise. Es sah ganz danach aus, als würde sie noch einmal das Bewusstsein erlangen.

Er sah sich vorsichtshalber gezwungen, zwei große Schritte zurückzutreten, um seine Kleidung zu schützen. Er hatte noch etwas vor. Blut an seiner Kleidung würde unnötige Fragen aufwerfen.

Bequem lehnte er sich mit dem Rücken an die gegenüberliegende Tür. Jene, gegen die er zuvor wutentbrannt geschlagen hatte. Er lauschte mit einem Funken Hoffnung hinter sich, in den verschlossenen Raum. Nichts. Schulterzuckend richtete er seine Aufmerksamkeit wieder auf das Geschehen, verfolgte gespannt die Vorbereitungen seines Dienstboten.

Sie standen vor dem Höhepunkt, welcher gut durchdacht sein wollte. Die Schnitte durften nicht zu tief, die Schläge nicht zu heftig sein, wollte man ein langes Vergnügen haben. Eine Kunst, die es zu erlernen galt. Sie bedurfte der Übung. Übung, welche er selbst hinlänglich besaß. Bei seinem Diener war er sich da nicht so sicher. Wer wusste, was der Kerl außerhalb dieses Hauses so alles trieb? Er hatte ihn schließlich nicht ständig im Blick. Ein Fehler?

Nun, es war ein kostbares Geschenk, das der Mann hier von ihm erhielt. Er durfte mit einer der reichsten Huren der Stadt tun, was immer er wollte. Ja, sein nobles Geschenk an den Hund. Er durfte die Hure richten. Wie er es ihm neidete.

Dann fiel es ihm ein. Er stürzte nach vorne, riss dem Butler die Zange aus der Hand und griff selbst nach Amelia Steeles Arm. Wie geprügelt starrte der Mann ihn an. Verstand die Welt nicht mehr. Doch er trat einen Schritt von seinem Preis zurück. Er war ein guter Hund. Er ließ seinem Herrn selbstverständlich den größten Bissen.

Für einen winzigen Moment zweifelte er, ob er sein Versprechen wirklich derart brechen sollte. Doch er sah die eitle Dirne vor sich, fühlte ihre pralle Haut und hatte keine andere Wahl. Er musste sie bestrafen. Endlich.

Der Diener würde es wohl verkraften. Schließlich stand es ihm, dem Herrn, zu, seine Meinung zu ändern. Er war der geniale Meister. Dem bald nicht nur dieser Hund, sondern das gesamte Königreich gehorchen würde. Vielleicht ließ er seinem Gefolgsmann ja etwas von der Frau übrig. Vielleicht auch nicht.

Tief atmete er ein und lächelte. Glücklicherweise war ihm eingefallen, dass am Rücken seines Mantels bereits sein eigenes Blut klebte. Von der Tür, gegen die er sich eben achtlos gelehnt hatte. Umziehen musste er sich demnach sowieso. Kein Grund mehr, das Blut zu meiden. Kein Grund für falsche Bescheidenheit.

Euphorisch wog er die gusseiserne Zange in der Hand, öffnete sie, schloss sie. Öffnete sie, schloss sie. Überlegte, auf welche Art und Weise er sie einsetzen würde. Wo zuerst, wo zuletzt. Begutachtete die Frau, stellte Kalkulationen an, wo ihre Grenzen lagen. Wo ihre endgültige Grenze lag, nach der es kein Zurück mehr gab.

»Du wirst gleich noch etwas lernen können«, sagte er mit feuchter Stimme zu seinem Diener. Dann beugte er sich langsam über das Weib.

Amelia Steele öffnete mühsam die geschwollenen Augen. Erst ging ihr Blick ins Leere, doch nach mehrmaligem Blinzeln gelang es ihr schließlich, ihn anzusehen. Ihre Augen begannen zu schwimmen.

Sie hatte ihn erkannt. Sie begann zu schreien.

Kapitel 33

»Der *Habicht* von London, huh«, wiederholte John. »Etwas kleiner ging es nicht? Warum nicht gleich der Adler von Westminster? Oder der Bussard von Britannien?« Er war aufgestanden und machte ein paar vorsichtige Schritte, während Paul regungslos im Sessel saß und Johns Bewegungen verfolgte.

»Der Habicht von London.« John schüttelte den Kopf. »Nie gehört. Treten Sie unter diesem Namen auf der Bartholomew Fair auf, mein Freund? Ziehen Sie sich ein Federkostüm an und unterhalten die Zuschauer für ein paar kleine Geldstücke damit, zappelnde Mäuse in Ihrem Rachen verschwinden zu lassen?«

»Machen Sie sich ruhig lustig. Ich verzeihe es Ihnen selbstverständlich. Doch Sie irren sich natürlich, wenn Sie ernsthaft glauben, ich wäre lediglich eine groteske Attraktion auf dem Jahrmarkt.« Paul legte ein Bein über die Lehne des Sessels und gab sich betont jovial. »Wobei ich Ihnen zustimme. Der Name erweckt auf reißerische Art und Weise eine gewisse Grandeur, welche meine bescheidene Person nur schwerlich erfüllen kann.« Nun grinste er von einem Ohr zum anderen. »Ich wählte ihn jedoch nicht selbst aus, müssen Sie wissen. Er wurde mir gewissermaßen verliehen.«

»Oh, er ist Ihnen zugeflogen«, feixte John.

»Sozusagen. Dessen kann man sich schließlich nur schwer erwehren. Der Name ist nun einmal da. Klebt an mir wie Dung am Viehtreiber.«

Vorsichtig rieb John seine schmerzenden Glieder. Befühlte zum wiederholten Mal die malträtierten Rippen. Ging vorsichtig in die Knie und drückte sich wieder hoch. Erstaunlich, wie gut es ihm bereits wieder ging. Er setzte sich in einen Sessel, Paul schräg gegenüber, verschränkte die Arme. »Ich mutmaße, es erwartet mich erneut eine Ihrer erstaunlichen Geschichten, Paul. Ich bin ganz Ohr. Was hat es also mit diesem Habicht auf sich, der Sie nicht sein wollen, aber anscheinend sind?«

Paul richtete sich kerzengerade auf, faltete die Hände im Schoß. »Ich werde Sie mit der kurzen Fassung vertraut machen. Zum einen möchte ich Sie nicht langweilen, zum anderen ist Zeit im Moment von großer Bedeutung für uns, dünkt mir.« Er wartete Johns Nicken ab, dann räusperte er sich. Einmal, zweimal.

John konnte sich nicht des Eindrucks erwehren, dass Paul die Situation genoss. Der Mann war ihm ein Rätsel. Je besser er ihn kennen lernte, umso weniger schien er ihn zu durchschauen. Wie konnte derartige Raffinesse im Körper des kleinen Mannes wohnen? Ein Rätsel, fraglos. Wenngleich ein sympathisches Rätsel, wie er sich eingestehen musste. Ja, er mochte Paul. Irgendetwas sagte ihm, dass er ihm vertrauen konnte. Das lag zu einem beträchtlichen Teil an der Tatsache, dass Paul ihm bereits zum zweiten Mal das Leben gerettet hatte. Erwartungsvoller, als er es sich eingestehen wollte, wartete John auf Pauls Erklärung.

Der ganzen Aufmerksamkeit seines Publikums gewiss, schickte Paul ein erneutes Räuspern voraus. »Kurz gesagt: Ich bin dafür bekannt, gewisse höhere Kreise der erlauchten Gesellschaft hier und da um eine ihrer Kostbarkeiten zu erleichtern. Selten um mehrere Stücke gleichzeitig, doch auch das kommt bisweilen vor. Von meinen … uh, Gewinnen … behalte ich den Teil, den ich zum Leben benötige. Der Rest fließt in die Hände derer, die am Boden unseres ach so erhabenen Königreiches hinvegetieren. Jene, für die die Gosse notgedrungen eine Heimat geworden ist. Bettler, Waisen, Dirnen.«

»Sie sind also ein Bandit.« Wieso war John nicht wirklich überrascht?

»Ein harsches Wort. Die Bezeichnung Gentleman-Schurke trifft es besser, wenn wir schon eine Kategorisierung vornehmen müssen.«

John wollte seinen Augen nicht trauen, doch Paul konnte ein freches Grinsen nicht unterdrücken.

»Verurteilen Sie mich nicht zu schnell«, schloss Paul mit ernster Miene schnell an. »Ich nehme nirgendwo, wo es schmerzt. Und gebe stets dort, wo es hilft.«

»Dennoch sind Sie ein Bandit, ein Dieb.« Es fiel John nichts Besseres ein, was er entgegnen konnte.

»Eine Formalität, lieber John. Eine Formalität. Der Reichtum, von dem ich nehme, ist schließlich auf Kosten der Armen und Ärmsten entstanden. Wie gelingt es Männern wie Alexander Steele, solch einen Wohlstand anzuhäufen, frage ich Sie. Nur durch Betrug, Ausbeutung und Übervorteilung. Das wissen Sie, das ist keine Überraschung. Ich korrigiere also nur auf bescheidene Art und Weise das Unrecht, welches an den Schutzlosen verübt wurde.« Er hob eine Hand, noch bevor John etwas einwenden konnte. »Und kommen Sie mir nicht mit der Gnade der Geburt, Sir. Wie hat denn der Adel seine Besitztümer über die Jahrhunderte angesammelt? Durch Betrug, Ausbeutung und Unterdrückung, über Generationen hinweg. Es sind immer andere Menschen, die für die Rechnungen der erlauchten Gesellschaft zahlen. Bauern, Dienstboten, das einfache Volk. Sie schuften, damit es ihren Herren gut geht.«

»Ich möchte nicht verhehlen, dass ich Ihrem Gedankengang bis zu einem gewissen Grad folgen kann. Dennoch sprechen Sie hier von kriminellen Handlungen, welche Sie begehen. Sie sprechen von Selbstjustiz. Im besten Fall.«

Paul lachte laut auf. »Richtig, von Selbstjustiz. Denn wer sonst sollte die hohen Herrschaften zur Rechenschaft ziehen? Etwa sie sich gegenseitig? Welchen Anwalt haben die Armen, die Hungrigen? Sie sind dem Gutdünken der Wohlhabenden ausgeliefert. Sind abhängig von den Almosen, die ihnen zugeworfen werden. Wenn sie Glück haben, dass überhaupt etwas für sie abfällt. Nennen Sie es ruhig Selbstjustiz, damit bin ich einverstanden. Wobei mein Handeln lediglich ein winziger Beitrag ist, das Unrecht ein wenig auszugleichen.«

Wie im dichten Nebel schüttelte John den Kopf, versuchte einen klaren Gedanken zu fassen. »Wieso Habicht?«, fragte er schließlich.

»Eine eher traurige Geschichte, die sich im Zusammenhang mit meiner … Selbstjustiz zutrug. Ich kam einer jungen Dirne zu Hilfe, die in einer dunklen Gasse das Opfer eines Angreifers geworden war. Ein Zufall, dass ich mich auf einem niedrigen Dach in unmittelbarer Nähe aufhielt. Ich sprang kurzerhand dem Kerl auf den Rücken und versuchte ihn zu überwältigen. Ihm gelang bedauerlicherweise die Flucht. Ich gestehe meine Schande lieber sogleich ein. Während er türmte, stieß er einen wilden Fluch gegen mich aus. Drohte, er würde mich finden und töten. Ich ließ ihn davonkommen, kümmerte mich um das verschreckte Ding, das haltlos weinte, und verschwendete keinen weiteren Gedanken an den Kerl. Wie sollte ich ihn auch ernstnehmen, mit seiner albernen Drohung gegen mich? Ich hielt ihn für einen brutalen Taugenichts. Erst als mir das Mädchen berichtete, was der Kerl ihr alles angedroht hatte, als er ihr ein Messer an die Kehle drückte, bedauerte ich, ihm nicht doch nachgesetzt zu haben.« Für einen Moment schwieg Paul und hing seinen Gedanken nach. »Mein beherzter Sprung brachte mir jedenfalls den Spitznamen ein. Ein Sturzflug, dem eines Habichts gleich.« Er lächelte und zuckte mit den Schultern. »Das berichtete das Mädchen dankbar jedem, der es nicht hören wollte. Irgendwie gefiel mir das Bild und ich begann, bei meinen ungebetenen Besuchen der Wohlhabenden kurze Nachrichten zurückzulassen. ›Der Habicht sagt Danke‹, oder ähnlich Triviales.« Grinsend schlug er die Augen nieder. »Ein paar Mal ließ ich sogar eine Habichtfeder zurück. Ich gestehe, dass mir der Hang zu einem Quäntchen Theatralik nicht fremd ist.«

»Wer hätte das gedacht?«, bemerkte John trocken.

»Es war ein großer Fehler«, sagte Paul, plötzlich ernst.

»Was war ein Fehler? Die Theatralik?«

Paul nickte bestätigend. »Sie lenkte die Aufmerksamkeit auf mich. Gab mir ein Gesicht, wenn Sie verstehen. Meine Taten waren weniger unsichtbar als zuvor.«

»Ich verstehe. Der Habicht erzeugte bei seinen Opfern ein greifbares Feindbild. Man versuchte, Ihnen von Seiten der Justitia das Handwerk zu legen?«

Paul winkte ab. »Sicher, das auch. Doch das bereitete mir vergleichsweise geringe Sorge. Den Obrigkeiten konnte ich stets ein Schnippchen schlagen, sie beunruhigten mich nicht. Dafür waren meine Unterstützer auf der Straße und in den Gassen zu zahlreich, waren meine Verbindungen zu umfassend. Für viele Menschen war der Habicht von London zu einem Retter in der Not geworden. Mir näherte sich kein Konstabler auf mehr als fünfzig Schritte, bevor ich nicht davon erfuhr. Nein, da lag nicht das Problem.«

John runzelte die Stirn. »Der Kerl, der Ihnen gedroht hatte.«

»Ja, jener Mann, der das Mädchen umbringen wollte. Genau dort lag das Problem.«

»Es gelang ihm, Sie aufzuspüren?«

»Ich weiß bis heute nicht genau, wie er vorgegangen ist. Er muss selbst über hervorragende Verbindungen auf allen Ebenen verfügen. Ich vermute, dass es ihm gelang, einen meiner direkten Kontaktmänner zu bestechen. Jedenfalls wartete er eines Nachts im Schatten einer dunklen Ecke auf mich und bemühte sich ernsthaft, mich mit seinem Dolch bekannt zu machen.«

»Sie sind sicher, dass es derselbe Mann war? Ich meine, ein paar weitere Menschen konnten es durchaus *ebenfalls* auf den Habicht abgesehen haben.«

»Er war es. Da bin ich sicher. Auch wenn er sein Gesicht hinter einem dunklen Schal verbarg – er war es.«

»Und was geschah weiter? Spannen Sie mich nicht auf die Folter, Paul.«

»Diesmal gelang mir die Flucht. Nur um Haaresbreite, doch sie gelang. Ein wenig unehrenhaft, zweifellos. Ich war etwas indisponiert, wenn Sie verstehen. War gerade aus einer Taverne herausgetreten – nun, es könnte an jenem Abend ein Krug des Bieres zu viel gewesen sein. Flucht schien mir daher das Sicherste. Ich lag richtig mit dieser Einschätzung.« Er kniff die Augen zusammen. »Ich entwischte unverletzt. Doch fortan hatte ich kaum eine ruhige Minute. Ich fühlte mich verfolgt. Nein, ich weiß, dass ich verfolgt wurde, dass in der Dunkelheit jemand lauerte. Ich ergriff weitere Vorsichtsmaßnahmen, selbstverständlich. Doch sie verschafften mir nur etwas zusätzliche Distanz zu meinem Verfolger, sie führten ihn nicht gänzlich in die Irre.«

»Sie verfügten aber doch über diese vielen Kontakte und Gefolgsleute. Warum stellten Sie keine Leibwache für sich ab?«

»Sie verstehen meine Situation nicht ganz, John. Damals wie heute ist meine Tätigkeit darauf angelegt, unauffällig unterwegs zu sein. Das geschieht am besten alleine. Ohne einen Tross von Gefolgsleuten und Handlangern im Schlepptau. Nein, diese Sache musste ich alleine durchstehen, da war ich sicher.«

John strich sich eine Haarsträhne hinter das Ohr. »Was tat dieser Kerl weiter?«

»Er blieb in der Nähe. Wartete auf eine neue Gelegenheit, mir ein Messer in die Rippen zu stoßen. Er schien äußerst entschlossen. Diese Entschlossenheit verwunderte mich eigentlich am meisten. Ich meine, was hatte ich getan? Eher zufällig war ich ihm in die Quere gekommen, hatte seinem Opfer zur Flucht verholfen. War er durch mein Eingreifen derart in seiner Eitelkeit gekränkt, dass er mich mit dem Tod bestrafen musste? Ich wusste keinen anderen Grund für seine Impertinenz. Warum war er nicht einfach froh, weiter auf freiem Fuß zu sein? Es war mir ein Rätsel, in der Tat. Doch das änderte nichts an der Realität.

Je länger mir der Mann folgte, umso größer wurde mein eigener Wunsch, ihn zur Strecke zu bringen. Er fachte meinen Ehrgeiz an, das kann ich unumwunden zugeben. Mich ergriff das Jagdfieber. Doch die Beute tappte in keine meiner Fallen. Mehrfach versuchte ich mit List und Tücke, des Mannes habhaft zu werden, gleichzeitig darauf bedacht, ihm nicht selbst in die Finger zu fallen. Ein Katz-und-Maus-Spiel, welches über einen langen Zeitraum unentschieden ausging. Unbefriedigend für beide Beteiligten, zweifellos.

Nach ein paar Wochen offenbarte sich mir eine erschreckende Erkenntnis. Ich erinnere mich noch gut daran. Sie traf mich wie ein Schlag mitten in die Magengrube.«

Erstaunt hob John die Augenbrauen.

»Dieser diabolische Kerl und ich, wir waren einander ebenbürtig.« Paul strich sich über die Stirn. »Kein angenehmer Gedanke. Weder er noch ich gewann die Oberhand über den jeweils anderen. Ich verstärkte meine Bemühungen, setzte doch ein paar meiner engsten Vertrauten darauf an, den Kerl aufzuspüren. Eine beachtliche Summe stellte ich in Aussicht für Informationen, die mich weiterbringen würden. Ich wollte ein Gesicht. Möglichst sogar einen Namen.« Paul spreizte die Hände. »Vergebens. Er war nicht zu fassen. Es war wie verhext.« Er schüttelte ungläubig den Kopf. »Verhext«, wiederholte er langsam. »Doch es kam noch schlimmer, John. Nach einiger Zeit zeichnete sich ein erschreckendes Muster ab. Die toten Huren.«

»Er ermordete weitere Mädchen?«

»Ermordete und zerstückelte sie, prügelte sie, bis sie nahezu unkenntlich waren. Mal ließ er sie in der Gosse liegen, mal brachte er sie an einen entlegenen Ort. Einige verschwanden spurlos. Wissen Sie, Gewalt gegen diese Frauen gibt es leider häufig. Auch den Tod findet manch eine durch die Hand eines Freiers. Das ist die schreckliche Wahrheit. Schlagen Sie die Gazetten auf, dort finden sich regelmäßig derartige Berichte. Es scheint indes niemanden zu kümmern, schiebt man diesen Frauen die Schuld doch gerne selbst zu. Aber ich sage Ihnen, John, dass eine Vielzahl dieser Frauen und Mädchen nicht freiwillig ihrer Tätigkeit nachgeht.« Traurig schüttelte er den Kopf. »Welche Alternativen haben sie, wenn sie nicht verhungern wollen? Und ihr Tod interessiert auch niemanden, solange es nach Einzelfällen aussieht und sich die brave Bürgerschaft nicht selbst bedroht sieht. Jene braven Bürger übrigens, welche die Dirnen klammheimlich aufsuchen.

Scheinheiligkeit blendet. Auch damals wollte niemand die Verbindung zwischen den toten Mädchen sehen, die überall in der Stadt auftauchten.

Doch ich weiß, dass *er* es war, der sie tötete. Ich vermute, dass er bisweilen wöchentlich einer Frau auflauerte, um sie bestialisch zu ermorden. Er hatte ein ausgeklügeltes Vorgehen. Ein *Vorgehen*, verstehen Sie! Fast so etwas wie ein Ritual. Denn ich weiß, was er dem Mädchen, welches ich durch Zufall errettete, ins Ohr flüsterte.« Paul senkte seine Stimme. »Er ließ sie genau wissen, was er ihr antun wollte. Welche unbeschreibliche Gräueltat ihr durch seine Hand bevorstand. Er labte sich schon im Vorfeld an Angst und Panik.«

Die beiden Männer sahen sich einen Moment schweigend an.

»Noch etwas anderes denke ich.« Pauls Stimme klang belegt. Was er sagen wollte, schnürte ihm den Hals zu.

»Was denken Sie, Paul?«

»Dass ich es wissen *sollte*.«

»Wissen?«

»Ich sollte wissen, dass er all die anderen Mädchen tötete, während ich vergeblich versuchte, ihn ausfindig zu machen. Während ich mich bemühte, ihm auf die Spur zu kommen, hatte er anscheinend noch genügend Muße, neue Morde zu begehen. Ich sollte wissen, dass er mit seinen unzähligen Opfern genau das anstellte, was ich bei *einem* Mädchen glücklicherweise hatte verhindern können. Als wäre es alles ein bloßes Spiel. Er wollte mir zeigen, dass er der Gewieftere von uns beiden sei. Ich hatte sogar das Gefühl, Schuld am Tod dieser Mädchen zu haben. Als würden sie einzig für mich umgebracht. Verstehen Sie, was ich damit sagen will?«

John wusste nicht, was er antworten sollte. Er schwieg.

»Entweder sie starben, weil der Mörder mich auf hämische Art beeindrucken wollte. Oder sie starben, weil ich dem Kerl nicht das Handwerk legte, als ich die Gelegenheit dazu hatte. Wie auch immer – ich war sozusagen in diese furchtbaren Taten verstrickt.«

»Sie sind zu streng mit sich, Paul. Selbstverständlich trifft Sie keinerlei Schuld. Aus Ihnen spricht die Stimme des Anstands, des Mitleids. Das ehrt Sie, hilft jedoch weder den toten Mädchen noch Ihnen.«

»John, unter meinen Informanten und Spitzeln befanden sich stets auch einige Dirnen. Sie gehören zu denen, die ich mit Geld unterstütze. Sie sind die Verlierer in unserem System der Raffgier und der Ausbeutung. Immer, wenn eine weitere Frau getötet wurde oder verschwand, verletzte es auch mich. Stets war ich in Sorge, dass ich die Opfer womöglich kannte. Dass er sie gar *wegen* ihrer Verbindung zu mir ausgesucht hatte.«

»Sie glauben …?«

Paul nickte grimmig. »Er lachte mir ins Gesicht. Verhöhnte mich. Wollte mir zeigen, dass er nicht aufzuhalten sei. Dass wir mitnichten einander ebenbürtig seien. Er badete in seiner Überheblichkeit.«

»Ein Geisteskranker?«

Paul nickte nachdrücklich »Oh, mit Sicherheit. Jeder Mensch, der andere Menschen derart grausam tötet, kann nicht bei Verstand sein. Doch das Tragische in diesem Fall ist, dass dieser Mann unzweifelhaft eine große Schläue, ja Intelligenz besitzt. Eine ungemein gefährliche Mischung. Wissen Sie, es würde mich nicht erstaunen, wenn es diesem Monster sogar gelänge, im täglichen Umgang der Welt mit einem freundlichen Gesicht aufzuwarten.«

»Um des Nachts zu einer anderen Person zu werden. Ein Monster, in der Tat. Glauben Sie, dass es Sharp ist, der derart brutal tötet?«

Nachdenklich zuckte Paul mit den Schultern. Klopfte mit den Fingern rhythmisch auf die Lehne des Sessels. »Ich weiß es nicht. Die Körpergröße stimmt. Doch sonst? Ich kann es nicht sagen. Vielleicht verstellt der Kerl sich gut. Zumindest kommt Sharp in Frage. Doch lassen Sie uns vorerst einmal so tun, als verdächtigten wir ihn nicht. Das hilft uns bei einer unvoreingenommenen Analyse der Geschehnisse.«

»Wie lange liegen diese Vorfälle zurück? Ihre Auseinandersetzung mit diesem barbarischen Mörder, der den Namen Sharp zumindest tragen *könnte*?«

Paul zog einen Mundwinkel nach oben. »Zwei Jahre. Ja, bereits zwei Jahre.«

»Und wie fügte sich alles? Wann – wann hörte er auf, Sie zu verfolgen?«

Bitter lachte Paul auf. »Es betrübt mich, Sie enttäuschen zu müssen, John. Doch ich kam dem Monster nie ernsthaft auf die Schliche.«

»Ich verstehe nicht. Aber …«

»Ich ergriff die Flucht. Das ist die betrübliche Wahrheit.«

»Sie ergriffen die Flucht?« John wollte seinen Ohren nicht trauen.

»Ich verschwand aus London, ja. Nicht ganz freiwillig, wie Sie sich vielleicht denken können.«

»Was geschah? Sie sehen mich verwirrt, Paul.«

»Ich befürchtete, nicht vorsichtig genug gewesen zu sein. Und andere in große Gefahr gebracht zu haben. Oder zumindest zukünftig zu bringen.«

»Emma, Ihre Schwester. Ich verstehe.«

Paul nickte. »Ich konnte nicht riskieren, dass der Kerl durch mich auf meine Schwester aufmerksam wurde. Mich trieb die Befürchtung um, meine Verbindung zu ihr nicht sorgfältig genug verschleiert zu haben. Also ließ ich in einschlägigen Kreisen durchsickern, dass ich der Stadt überdrüssig sei und sie verlassen würde. Zwei Tage später kehrte ich London den Rücken und reiste mit dem Schiff auf den Kontinent.« Er sah an die Decke. »Außerdem hegte ich die Hoffnung, die Morde an den Mädchen würden mit meiner Abwesenheit aufhören.«

»Also entgingen Sie der Auseinandersetzung mit diesem mörderischen Geisteskranken durch einen Rückzug.« John war ernsthaft überrascht.

»So ist es. Ein gutes Jahr blieb ich auf der Hut, reiste durch die Niederlande und Frankreich. Der Mann hätte schließlich jemanden beauftragen können, mir zu folgen. Doch es gab keine Anzeichen für etwaige Verfolger. Von meiner Schwester erhielt ich in unregelmäßigen Abständen postalische Nachrichten, denen ich entnahm, dass sie ebenfalls nicht behelligt wurde. Ich atmete also schließlich auf.«

»Wie ging es weiter? Schließlich ist es augenscheinlich, dass Sie zurück nach London gingen.«

»Ich nutzte das neue Umfeld und änderte mein Auftreten. Spielte mit verschiedenen Erscheinungen, probierte unterschiedliche Charaktere. Ein Riesenspaß. Als ich schließlich mit dem Ergebnis zufrieden war, reiste ich zurück nach England. Das muss vor ungefähr einem Jahr gewesen sein. Ich kam in Portsmouth an, nahm sogleich eine Kutsche, die östliche Küste entlang. Für einige Wochen blieb ich in einem Örtchen namens Brighton, dann zog es mich in die andere Richtung, gen Nordwesten. Nach Bath, um genauer zu sein. Eine anstrengende Reise, die mehrere Tage dauerte. Jedoch eine Reise, die sich im Rückblick lohnte.

Der Kurort erwies sich als ausgezeichnetes Umfeld, um meine Rolle als Edelmann mit französischen Wurzeln zu perfektionieren. Die *haute volée* zieht es nämlich weiterhin nach Bath, wie Sie natürlich wissen. Der Besuch von Queen Anne zu Beginn unseres Jahrhunderts ist auch heute noch unvergessen und strahlt wie eine helle Sonne über dem Ort. Ein royaler Ritterschlag, eine beständige Empfehlung.« Er lächelte, eine Spur selbstvergessen. »Ein ausgezeichneter Schauplatz, um sich unter die feine Gesellschaft zu mischen. Insbesondere die Londoner Damen, welche zur Erholung in die Stadt kommen, sind aufgeschlossen für das Knüpfen neuer Bekanntschaften. Umso mehr, wenn diese Bekanntschaft mit einer gewissen französischen *élégance* brillieren kann.« Versonnenheit zog über Pauls Gesicht. Er räusperte sich. »Eine angenehme Zeit. Doch auch Brighton hatte es mir zuvor angetan, das muss ich zugeben. Ein erstaunliches kleines Städtchen, völlig unterschätzt. Die gute Seeluft, das angenehme Klima. Ich gehe jede Wette ein, dass Brighton in nicht allzu ferner Zukunft ein zweites Bath werden wird.«

Er schlug mit der flachen Hand auf die Sessellehne. »Wie dem auch sei, nach meiner Rückkehr auf englischen Boden war ich demnach weit genug von der Hauptstadt entfernt, um vorsichtig meine Fühler dorthin auszustrecken, ohne sogleich Verdacht zu erregen. In den Gesprächen mit der Londoner Gesellschaft, die zur Erholung und natürlich zum Vergnügen angereist war, suchte ich nach Hinweisen auf meinen Widersacher. Außerdem studierte ich die Zeitungen auf diesbezügliche Berichte hin. Hatte es ungewöhnliche Todesfälle gegeben? Insbesondere von Dirnen? Ich suchte in den Blättern und konversierte geschickt mit Londoner Bürgern. Doch ich fand keine Anhaltspunkte. Die Meldungen und Gespräche über Gewaltverbrechen an Dirnen passten nicht zum mir bekannten Vorgehen jenes Mannes, dessentwegen ich das Land verlassen hatte.« Paul biss sich auf die Unterlippe. »In mir keimte die Hoffnung auf, dass die Sache wirklich ausgestanden sei. Derart erleichtert war ich schließlich, dass ich geradezu nach Gründen suchte, die meine Hoffnung untermauern sollten. Vielleicht hatte der Kerl selbst das Land verlassen. Vielleicht verrottete er mittlerweile im Kerker. Vielleicht war er gar tot. Ich überredete mich sozusagen selbst, dass ein Schlussstrich gezogen werden konnte, und fasste den Entschluss, nach London zurückzukehren.«

»Der Mann verschwunden oder einer Strafe zugeführt? War dies nicht ein, verzeihen Sie mir die Direktheit, etwas naives Ansinnen?«

Leise Entrüstung stand in Pauls Gesicht geschrieben. »Wenngleich ich wirklich guter Dinge war, was den Verbleib dieses Mörders betraf, zeigte ich mich natürlich nicht derart blauäugig, keine Vorsichtsmaßnahmen zu ergreifen. Bedenken Sie, es kam ein völlig anderer Mann in die Stadt zurück als jener, der ihr zuvor den Rücken gekehrt hatte.« In gespielter Demut verdrehte er die Augen. »Der Habicht hatte sich gemausert.«

»Monsieur de l'Estagnol.« John stieß einen anerkennenden Pfiff aus.

»*Oui, à votre disposition*!« Schwungvoll lüftete Paul seinen Hut. »Dabei kam mir durchaus zugute, dass mein Vater tatsächlich französischer Abstammung war. Sie sehen, John, ich habe Sie nicht wirklich angelogen.

Was ich über meine Familie und Kindheit berichtete, all dies entspricht der Wahrheit.« Er wurde ernst. »So ungewöhnlich es sich auch anhören mag – aber *ich bin* dieser Monsieur de l'Estagnol.«

John nickte schelmisch. »Ich verstehe. Sie sind de l'Estagnol, wie Sie auch all die anderen Personen sind, welche Sie sich nach Bedarf überziehen.«

»Überziehen, sagen Sie. Eine durchaus treffende Formulierung. Doch es gibt eben zwei, drei Mäntel, die mir besser passen und stehen als andere.«

»Als das Apfelmädchen«, grinste John.

»Als zum Beispiel das Apfelmädchen«, wiederholte Paul, ebenfalls mit einem Lachen. »Durchaus.«

»Sie blieben dem Mann nach Ihrer Rückkehr also erfolgreich verborgen?« John stockte. »Ich muss davon ausgehen, dass es sich bei dem Mörder, von dem Sie sprachen, um genau jenen Mann handelt, der auch gegenwärtig die Leute auf der Straße und die Schreiberlinge von der Grub Street in Atem hält?«

»Ich bin davon überzeugt. Die Methoden entsprechen denen, auf die ich bereits vor zwei Jahren aufmerksam wurde.«

John kratzte sich am Kopf. »Er weiß nicht, dass Sie ihm heute erneut auf der Spur sind?«

»Oh, das ahnt er wohl, spätestens seitdem ich Sie aus dem Lagerhaus befreit habe, John. Da brauchen wir uns keiner Illusion hinzugeben. Doch bis zu jenem Zeitpunkt scheint es mir gelungen zu sein, ihn nicht auf mich aufmerksam zu machen.« Er schmunzelte. »Selbst meine eigene Schwester erkannte mich nicht sogleich, als ich im Aufzug des französischen Edelmannes wieder vor ihr auftauchte.« Seine Miene wurde abermals ernst, er fuhr jedoch mit einer unverkennbaren Portion Stolz fort: »Dennoch ist es erstaunlich, wie lange ich dem Kerl verborgen bleiben konnte. Er ist ein Mann, da bin ich sicher, der über beste Beziehungen und Informationswege verfügt. Über kurz oder lang hätte er natürlich von meiner Rückkehr erfahren, das steht fest. Je mehr meiner alten Kontakte ich jüngst aufleben ließ, umso größer wurde auch das Risiko, entdeckt zu werden. Dessen war ich mir bewusst.«

John nickte. »Was mich, wenn Sie meine Unterbrechung verzeihen, zu der zentralen Frage verleitet, warum Sie dieses Risiko der erneuten Auseinandersetzung eingingen. Warum nahmen Sie die Verfolgung erneut auf und bringen sowohl sich als auch Ihre Schwester unweigerlich in Gefahr?«

»Als ich vor ein paar Wochen abermals auf die perfiden Taten des Mörders aufmerksam wurde, durch einen schreienden Zeitungsverkäufer übrigens, war mein erster Gedanke, den Fehler meiner Rückkehr nach London umgehend zu revidieren.«

»Was bewog Sie, dies nicht zu tun?«

»Etwas Furchtbares geschah nur kurze Zeit später.«

Stirnrunzelnd sah John Paul an, wartete darauf, dass er weitersprach.

Doch Paul drehte den Kopf zur Seite, starrte an die Wand und schwieg einen langen Moment. Einmal, zweimal setzte er zu sprechen an. Erst beim dritten Mal fuhr er fort, mit leiser Stimme, den Kopf weiterhin abgewandt. »Es gibt einen Mordfall, von dem die Öffentlichkeit bisher nichts mitbekommen hat.«

»Das kleine Mädchen, das auf dem Markt verschwand. Ich weiß.«

Ruckartig wandte Paul sich John zu. »Sie wissen davon?«

Er war sich nicht sicher, da die breite Krempe des Hutes das Gesicht überschattete, doch John meinte, Feuchtigkeit in Pauls Augenwinkeln blitzen zu sehen. »Fielding hat mir davon berichtet. Er – also, er sprach, wie gesagt, davon.« Verunsichert beließ John es dabei.

Tonlos sprach Paul weiter. John musste die Ohren spitzen, um ihn zu verstehen. »Anne.« Er starrte ins Leere. »Anne war ihr Name.«

»Anne? Das Mädchen?«

Paul blies die Wangen auf und stieß mit einem traurigen Ton stoßartig die Luft aus. Er legte den Kopf nach links, nach rechts, untermalt vom Knacken seiner Wirbel. Dann nahm er den Hut ab, warf ihn auf das Bett und verschränkte die Arme. In dem Blick, den er John zuwarf, rangen Erschöpfung und Zorn miteinander. »Das Mädchen hieß Anne. Wir kannten Anne. Ein fröhliches Kind.«

»Sie kannten diese Anne? Jenes Mädchen, das der …« John stockte. Verdutzt. Entsetzt.

Der Ansatz eines Nickens. »Wir alle hier kannten sie. Sie war die Tochter von Martha, einer Freundin von Emma. Martha zog das Mädchen alleine auf, müssen Sie wissen. Sie verdingte sich als Blumenverkäuferin. Ein ums andere Mal brachte sie Anne zu uns, wenn sie nicht auf sie aufpassen konnte. Das Kind blieb dann meist in der Küche, spielte dort, unterhielt die Köchin. Und uns andere, wenn wir dort etwas zu tun hatten. Sie … sie war ein fröhliches Kind. Doch das sagte ich bereits.« Ein trauriges Lächeln. »Emma und die Mädchen waren ganz vernarrt in Anne.«

»Ich weiß nicht, was ich sagen soll. Eine grauenvolle Geschichte. Eine weitere, furchtbare Tragödie.«

Paul schluckte. »Eine Tragödie, die Martha nicht verkraftet hat. Wenig verwunderlich, wer mag es ihr verdenken. Die Arme macht sich für den Tod des eigenen Kindes verantwortlich. Glaubt, sie hätte irgendwie alles verhindern können.« Er schüttelte den Kopf. »Sie war mit ihrer Tochter an jenem Tag auf dem Markt unterwegs. Von einem Moment auf den anderen verschwand das Kind. Welche Schuld sollte Martha treffen? Sagen Sie, John. Welche Schuld?«

John hob ratlos die Schultern, unfähig zu einer Aussage.

»Keine! Natürlich keine. Schuld trägt nur das Monster, welches das Mädchen umbrachte. Ein barbarisches Verbrechen, dem eigentlich zwei Menschen zum Opfer gefallen sind. Zwei Menschen starben. Anne derart zu Tode geprügelt, dass ihre eigene Mutter sie kaum erkannte. Und Martha, sie verwelkte, starb in ihrem Innern. Sie ist seit dem Fund der übel zugerichteten Kleinen nicht mehr sie selbst. Hat kein einziges Wort mehr über die Lippen gebracht. Kein einziges! Muss zum Essen und Trinken gezwungen werden. Sie wurde nach Bedlam gebracht. In das Irrenhaus. Zu ihrem eigenen Schutz.« Er rieb sich die Augen. »Sie ist nur noch ein Schatten ihrer selbst.«

»Und unser Verfolger hat Anne … ich meine – Sie sind sicher, dass der Kerl verantwortlich für diese grauenhafte Tat ist?«

»Alles deutet darauf hin, ja. Die Wunden. Die Grausamkeit. Es ist seine Handschrift, zweifellos.«

»Sie kannten das Kind, Paul. Genau dieses Mädchen. Sagen Sie, kann dies ein Zufall sein?«

Langsam beugte Paul sich vor. »Darüber habe ich lange nachgedacht. Sehr lange. Mein erster Reflex war, eine Verbindung zu sehen. Doch London ist kleiner, als man gerne annimmt. Es ist bloßer Zufall, so vermute ich, dass Anne mir bekannt war. Ich glaube nicht, dass der Mörder das Kind wegen seiner Verbindung zu mir oder zu Emma ausgewählt hat. Nein, das glaube ich wirklich nicht. Er hat bisher keinen Versuch unternommen, sich uns zu nähern, weder mir noch Emma. Ich spüre ihn nicht in der Nähe lauern. Die Tarnung, meine Vorsichtsmaßnahmen waren erfolgreich. Die traurige Wahrheit ist: Anne wurde ein Opfer aus denselben Gründen wie all die anderen Frauen und Mädchen. Gründe, die in dem Wahnsinn des Mörders liegen. Seiner Unmenschlichkeit. Er ist eine verachtenswerte Kreatur. Fast frage ich mich, ob er nicht doch den unsäglichen Schrecken der Hölle entstiegen ist, wie so viele behaupten.«

»Sie haben es sich auf die Fahne geschrieben, ihm das Handwerk zu legen?«

»So ist es. Ich werde nicht ruhen, bevor er für seine Taten gezahlt hat.«

Vor der Zimmertür war eine dumpfe Stimme zu hören, kurz darauf das Lachen einer Frau. Dann war es wieder still.

»Wie ist es Ihnen gelungen, erneut die Spur aufzunehmen? Der Mörder ist ein Gespenst, das niemand zu Gesicht bekommt. Jedenfalls niemand, der danach noch davon berichten könnte.«

»Oh, das ist nicht ganz richtig. Es passt zu den Geschichten, welche die Gazetten abdrucken, aber es ist nicht ganz richtig. Es gelang mir, einen Mann ausfindig zu machen, der Stein und Bein schwört, ihn gesehen zu haben. Nach dem Mord an der Dirne und ihrem Freier. Seine Beschreibung passt zu dem Mann, mit dem ich es seinerzeit zu tun hatte.«

»Also erschöpft sie sich in einer dunklen Gestalt, die nicht wirklich zu erkennen war?«

Paul zuckte mit den Schultern. »Immerhin.«

»Haben Sie die Behörden unterrichtet? Ich denke, Fielding ist dankbar für jeden Hinweis.«

»Zum einen handelt es sich bei dem Augenzeugen um einen alten Trunkenbold, der in der Gosse lebt. Man kann sich lebhaft vorstellen, was von solch einem Zeugen gehalten wird. Zum anderen, John, verbietet mir meine Vergangenheit einen direkten Kontakt zu Leuten wie Fielding. Sie würden mich nur zu gerne in die Finger bekommen. Mörder hin oder her. Nein, mein Verlangen, aufgeknüpft zu werden, ist nicht allzu ausgeprägt.«

»Ich vergaß.« John spitzte nachdenklich die Lippen. »Doch was führte Sie auf die Spur?«

Paul nickte. »Das werde ich Ihnen sagen: Sie waren es, John.«

»Ich? Wie meinen Sie das?«

»Lassen Sie mich zuerst eine andere Frage stellen, bevor wir zu diesem Punkt kommen. Sagen Sie, John, finden Sie es nicht auch merkwürdig, dass das Monster mit seinen Taten seit ein paar Wochen im Blickfeld der Öffentlichkeit steht, wohingegen derselbe Täter vorher schon ähnliche Morde beging? *Ohne* dass diese Morde jemandem in ihrem Zusammenhang auffielen?«

»Dieser Gedanke ist mir wirklich noch nicht gekommen.«
»Was, meinen Sie, steckt hinter dieser jüngsten Veränderung?«
»Ich weiß es nicht. Jemandem sind die Zusammenhänge schlicht aufgefallen?« Abwesend strich John mit der Hand über die Tischplatte.
»Möglich, doch warum sind sie gerade *jetzt* aufgefallen?«
»Sie meinen …?«
»Genau. Der Mörder *wollte*, dass seine Opfer auffallen. Er *wollte* einen Namen bekommen. Wollte wahrgenommen werden. Als das, was er ist. Ein brutaler Mörder, der Angst und Schrecken verbreitet.«
»Wieso sollte er so etwas tun? Wenn er bis dato unbehelligt morden konnte, warum sollte er auf einmal die Aufmerksamkeit suchen? Das macht es doch nur schwieriger und gefährlicher für ihn.«
»Ein alter Taschenspielertrick«, antwortete Paul. »Im Grunde nichts anderes als das, was ein gewöhnlicher Dieb macht. Er verursacht auf der linken Seite seines Opfers einen Tumult, um ihm von der rechten Seite aus unbeobachtet in die Tasche zu greifen. Ablenkung, John. Die Intention, Verwirrung zu stiften.«
»Demnach geht es dem Mann nicht mehr bloß um die Befriedigung seines brutalen Wahnsinns, sondern um etwas anderes.«
»Seine Motivation scheint sich verschoben zu haben. Ja, genau das denke ich. Natürlich kann es auch sein, dass er die neue Aufmerksamkeit bloß für seinen Nervenkitzel braucht. Vielleicht sucht er endlich Anerkennung für seine Taten. Dazu passt jedoch nicht, dass sich bei der Auswahl seiner Opfer in der letzten Zeit etwas geändert hat. Nicht gänzlich, doch bedeutend. Es waren Frauen von der Straße, an denen er bisher seine widerwärtigen Praktiken vollzog. Doch spätestens seit Annes Tod verhält es sich anders. Denken Sie nur an Steele oder Ihre Haushälterin. Sie passen nicht mehr in das Muster. Nein, mit ihrem Tod verfolgt der Täter einen anderen Plan. Dann sind da noch Sie, John. Ein erkorenes Opfer, wenn Sie mir diese Formulierung erlauben. Entkommen, aber nichtsdestotrotz Ziel eines tödlichen Spiels. Ja, diese jüngsten Taten stehen in einem anderen Zusammenhang.« Paul schnalzte mit der Zunge und sah John aus zusammengekniffenen Augen aufmerksam an. »Ich habe den Eindruck, als habe der Mann an den Dirnen für seine heutige Rolle geübt.«
»Unfassbar, was Sie da sagen.« John rieb sich die Stirn. »Unfassbar. Doch es folgt einer gewissen Logik, das muss ich eingestehen.«

»Dieser Überlegung ging ich jedenfalls auf der Suche nach dem Kerl nach. Dass ich ihn damit aufspürte, ist der beste Beweis ihrer Richtigkeit.«

»Wie stellten Sie das an? Das Aufspüren, meine ich.«

»Wenn das brutale Monster eine Rolle ist, die der Mörder zumindest *auch* zum Zwecke der Ablenkung ausfüllt, galt es herauszufinden, wovon sie ablenken soll. Von welchem größeren Plan sie Bestandteil ist. Es muss sich dabei um etwas Beachtliches handeln. Etwas, das Morde rechtfertigt. So etwas ist nur schwer gänzlich geheim zu halten. Ansonsten bedürfte es der Ablenkung nicht. Ich spitzte die Ohren und suchte ein paar alte Gefolgsleute auf. Wenn sich etwas zusammenbraute, sollten sie davon gehört haben. So hoffte ich.«

»Sie spannen mich auf die Folter, Sir.«

»Um es kurz zu machen: Aus verschiedenen Mündern hörte ich, dass die Jakobiter in jüngster Zeit auffällig umtriebig sind. Männer werden in den einschlägigen Bierhäusern rekrutiert, man munkelt von einem angeleiteten Aufstand. Es werden große Summen genannt, die dazu dienen sollen, sich an verschiedenen Fronten Unterstützung zu sichern. Mit einem Schiff sollen heimlich Waffen in die Stadt gebracht worden sein. Musketen, Kanonen. Und Sprengpulver.«

»Auch Fielding war davon überzeugt, dass die Jakobiter etwas im Schilde führen.«

»Er scheint nicht falsch zu liegen. Ich habe diese Informationen aus unterschiedlichen Quellen zugetragen bekommen. Quellen, die nicht in direkter Verbindung miteinander stehen. Daher meine ich, dass an der Sache etwas dran ist. Und dass der Mörder in sie verstrickt ist.«

»Dann wären die brutalen Morde allesamt Teil eines politischen Plans? Das vermuteten wir bereits.«

»Dieser brutale Mörder ist gleichzeitig der Kopf der Jakobiter. Es geht nicht nur um die Gräueltaten eines Wahnsinnigen, es geht um einen übergeordneten Zusammenhang. Die Morde, so möchte ich sagen, sind Teil des politischen Spiels. Zumal bei meinen Nachforschungen auch ein Name auftauchte, der Sie nicht verwundern wird: Alexander Steele. Ich erlangte Kenntnis davon, dass Steele in die Anheuerung von Helfern verwickelt war, die allesamt zumindest leise Sympathien für die Stuarts hegen. Weshalb ich mich im Aufzug eines Druckereigesellen daranmachte, mir Zugang zum Haus der Steeles zu verschaffen. Wer konnte mir dabei besser helfen als jemand aus dem Haushalt der Steeles? Niemand hat einen leichteren Zugang zu den Geheimnissen der erlesenen Gesellschaft als ihre Dienstboten.«

»Ich verstehe, Sie machten dem Küchenmädchen der Steeles, Rose, in der Rolle des Thomas schöne Augen. Auf diese Weise gelangten Sie in das Anwesen am Hanover Square und konnten sich dort umhören.« Eine äußerst einfallsreiche Methode.

»Wie gesagt: Die Dienerschaft ist stets ein guter Ausgangspunkt, möchte man etwas Kompromittierendes über ihre Herrschaft erfahren. Ich wurde nicht enttäuscht. Bereits bei unserem zweiten Stelldichein gelang es mir, Rose zum Reden zu bringen. Das ein oder andere Glas Gin tat seine nachhelfende Wirkung, das möchte ich nicht verhehlen.« Paul streckte sich, wie eine Katze. In diesem Moment war die Ähnlichkeit mit seiner Schwester Emma nicht zu übersehen. »Jedenfalls berichtete Rose mir, eine Zofe habe das Ehepaar Steele unlängst bei einem lauten Streit belauscht. Sie disputierten darüber, wie man mit einem Mann verfahren solle, der sie in Bälde aufsuchen würde. Alexander Steele äußerte wohl, wie Rose mir atemlos zuflüsterte, einige drastische Ideen.« Er grinste. »Die Foltermethoden vergangener Jahrhunderte waren nichts dagegen. Mrs Steele hingegen rief ihren Gatten zur Mäßigung auf. Und zur Vorsicht. Sie sagte, dass sie eine Falle vermute. Ich ließ mir diese Aussage ein paar Tage später noch einmal von der kleinen Rose bestätigen. Doch sie blieb dabei. Die Zofe habe eindeutig von einer Falle für die Steeles gesprochen. Ich schenkte dem Mädchen Glauben. Streit zwischen Eheleuten ist wirklich nichts Besonderes, doch Rose war das selbstgefällige Getratsche der Zofe deshalb so gut in Erinnerung geblieben, da sie den Namen jenes Mannes kannte, den man erwartete. Der Name lautete John Shinfield.« Paul nickte bedächtig. »Jener Sohn des Earl of Finchampstead, bei dem eine gute Bekannte von Rose bedienstet ist.«

»Beth«, sagte John tonlos.

»So ist es – Beth.«

Versteinert saß John in seinem Sessel, wie vom Schlag getroffen. Er brauchte einige Augenblicke, um zu verarbeiten, was er soeben gehört hatte. Die Erkenntnis brach in einer erdrückenden Woge über ihn herein. »Die Steeles haben von meinem Kommen bereits gewusst? Wie ist das möglich?« Er rieb sich die Augen. »Und wie lange im Voraus wussten sie es bereits?«

»Ihr Treffen mit Fielding im *Bedford* fand etwa eine Woche nach meinem ersten Gespräch mit Rose statt.«

Irritiert lachte John auf. »Aber … das ist unmöglich. Zu dem Zeitpunkt wusste ich schließlich selbst noch gar nicht, dass …« Er hielt inne. Kniff die Augen zusammen und schüttelte den Kopf. Anscheinend war es nicht unmöglich.

»Es scheint von langer Hand geplant gewesen zu sein, dass Sie die Steeles aufsuchen würden, John.«

Es war schier unfassbar. Doch es sah ganz danach aus. »Fielding sagte mir, dass in höheren Kreisen entschieden worden sei, mich mit den Nachforschungen zu beauftragen. Woher wussten die Steeles davon?«

»Wohl aus genannten höheren Kreisen selbst. Das ist die einfachste und wohl auch schlüssigste Erklärung. Dann wäre da noch Fielding selbst.« Paul hob schnell eine Hand, um Johns Einwurf zuvorzukommen. »Oder jemand aus dem direkten Umfeld des Richters. Lassen Sie uns diese Frage für den Moment hintanstellen. Wichtig ist, dass die Steeles informiert waren. Doch ich möchte Ihnen berichten, wie ich auf den Mörder stieß. Vielleicht können Sie es sich mittlerweile denken.«

»Nachdem Sie von Rose meinen Namen erfuhren, hefteten Sie sich an meine Fersen und bemerkten schließlich, dass ich Kontakt zu den Steeles aufnahm.« John wartete Pauls Nicken ab. »Was Sie natürlich nicht überraschte. Sie behielten mich weiterhin im Auge. Daher Ihr Auftauchen bei dem Überfall.« Er schüttelte den Kopf. »So wurde ich zum Köder, mit dem Sie beabsichtigten, fette Beute zu fangen. Sie erzählten mir etwas von Ihren Spielschulden – und ich habe es Ihnen sogar abgenommen. Also haben Sie mir doch nicht die Wahrheit erzählt.«

Vergebung erbittend spreizte Paul die Hände. »Ich log so viel wie nötig, aber so wenig wie möglich. Sie waren meine einzige Hoffnung, John.«

Tief holte John Luft. »Was ich weiterhin nicht verstehe, ist meine Rolle in dem ganzen Spiel. Warum wurde gerade ich zu den Steeles geschickt? Warum bin ich zum Ziel des brutalen Mörders geworden, verstrickt in seine wie auch immer gearteten Pläne?«

»Ganz einfach«, lächelte Paul geduldig, als spreche er mit einem kleinen Kind. »Weil Sie ihn kennen.«

Entgeistert starrte John Paul an. »Ich *kenne* den Kerl? Den Kopf der Verschwörer? Dieses brutale Schwein? Glauben Sie das wirklich?«

»Oh ja, davon bin ich felsenfest überzeugt. Er hat eine persönliche Rechnung mit Ihnen zu begleichen. Glaubt zudem, Sie hätten etwas, das ihm gehört. Jenes Dokument.«

Abwehrend hob John die Hände. »Nehmen wir also an, Sharp ist unser Gesuchter. Welche Rechnung hätte ich mit Lord Sharp offen? Da fällt mir nichts ein, ich kenne den Mann im Grunde kaum.«

»Ich bat Sie genau wegen dieser Fragen darum, Sharp vorerst auszublenden. Bleiben Sie unvoreingenommen. Entweder ist er nicht unser Mörder oder Sie wissen etwas Entscheidendes über ihn nicht.«

»Aber …« John wurde von einem leisen Klopfen an der Zimmertür unterbrochen.

Paul bedeutete John, sitzen zu bleiben. Er sprang aus seinem Sessel auf und war nach wenigen Schritten an der Tür. Langsam öffnete er sie einen Spalt, nickte jemandem auf der anderen Seite zu und lauschte dann einer knappen Erklärung.

John spitzte die Ohren, doch er verstand keine zusammenhängende Silbe. Er konnte jedoch sehen, wie Paul ein Stück Papier in Empfang nahm. Kurz darauf schloss er die Tür wieder.

»Bitte entschuldigen Sie. Eine wichtige Nachricht.« Paul ging zurück zum Sessel, das gefaltete Papier in der Hand. Erst nachdem er sich gesetzt hatte, faltete er die Nachricht auseinander und überflog sie aufmerksam. Mit jeder Sekunde wurden die Falten auf seiner Stirn tiefer.

»Schlechte Nachrichten?«, fragte John angespannt. Hatte man ihn aufgespürt? Mussten sie dieses Haus bereits wieder verlassen?

Paul knickte das Papier zusammen und schob es in seine Hosentasche. Er kratzte sich am Kopf und schaute John einen Moment nachdenklich an, bevor er schließlich zu einer Antwort ansetzte. »Das vermag ich im Augenblick noch nicht zu sagen. Es ist zumindest eine überraschende Nachricht. In der Tat.«

John beugte sich gespannt nach vorne.

»Wie es scheint, ist unser mordender Freund in der Nähe der Tavistock Street das Opfer einer aufgebrachten Meute geworden. Er soll mausetot sein.«

Mit offenem Mund starrte John Paul an. Seine Gedanken überschlugen sich.

»Vielleicht erfahren wir früher als gedacht, ob Sharp unser Mann ist.« Paul schmunzelte. »Beziehungsweise *war*.«

»Wie wollen Sie das anstellen?«

»Nun, ganz einfach. Indem ich hinfahre und nachschaue.« Er schlug sich auf die Stirn. »Ach, bevor ich es vergesse.« Unter seinem Stuhl holte er ein Päckchen hervor. Er reichte es John. »Von Beth. Es ist für Sie abgegeben worden.«

»Ein Buch«, sagte John, nachdem er das Papier entfernt hatte. »Eine Romanze«, stellte er stirnrunzelnd fest. Irritiert blätterte er durch das Buch. Dabei fiel ein Zettel heraus und landete in seinem Schoß. Er faltete das Papier neugierig auseinander. »Interessant«, bemerkte er. »Eine Nachricht von einem Freund. Mr Rodnell.«

»Dem Buchhändler? Was besagt sie?«

»Sie besagt nichts weniger, als dass Mr Matthew Wolfe Fragen nach meiner Person stellte. Vorgeblich, weil ich mich in Gefahr befinde. Sie wissen, wer Wolfe ist?«

»Er macht die Drecksarbeit für die Regierung, wenn mich nicht alles täuscht.«

John lachte auf. »Ihre Fähigkeit der beredten Beschreibung ist stets erfrischend.«

»Es sind ein paar Leute zu viel an Ihrer Person interessiert«, warnte Paul. »Wir können niemandem vertrauen.« Er rieb sich die Hände und lächelte zuversichtlich. »Außer natürlich uns gegenseitig.«

Kapitel 34

Die Kutsche ruckelte langsam über die Pflastersteine. Bedächtig trabten die beiden Pferde auf die London Bridge zu, welche die Themse überspannte und Southwark mit der City of London verband. Die auf dem eindrucksvollen Bauwerk errichteten Wohnhäuser und Geschäfte verliehen der Brücke das Ansehen einer langen, engen Straße. Ein Eindruck, der sich, hatte man sie einmal betreten, in den eines lichtarmen, langen und engen Tunnels verwandelte. Einige der bis zu sieben Stockwerke hohen Gebäude überhingen den nur wenige Schritte breiten Brückenweg. Sie formten ein Dach, ähnlich einem überwachsenen Waldweg.

Die Sonne war gerade aufgegangen. An diesem klaren, kühlen Morgen strömten bereits unzählige Menschen hinüber, auf die jeweils andere Seite des Flusses. Händler mit kleinen Handkarren, Tagelöhner, Bauern mit ihrem Vieh, Taschendiebe. Sie alle bildeten einen Strom, in dem die Kutsche langsam mitschwamm.

Ein Straßenhändler trat eilfertig neben das Gefährt und hielt seine Ware an das Fenster. Als er die Fahrgäste, einen blinden Mann und ein gestikulierendes Mädchen, sah, ließ er sich zurück in den Menschenstrom fallen. Er wusste, wann es sich lohnte, seine gusseisernen Pfannen anzupreisen, und wann nicht.

Die Kutsche passierte den südlichen Brückenkopf. Sie hielt sich auf der linken Seite, wie die übrigen von Southwark kommenden Gefährte und Karren. Auf diese Weise konnte der von Norden kommende, spärlichere Strom von Menschen und Fahrzeugen auf der Ostseite Platz finden. Ohne diese Ordnung hätte es auf der London Bridge kaum ein Durchkommen gegeben. Auch so war es ein ständiges Stehenbleiben und Weiterkriechen, bis man die Brücke endlich überquert hatte.

An diesem Morgen ging es vergleichsweise zügig voran. Geduldig trotteten die Pferde voran, zog das Gespann weiter über die dicht bevölkerte Brücke. Zu anderen Zeiten, später am Morgen etwa, konnte es durchaus eine gute Stunde dauern, bis man die Themse endlich am Fish Street Hill hinter sich gelassen hatte.

Von ihrer Fahrt, von dem, was vor den Fenstern vor sich ging, bekamen die beiden Passagiere der Kutsche kaum etwas mit. Selbst das tosende Wasser der vom Schmelzwasser gefüllten Themse, das sich unter den Brückenbogen hindurchzwängte, konnte sie nicht ablenken. Zu sehr waren die Passagiere in ihr Gespräch vertieft. Wobei der Mann mit der Augenbinde meist angespannt zuhörte, während es aus dem Mädchen heraussprudelte. Doch der Blinde nutzte schließlich eine Atempause des Kindes, um selbst das Wort zu ergreifen.

»Diese Augenbinde irritiert mich ungemein.« John zog mit spitzen Fingern an dem schwarzen Stoffband. »Ich kann lediglich meine Beine sehen.« Er fügte mit einer gewissen Boshaftigkeit hinzu: »Außerdem entzieht sich mir so Ihr wunderbarer Anblick, Paul.«

Mit betont übertriebener Falsettstimme gab sich Paul entrüstet. »Aber mein Herr, wie sprechen Sie mit einem ehrenhaften Mädchen? Das zudem Ihre geliebte Nichte ist und sich derart aufopfernd um seinen blinden Onkel kümmert. Ihm Stütze und Führung im heillosen Durcheinander dieser Stadt ist. Stütze und Führung, Sir!«

Laut lachte John auf. »Ich bin mir immer noch nicht sicher, ob es eine gute Idee ist, in diesem Aufzug unter die Leute zu gehen.«

»Sie waren es, der darauf bestand, mich zu begleiten, wenn ich daran erinnern darf«, entgegnete Paul, nun mit seiner gewöhnlichen Stimme. »Die lockige Perücke und die Augenbinde verkleiden Sie hinreichend, damit Sie nicht sofort erkannt werden. Etwas anderes war so kurzfristig nicht aufzutreiben. Ihr Aufzug als Blinder ermöglicht es mir, Sie zu stützen. Es geht Ihnen zwar deutlich besser, John, doch noch immer sind Sie geschwächt und – erlauben Sie mir die Bemerkung – etwas wackelig auf den Beinen. Einem Blinden nimmt man seine eingeschränkte Beweglichkeit ohne Weiteres ab. Bei einem erlauchten Gentleman fiele diese Einschränkung jedoch auf. Bliebe in der Erinnerung der Leute. Etwas, das wir unbedingt vermeiden wollen.« Paul dachte kurz nach. »Gehen Sie sicherheitshalber davon aus, dass zumindest jemand aus der Riege der Verschwörer nach uns beiden sucht.« Er klopfte auf den Gehstock, der neben Johns Knie an der Sitzbank lehnte. »Wenn Sie also partout dabei sein wollen, wenn ich mir den Ort anschaue, an dem unser Gegenspieler umgekommen sein soll, dann nach meinen Spielregeln, Sir. Sie werden sich an die Binde schnell gewöhnen, glauben Sie mir. Sie lässt Ihnen im Blick nach unten genug Spielraum zur Orientierung und verbirgt gleichzeitig Ihre Identität besser als jede Maske. Außerdem stehe ich als liebreizende Nichte fest an Ihrer Seite. Ein Blinder und ein Mädchen – die Leute werden uns kaum ernsthafte Beachtung schenken.« Er lachte fröhlich auf. »Die allerbeste Voraussetzung, um sich eingehend umzuschauen.«

Ergeben nickte John. »Ich verstehe, dass diese Vorsichtsmaßnahmen von Ihrer Vermutung herrühren, der Mörder agiere bei seinen blutigen Taten nicht alleine. Immerhin haben Sie in dem Lagerhaus eine weitere Person gesehen. Dass diese Person zurzeit nichts Besseres zu tun habe, als uns ausfindig zu machen, möchte ich jedoch in Frage stellen.« Er hob abwehrend eine Hand. »Selbstredend füge ich mich Ihnen, Paul. Man kann nicht vorsichtig genug sein, sicherlich.«

Mit ernster Miene nickte Paul. »Wenn es nur das wäre, John. Die Lage ist jedoch ein wenig verzwickter, als Sie es sich momentan noch vorstellen, befürchte ich. Die Ausführung der grauenhaften, blutigen Taten ist das eine. Ja, hier scheint der Mann Unterstützung durch jemand anderen erhalten zu haben. Vielleicht beim Sicherstellen, dass niemand den Mord stört, so wie ich es damals zufällig tat. Vielleicht beim Beseitigen oder Transportieren der Leichen. Wer weiß. Nein – das, worauf ich hinauswill, bezieht sich auf das größere Bild. Die Überschrift, welche über den blutigen Taten steht.«

John stutzte. »Sie gehen wirklich von einer Art Ablenkung aus, die als Motivation hinter den Mordtaten steht?«

»Richtig. Der Mörder ist nicht unser einziges Problem. Wir haben es nicht mit einem oder zwei Tätern zu tun, sondern im Grunde mit einer ganzen Gruppe.«

»Aber das vermuteten wir doch bereits. Einer Gruppe von Jakobitern.«

Die Kutsche holperte über einige Schlaglöcher und der Gehstock fiel polternd auf den Boden. Weder John noch Paul schienen es zu bemerken.

»Ja, einer Gruppe«, wiederholte Paul angespannt. »Der Mörder ist das eine. Doch vieles spricht dafür, dass hier eine organisierte kriminelle Vereinigung am Werk ist. Die bestens positioniert ist. Lassen Sie uns das nicht vergessen, bei unserer Suche nach vermeintlich nur einem Mann. Dem mordenden Kopf des Bundes.« Er starrte aus dem Fenster, auf die Häuser, an denen sie immer noch mit geringer Geschwindigkeit vorbeifuhren. »Eine verschworene Vereinigung, damit haben wir es zu tun. Derartige

Verbindungen gibt es seit ein paar Jahren einige. Sie schießen wie die Pilze aus dem Boden. Überall. Hier in London, aber auch in Schottland, Irland, den neuen Kolonien. Vielleicht haben Sie bereits von den Logen der Freimaurer gehört? Ja? Es geht bei diesen illustren Gruppen meist um geheime Allianzen, um Machtgewinn. Im Verborgenen gestrickt. Man stellt sich innerhalb der jeweiligen Gruppe über die übrige Gesellschaft. Glaubt, über einzigartiges Wissen und Einblicke zu verfügen, die den vermeintlich prädestinierten Status rechtfertigen. Fast schon etwas Religiöses haben einige dieser Gruppierungen. Obwohl sich viele von ihnen auf die neuen Wissenschaften und die Ratio berufen.«

Es hatte John die Sprache verschlagen.

»Sogenannte Geheimbünde eben.« Paul seufzte.

Die Skepsis in Johns Stimme war nicht zu überhören, als er zu sprechen ansetzte. »Wenn sie geheim sind, woher wissen Sie dann von ihnen?«

»Woher ich von diesen Geheimbünden weiß? Sie vergessen wohl, wer ich bin.« Paul konnte trotz der augenscheinlichen Ironie ein Quäntchen Stolz nicht unterdrücken. »Sir, Sie haben das Vergnügen mit dem legendären Habicht …«

»… von London, ich weiß«, vollendete John den Satz und schüttelte den Kopf. »Das erklärt noch nicht Ihr Wissen.«

»Bei meinen nächtlichen Einsätzen, bei meinen ungebetenen Besuchen der Wohlhabenden dieser Stadt konnte ich nicht nur einmal Treffen solcher Verbindungen belauschen.« Er machte eine wegwerfende Handbewegung. »Harmloses Zeug, das meiste. Zeremonieller Hokuspokus, der eben *en vogue* ist. Doch ich höre von einigen meiner Informanten, die als Dienerschaft Augen und Ohren im Haus ihrer Herrschaft offenhalten, auch anderes. So soll es Vereinigungen geben, die zum Erreichen ihrer höchst ambitionierten Ziele wenig zimperlich gegen ihre Mitmenschen vorgehen. Ich spreche von wirtschaftlichen Zielen.« Er legte eine bedeutungsschwere Pause ein. »Von politischen Ambitionen.«

»Wie jene einer jakobitischen Verschwörung«, sagte John tonlos. »Das größere Bild, wie Sie es nennen, verweist auf eine großangelegte jakobitische Verschwörung. Das ist es doch, was Sie meinen. Steele hat natürlich nicht alleine vorgehabt, etwas gegen unseren Monarchen zu unternehmen.«

»Es wäre bekanntermaßen nicht die erste Verschwörung ihrer Art.« Paul stieß die Luft aus. »Lassen Sie uns rekapitulieren, was wir diesbezüglich wissen.« Er sammelte sich für einen Moment. »Steele selbst war augenscheinlich dabei, Männer für irgendetwas zu rekrutieren. Männer, die getrost als Sympathisanten der jakobitischen Sache angesehen werden können. Und Steele stand nachweislich in Verbindung mit unserem Gegenspieler. Wurde von ihm getötet. Ein Machtkampf innerhalb der Gesellschaft? Zumindest wissen wir, dass irgendwelche Dokumente im Spiel sind. Und Sie, John.« Er rieb sich die Nase. »Sie sind mit den Ambitionen dieser verbrecherischen Gruppe eng verknüpft. Erinnern Sie sich bitte daran, dass Steele in seinem ominösen Gespräch ausdrücklich eine solche Verbindung herstellte. Und auch Agatha Steele hat Ihnen gegenüber auf eine Gruppe hingewiesen.«

»Agatha Steele? Sie sprach von irgendeiner Vereinigung, der sowohl ihr Sohn als auch ihre Schwiegertochter angehörten.« John dachte konzentriert nach. »Ja, Sie haben recht, Paul. Sie sprach von einer Vereinigung. Die alte Mrs Steele hat es insbesondere nicht verwunden, dass man ausgerechnet ihrer illustren Person die Aufnahme in diese Gesellschaft verwehrte. So habe ich sie jedenfalls verstanden.« Grübelnd senkte er den Kopf. »Was von ihrem Gerede war Hirngespinst?«

»Die Irren sprechen manchmal die klarste Wahrheit. Doch ihnen hört meist niemand zu.«

John drückte den Rücken durch. »Ich muss erneut mit Agatha Steele sprechen, unbedingt. Meine Güte, vielleicht kann sie uns …«

»John, verzeihen Sie meine Unterbrechung. Sparen Sie sich den Atem.«

»Was…?« John setzte irritiert an, die Binde abzunehmen.

»Lassen Sie den Stoff über den Augen. Bitte, bleiben Sie in Ihrer Rolle! Umso schneller gewöhnen Sie sich daran. Umso geringer ist die Gefahr, dass Sie sich draußen verraten.«

Widerwillig ließ John die Hände sinken. »Was meinen Sie mit dem, was Sie eben anmerkten? Wofür kann ich mir den Atem sparen?«

»Längst habe ich den Kontakt zu Agatha Steele gesucht, John. Sogleich, nachdem ich feststellte, dass Sie die Mutter von Alexander Steele aufgesucht haben.«

John lächelte erleichtert und entspannte sich. »Was kam dabei heraus? Spannen Sie mich nicht auf die Folter. Was konnten Sie in Erfahrung bringen?«

»Zu meiner Enttäuschung gar nichts. Mrs Steele scheint sich in einem sehr schlechten gesundheitlichen Zustand zu befinden. Einem kritischen Zustand.«

»Was, bitte, soll das heißen?«

»Sie ist nicht bei Bewusstsein. Es ist mehr als fraglich, ob sie es jemals wiedererlangt. Ihr Haushalt bereitet sich auf ihr Dahinscheiden vor.« Schweigen breitete sich in der Kutsche aus. »Sie können sich sicherlich mein Erstaunen vorstellen, als ich dies erfuhr«, sagte Paul schließlich.

»Sie sehen mich verwirrt. Also – das ist nicht möglich. Agatha Steele wirkte während meines Besuches erschöpft, sicherlich. Benötigte am Ende irgendeine Medizin. Aber sie wirkte auf mich nicht ernsthaft krank, nein. Körperlich krank, meine ich.«

Paul rieb sich das Kinn. »Berichten Sie mir von dieser Medizin.«

John rekapitulierte den Besuch bei Agatha Steele, die eingeflößte Medizin, das aus Johns Sicht auffällige Verhalten des Butlers.

Merklich horchte Paul auf. »Dieser Butler steht nicht mehr in Agathas Diensten. Das Hausmädchen, welches mir die Tür öffnete, berichtete, er habe jüngst das Weite gesucht. Interessanterweise kurz nach dem Auftauchen von Henry Fielding, der Mrs Steele ebenfalls ein paar Fragen stellen wollte.«

»Richtig, Fielding muss wenige Minuten nach meiner Verabschiedung vorstellig geworden sein. Ich sah ihn gemeinsam mit Mr Copper in einer Kutsche ankommen.«

»Zu jenem Zeitpunkt war die alte Dame bereits nicht mehr ansprechbar. Fielding musste unverrichteter Dinge wieder das Anwesen verlassen. Keine Stunde später verabschiedete sich dann der Butler. Er wolle woanders nach einer Anstellung suchen, ließ er das übrige Personal mit knappen Worten wissen. Das Mädchen an der Tür beklagte sich bitterlich bei mir, dass der Haushalt Kopf stünde und sie über ihre normalen Verpflichtungen hinaus zusätzliche Aufgaben wahrnehmen müsse. Wie etwa das Beantworten der Türglocke. Das arme Ding war ganz aufgebracht.«

»Darüber plauderte mit Ihnen, einem Unbekannten, das Hausmädchen?«

»Eine gewisse Versiertheit darin, vom Hauspersonal Nützliches zu erfahren, kann man mir sicherlich nicht absprechen.«

John konnte das breite Grinsen in Pauls Stimme hören. Er verkniff sich eine Bemerkung und gab lediglich einen grunzenden Laut von sich.

»Das Mädchen war in großer Sorge, was aus ihm werden würde, sollte die Hausherrin in Bälde dahinscheiden.« Paul knöpfte seinen Mantel zu. »Wie dem auch sei«, fuhr er fort, »es ist wohl kein Zufall, dass Agatha

Steele gerade jetzt verstummt, vielleicht für immer, nachdem Sie, John, mit ihr sprachen. Mich dünkt, dass sie zum Schweigen gebracht wurde, da sie zu viel weiß. Und dieser verschwundene Butler scheint mir dafür ein geeigneter Kandidat zu sein. Er hat ein wenig zu passend die Beine in die Hand genommen.«

»Sie meinen, er mischte Agatha etwas in die Medizin, um zu verhindern, dass sie weitere Einzelheiten über diese Geheimgesellschaft ausplaudert? Mir gar Namen nennt? Das hieße, er war im Auftrag dieses Geheimbundes im Haus von Steeles Mutter.«

»So könnte es gewesen sein. Wie ich Ihnen berichtete, verfügt der Kopf dieser Leute augenscheinlich über ein weitgespanntes Netz von Spitzeln und Informanten.«

Mit der Faust schlug John neben sich auf die Bank. »Sich vorzustellen, dass Agatha Steele uns seinen Namen hätte nennen können!«

»Es würde mich wundern, wenn Mrs Steele über ihre eigene Familie hinaus weitere Namen von Mitgliedern dieses Bundes kennen würde. Nein, das ist äußerst unwahrscheinlich. In diesen Vereinigungen ist es gewöhnlich so, dass man eine Kontaktperson hat, die übrigen Mitglieder aber inkognito bleiben. Mit Utensilien wie Masken und langen Mänteln machen sie sich bei ihren Treffen unkenntlich. Lediglich zwei oder drei Personen, die in der Hierarchie ganz oben stehen, kennen die Identität aller Mitglieder. Das vermute ich.« Paul beugte sich nach vorne und sprach in verschwörerischem Tonfall. »Einmal, als ich in die Stadtvilla eines reichen Tuchhändlers eindrang, kam ich in den Genuss, ein solches Zusammentreffen zu beobachten. Die Männer und Frauen, insgesamt etwa zehn an der Zahl, trugen in diesem Fall jedoch nur Masken. *Ausschließlich* Masken, wenn Sie verstehen. Bei dem zeremoniellen Ritus, den sie durchführten, wäre jegliche Kleidung nur hinderlich gewesen.« Er lachte und setzte sich auf. »Doch das ist eine andere Geschichte, nicht wahr? Wollen wir uns wieder Agatha Steele zuwenden. Nach dem, was Sie von dem bizarren Zusammentreffen berichten, brachte Ihnen die alte Frau ein gewisses Vertrauen entgegen. Auf eine irritierende Art und Weise, aber dennoch so etwas wie Vertrauen. Das scheint unseren Gegner beunruhigt zu haben. Wenn wir nur wüssten, was genau in dieser Medizin enthalten war. Dann wüssten wir, ob sich unser Verdacht bestätigt.« Er seufzte. »Sicherlich ist die Flasche mittlerweile genauso spurlos verschwunden wie der verehrte Herr Butler, und wir werden es nie sicher erfahren.«

»Verdammt!«, entfuhr es John. Er ballte die Hände zu Fäusten. »Ich hätte vor Ort aufmerksamer sein müssen. Vielleicht wäre es mir gelungen, aus Mrs Steele noch etwas Hilfreiches herauszubekommen. Wobei dieser Butler anscheinend ein genaues Ohr darauf hatte, was gesprochen wurde. Ja, im Rückblick verstärkt sich mein Eindruck, dass er beständig in unserer Nähe war und hereinplatzte, wenn die alte Dame begann, sich zu ereifern. Vielleicht, wenn ich sie …«

»Pah, unnötige Gedanken, John. Wir sollten uns im Augenblick vielmehr vor Augen führen, was diese Verschwörung für uns bedeutet. Denken Sie nach. Wenn der Mörder tot ist, was allenthalben in den Tavernen und Bierhäusern behauptet und daher in Kürze von den Zeitungsjungen der Stadt lautstark ausgerufen wird, sind wir immer noch nicht in Sicherheit. Denn Ihre Rolle in diesem Spiel, John, ist nicht die einer Straßendirne, welche man aus Gründen des Lustgewinns oder Wahnsinns abschlachtet. Genau das wird die Bevölkerung aber als Motiv für die Taten des Monsters annehmen. Nein, Sie sind aus irgendeinem Grund mit der größeren Sache verbunden. Mit dem eigentlichen Ansinnen dieser ominösen Gesellschaft von Jakobitern. Die es geschafft hat, dass Sie von Fielding in dieses Spiel hineingezogen wurden. Damit verfügen die Anhänger der Stuarts über Kontakte in den höchsten Kreisen. Vergessen Sie nicht, dass Mr Wolfe ebenfalls darauf bedacht ist, Sie im Auge zu behalten. Und er besitzt Verbindungen auf allerhöchster Ebene. Auch wenn der Mann tot ist – es gibt weitere Mitglieder jener Gesellschaft. Gefolgsleute, Hintermänner. Wozu mögen sie bereit sein, um ihre Pläne durchzusetzen? Wird jemand in die Fußstapfen des Toten treten?« Paul stockte. »Wenn es nach mir geht, John, dann möchte ich der gesamten Bande das Handwerk legen. Was auch immer sie vorhaben, gut für diese Stadt wird es wohl kaum sein – und ausbaden werden es am Ende wieder die Armen und Ärmsten. Leider zeigt ein Blick in die Vergangenheit, dass dies stets der Fall ist, wenn die Mächtigen und Wohlhabenden ihre Pläne durchsetzen. Wir haben es mit einer mehrköpfigen Hydra zu tun. Lassen Sie uns hoffen, dass ihre abgeschlagenen Köpfe nicht zu schnell nachwachsen.«

Die Männer hingen ihren jeweils eigenen Gedanken nach. Zögerlich nahm die Kutsche an Fahrt auf. Wenige Augenblicke später bog sie in die Lombard Street ein. Die Pferde fielen in einen leichten Trab. In sich versunken schaukelten die beiden Passagiere auf ihren Sitzen hin und her.

Sie waren bereits auf der Cheapside in Richtung Westen unterwegs, als

Paul tief Luft holte und weitersprach. »Doch eines nach dem anderen, jetzt sehen wir uns erst einmal an, was es mit dem Toten auf sich hat. Handelt es sich bei ihm um Lord Sharp?« Pauls munterer Tonfall klang schal. Er räusperte sich verhalten. »Sie behalten bitte Ihre Augenbinde auf und denken daran, mich mit Judith anzusprechen.«

John schreckte aus seinen Gedanken auf. Er nickte in Pauls Richtung. »Die Augenbinde, ja. Judith – ich verstehe.« Er spitzte die Lippen. »Eine Frage schwirrt mir durch den Kopf, seitdem Sie mir von Ihrem Alter Ego berichteten. Stimmt es eigentlich, wie Sie mir gegenüber behaupteten, dass wir uns erstmals bei einem Abendessen des Earl of Roxerham begegneten?«

»Oh ja, das ist korrekt.«

»Wie kann es sein, dass ich keinerlei Erinnerung daran habe.«

»Das erkläre ich Ihnen gerne. An jenem Abend hatte ich mich unter die Dienerschaft gemischt. Eine hervorragende Möglichkeit, das Anwesen Seiner Lordschaft für einen späteren Besuch in Augenschein zu nehmen. Ich habe Ihnen an jenem Abend den Wein eingeschenkt, John. Dass Sie sich daran nicht erinnern, wundert mich nicht.«

»Ach«, war das Einzige, was John erstaunt herausbrachte.

Paul lächelte. Dann wandte er sich zum Fenster und starrte hinaus. Die Stadt war auf den Beinen. Ein buntes Durcheinander von Menschen, Wagen, Tieren. Der Schnee war aus dem Straßenbild verschwunden, die Temperatur in den vergangenen Tagen merklich gestiegen. Der frühe Winter schien es sich anders überlegt zu haben. Er hatte den Rückzug angetreten. Vorerst.

An einer Straßenecke pries ein Zeitungsjunge seine gedruckte Ware an. »Mörderisches Monster erlegt!«, schrie er so laut, dass sie es beim Vorbeifahren hören konnten. »Mutige Bürger töten den Dirnenmörder! London wieder sicher!«

Die Passanten rissen ihm die Blätter aus der Hand.

Paul faltete die Hände im Schoß und schüttelte beinahe unmerklich den Kopf.

In das neuerliche Schweigen hinein murmelte John: »So Gott will.«

»Wir sind da.«

Die Kutsche kam mit einem Ruck zum Stehen.

Abwartend biss sich John auf die Unterlippe. Dann wischte er seine verschwitzten Hände am Mantel ab und strich sich über die Stirn, auf der kleine Schweißperlen glitzerten.

Paul tätschelte ihm das Knie. Mit fiepender Stimme fiel er in das übertriebene Falsett. »Lieber Herr Onkel, herzlich willkommen in meiner Welt. Der aufregenden Welt des Habichts von London. Unsere oberste Prämisse: Sich nicht erwischen lassen.« Er kicherte gackernd. Wie ein überdrehtes Huhn.

John ließ sich von Judith vorsichtig aus der Kutsche helfen. Etwas in ihm wollte laut loslachen über diese bizarre Situation. Paul als Mädchen namens Judith, er als ihr blinder Onkel. Was für ein absurdes Gespann. Doch er musste sich zu sehr darauf konzentrieren, nicht aus der Kutsche zu stolpern, als dass er dem Kitzel hätte nachgeben können. Der schmale Streifen seines Blickfeldes machte es erforderlich, jeden Schritt mit Bedacht zu tun. Er wollte sich keine blutige Nase holen.

»Noch zwei Schritte, Onkel«, sagte Judith.

John traute seinen Ohren nicht, doch Paul klang wirklich wie ein junges Mädchen. Ein wenig verschüchtert, aber beflissen. Das übertriebene Falsett vorhin im Wagen war lediglich Teil einer humorvollen Darbietung gewesen. Wie machte er das bloß?

»Ich warte hier.« Eine andere Stimme. Tief, mit einer Spur von Ungehaltenheit. Aus luftiger Höhe.

John hob die Augenbrauen. Will. Oben auf dem Kutschbock. Paul hatte ihren Begleiter mit keiner Silbe erwähnt. Beim Besteigen des Gefährtes in Southwark hatte John, bereits mit der Augenbinde ausstaffiert, an die Person des Kutschers keinen Gedanken verschwendet.

»Rufen Sie, wenn was ist«, grummelte Will zu ihnen herunter.

»Ich werde im Fall der Fälle laut pfeifen. Du kennst ja das Zeichen«, antwortete Judith fröhlich, als spreche sie über das Wetter oder die neueste Mode aus Paris.

John nickte nachdrücklich. Er wusste gar nicht, warum er dies tat. Vielleicht, um sich seine Überraschung nicht anmerken zu lassen. Vielleicht, um nicht das Gefühl zu haben, lediglich ein Zuschauer in diesem Spiel zu sein. Er nickte abermals. Bemüht, Souveränität in die Kopfbewegung zu legen. Souveränität war genau das, was er momentan nicht spürte. Verärgert starrte er gegen den dunklen Stoff seiner Augenbinde.

Immerhin. Paul hatte Will zu ihrem Schutz mitgenommen. Diese Erkenntnis hatte durchaus etwas Beruhigendes. Wer hätte gedacht, dass er einmal froh über die Anwesenheit des groben Hünen sein würde?

»Legen Sie Ihre Hand auf meine Schulter, Onkel.«

John tat, wie ihm geheißen, und stolperte folgsam im Schlepptau von Judith voran. Er ließ sich langsam die Straße entlangführen, bemüht, nirgendwo anzustoßen. Es dauerte nicht lange, und er fand in einen Rhythmus, der es ihm ermöglichte, sich mit sichereren Schritten zu bewegen.

»Sehr gut, Onkel«, lobte Judith leise.

John spitzte die Ohren. Eine Vielzahl an Stimmen und Geräuschen. Um sie herum ging es lebendig zu. Ganz nahe muhte eine Kuh, eine zweite antwortete. Ein Fuhrwerk ratterte vorbei. Hinter ihnen ertönte von irgendwoher das laute und schrille Lachen einer Frau. Ein Hund bellte in unmittelbarer Nähe kurz auf. John meinte, ihn an seinem Hosenbein vorbeistreichen zu fühlen. Angestrengt schloss er die Augen. Es bedurfte völliger Konzentration, um die über ihn hereinbrechende Flut an Eindrücken zu sieben und einzuordnen. Ergeben ließ er sich von Judith führen. John widerstand dem stärker werdenden Drang, die Augen wieder zu öffnen und wenigstens den schmalen Streifen unter dem Tuch zur Orientierung zu nutzen. Alsbald stellte er fest, dass das Vorankommen sogar besser und weniger angespannt vonstattenging, wenn er Dunkelheit vor den geschlossenen Augen hatte. Immer mehr reduzierte er seine Wahrnehmung auf das Gehör. Jedes Geräusch erhielt eine ungeahnte Intensität. Wie Farben, die sich in einem Wasserglas mischten. Fast gewann John den Eindruck, er könne diese Farben mit den Ohren *sehen*. Sie zeichneten ein Abbild der lebendigen Welt, vor seiner Augenbinde. Verschwommen, sicherlich. Doch mit jeder Minute in der Dunkelheit verstand er dieses Bild besser.

Sie waren irgendwo in der Nähe von Covent Garden, so viel hatte Paul kurz vor dem Halt der Kutsche noch vorausgeschickt. Seinen Degen hatte John widerwillig auf Anraten des Freundes zurückgelassen. Was sollte ein Blinder mit einer Waffe anfangen? Er seufzte. Plötzlich fühlte er sich wieder ausgeliefert und hilflos. Er verstärkte den Druck auf Judiths Schulter.

»Der beschwerliche Weg ist gleich geschafft«, sagte Judith schüchtern. »Um diese Ecke noch, Sir.«

Unter der Stoffbinde verdrehte John die Augen.

Sie änderten die Richtung und es wurde ein wenig ruhiger. Der Klang ihrer Schritte auf dem Pflaster veränderte sich, er gewann mehr Hall. Sie waren in eine nicht allzu breite Gasse gebogen, schlussfolgerte John. Eine Gasse, die von hohen Mauern oder Häusern umgeben war. Eine Gasse wie tausende andere in der Stadt.

»Guter Mann«, erklang Judiths Stimme kurz darauf. Nach zwei weiteren Schritten blieben sie stehen. »Können Sie uns wohl den Weg zu jener Gasse weisen, wo dieses Scheusal, von dem ganz London spricht, sein Ende gefunden hat? Letzte Nacht soll das gewesen sein, hört man allenthalben. Was für eine aufregende Geschichte!«

»Um die Eck', Kind. Dort drüben.« Eine schleppende, belegte Stimme.

John konnte den Alkohol im Atem des Mannes riechen. In unsteten Wellen schwappte er zu ihm herüber. John wünschte sich, die Binde würde ebenfalls seine Nase bedecken.

»Is' kein Anblick für'n junges Ding wie dich«, fuhr der Mann fort. »Mächtig viel Blut.«

»Waren Sie zugegen, als das Monster …?« Judith schien voller Bewunderung.

»Kann man so sagen. Nur kurz nachdem der Satan erlegt wurd', kam ich hin, Mädchen.« Der Mann sonnte sich merklich in Judiths Aufmerksamkeit. »Ein, zwei Minuten früher und ich hätt' dem Kerl mit meinen eignen Händen den Hals umgedreht, hätt' ich!«

Das Geräusch einer Flasche, die an den Mund gesetzt wurde, dann drei lange Schlucke. Billiger Gin, vermutete John. Für viele Männer und Frauen auf der Straße dieser Tage das hauptsächliche Nahrungsmittel. Selbst für viele Kinder. Eine Betäubung der Sinne, die im Winter außerdem die Illusion von Wärme erzeugte. John unterdrückte ein Schaudern. Pauls diebische Profession, die Not der Ärmsten zu lindern, bekam plötzlich eine andere Note.

Der Mann hustete krächzend. Dann raschelte der Stoff seiner Jacke, als er die Flasche wegsteckte. »Mächtig viel Blut«, wiederholte er. »Als wenn'n Schwein geschlachtet word'n wär'.« Er begann erneut zu husten. »Wie'n Schwein«, wiederholte er rasselnd, nur um abermals in ein lautes Husten zu verfallen.

Judith nutzte die Gelegenheit, zupfte John am Mantel und ging langsam weiter. Nach einigen Schritten bogen sie um eine weitere Ecke. Dann blieben sie unvermittelt stehen.

»Verdammt!«, entfuhr es Paul leise.

Es dauerte zwei Herzschläge, dann lief es John eisig den Rücken hinunter. Die kleine Judith hatte mit Pauls Stimme gesprochen. Das war sicher nicht vorgesehen gewesen. Unruhig drückte John Judiths Schulter.

»Bitte entschuldige, Onkel.« Judiths Mädchenstimme erklang glockenklar. »Wir haben uns wohl verlaufen.«

»Hier gibt es nichts zu sehen. Hinfort, Kind!«

Es war Coppers Stimme. Beinahe wäre John ebenfalls ein Fluch über die Lippen gekommen. Im letzten Moment senkte er den Kopf.

»Dies ist kein Ort für Schaulustige.« Coppers Stimme kam näher. Feste Schritte auf dem Pflaster.

»Sir, wir haben uns lediglich verlaufen. Mein Onkel und ich gehen sofort weiter, selbstverständlich. Wir wollen niemandem im Wege stehen, Sir.«

»Was ist denn da nun wieder los, Copper?«

John sackte innerlich zusammen. Er senkte den Blick weiter und hoffte, dass die Locken seiner Perücke und der Stoff das Gesicht hinreichend verdeckten. Mühsam widerstand er dem Drang, die Binde einfach abzureißen und das Weite zu suchen. Verdammt, dachte er. Verdammt, verdammt, verdammt.

»Copper?«, fragte Henry Fielding bissig.

»Ich kümmere mich darum, Sir.«

»Wir haben hier zu tun«, rief der Richter merklich ungehalten. »Wo ist der andere Konstabler, der die Schaulustigen abhalten soll? Erst dieser Trunkenbold, und nun ein Kind, das einen Blinden im Schlepptau führt.«

»Onkel, hier entlang«, flötete Judith und griff nach Johns Hand. »Ich glaube, wenn wir dort links abbiegen …«

Erleichtert drückte John die Hand und ließ sich bereitwillig wegführen.

»Wer war der Mann mit dem Kind?«, hörten sie Fielding sagen. Sie bogen eilig um die Ecke. »Irgendwoher kenne ich den Kerl. Stellen Sie die Identität von jedem fest, der sich hier herumtreibt, Copper. Der Mann kommt mir bekannt vor.«

»Verdammt!« Diesmal konnte John den Fluch nicht zurückhalten.

»Schnell«, raunte Judith und zog John mit einem Satz nach vorne, in die Gasse hinein. John stolperte hinterher.

»Pst!«, hörten sie eine Stimme. »Pssst! Hier rein, Kindchen.«

Abrupt änderte Judith die Richtung. Beinahe hätte John das Gleichgewicht verloren. Er wurde, halb strauchelnd, nach vorne gezogen, dann bogen sie abermals um eine Ecke. Mit zusammengepressten Lippen unterdrückte er einen Schmerzensschrei, als seine Hüfte gegen etwas Hölzernes stieß. Plötzlich blieben sie stehen.

»Und jetzt Ruhe!«, mahnte die Stimme. Eine Frau, nicht mehr ganz jung, aber auch noch nicht alt.

Das Blut pochte in Johns Ohren. Er bemühte sich, langsam und geräuschlos zu atmen. Ein Blick nach unten zeigte ihm unterhalb der Binde nur diffuse Dunkelheit.

Auf den Pflastersteinen erklangen Schritte, die näherkamen. Sie hörten plötzlich auf, nicht weit von ihnen. John hielt den Atem an. Dann war ein lautes Seufzen zu hören. John stellte sich Fieldings Gehilfen vor, wie er mit Argusaugen die Gegend beobachtete. Stille. Dann, nach einer gefühlten Ewigkeit, entfernten sich die Schritte. Erst langsam, dann schneller. Schlagartig fiel die Anspannung von John ab.

»Wartet noch einen Moment«, flüsterte die Frau.

In der Ferne konnte John die leisen Stimmen einer Unterhaltung ausmachen. Wahrscheinlich Copper, der Fielding Rapport erstattete. Und für seine Erfolglosigkeit getadelt wurde. John konnte sich ein Grinsen nicht verkneifen.

»So, die Luft ist rein. Kommt mit«, sagte die Stimme. »Hier lang. Wir werden einen netten Bogen um den Richter schlagen, nicht wahr.« Sie kicherte.

»Onkel, nimm meine Hand«, sagte Judith mit Nachdruck. Eine Mahnung an John, nicht aus seiner Rolle zu fallen.

John nickte heftig. »Geh voran, äh, Kind.«

Stumm machten sie sich auf den Weg, näherten sich schließlich einer belebten Straße. Stimmen wurden lauter. John entspannte sich. Will würde in der Kutsche warten und sie zurück nach Southwark in die Sicherheit von Emmas Hurenhaus bringen. Dass er sich jemals darauf freuen würde, dorthin zurückzukehren!

Doch bevor sie auf die Straße traten, blieben sie abermals stehen.

»Dort in den Hof, Schätzchen«, drängte die Frau. »Da belauscht uns niemand.«

John hörte, wie andere Menschen an ihnen vorübergingen. Was taten sie noch hier? Sie sollten sofort zur Kutsche zurück, ihr Glück nicht überstrapazieren. »Judith«, stieß John gepresst hervor, »wir sollten uns auf den Heimweg machen.«

»Aber doch nicht ohne das, wofür Sie hierhergekommen sind, mein Herr.« Die Frau klang, als ermahne sie ein kleines, uneinsichtiges Kind. »Ein besseres Angebot bekommen Sie nirgends. Das lassen Sie sich mal gesagt sein. Nun kommt schon.«

»Hier entlang, Onkel«, sagte Judith. »Sie haben die Frau gehört, Sir. Ein besseres Angebot gibt es nirgends.«

»Kluges Kind«, lobte die Frau. »Ich gehe voran. Kommt.«

Ergeben ließ John sich mitziehen.

»Hau ab, Polly!« rief die Frau plötzlich schrill.

Erschrocken fuhr John zusammen.

Die Frau spuckte lautstark aus. »Kümmere dich um deine eigene Angelegenheit, du Luder!«

Ein Fensterladen oder eine Tür wurde über ihren Köpfen zugeschlagen.

»Dreckiges Luder«, wiederholte die Frau erbost. »Unverschämtes Frauenzimmer.«

Judith stieß ein verlegenes Kichern hervor.

»Also«, raunte die Frau schließlich, nachdem sie stehen geblieben waren. »Wonach steht Ihnen der Sinn?«

In die erwartungsvolle Stille hinein richtete Judith das Wort an John. »Onkel? Haben Sie die Lady gehört?«

»Lady«, gackerte die Frau. »Das ist ja einmal reizend, Kindchen.«

»Äh … also, was haben Sie denn im Angebot?«, stammelte John.

»Was immer Sie wollen und zu zahlen bereit sind. Ein Stück vom Hosenbein. Wenn Sie tiefer in die Geldbörse greifen wollen, auch ein Büschel Haare.« Sie senkte die Stimme zu einem Flüsterton. »Ich kann Ihnen sogar ein Stück Knochen besorgen. Ist noch etwas Haut dran.« Sie sprach in normaler Lautstärke weiter. »Doch das kostet dann extra.«

»Ich … verstehe nicht. Was …?«

»Ersparen Sie sich ein Feilschen, mein Herr. Sie sind viel zu spät, um selbst noch etwas zu ergattern. Da könnt ihr noch so lange um die Gasse herumschleichen, wo es passiert ist. Selbst ohne den Richter und seine Hunde gäbe es dort nichts mehr zu holen. Glauben Sie mir, da waren andere schneller.«

»Onkel«, sagte Judith fröhlich, aber mit eindringlichem Unterton. »Was schwebt Ihnen denn vor, was spricht Sie am ehesten an von den genannten Memorabilien?« Sie betonte das letzte Wort mit Nachdruck. »Welches Erinnerungsstück dieses Satans, der so viele unschuldige Seelen auf dem Gewissen hat, findet Ihr Interesse?«

Wie Schuppen fiel es John von den Augen. Er unterdrückte einen Würgereiz.

»Bitte, bitte, Onkelchen«, setzte Judith flehend nach. »Nehmen Sie etwas! Etwas Aufregendes!«

»Vielleicht einen kleinen Teil des linken Schuhs?«, fragte die Frau geschäftig. »Man kann an ihm noch den Schwefelgestank des Bocksfußes dieses Teufels riechen.«

»Oh«, stieß Judith aufgeregt hervor. »Onkel, das wäre doch etwas.«

»Nun, das … das Hosenbein, denke ich. Ja, das sollte als Erinnerungsstück wohl reichen.«

»Das Stück vom Hosenbein also?« Die Frau klang enttäuscht. »Das macht sieben Shilling. Wollen Sie nicht doch noch einmal etwas anderes in Erwägung ziehen? Der Knochen ist bestens …«

»Danke. Nein, danke«, fiel John der Frau ins Wort. »Das Hosenbein. Das soll es sein, bitte.«

Die Frau grummelte etwas, dann hörte John sie in ihren Röcken suchen.

»Ich nehme es«, erklärte Judith ehrfürchtig. »Vielen Dank.«

»Sieben Shilling«, forderte die Frau.

John tastete seine Manteltaschen ab, nur um sich zu erinnern, dass dies nicht sein eigenes Kleidungsstück war. Er trug kein Geld bei sich.

»Onkel, ich mache das«, warf Judith beflissen ein. »Ich habe Ihre Börse gut verwahrt, so wie Sie es mir aufgetragen haben.«

Das Geräusch von klingenden Münzen, dann das zufriedene Schnaufen der Frau.

»Sagen Sie, waren Sie zugegen, als man den Satan stellte, Madam?«, fragte Judith gespannt.

»Madam! Du bist wirklich niedlich, Kleine.« Erneut fiel die Frau in ein amüsiertes Gackern. »Ich selbst war nicht dabei, bin erst später hinzugekommen.«

»Oh«, entfuhr es Judith enttäuscht.

»Eine gute Freundin hat alles hautnah miterlebt, Kindchen. Hautnah, sage ich dir!«

Er musste sie nicht sehen, um die stolzgeschwellte Brust der Frau zu erkennen. John horchte auf.

»Wirklich?« Judith schaffte es, ihre gehauchte Bewunderung noch einmal zu steigern. »War sie hautnah dabei, als der böse Mann gefangen und verprügelt wurde?«

Laut lachte die Frau auf. »Hautnah ist gut, Schätzchen. Der Kerl hatte seinen Prügel in sie geschoben, als man ihn erwischte.« Sie kicherte. »Wenn du verstehst, was ich meine, Kindchen.«

»Ooooh!« Judith schien durchaus zu verstehen, was gemeint war.

»Wir sollten wirklich …«, setzte John an zu sprechen.

»Onkel, ich möchte mit dieser armen Frau reden, die dem Teufel entronnen ist. Bitte, Onkel, bitte!«

»Aber Judith, was soll denn …?«

»Bitte, Onkelchen!«

»Ich habe der Guten eigentlich versprochen, niemandem von ihrem Unglück zu erzählen«, schaltete sich die Frau ein. »Es hat sie wirklich mitgenommen. Das kann man wohl sagen.« Sie dachte einen Augenblick nach. »Das kostet aber noch einmal drei Shilling, wenn ich euch zu Betty führen soll«, sagte sie. »Oder nein, fünf Shilling meinte ich.« Sie schien ein neues Geschäftsfeld zu wittern. »Betty kann euch natürlich wie niemand sonst von den ruchlosen Taten des Satans berichten. Von diesem dreckigen Hurenbock.«

»Lediglich fünf Shilling, Onkel. Darf ich sie aus Ihrer Börse nehmen? Bitte, bitte!«

Was hatte Paul nur im Sinn? John nickte ergeben, und erneut wechselten klingende Geldstücke ihren Besitzer.

»Dann kommt mit«, sagte die Frau. »Doch ignoriert Polly, falls wir ihr begegnen. Die Hexe versucht mir ständig Kunden abspenstig zu machen. Diese Natter. Die Pocken sollen sie holen!«

*

Das Zimmer roch dumpf nach tiefsitzender Feuchtigkeit. Nach Schimmelpilzen, die sich beim Betreten des Raumes sofort auf die Stimme legten. John räusperte sich irritiert. Fast war er für seine verbundenen Augen dankbar. Ihn beschlich die Ahnung, dass die Binde ihm einen trostlosen Anblick ersparte.

»Betty, Liebchen. Ich bin es, Molly.« Die Frau schloss die Tür. »Ich habe zwei Herrschaften mitgebracht. Sie sind in Ordnung. Bleib ruhig liegen, sie wollen nur mit dir sprechen. Reg dich nicht auf.« An Judith und John gerichtet flüsterte sie: »Das arme Ding ist noch ganz verstört und vergräbt sich im Bett, zieht die Decke über den Kopf. Sie liegt einfach da, ist nicht einmal aufgestanden, seitdem ich sie gestern aus den Klauen des Mörders herausgerissen und hierhergebracht habe. Ganz verwirrt war sie, die Gute. Wirklich, nicht ganz bei Sinnen. Es ist aber auch zu grauenhaft, was dieses lüsterne Monster ihr angetan hat. Zu grauenhaft!«

Ein leises Schluchzen, erstickt unter der Decke. Kaum hörbar.

»Hier sind ein reizendes Mädchen und ihr blinder Onkel, Betty. Ich habe sie draußen getroffen. Der Richter lungert da rum, weißt du. Er und seine Hunde. Die Kleine möchte von dir nur ein paar Worte hören, Betty. Wie das Monster zur Strecke gebracht wurde, verstehst du? Die Geschichte ist schon überall rum und in aller Munde. Jeder spricht davon, Betty. Jeder! Das Kind möchte von dir hören, wie sich alles zugetragen hat. Nur ein paar Worte.« Zwei Schritte auf knarrenden Holzdielen. »Du bist jetzt so was wie eine Berühmtheit, Betty. Komm, Herzchen. Setz dich auf und trink einen Schluck Wasser.«

»Wir ... wir wollen Sie nicht lange stören«, sagte Judith leise. »Ich würde nur gerne wissen, ob Sie den Mann erkennen konnten. Haben Sie ihn sehen können?«

John war erstaunt über die Wärme und das Mitgefühl, welche Judith in die Stimme gelegt hatte. Paul war nicht nur ein Verkleidungskünstler, er war ein Zauberer mit seiner Stimme. Kein Wunder, dass er Dienstmädchen und Hauspersonal derart becircen konnte, dass diese voller Vertrauen aus dem Nähkästchen plauderten. Gespannt wartete John und spitzte die Ohren.

Ein heiseres Husten, dann eine brüchige Stimme. »Nicht ... nicht wirklich. Es war dunkel in der Gasse. Er ... stand fast die ganze Zeit hinter mir.«

»Der Satan hat sie von hinten bestiegen«, warf Molly eilfertig ein. »Dieses dreckige Schwein!«

Judith ignorierte die Frau. Ruhig fuhr sie mit sanfter Mädchenstimme fort: »Hat er Ihnen ausdrücklich gesagt, er sei der Mörder all dieser Frauen und Männer? Oder nehmen Sie dies nur an, Betty?«

»Er ... er sagte, dass er es sei.« Bettys Stimme war nur noch ein nasses Flüstern. »Er sei es in Person.«

»Erinnern Sie sich an irgendetwas, was diesen Mann betrifft? Hat er zum Beispiel auffällig gesprochen? War er von großer oder kleiner Statur? Lassen Sie sich Zeit mit der Antwort, liebe Betty. Wir wollen Sie nicht unnötig belasten.«

»Weißt du noch, wie du mir direkt nach der Sache erzählt hast, wie riesig der Prügel von dem Teufel war? Unfassbar riesig! Und nach Schwefel gestunken hat er. Eine Ausgeburt der Hölle!« Mollys Stimme überschlug sich vor Aufregung. »Weißt du noch, wie dieser geile Bock dich bedroht hat, während er ...?«

»Molly«, rief Judith mit scharfem Ton. »Halten Sie für den Augenblick den Mund! Sofort!«

»Aber …« Erstaunt hielt Molly inne, offenkundig erschrocken. Sie schwieg.

John musste anerkennend grinsen. Schnell wandte er den Kopf ab, damit niemand seinen Gesichtsausdruck sehen konnte. Was für ein Pfundskerl, dieser Paul! Die Rolle eines Mädchens derart überzeugend zu spielen, war das eine. Im Rahmen dieses Auftritts auch noch eine ältere Frau zu maßregeln und ihr Schweigen zu verordnen, stellte eine wahre Meisterleistung dar. Ja, Paul war fraglos ein Virtuose seines ungewöhnlichen Fachs. Kein Wunder, schmunzelte John. Schließlich war er der Habicht von London.

Aus dem Bett kam ein Husten, dann das Schnäuzen einer Nase. Schließlich Bettys dünne Stimme. »Ich … ich weiß wirklich nicht, was ich sagen soll. Es ging alles so schnell. Die dunkle Gasse … ich … ich weiß nicht. Ich erinnere mich nicht wirklich. Der … der widerliche Kerl.«

Es herrschte bedrückte Stille, in der nur Mollys schweres Atmen zu hören war. Merklich schnappte sie nach Luft, als wolle sie zu sprechen ansetzen, hielt jedoch den Mund. John konnte sich lebhaft vorstellen, wie schwer es der Frau fiel, an sich zu halten. Wahrscheinlich litt sie geradezu körperliche Schmerzen. Er empfand nur gelindes Mitleid.

Erneut Judiths Stimme, genauso leise wie zuvor jene von Betty. »Wieso war er widerlich? Woran genau erinnern Sie sich, Betty?«

»Der Gestank. Er hat mich fast betäubt«, flüsterte Betty.

Judith wartete einen Augenblick. »Gestank?«, fragte sie schließlich.

»Schweiß. Schweiß und Schmutz … und … und als hätte er in einem Bierfass gebadet. Der … das Schwein war sturzbesoffen.«

»Ich verstehe«, sagte Judith und seufzte mitfühlend. »Hier, Betty. Ich lege Ihnen ein paar Münzen auf das Tischchen. Bitte entschuldigen Sie, dass wir Sie belästigt haben. Mein Onkel und ich werden Sie nun in Ruhe lassen. Ich wünsche Ihnen eine schnelle Genesung.« Sie machte einen Knicks, in Richtung des Bettes. Dann drehte sie sich zu der anderen Frau. »Kommen Sie, Molly.«

»Aber ich …«

»*Kommen* Sie schon, Molly«, wiederholte Judith mit scharfem Unterton.

Sie verließen leise das Zimmer. Vor der Tür blieb die kleine Gruppe stehen. Gemeinsam horchten sie auf. Von einer oberen Etage kam das wüste

Geschrei einer Frau, dann das eines Mannes. Eine weitere Stimme, man konnte nicht sagen, ob männlich oder weiblich, fiel in den lautstarken Streit ein. Die Frau schrie einmal gellend auf, dann wurde es von einer Sekunde auf die andere wieder ruhig.

John räusperte sich unbehaglich.

»Wenn ich es mir recht überlege«, sagte Molly forsch, »dann bekomme ich noch zwei Shilling. Immerhin ist Betty jetzt eine Berühmtheit. Ein bisschen verwirrt ist sie ja noch. Aber eine Berühmtheit. Den Biergestank und den Schweiß hat sie natürlich mit dem Geruch nach Schwefel verwechselt. Der Teufel hat ihr in der dunklen Gasse einen bösen Streich gespielt, ganz eindeutig. Damit er es einfacher hatte, sie zu schänden, möchte ich denken. Der … der Schwefel hat Betty betäubt und ihre Sinne getrübt, damit das gierige Schwein besser unter ihre Röcke kam. Damit er seinen knorrigen Löffel bequemer in ihren Honigtopf stecken konnte, wenn Sie meine Ausdrucksweise entschuldigen.« Molly kicherte. »Wenn du also nochmal in deine Börse schaust, Kindchen, dann …«

Judith lachte auf. Sie klang dabei alles andere als fröhlich. »Unser Geschäft ist abgeschlossen. Wie besprochen. Daran gibt es nichts mehr zu rütteln.«

»Du bist mir ein seltsames, naseweises Früchtchen«, erwiderte Molly erbost und stampfte auf den Boden.

»Molly«, erwiderte Judith mit übertrieben freundlicher Stimme. »Das Geld, das ich im Zimmer zurückgelassen habe, gehört übrigens Betty. *Ausschließlich* Betty. Und glauben Sie mir, Molly: Wenn ich erfahren sollte, dass Sie die Münzen an sich genommen haben, dann stehe ich irgendwann wieder vor Ihnen und es setzt Backpfeifen.«

Entrüstet schnappte Molly nach Luft. Doch anstatt Judith anzufahren, wandte sie sich an John. »Guter Mann«, säuselte sie mit heiserer Stimme und trat einen Schritt näher. »Sicher möchten Sie die Gelegenheit nutzen, meine weiteren Dienste in Anspruch zu nehmen. Vielleicht sind Sie ja ein Mann, der gerne selbst einmal ein wilder Teufel sein möchte. Ein Mann, der sich einfach nimmt, was ihm gefällt. Glauben Sie mir, ich bin nicht so zimperlich wie Ihre keusche Gattin daheim.« Sie gluckste und trat einen weiteren Schritt näher.

John konnte Mollys schalen Atem auf seinem Gesicht spüren. Instinktiv trat er einen Schritt zurück und stieß mit dem Rücken gegen die Wand. Die Frau war selbst dem Alkohol nicht abgeneigt, wie er riechen konnte.

»Kein Grund für falsche Scham, mein Herr. Mein Zimmer liegt gleich diesen Flur hinunter. Ich mache Ihnen einen guten Preis.« Abschätzig fügte sie hinzu: »Ihre Nichte kann so lange hier warten.« Und, wieder an John gewandt, schmeichelnd: »Ich gehe doch davon aus, dass Ihre … Ihre *Unpässlichkeit* sich lediglich auf das Augenlicht beschränkt. Oder betrifft sie gar auch andere Teile Ihres Körpers? Doch selbst dann könnte ich …«

»Aus meinem Onkel werden Sie keinen einzigen weiteren Penny rausholen«, erklärte Judith gutgelaunt. Sie zog John am Arm, den Flur hinunter, und ließ Molly einfach stehen.

Nur zu dankbar ließ John sich wegführen.

»Du garstige Göre!«, rief Molly hinter ihnen her. »Du bist ein scheußliches Ding!«

Bevor sie aus dem Haus traten, drehte Judith sich noch einmal um. »Und außerdem«, rief sie Molly zu, die immer noch wutentbrannt vor Bettys Tür stand, »ist mein Onkel längst ein treuer Kunde von Polly.« Sie streckte Molly die Zunge heraus und leitete John lachend durch die Tür, ins Freie. »Auf zu Will! Bevor diese gierige Matrone uns noch das Fell über die Ohren zieht.«

Kapitel 35

»Darf ich die Augenbinde abnehmen?«, fragte John atemlos, als die Kutsche sich in Bewegung setzte.

»Einen Augenblick. Ich ziehe nur die Vorhänge vor die Fenster«, antwortete Paul. »So. Sie können den Stoff abnehmen.«

John zog die Binde über seinen Kopf und kniff die Augen zusammen. Dann schnitt er mehrmals eine Grimasse. Mit beiden Händen rieb er sich das Gesicht. »Was für eine Wohltat, endlich wieder alles zu sehen. Ich hätte nicht gedacht, dass es derart anstrengend ist, sich ohne Augenlicht fortzubewegen. Zugegebenermaßen habe ich mir darüber bisher auch keine Gedanken gemacht. Geräusche, Gerüche – alles ist so anders. So eindringlich.«

Paul lächelte wissend. Dann wies er auf ein Papier, das neben ihm auf der Bank lag. »Eine Nachricht. Will hat sie mir eben überreicht, als wir in die Kutsche stiegen. Sie stammt von Ihrer Köchin Beth.«

»Von Beth?«

»Ich hatte ihr mitgeteilt, wie sie mich mit einer schriftlichen Nachricht erreichen kann, sollte etwas vorfallen. Oder sollte sie etwas benötigen.«

»Meine Güte, was ist passiert? Gab es einen neuerlichen Einbruch in mein Haus? Ist Beth oder Rupert etwas zugestoßen?«

»Kein Grund zur Sorge«, beruhigte Paul. »Nichts dergleichen ist geschehen. Nein, Beth schreibt lediglich, dass ihr etwas zu Ohren gekommen sei, das uns interessieren könnte. Sie bleibt in ihrer Nachricht sehr allgemein. Eine kluge Frau.«

»Etwas, das uns interessieren könnte? Wie viel weiß Beth denn, was haben Sie ihr erzählt?« John schwante Schlimmes.

Beschwichtigend hob Paul eine Hand »Selbstverständlich nur das Nötigste. Doch sie ist nicht dumm, Ihre Beth. Wie gesagt, sie kann eins und eins zusammenzählen. Auf den Kopf hat sie mir zugesagt, dass der Mord an Hannah und Ihr Verschwinden etwas mit den anderen Morden zu tun haben müssen. Sie hat auch die Verbindung zu den Steeles gezogen. Ja, sie hatte ein ziemlich genaues Bild, mutmaßte, dass wir beide es uns auf die Fahne geschrieben haben, dem bösen Gesellen das Handwerk zu legen. Ich sah keinen Anlass dafür, es zu verneinen.«

»Wie hat sie darauf reagiert? War sie nicht beunruhigt?«

Paul schmunzelte. »Sie war besorgt, natürlich. Doch vor allem äußerte sie mit Nachdruck den Wunsch, dass wir den Kerl in die Finger bekommen und ihn wie eine Bettwanze zerquetschen. Sie war sehr detailliert in ihren Ausführungen, was man mit dem mörderischen Kerl alles anstellen könne.«

John nickte und lehnte sich beruhigt zurück. »Ja, das hört sich nach Beth an.«

»Ich habe Will gebeten, uns zum Gough Square zu fahren. Lassen Sie uns unsere gegenwärtige Verkleidung ruhig nutzen. Diesmal, um in Ihr Haus zu gelangen. Es ist nicht auszuschließen, dass es beobachtet wird. Für unseren nächsten Ausflug müssen wir uns dann ohnehin etwas anderes überlegen. Der wortkarge Blinde in Begleitung seiner plappernden, aber ausgesprochen liebreizenden Nichte verschwindet nach dem heutigen Tag spurlos von den Straßen Londons, möchte ich meinen.«

»Wie schade. Ich gewöhne mich gerade an Ihre überaus reizende Gesellschaft, liebe Judith. So ein wohlgeratenes, gut erzogenes Kind.«

»Oh, es gibt noch einige weitere interessante Bekanntschaften, die auf Sie warten, John. Sie werden Judith schnell vergessen, befürchte ich.« Paul machte eine wegwerfende Handbewegung und fiel dann in Johns Lachen ein. »Wir wollen also hören«, fuhr er fort, »was Beth uns Interessantes zu berichten hat. Ich glaube, ich erwähnte bereits, dass Dienstboten ausgesprochen gute Informationsquellen sind. Wer weiß, was ich noch über Sie erfahre, John.« Er zwinkerte gutgelaunt.

John zuckte mit den Schultern. »Tun Sie sich keinen Zwang an. Ich befürchte, Sie werden sich tödlich langweilen. Ich kann es jedenfalls kaum erwarten, in mein Haus zurückzukehren.« Kaum hatte er die Worte ausgesprochen, wurde John klar, wie sehr er sich in sein Heim zurücksehnte.

»Wobei Ihnen klar sein muss, dass Sie dort heute nicht bleiben können. Wir werden nur kurz vorbeischauen und dann gemeinsam zurück nach Southwark fahren. Darauf bedacht, mögliche Verfolger abzuschütteln.«

»Glauben Sie nicht, dass die Gefahr für mein – und natürlich auch Ihr – Leben deutlich gesunken ist, seitdem der Kerl getötet wurde? Die übrigen Mitglieder dieser ominösen Vereinigung folgen ihm vielleicht gar nicht in seine bestialischen Fußstapfen. Vielleicht bricht mit seinem Dahinscheiden alles zusammen, woran diese Organisation gearbeitet hat.«

»Vielleicht.« Paul lächelte nachsichtig. »Jedoch haben Sie es eben selbst gehört. Das, was Betty sagte.«

»Betty? Sie haben doch kaum mit ihr gesprochen. Ich dachte, Ihnen sei schnell bewusst geworden, dass aus der armen Frau nichts Brauchbares herauszuholen ist. Wir waren keine drei Minuten in ihrem Zimmer. Und innerhalb dieser Zeitspanne hat die Frau nichts erzählt, was mittlerweile nicht auch jeder Gassenjunge in der Stadt verbreitet.«

Dasselbe nachsichtige Lächeln wie zuvor. »Dann haben Sie etwas anderes gehört als ich, Sir.«

Verdutzt starrte John Paul an.

»Sie können derzeit nicht für längere Zeit in Ihr Haus zurück, da unser Widersacher mitnichten tot ist. Wir müssen davon ausgehen, dass er sich weiterhin bester Gesundheit erfreut. Und bemüht ist, uns ausfindig zu machen, da Sie ihm entwischt sind. Auch glaubt er nach wie vor, Sie hätten das Dokument, nach dem er sucht.«

»Aber Sie haben doch gehört …«

»Der Mann in der Gasse, der über Betty herfiel, war nicht unser Mann. Und erst recht nicht war es Lord Sharp.«

»Betty hat ihn doch in der Dunkelheit gar nicht richtig sehen können. Sie kann also auch *nicht* sagen, dass er es nicht war.«

»Doch, das kann sie, John. Sie tat es auch. Erinnern Sie sich bitte daran, was Betty zu dem Mann einfiel.«

»Nichts Brauchbares, schien mir.«

»Der Mann stank nach Alkohol. Er war betrunken, John. Gänzlich betrunken, was ihn wahrscheinlich jegliche Hemmungen verlieren ließ und in seiner Attacke auf die arme Frau mündete.«

Nachdenklich kniff John die Augen zusammen. »Jetzt verstehe ich.« Er griff sich an die Stirn. »Sie meinen, der wahre Täter würde niemals sturzbetrunken eines seiner Opfer auswählen.«

Paul schnalzte mit der Zunge. »Richtig. Der Mann, den wir suchen, hat einen Plan. Er handelt durchdacht und vorsichtig. Er ist äußerst intelligent, was ihn nicht zuletzt so gefährlich macht. Niemals würde er das Risiko eingehen, im Suff zu handeln. Dafür steht zu viel auf dem Spiel.

Sie sehen ja, was dabei herauskommt. Nein, dass Bettys Peiniger gestellt und getötet wurde, ist im Grunde schon der beste Beweis: Es handelt sich bei ihm eben nicht um den Kopf der Jakobiter. In einer handfesten Auseinandersetzung ist der von uns gesuchte Mann nicht zu unterschätzen. Davon kann ich ein Lied singen. Bettys Schänder aber hat sich lediglich des gefürchteten Mörders bedient, um seinem Opfer Angst und Schrecken einzujagen. Um die Frau gefügig zu machen. Eine überaus perfide Methode.« Grimmig verzog Paul das Gesicht. Ein erstaunlich erwachsener Ausdruck auf dem Antlitz eines Mädchens.

John war gleichermaßen irritiert und fasziniert von seinem Gegenüber. Es war, als säßen gleichzeitig zwei Menschen vor ihm.

»Da ist noch etwas anderes, John. Ein weiterer Hinweis darauf, dass jener getötete Mann wohl kaum der von uns Gesuchte ist.«

John setzte sich kerzengerade auf und hob eine Hand. »Wo Sie es sagen, kommt mir ebenfalls ein Gedanke. Lassen Sie mich also raten: Unser gesuchter Mann entstammt aller Voraussicht nach den oberen Gesellschaftskreisen. Er verfügt über beste Kontakte, vielleicht gar bis in die allerhöchsten Kreise unserer Regierung. Auf Bettys verschwitzten und schmutzigen Trunkenbold scheint dies nur schwerlich zuzutreffen.«

Zustimmend nickte Paul. »Es sei denn, dies war lediglich eine Verkleidung. So etwas soll vorkommen«, sagte er und deutete mit einer ausladenden Handbewegung an sich hinab. »Doch ich glaube es nicht. Zumal ich bereits vor geraumer Zeit Nachricht erhalten hätte, sollte ein Mitglied der erlauchten gehobenen Gesellschaft verschwunden oder gar nachweislich getötet worden sein.«

»Eine Nachricht? Wie umfassend sind Ihre Verbindungen denn, Paul? Das frage ich mich immer wieder. Voller Erstaunen, wie ich zugeben muss. Wer, um Himmels willen, arbeitet alles für Sie?«

Paul winkte ab. »Ich kenne einige Menschen in dieser Stadt, das ist wahr. Menschen, die meist nicht gesehen werden, weil sie nicht auffallen. Fraglos ein nützlicher Umstand. Ich denke gerne von ihnen als meinen zusätzlichen Augen und Ohren. Was sie sehen, das sehe ich. Und was sie hören, erfahre auch ich. Wie viele Menschen es sind, kann ich selbst gar nicht sicher sagen. Zumal ich mit den wenigsten in persönlichem Kontakt stehe. Doch es sind genügend Augen und Ohren, will ich meinen.« Er grinste. »Arbeiten wäre überdies zu viel gesagt. Es sind vielmehr … Gefälligkeiten, die mir erwiesen werden. Kleine Freundlichkeiten.«

»Wie auch Sie diesen Menschen bereits in irgendeiner Art und Weise Gefälligkeiten erwiesen haben, nehme ich an.« Allmählich ergab sich für John eine klarere Vorstellung, mit wem er es zu tun hatte.

»So, wie auch ich ihnen gewisse Gefälligkeiten erwiesen habe. Ja, das ist durchaus richtig. Wie scharfsinnig Sie sind, John. Konnte ich Ihre Neugier also befriedigen?«

»Sie werden mir stets ein Buch mit sieben Siegeln bleiben, befürchte ich. Nun, eine Sache noch, bevor wir mit Beth sprechen. Zeigen Sie mir vorher noch jenes Relikt, welches Sie von dieser Molly erstanden haben?«

Wortlos nahm Paul etwas aus der Tasche und hielt es John mit betont ernster Miene auf der ausgestreckten Hand entgegen.

Ungläubig starrte John auf die Hand, blinzelte, dann brach er in schallendes Gelächter aus. »Der Fetzen ist ja nicht größer als ein Knopf. Das könnte alles sein, irgendein Lumpen. Dafür haben Sie fünf Shilling gezahlt? Dafür?«

»Fünf Shilling für einen Lumpenfetzen vom Körper des *Satans*, Onkel!« Judith machte ein beleidigtes Gesicht. Sie hielt den Stoff an die Nase. »Eine gute Investition, wie ich meine. Den Geruch von Sulfur kann man auch noch erahnen. Fünf Shilling! Das ist doch beinahe geschenkt.« Sie sah John mit kokettem Augenaufschlag an. »Onkel, hätten wir vielleicht doch besser den Knochen nehmen sollen?«

*

Sie saßen in der Küche, um jenen kleinen Tisch herum, an dem John gelegentlich sein Frühstück zu sich nahm. John, Paul, Beth und Rupert. Die lodernde Feuerstelle verbreitete eine wohltuende Wärme. In der Luft lag noch der köstliche Duft eines Eintopfes. Er war längst verspeist. Vor Paul und John standen Schüsseln, deren Inhalt bis auf den letzten Rest ausgekratzt worden war.

Gesättigt lehnte John sich in seinem Stuhl zurück und unterdrückte ein Gähnen. Er blickte amüsiert zu Rupert. Wieder und wieder schüttelte der Mann der Köchin den Kopf. Ungläubig beobachtete er Paul, der die Schüssel von sich schob und in die Runde lächelte. »Niemals hätte ich Sie erkannt, Sir«, platzte es aus Rupert heraus. »Als Sie soeben vor der Tür standen, in dieser Ausstaffierung …« Erneut schüttelte er den Kopf. »Es grenzt an Zauberei.«

»Dann hatte meine Verkleidung also Erfolg«, erwiderte Paul. »Ich danke Ihnen für das Kompliment.« Er neigte den Kopf.

»Und Sie, Sir«, warf Beth ein. »Mit der Augenbinde und der wilden Perücke – auch ich musste zweimal hinschauen, bevor ich Sie erkannte. Was für ein ungewöhnlicher Aufzug, wirklich.« Sie stand auf und griff nach den leeren Schüsseln. »Möchten die Herren noch etwas essen? Ich habe in der Speisekammer eine frische Pastete, die ich Ihnen anbieten kann.«

Dankend lehnten John und Paul ab.

»Wir können nicht lange bleiben«, erklärte Paul. »Egal, was Sie hören – der bestialische Mörder ist weiterhin irgendwo da draußen unterwegs.«

»Aber die Leute …«, setzte Rupert erstaunt an.

»Rupert!«, fiel Beth ihm ins Wort. »Wenn Mr de l'Estagnol sagt, das Monster sei noch am Leben, dann ist das so. Nicht wahr?« Fragend sah sie zu John, der nickte.

»Leider ist es so«, sagte Paul. Er bedeutete Beth, sich wieder zu setzen. »Sie haben mir eine Nachricht zukommen lassen.«

Die Köchin nickte nachdrücklich und senkte ihre Stimme. »Erinnern Sie sich an Rose, Mr Shinfield?«

»Das Küchenmädchen der Steeles«, erklärte Paul, noch bevor John etwas sagen konnte.

Erstaunt blinzelte Beth. Sie räusperte sich. »Ja, genau. Sie kennen Rose ebenfalls?«

Paul zuckte mit den Schultern, ein dünnes Lächeln auf den Lippen. »Bitte fahren Sie einfach fort, Beth. Wir sind ganz Ohr.«

»Also Rose. Ich habe sie gestern auf dem Markt getroffen. Ich benötigte noch ein paar frische Zutaten für … aber das tut ja nichts zur Sache. Rose jedenfalls stolperte geradezu in mich hinein. Beim Stand des alten Paxton war das. Dort kaufe ich immer die Rüben und Eier, müssen Sie wissen. Er ist schon seit ewigen Zeiten dort auf dem Markt. Hat vor kurzem bereits seine vierte Frau geheiratet. Wurde bereits dreimal Witwer. Dreimal! Glaubt man das?« Ein Räuspern von Rupert ließ sie innehalten. Irritiert blickte sie ihren Mann an, dann fuhr Beth mit Röte auf den Wangen fort. »Plötzlich hatte ich also die kleine Rose im Arm. Das arme Ding war ganz durch den Wind. Sie war völlig durcheinander. Hat kaum einen geraden Satz herausbekommen. Gänzlich verängstigt wirkte sie.« Beth schüttelte traurig den Kopf. »Kein Wunder, nach dem grausamen Mord an ihrer Herrschaft. Und von Mrs Steele hat man weiterhin nichts gehört oder gesehen. Kein Wunder, meine ich also, dass sie ganz aufgelöst war. Ich frage Sie, meine Herren: Was soll denn nur aus dem Mädchen werden, wenn Mrs Steele nicht bald wohlbehalten auftaucht? Es ist nicht so einfach, in dieser Stadt eine auskömmliche Anstellung zu finden. Es strömen immer mehr Menschen aus dem Umland nach London, um eine Stelle zu finden. Immer mehr.« Sie legte eine Pause ein und starrte auf ihre Hände, die sie in den Schoß gelegt hatte. »Also, jedenfalls … nach dem schrecklichen Vorfall mit unserer Hannah – vielleicht …« Sie schluckte. »Also, vielleicht könnte Rose ja bei *uns* …« Sie stockte und sah John fragend an.

»Es ist noch nicht der Zeitpunkt, um über die Anstellung einer neuen Hilfe zu entscheiden«, antwortete John bedächtig. »Lass uns erneut darüber sprechen, wenn sich gewisse Umstände beruhigt haben.«

Beth nickte zustimmend und schaute erleichtert auf. »Selbstverständlich, Sir. Selbstverständlich. Was ich eigentlich berichten wollte, weshalb ich die Nachricht geschickt habe – Rose ist noch etwas eingefallen.« Ihre Stimme senkte sich zu einem Flüstern.

»Was meinen Sie damit?«, fragte Paul. Gespannt ließ er Beth nicht aus den Augen.

Verschwörerisch blickte die Köchin um sich, als wolle sie sichergehen, dass sie nicht belauscht wurden. »Rose zog mich auf dem Markt hinter eine Bude und plapperte davon, dass sie etwas bemerkt habe, was mit Mr Steeles Tod zu tun haben könne. Sie berichtete dies ziemlich zusammenhanglos, möchte ich dazu sagen. Ich habe kaum verstanden, was sie wollte. Sie war außer sich. *Verängstigt.* Schaute sich ständig um, als stünde der Leibhaftige hinter ihr. Ich hatte schon die Befürchtung, sie habe getrunken. Doch ich konnte keinen Alkohol an ihr riechen. Und dafür habe ich ein Näschen, glauben Sie mir.« Nach einem schnellen Seitenblick auf ihren Mann war es an Rupert, rot zu werden.

»Was genau ist Rose eingefallen?« Paul fragte mit einem freundlichen Lächeln auf den Lippen, doch John konnte die Anspannung in seiner Stimme hören.

»Das hat sie mir nicht gesagt, das arme Ding. Das will sie Ihnen nur persönlich sagen, Sir.« Sie rang die Hände. »Rose sagte, es sei wichtig und stehe in Zusammenhang mit Ihren Besuchen am Hanover Square.«

John und Paul wechselten einen Blick.

»Es dürfe niemand sonst etwas von einem Treffen mitbekommen«, fuhr Betty fort. »Das hat sie mir mehrmals gesagt. Mit großem Nachdruck.«

Sie zuckte mit den Schultern. »Vielleicht hat sie auch einfach Sorge, als Plappermaul dazustehen. Ich kann Ihnen leider nicht mehr sagen. Nur noch, dass Rose mir einen kleinen Zettel zusteckte, den ich Ihnen geben soll, Mr Shinfield.« Sie nestelte in ihrer Schürze und zog ein verschmutztes Stück Papier hervor. Mit ausgestrecktem Arm hielt sie es John hin. »Dies hier hat Rose mir gegeben. Dann drehte sie sich einfach um und verschwand in der Menschenmenge.«

Paul kam John zuvor und nahm das gefaltete Papier an sich. Er strich es langsam glatt und studierte es mit ausdrucksloser Miene. Dann faltete er es wieder zusammen und steckte es weg. »Ein Treffpunkt, morgen Nacht.« Er zog eine Augenbraue hoch. Dann wandte er sich erneut an Beth. »Haben Sie sehen können, Beth, ob jemand Rose folgte?«

Die Köchin schüttelte den Kopf. »Nein, das habe ich nicht. Ich habe mir schon selbst den Kopf zerbrochen, ob ich irgendetwas übersehen habe. Oder vergessen. Bin das ungewöhnliche Zusammentreffen mit Rose wieder und wieder im Kopf durchgegangen. Nein, ich weiß leider nichts weiter zu berichten. Nur, dass das arme Kind sehr verängstigt schien. Fast schon panisch.« Sie seufzte. »Doch das erwähnte ich bereits.«

»Vielen Dank, Beth.« John ergriff ihre Hand und drückte sie aufmunternd. »Wir werden einfach hören, was Rose uns zu sagen hat.« Lächelnd fügte er hinzu: »Und natürlich sprechen wir beizeiten über die Möglichkeit, ob das Mädchen bei uns unterkommen kann.«

»Vielen Dank, Sir.« Beth strahlte erleichtert.

»Wir müssen uns verabschieden«, sagte Paul und stand auf. »Wir haben noch einen längeren Weg vor uns.« Er verbeugte sich. »Herzlichen Dank für das hervorragende Mahl.«

»Rupert, die Nachrichten!« Beth stieß ihren Mann mit dem Ellenbogen an und stand dann ebenfalls auf. »Hol sie doch bitte für Mr Shinfield herunter. Ich nehme an, Sir, Sie werden uns wieder durch den Dienstboteneingang verlassen?«

John nickte, während Rupert bereits ins Erdgeschoss eilte. Kurz darauf stand der Hausdiener wieder vor ihnen, einen schmalen Stapel von Umschlägen in der Hand. Er reichte sie John.

»Diese Nachrichten sind in den letzten Tagen für Sie angekommen, Sir«, erklärte Beth beflissen.

Paul beugte sich vor. »Gab es Besuche? Wollte jemand Mr Shinfield seine Aufwartung machen?«

Beth schüttelte den Kopf. »Nein, es wurde niemand vorstellig. Die Nachrichten wurden allesamt von Boten gebracht.«

»Das stimmt nicht ganz«, fiel Rupert ein. »Gestern Abend klopfte es an die Haustür. Ich vergaß, es zu erzählen.« Er warf einen entschuldigenden Blick zu seiner Gattin. »Es war ein Herr, der nach Mr Shinfield fragte. Ich habe ihm von Ihrer Krankheit erzählt, Sir.« Nachdenklich kratzte er sich an der Stirn. »Ein wenig ungewöhnlich fand ich es schon, wie er sich daraufhin einfach umdrehte und davonging. Ohne auch nur ein einziges weiteres Wort.«

»Ließ er eine Karte zurück?«, fragte John stirnrunzelnd.

»Nein, er fragte nach Ihnen und stürmte nach meiner Antwort sogleich davon.«

»Können Sie ihn beschreiben, diesen Mann?«, wollte Paul wissen.

»Beschreiben? Er war nicht sehr groß. Aber auch nicht klein. Eher von normaler Statur, würde ich meinen. Hm, gut gekleidet. Ja, das war er wirklich.« Er stockte.

Beth schüttelte den Kopf. »Wie soll man anhand dieser vagen Beschreibung auch nur erahnen können, wer dieser Mann war? Ich hätte mehr Aufmerksamkeit von dir erwartet, Rupert.« Tadelnd schüttelte sie erneut den Kopf.

»Aber ich dachte, Sie kennen Lord Sharp«, verteidigte sich Rupert, an John gerichtet.

»Lord Sharp? Woher wissen Sie, dass er es war?« Ruckartig beugte John sich nach vorne.

»Er stellte sich mit seinem Namen vor, natürlich. Lord Sharp eben. Er wolle Mr Shinfield sprechen. Das war alles, was er sagte.«

Beth verdrehte die Augen und setzte zu sprechen an.

Beschwichtigend hob Paul eine Hand. »Dann wäre dies geklärt. Vielen Dank, Rupert.« Und an John gewandt: »Sharp also.«

»Sharp«, wiederholte John nachdenklich und schob die Umschläge in seine Manteltasche. »Ich habe es geahnt.« Er hatte vom ersten Moment an den Eindruck gehabt, dass mit Sharp etwas nicht stimmte. John bedachte Paul mit einem säuerlichen Blick. Wie viel Zeit sie vergeudet hatten!

Abrupt stand Paul vom Tisch auf. »Einen guten Abend wünsche ich Ihnen«, sagte er zu Beth und Rupert gewandt. Dann winkte er John. »Kommen Sie, wir wollen Will nicht länger warten lassen. Sonst schlägt es ihm noch auf die Laune.«

»Gott bewahre«, murmelte John und begab sich mit wenigen Handgriffen in die beinahe schon vertraute Dunkelheit seiner Augenbinde. Als Letztes, bevor er den Stoff überstreifte, fiel ihm Pauls grimmige Miene auf.

Kapitel 36

Er vergrub den Kopf unter den verschränkten Armen, die Ellenbogen auf die Tischplatte gestützt. Verdammt, fluchte er zum wiederholten Male. Verdammt!

Langsam richtete er sich auf und wischte mit der feuchten Hand über die nicht weniger feuchte Stirn. Dann warf er einen gequälten Blick über die Schulter. Auf die Holzvertäfelung. Verdammt!

Abrupt sprang er auf, griff nach der Lehne und warf den Stuhl in hohem Bogen gegen die Wand. Gegen die geheime Tür, die zum Versteck führte. Dem Versteck, welches keines mehr war. Er bereute seinen Wutanfall sofort, denn der ohrenbetäubende Krach würde im gesamten Haus zu hören sein. Und das, was er im Augenblick nicht gebrauchen konnte, war noch mehr Aufmerksamkeit. Davon genoss er bereits genug. Verdammt.

Geistesabwesend hob er den Stuhl vom Boden auf und schob ihn an den Schreibtisch. Er musste etwas tun. Sofort. Den Schaden gering halten. Sofern dies noch möglich war. Er musste Shinfields habhaft werden.

Mit unruhiger Hand fuhr er über seinen Hemdkragen. Dann trat er auf den Flur und schloss die Tür zu dem Arbeitszimmer ab. Den eisernen Schlüssel schob er in die Hosentasche. Mitten auf dem Gang blieb er wie versteinert stehen. Eine Tür öffnete sich.

»Elenora«, sagte er mit belegter Stimme zu der Frau, die auf den Gang trat. Er streckte eine Hand nach ihr aus. »Elenora, ich kann dir …« Der Knall der zuschlagenden Zimmertür ließ ihn innehalten. Seine Frau trat wortlos an ihm vorbei, ohne ihn auch nur eines Blickes zu würdigen. Verdammt, schoss es ihm in den Kopf. Verdammt, verdammt, verdammt!

Nachdem Elenora zwei Türen weiter im Zimmer ihrer Tochter verschwunden war, ging er eiligen Schrittes die Treppe hinab. Shinfield. Er brauchte Shinfield.

»Eure Lordschaft, soll ich das Gespann vorfahren lassen?«, fragte der Hausdiener aufgeschreckt, als er an ihm vorbeistürmte.

»Das dauert mir zu lange!«, raunzte er den Mann an. »Meinen Mantel. Ich nehme mir eine Droschke.«

»Sir! Sehr wohl, Sir. Wann dürfen wir Sie zurückerwarten?«

Er grunzte etwas und ließ den Mann stehen.

Vor der Tür schlug er den Mantelkragen hoch. Es regnete leicht. Kurz erwog er, sich umzudrehen und doch das eigene Gespann zu nehmen, doch er hatte keine Zeit zu verlieren. Mit grimmiger Miene sprang er die Stufen hinab.

Ein Straßenjunge, gekleidet in löchrige Lumpen, wich ihm im letzten Moment aus.

»Pass auf, wo du hinläufst!«, herrschte er das Kind an und spielte mit dem Gedanken, ihm eine Ohrfeige zu verpassen. Doch der Kleine hatte bereits einen Haken geschlagen und beäugte ihn aus sicherer Entfernung, mit einem verschmitzten Gesichtsausdruck. »Mach dich davon, du Göre!« Das Lumpenpack wurde immer aufdringlicher, befand er verärgert. Kopfschüttelnd drehte er sich um und ging weiter die Straße entlang. Im Moment war nur eines wichtig, und das war John Shinfield.

In seinem Rücken hörte er einen schrillen Pfiff. Er runzelte die Stirn, schritt aber unbeirrt weiter. Vom Pöbel ließ er sich nicht provozieren. Seine Miene hellte sich auf. Eine Droschke bog in seine Straße ein. Er winkte dem Kutscher. Der Mann nickte ihm zu und spannte die Zügel.

Er nannte sein Ziel und stieg in die kleine Kabine des Einspänners. Ungeduldig trommelten seine Finger auf die Sitzbank, während das Gefährt langsam wendete. Beim Blick aus dem kleinen Fenster stutzte er. Auf der anderen Straßenseite lungerte der lumpige Straßenjunge herum und grinste. Grinste ihm frech ins Gesicht. Was für ein unverschämter Flegel!

Die Droschke bog in ›The Strand‹ ein, und er hatte das Kind sogleich wieder vergessen. Sie kamen am Wachsfigurenkabinett vorbei, in dem Shinfield ihn angesprochen hatte. Shinfield war der Schlüssel.

Er stutzte, dann sprang er von seinem Sitz auf und trommelte wütend gegen das Dach. »Sie fahren in die falsche Richtung!«, rief er. »Sie sind falsch abgebogen, Sie Idiot!« Er verstärkte seine Schläge gegen das Dach, doch der Kutscher zeigte keine Reaktion. Im Gegenteil, er steigerte das Tempo noch, bog plötzlich in eine kleinere Straße ab.

Unsanft wurde Sharp gegen die Tür geschleudert. »Falsch!«, schrie er wutentbrannt. »*Falsch!* Anhalten!« Auch diesmal folgte keine Reaktion.

»Du Mistkerl!«, stieß er aus und griff nach dem Türgriff. Doch er fand keinen. Erstaunt drehte er sich zur anderen Seite. Hier das Gleiche: Der Griff fehlte. Er warf sich erst gegen die eine Tür, dann gegen die andere. Vergeblich. Sie blieben geschlossen, gaben keinen Fingerbreit nach. »Verdammt«, fluchte er atemlos. »Verdammt!« Ungläubig sah er aus dem schmalen Fenster, plötzlich jeglicher Energie beraubt. Er fühlte sich wie in einer Schockstarre.

Sie näherten sich den Randbezirken der Stadt. Den Dreckslöchern, in denen der Pöbel und der Abschaum wohnten. Der feixende Junge fiel ihm wieder ein. Ihm wurde übel. »Halten Sie an!«, schrie er abermals und nahm die Schläge gegen das Holz der Kutsche wieder auf. »Halten Sie *augenblicklich* an!« Seine Stimme überschlug sich.

Nach einer gefühlten Ewigkeit verlangsamte die Kutsche ihr Tempo. Sie bog scharf in eine enge Gasse ein, wieder wurde er gegen die Wand geschleudert. Stöhnend griff er sich an die Stirn. Ihm war schwindelig, er nahm seine Umgebung wie durch Watte war. Ungläubig starrte er auf seine Hand. Sie war rot. Er runzelte die Stirn und stöhnte erneut, als ein Schmerz durch seinen Kopf zog. Etwas lief sein Gesicht hinunter. Blut. Beim Zusammenprall mit der Wand hatte er sich am Kopf verletzt. Kraftlos ließ er sich auf dem Sitz nieder. Er sah auf. Draußen wurde es schlagartig dunkler, fast gleichzeitig stoppte das Gefährt abrupt. Zu allem Überfluss schlug er mit dem Hinterkopf gegen die Wand. Sterne kreisten vor seinen Augen. Durch das Halbdunkel kam ein knarrendes Geräusch, dann herrschte völlige Finsternis, nur unterbrochen von den schmerzhaften Lichtblitzen. Er presste die Augen zusammen, atmete flach ein und aus. Ein und aus.

Benommen registrierte er, dass sich die Türen der Droschke öffneten. Gleichzeitig. Instinktiv rutschte er auf dem Sitz nach hinten, bis er mit dem Rücken an der Wand klebte. »Was … was …?«, stammelte er. Wie eine Maus quiekte er erschrocken auf, als ihm etwas über den Kopf gestülpt wurde. Abwehrend hob er seine Hände, doch sie wurden brüsk zusammengedrückt und mit einem Seil gefesselt. »Hilfe!«, stieß er hervor, in den dunklen Sack hinein. »Hilfe!« Er hustete, ein Gefühl des Erstickens in der Brust.

Eine dumpfe Stimme an seinem Ohr ließ ihn versteinert innehalten.

»Willkommen, Lord Sharp. Wir hoffen, Sie hatten eine angenehme Reise.«

Kapitel 37

»Welche Jakobiter?«, jammerte Humphrey Sharp zum wiederholten Male. »Ich weiß nicht, wovon Sie sprechen.« Schluchzende Laute folgten aus dem Kartoffelsack. »Ich weiß es nicht. So glauben Sie mir doch!«

Fragend breitete John die Arme aus. Neben ihm glomm der schwache Schein einer kleinen Laterne. Er saß keine fünf Schritte von Sir Humphrey entfernt auf einem Stuhl und verfolgte gebannt, wie Paul Seine Lordschaft befragte. Er selbst hielt sich zurück – damit Sharp seine Stimme nicht erkannte.

Paul zuckte mit der Schulter und sah abwägend auf Sharp hinab, der neben ihm auf dem Boden lag. Hände und Füße waren gefesselt, der Kopf steckte weiterhin in dem Sack, den sie dem Mann in der Kutsche übergestülpt hatten.

Ein Pferd wieherte, ein zweites antwortete. John rieb sich die Hände. Es war kalt in dem alten Stallgebäude am Stadtrand, in das sie die Kutsche gebracht hatten. Ganz wohl war John bei ihrem Vorgehen nicht, erinnerte es ihn doch an das, was ihm selbst widerfahren war. Zugeschnürt auf einem eiskalten Boden zu liegen, orientierungslos und ausgeliefert – das war kein schöner Umstand. Grimmig biss er die Zähne zusammen. Doch es war nicht die Zeit für Gewissensbisse. Es war die Zeit für Antworten.

»Ich weiß, dass Sie in eine große Verschwörung verwickelt sind, Sharp.« Paul verstellte seine Stimme gekonnt. Er klang wie eine Kreuzung aus Wegelagerer und Lord Chief Justice. Autorität gepaart mit einer Schurkenhaftigkeit, die keinen Zweifel daran ließ, dass auch Gewalt ein probates Mittel war, um Antworten zu erhalten. »Leugnen macht alles nur noch schlimmer.« Er legte eine bedeutungsschwangere Pause ein. »Schlimmer für Sie.«

»Aber –«, stammelte Sharp. »Ich – wovon sprechen Sie, um Himmels willen?«

Pauls diabolisches Lachen ließ die Pferde erschrocken wiehern und unruhig in ihren Verschlägen hin und her treten. »Was für eine belustigende Vorstellung Sie doch bieten.« Er beugte sich näher zu dem bedeckten Kopf des Mannes hin. Seine Stimme schlug um in ein eisiges Flüstern. »Doch leider habe ich an diesem Schauspiel kein Interesse. Reden Sie also. Sonst wird es Ihnen leidtun, wahrlich.«

»Ich weiß nicht, was ich –«, setzte Humphrey Sharp an. Er stieß einen schrillen Schrei aus, der in ein unkontrolliertes Wimmern überging. Paul hatte dem Mann mit Wucht in die Seite getreten.

Diesmal blieben die Pferde für längere Zeit unruhig. Sie schnaubten und stampften einige Minuten lang, bis sie schließlich wieder zur Ruhe kamen. John konnte im schwachen Licht sehen, wie ihre Ohren nervös zuckten.

»Ich habe Sie gewarnt«, lächelte Paul. »Verkaufen Sie mich nicht für dumm. Ich beobachte schon länger Ihre satanischen Umtriebe, Humphrey. All diese armen Mädchen.« Er schüttelte den Kopf. »Unsagbar, was Sie ihnen angetan haben.«

»Sie wissen von den Mädchen?«, japste Sharp atemlos. »Nein, das kann nicht sein.« Seine Stimme brach weg.

Paul und John warfen sich einen bedeutungsvollen Blick zu.

»Für die Qualen, die Sie ihnen zugefügt haben, werden Sie bezahlen, Sharp«, raunte Paul unheilvoll.

Der Mann am Boden strampelte, nicht unähnlich einem Fisch auf dem Trockenen. Genauso aussichtslos waren seine Bemühungen. »Es hat ihnen gefallen! Sie wollten es!«, schrie er. »Sie wollten es!«

Übelkeit kroch Johns Hals hinauf. Der Kerl war geisteskrank, das stand außer Frage.

Mitleidig schüttelte Paul den Kopf. »Was sind Sie nur für ein Hund.« Er trat einen Schritt zurück, als verlange es ihn nach räumlicher Distanz zu dem am Boden liegenden Monster. »Kaltblütig ermordet haben Sie sie – all die Mädchen, Alexander Steele, Hannah.«

Abrupt beendete Sharp sein Strampeln und Winden.

Mühsam hielt John sich zurück, um nicht aufzuspringen und dem Mann eine ordentliche Tracht Prügel zu verabreichen. Er ballte die Hände zu Fäusten. Sein einziger Trost war, dass auf den Kerl der Henker wartete.

»Was reden Sie?« Sharps Stimme überschlug sich. »Ich habe Steele mit keinem Finger angerührt. Und wer ist diese … diese Hannah?«

»Oh, wir wissen, dass Sie einen Helfer hatten.« Paul klang amüsiert. »Stellen Sie sich also nicht dumm. Zumindest das Leid der Opfer streiten Sie nicht ab.«

Aus dem Sack erklang haltloses Weinen. Als Humphrey Sharp nach einigen Minuten erneut zu sprechen begann, mussten John und Paul die Ohren spitzen, um zwischen Schluchzern und Schniefen die gepressten Worte verstehen zu können.

»Sie – sie wollten es doch. Die Mädchen. Es – es gefiel ihnen.«

»Dass sie wie Schweine auf der Schlachtbank niedergemetzelt wurden? Das soll den Mädchen *gefallen* haben?« Ruckartig beugte Paul sich vor. »Sie armseliges Stück Scheiße!«

»Was reden Sie?«, kreischte Sir Humphrey. Abermals bäumte er sich auf, kämpfte gegen die Fesseln. »Ich habe sie doch nicht *umgebracht*!«

Paul seufzte theatralisch. »Wir scheinen uns im Kreise zu drehen. Vielleicht sollte ich Sie daran erinnern, wie sich Schmerzen anfühlen. Dann fällt Ihnen sicherlich ein, was sie den Frauen antaten. Ganz abgesehen von Steele, dem Matrosen und jenem unbekannten Mann.«

»Fragen Sie sie! So fragen Sie sie doch!« Sharps Ausruf war ein wildes Keuchen.

»Wen?«

»Die Mädchen. Fragen Sie sie!«

»Die *Mädchen*!« Paul wandte sich zu John und drehte mit seinem Zeigefinger neben der Stirn. »Die toten Mädchen?«

»Aber so hören Sie mir doch zu! Ich sage es Ihnen doch. Sie sind nicht tot! Warum sollten sie tot sein? Ich – ich meine, wir haben gewisse Sachen gemacht, doch es gab stets eine Grenze.« Sharps Stimme überschlug sich. »So fragen Sie sie doch. Agnes. Mary-Anne. Becky. Fragen Sie sie!« Er japst nach Luft. »Agnes. Sie … sie arbeitet in meinem Haushalt.« Brüchig schloss er an: »Fragen Sie sie, um Himmels willen.« Er verfiel erneut in einen Weinkrampf.

Paul stockte und runzelte die Stirn. »Was haben Sie mit dieser Agnes gemacht? Los, sprechen Sie.«

»Ich – ich … Wollen Sie, dass ich meine Schande ausspreche? Bitte, lassen Sie mich …« Abermals heulte Sharp auf, als ihn Pauls Stiefel in die Seite traf. Es dauerte eine geraume Weile, bis er sich wieder einigermaßen beruhigt hatte.

John war zunehmend verwirrt. Die Befragung verlief nicht so, wie

Paul und er es geplant hatten. Noch vor wenigen Minuten war er von Sharps Schuld überzeugt gewesen. Jetzt machten sich Zweifel breit. Pauls Gesichtsausdruck entnahm John, dass auch er sich die Antworten des Mannes anders vorgestellt hatte. Paul wirkte erstmals unsicher.

Mehrmals holte Sharp tief Luft, dann sprach er mit gebrochener Stimme. »Der Herr vergebe mir meine Sünden. Doch mein Fleisch ist schwach.« Er schluchzte auf. »Es ist schwach, ich kann nichts dagegen tun. Die Versuchung ist einfach zu groß. Doch Agnes – Agnes wollte es selbst. Sie war es, die zu mir kam. In mein Bürozimmer. Als meine Gattin außer Haus war. Sie sagte, sie habe es mitbekommen. Habe uns einmal beobachtet.« Sharp wimmerte.

»Was hat sie mitbekommen?«, fragte Paul.

»Wie ich mit Becky … in dem versteckten Zimmer … wie wir unser sündiges Spiel getrieben haben.«

»Ihr sündiges Spiel?«

»Ich hatte vergessen, die Tür ganz zu schließen. Agnes muss uns gehört haben. Jedenfalls sah sie uns wohl zu. Kam später zu mir, wollte ebenfalls …« Er stockte. »Wie hätte ich nein sagen können? Wie?«

»Was haben Sie mit dieser Agnes gemacht? Mit Becky?«, fragte Paul barsch.

»Ich mit ihnen? Sie haben etwas mit *mir* gemacht!«

»Erklären Sie sich!«

»Sie … sie haben mich gefesselt. Haben mich mit … mit einer Peitsche … mit einem Tuch haben Sie meinen Hals … bis ich keinen Atem mehr bekam.«

»Sie verstehen Demütigungen als Aphrodisiakum!«, rief Paul aus. »Sie ließen sich von den Frauen zum Lustgewinn quälen.« Er schlug sich vor die Stirn. »Sie sind einer dieser Perversen, ein Masochist.«

Sir Humphreys Schluchzen setzte erneut ein.

»Von den Mädchen ließen Sie sich ordentlich durchprügeln, nicht wahr?«

»J-j-a«, klagte es aus dem Kartoffelsack.

»Und das Blut? Auf einem Korsett befand sich eindeutig Blut.«

»Es war meines. Wir – wir wollten das Stück daher entsorgen. Ich muss es vergessen haben. Woher – woher wissen Sie …? Sie … Sie waren das, in meinem Haus?«

Eine lähmende Müdigkeit überkam John. Langsam rieb er sich die Augen. Sharp war nicht der Mörder. Er war nicht der Kopf der jakobitischen Verschwörer. Er war einfach ein masochistischer Lüstling. Wenn all das stimmte, was der Mann behauptete. Hatten sie abermals nur ihre Zeit verschwendet? Er wollte es nicht glauben. Was, wenn Sharp einfach ein hervorragender Schauspieler war? Dass es sich bei dem Kopf der Verschwörer um ein einfallsreiches Genie handelte, davon gingen sie schließlich aus.

John winkte Paul zu sich, flüsterte ihm etwas ins Ohr.

Mit zusammengekniffenen Augen nickte Paul und trat zurück neben den am Boden kauernden Sharp. »Erzählen Sie mir vom Wachsfigurenkabinett. Was sind das für Nachrichten, die dort ausgetauscht werden?«

»Sie wissen auch *davon*?«, presste Sir Humphrey erstaunt hervor. »Wer sind Sie?«

»Beantworten Sie meine Frage!«, herrschte Paul den Mann an.

Sharp zog sich zusammen, als erwarte er einen weiteren Tritt. »Ich sage es Ihnen! Ich sage es Ihnen! Ich tausche dort kurze Nachrichten mit einigen Damen aus. Mit Damen, welche mir … bei meinen Neigungen unterstützend zur Hand gehen. Wir verabreden uns. Ich … ich teile ihnen mit, wann es passt, mich aufzusuchen. Wann … wann etwa meine Gattin für länger außer Haus ist. So kam auch Becky …«

John erinnerte sich an die beiden Frauen, die im Wachsfigurenkabinett zugegen gewesen waren. Sharp hatte sie nicht aus den Augen gelassen, das war wahr.

»Was wollten Sie bei Shinfield?« Paul warf einen schnellen Blick zu John.

»Bei wem?«

»Bei John Shinfield. Sie suchten ihn kürzlich am Gough Square auf.«

»Oh, ja. Das tat ich. Aber woher wissen …?«

»Die Fragen stelle ich«, fiel Paul ihm ins Wort.

»Ich wollte ihn um Hilfe bitten.«

Überrascht zog John die Brauen zusammen. Auf welche Art hätte er Sharp Hilfe leisten können? Eine absurde Vorstellung. Verstrickte der Mann sich nun in seiner Lügengeschichte?

»Wobei sollte Mr Shinfield Ihnen helfen?«

»Er, nun, er sollte mir ein Alibi verschaffen. Darum wollte ich ihn bitten.« Die Stimme aus dem Sack klang kleinlaut.

Paul lachte auf. »Wirklich? Ein Alibi?«

»Es geht um meine Ehe. Meine Frau hat Verdacht geschöpft, dass ich mit Agnes …« Es folgte ein Moment bedrückter Stille. »Eine Liaison mit einem der Hausmädchen würde sie mir nie verzeihen. Meine Ehe … ihr Vater hat eine hohe Mitgift …« Sharp schluckte. »Lady Sharp erfuhr durch Ihren Einbruch von dem geheimen Raum hinter meinem Arbeitszimmer. Sie zählte eins und eins zusammen, bezichtigte mich, dort mit Mätressen zusammenzukommen. Sie kam selbst auf Agnes! Schrie den Namen in mein Gesicht. Ich … ich muss einen Ausweg finden. Das Geld, verstehen Sie! Ihr Vater. Darum dachte ich an Shinfield.«

»Darum dachten Sie an Shinfield?« Diesmal hielt Paul das Erstaunen nicht aus seiner Stimme heraus.

»An wen denn sonst? Der Mann ist alleinstehend, gilt als verschroben.«

John biss die Zähne aufeinander. Verschroben? Was für eine Unverschämtheit. Er fing einen belustigten Blick von Paul auf und verschränkte die Arme.

Ein trockenes Husten, dann sprach Sir Humphrey weiter. »Shinfield hat doch nichts zu verlieren. Ich wollte ihn bitten, die Sache auf sich zu nehmen. Meiner Frau zu gestehen, dass er es gewesen sei, der mit Agnes unzüchtige Dinge trieb. Dass er das Zimmer nutze, um ungestört zu sein. Etwas, das ich ihm nicht hätte abschlagen können. Agnes hätte diese Geschichte auf Nachfrage bestätigt. Dafür habe ich bereits gesorgt. Es wäre die einfachste Lösung gewesen. Ich hätte dem Mann natürlich eine ordentliche Summe gezahlt. Doch ich hatte Pech. Wieder einmal nur Pech! Shinfield, der Hornochse, hat sich eine Influenza eingefangen. Das erfuhr ich in seinem Haushalt, als ich ihn zu meinem Plan überreden wollte. Eine Influenza. Er hütete das Bett. Wie hätte er da gleichzeitig mit Agnes zusammenkommen können?« Abermals brach Sharp in ein Schluchzen aus. »Was tue ich nun? Was soll ich tun?«

Langsam erhob sich John von seinem Stuhl und trat neben Paul. Mit Genugtuung sah er, wie Sharp, als er realisierte, dass eine weitere Person anwesend war, sich ängstlich versteifte. Pauls fragende Miene ignorierte John. Er beugte sich über den am Boden liegenden Mann. »Erbärmliches Würstchen«, flüsterte er heiser und ließ seine rechte Faust in Sharps Magengrube fahren.

Lord Sharp schrie auf, dann wurde sein Körper schlaff.

Paul schüttelte den Kopf. »Wie impulsiv Sie doch sein können. Wenigstens haben Sie mir die Aufgabe abgenommen, den Kerl so lange außer Gefecht zu setzen, bis wir mit der Kutsche verschwunden sind. In einer Stunde wird ihn jemand zufällig finden und losmachen.« Spöttisch stieß

Paul Sharps Körper mit der Schuhspitze an. »Lady Sharps Herr Papa wird nicht begeistert sein.« Und zu John gewandt: »Kommen Sie. Helfen Sie mir mit der Kutsche. Wir haben hier bereits genug Zeit vertan.«

Kapitel 38

Als sie im Schritttempo über die London Bridge in Richtung Southwark fuhren, hatte John bereits die meisten der Nachrichten durchgesehen. Seufzend zerriss er das Einladungsschreiben, auf dem ihm ein Nachmittagstee bei Lady Bridgewater angepriesen wurde. Zweifelsohne wollte sie ihm ihre jüngste Tochter nahebringen. Ein pausbäckiges, tumbes Mädchen, wie er sich nur zu gut erinnerte. Sie hörte auf den Namen Celia. Er seufzte erneut. Es war nicht der erste Versuch von Lady Bridgewater, ihm das Mädchen schmackhaft zu machen.

»Sie sehen überaus leidend aus«, feixte Paul. »Sie machen ein Gesicht, als hätten Sie gerade in eine Zitrone gebissen.«

»Das trifft mein Empfinden durchaus«, erwiderte John, knüllte das Papier zusammen und legte es zu den übrigen zerrissenen Nachrichten neben sich. »Abermals eine Einladung, bei der ich mir wie ein Ochse auf dem Viehmarkt vorkäme. Die halbe Stadt scheint einen Ehemann für kichernde Töchter, schrullige Schwestern oder reife Witwen zu suchen.«

»Als Mann von Adel mit einem beträchtlichen Vermögen stehen Sie natürlich ganz oben auf der Wunschliste«, grinste Paul.

John grunzte nur und öffnete den nächsten Umschlag. Er faltete das Papier auseinander und überflog die Nachricht, runzelte die Stirn.

»Lassen Sie mich raten. Sie sollen der fetten Großcousine von Lord Piggytail vorgestellt werden.« Amüsiert schlug Paul die Beine übereinander. »Eine großartige und vielversprechende Allianz, zweifelsohne.«

»Hm«, sagte John geistesabwesend. Er faltete die Nachricht sorgsam zusammen.

»Kommen Sie, spannen Sie mich nicht unnötig auf die Folter. Wem soll Mr John Shinfield, Esquire, seine Aufwartung machen? Von wem kommt diese mysteriöse Einladung?«

Mit zusammengekniffenen Augen sah John auf. »Hier steht, dass auch Sie eingeladen sind, Mr de l'Estagnol.«

»Was Sie nicht sagen.« Neugierig beugte Paul sich vor.

»Mein Bruder Edward. Er lädt uns beide zum Abendessen ein. In sein Anwesen am Cavendish Square.«

Paul stieß einen anerkennenden Pfiff aus. »Wie überaus freundlich von ihm!«

»Seine Gesellschaften erlebe ich äußerst selten als Vergnügen. Eigentlich nie, wenn ich ehrlich bin. Außerdem findet das Essen bereits morgen statt. Wir treffen uns morgen mit Rose, wenn ich Sie richtig verstanden habe.«

Paul nickte und zog die Nachricht der Küchenmagd hervor. Er warf einen kurzen Blick darauf. »Sie möchte Sie eine Stunde nach Mitternacht treffen, John.« Er grinste. »Das sollte uns genügend Zeit geben, zuvor Ihren verehrten Herrn Bruder mit unserer Anwesenheit zu beehren. Ich muss sagen, ich freue mich ausgesprochen auf das Wiedersehen.«

John stöhnte auf. »Sie wollen mich quälen.«

»Mitnichten, John. Ich denke jedoch, dass Ihnen ein wenig Abwechslung guttun würde.« Paul rieb sich die Hände. »Lassen Sie uns morgen bei Ihrem Bruder hören, was derzeit die angesagten Gesprächsthemen in der guten Gesellschaft sind. Wer weiß, vielleicht erfahren wir etwas über unsere Jakobiter. Ihr Tun kann schließlich nicht gänzlich unbemerkt bleiben. Irgendetwas muss doch kursieren, irgendwelche wunderlichen Geschichten, die auf den ersten Blick keinen Sinn zu ergeben scheinen.«

»Ach, geben Sie es doch unumwunden zu, Paul. Sie wollen lediglich Mr de l'Estagnol in seinem ganzen Glanz ausführen und nebenbei herausfinden, wo es sich zukünftig für Sie lohnen könnte, als Habicht von London zuzuschlagen. Sie wollen auf Beutejagd gehen. Gestehen Sie!«

Paul lachte in sich hinein. »Seien Sie vorsichtig, John. Sie bringen mich noch auf Ideen.«

»Wenn ich recht darüber nachdenke, würde es mich wenig stören, sollten Sie meinen Bruder ins Visier nehmen.« Gespielt nachdenklich rieb John sich das Kinn. »Mitmenschliches Verhalten ist nicht gerade eine seiner herausragenden Tugenden. Vielleicht … sollte man ihn zu seinem Glück zwingen. Ein wenig zumindest.«

Paul lächelte breit. »Dann ist es also abgemacht. Wir suchen am morgigen Abend Ihren verehrten Herrn Bruder, Lord Shinfield, auf. Und nach dem Essen hören wir uns an, was die kleine Rose zu berichten hat. Ich habe die Hoffnung, wir werden einen großen Schritt weiterkommen!«

»Wie Sie meinen«, gab John sich geschlagen. »Ihr Wort in Gottes Ohr. Dann werde ich Edward eine Nachricht zukommen lassen, dass wir seine freundliche Einladung dankend annehmen.«

Paul nickte begeistert.

Die Kutsche hatte die Brücke passiert und bog scharf nach links ein. Kurz darauf schwenkte sie derart heftig nach rechts, dass John überrascht ausrief und sich an seiner Bank festhielt. Plötzlich blieben sie stehen. Vom Kutschbock kam ein zweifaches Klopfen. Alarmiert sprang John auf.

»Keine Sorge, mein Freund. Wir wechseln lediglich das Transportmittel. Kommen Sie, schnell. Die Binde können Sie getrost unten lassen.« Paul stieß seine Tür auf und bedeutete John, ihm zu folgen.

Draußen wartete auf einer schmalen Straße ein Einspänner auf sie, nur wenige Schritte entfernt. Der Mann an den Zügeln nickte ihnen gutgelaunt zu.

»Schnell«, wiederholte Paul und stieg in den Wagen. Nachdem John ihm gefolgt war, schloss er die Vorhänge und klopfte an die Decke. Sofort fuhr die Kutsche los, in die Richtung, aus der sie soeben gekommen waren. Gleichzeitig war draußen das Geräusch der anderen Kutsche zu hören, die ebenfalls weiterfuhr und sich zügig von ihnen entfernte.

»Ein kleines Manöver zum Zwecke der Ablenkung«, sagte Paul gelangweilt und ließ sich in den Sitz fallen. »Man kann schließlich nicht vorsichtig genug sein.«

»Ich verstehe.« John versuchte, es sich in dem engen Wagen bequem zu machen.

»Wir sind bald da, es wird nicht mehr lange dauern. Vielleicht wollen Sie uns bis zur Ankunft noch mit der letzten Einladung unterhalten?«

»Wie meinen?«, fragte John verständnislos, die Gedanken bei etwaigen Verfolgern.

»Wenn ich mich recht entsinne, blieb eine der Nachrichten an Sie bisher ungeöffnet. Vielleicht enthält sie eine weitere Einladung, welche meine demütige Person einschließt?«

»Ach so, das meinen Sie.« John klopfte auf die Manteltasche, in der sich der Umschlag befand. »Nach der gastfreundlichen Depesche meines lieben Bruders Edward steht mir jedoch gerade nicht der Sinn danach, mich einer weiteren Einladung zu widmen. Ich werde sie mir daher später zu Gemüte führen. Und voller Freude zerreißen. Manche Dinge kann man nur in kleinen Dosen ertragen.«

»Ich verstehe«, sagte Paul betont enttäuscht.

John murmelte etwas Unverständliches und wandte seinen Kopf zum Fenster. Er starrte auf den Vorhang, der sich mit den Erschütterungen der Kutsche leicht hin und her bewegte. Nein, er hatte wirklich nicht vor, den Inhalt dieser letzten Nachricht Paul mitzuteilen. Vielmehr brannte er darauf, den schmalen Umschlag zu öffnen, sobald er sich in seinem Zimmer befand. Sobald er alleine war. Er fühlte, wie die Nachricht in seiner Tasche glühte. Durch den dicken Stoff hindurch.

Ein knapper Blick auf den Umschlag hatte gereicht, sein Herz für einen Schlag aussetzen zu lassen. Er hatte ausgereicht, ihm einen heißen Schauer über den Rücken laufen zu lassen.

John starrte wie hypnotisiert auf den Vorhang und zwang seine Hand dazu, nicht in die Tasche zu greifen. Es war die Handschrift von Miss Fredericks gewesen. Jene Schrift, die der seiner verstorbenen Frau derart verblüffend ähnelte. John konnte es nicht erwarten, in sein Zimmer zurückzukehren. Etwaige Verfolger waren ihm plötzlich ganz gleichgültig.

Kapitel 39

Die Türglocke läutete eindringlich, mit einem mehrtönigen Scheppern. Michael sah hinter dem Verkaufstresen auf. Freundlich lächelte er dem Besucher zu und machte Anstalten, ihm entgegenzueilen.

John winkte ab. »Ich schaue mich lediglich ein wenig um. Am besten, Sie ignorieren mich einfach, Michael.«

»Wie Sie wünschen, Sir.« Er trat einen Schritt zurück. »Mr Rodnell ist heute Morgen nicht im Geschäft. Wenn ich doch etwas für Sie tun kann, Sir, geben Sie mir bitte Bescheid.«

»Danke, das werde ich tun. Doch wie gesagt, ich sehe mich lediglich ein wenig um.« John ließ seinen Blick durch den Verkaufsraum schweifen. Außer ihm waren noch zwei weitere Kunden dabei, in den Büchern und Manuskripten zu stöbern. Ein älterer Herr mit Brille und akkurat gepuderter Perücke sowie ein junger Mann, der für das kühle Novemberwetter eindeutig zu dünn angezogen war. Keine Perücke, kein Hut. Vielleicht fünf Schritte von John entfernt blätterte der Mann konzentriert in einem ledergebundenen Buch. John fielen die Tintenflecke auf, welche auf den Händen des Mannes prangten. Ein Schreiberling aus der Grub Street, der sich notdürftig mit Auftragsarbeiten über Wasser hielt, mutmaßte John. Der Mann sah fragend auf und ihre Blicke trafen sich. Ein schmales Gesicht, fast schon ausgezehrt. Höflich nickte John und drehte sich dann weg. Von dem Tisch unmittelbar vor ihm griff er wahllos ein Buch und schlug es irgendwo nahe der Mitte auf. Über den Rand der Seiten, deren Inhalt er keines Blickes würdigte, behielt er die Ladentür fest im Auge. Um den Eindruck zu erwecken, als lese er, schlug er gelegentlich eine Seite um. Er wartete, doch die Tür blieb geschlossen. Aufgewühlt zog er die Augenbrauen zusammen.

Es war nicht leicht gewesen, Paul davon zu überzeugen, dass er am heutigen Morgen für sich sein wollte. Alleine, ohne Begleitung. Um neue Lektüre auszuwählen. Ohne einen ausgeklügelten Schutz oder eine aberwitzige Verkleidung. Mehrfach hatte Paul ihm abgeraten, das Haus zu verlassen. Als er feststellte, dass es John ernst mit seiner Forderung war, wollte Paul ihm zumindest Will an die Seite stellen. Vehement hatte John den Kopf geschüttelt. Will konnte er erst recht nicht gebrauchen. Ein junger Kutscher hatte ihn schließlich von Southwark hergebracht. Auf verwirrenden Umwegen. John kannte den Mann nicht, hatte ihn nie zuvor gesehen. Irgendwie eine Erleichterung. Selbstredend gehörte er zu Pauls Leuten, doch der Mann hielt sich zurück. Wie selbstverständlich wartete er jetzt am Ende der Straße, kurz vor der nächsten Ecke. Ohne John hinterherzuschleichen. Darauf hatte er geachtet. Paul musste doch wirklich nicht über jeden seiner Schritte unterrichtet sein.

Was sollte schon geschehen? Schulterzuckend hatte er Paul angeschaut. Ein erneuter Angriff? Sie hatten ihre Spuren doch gut verwischt, das hatte Paul selbst gesagt. Es war unwahrscheinlich, dass man John folgen würde. In der Buchhandlung war er vergleichsweise sicher. Er kannte dort jede Ecke, er würde nicht alleine sein. Nein, *Rodnell & Hillberg* war kein wahrscheinlicher Ort für einen Hinterhalt. Das würde Paul doch wohl nachvollziehen können.

Schließlich hatte Paul klein beigegeben. Was hätte er auch anderes tun können? Selbstredend gab sich John keiner Illusion hin. Der Habicht von London war mit allen Wassern gewaschen. Doch weit und breit war niemand zu sehen gewesen, als er von der Kutsche zur Buchhandlung schlenderte. Das musste ihm als Vorsichtsmaßnahme reichen.

Die Türglocke ertönte und riss John aus seinen Gedanken. Gespannt verfolgte er, wie sich die Ladentür öffnete, stieß jedoch enttäuscht die Luft aus. Ein Junge betrat die Buchhandlung und brachte Michael ein schmales Päckchen. Seufzend griff John nach einem anderen Buch. Lediglich ein Bote. Abermals gab er vor, zu lesen. In Wahrheit starrte er gespannt auf die Ladentür. Einen Augenblick später verließ der Junge pfeifend das Geschäft.

Es geschah nichts weiter. Niemand betrat die kleine Buchhandlung. Lediglich der ältere Herr verließ schließlich das Geschäft. Ohne etwas erworben zu haben. An diesem Morgen konnte man bei *Rodnell & Hillberg* wahrlich nicht von einem Besucherstrom reden. John ermahnte sich, in den nächsten Tagen seine ausstehende Rechnung bei Michael zu begleichen.

Mehr aus Langeweile trat John an einen anderen Tisch. Und an einen weiteren. Dergestalt wandelte er eine gute halbe Stunde durch den Verkaufsraum, blätterte in Büchern, betrachtete Buchrücken – ohne jedoch wirklich wahrzunehmen, was er las oder überhaupt in der Hand hielt. Sein Blick haftete an der Tür. Als wolle er sie mit seinem bloßen Willen zwingen, sich zu öffnen. In seinem Kopf machte sich dumpfe Enttäuschung breit, seine Gedanken schwankten zwischen Hoffnung und Resignation. Seine Verabredung würde wohl nicht mehr erscheinen. Der Zeitpunkt ihres geplanten Zusammentreffens war bereits deutlich überschritten.

Ein Kloß wuchs in Johns Hals. Seine Resignation gewann schließlich die Überhand. Er musste an ihre bisherigen Begegnungen denken. Vielleicht hatte er sich getäuscht, doch er meinte, dass da etwas zwischen ihnen gewesen sei. Etwas, das seinen Mund trocken werden ließ und seinen Herzschlag beschleunigte. Etwas gleichzeitig Vertrautes und Geheimnisvolles. Etwas, das ihm gleichermaßen Sorge bereitete und ihn anzog.

Wieder ertönte die Türglocke. Sein Herzschlag setzte aus, alle Niedergeschlagenheit war mit einem Schlag vergessen. John musste sich zurückhalten, um nicht nach vorne zu springen, ihr entgegen. Doch die Anweisung in der Nachricht war deutlich gewesen. Daher starrte er die Frau nur an. Unauffällig, wie er hoffte. Er verstand die Vorsicht nicht, doch sie war sehr deutlich in ihrer Bitte gewesen, sie nicht anzusprechen. Vorzugeben, sie nicht zu kennen. Folglich hielt er sich zurück und tat erneut, als studiere er einen Text. Doch sein Blick haftete auf ihr. Am Rande seiner Wahrnehmung bemerkte er, wie seine Hände feucht am Papier klebten. Ein weiterer Posten für Michaels Liste.

»Madam, darf ich Ihnen behilflich sein?«, fragte Michael zuvorkommend.

Die dunkelgekleidete Frau schüttelte den Kopf. Sie war fest in einen Mantel gewickelt, die breite Kapuze hatte sie tief ins Gesicht gezogen. Auch in der angenehmen Wärme der Buchhandlung machte sie keine Anstalten, ihre Kleidung zu lockern. Schnell trat sie an einen Tisch und beugte sich über die ausgelegte Ware. John meinte erkennen zu können, wie sie aus dem Schatten der Kopfbedeckung heraus den Raum absuchte. Forschend erst den anderen Kunden betrachtete, der ihnen den Rücken zuwandte, dann zu John blickte. Er wollte ungeduldig einen Schritt auf sie zumachen, doch beinahe unmerklich schüttelte die Frau den Kopf und drehte sich in die andere Richtung. Ihre Hand griff hier ein Buch, dort ein gedrucktes Dokument. So schlenderte sie durch das Geschäft. Endlos, wie es John vorkam. Bis sie schließlich, zufällig geradezu, neben John zum Verweilen kam.

John hielt den Atem an. »Madam«, setzte er schließlich flüsternd an.

»Vorsicht!«, raunte Miss Fredericks. »Wir müssen vorsichtig sein.« Sie drehte eine langsame Runde, um den Tisch herum. Dabei strich ihre Hand über einzelne Bücher, hob hier und da einen Buchdeckel, bis sie schließlich wieder neben John, diesmal auf der anderen Seite, stehen blieb. Bedächtig schlug sie ein Buch auf und hielt es vor ihr Gesicht, als würde sie aufmerksam – ein wenig kurzsichtig vielleicht – darin lesen. »Wir müssen vorsichtig sein«, wiederholte sie kaum hörbar.

John nickte, beinahe hilflos. Er verstand nicht, worauf sie hinauswollte. Warum verhielt sich Miss Fredericks derart ungewöhnlich? Möglichst beiläufig schaute er sich im Geschäft um. Michael stand hinter dem Tresen und studierte den Inhalt des gelieferten Päckchens. Augenscheinlich ein Manuskript. Der junge Mann mit den tintenbefleckten Händen hatte sich in einer entfernten Ecke über ein aufgeschlagenes Buch gebeugt, immer noch mit dem Rücken zu ihnen, und war gänzlich darin vertieft. Fragend kehrte Johns Blick zu Rebecca Fredericks zurück. Sie sah ihn eindringlich aus den Augenwinkeln an.

»Ich muss Sie warnen, Sir.« Ihre Stimme war ein trockenes Flüstern.

»Wovor?«, stieß er irritiert hervor. Das Gespräch nahm eine gänzlich andere Wendung, als John es sich ausgemalt hatte, seitdem er ihre Nachricht gelesen hatte. Eine Warnung als Grund für ihr Treffen? Er hatte etwas ganz anderes erhofft. »Ich verstehe nicht, Madam.« Er merkte selbst, dass er wie ein eingeschnapptes Kind wirkte.

Ein beinah unhörbares Seufzen. »Ich befürchte, Sie verstehen vor allem nicht, worauf Sie sich eingelassen haben, John.« Rebecca Fredericks klang ernsthaft besorgt.

Eine heiße Welle schwappte durch Johns Inneres. Wanderte von seiner Mitte hinauf in den Kopf und wieder zurück. Sie hatte ihn soeben erstmals bei seinem Vornamen genannt. Er schluckte, räusperte sich. Auch diesen Moment hatte er sich ganz anders vorgestellt, musste er sich eingestehen. »Ich … kann nicht folgen, worauf Sie hinauswollen.« Er traute sich nicht, ebenfalls ihren Vornamen auszusprechen, obwohl es ihn geradezu schmerzhaft dazu drängte. »Ich hatte gehofft, wir treffen uns …«

»Hören Sie mir bitte zu, John. Wir haben nicht viel Zeit.«

»Zeit wofür?«

Sie wendete ein wenig den Kopf und sah ihn erstmals direkt an. »John, bitte. Hören Sie einfach zu.«

Er nickte langsam. Ratlos. Es hatte ihm die Sprache verschlagen, als er ihr ins Gesicht gesehen hatte. Nicht, weil sie ihn zu schweigen bat, sondern weil er Tränen in ihren Augen gesehen hatte.

Ruckartig drehte Miss Fredericks sich zur Seite und schlug ein anderes Buch auf. Für einen Moment hörte man nur das Rascheln umgeschlagener Seiten. Dann sprach sie leise weiter, mit fester Stimme. »Sie sind in tödlicher Gefahr, John. Sie haben sich in Dinge gemischt, von deren Ausmaß sie keinerlei Vorstellung haben.« Sie schüttelte den Kopf. »Wahrlich keine Vorstellung.«

John war vor den Kopf gestoßen. Seine Vorstellung, wie dieses Treffen ablaufen würde, brach wie ein Kartenhaus in sich zusammen. Er hielt das aufgeschlagene Buch kraftlos in einer Hand neben seinem Körper, mit der anderen wischte er sich über die Stirn. Sein ganzes Leben schien gegenwärtig ein einziger böser Traum.

Miss Fredericks beugte sich ein wenig in Johns Richtung. »Ich komme, um Sie zu warnen. Es … es bringt mich in große Gefahr, dies zu tun.« Sie stockte. »Doch ich musste das Risiko eingehen. Da ist etwas, das Sie unbedingt wissen müssen, John. Ich weiß, es wird schwer für Sie sein, meinen Worten Glauben zu schenken, doch …« Sie verstummte schlagartig. Der junge Mann war aus seiner Ecke getreten und näherte sich ihnen langsam. Miss Fredericks schloss den Mund, senkte den Blick und starrte gebannt in ihr Buch.

John nickte dem Mann kurz höflich zu, als dieser mit einem schmalen Buch in der Hand an ihnen vorbeiging und den Tresen ansteuerte. Dann sah er wieder erwartungsvoll auf Miss Fredericks, die zwei schnelle Schritte zur Seite tat. Den Verkaufstresen hatte sie nun im Rücken. John konnte sehen, wie sie ihre Ohren spitzte; wie sie versuchte mitzubekommen, was hinter ihr geschah. Stirnrunzelnd lenkte auch John seine Aufmerksamkeit auf den Verkaufstresen. Dieser Morgen konnte kaum merkwürdiger werden.

»Sir?«, fragte Michael freundlich. »Soll es dieses Buch für Sie sein?«

»Ja, dieses«, antwortete der Mann mit heiserer Stimme. Dann hustete er.

Abermals glitt Johns Blick über die dünne Bekleidung des Mannes. Kein Wunder, dass er sich bei diesen Temperaturen eine schwere Erkältung zugezogen hatte. Oder gar Schlimmeres. Wahrscheinlich lief sein Geschäft als Schreiberling nicht gut.

Mitleidig schaute Michael auf und musterte sein Gegenüber genauer. Plötzlich malte sich ein Erkennen auf seinem Gesicht. »Mr Swindon, nicht wahr? Sebastian Swindon?«

Der Mann zuckte zusammen, blickte kurz in den Verkaufsraum, nickte. Dann hustete er erneut, stärker als zuvor.

»Leider muss ich Ihnen mitteilen, Sir, dass Mr Hillberg an einer Drucklegung nicht interessiert ist.«

Der Mann drückte sein Kreuz durch, winkte ab. »Ja, das tut nichts zur Sache. Ich möchte nur …«

»Leider war Mr Hillberg äußerst deutlich in seiner Entscheidung, Sir.« Michael griff unter den Tresen. Nach einigen Augenblicken zog er einen Papierstapel hervor, um den eine Kordel gebunden war. »Ihr Manuskript, Sir.« Er reichte den Stapel über das Holz.

Widerwillig nahm der Mann das Papier entgegen. Er wirkte geradezu, als wüsste er nicht, was er damit machen sollte. Reglos verharrte er vor Michael, den Packen in der ausgestreckten Hand. Er blickte zu John und Miss Fredericks.

»Das macht dann zwei Shilling, Sir.«

»Wie?« Der Mann schreckte auf und sah Michael verständnislos an.

»Für das Buch, welches Sie erwerben möchten, Sir.« Michael deutete auf den Tresen. »Zwei Shilling. Das ist der Preis für dieses Buch.«

»Vergessen Sie das verdammte Buch«, stieß der Mann hervor und drehte sich auf dem Absatz um. Er stürmte zur Tür und warf beim Hinausgehen einen feindseligen Blick in Johns Richtung. Als nehme er es ihm übel, Zeuge der Zurückweisung geworden zu sein.

Die Türklingel schepperte, der Mann verschwand mit langen Schritten. Schulterzuckend legte Michael den schmalen Band auf einen Bücherstapel neben sich. Dann wandte er sich wieder der Lieferung des Boten zu. Er wirkte wenig erstaunt über Swindons Verhalten.

Erwartungsvoll lenkte John seine Aufmerksamkeit wieder auf Miss Fredericks. Er war gespannt, was sie weiter ausführen würde. Wovor genau wollte sie ihn warnen?

Was er sah, verschlug ihm jedoch den Atem. Rebecca Fredericks war kreidebleich und ihre Hände zitterten. Sie wirkte verstört. John trat besorgt einen Schritt näher. »Madam? Geht es Ihnen nicht gut?«

Rebecca Fredericks legte eine zitternde Hand über ihren Mund. Dann riss sie die Hand zur Seite und warf John den Blick eines gehetzten Tieres zu. »Sie dürfen ihm nicht trauen. Er … er ist der Teufel!«, stieß sie hervor, drehte sich um und hastete zur Tür. Noch bevor John wusste, wie ihm geschah, war sie aus der Buchhandlung verschwunden. Zurück blieben nur das Scheppern der Klingel und ein kaum wahrnehmbarer Duft nach Jasmin.

Wie vom Blitz getroffen starrte John mit offenem Mund auf die Ladentür. Er fühlte sich endgültig wie in einem schlechten Traum gefangen. Warum lief Miss Fredericks davon? Worauf hatte sie mit ihrer kryptischen Aussage hinausgewollt? Wem durfte er nicht vertrauen? Von welchem Teufel hatte sie gesprochen? Hatte sie wirklich *Teufel* gesagt? Ratlos schüttelte John den Kopf. Dann traf ihn ein erneuter Blitz mitten in die Eingeweide. Ein Blitz der Erkenntnis, erst siedend heiß, dann eiskaltes Feuer. John sprang in vier Schritten zur Tür und riss sie auf. Vor der Buchhandlung sah er sich suchend um. Sebastian Swindon! Von dem Mann war nichts mehr zu sehen. Kurzentschlossen lief John nach links zur Brook Street. »Warten Sie hier!«, rief er im Vorbeilaufen seinem Kutscher zu, der an der Ecke wartete und ihn fragend ansah.

Sebastian Swindon. Der Verfasser jenes unsäglichen Manuskripts, aus dem Daniel ihm vorgelesen hatte. Ein Verfasser, der vorgab, bei den schrecklichen Taten des Mörders quasi zugegen gewesen zu sein. Wusste Swindon vielleicht etwas über das Monster? Hatte er gar einen Augenzeugen auftreiben können? Wusste Swindon etwas, das weiterhelfen konnte, den Serienmörder zu fassen? Ein Strohhalm nur, sicherlich. Doch John musste sichergehen, musste jede noch so kleine Chance nutzen. Das Wissen, Agatha Steele nicht ausreichend Beachtung geschenkt zu haben, lastete schwerer auf ihm, als er sich eingestehen wollte.

Atemlos hechtete John von der Dodington Street in die Brook Street. Dabei drängte er das in ihm empordrängende Bild von Rebecca Fredericks gewaltsam zurück. Nein, mit Miss Fredericks und ihrer ungewöhnlichen Warnung musste er sich später auseinandersetzen. Eins nach dem anderen. Suchend glitt sein Blick über die Passanten.

Da! John erkannte den jungen Mann aus der Buchhandlung an seiner unpassenden Kleidung. Eilig setzte er Sebastian Swindon nach, stieß dabei einen alten Mann an, der überrascht zur Seite taumelte und ihm wütend hinterherrief. Entschuldigend hob John im Laufen eine Hand.

Vielleicht zehn Schritte trennten John noch von Swindon. Da drehte dieser sich um.

»Mr Swindon«, stieß John hervor, ohne anzuhalten. »Auf ein Wort!«

Der Mann sah John für den Bruchteil einer Sekunde mit aufgerissenen Augen an, dann nahm er die Beine in die Hand. Flink wie ein Wiesel umrundete er andere Passanten, wechselte zwischen zwei Fuhrwerken die Straßenseite und warf einen gehetzten Blick über die Schulter auf John, der sich an seine Fersen heftete.

John stieß einen Fluch aus. Was war in den Kerl gefahren? Er wollte doch nur mit ihm sprechen. »Swindon!«, rief er zwischen zwei Atemzügen. Und noch einmal. »Swindon!«

Der Flüchtende erhöhte sein Tempo und eilte um eine Straßenecke. Eine matronenhafte Frau, die er dabei umstieß, bedachte ihn mit einem Schwall von Flüchen. Die Verwünschungen schickte sie gleich auch John hinterher, als dieser an ihr vorbeirannte.

Sie waren in den schmalen Fox Court eingebogen. Swindon hatte durch den Zusammenprall mit der Frau an Boden verloren. John schätzte, dass sich seine Entfernung zu dem Flüchtenden nahezu halbiert hatte. Er holte tief Luft und mobilisierte seine Kräfte. Immer mehr kam er zu der Überzeugung, dass Swindon etwas wissen *musste*. Zumindest war es eindeutig, dass er nicht mit John sprechen wollte. Dafür musste es einen Grund geben. John beschleunigte sein Tempo.

Sebastian Swindon warf abermals einen Blick über seine Schulter. Hastig bog er unvermittelt nach rechts, in eine schmale Gasse. Überraschte Passanten drückten sich an die Häuserwände. Die beiden Männer rannten durch die Magpie Alley.

Ein kurzes Straucheln kostete Swindon weiteren Vorsprung. John konnte den rasselnden Atem des Mannes deutlich hören. Es war erstaunlich, wie dieser augenscheinlich kranke, dürre Mann derart schnell laufen konnte. Doch seine Kräfte konnten nicht ewig vorhalten. Das Rasseln klang Schritt für Schritt angestrengter.

Am Ende der Gasse begrenzten Häuser den schmalen Durchgang auf die Gray's Inn Lane. Lediglich zwei Armlängen trennten John noch von Swindon. »Bleiben Sie doch stehen«, presste John angestrengt hervor. »Ich … Shinfield … muss mit Ihnen …«.

Swindon stöhnte auf.

Beinahe hatte John den Flüchtenden erreicht. Er streckte im Laufen bereits einen Arm nach ihm aus. Wollte den dünnen Mantelkragen greifen, Swindon zum Anhalten zwingen. Der Mann musste etwas wissen, das bei der Identifizierung des brutalen Mörders weiterhalf. Er *musste*! Johns Hand öffnete sich, er meinte, bereits den Stoff des Mantels spüren zu können.

Soeben hatten sie die Gray's Inn Lane erreicht. Und in diesem Moment verließ John sein Glück. Ihm entfuhr erst ein überraschter Schrei, dann ein wilder Fluch, als er ins Stolpern geriet und hinschlug. Der Hund, der ihm vor die Füße gelaufen war, bellte erschrocken auf, dann schnappte er ängstlich nach John, verfehlte ihn aber um Längen. Mit eingekniffenem Schwanz suchte das Tier das Weite.

Schwer atmend sah John Sebastian Swindon hinterher, der die Gray's Inn Lane in südlicher Richtung hinunterlief. Ihm fehlte der Atem, um dem Mann einen Fluch nachzuschicken. Also starrte er dem Flüchtenden stumm hinterher. Swindon seinerseits bemerkte, dass sein Verfolger ihm nicht mehr auf den Fersen war. Er blickte mit einem erstaunten Gesichtsausdruck hinter sich. Das Staunen wich dem Ausdruck von Erleichterung, als er John am Boden sah. Ja sogar ein Lächeln zeichnete sich auf seinem hageren Gesicht ab. Er schlug einen tollkühnen Haken, fast übermütig, und wechselte die Richtung, hechtete quer über die Straße.

»Halt!«, wollte John entsetzt aufschreien, doch über seine Lippen kam nur ein unverständlicher Laut. Reflexartig presste er die Augen zusammen. Die Zeit blieb stehen. Nur für einen Herzschlag, doch dieses plötzliche Vakuum reichte aus, John eine Abfolge zahlreicher Bilder ins Gedächtnis zu rufen. Lebhafter Bilder, gestochen scharf. Schmerzhaft verzog er das Gesicht. Sie waren rot, diese Bilder. Rot und roh.

Ein dumpfer Knall, lautes Wiehern, gefolgt von mehrstimmigen entsetzten Aufschreien. John öffnete die Augen. Wie von fremder Hand geleitet, suchte sein Blick Swindon. Der Mann lag halb unter einer vierspännigen Kutsche verborgen. Sein Oberkörper war nicht zu sehen, ein Arm und die Beine ragten unter dem Gefährt hervor. Merkwürdig verbogen wirkten sie. Die zerrissene Kleidung gab den Blick auf geschundenes Fleisch frei. Eine rote Blutlache breitete sich langsam, aber stetig auf dem Pflaster aus. Füllte die Zwischenräume der Steine. Gellend schrie eine Frau auf. Sie deutete mit ausgestrecktem Arm auf den Körper, der unter der Kutsche lag. Dabei musste sie von ihrem Mann gestützt werden. Vergeblich bemühte der sich, seine Gattin zu beruhigen. Sie schrie und schrie.

Der Kutscher saß auf dem Bock, das Antlitz weiß wie ein Bettlaken. Völlig reglos hockte er dort, die Zügel fest umfasst. Seiner Miene war zu entnehmen, dass er noch gar nicht genau verstanden hatte, was geschehen war. Nervös schnaubten die Pferde und warfen die Köpfe empor.

Mühsam kämpfte sich John auf die Beine. Er hatte das Gefühl, als drücke ihn ein riesiger Granitbrocken nach unten. Erneut schaute er auf Swindon, konnte den Blick nicht von dem Körper des jungen Schreiberlings lösen. Merkwürdig verbogen war er.

Mehrere Männer kamen jetzt zu der Kutsche gelaufen. Passanten, ein paar Händler, ein Laufbursche. Zwei der Männer zogen Sebastian Swindon vorsichtig hervor, zwei weitere hielten die Pferde im Zaum, die angesichts der sich versammelnden Menschen und ihrer aufgeregten Schreie und Rufe noch unruhiger wurden.

Merkwürdig verdreht, dachte John abermals. Die Männer zogen an dem Bein. Das Blut hinterließ schmierige Streifen auf dem Boden. Fester zogen die Männer. Schließlich lag Swindon, jener merkwürdig verdrehte Swindon, mit dem Gesicht nach unten auf der Straße, neben der Kutsche. Einer der Männer – ein resolut wirkender Rothaariger, angetan mit einer eng geschnürten Lederschürze – drehte den reglosen Körper schließlich vorsichtig um. Was er sah, ließ den Mann hilflos die Schultern zucken und mit gesenktem Kopf von der Leiche wegtreten. John schloss abermals die Augen, diesmal aus eigenem Willen. Er atmete tief ein. Ganz tief. Bis ihm schwindelig wurde.

Eine sanfte Berührung an der Hand ließ John aufschrecken. Hastig zog er die Hand vor die Brust, sah sich gehetzt um. Der Ansatz eines Lachens, halb erleichtert, halb peinlich berührt, entfuhr ihm. Er schüttelte, verärgert über sich selbst, den Kopf. Lediglich ein Blatt Papier hatte ihn gestreift. Von einer Windböe war es gegen ihn geweht worden. John steckte die Hände in seine Manteltaschen und schnaubte. Dann bemerkte er in der Luft ein weiteres Papier. Und ein weiteres. Raschelnd flog es an seinem Kopf vorbei. Erstaunt blickte John sich um.

Als habe der Winter sich mit Vehemenz zurückgemeldet, so sah es um ihn herum aus. Wie Schnee stoben riesige Flocken durch die Luft und über den Boden der Gray's Inn Lane. Sie tanzten im Wind, klebten an Hauswänden, suhlten sich im Blut des toten Mannes. Er fing ein Blatt aus der Luft. Es war in einer engen Handschrift beschrieben. Johns Blick streifte die Leiche neben der Kutsche, dann ließ er den Bogen Papier eilig los. Er hatte das Gefühl, als habe es sich durch die kurze Berührung schmerzhaft in seine Finger gebrannt. Ein eiskalter Schauer durchlief ihn. Das Manuskript. Während sie an ihm vorbeistoben, war es John, als grinse ihm von den dichtbeschriebenen Seiten der brutale Mörder hämisch entgegen. Siegessicher.

Mit hochgezogenen Schultern wollte John sich abwenden und den Rückzug antreten. Da fiel ihm ein Zettel auf, der in der Ritze zweier Pflastersteine klemmte und im Windzug zitterte. Keine drei Schritte von John entfernt. Er fiel ihm auf, da er so viel kleiner war als die übrigen Seiten, die sich überall verteilt hatten. Zögernd bückte er sich und hob das Papier auf.

Ein Datum stand auf ihm, das heutige. Mit flüchtiger Handschrift war es festgehalten worden. Daneben eine weitere Zahl und zwei Buchstaben. RH. Darunter, halb verdeckt von einem roten Blutfleck, ein Name.

J. Shinfield.

Ungläubig besah John sich die Notiz ein ums andere Mal. Kein Zweifel, sie beinhaltete den Zeitpunkt seines Treffens mit Miss Fredericks bei *Rodnell & Hillberg*. Swindon hatte dort gewartet.

*

»Haben Sie eine Frau aus der Buchhandlung kommen sehen? Kurz vor mir, vorhin?« Atemlos stand John neben der Kutsche, die Hände in die Seiten gestemmt.

Der Kutscher blickte erstaunt auf. »Wie meinen Sie, Sir?«

»Eine Frau. Ob Sie vorhin eine Frau aus dem Eingang der Buchhandlung haben kommen sehen?«

Der Mann überlegte angestrengt. »Doch, ja. Da kam eine Frau aus dem Geschäft. Kurz vor Ihnen, Sir.«

Ungeduldig wartete John, doch der Kutscher beließ es bei der Antwort. John fragte sich, ob der Kerl nicht der Hellste war. Man musste ihm anscheinend alles aus der Nase ziehen. Erneut setzte John zum Sprechen an, hielt jedoch irritiert inne. Rebecca Fredericks' Worte kamen ihm in den Sinn. Er dürfe ihm nicht vertrauen, hatte sie eindringlich gesagt. *Wem* sollte er nicht vertrauen? Paul etwa? Ihm fiel sonst niemand ein, den sie hätte meinen können. Doch woher wusste sie überhaupt von Paul? Es hatte eine kurze Begegnung der beiden gegeben, mehr nicht. John schüttelte den Kopf. Er konnte sich aus Miss Fredericks' Warnung, aus ihrem Verhalten keinen Reim machen. Was genau wusste sie, dass sie ihn warnen wollte? Warum hatte sie derart verängstigt gewirkt, warum die Buchhandlung als Treffpunkt ausgewählt?

Miss Fredericks. Ein tiefes Gefühl des Verlustes überkam John, schwappte wie eine Welle über ihn. Nahm ihm für einen Augenblick die Luft zum Atmen. Seine Bekanntschaft mit Rebecca Fredericks entwickelte sich gänzlich anders als erhofft.

»Sir?«

»Also, diese Frau … was tat sie, nachdem sie das Geschäft verlassen hatte?«

»Die Frau? Die Frau in dem dunklen Mantel?«

John hob eine Augenbraue und nickte.

»Sie stieg natürlich in eine wartende Kutsche.« Der Mann schaute John verunsichert an. So, als sei John derjenige, der sich durch Begriffsstutzigkeit auszeichnete. »Sir«, ergänzte er nach einer Pause.

John seufzte. »Also fuhr sie in einer Droschke davon«, sagte er, mehr zu sich selbst.

»Nein, Sir. Das habe ich nicht gesagt.«

»Was?«

»Das habe ich nicht gesagt.«

»Was haben Sie nicht gesagt?«

»Dass diese Frau in einer Droschke davonfuhr. Das habe ich nicht gesagt.«

»Aber Sie bemerkten doch eben, die Frau sei aus der Buchhandlung gekommen und habe dann sogleich eine Kutsche bestiegen.«

»Das ist richtig, Sir.« Der Mann nickte mit Nachdruck. »Genau das tat sie.«

»Konnten Sie sehen, in welche Richtung die Droschke sie brachte?« Mittlerweile zweifelte John am Verstand des jungen Mannes.

»Sir«, schüttelte der Kutsche entrüstet den Kopf. »Keine Droschke, Sir!«

»Aber …«, fasste John sich an den Kopf. War die ganze Welt um ihn herum verrückt geworden?

»Eine stattliche Kutsche war es, Sir.« Der Mann nickte anerkennend.

Einen kurzen Augenblick brauchte John, dann dämmerte ihm, worauf der Mann hinauswollte. »Sie stieg also nicht in eine Mietkutsche?«

»So ist es, Sir.«

»Sie stieg vielmehr in eine … herrschaftliche Kutsche. Wessen Kutsche?«

Der Mann zuckte mit den Schultern. »Das kann ich Ihnen nicht sagen.«

»Warum können Sie es nicht sagen?« Langsam fügte sich John in die Gedankengänge des Kutschers ein. Er ballte die Hände zu Fäusten zusammen. Geduld war etwas, das er momentan am wenigsten besaß.

»Weil ich das Wappen nicht genau gesehen habe, Sir. Deshalb. Aber eine stattliche Kutsche war's jedenfalls.« Er nickte zufrieden. »Und vier sehr prächtige Pferde.«

»In welche Richtung trabten diese prächtigen Pferde, nachdem die Dame jene … stattliche Kutsche bestiegen hatte?«

»Da lang.« Er deutete hinter sich, in Richtung Brook Street. »Mit ziemlichem Tempo sogar.«

»Die Kutsche wirkte demnach in Eile?«

»Der Kutscher gab den Pferden sogleich die Peitsche, kaum dass die Frau in den Wagen gesprungen war. Er hat nicht einmal gewartet, bis die Tür geschlossen war.« Ein heftiges Kopfschütteln kommentierte diese ungebührliche Vorgehensweise. »Da hatte es wirklich jemand eilig.«

»So scheint es, in der Tat«, murmelte John nachdenklich. »Doch warum?«

»Erst an der Ecke dort vorne schloss die Frau die Tür.«

»Hm.«

»Nachdem dieser Mann ihr etwas zugerufen hatte.«

»Was, bitte?«

»Bitte?«

»Was meinen Sie damit, jemand habe ihr etwas zugerufen?«

»Nun, wie ich es bereits sagte.« Der Mann sprach langsam und betonte jedes Wort. Als habe er es mit einem kleinen Kind zu tun. »Dieser Mann an der Straßenecke rief der Frau etwas zu, dann schloss sie die Tür der Kutsche und das Gefährt verschwand um die Ecke.«

John war kurz davor, auf den Bock zu springen, den jungen Mann am Kragen zu fassen und ihn durchzuschütteln. Er biss die Zähne zusammen, dann holte er tief Luft. »Von welchem Mann sprechen Sie?«

»Dem, der an der Ecke wartete.«

»Wie sah dieser Mann denn aus?«

»Sir, aber das wissen Sie wahrscheinlich besser als ich.«

»Ich? Woher, bitte, soll ich das denn wissen?«

»Er war doch mit Ihnen in dem Geschäft, der Mann.« Der Kutscher gab sich keine Mühe mehr, seine Irritation zu verbergen. »Sie haben ihn doch viel besser gesehen als ich, möchte ich meinen.«

»Der Mann, der etwas zu der Dame sagte, war derjenige, der ebenfalls in der Buchhandlung war und diese erst kurz zuvor verlassen hatte?«

»Aber genau das sage ich doch. Sir.«

»Konnten … konnten Sie verstehen, was der Mann rief?«

Der Kutscher zuckte mit den Schultern und schüttelte den Kopf. »Es wirkte irgendwie drohend. Dann ging der Mann weiter um die Ecke, und kurz darauf kamen Sie aus dem Laden, Sir.«

Mit einer Hand stützte sich John an der Kutsche ab. Ihm war schwindelig. Swindon kannte Rebecca? Der Schreiberling, der über die Morde berichtete? Der junge Mann, der tot auf der Gray's Inn Lane lag? Der Mann, der von Johns Verabredung in der Buchhandlung gewusst hatte. Woher kannte er Miss Fredericks?

Ausgiebig rieb John sich die Stirn. Der Kutscher wirkte vielleicht etwas einfältig, doch es gab keinen ersichtlichen Grund, an seiner Schilderung zu zweifeln. John dachte angestrengt nach. Was hatte Rebecca über den Mann gesagt, dem er nicht trauen dürfe? Er sei der Teufel? Der Teufel! Und nicht der, der er zu sein vorgab. Pauls Gesicht tauchte auf, er schob es schnell zur Seite. Ihn *konnte* sie nicht gemeint haben! Unmöglich!

John trat einen Schritt zur Seite, schlang beide Arme um seine Brust. Mit grimmigem Blick und zusammengepressten Lippen sah er schließlich zum Kutscher auf. »Wir fahren«, sagte er und öffnete die Tür.

»Sehr wohl, Sir. Wohin, Sir? Zurück nach Southwark sicherlich.«

»In die Great Marlborough Street. Und beeilen Sie sich, Mann!«

Der Kutscher nickte und tippte an seinen Hut.

*

»Ich bedauere es wirklich, Sir. Doch ich kann Ihnen leider nicht weiterhelfen.«

»Sind Sie wirklich sicher, dass Miss Fredericks das Anwesen verlassen hat, nicht mehr hier wohnt?«, fragte John den Butler bereits zum dritten Mal.

»Sir, Miss Fredericks reiste heute ab. Vor nicht einmal einer Stunde.« Der Butler behielt seinen stoischen Blick, konnte die Irritation über Johns Hartnäckigkeit jedoch nicht gänzlich aus der Stimme heraushalten. »Wie gesagt, Sir.«

»Hat sie eine Adresse hinterlassen, unter der man sie erreichen kann?«

»Dies ist mir nicht bekannt, Sir. Miss Fredericks verließ uns … überstürzt, Sir.«

»Sie muss doch zumindest Lord und Lady Shatterton unterrichtet haben.«

»Die Herrschaften waren nicht zugegen, als Miss Fredericks aufbrach. Sie sind seitdem auch nicht zurückgekehrt.«

»Hinterließ Miss Fredericks denn keine schriftliche Nachricht?«

»Das ist mir nicht bekannt.« Es war eindeutig, dass der Butler John am liebsten aus der Vorhalle zurück auf die Straße geschoben hätte. »Vielleicht wollen Sie diesbezüglich eine Nachricht für Lady Shatterton hinterlassen?«

John winkte ab. »Ich bezweifle, dass Lady Shatterton mir antworten würde.«

Der Butler zog eine Augenbraue nach oben. »Kann ich sonst noch etwas für Sie tun, Sir?« Er trat einen einladenden Schritt auf die Haustür zu.

»Ich glaube nicht.« Einen Moment blieb John wie angewurzelt mitten in der Halle stehen, dann wandte er sich abrupt zum Gehen. »Vielen Dank«, sagte er zu dem Butler, der ihm mit einer Verbeugung die Tür öffnete.

»Zu Ihren Diensten, Sir«, flötete der Mann und ließ die Tür hinter John ins Schloss fallen.

Niedergeschlagen und verwirrt stieg John in die wartende Kutsche. »Southwark«, rief er kurz angebunden.

Er achtete nicht auf den Weg, während die Kutsche durch die Stadt rollte. Auf die London Bridge zu. Rebecca Fredericks' Warnung ging ihm nicht aus dem Kopf. Immer wieder deutete sie in seinen Gedanken mit dem Finger auf Paul. Auf Paul, der mit seiner Identität spielte, wie andere Menschen mit einem Satz Karten. Paul, der sich unter der Vorspiegelung falscher Tatsachen Zugang zu seinem Leben verschafft hatte. Paul, der ein Dieb und Einbrecher war. Ein berüchtigter Bandit überdies. Der Habicht von London. John rieb sich die Schläfen. Doch war der Mann auch ein Teufel? Wohl kaum. Er hatte John das Leben gerettet. Mehrfach. Nein, Rebecca Fredericks konnte nicht Paul gemeint haben. Er schüttelte den Kopf, als wolle er sich selbst überzeugen. Nein, Paul konnte Rebecca nicht gemeint haben. Doch wen dann? Was ihn fast noch brennender interessierte: Auf welche Weise war Rebecca Fredericks in die ganze Sache verwickelt?

Zweimal musste John in engen Straßen die Kutsche wechseln, dann kam er vor dem unscheinbaren Haus an, in dem Pauls Schwester ihr Freudenhaus betrieb. Er klopfte an die Tür und wurde von Will eingelassen. Der große Mann bedachte John aus verengten Augen mit einem abweisenden Blick, sagte aber kein Wort. Hinter John schloss er die Tür und legte zwei schwere Balken vor.

»Ihnen ebenfalls einen schönen Tag, Will«, sagte John im Vorbeigehen. Er sputete sich, um aus dem Radius des Hünen hinauszukommen. Ein Grunzen erklang in Johns Rücken, während er um die Ecke des Ganges bog, an dessen Ende er sein Zimmer wusste. Er fühlte eine drückende Leere in sich aufsteigen und konnte es nicht abwarten, die Tür hinter sich zu schließen. Mit jedem Schritt wurde die Leere größer, nahm die Niedergeschlagenheit zu.

Mitten im Gang blieb John stehen. Spürte dem Gefühl nach, das ihn immer mehr ausfüllte. Überrascht stellte er fest, dass nicht die ominöse Warnung von Miss Fredericks der Auslöser war. Nein, es war auch nicht der Argwohn, Paul könne jemand ganz anderes sein, als er vorgab. Das alles war es nicht, was ihn bedrückte. Es war vielmehr die geradezu prophetische Erkenntnis, dass er Rebecca niemals wiedersehen würde. Von einem Moment zum anderen hatte sie sich in Luft aufgelöst.

»Was stehen Sie denn auf dem Gang herum, John? Geht es Ihnen nicht gut?«

John fuhr zusammen.

»Geht es Ihnen nicht gut?«, fragte Kathrin erneut und steckte ihren Kopf ein Stück weiter aus der Tür. Besorgt sah sie John an.

»Ich … also … ich«, stotterte er, machte eine schnelle Verbeugung und bemühte sich dabei um ein Lächeln. »Ich … habe Sie gar nicht bemerkt, bitte verzeihen Sie.« Er deutete den Gang hinunter. »Wir scheinen Nachbarn zu sein. Ich war gerade auf dem Weg in mein Zimmer, dort unten.« Er wies auf die übernächste Tür. »Ich bin hier vorerst zu Gast«, fügte er erklärend hinzu.

»Ich weiß«, lächelte Kathrin. »Ich weiß.« Sie öffnete ihre Tür und trat einen Schritt in den Gang. Mit der linken Hand hielt sie ein weißes Tuch über der Brust zusammen, welches ihren Körper umschlang, der von dem Lichtstrahl aus ihrem Zimmer umhüllt wurde. »Ich hatte eben ein wenig geschlafen«, erklärte sie und unterdrückte ein Gähnen. »Mir sind beim Lesen einfach die Augen zugefallen.«

»Bitte entschuldigen Sie, wenn ich Sie geweckt haben sollte, Kathrin.«

»Das haben Sie nicht.« Aufmerksam musterte sie ihn. »Sie sehen wirklich nicht gut aus.« Sie trat einen Schritt zur Seite. »Kommen Sie herein, ich habe noch eine Flasche Brandy in meinem Zimmer. Sie sehen wirklich aus, als könnten Sie ein Glas vertragen. Sie schauen drein, als hätten Sie ein Gespenst gesehen.«

John zögerte.

Kathrins rechte Hand strich einige Strähnen roter Locken hinter das Ohr. »Kommen Sie«, wiederholte sie.

Johns Beine fühlten sich wie weiches Wachs an. Er trat an der Frau vorbei in das Zimmer. Dabei streifte sein Ellenbogen ihre Brust.

Der Raum glich seinem. Lediglich einige Ziergegenstände und die farbigen Kissen auf dem Bett unterschieden sich von seiner Einrichtung. Die gleichen unverputzten Wände bildeten einen verstörenden Kontrast zu der erlesenen Einrichtung.

Kathrin schloss leise die Tür.

Während er ihr beim Hantieren mit dem Schlüssel zusah, stieg ein neues Gefühl in John auf. Nahm Besitz von ihm und verdrängte die Leere, die er Sekunden zuvor gespürt hatte. Es war ein tröstendes Gefühl, da alles besser war als dieses trostlose Vakuum. John strich sich mit einer leicht zitternden Hand über die feuchte Stirn. Er verfolgte jede Bewegung Kathrins.

Sie drehte sich um und sah ihn fragend an. Ein Teil des Stoffes, in den sie sich gehüllt hatte, war verrutscht und gab den Blick auf den Ansatz ihrer Brust frei. John schluckte, er fühlte sich fiebrig. Ohne nachzudenken trat er auf Kathrin zu und drückte seinen Mund auf ihre Lippen. Ganz entfernt rechnete er mit einer Ohrfeige. Mit einem Schrei. Einer Zurückweisung. Nichts dergleichen geschah. Die Frau erwiderte seinen Kuss. Alle Anspannung fiel von John ab. Er ließ sich in die fiebrige Welle hineinfallen und stellte mit Genugtuung fest, dass sie sein Inneres völlig ausfüllte. Dass sie alles andere verdrängte.

Ohne sein Dazutun fanden Johns Hände unter das Tuch. Fest griff er nach Kathrins Brüsten. Schmerzvoll stöhnte sie auf. Als er sich erschrocken zurückziehen wollte, legte sie ihre Hände fest auf die seinen. Dabei glitt das Tuch ihren Körper hinab, auf den Boden.

*

Durch ein Klopfen erwachte John. Gähnend richtete er sich im Bett auf. Es klopfte abermals.

»Herein.«

Langsam öffnete sich die Tür und Paul steckte seinen Kopf in das Zimmer. Sein Gesicht samt der kunstvollen Perücke schien in der Luft zu schweben. »Wir müssen uns auf den Weg machen, John.« Er musterte ihn. »Geht es Ihnen gut? Haben Sie Ihre Zeit in der Stadt genießen können?«

»Ja, danke. Es geht mir gut.« Zumindest besser als noch vor wenigen Stunden. Er hatte, nachdem er Kathrin verlassen hatte und erschöpft in sein Zimmer gegangen war, den Gedanken an Miss Fredericks in eine tiefe Schublade geschoben – und diese dann energisch verschlossen. Ein Spruch war ihm dabei nicht aus dem Kopf gegangen: Wie es auch ist, so ist es richtig. Einem Mantra gleich hatte John diese Zeilen aus einem Gedicht von Alexander Pope aufgesagt, bis er auf dem Bett eingenickt war. Noch im Schlaf schienen sie ihn beruhigend zu umschweben.

Ja, er schloss Miss Fredericks in eine mentale Schublade ein. Legte ihre ominöse Warnung direkt dazu. Dass es in Wahrheit nicht ganz so einfach war mit dem Verdrängen, wusste er natürlich. Doch es war ein rettender Anfang. Die Schublade würde in der nächsten Zeit immer wieder versuchen, ihren Inhalt freizugeben. Seine ganze Kraft würde gefragt sein, sie rechtzeitig daran zu hindern. Das Vergessen brauchte in erster Linie Geduld. Das wusste er aus schmerzlicher Erfahrung.

Kurz flog ihn die Versuchung an, Paul von Rebecca zu erzählen. Doch er verwarf den Gedanken sogleich wieder. Der Zeitpunkt, dies zu tun, war längst überschritten. Warum sich mit Vergangenem belasten? Außerdem war Rebeccas ominöse Warnung derart undurchsichtig, dass sie lediglich Spielraum zu wilden Spekulationen bot. Was sie brauchten, Paul und er, waren Antworten. Nicht weitere Fragen. Rebecca, der Unfall des Schreiberlings – er wollte darüber jetzt nicht sprechen. Es würde nichts ändern. »Es geht mir gut«, wiederholte John betont heiter und schwang sich aus dem Bett. »Ist es wirklich bereits Zeit, zu fahren?«

Paul nickte. »Ihr Bruder erwartet uns in einer guten Stunde. Je nachdem, wie der Verkehr auf der Brücke ist, könnte es bereits knapp werden.«

»Gut, ich werde mich umziehen und Sie gleich vorne an der Tür treffen. Im Übrigen habe ich kein Problem damit, meinen Bruder und seine verehrte Gesellschaft warten zu lassen.« Oder lieber gleich ganz zu meiden, fügte er in Gedanken hinzu.

»Ich warte also an der Eingangstür auf Sie.« Paul machte Anstalten, die Tür zu schließen, hielt aber noch einmal inne. »Machen Sie sich auf einen interessanten Abend gefasst.« Er lächelte. »Ich habe das Gefühl, heute kommen wir endlich weiter. Wenn nicht bei dem Essen, dann wohl spätestens bei dem Treffen mit Rose. Ein interessanter Abend, wie gesagt.«

Mein Tag war bereits ereignisreich genug, dachte John. Paul wäre sicher erstaunt gewesen, wie ereignisreich. Nachdenklich sah er seinen Gefährten aus zusammengekniffenen Augen an. Wieder tönte Miss Fredericks' Warnung leise in seinem Kopf, wie ein Ruf aus weiter Ferne. Swindons verdrehter Körper tauchte blitzartig vor seinem inneren Auge auf. Doch John zwang sich zu einem Lächeln und nickte. »Ihr Wort in Gottes Ohr, dass wir dieser Sache endlich auf den Grund gehen, Paul. Oder vielmehr Mr de l'Estagnol, wie es ab sofort wohl wieder heißt.«

Paul grinste verwegen und schloss die Tür.

John presste beide Hände gegen seine Schläfen und schloss die Augen. Wem konnte er überhaupt trauen? Die Schublade unternahm einen ersten Versuch, ihren Inhalt ins Freie zu entlassen. Eine Büchse der Pandora.

Kapitel 40

»Darf ich Ihnen Lord Westerhill vorstellen? Ein alter Freund unserer Familie. – Sir Thomas, Mr de l'Estagnol ist ein Bekannter meines Bruders John. Er entstammt dem kontinentalen Adel, müssen Sie wissen.«

Lord Westerhill und Paul schüttelten sich die Hände, während Edward Shinfield bereits weiterschritt und dann neben seinem nächsten Gast auf Paul wartete. »Lady Elisa, Lord Westerhills ehrenwerte Gattin.«

»Es ist mir eine Ehre«, säuselte Paul und machte eine tiefe Verbeugung, bevor er den ledrigen Handrücken der alten Dame küsste. »Eine *honneur* sondergleichen, Lady Westerhill. Ich habe bereits viel von Ihnen gehört und bin äußerst dankbar, endlich persönlich Ihre liebreizende Bekanntschaft machen zu dürfen. *Enchanté*!«

John wollte seinen Ohren nicht trauen, doch Lady Elisa stieß erst einen tiefen Seufzer und dann ein Kichern aus, welches gar nicht zu ihrem fortgeschrittenen Alter passen wollte. Schminke und Berge von Rouge verhinderten, dass er erkennen konnte, ob sie gar wie ein junges Ding errötete. Zumindest senkte sie kokett den Blick und warf Paul ein Lächeln zu, das ihre falschen Zähne aus Perlmutt in voller Pracht zur Geltung brachte.

»Meinen Bruder Richard kennen Sie bereits«, fuhr Edward beiläufig fort.

»Ich freue mich, Sie wiederzusehen, Sir«, sagte Richard und streckte Paul die Hand entgegen.

Edward zog Paul weiter, noch bevor sich die beiden Männer richtig begrüßen konnten. Entschuldigend nickte Paul im Weitergehen Richard Shinfield zu.

Die Vorstellrunde nahm ihren Lauf. »Mrs Margaret Cole. Ihr Gatte, Mr David Cole. Er ist einer der bedeutendsten Importeure von Waren aus den Neuen Kolonien. Doch das wissen Sie wahrscheinlich. Die junge Dame an seiner Seite ist Mr Coles Schwester, Miss Annabel Cole.«

John war der kurze Seitenblick Edwards beim Nennen von Miss Annabels Namen nicht entgangen. Mühsam unterdrückte er den Drang, sich auf der Stelle umzudrehen, der Gesellschaft den Rücken zu kehren und die Beine in die Hand zu nehmen. Der Abend würde wohl noch schlimmer werden, als gedacht. Edward nutzte wirklich bereits die allererste Gelegenheit, John unter die Haube zu bringen. Er winkte einem Dienstboten, ihm ein Glas Wein zu bringen.

»Es ist mir außerdem eine besondere Ehre«, war Edward laut zu vernehmen, »Ihnen Lady Ridgestone vorzustellen.«

John wandte, ein Glas fest in der Hand, die Aufmerksamkeit wieder seinem älteren Bruder zu.

»Lady Elenora ist eine Cousine des Lord Chief Justice«, fuhr Lord Shinfield mit unverhohlenem Stolz fort. Er sah Paul abwartend an.

Paul lächelte und verbeugte sich vor der kleinen, alten Frau, die ihn gar nicht wahrzunehmen schien. Ein wenig irritiert richtete er seine Aufmerksamkeit daher auf die nächste Person im Raum, doch Lord Shinfield schaute Paul weiterhin forschend an, als erwarte er etwas von ihm.

Fragend hob Paul eine Augenbraue.

»Eine Cousine des Lord Chief Justice«, wiederholte Edward getragen. »Von Sir William Lee. Eine Cousine, wie gesagt. Von Sir *William*.« Er wirkte gereizt.

»Von Sir William, ja«, wiederholte Paul. Er lächelte höflich abwechselnd seinen Gastgeber und die weiterhin desinteressiert dreinblickende Lady Ridgestone an. »Unserem verehrten Lord Chief Justice, ja.«

Lord Edward hatte ein hochrotes Gesicht bekommen. Als er weitersprach, betonte er jedes seiner Worte. »Lady Elenora unterhält besten Kontakt zum königlichen Hof.« Er ließ diese brisante Information einen Moment wirken. »Seine Hoheit ist ihr *persönlich* bekannt«, setzte er beinahe ehrfurchtsvoll nach. »Sie sehen sich *regelmäßig*, nicht wahr, Lady Elenora?«

»Was?«, krächzte die Frau und verzog ihr faltiges Gesicht zu einer Grimasse. Sie hob genervt ein Hörrohr an ihr Ohr. »Sprechen Sie doch lauter!«

»Sie sehen Seine Hoheit des Öfteren«, schrie Lord Edward. »Den *König*.«

»Der König ist wohlauf, jaja«, sagte Lady Ridgestone. »Wann gedenken Sie denn endlich, das Essen servieren zu lassen, junger Mann?«

John war sich sicher, aus Richards Richtung ein leises Auflachen zu hören. Doch als er sich zu seinem jüngeren Bruder umwandte, stand dieser mit regloser Miene auf seinen Stock gestützt vor dem prasselnden Kamin.

»Nun … also …«, stotterte Edward und zog Paul weiter, zu einer Frau, die mit dem Rücken zum Raum stand. »Lady Shatterton«, stellte Edward die hagere Frau vor, die sich in diesem Moment umdrehte. »Leider ist ihr Gatte heute Abend verhindert. Eine Unpässlichkeit. Ist es nicht so, Lady Shatterton?«

»Eine Unpässlichkeit«, wiederholte Lady Jane und taxierte Paul mit einem prüfenden Blick. Ihre sauertöpfische Mine hellte sich auf, als Paul sie mit einer tiefen Verbeugung und einem demütigen Augenaufschlag bedachte.

»Ihr ergebener Diener, Lady Shatterton. *Quelle grâce.* Ihr Liebreiz eilt Ihnen weit voraus, Madam, doch ich muss eingestehen, dass dieser Ruf Ihrer Person in keinem Falle gerecht wird. Wie kann Ihr Gemahl nur so tollkühn sein, sein kostbarstes Kleinod unbewacht und alleine in die Nacht zu entlassen. Fürchtet er denn nicht die schlüpfrigen Finger dreister Diebe, denen daran gelegen ist, diesen strahlenden Diamanten zu erbeuten, um ihn für sich zu beanspruchen?«

Lady Shatterton strahlte Paul derart begeistert an, dass ihr Gesicht wie eine schmerzvolle Grimasse wirkte. Kokett nestelte sie an ihrem aufgetürmten Haar, eine Hand auf die Brust gepresst.

Gefangen von dem sich darbietenden Schauspiel, schnappte John nach Luft. Er wusste nicht, ob ihm übel werden oder ob er Amüsement empfinden sollte. Lady Shatterton war niemand, auf dessen Wiedersehen er sich gefreut hatte. Insbesondere nicht so kurz nach Rebeccas Abreise. Ob er sie nach Miss Fredericks' Verbleib befragen sollte? John verwarf den Gedanken sogleich wieder. Dies war keine gute Gelegenheit. Er biss sich auf die Lippe, bis er Blut schmeckte.

Die übrigen Gäste verfolgten ebenfalls aufmerksam das Aufeinandertreffen von Lady Shatterton und Mr de l'Estagnol. Einige wirkten offensichtlich fasziniert. Lady Westerhill jedoch, so bemerkte John, sah wenig erfreut aus. Ihre zusammengepressten Lippen waren nur noch dünne Striche. Richard hingegen wirkte gelangweilt.

Richards und Johns Blicke kreuzten sich, Richard verdrehte kurz die Augen.

John grinste und nickte sacht.

»Mein lieber Herr«, flötete indes Lady Jane, »Ihre großmütige Sorge weiß ich sehr zu schätzen. Sie ist so treffend. Schmerzlich treffend. Wahrlich, es ist heutzutage nicht ohne Gefahr, wenn eine junge Dame ihr schützendes Heim verlässt.« Hier legte sie eine bedeutungsschwere Pause ein. »Das schwache Geschlecht wird stets von einem Rudel lüsterner Wölfe umgeben. Diese Bestien lechzen nach unserer sittlichen Tugend. Oh, denken Sie nur an die arme, arme Amelia Steele.« Sie tupfte sich die Augenwinkel, vergewisserte sich mit einem kurzen Seitenblick, dass Paul ihr weiter an den Lippen hing. »Ich fürchte das Schlimmste. Ihre weibliche Grazie ist ganz sicher einem dieser monströsen Wölfe zum Opfer gefallen.« Sie warf einen schwungvollen Blick auf Paul, sichtlich zufrieden, dass er ihr ungebrochen seine ganze Aufmerksamkeit schenkte. »Wer weiß, vielleicht hat Amelias Peiniger bereits auch meine schwache Person ins Auge gefasst. Ich … ich muss leider berichten, dass ich in der Vergangenheit mehrfach mit Blicken bedrängt wurde, wenn ich nur unser Anwesen verließ.« Heftig nickte sie. »Bestien durchstreifen die Straßen Londons! Das schwache Geschlecht ist viel zu oft leichte Beute für diese brutalen, handgreiflichen Halunken, die sich rücksichtslos nehmen, was ihnen nicht zusteht.« Ein Zittern durchlief Lady Janes dürren Körper von Kopf bis Fuß.

John ertappte sich dabei, wie er hypnotisiert auf ihre vibrierende Haarpracht starrte. Mühsam richtete er seinen Blick auf ihr glühendes Gesicht.

»Dieser Mörder, der in der Stadt sein Unwesen treibt, ist zweifellos ein Abgesandter des Satans. Die Verkörperung fleischlicher Wollust!« Lady Jane legte eine zitternde Hand auf ihre Brust.

»Aber dieser Kerl ist doch zur Strecke gebracht, wie man den Gazetten entnehmen kann«, warf Richard mit ruhiger Stimme ein. »Er hat seine gerechte Strafe anscheinend bereits erhalten. Kein Grund zur weiteren Sorge um Ihr geschätztes Wohlergehen, Lady Jane.«

Mehrere Köpfe nickten zustimmend.

Die Angesprochene quittierte die beschwichtigende Aussage mit einem irritierten Stirnrunzeln. Sie trat einen Schritt näher an Paul heran. »Als tugendhafte Dame ist man auf das Wohlwollen des starken Geschlechts angewiesen«, seufzte sie.

»Gott bewahre, dass Ihnen etwas geschehe«, stieß Paul mit weit aufgerissenen Augen hervor. Er ergriff Lady Shattertons Hände und drückte sie beruhigend. »Seien Sie sich meines Schutzes sicher, Madam. Meiner *protection*. Ich würde mein Leben dafür geben, Ihre Ehre zu verteidigen! Wie jeder Herr, der hier heute anwesend ist.« Er machte eine schwungvolle Bewegung mit der Hand, die den gesamten Raum einschloss. »Da bin ich absolut sicher. *Absolument, Madame.*«

Erschrockene Stille, dann verhaltenes Gemurmel und mehrfaches Räuspern der anwesenden Männer.

»Ich danke Ihnen für diese ritterlichen Worte, *Monsieur*.« Mit roten Wangen senkte Lady Shatterton keusch den Blick. »Sie sind wahrlich ein Mann von Welt. Ein … äh … *homme* … nicht wahr … *de la* … *monde*.« Sie klimperte mit ihren dünnen Wimpern.

»Madam«, bemerkte Paul anerkennend, »Ihre Beherrschung der französischen Sprache ist eine Offenbarung. Ihre Worte sind Musik in meinen Ohren. Verraten Sie mir, Lady Shatterton, weilten Sie in der Vergangenheit gar am Hofe Ludwigs in Versailles?« Er sah sie ehrfurchtsvoll an. »Sicherlich perfektionierten Sie dort die *poésie de la langue française*. Gestehen Sie, *Madame*.«

»Oh, *Monsieur*«, seufzte Lady Jane. »*Monsieur, Monsieur*. Sie schmeicheln mir, *Monsieur*. Jedoch … nein, bisher weilte ich nicht am französischen Hofe. Nun, äh, die Reise über die See wäre für meinen Gatten zu beschwerlich. Die Galle, wissen Sie. Doch die französische Zunge liegt mir wohl im Blute, denke ich. *Vraitzemont*.« Sie machte einen unbeholfenen Knicks. »*Vraitzemont*.«

John verkniff sich ein Lachen. Er sah sich abermals unauffällig um. Die übrigen Gäste verfolgten die Unterhaltung teils ungläubig, teils mit amüsierter Miene. Edward hatte seine Stirn in tiefe Furchen gelegt. Lord Westerhill strich sich erheitert über den Schnauzbart. Mrs Cole schüttelte den Kopf.

»Was hat sie gesagt?«, fragte Lady Elenora schrill. Niemand antwortete.

Paul tätschelte Lady Shattertons Handrücken. »Es ist möglicherweise auch besser so. Dass Sie nicht bei Hofe in Frankreich waren, meine ich, Madam. Wenn König Ludwig Ihrer Grazie gewahr würde, könnte dies zu unschönen Komplikationen führen.« Er senkte seine Stimme zu einem verschwörerischen Flüsterton, der dennoch wunderbar von allen Anwesenden verstanden werden konnte. »Man hört schließlich allenthalben, dass Madame de Pompadour ihre Eifersucht nur schwer im Zaum halten kann. Nicht, dass Ihre erlauchte Person gar zu einem weiteren Zwist zwischen unseren Nationen führen würde.«

»Oh, *Monsieur*. Sie sind ein Schmeichler. Sie … Sie … *Monsieur*!« Atemlos stöhnte sie die letzten Worte.

»Nun«, schaltete Edward sich ungeduldig ein, »ich freue mich also, Mr de l'Estagnol, Ihnen Lady Shatterton vorstellen zu dürfen. Die es heute

Abend glücklicherweise auch ohne Seine Lordschaft sicher zu uns an den Cavendish Square geschafft hat. Lassen Sie uns also …«

Beleidigt fiel Lady Jane ihrem Gastgeber ins Wort. »Selbstverständlich traf ich Vorsorge, Lord Edward, bevor ich mich auf den Weg zu Ihnen machte. Tugend will schließlich bewahrt werden. Ich ließ mich selbstredend begleiten. Mein Bediensteter wartet draußen in der Kutsche. Ein Hüne von einem Mann, ein starker Bursche, mit dem sich so leicht kein Gesetzloser anlegt. Oh, das soll mal einer wagen. Er hat Hände, die sind so groß wie … und einen festen Griff … nun, äh. Als sittsames Weib muss man seine Ehre verteidigen lassen, Lord Shinfield. Das möchte ich unbedingt betonen.«

Ein Prusten entschlüpfte Johns Brust und er bemühte sich, es sogleich in ein Husten überzuleiten. Er drehte sich schnell zur Seite, fing aber noch einen finsteren Blick von Lady Shatterton auf. Einen Blick voller Verachtung und Hass. John starrte daraufhin die nächsten Sekunden beflissen in sein Weinglas, als spiele sich dort etwas Hochinteressantes ab.

»Sicher, sicher, Lady Shatterton«, sagte Edward beschwichtigend. »Die Ehre. Die Ehre. Ein unschätzbares Gut. Da stimmen wir alle natürlich unumwunden zu. Unumwunden.« Er schaute in die Runde, als erhoffe er sich Unterstützung. Doch niemand schien sich dazu berufen zu fühlen, ihm beizuspringen.

Das quietschende Geräusch einer Tür. Schritte.

»Oh«, rief Edward Shinfield merklich erleichtert aus. »Und dort kommt auch unser letzter Gast des heutigen Abends, wenn mich nicht alles täuscht. Was für eine Freude! Was für eine Freude, fürwahr.«

Alle Anwesenden wandten sich der Tür zu, die sich vollends öffnete.

John stöhnte auf.

»Geht es dir nicht gut, mein lieber Bruder?«, fragte Richard, der neben John getreten war.

John winkte ab und nahm einen Schluck aus seinem Glas. Eine trübe Schwere überkam ihn.

»Sir Ignatius, wie wunderbar, dass Sie die Zeit gefunden haben, an unserer kleinen Gesellschaft teilzunehmen.« Edward eilte Lord Swanson, der im Türrahmen stehengeblieben war und merklich nach Luft rang, mit ausgestreckten Armen entgegen. Ein livrierter Butler verbeugte sich in Richtung Edward, verschwand jedoch sogleich wieder nach dessen abweisender Handbewegung.

John löste sich aus seiner Starre und murmelte etwas Unverständliches in Richards Richtung. Dann trank er den Rest des Weines in einem Zug aus. Nein, musste er seinen früheren Gedanken mit Nachdruck korrigieren. Dieser Abend versprach, noch um einiges schlimmer zu werden, als geahnt. Abermals winkte er dem Diener, sein Glas aufzufüllen.

Beflissen schenkte der Mann John erneut ein.

Als John das Glas an den Mund führen wollte, fing er einen warnenden Blick Pauls auf. Seufzend stellte John den Wein auf eine nahe Anrichte. Seine Laune drohte ins Bodenlose zu sinken.

»Darf ich Ihnen einen Herrn vorstellen, Sir Ignatius, der am heutigen Abend erstmals mein Gast ist.« Edward winkte Paul heran. »Dies ist Mr de l'Estagnol. Er ist bekannt mit meinem Bruder John. Die Wurzeln seiner verehrten Familie liegen in Frankreich.«

»Mr de l'Estagnol, eine Freude«, schnaufte Lord Swanson und neigte sein Kinn zu dem Ansatz einer Verbeugung. Er musterte Paul, eine Spur Amüsiertheit im Blick. »Ich bewundere Ihre Garderobe, mein Herr. Ich bin selbst ein ausgesprochener Freund der französischen Kultur. Eine Bereicherung unserer bisweilen doch sehr tristen englischen Gebräuche.« Er gluckste, was Regionen seines Kinns und der Wangen in rhythmische Bewegung versetzte.

Paul zupfte an den langen Rüschenärmeln unter seiner scharlachroten, bestickten Jacke. Dann verneigte er sich tief. »Zu freundlich, Lord Swanson. *Vraiment*. Sie sind ein Mann des guten Geschmacks, das erkennt man sofort. Es ist mir eine Ehre, Ihre Bekanntschaft zu machen, Sir.«

»Die Freude ist ganz auf meiner Seite, mein Herr. Sagen Sie, sind Sie neu in unserer Stadt? Ansonsten wären wir doch längst einmal aufeinandergetroffen, möchte ich meinen. Die Zirkel der Gesellschaft überkreuzen sich schließlich ständig. Jedes neue Gesicht ist eine Wohltat.«

»Wie scharfsinnig von Ihnen beobachtet, Sir. Ja, ich bin erst kürzlich vom Kontinent nach London gekommen. Und habe als Erstes meinem lieben alten Freund John Shinfield einen Besuch abgestattet.«

»Ach ja, Mr Shinfield.« Swanson drehte seinen Körper in Johns Richtung. »Guten Abend, mein Herr. Wir begegnen uns zurzeit sehr regelmäßig. Es ist mir ein erneutes Vergnügen.«

»Das Vergnügen liegt ganz auf meiner Seite, Sir«, erwiderte John und zwang sich zu einem Lächeln.

»Lord Shinfield wird sicherlich erleichtert sein, dass Sie Ihr zurückgezogenes Leben aufgegeben haben, Sir. Ist es nicht so, Edward? Es geht doch nichts über den Zusammenhalt der Familie, nicht wahr?«

»Nun, ja …«, stammelte Lord Shinfield.

Das Lächeln in Ignatius Swansons Gesicht wurde breiter. Er richtete den Blick wieder auf John. »Wobei es tragisch scheint, dass Sie gerade dann, wenn Sie in die erlauchte Gesellschaft zurückkehren, in solch einen furchtbaren Todesfall verwickelt werden. Furchtbar! Ich drücke Ihnen mein Bedauern aus, Mr Shinfield. Das Ganze hat Sie sicherlich gehörig mitgenommen. Ich meine, erst ziehen Sie sich wegen eines tragischen Todesfalls zurück, nun begrüßt Sie der Tod erneut.«

»Sie sind zu großzügig, Lord Swanson.« John rang sich ein weiteres Mal den Ansatz eines Lächelns ab. Hätte der Mann Saras Namen in den Mund genommen, wäre der Abend schnell mit einer körperlichen Auseinandersetzung beendet gewesen.

»Unser Tischgespräch verspricht heute Abend jedenfalls nicht langweilig zu werden, will mir scheinen. Sie müssen uns später von diesem bestialischen Mord an Alexander Steele berichten, John.« Swanson wirkte sehr zufrieden.

»Dem Mord?«, stieß Annabel Cole bleich aus.

»Madam, fürchten Sie sich nicht«, lächelte Swanson. »Der Täter soll kürzlich gestellt worden sein. Jener blutrünstige Kerl, wissen Sie.«

Miss Cole klappte fahrig einen Fächer auf und wedelte sich hektisch Luft zu. Sie war kalkweiß im Gesicht und auf ihrer Stirn perlten Schweißtropfen.

»Mr Shinfield fand die Leiche des guten Alexander, müssen Sie wissen, Madam«, fuhr Swanson gutgelaunt fort.

»Ich muss Sie enttäuschen, Sir. Das tat ich nicht. Ich wurde lediglich von Mr Henry Fielding gebeten, den Toten zu identifizieren.« John bemühte sich um einen ruhigen Tonfall. Es fiel ihm wahrlich nicht leicht.

»Verzeihen Sie mir bitte meine Unwissenheit.« Swanson faltete zufrieden die Hände vor seinem Bauch.

In seiner Selbstherrlichkeit sah der Mann aus wie ein vollgefressener Bischof. John ballte seine Hände zusammen.

»Dann fand also vor Ihnen irgendjemand anderes den armen Steele. Ein interessantes Detail. Doch sagen Sie uns, stimmen die sonstigen Gerüchte? War Steele derart übel zugerichtet, dass seine eigene Mutter Schwierigkeiten gehabt hätte, ihn zu erkennen? Zerstückelt soll er geradezu gewesen sein, wie furchtbar.« Swansons Augen strahlten.

Ein entsetztes Quieken entfuhr Lady Shattertons Kehle.

Von Miss Cole folgte nur einen Herzschlag später ein trockenes Röcheln. Schnell trat Mr Cole zu seiner Schwester und bot ihr seinen stützenden Arm, den sie dankbar annahm. Mr Cole blickte wütend in Richtung Swanson, was dieser jedoch entweder nicht wahrnahm oder aber geflissentlich ignorierte.

Edward klatschte hektisch in die Hände. »Wir sollten uns setzen. Das Essen, es steht zum Servieren bereit.« Er bedachte John mit einem empörten Blick, als sei dieser persönlich für Miss Coles Unwohlsein verantwortlich. »Meine Damen, meine Herren. Bitte setzen Sie sich, nehmen Sie doch Platz. Wenn Sie so freundlich wären, den Platzkarten Beachtung zu schenken.«

Mit einem greifbaren Ausdruck der Erleichterung bewegten sich die Anwesenden gleichzeitig auf den Tisch zu. Lediglich Lord Swanson schien gänzlich ungerührt und verharrte auf seiner Position.

»Es wurde auch Zeit«, war Lady Ridgestone über dem Rascheln von Kleidern und dem Rücken von Stühlen zu vernehmen. Sie schielte skeptisch auf die Platzkarten.

»Lady Elenora, darf ich Sie zu Ihrem Platz geleiten?« Eilfertig ergriff Edward den Unterarm der alten Dame. »Sie sitzen hier unten vor Kopf, mir gegenüber, Madam. Wie es Ihrer Stellung gebührt.« Er gab einige Laute von sich, die wohl ein verbindliches Lachen darstellen sollten, aber eher wie das Geräusch eines erstickenden Hundes klangen.

»Bei Hofe, junger Mann«, sagte Lady Elenora, während sie sich langsam in den Stuhl sinken ließ, »sitze ich meist nicht unweit von unserem König. Ach, der gute Georg August.« Sie sprach den Namen betont deutsch aus. »Das Essen bei Hofe ist stets exzellent. Mein delikater Magen ist es gar nicht mehr gewohnt, das gewöhnliche Zeug zu speisen, welches allerorts gereicht wird.« Sie warf einen kritischen Blick auf die Dienstboten, die mit dampfenden Schüsseln am Rande des Zimmers warteten. »Doch man braucht wohl nur lange genug mit dem Servieren zu warten. Mit der richtigen Portion Hunger bekommt man schließlich fast alles hinunter.« Grimmig wanderte ihr Blick von Edward zu den Dienstboten und wieder zurück zum Gastgeber.

»Äh, gesellen Sie sich zu uns, Lord Swanson?« Edward Shinfield deutete einladend auf den Platz schräg rechts von Lady Ridgestone.

»Es ist mir eine Freude«, sagte Swanson und setzte seinen ausladenden Körper in Bewegung.

John fand sich, von Lady Elenora aus gesehen, auf der linken Tischseite wieder. Umrahmt von Miss und Mrs Cole. Keine wirkliche Überraschung, nach Edwards vielsagendem Blick. John nickte beiden Damen höflich zu und nahm Platz. Miss Cole, links von ihm, schien sich wieder gefangen zu haben, hatte jedoch statt der vormaligen ungesunden Blässe rote, ungesunde Flecken auf den Wangen. Als fühle sie sich maßlos überhitzt. Sie bedachte John dennoch mit einem strahlenden Lächeln, als er sich neben ihr niederließ.

John musterte seine Tischnachbarin unauffällig. Eine ausgesprochen unauffällige Erscheinung, befand er. Daran konnte auch der große, glitzernde Diamant nichts ändern, der an einer Brosche funkelte. Sicherlich bereits in ihren späten Zwanzigern, war sie weder groß noch klein, weder hässlich noch ansehnlich. Ein wenig plump vielleicht. Die runden Augen aufgerissen, als nehme sie alles um sich herum mit einem gewissen Quantum an Erstaunen auf. Am auffälligsten empfand er noch ihr rötliches, volles Haar, welches unter einem modischen Hut steckte. Das Rot war jedoch von einem derart blassen Tonfall, dass es beinahe schon wieder aschig wirkte. John erwiderte das Lächeln halbherzig und unterdrückte ein Gähnen.

Neben Mrs Cole, welche rechts von John saß, nahm Richard den letzten Platz vor jenem Kopfende ein, an dem Lady Ridgestone mit ihrem Hörrohr thronte. Richard reichte einem herbeieilenden Diener unauffällig seinen Gehstock. John fielen die dunklen Ringe unter den geschwollenen Augen seines Bruders auf. Richard wirkte müde, kraftlos. Es war eindeutig, dass seine Krankheit ihm erneut zu schaffen machte.

John wandte sich in die andere Richtung, wo Mr Cole neben seiner Frau die Reihe abschloss und ab und an einen kritischen Blick in Richtung Swanson warf. Gerade beugte Cole sich über die Ecke des Tisches zu Edward. Leise, aber eindringlich sagte er etwas zu Lord Shinfield. Beinahe unmerklich zuckte dieser mit den Schultern, den Blick konzentriert auf seinen Teller gerichtet.

Mr Cole gegenüber saß Paul, der sich offensichtlich bester Laune erfreute und John mit einem Augenzwinkern bedachte. Pauls Aufmerksamkeit wurde jedoch sogleich von Lady Westerhill, seiner unmittelbaren Tischnachbarin, in Beschlag genommen. Sie legte ihre Hand auf Pauls Unterarm und sagte verschwörerisch kichernd etwas zu ihm. Neben ihr war Lord Westerhill in so etwas wie einen Wachschlaf gefallen. Wären seine Augen nicht leicht geöffnet gewesen, John hätte geschworen, dass der Mann tief und fest schlief.

Zu Westerhills rechter Seite rutschte Lady Shatterton auf ihrem Stuhl hin und her, bemüht zu verfolgen, was Elisa Westerhill und Paul de l'Estagnol nur wenige Schritte weiter taten. Als Lady Westerhill abermals laut kicherte, stieß Lady Shatterton ein vernehmliches Schnauben aus und drehte sich demonstrativ zur anderen Seite, zu Sir Ignatius. »Mein lieber Sir Ignatius«, sagte sie mit Nachdruck, »ich bin erstaunt, Sie heute alleine anzutreffen. Ich hatte erwartet, Sie in Begleitung unserer lieben gemeinsamen Freundin zu sehen.«

»Sie sprechen einen schmerzlichen Umstand an«, erwiderte Swanson, behielt aber seinen betont heiteren Gesichtsausdruck bei. »Die wunderbare Miss Fredericks ist am heutigen Abend leider verhindert.«

John erstarrte. Lady Shatterton schien demnach noch gar nichts von Rebeccas Abreise zu wissen. Doch wovon hatte Lord Swanson Kenntnis?

Diener traten an den Tisch, um die Weingläser der Gäste zu füllen.

John schüttelte dankend den Kopf. Paul hatte wohl recht. Der Abend versprach lang zu werden.

»Ach, die liebe Rebecca«, nickte Lady Jane wissend, während sie zusah, wie ihr Glas gefüllt wurde. »Wie ein sorgloser Schmetterling flattert sie durch die Londoner Gesellschaft. Von einem Blütenblatt zum nächsten. Ein reizender Schmetterling, ohne Frage. Doch so sorglos, finden Sie nicht auch, Sir Ignatius? Meine Angst wäre einfach zu groß, dass mir derart allein und auf mich gestellt etwas *zustieße*. Dort draußen treibt sich viel *unehrenhaftes* Volk herum. Ich kann Ihnen berichten, die *sittsame* Tugend einer …«

»… einer Dame ist stets in Gefahr, jaja«, führte Lord Swanson Lady Janes Satz fort. »Doch Miss Fredericks macht auf mich den ausgesprochenen Eindruck, als könne sie gut auf sich achtgeben. Ein wenig zu gut sogar. Wirklich ein beeindruckendes kleines Frauenzimmer. Selten bin ich einer reizenderen Dame begegnet.«

Jane Shatterton presste die Lippen zusammen. Ob als Reaktion auf Swansons Unterbrechung oder sein schwärmendes Lob für Miss Fredericks, vermochte John nicht zu sagen.

»Ist Ihnen nicht wohl, meine Liebe?«, fragte Lady Elenora krächzend an Lady Jane gewandt. »Der Magen, Sie haben es bestimmt am Magen.« Sie pochte mit dem Zeigefinger auf den Tisch. »Seien Sie achtsam, was Sie essen, Verehrteste.« Sie deutete auf die Dienerschaft, die weiterhin stoisch mit dem dampfenden Geschirr ausharrte. »Seien Sie stets achtsam! Man kann nicht vorsichtig genug sein. Außer bei Hofe natürlich.«

Lord Shinfields eindringliches Räuspern enthob Lady Shatterton einer Antwort. Alle Köpfe wandten sich zu dem Tischende, an dem Edward feierlich sein Weinglas erhob.

»Verehrte Freunde, ich freue mich, dass Sie am heutigen Abend meiner kleinen Einladung gefolgt sind. Lassen Sie uns gemeinsam die Gläser erheben und unserem hochgeschätzten Monarchen zuprosten.« Er warf einen beifallheischenden Blick zu Lady Elenora. »Lang lebe der König!«

»Lang lebe der König!«, erklang es rund um den Tisch.

»*Georg August*, sage ich regelmäßig zu Seiner Hoheit. *Georg August*, was Speis und Trank angeht, ist der königliche Hof unübertroffen«, schwadronierte Lady Elenora, als müsse sie das letzte Wort des Toasts haben.

»Nur bei Speis und Trank?«, fragte Swanson mit süffisantem Grinsen und setzte sein Glas ab. »Die Freuden bei Hofe sind allesamt legendär. Nicht nur die kulinarischen, wie man hört.«

»Was haben Sie gesagt, Lord Swanson? Ihre Freunde kleiden sich leger? Wo ist nur mein vermaledeites Hörrohr?«

»Adam, lassen Sie servieren«, wies Lord Shinfield seinen Butler hektisch an. Fahrig klatschte er in die Hände.

*

»Es gefällt mir einfach am Gough Square, Madam. Im Herzen der City of London. Dort wirkt vieles noch so wenig aufgesetzt. Zumindest habe ich diesen Eindruck.« Er zuckte mit den Schultern.

Ungläubig sah Miss Cole John aus großen Augen an, die sie sogar noch ein wenig weiter als gewöhnlich aufgerissen hatte. »Aber Sie sind dort doch so weit entfernt von all den wichtigen Nachbarschaften und Häusern in Westminster. Ich meine die Theater, die exquisiten Geschäfte – sie alle befinden sich im Westen der Stadt. Und der Dreck auf den Straßen! Gerade auf der Fleet Street.« Sie rümpfte die Nase. »Ich habe immer den Eindruck, dort drüben seien die Straßen schmutziger. Als hier am Cavendish Square oder auch am Hanover Square allemal.«

»Dies sind herausgehobene Wohngegenden, welche Sie anführen, Madam«, entgegnete John mild. »Wohnstätten für die wenigen Menschen, die sie sich überhaupt leisten können.«

»Aber ganz genau! Das meine ich ja.« Miss Cole strahlte, als hätte sie etwas besonders Schlaues gesagt.

John griff nach seinem Wein und studierte die dunkle Farbe, die langsam im Glas hin und her schwappte. Es lockte ihn, einen Schluck zu nehmen. Einen tiefen. Er hielt sich zurück.

Unbeirrt sprach Miss Cole weiter. »Ich kann nicht verstehen, wie jemand freiwillig *nicht* am Cavendish Square wohnen kann. Wir sind quasi Nachbarn, Ihr Bruder und meine Familie. Seitdem mein Bruder hier ein Haus erwarb, bin ich ganz verliebt in die Nachbarschaft. Ganz *verliebt.*« Sie kicherte.

»Es gibt immerhin noch Kutschen, welche einen auf Wunsch zu anderen Zielen innerhalb Londons bringen. Sollte ich also den Wunsch nach dem Hanover Square oder gar Cavendish Square verspüren, dann besteige ich einfach ein solches Gefährt, Miss Cole.«

»Ich verstehe.« Sie sah John an, als täte sie dies gerade nicht. »Dann ist Ihre Kutsche sicherlich jene prächtige, welche ich bei unserer Ankunft vor dem Haus halten sah.«

John lächelte. »Da muss ich Sie enttäuschen, Madam. Heute Abend habe ich mich einer Mietdroschke bedient. Wie sonst übrigens auch.«

»Einer … aber … ist das nicht unüblich?«

»Finden Sie? Ich jedenfalls komme so bestens zurecht. Und wie Sie meiner Anwesenheit entnehmen können, brachte mich die Droschke wohlbehalten an mein Ziel. Viele Menschen in London bewegen sich dergestalt fort.«

Ungläubigkeit war Annabel Cole ins Gesicht geschrieben. »Ihre Brüder, Lord Shinfield und Mr Richard Shinfield, verfügen aber doch über eigene Kutschen.«

»Soweit mir bekannt ist, liegen Sie damit vollends richtig, Madam.«

Miss Cole wirkte eine Spur erleichtert, dann gewann in ihrer Miene das Erstaunen wieder die Oberhand. »Doch Sie, Sir, ebenfalls ein Sohn des Earl of Finchampstead, verzichten auf den Besitz eines solchen Gefährtes?«

»Auch bei dieser treffenden Aussage kann ich Ihnen nur zustimmen.« John lächelte bemüht freundlich.

»Ist das denn nicht unüblich?«, fragte Miss Cole erneut, mit einem Hauch von Verzweiflung in der Stimme. »Für einen Gentleman *Ihrer* Stellung, meine ich.« Sie schien ernsthaft an Johns Verstand zu zweifeln.

John wusste nicht, was er erwidern sollte. Zumindest nicht, ohne unhöflich zu erscheinen. Daher murmelte er etwas Unverständliches und konzentrierte sich kurzerhand auf ein anderes Schlachtfeld, seinen Teller. Schwungvoll schnitt er den Rinderbraten in kleine Stücke.

»Annabel«, schaltete sich Miss Coles Bruder ein und beugte sich beflissen vor. »Mr Shinfield hat sich augenscheinlich dafür entschieden, sein beträchtliches Vermögen nicht der ganzen Welt auf die Nase zu binden. Er ist ein Gentleman der leisen Töne.«

Das bereits kleingeschnittene Fleisch wurde von John akribisch in noch kleinere Stücke filetiert. Gentleman der leisen Töne? Solch eine schwachsinnige Bezeichnung hatte er bis dato noch nie gehört. Er tat so, als habe er Cole gar nicht gehört.

»Wir alle wissen doch, dass Mr John Shinfield einer der wohlhabendsten alleinstehenden Gentlemen unserer Stadt ist«, fuhr Mr Cole eifrig fort. »Dies hat mir Seine Lordschaft selbst bestätigt.« Er deutete auf Edward.

John biss die Zähne fest aufeinander.

»Ich finde, es ist geradezu eine christliche Tugend, die Mr Shinfield mit seiner Demut an den Tag legt.« Mr Cole beugte sich mittlerweile so weit herüber, dass seine Schwester in ihrem Stuhl ein beträchtliches Stück zurückweichen musste. »Der Herrgott zeichnet die von ihm Auserwählten durch weltlichen wie himmlischen Reichtum aus. Mr Shinfields Demut vor dieser Auszeichnung spricht für seinen höchst spirituellen und christlichen Charakter. Besitz ist der Lohn harter Arbeit und tiefen Glaubens, nicht wahr.« Er strahlte.

In langsamer Abfolge schob John sich die winzigen Fleischkrumen in den Mund, um nichts sagen zu müssen. Demut? Spiritueller Charakter? Auszeichnung für harte Arbeit? Für sein Vermögen hatte er keinen Finger rühren müssen. Anscheinend hatte er es bei Cole mit einer puritanischen Gesinnung zu tun. Reichtum als Zeichen der himmlischen Auserwählung.

»Stimmt es, dass Sie einen großen Teil Ihres Vermögens von Ihrer verstorbenen Frau erhalten haben, Sir?«, wollte Annabel wissen. »Die Familie Ihrer Gattin trieb wohl erfolgreich Handel, hörte ich. So wie mein lieber Bruder es auch tut.« Sie nickte vehement.

Stille, unterbrochen von einem Hüsteln. »Mein Bruder spricht nicht gerne über die Vergangenheit«, fiel Lord Shinfield in das Gespräch ein. »Doch Sie liegen ganz richtig, Madam. John erhielt durch seine verstorbene Frau, die Gute möge in Frieden ruhen, ein beachtliches Vermögen. Er hält sich über die genaue Höhe bedeckt, der liebe John, doch viel spricht dafür, dass es über …« Edward beugte sich zu Mr Cole und flüsterte ihm etwas ins Ohr.

Cole riss die Augen auf. »Nicht möglich!«

»Weit mehr als das.« Edward nickte wissend und wischte sich mit einer Serviette den Mund ab.

»Was für eine beachtliche Familie Sie doch sind«, bemerkte Lord Swanson von der anderen Seite des Tisches und knöpfte die Weste auf, welche sich über seinen ausladenden Bauch spannte.

Überrascht sah Edward Shinfield ihn an. »Wie?«

»Mr John Shinfield scheint ein wahrer Glückstreffer für seine Zukünftige zu sein. Dem nicht genug, sitzen heute Abend gleich drei herausragende Brüder vor uns, welche die Damenwelt unserer Stadt in Atem halten.« Lord Swanson gluckste in sich hinein, dass der schwingende Bauch die Knöpfe seines weißen Hemdes beinahe zum Abspringen brachte. »Zählt man Ihren verehrten Herrn Vater dazu, einen Witwer, dann besteht gar die Möglichkeit von vier Hochzeiten in Ihrer Familie. Vier Eheschließungen! Sage und schreibe! Was für ein gesellschaftliches Ereignis dies wäre. Wahrlich eine ungewöhnliche Konstellation, wenn man es überlegt: Eine herausgehobene Familie unserer Nation, deren Mitglieder allesamt unverheiratete Gentlemen sind. Ich wage die vorsichtige Einschätzung, dass dies in ganz England unerhört ist.«

»Aber Sie irren, Lord Swanson. Sir Edward ist doch bereits verehelicht. Leidet Ihre Gattin nicht unter einer schweren Krankheit?«, merkte Lady Westerhill irritiert an und sah von Edward zu Swanson. »Deshalb hat man sie doch so lange nicht mehr zu Gesicht bekommen, die Arme.«

»Madam, ist es noch nicht zu Ihnen vorgedrungen?« Swanson schüttelte betont traurig den Kopf. »Lord Shinfield sah sich gezwungen, seine Ehe kürzlich durch die Kirche annullieren zu lassen. Lady Shinfields mentaler Gesundheitszustand erwies sich als nicht tragbar. Diese Beschreibung trifft es doch gut, lieber Edward, oder habe ich mich fehlerhaft ausgedrückt? Es täte mir außerordentlich leid.«

Die Unschuld und Naivität, die Lord Swanson in seinen Blick legte, nahm John ihm nicht ab. Er wandte seine Aufmerksamkeit Edward zu, der mit rotem Kopf an der Tafel saß und aller Augen auf sich gerichtet wusste.

Edward zwang sich schließlich zu einem Lächeln. Es wirkte mitnichten heiter, eher wie ein Ausdruck starker Schmerzen. »Das ist richtig, lieber Ignatius. Und allgemein bekannt. Lady Shin… ich meine, die *ehemalige* Lady Shinfield weilt in Bedlam, unter fürsorglicher Aufsicht. Sie … äh … eine Krankheit des Geistes, ärztlich diagnostiziert.« Bemüht beiläufig fuhr er fort: »Ich werde mich in Bälde jedoch neu vermählen. Die Linie unserer verdienten Familie muss natürlich weiterbestehen. Ich kann Ihnen versichern – das wird sie auch.«

»Sehen Sie, eine Hochzeit. Habe ich es nicht gesagt? Ich gratuliere Ihnen herzlich, Sir.« Swanson neigte den Kopf, eine geradezu spöttische Geste. »Da Sie bisher ohne einen eigenen Erben sind, bietet die neue Ehe vielleicht die Möglichkeit, hier Abhilfe zu schaffen und den Fortbestand Ihrer Familie zu sichern. Ja, ich gratuliere Ihnen, Sir. Die unverheirateten Damen der Gesellschaft, von Ihrer mir derzeit noch unbekannten Auserwählten einmal abgesehen, werden ob dieser Nachricht natürlich schmerzliche Tränen vergießen.« Er nickte nachdenklich. »Doch vielleicht machen Ihre Brüder John und Richard selbst bald weitere Töchter und Mütter des Landes glücklich?« Er wandte sich wieder John zu. »Da Sie nun, nach langer Trauer um Ihre verstorbene Gattin, in den Schoß Ihrer Familie und in die gute Gesellschaft zurückgekehrt zu sein scheinen, John, werden Sie doch sicherlich ebenfalls bald eine Heirat ins Auge fassen?«

»Die Zeit wird es zeigen, Lord Swanson.« Bedächtig legte John sein Besteck zur Seite und lächelte dünn. Er fühlte eine beißende Wut in sich aufsteigen. »Gut Ding will Weile haben, so sagt man doch. Wer weiß, vielleicht kommen Sie mir gar zuvor.«

»Sie sprechen so kryptisch, mein lieber Freund. Vertrauen Sie sich uns doch an. Lenken Sie nicht ab. Wir sind schließlich unter uns, im Kreis verehrter Freunde. Auf wen haben Sie ihren amourösen Blick geworfen, wer ist Ihre Auserwählte des Herzens? Jemand von Stand diesmal?«

John hörte, wie Miss Cole neben ihm nach Luft schnappte. »Sie werden es an vorderster Stelle erfahren, Lord Swanson, sobald es etwas zu berichten gibt. Das bin ich … guten Freunden selbstverständlich schuldig, wie Sie richtig sagen, Sir.«

»Ich verstehe. Ich freue mich bereits auf Ihre Unterrichtung.« Dabei beließ es Swanson. Genüsslich setzte er sein Mahl fort.

Aufmerksam hatte Lady Ridgestone das Gespräch mit Hilfe ihres Hörrohres verfolgt. »Und wann werden Sie den Bund der Ehe eingehen, junger Mann?«, fragte sie mit lauter Stimme.

John wollte schon zu einer entnervten Antwort ansetzen. Da bemerkte er, dass sie die Frage nicht an ihn, sondern vielmehr an Richard gerichtet hatte.

»Es bekommt einem jungen Mann nicht gut, wenn er zu lange alleine bleibt.« Mit Nachdruck schüttelte Lady Elenora den Kopf, dann wendete sie das Hörrohr in Richards Richtung.

Johns Bruder war bei der plötzlichen Ansprache zusammengezuckt und richtete sich jetzt hastig im Stuhl auf. Er hustete und nahm einen Schluck Wein, bevor er zögerlich antwortete. »Ich stimme Ihnen ganz zu, Madam. Leider zwingt mich meine eingeschränkte Gesundheit immer wieder dazu, persönliche Wünsche zurückzustellen. Doch ich bin sicher: Sobald meine verehrten Brüder erneut den Bund der Ehe eingegangen sind, werde auch ich nicht mehr lange das freudlose Leben eines Junggesellen führen.«

»Ja«, schaltete Swanson sich ein. »Es ist für den jüngsten Sprössling einer Familie immer schwierig, eine gute Partie abzubekommen, wenn die älteren Geschwister nicht unter der Haube sind. Es gibt nun einmal gewisse Regeln.«

»Edward«, bemühte sich John, die allgemeine Aufmerksamkeit von Richard wegzulenken, »sag, gibst du nicht bereits in Kürze jene soeben von dir angedeutete Verlobung offiziell bekannt? Mir ist zu Ohren gekommen, dass sie schon Gesprächsthema in gewissen Zirkeln der Stadt ist.« Er dachte an Fieldings Bemerkung.

»Ja, erzählen Sie uns davon, Sir«, forderte Lady Shatterton aufgeregt. »Wer ist die Glückliche? Eine Tochter von Adel sicherlich. Es hat doch immer etwas Beruhigendes, wenn die Tradition gewahrt bleibt und die Stände sich nicht kunterbunt vermischen.« Sie warf einen schnippischen Blick auf Miss Cole.

»Sie sind bereits verlobt?«, schrie Lady Ridgestone von der anderen Seite des Tisches. »Aber Ihre Frau ist doch gerade erst verstorben!« Missbilligend klopfte sie mit dem Hörrohr auf die Tischkante, dass die Gläser erzitterten. »Die Etikette verlangt …«

»Meine Frau ist nicht …«, begann Lord Shinfield zu schreien, brach aber jäh ab. Der Blick, den er auf John richtete, war voller Zorn. Er wandte sich an die übrigen Gäste und zwang sich zu einem entschuldigenden Lächeln.

»Es ist wahr, dass es Gespräche über eine mögliche Hochzeit gibt, doch noch ist hierzu nichts zu verkünden. Es gilt noch einige kleinere Details zu klären.«

»Wenn ich Ihnen einen Rat geben darf, lieber Edward«, bemerkte Swanson mit dem Schnurren einer Raubkatze, »verhandeln Sie hart mit dem Vater Ihrer Zukünftigen. Eine Ehe ist ein Geschäft wie jedes andere, pflege ich stets zu sagen. Ein Vertrag, der naturgemäß eine Bezahlung beinhaltet. Ihren Namen müssen Sie sich in Gold aufwiegen lassen, Shinfield. Sie werden schließlich der nächste Earl of Finchampstead sein.« Er spreizte die Finger und besah seine funkelnden Ringe. »Der nächste Earl, wie gesagt.« Er sah auf. »Zumal Sie das Geld einer lukrativen Mitgift derzeit so dringend benötigen, wie ich hörte.«

»Was meinen Sie, Sir?« Edwards Stimme war kurz davor, zu versagen.

»Wie Sie mir selbst einmal stolz berichteten, gaben Sie beträchtliche Anteile Ihres Vermögens in die Hände von Mr Steele, damit dieser sie gewinnbringend verwalte.«

»Und?« Ein Flüstern, einem Krächzen gleich.

»Von anderer, gutinformierter Seite erfuhr ich just heute, dass das meiste Geld aus Steeles Handelsaktivitäten wohl für immer futsch ist. Verschwunden. Wahrscheinlich in Fehlinvestitionen zerrieben. Zumindest findet sich nach Steeles Dahinscheiden anscheinend nicht mehr allzu viel von den erwarteten Vermögenswerten. Wichtige Verträge sind verschwunden.«

Tiefe Stille legte sich wie eine schwarze Decke über die Tischgesellschaft. Nicht einmal Lady Elenora sagte etwas.

»Ich selbst hatte keine geschäftliche Beziehung zu Steele. Heute bin ich dankbar, dass ich meinem Gespür gefolgt bin.« Zufrieden lehnte Swanson sich zurück. Der Stuhl gab ein warnendes Knacken von sich.

»Woher wollen Sie diese ungeheuerliche Information haben, Lord Swanson?«, fragte Lord Westerhill interessiert. »Ich selbst habe ebenfalls nicht bei Steele investiert, doch ich kenne einige Menschen, die beträchtliche Summen bei ihm untergebracht haben. Bisher waren sie immer mit dem Ergebnis zufrieden.«

»Meine Quelle kann ich Ihnen leider nicht nennen, Sir.« Swanson winkte entschuldigend ab. »Doch ich kann Ihnen versichern, dass einige Ihrer Freunde wohl ein blaues Wunder erleben werden.«

»Nicht auszudenken!« Lord Westerhill schüttelte ungläubig den Kopf.

»Noch ist dies alles Hörensagen«, schaltete Richard sich mit ruhiger Stimme ein. »Es gilt abzuwarten, welche Erkenntnisse die Nachforschungen ergeben. Es handelt sich sicher um ein Missverständnis.« Beruhigend nickte er Edward zu.

»Sicher, sicher«, murmelte Lord Swanson. Es klang, als würde er »Unsinn, Unsinn« sagen.

»Haben Sie ebenfalls bei Steele investiert?«, wollte Lord Westerhill von Richard wissen.

»Nun, ich habe Alexander einen Teil meines Vermögens anvertraut, doch es handelt sich lediglich um einen überschaubaren Betrag. Nichtsdestotrotz, lassen Sie mich wiederholen, was ich eben sagte. Zurzeit ist alles noch Hörensagen. Vielleicht kann Mrs Steele weiterhelfen, sobald man sie gefunden hat.«

»Oh, in dieser Frage befürchte ich Schlimmes, sehr Schlimmes«, schaltete sich Lady Elisa ein. »Ich glaube nicht, dass die liebe Amelia noch unter uns weilt. Nein, auch sie ist dem heimtückischen Fluch erlegen.«

»Dem Fluch?«, wollte Lord Shinfield wissen. »Was denn für ein Fluch, Madam?«

»Es ist doch offensichtlich, dass auf den Steeles so etwas wie eine Verwünschung, ein Fluch liegt. Alexander Steele ist tot. Amelia – verschwunden. Und Agatha Steele, so erfuhr ich unlängst, liegt auf dem Sterbebett darnieder. Alles geschah innerhalb weniger Tage.«

»Diese furchtbare Person«, entfuhr es Lady Jane. »Dass sie überhaupt noch unter uns weilt! Eine derart hochtrabende Person ist mir selten untergekommen. Lässt sich von ihren Dienstboten Lady Agatha nennen. *Lady*! Dabei ist sie nichts weiter als die Tochter eines Hufschmieds.« Verächtlich kräuselte sie die Nase. »Glaubt, sie gehöre zu den über ihr Stehenden. Eine Geisteskranke, wenn Sie mich fragen. Sie liegt auf dem Sterbebett? Nun denn, vielleicht kuriert sie das von ihrer Anmaßung.«

»Die Steeles hatten keine Kinder, soviel ich weiß?«, fragte Mrs Cole in die Runde.

»Das ist richtig, Madam«, nickte Lord Shinfield. »Keine lebenden zumindest.«

»Sehen Sie, der Fluch!« Lady Westerhill schaute sich triumphierend um. »Ich hörte, dass zwei Kinder Amelias nur wenige Tage durchhielten.«

»Wer erbt denn in diesem Fall das Vermögen der Steeles?« Miss Cole beugte sich wissbegierig nach vorne.

»Im Zweifel geht der Besitz – oder das, was davon übrig ist – wohl an die Krone«, bemerkte ihr Bruder. »Sollte sich kein Testament finden, kein Verwandter.«

Nachdenklich legte Miss Cole die Stirn in Falten.

»Lassen Sie es mich bitte wiederholen, meine Damen, meine Herren: Noch steht gar nicht fest, dass Mrs Steele nicht mehr am Leben ist«, warf Richard ein. »Lassen Sie uns doch die Hoffnung nicht aufgeben.«

»Sie haben natürlich völlig recht, Sir.« Lord Swanson lächelte Richard an. »Die Hoffnung stirbt zuletzt, oder wie sagt man?«

»Auf jeden Fall liegt auf den Steeles ein Fluch«, beharrte Lady Westerhill.

»Und Sie, Sir?«, fragte Lord Westerhill nach einem stirnrunzelnden Blick auf seine Gattin in Richtung John. »Haben auch Sie bei Mr Steele investiert?«

John schüttelte verneinend den Kopf, was seiner Tischnachbarin, Miss Cole, ein erleichtertes Aufatmen entlockte. »Ich schließe mich dem Hinweis meines Bruders Richard an, dass gegenwärtig sicherlich viele Gerüchte die Runde machen. Man wird abwarten müssen.«

Mr Cole nickte zustimmend. »Ich habe den verehrten Mr Steele als einen besonnenen und verlässlichen Mann kennen gelernt. Sicher, er hatte wirtschaftliches Pech in letzter Zeit, doch das kennen wir alle. Erst vor wenigen Tagen ist seine *Seagull* einem bösen Sturm zum Opfer gefallen. Keine Überlebenden, wie man hört. Die gesamte Ladung am Grund des Ozeans.« Er schüttelte betroffen den Kopf und seufzte.

Begeistert schrie Lady Westerhill auf. »Sehen Sie! Sehen Sie! Ein weiterer Beweis!«

John bemerkte, wie Lord Westerhill tief seufzte.

»Ach ja, die *Seagull*. Das habe ich auch gehört. Das Schiff war auf dem Rückweg von den Neuen Kolonien. Ist es nicht so, Mr Cole?«, fragte Lord Swanson.

»Das ist richtig, ja.«

»Doch ich hörte, es sei ein Feuer gewesen, welches das Schiff zerstörte. Wie dem auch sei. Des einen Leid, des anderen Freud, nicht wahr?«

»Wie meinen Sie das, Sir?« Cole richtete sich in seinem Stuhl auf. Die Empörung war ihm ins Gesicht geschrieben.

»Sie selbst treiben doch vorrangig Handel mit unseren Brüdern in Amerika. Da dürfte Sie der Untergang des Schiffes eines Konkurrenten naturgemäß wenig traurig stimmen.« Genüsslich führte Swanson seine Gabel zum Mund und sah Cole strahlend an.

»Aber mein Herr, wir sprechen hier von dutzenden Menschenleben, die Opfer dieses Unglücks geworden sind«, entrüstete sich Mr Cole.

»Nichtsdestotrotz«, erwiderte Swanson. »Vielleicht war dies ja Vorbestimmung.«

Laut klatschte Lord Shinfield in die Hände und verhinderte so eine Antwort Coles, der sich daraufhin wütend auf die Lippe biss. »Den nächsten Gang, Adam. Los, los!«

Während die Dienerschaft sich anschickte, den nächsten Gang zu servieren, herrschte angespannte Stille im Raum.

»Lord Shinfield«, wandte sich Mr Cole schließlich an den Gastgeber. Er wirkte düpiert. »Selbst wenn Sie einen Teil Ihres Vermögens verloren haben sollten – Ihre Familie verfügt weiterhin über umfangreiche Besitztümer, ist es nicht so?«

»Jaja, selbstverständlich.« Lord Shinfield deutete auf die Tür. »Ah, habe ich ein Läuten vernommen? Adam, hat da jemand geläutet?«

»Nein, Lord Shinfield«, schüttelte der Butler den Kopf.

Mit finsterem Blick murmelte Edward Shinfield etwas Unverständliches. Es war eindeutig, dass er nicht weiter auf Coles Frage eingehen wollte.

Miss Cole sprang ihrem Bruder helfend zur Seite. »Als eine der ältesten Familien des Landes müssen Sie über beträchtliche Mittel verfügen, Sir. Da dürfte Sie ein kleiner Verlust kaum schmerzen.«

Noch bevor Edward Shinfield zu einer Antwort ansetzen konnte, meldete sich Lord Westerhill von der anderen Seite des Tisches zu Wort. »Wie Sie richtig feststellen, Miss Cole«, sagte er mit getragener Stimme, »zählt die Familie des Earls zu den ältesten des Landes. Ihr Besitz alleine in Hampshire ist sehr umfangreich. Dazu kommen diverse Beteiligungen an Handelsgesellschaften, selbst ausgedehnte Ländereien in Irland. Alles kein Geheimnis, nicht wahr, lieber Edward.«

Lord Shinfield zuckte mit den Schultern.

»Wie aufregend.« Miss Coles Augen strahlten mit den Kerzen um die Wette. Sie drehte sich schwungvoll zu John. »Waren Sie selbst schon drüben, bei den wilden Iren? Sie sollen ein sehr ungehobeltes Volk sein, hört man. Und so schmutzig! Barbaren geradezu.«

John runzelte die Stirn. »Ein- oder zweimal war ich auf dem dortigen Gut meines Vaters. Doch das ist bereits sehr lange her, Madam. Meine

Brüder reisen dann und wann dorthin, um die Arbeit des Verwalters zu kontrollieren.« Er lehnte sich zurück. »Ihre Einschätzung, die Iren seien ungehobelt oder gar Barbaren, kann ich jedoch nicht teilen, Madam. Ich erinnere mich an freundliche und hilfsbereite Menschen.«

Miss Cole presste die Lippen zusammen.

Während die Dienerschaft weiterhin den nächsten Gang servierte, sprang ihre Schwägerin Miss Cole von der anderen Seite entrüstet zur Seite. »Aber Sir, sie sollen gar ihre eigenen Kinder essen, die Iren! Berichtete dies nicht sogar Reverend Jonathan Swift in einer seiner unzähligen Schriften? So etwas nenne ich höchst barbarisch!«

»Madam, Doktor Swift überzeichnete bewusst die erbärmliche Situation der Iren, um auf ihre Hilflosigkeit hinzuweisen, die von Armut und Hunger geprägt ist. Die Kinder waren so etwas wie ein argumentatives Bild. Natürlich rief er nicht wirklich dazu auf, dass die Iren ihre Kinder als Nahrungsmittel nutzen sollten. Es war eine gewollte Übertreibung. Verstehen Sie?«

»Aber *Kinder*, Sir? Wie kann man sein eigen Fleisch und Blut verspeisen, selbst wenn man noch so großen Hunger leidet.« Missbilligend schüttelte Mrs Cole den Kopf und sah sich beifallheischend um. Die meisten der Gäste waren jedoch über ihre Teller gebeugt und widmeten sich der Wachtelbrust.

John seufzte und schwieg. Er schaute hinüber zu Paul, der ihm lächelnd zuprostete. Wenigstens eine Person schien sich am heutigen Abend bestens zu amüsieren.

»Vielleicht möchten Sie ja über eine Investition in mein bescheidenes Unternehmen nachdenken«, merkte Mr Cole an und beugte sich zu John. »Ich denke, unsere Namen passen hervorragend zusammen, um eine gewinnbringende Allianz einzugehen.« Er zwinkerte John verschwörerisch zu und beugte sich derart weit nach vorne, dass er beinahe im Gedeck seiner Schwester lag. »Eine für alle Beteiligten gewinnbringende Allianz«, raunte er.

Miss Cole kicherte freudig und warf John einen schmachtenden Blick zu.

Verzweiflung machte sich in John breit, eine drückende Lähmung nahm mit kalten Fingern von ihm Besitz. Das Atmen fiel ihm schwer. »Sie sind ausgesprochen freundlich, Mr Cole. Jedoch …« Er rückte seinen Stuhl ein wenig zur Seite, um Abstand zu seinem Gesprächspartner zu schaffen. Der Mann wich jedoch keinen Fingerbreit zurück, im Gegenteil. Instinktiv rückte John daher noch weiter nach rechts, nur um dort gegen Mrs Cole zu stoßen, die voller Aufmerksamkeit die Unterhaltung verfolgte und sich zu diesem Zweck ebenfalls herübergebeugt hatte.

»Oh, Sir.« Mrs Cole nahm den Zusammenstoß mit John zum Anlass, in das mädchenhafte Gekicher ihrer Schwägerin einzustimmen. »Sir, wie überaus stürmisch Sie sind!«

Ein stechender Schmerz machte sich in Johns Kopf bemerkbar. Er biss die Zähne zusammen.

»Wirklich, wie ungestüm Sie doch sind, Mr Shinfield«, wiederholte Mrs Cole nach einem Moment atemlos und fächerte sich aufgeregt Luft zu. »Ganz wie die liebe Annabel, fürwahr. Man könnte gar meinen, Sie beide seien vom Schicksal füreinander bestimmt.«

Miss Coles kokettes Lachen steigerte sich in Kaskaden.

Johns Kopfschmerz erhöhte sich im gleichen Maße, wie das Lachen und Gekicher links und rechts von ihm zunahm. »Mr Cole –«, griff er verzweifelt den Faden wieder auf, »was ich soeben sagen wollte, ist Folgendes, Sir: Derzeit strebe ich grundsätzlich keine neuen Investitionen an. Ich bin mit dem Status quo … meiner geschäftlichen Situation vollends zufrieden. Ich hege im Augenblick keinen Wunsch, daran etwas zu verändern.«

Die Schwägerinnen verstummten schlagartig, gleichzeitig.

»Ich … verstehe, Sir.« Cole setzte sich in seinem Stuhl zurück, Enttäuschung in das Gesicht geschrieben. Sein Blick streifte Edward, der jedoch in ein Gespräch mit Paul vertieft schien. »Nun gut. Ich verstehe.« Nachdenklich schürzte er die Lippen.

»Ich danke Ihnen für Ihr Verständnis, Sir«, sagte John. Er merkte erleichtert, wie die dumpfen Schmerzen langsam nachließen.

»Vielleicht sollten wir unser Gespräch an anderer Stelle fortführen, Mr Shinfield. Zu einem anderen Zeitpunkt.« Ein Strahlen zog über Coles Gesicht und er nickte begeistert. »Ja, Sir, hier ist sicher nicht der Raum, um im Detail über diese Fragen einer Allianz zu sprechen. Eine geradezu intime Frage, nicht wahr? Wir werden uns unter vier Augen zusammensetzen und alles Weitere besprechen. Wie es sich unter Gentlemen gehört. Ganz wie Sie wünschen, Sir!«

»Sehr gut, wirklich ein vernünftiger Gedanke«, merkte Mrs Cole von der anderen Seite an, große Erleichterung in der Stimme.

John war wie vor den Kopf gestoßen. Hatte der Mann ihm nicht zugehört?

»Wann darf ich Ihnen meine Aufwartung machen, Sir? Passt es Ihnen am morgigen Nachmittag? Ich könnte bei Ihnen vorbeischauen. Am Gough Square residieren Sie im Moment, nicht wahr?«

»Sir, ich danke Ihnen für dieses sehr entgegenkommende Angebot. Bedauerlicherweise ist mein morgiger Tag bereits gänzlich …«

»Dann ein anderer Tag, mein lieber Freund«, fiel Cole John ins Wort. »Übermorgen vielleicht? Lassen Sie mich überlegen, ich habe eine wichtige Verabredung am Mittag, doch nachmittags oder abends wäre es mir möglich, Sie zu sehen. Was sagen Sie?«

»Ich bedauere es zutiefst, Sir, doch auch dieser Termin ist mir nicht möglich.«

»Ach!«, stieß Cole konsterniert aus.

Hilfesuchend sah John zu Paul. Voller Heiterkeit verfolgte dieser das Gespräch von der gegenüberliegenden Tischseite mit halbem Ohr, während er weiter Lord Shinfield zuhörte. Aufmunternd nickte er John kurz zu – mit einem wissenden Seitenblick auf Miss Cole. John räusperte sich wütend. Von dieser Seite war keine Hilfe zu erwarten.

»Lieber Bruder«, schaltete Richard sich ein. »Wenn du übermorgen den Besuch bei mir zugunsten Mr Coles absagen möchtest, so hast du mein volles Verständnis. Ich hätte dich gerne bei dem Gespräch mit Doktor Ploughman dabeigehabt, das steht außer Frage. Doch vielleicht kannst du auch später hinzu…«

»Sir, auf keinen Fall!«, rief Mr Cole peinlich berührt aus. »Bitte, meine Herren, keine Umstände meinetwegen. Ihre Gesundheit, Sir, hat oberste Priorität. Selbstverständlich.« Er warf Richard einen mitleidigen Blick zu.

John nickte seinem Bruder dankbar zu. Dann wandte er sich zu Cole. »Was halten Sie davon, Sir, wenn ich Ihnen in den nächsten Tagen eine Nachricht schicke? Wir werden uns sicher auf einen Zeitpunkt verständigen, der für uns beide genehm ist. Ich lasse Ihnen baldmöglichst einen Vorschlag zukommen. Ich weiß ja, wo ich Sie finde, Sir. Ihre Schwester berichtete mir bereits, dass sie ein Nachbar meines Bruders hier am Cavendish Square sind.«

»Natürlich, natürlich, Mr Shinfield. Wenn Ihre Zeit es nicht anders zulässt, dann verfahren wir dergestalt. Ich verstehe, dass Sie ein vielbeschäftigter Mann sind, Sir. Nach Ihrer Rückkehr in die Gesellschaft reißt diese sich sicherlich um Ihre verehrte Person.« Er warf einen konsternierten Blick über Johns Schulter zu seiner Frau. »Dann erwarte ich also freudig Ihre Nachricht und sehe unserem Gespräch mit Spannung entgegen.« Er nickte John zu, merklich kühler nun.

Von Miss Cole kam ein enttäuschtes Seufzen. Sie schob ihren Teller von sich und legte unsanft, geradezu verärgert das Besteck darauf ab.

Das Klirren wurde jedoch übertönt von Lady Elenoras schriller Stimme. »Wieso treffen Sie denn Doktor Ploughman?«, fragte sie Richard. »Der alte Quacksalber hilft Ihnen wenig. Woran leiden Sie denn? Ach, die französische Krankheit, nicht? Ich vergaß.« Missbilligend zog sie eine Augenbraue hoch. »Wie dem auch sei. Dieser Scharlatan Ploughman macht jedenfalls alles nur schlimmer, glauben Sie mir. Ich hatte eine Zofe, die über starke Schmerzen in ihrem Bauch klagte. Das arme Ding. Ich ließ auf ihren Wunsch diesen Mr Ploughman rufen, der irgendeine Medizin mischte. Ein aberwitzig teures Gebräu! Sie war eine gute Zofe, deshalb habe ich den Mann schließlich bezahlt.«

»War?«, fragte Mrs Cole mit weit aufgerissenen Augen.

Lady Elenora nickte. »Sie hat das Zeug getrunken. Keine drei Stunden später war das arme Ding mausetot.« Mit ihrem Zeigefinger wedelte sie in Richtung Richard. »Nehmen Sie sich in Acht, junger Mann. Ich habe Sie gewarnt. Ploughman ist ein Scharlatan. Nehmen Sie sich bloß in Acht.« Zufrieden vergrub sie ihr Gebiss in einer gebratenen Aubergine.

Richard sah die alte Frau gequält an. »Ich danke Ihnen für den Hinweis, Madam. Umso mehr freue ich mich, dass mein Bruder John bei dem Arztbesuch zugegen sein wird.« Er schaute zu John. »Wenn es seine kostbare Zeit zulässt, wohlgemerkt.«

»Selbstverständlich, Richard. Ich habe den Termin bereits fest vorgemerkt … und übrigens schon vor Tagen eine andere Einladung dafür verschoben.« Er blickte entschuldigend zu Mr Cole, der ihn jedoch geflissentlich ignorierte.

»Dass Sie derzeit ein gefragter Mann sind, Shinfield, glaube ich übrigens nur zu gern«, fiel Lord Swanson in das Gespräch ein. »Sicherlich will ganz London Ihrem Bericht lauschen, was den armen Mr Steele betrifft. Einen Augenzeugen dieser brutalen Gräueltat spricht man schließlich nicht alle Tage.«

John stutzte, zuckte schließlich lediglich mit der Schulter.

»Oh, Swanson«, beklagte sich Lady Shatterton. »Fangen Sie nur nicht wieder von diesem furchtbaren Mörder an.«

»Sollte sich dieses Interesse an dem Kerl nicht in Bälde sowieso merklich erschöpfen? Da der Täter gestellt wurde und selbst nicht mehr unter den Lebenden weilt.« Paul faltete seine Serviette sorgsam zusammen und schaute dann lächelnd in die Runde. »Nichts ist uninteressanter als die Nachricht von gestern, nicht wahr?« Er legte die Serviette andächtig neben seinem Teller ab. »So furchtbar die Taten waren, die menschliche Aufmerksamkeit ermüdet doch rasch.«

Swanson lachte auf. »Glauben Sie das wirklich, Sir? Dass dieses Thema erledigt ist?«

Paul dachte nach, dann nickte er.

Lord Swanson schnaufte. »Warten wir doch einmal ab, was Richter Fielding und seine Getreuen herausbekommen.«

»Wie meinen Sie das, Sir Ignatius?«, fragte Lady Shatterton irritiert. »Was gibt es denn da herauszubekommen? Das Monster hat seine gerechte Strafe erhalten.«

»Oh, ich bezweifle, dass die Morde beendet sind, Madam. Und zwar aus einem einfachen Grund: Der Kerl, den man erwischt haben will, ist wohl kaum jenes durchtriebene Monster, das unsere Stadt seit einigen Wochen in Atem hält.«

Lautes Gemurmel und erstaunte Ausrufe.

»Was hat er gesagt?«, fiel Lady Elenora in den allgemeinen Aufruhr ein.

»Aber Sir!«, rief Lord Westerhill. »Wie kommen Sie denn zu dieser Annahme? Verfügen Sie über neue Informationen?«

Schlagartig verstummten alle Anwesenden, und die ungeteilte Aufmerksamkeit richtete sich auf Lord Swanson.

»Neue Informationen? Mitnichten. Ich habe lediglich eins und eins zusammengezählt, mein lieber Lord Westerhill.« Swanson schmunzelte selbstzufrieden.

Einmal mehr gewann John den Eindruck, dass Swanson seinen Auftritt in tiefster Seele genoss.

»Lassen Sie uns an Ihrer Erkenntnis teilhaben, Sir?« Paul hatte sein Kinn auf eine Hand gestützt und verfolgte mit einer Mischung aus Aufmerksamkeit und Belustigung Swansons Darbietung.

»Mr de l'Estagnol, nur zu gerne. Nur zu gerne! Es ist im Grunde ganz simpel. Ich halte es schlicht für ausgeschlossen, dass der Mörder in einer Seitengasse vom Mob gestellt wurde. In flagranti sozusagen. Ein Mann, der mehrfach als Virtuose des Mordens aufgetreten ist, soll sich derart unbedarft verhalten und vom gemeinen Pöbel fassen lassen?« Er zog die Augenbrauen hoch und sah Paul an. »Das glauben Sie selbst nicht, Sir.«

»Es kann aber doch ein Zufall gewesen sein, Ignatius«, bemerkte Lady Westerhill. »Ein glücklicher Zufall. Vielleicht war der Kerl gerade unachtsam. Er soll schließlich gerade dabei gewesen sein, eine Dirne …« Sie verstummte, doch ihr falsches Gebiss klapperte weiter.

Lady Shatterton stieß einen spitzen Schrei aus und hielt sich die Hand vor den Mund. »Dieses verderbte Monster!«, quetschte sie kaum verständlich hervor. Sie führte die Hand theatralisch wieder herunter, tätschelte dann Lord Swanson ungeduldig den Unterarm. »Berichten Sie doch schon, was sich zugetragen haben soll. Verschonen Sie uns nicht, Sir. Was hat dieser furchtbare, furchtbare Mann der Dirne angetan?«

»Oh, vielleicht möchte Lady Westerhill es ausführen?«

Irritiert schüttelte Lady Westerhill den Kopf. »Jedenfalls kann es ein Zufall gewesen sein«, wiederholte sie lediglich.

Swanson lachte auf. »Ein Zufall? Liebe Freundin, aus Ihnen spricht jenes Wunschdenken, welches leider nur zu natürlich ist, da es grundsätzlich im menschlichen Wesen angelegt ist.« Er spreizte die Hände und nickte der verständnislos dreinblickenden Lady Westerhill wohlwollend zu. »Wie einfach und vor allem beruhigend ist es für die menschliche Seele, zu glauben, ein Übel habe sich bereits erledigt. Einfach so, ohne weiteres Dazutun. Die abgeschlossene Vergangenheit ist für uns schließlich erträglich. Verstehen Sie, was ich meine? Man sucht nach einem Grund, warum etwas Unangenehmes bereits beendet sein muss. Und wenn die Ratio dieser Täuschung nicht zustimmen kann, wenn die Imagination auch nichts beizutragen hat, dann bemüht man eben den guten alten Zufall.« Er schmunzelte. »Der Zufall soll es richten. Der Zufall ist immer der Joker. Doch ich verrate Ihnen etwas.« Swanson sah in die Runde. »So etwas wie einen bloßen Zufall gibt es nicht. Entweder wir führen Taten und Ereignisse durch unser eigenes Handeln herbei – oder wir unterlassen es. In beiden Fällen kann es also keinen Zufall geben.« Fröhlich funkelten die Edelsteine an seinen Ringen. »Wir sind nicht nur unseres eigenen Glückes, sondern auch des Zufalls Schmied. Und damit gibt es ihn nicht.« Er ließ seine Worte einige Augenblicke wirken. »Dieser Mörder lässt sich nicht einfach überrumpeln, von ein paar zufälligen Passanten. Dieser Mann schafft sich Gelegenheiten, in denen nach seinen Regeln gespielt wird.«

John ertappte sich dabei, wie er zustimmend nickend wollte. Er sah sich an eines seiner Gespräche mit Fielding erinnert. Hatte nicht er selbst gegenüber dem Richter argumentiert, der Mord an Steele könne kein Zufall gewesen sein? Seine Gedanken schlugen Kapriolen: Wie spannend es wohl wäre, Lord Swanson einmal Richter Fielding gegenüberzusetzen. Die beiden Männer würden sich hassen, daran zweifelte er nicht. Nicht weil sie so unterschiedlich waren. Nein, im Gegenteil. Es war erstaunlich und wäre ihm in einem anderen Zusammenhang wohl kaum aufgefallen – doch auf eine befremdliche Weise ähnelten sich die beiden. Swanson war, auch wenn die beiden Männer sich in vielen Ansichten sicherlich unterschieden, fast so etwas wie eine aufgeblähte Version des Friedensrichters.

»Sir, Sie klingen geradezu, als würden Sie dieses Monster bewundern.« Richard sah Swanson verständnislos an.

»Nun, bewundern ist sicherlich zu viel gesagt.« Sir Ignatius behielt sein schmales Lächeln auf den Lippen. »Doch ich kann dem Mann nicht absprechen, dass er über großes Kalkül und anscheinend eine beträchtliche Intelligenz verfügt.«

»Die er dazu nutzte, Menschen wie den armen Alexander abzuschlachten!« Lord Westerhill war aufgebracht. Beschwichtigend legte seine Frau ihm eine Hand auf den Arm.

Sir Ignatius zuckte mit den Schultern. Die Bewegung setzte ganze Gesichtspartien in Schwingung. Dann fuhr er mit der Zungenspitze über seine Unterlippe. »Ein beträchtliches Maß an Intelligenz hat zunächst einmal nichts mit der Boshaftigkeit einer Person zu tun. Wer weiß schon, welches Ziel der Mann verfolgt? Was ihn antreibt? Natürlich ist es grauenvoll, was er anrichtet. Barbarisch geradezu. Doch dies negiert nicht das Charakteristikum der Intelligenz. Ich frage Sie: Besitzt jemand von Grund auf weniger Genius, weil das Ergebnis seines Tuns moralisch verwerflich ist?«

»Moralisches Verhalten ist aber doch ein Kern unserer zivilisierten Gesellschaft«, warf Lord Westerhill ein und wurde von Lady Shatterton mit einem vehementen Nicken unterstützt.

»Sie verwirren mich, Lord Swanson«, warf Mrs Cole mit gepresster Stimme ein. »Entschuldigen Sie die bösen Taten gar mit dem Können des Täters?«

»Aber nein, Madam«, lächelte Swanson nachsichtig über den Tisch hinweg. »Ich entschuldige gar nichts. Ich betrachte die Dinge lediglich bisweilen auch einmal aus einem anderen Blickwinkel. Übrigens etwas, das ich während meiner geschäftlichen Tätigkeit als gewinnbringend erlernt habe.« Er nickte Mr Cole knapp zu, wandte sich dann wieder an dessen Frau. »Ihr verehrter Gatte wird über eine ähnliche Erfahrung verfügen, Madam. Ansonsten wäre er nicht derart erfolgreich in seinem Tun. Die Welt, müssen Sie wissen, ist nicht immer ausschließlich schwarz oder weiß. Es bringt einen Menschen nie weiter, wenn er sich Scheuklappen aufsetzt wie ein Pferd. Der Blick auf das Ganze ist entscheidend. Das Ganze! Nur weil man etwas unbedingt *nicht* sehen will, heißt das schließlich nicht auch, dass es nicht mehr existent ist. Im Gegenteil, möchte ich warnend hinzufügen. Durch Einseitigkeit und Beschränkung gibt man einer Sache nur größeren Raum, sich unbeobachtet und frei zu entfalten. Das kann zu manch böser Überraschung führen, glauben Sie mir.« Er neigte den Kopf ein wenig zur Seite. »Nein, man sollte stets vorsichtig sein, wenn es um ein bloßes Entweder-oder geht. Die einfachen und vermeintlich moralisch korrekten Antworten sind nicht immer auch die richtigen.«

Heftig schüttelte Mr Cole den Kopf. »Ich kann Ihnen insofern nicht zustimmen, Sir, als es stets auch eine *moralische* Grenze zu ziehen gibt. Das Handeln eines Gentlemans sollte ein tugendhaftes Streben sein. Dies ist das Maß, anhand dessen Taten eines Menschen bewertet werden können. Tugenden! Wir dürfen doch unsere christlichen Werte nicht durch Beliebigkeit in Frage stellen. Auch wenn dies in unserer modernen Zeit vermehrt getan wird, ist es ein falscher Weg.« Der Blick, mit dem er Swanson bedachte, war nicht weit entfernt von Verachtung. »Ein Weg, der sich von den Gesetzen Gottes wegbewegt, kennt letztlich nur eine Richtung – die des Satans. Ich bin weiterhin und fest der Überzeugung, dass das menschliche Schicksal – jedes Einzelnen – Ausdruck göttlicher Vorsehung ist. Die Liebe Gottes muss man sich in diesem Leben offenbaren lassen, durch Fleiß, christliche Demut und tiefen Glauben.«

Mrs Cole nickte, faltete die Hände und senkte andächtig den Kopf.

»Denn selbstredend gibt es für unser Leben eindeutige Regeln. Regeln, die ohne ein Entweder-oder auskommen. Die *ausschließlich* ohne ein Entweder-oder auskommen.« Ein verklärtes Strahlen hatte von Coles Gesicht Besitz ergriffen. »Die Heilige Schrift, lieber Lord Swanson, ist die klare Sprache des Herrn. Durch sie leitet er uns an. Sie ist sein Wort. Das Töten, um auf diesen Kerl zurückzukommen, wird von Gott ausdrücklich als große Sünde bezeichnet. Eine Sünde, nichts anderes. Denken Sie nur an das fünfte Gebot.«

Erneut nickte Mrs Cole andächtig, dann murmelte sie etwas. Ein Gebet?

»Das fünfte Gebot«, fuhr ihr Mann fort. »Nicht umsonst steht es ganz im Zentrum der Zehn Gebote. Ist mit ewiger Gültigkeit festgeschrieben. Man soll nicht töten, besagt es.« Er machte eine Pause. »Unmissverständlich in seiner Aussage, finden Sie nicht auch?« Cole wartete nicht auf eine Antwort. »Nein, dieser brutale Mörder ist ein Diener des Satans. Nichts weiter. In diesen Fragen gibt es daher durchaus ein Schwarz oder Weiß, um bei Ihren Worten zu bleiben, Sir.«

John bemerkte, dass Miss Cole es ihrer Schwägerin gleichtat und die Hände wie zum Gebet faltete.

»Wenn Sie die göttliche Vorsehung ins Feld führen, lieber Mr Cole, dann kann ich mich natürlich nur geschlagen geben.« Swanson öffnete die Hände, als wolle er sich einem Straßenräuber ergeben. Sein Gesichtsausdruck war dabei mehr Zeichen von Erheiterung als Eingeständnis einer empfundenen Niederlage.

Lord Westerhill hustete verlegen.

»Wird es nicht Zeit für den nächsten Gang?«, fragte Lady Elenora ungehalten in die sich anschließende Stille. »Nicht, dass man sich viel davon versprechen sollte.« Sie schob den gänzlich leer gegessenen Teller ein Stück von sich. »Wissen Sie, was ich dem König immer sage? Vorwegschicken sollte ich, dass Seine Hoheit natürlich über herausragende Köche verfügt, deren Kreationen exquisit sind und ihresgleichen suchen. Ich sage daher immer zu Georg August, dass …«

»Welcher Tätigkeit gehen Sie eigentlich nach, Lord Swanson?«, fragte Paul verbindlich und schnitt Lady Ridgestone zur sichtlichen Erleichterung der übrigen Anwesenden das Wort ab.

»Ja, Swanson, berichten Sie uns von Ihren neuesten Aktivitäten.« Lord Shinfield wirkte ausgesprochen dankbar, dass das Thema gewechselt wurde. Er lächelte Sir Ignatius auffordernd an und vermied es dabei, den Blick zu Lady Elenora schweifen zu lassen. »Ist nicht gerade eines Ihrer Schiffe zurückgekehrt?«

Swanson seufzte betont gelangweilt und blinzelte zu Paul. »Ich betreibe selbst ein wenig Handel, Sir.« Er wischte sich mit der Serviette einige Schweißperlen von der Stirn. »Eine gänzlich unspektakuläre Unternehmung. Kaum erwähnenswert. In keiner Weise so gewinnbringend wie das, was Mr Cole vollbringt.« Sein Lächeln erinnerte an das Grinsen eines Haifisches. »Insofern offenbart sich *Ihre* Nähe zu einer göttlichen Bestimmung zweifellos deutlicher.«

»Nun untertreiben Sie aber, Lord Swanson«, warf Cole trocken ein. »Wie ich hörte, sind Ihre Geschäftsbeziehungen zu den Westindischen Inseln weiterhin äußerst lukrativ.«

Mit einer ausholenden Geste winkte Swanson ab. »Auch das ist, wie so viele Dinge, relativ. Lassen Sie uns doch lieber von etwas Interessanterem sprechen. Ich befürchte, meine Herren, wir langweilen nur die verehrten Damen in unserer Runde.«

»Wie recht Sie selbstverständlich haben, Sir!«, rief Paul aus. »Ich entschuldige mich in aller Form, meine Damen. Lassen Sie uns ein anderes Thema wählen, selbstverständlich. Etwas Angenehmeres als Mord, Totschlag und Geldgeschäfte. Fast erzeugen wir den Eindruck, diese drei würden untrennbar zusammenhängen.«

»Mr de l'Estagnol, bitte tun Sie sich keinen Zwang an. Wir sind ganz Ohr.« Einladend nickte Edward Shinfield Paul zu. »Sie haben sicherlich Aufregendes aus Ihrer Zeit auf dem Kontinent zu berichten. Ein Mann mit Ihren Verbindungen! Vielleicht wollen Sie uns Ihre Verwandtschaftsverhältnisse zum französischen Adel ein wenig näherbringen.« Mit einem nach Beifall heischenden Seitenblick auf Lady Ridgestone sprach er eindringlich weiter. »Sie müssen uns verzeihen, Sir, dass wir bisweilen nicht im Detail über die Blutsbande unserer kontinentalen Freunde unterrichtet sind. Ich selbst pflege Kontakt zum Marquis de Lamballe. Sind Sie mit ihm bekannt? Nein? Ein angenehmer Mensch, äußerst kultiviert und vornehm. Mit hervorragenden Verbindungen.« Ein weiterer Seitenblick auf Lady Ridgestone, die sich jedoch an Richard gewandt hatte und dem Gastgeber nicht zuhörte. »Hervorragenden Verbindungen«, wiederholte Lord Shinfield lauter. »Vornehm und so kultiviert!«

»Ohne Zweifel«, nickte Paul. »Die *noblesse* zeichnet sich in Frankreich durch eine besondere Qualität aus, was das Kultivierte betrifft. Dies darf man wohl getrost eingestehen.«

Edward Shinfield neigte zustimmend den Kopf. »So ist es, mein lieber Freund. Natürlich geht nichts über die kräftigen Wurzeln unseres englischen Adels, doch man muss der französischen Aristokratie eine gewisse – nun, Leichtigkeit in ihrem Auftreten zugestehen. Kein Wunder, dass auch unsere Damenwelt seit einigen Jahren alles Französische ungemein zu faszinieren scheint.«

»Wie ich Ihnen doch ausdrücklich zustimmen muss«, lächelte Sir Ignatius und drehte den Ring am Mittelfinger seiner linken Hand hin und her. »Leichtigkeit und Melodie scheinen ein Charakteristikum der französischen Seele zu sein. Erstaunlich, wie anders das doch zum Beispiel bei jenen deutschen Cousins und Cousinen aussieht. Wirklich erstaunlich, wie mir scheint. Lady Ridgestone, wie ist Ihre werte Meinung dazu? Bei Hofe haben Sie sicherlich den besten Einblick in das, was unsere hochwohlgeborenen Freunde vom Kontinent auszeichnet. Bitte lassen Sie uns an Ihren unschätzbaren Einblicken teilhaben.«

»Was haben Sie gesagt?« Lady Elenora wendete ihr Hörrohr von Richard zu Lord Swanson.

Mit rotem Kopf erhob Lord Shinfield seine Stimme. »Mr de l'Estagnol, stimmt es, dass Sie ebenfalls einer alten Adelslinie entstammen, aus dem Süden des Landes?«

»Ich trage selbst keinen großen Titel«, erklärte Paul und neigte demütig sein Haupt. »Doch es ist richtig, dass gewisse Bande zur Aristokratie bestehen. Es widerstrebt mir jedoch, mich hervorzutun, Sir.« Er machte eine ausladende Handbewegung, die alle Anwesenden einschloss. »Zumal in derart illustrer Gesellschaft, die ihresgleichen sucht.«

»Sie sind zu bescheiden!« flötete Lady Shatterton. »Ein untrügliches Zeichen Ihrer hohen Geburt.«

»Sie beschämen mich, Madam. Ich kann und will mein französisches Blut selbstverständlich nicht verleugnen. Es zieht mich nicht umsonst immer wieder zurück in das Land meiner Ahnen. Wie ein stiller Ruf, der durch meine Adern schallt. Ach, zu sehr prägt dieses Band schließlich auch mein Wesen, meinen *caractère*.«

»Lieber Paul, lassen Sie uns doch unbedingt teilhaben an Ihrem jüngsten Aufenthalt in Frankreich«, bemühte sich John, das Gespräch zurück in sichere Gewässer zu lenken. Es war wohl niemandem entgangen, dass eine angespannte Atmosphäre am Tisch herrschte. »Das Lebensgefühl muss dort in vielen Bereichen von dem unsrigen gänzlich unterschieden sein. Das liegt sicherlich auch am Klima, welches so anders ist als hier auf der Insel.«

»Oh ja, *Monsieur*. Bitte berichten Sie uns doch.« Lady Shatterton strahlte begeistert, nur als ihr Blick John streifte, verdunkelte er sich für den Bruchteil einer Sekunde. »Vielleicht berichten Sie uns jedoch nicht vom Klima, sondern … nun, von der französischen *élégance*?« Aufgeregt beugte Lady Shatterton sich nach vorne, nestelte mit spitzen Fingern in ihrem Haar und versuchte, Pauls Aufmerksamkeit zu erhaschen. Dabei bedachte sie Lady Westerhill, die sich ebenfalls zu Paul hinüberbeugte, mit einem mörderischen Blick.

Bedächtig faltete Paul die Hände und räusperte sich. Er wartete, bis er die volle Aufmerksamkeit des Tisches hatte. »Die *élégance* der französischen Damen verblasst natürlich neben der Ihrigen. Die legendäre englische Rose sucht ihresgleichen in der Welt. Nein, Eleganz ist wohl ebenfalls kein adäquates Thema für den heutigen Abend, dünkt mir. Wie unfair wäre es doch, einen funkelnden Diamanten mit einem bloßen Kieselstein zu vergleichen. Eine delikate Rose mit schnödem Löwenzahn.«

Johns Blick schoss fasziniert abwechselnd von Lady Shatterton zu Lady Westerhill. Irgendwie hatte Paul es geschafft, dass sich jede dieser Damen persönlich von seiner schmeichelnden Aussage angesprochen fühlte. Als habe er mit seinen blumigen Worten ausschließlich sie gemeint. Selbstvergessen strahlten beide Frauen um die Wette, Lady Shatterton mit blinkender Feuchtigkeit in den Augenwinkeln. Mühsam unterdrückte John ein Grinsen. Zwei Plätze neben ihm stieß sein Bruder Richard ein irritiertes Hüsteln aus. Ein Blick zu Lord Swanson verriet ihm, dass dieser Paul aus zusammengekniffenen Augen beobachtete. Nachdenklich, mit dem kalten Blick eines Raubtieres.

Lady Shatterton presste eine Hand auf ihre Brust und seufzte vernehmlich.

»Mein Herr«, hauchte Lady Westerhill und klapperte mit ihren falschen Zähnen.

»Nein, wahrlich kein adäquates Thema«, fuhr Paul fort. »Doch vielleicht erlauben Sie mir, eine Frage an die erlauchte Gesellschaft zu richten, Lord Shinfield. Da ich für längere Zeit London und dem Königreich fern war, würde mich interessieren, welche Themen und Ereignisse gegenwärtig von Relevanz sind.«

»Wobei wir erneut bei diesen Mordfällen wären«, warf Richard betont gelangweilt ein, noch bevor sein Bruder etwas sagen konnte. »Denn wenn wir Lord Swansons Worten Glauben schenken dürfen, wird uns das Monster schließlich bald wieder mit seinen grauenhaften Taten in Atem halten.«

Swanson quittierte Richards Aussage mit einem süffisanten Nicken.

»Um Himmels willen!«, rief Mr Cole. »Lassen Sie uns dieses grauenvolle Thema beenden. Ich für meinen Teil hoffe darauf, dass dieser Mörder seine gerechte Strafe erhalten hat. Ich sage Ihnen überdies voraus: Egal ob Lord Swanson mit seiner Einschätzung richtigliegt oder nicht, in wenigen Monaten spricht sowieso niemand mehr von den Morden. Sie *müssen* schließlich irgendwann aufhören. Und dann legt man sie schnell *ad acta*. Da stimme ich nämlich Ihrer Ausführung von vorhin ganz zu, Mr de l'Estagnol. Es liegt in der Natur der Sache, dass die Menschen vergessen und sich neuen Geschichten zuwenden. Neuen Skandalen.« Er schüttelte den Kopf, zögerte, sprach dann doch weiter. »Oder spricht heute etwa noch jemand von diesem Kerl, den sie albernerweise den Habicht getauft haben?« Er blickte triumphierend in die Runde. »Also bitte.«

John krampfte seine Hand um das Weinglas, dass sich die Knöchel weiß abzeichneten. Er musste sich zwingen, tief durchzuatmen. Sie schlitterten von einem verfänglichen Thema ins nächste. Aus dem Augenwinkel musterte er Paul. Doch der ließ sich nicht verunsichern. Ohne jegliche Regung hörte er Cole zu. Vorsichtig stellte John das Glas vor sich auf dem Tisch ab.

»Sir, dieser Name ist mir gänzlich unbekannt.« Paul beugte sich über den Tisch, in Coles Richtung. »Bitte erzählen Sie doch, Sir.«

»Wie gesagt«, erwiderte Cole verhalten und legte sein Besteck ab. »Eine … vergessene Sache.« Auf einmal klang seine Stimme kraftlos.

»Sie haben wirklich zuvor noch nicht vom sogenannten Habicht von London gehört, Sir?« Swanson winkte einem Diener, sein Glas zu füllen. »Ich war der Annahme, selbst auf dem Kontinent hätte sich die Nachricht seines diebischen Tuns verbreitet.«

»Ein Dieb, der wie ein Vogel heißt? Wirklich ungewöhnlich. Ich muss Sie enttäuschen, Sir. Dieser Name sagt mir nichts. Ich kann mich beim besten Willen nicht erinnern, ihn zuvor gehört zu haben.« Paul lächelte um Nachsicht bittend.

»Auch ich vermag mit dem Namen nichts zu verbinden«, warf John ein. Er würde Pauls Spiel einfach mitspielen.

»Nun, Sie«, winkte Swanson ab. »Sie waren ja auch für eine lange Zeit vom Erdboden verschwunden. Weiter weg noch als jemand, der durch den Kanal von uns getrennt ist.«

»Lassen Sie uns über etwas anderes sprechen, meine Herren«, bat Cole. »Ich bereue es bereits, diesen unsäglichen Namen überhaupt in den Mund genommen zu haben.« Brüsk schob er die Hand seiner Schwester, die sich Mühe gab, ihn zu beruhigen, zur Seite. »Man sollte ihn wohl wirklich besser vergessen. Einfach totschweigen.«

»Dass Mr Cole derart echauffiert reagiert, mein lieber Mr de l'Estagnol, liegt in der Tatsache begründet, dass er höchstpersönlich Bekanntschaft mit dem Gauner gemacht hat.« Swansons Augen blitzten. »Denn bei diesem flüchtigen Schreckgespenst handelt es sich im Grunde nur um einen gemeinen Dieb. Einen ausgefuchsten Dieb, doch ein kleiner Halunke nichtsdestotrotz. Wissen Sie, ich habe nie das Brimborium verstanden, welches um diesen Kriminellen gemacht wurde.«

»*Mon Dieu*!« Voller Erstaunen riss Paul die Augen auf. »Mr Cole, Sie selbst wurden ein Opfer dieses … dieses Vogels?«

»Dieses Habichts«, assistierte Lady Shatterton ihm und sonnte sich in Pauls dankbarem Lächeln.

Lady Westerhill ließ ein tadelndes Klappern vernehmen.

»Es ist eine äußerst schmerzvolle Erinnerung für meinen Gatten«, meldete sich Mrs Cole zu Wort. »Bitte, lassen Sie uns nicht weiter …«

Mr Cole hob abwehrend eine Hand. »Es ist schon gut. Schließlich habe ich selbst das Thema aufgebracht.« Er wandte sich an Paul. »Ja, ich wurde das Opfer dieses Halunken, Sir. Etwa zwei Jahre ist es her. Ein Einbruch in unser Haus, des Nachts, müssen Sie wissen. Die Sache stellt sich deshalb so schmerzvoll für mich und meine Familie dar, weil der Dieb unter anderem einige Gegenstände von persönlichem Wert entwendete.«

»Schmuck unserer Frau Mama zum Beispiel«, fügte Miss Cole erbost hinzu.

»Ich verstehe, meine Güte.« Paul bedachte Miss Cole mit einem verständnisvollen Blick. »Solch persönliche Dinge haben bisweilen einen größeren Wert als ein Barren Goldes. Und Sie sind sich sicher, dass dieser Falke … ich meine, dieser Habicht hinter der Sache steckt? Er agierte in Serie, wenn ich Lord Swansons Ausführungen richtig gedeutet habe.«

»Das ist richtig. Wir waren nur eines von vielen Opfern – und ich glaube, nicht alle Bestohlenen haben dies überhaupt öffentlich gemacht. Es war der Habicht, daran besteht kein Zweifel, Sir.« Mr Cole nickte grimmig. »Er hinterließ uns sein Signet. Eine Habichtfeder. Ein geschmackloser Scherz.«

»Wahrlich, ein äußerst geschmackloser Scherz!«, bestätigte Paul entrüstet.

»Dem Eindringling gelang es, unsere Vorkehrungen gegen Diebe zu überwinden. Die besten Vorkehrungen, wie ich versichern darf. Schließlich hat man bei meiner Tätigkeit mit Werten zu tun. Hohen Werten, die es zu schützen gilt. Es gab in London wie gesagt eine ganze Serie solcher Einbrüche, ausschließlich in den Häusern der besten Gesellschaft.«

»Der allerbesten Gesellschaft«, ergänzte Mrs Cole mit einem zufriedenen Zug um die Mundwinkel und einem Seitenblick auf John.

Paul nickte. »Wurde er denn gefasst, dieser gemeine Dieb?«

»Leider nein, Sir. Leider nein. Ich habe auch längst die Hoffnung aufgegeben, jemals wieder in den Besitz unserer Familienstücke zu gelangen. Wahrscheinlich haben sie längst das Land verlassen. Oder wurden umgearbeitet.«

»Wahrscheinlich.« Mitfühlend schüttelte Paul den Kopf.

Sir Ignatius rückte seine Perücke zurecht. »Der Wert der Beute soll beträchtlich gewesen sein. Ist es nicht so, Mr Cole? Allein das erbeutete Bargeld …«

»Sir, Sie reißen alte, schmerzliche Wunden auf!« Cole war weiß um die Nasenspitze geworden.

»Bitte verzeihen Sie mir, Sir. Nichts läge mir ferner. Ich versichere Ihnen mein volles Mitgefühl für Ihre tragischen Verluste.« Selten lagen Mimik und Gesagtes weiter auseinander. »Ja, der Habicht. Er wurde nie gefasst. Wer weiß, um wen es sich bei ihm handelt. Zumindest verfügte er augenscheinlich stets über genaues Wissen, wo und wann es etwas zu holen gab. Wissen über die Sicherheitsvorkehrungen. Ein Grund, warum seinerzeit mancher vermutete, der Mann entstamme selbst der besseren Gesellschaft. Sei einer der unsrigen, oder schleiche sich zumindest in die gute Gesellschaft ein.«

Erschrocken hob Lady Shatterton beide Hände an den Mund.

»Wie wenig man doch von seinen unmittelbaren Mitmenschen weiß. Nur zu gerne möchte man gelegentlich Kenntnis davon haben, was hinter der freundlichen Stirn seines Gegenübers vor sich geht. Ein höchst erregender Gedanke! Jeder von uns könnte dieser Habicht sein, nicht wahr?« Swanson versprühte beste Laune. »Mich ausnehmend, wenn es beliebt.« Er lachte laut auf. »Ich befinde mich aus ersichtlichen Gründen schwerlich in der Lage, unbemerkt in irgendwelche Anwesen einzudringen, durch irgendwelche Kammerfenster zu klettern. Was für eine vergnügliche Vorstellung.« Vor Lachen lief ihm Speichel aus den Mundwinkeln. Swanson griff nach einer Serviette. »Nein, da käme wohl jemand von wesentlich … zarterer Statur eher in Betracht. Das sagt einem der gesunde Menschenverstand.« Er wischte sich grinsend über Mund und Kinn.

»Sie haben einen gewöhnungsbedürftigen Humor, Sir. Von uns wird wohl kaum jemand des Nachts in fremde Anwesen klettern.« Lord Shinfield bemühte sich merklich, humorvoll zu wirken.

»Sagen Sie das nicht, Sir«, bemerkte Paul mit ernstem Nachdruck.

»Was meinen Sie?« Konsterniert starrte Sir Edward Paul an.

»Ich selbst kann mich nicht davon freisprechen, in der Vergangenheit bereits einmal in fremde Wohnstätten eingedrungen zu sein. Mehr als nur einmal, wenn ich es mir überlege.«

»*Sir*!« Nicht nur Lord Shinfield stand der Mund offen.

Was war in Paul gefahren? Hatte er urplötzlich den Verstand verloren? John griff mit beiden Händen an die Tischkante, bereit, falls nötig, aufzuspringen. Um aber was zu tun? Er sah Paul fassungslos an.

»Manchmal ist es eben nötig, für ein amouröses tête-à-tête eine gewisse Kreativität an den Tag zu legen.« Paul betupfte mit der Serviette die Mundwinkel und grinste über beide Wangen.

»*Monsieur*!«, schrie Lady Shatterton auf. »Sie sind ein Wolf im Schafspelz!« Sie fächerte sich hektisch mit der Hand Luft zu. »Oh, *Monsieur*! Eine Gefahr für das schwache Geschlecht, das sind Sie.« Das Klimpern ihrer dünnen Wimpern war beinahe hörbar.

»*Madame*, sorgen Sie sich nicht. Wenngleich Ihr Reiz unwiderstehlich ist – wie eine leuchtende Rosenblüte für die emsige Biene –, verbietet Ihre Aura der Erhabenheit, Ihnen ungefragt zu nahe zu kommen.« Paul deutete eine Verneigung an.

»Oh … äh, ja.« Auf Lady Shattertons rotfleckigem Gesicht zeichnete sich eine Mischung aus Aufgeregtheit und Enttäuschung ab.

Abermals musste John Pauls schauspielerisches Talent bewundern. Er atmete tief ein und griff nach dem Weinglas.

»Ein ungewöhnlicher Mann«, flüsterte Miss Cole John zu. »Woher kennen Sie Mr de l'Estagnol?«

»Aus alten Tagen«, antwortete John ausweichend und nahm einen tiefen Schluck aus dem Glas.

Ein polterndes Lachen von Lord Swanson zog glücklicherweise auch die Aufmerksamkeit Miss Coles auf sich. »Fabelhaft«, attestierte Swanson. »Sie sind wahrlich ein Teufel, de l'Estagnol.« Er schüttelte lachend den Kopf, so dass sein ausladendes Kinn ein zitterndes Eigenleben gewann. »Ein Teufel!«

Schmerzhaft kam John Miss Fredericks' Warnung in den Sinn. Er zwang sich, an etwas anderes zu denken.

»Vielleicht auch ein Resultat Ihres französischen Blutes?«, fragte Richard Shinfield mit einem Augenzwinkern in Richtung Paul.

»*Peut-être*, mein Herr. Vielleicht.« Paul erwiderte das Zwinkern. Dann setzte er jedoch eine ernste Miene auf und suchte Blickkontakt zu Mr Cole. »Aber es kann doch nicht sein, Sir, dass es keinerlei Anhaltspunkte für die Identität dieses Gauners gab.« Paul schaute abwechselnd von Mr Cole zu Lord Swanson. »Es muss doch irgendeine Verbindung zwischen den Opfern gegeben haben. Irgendeinen Verdacht, wer hinter den unsäglichen Einbrüchen stecken könnte.«

Cole zuckte mit den Schultern.

»Wenn ich mich richtig entsinne, gab es damals verstörende Gerüchte, dieser Einbrecher habe seine reiche Beute später unter dem Gesindel verteilt«, fiel Lord Shinfield nachdenklich ein. »Ein paar Stücke wurden beim Pöbel gefunden. Einhellig schworen diese Leute, die Sachen seien ihnen geschenkt worden. Kann man das glauben? Verschenkt! An den Straßenpöbel, Tagediebe und Dirnen.« Er schüttelte den Kopf. »Doch ich halte das für kompletten Unsinn. Warum sollte jemand so etwas tun?« Abwartend schaute er in die Runde.

»Gott bewahre«, stieß Miss Cole aus. »Wenn irgendeine dahergelaufene Dirne mit dem Collier von unserer Frau Mutter um den Hals ihre gottlosen Dienste anböte – ich würde tot umfallen!«

»Wahrlich, ein Irrsinn«, pflichtete Richard seinem Bruder bei. »Ich halte dies für bloße Gerüchte, die jeglichen Wahrheitsgehaltes entbehren. Dieser Habicht wird sich wohl die eigenen Taschen vollgestopft haben.«

Auch Lady Ridgestone schüttelte energisch den Kopf. »Anders kann es gar nicht sein. Eine liebe Freundin von mir wurde ebenfalls Opfer dieses schändlichen Verbrechers. Sie hat sich bis heute nicht von diesem Schock erholt, das können Sie mir glauben. Die Arme schreckt beim kleinsten Geräusch auf und glaubt, der Bastard habe es erneut auf sie abgesehen. All die unschätzbaren Kostbarkeiten, die dieser Halunke entwendet hat! Hängen sollte er! Eine Abschreckung würde das für alle sein, die sich an ihren Besseren vergehen. Was ist nur aus dieser Stadt geworden?«

»Ich betone immer wieder, wie verkommen London doch heutzutage ist«, bemerkte Lady Jane mit Begeisterung. »*Monsieur*, gibt es in Frankreich ebenfalls solch perfide Verbrecher, die wehrlose und schutzbedürftige Damen in Angst und Schrecken versetzen? Oder hat man dort den gewöhnlichen Mob besser unter Kontrolle? Bei uns erdreisten sich einige Niedergeborene solcher Dinge, welche vor wenigen Jahren noch zügig zu einer Schlinge um den Hals geführt hätten.«

»Madam, gesetzlose Menschen gibt es leider überall. Ich bezweifle, dass sie vor irgendeiner Nation, irgendeiner Region Halt machen. Bedauerlicherweise.« Paul nickte traurig. »Bedauerlicherweise, wirklich. Leider bezweifle ich darüber hinaus jedoch, dass sich solch verbrecherisches Handeln lediglich auf Menschen eingrenzen lässt, welche nicht von Stand sind und aus den gewöhnlichen Schichten unserer Gesellschaft stammen.«

»Papperlapapp«, bemerkte Lady Ridgestone konsterniert.

»Meine Einschätzung, wenn ich das Geschilderte Revue passieren lasse, würde auch zu Lord Swansons Vermutung passen, der Habicht von London entstamme den eigenen Reihen seiner herrschaftlichen Opfer.« Paul wandte sich an Lord Shinfield. »Verstehe ich Sie also richtig, dass dieser Habicht nie gefasst wurde? Dass es nicht den kleinsten Hinweis auf seine Identität gibt?«

»Mir ist nicht bekannt, dass jemand für die vielen Taten zur Verantwortung gezogen worden wäre, nein. Also muss man davon ausgehen, dass es keinerlei Erkenntnisse zur Identität des Diebes gibt.«

»Und doch haben diese Diebstähle aufgehört?«

»Es scheint so«, antwortete Richard. »Wobei es natürlich immer wieder Einbrüche gegeben hat, auch in dieser Gegend, oder zuletzt verstärkt in den Straßen rund um den Hanover Square. Nur dass augenscheinlich keine Feder zurückgelassen wurde. Die Wohlhabenden sind nie vor der Gier des Pöbels sicher.« Er setzte sich in seinem Stuhl zurecht. »Das hat meiner Meinung nach auch mit dem verbreiteten Konsum von Gin zu tun. Im Suff sind diese Leute noch unberechenbarer.«

Zustimmendes Murmeln und Nicken.

»Auch bei dir, John, fand ja kürzlich ein Einbruch statt. Es würde mich nicht wundern, wenn da betrunkene Halunken dahintersteckten.«

»Sir, wie furchtbar!« Miss Cole ergriff Johns Arm. »Ist Ihnen etwas zugestoßen? Sind Sie den Banditen gar begegnet?«

John schüttelte den Kopf. »Es wurde nichts von Wert entwendet, Madam.«

»Die Gegend ist natürlich auch nicht vergleichbar mit – sagen wir – dem Hanover Square. Unsicheres Pflaster, das habe ich schon immer gesagt.« Der Tadel in Lord Shinfields Stimme war nicht zu überhören.

»Das hast du stets zu verstehen gegeben, Edward«, bestätigte Richard. »Auch wenn nichts Wertvolles entwendet worden ist – bedauernswerterweise gab es ein Opfer zu beklagen: Johns Haushälterin.« Traurig nickte Richard. »Die Frau war die Stütze seines Haushaltes, nicht wahr? Tot. Im eigenen Bett erdrosselt, hörte ich.«

Unisono stießen Mrs und Miss Cole einen spitzen Schrei aus, Lady Westerhill klapperte aufgeregt vor sich hin und Lady Shatterton warf John einen Blick zu, in dem das Entsetzen von blanker Furcht abgelöst wurde. Als habe er höchstselbst seine Hände um den Hals der Haushälterin gelegt und zugedrückt.

Lady Elenora schlug wutentbrannt mit dem Hörrohr auf den Tisch, wobei der Rand ihres Tellers zersprang. »Gute Dienerschaft ist schwerlich zu ersetzen«, schimpfte sie. »Was denken sich diese Mörderbanden eigentlich? Bedenken Sie nur meine fleißige Zofe – seit ihrem Tod habe ich nie wieder ein derart zuverlässiges Mädchen gefunden. Es ist ein Skandal!« Sie winkte herrisch mit dem Hörrohr nach dem Butler. »Sehen Sie nicht diese Schweinerei? Ein neues Gedeck, los, los!«

»Bitte beruhigen Sie sich, meine Damen.« Beschwichtigend hob Edward Shinfield beide Hände. »Bitte!«

»Sie scheinen den Tod anzuziehen wie der Dunghaufen die Fliegen«, bemerkte Lord Swanson trocken. Neugierig musterte er John. »Erst Ihre Gattin, dann Steele, nun eine Haushälterin. Man ist ja geradezu geneigt, Abstand von Ihnen zu halten.«

»Sir!« John sprang von seinem Stuhl auf. »Wie können Sie es wagen …?«

»Ignatius, Sie gehen zu weit!«, rief Edward Shinfield mit eisiger Stimme. An John gerichtet sagte er leiser: »Setz dich bitte, John. – John!«

Es herrschte nun völlige Stille im Raum. Man hätte das Fallen einer Stecknadel hören können.

Wutentbrannt sah John Lord Swanson an.

»John, bitte«, wiederholte Edward.

Zögernd nahm John wieder Platz, ohne Swanson dabei aus den Augen zu lassen. Der Mann wich seinem Blick nicht aus. Irritiert las John im Gesicht seines Gegenübers unveränderte Neugier.

Als werde ihm bewusst, dass John ihn durchschaute, setzte Swanson eine betroffene Miene auf und hüstelte. »Bitte verzeihen Sie, meine Herren.« Er neigte den Kopf zu John, dann zu Edward. »Ich habe mich gänzlich falsch ausgedrückt. Manchmal ist mein Vermögen der Wortwahl wohl ein wenig plump.« Er lächelte um Nachsicht bittend.

Erleichtert atmete Lord Shinfield aus. »Ihre Entschuldigung ist angenommen, Sir.« Er blickte zu seinem Bruder.

John schwieg und hielt die Augen weiter auf Swanson gerichtet.

»Angenommen. Nicht wahr, John!«

Langsam nickte er. Ergeben lächelte Swanson ihm daraufhin zu. Doch John war sicher, dass ein Mundwinkel des beleibten Mannes dabei spöttisch zuckte. Lord Swanson, wurde John klar, amüsierte sich köstlich.

»Um also auf meine ursprüngliche Frage zurückzukommen«, meldete sich Paul zu Wort. »Meine Frage nach dem, was dieses Land gegenwärtig umtreibt, meine ich. Ist es wahr, dass weiterhin von einer Gefahr durch die Jakobiter für den Thron ausgegangen wird?«

John merkte, wie sich die Aufmerksamkeit schlagartig von ihm und Swanson abwandte und auf Paul richtete.

Unschuldig lächelnd schaute Paul in die Runde. »Erst neulich las ich in einem Artikel von der weiterhin nicht zu unterschätzenden Gefahr, welche durch die Anhänger der Stuarts für dieses wunderbare Land droht.«

»Da haben Sie sicherlich einen Aufsatz jenes Mannes gelesen, dessen Name heute Abend bereits mehrfach fiel: Henry Fielding«, bemerkte Richard belustigt. »Er sieht hinter jeder Straßenecke einen Stuart lauern, scheint mir.«

»Es mag wirklich ein Artikel aus der Feder Fieldings gewesen sein, Sir«, bestätigte Paul. »Demnach liegt er falsch?«

Richard zuckte mit den Schultern. »Ich weiß es nicht, um ehrlich zu sein. Doch mutet solch eine Warnung in meinen Augen etwas hysterisch an. Ich meine, seit 1745 ist es doch weitgehend ruhig um Charles Edward und etwaige Unterstützer seines Anspruchs auf den Thron geblieben. Culloden hat da wohl etwas bewirkt.«

Mr Cole nickte zustimmend.

»Eine entscheidende Schlacht gegen die Jakobiter war das. Wohl die finale«, fuhr Richard fort. »Übrigens, das mag insbesondere die Damen interessieren, nicht zuletzt auch durch den heroischen Einsatz meines Bruders John.«

Beharrlich starrte John auf seinen Teller.

»Bitte, Sir, erzählen Sie«, forderte Mrs Cole.

»Mein Bruder war persönlich zugegen, als man die Armee des Feindes besiegte. Er kämpfte auf der Seite unserer Truppen gegen die jakobitischen Verblendeten.«

»Wie heroisch«, seufzte Miss Cole. »Ich habe sogleich etwas Kämpferisches in Ihnen erkannt, Sir. Sogleich, als ich Sie sah.«

»Aha«, murmelte John.

»Mein Bruder ist äußerst bescheiden, Madam«, winkte Richard ab. »Wir bedauern es sehr, dass er seine vielversprechende Karriere beim Militär nicht fortgesetzt hat.«

Edward gab ein zustimmendes Grunzen von sich.

»Demnach ist von den Jakobitern nichts mehr zu befürchten«, knüpfte Paul heiter an das ursprüngliche Thema an und erntete dafür von John einen dankbaren Blick.

»Denken Sie nur an den Vertrag von Aix-la-Chapelle, Sir«, warf Lord Westerhill ein. »Damit wurde Charles schließlich jüngst aus Paris verbannt. Er scheint auch seine letzten Unterstützer verloren zu haben.«

»Lässt Ihr französisches Blut Sie diese Frage stellen, Mr de l'Estagnol?«, lächelte Lord Swanson schmal. »Es sind die Franzosen mit ihrem Hang zum Katholizismus, die sich bisher als treueste Gefolgsleute des Schattenkönigs gezeigt haben. In unseren Breitengraden verschwendet man mittlerweile kaum mehr einen Gedanken an den Exilanten. Sein Anspruch auf den Thron ist heiße Luft, ist Geschichte.«

»Ich bin beruhigt, dies zu hören, Sir.« Paul atmete vernehmlich aus. »Nichts wäre unangenehmer, als kurz nach meiner Rückkehr mit den Wirren irgendwelcher Aufstände oder eines Bürgerkrieges konfrontiert zu werden. Ich danke Ihnen für Ihre beruhigende Einschätzung.« Er nickte in die Runde, hielt dann aber abrupt inne. »Oder wollten Sie noch etwas hinzufügen, Lady Ridgestone? Bitte teilen Sie uns Ihre geschätzte Meinung mit.«

Die alte Dame zögerte merklich. Sie setzte zum Sprechen an, schloss dann aber den Mund und schüttelte vehement den Kopf.

»Ich brenne förmlich darauf, die Einschätzung einer Person mit Ihrem Wissen und Ihren Verbindungen zu hören«, betonte Paul und beugte sich gespannt nach vorne.

Warum animiert Paul die alte Schachtel nur?, fragte sich John. Bisher waren über ihre Lippen keinerlei nennenswerte Gesprächsbeiträge gekommen. Er bezweifelte gar, dass sie überhaupt zu solchen fähig sei.

»Lady Ridgestone, Madam?«, lächelte Paul auffordernd.

Abermals setzte die Frau zum Sprechen an, abermals stockte sie. Dann presste sie erst fest die Lippen aufeinander, öffnete den Mund jedoch sogleich wieder. Ein Krächzen entschlüpfte ihrer Kehle. Es klang gequält.

Mit einer Mischung aus Verwunderung und Belustigung verfolgten die übrigen Anwesenden das Mienenspiel, in dem sich Anzeichen von Entschlossenheit und Zweifel mit Überheblichkeit vermengten.

»Natürlich, wenn Sie nichts zu berichten haben, Madam –«, bemerkte Paul mit zuckersüßer Stimme und wandte sich mit einem enttäuschten Gesichtsausdruck ab.

»Pah!«, schoss es aus Lady Elenora heraus. »Sie haben ja alle gar keine Ahnung. Keine Ahnung!« Triumphierend schaute sie in die Runde. Versicherte sich dessen, dass sie die volle Aufmerksamkeit genoss. »Doch wie sollten Sie auch? Wie sollten Sie? Sie verfügen schließlich nicht über die hohen Verbindungen, welche meine Stellung auszeichnen. Das Vertrauen, welches Seine Hoheit in mich setzt.« Befriedigt atmete sie tief ein.

Neben John verschränkte Miss Cole ihre Hände im Schoß. Er meinte, das Knirschen ihrer Zähne hören zu können. Auf der anderen Seite des Tisches hatte Lady Westerhill eine Augenbraue gehoben und Lady Shatterton mit verkniffenem Mund die Arme vor der Brust verschränkt. Lord Swanson machte noch den am besten gelaunten Eindruck und lächelte ungebrochen in sich hinein.

»Sie sind natürlich gar nicht der Gefahr gewahr, in der wir alle schweben!«, fuhr Lady Elenora fort. »Doch wie sollten Sie auch? Diese Themen werden schließlich an oberster Stelle der Regierung erörtert. An alleroberster!« Sie stützte sich mit beiden Händen an der Tischkante ab. Das Hörrohr lag vergessen neben dem Gedeck, welches ein Diener ausgetauscht hatte. Verschwörerisch blickte sie sich um. »Die Jakobiter, diese abtrünnigen Anhänger des Möchtegern-Königs, planen derzeit einen neuen Streich. Mitnichten haben sie nämlich die Waffen gestreckt, diese Hochverräter.«

»Lady Ridgestone, was Sie da sagen ... bitte erklären Sie sich!« Lord Westerhill war aufgeregt von seinem Stuhl aufgestanden. »Was Sie da sagen, ist höchst beängstigend.«

»Oh ja, das ist es«, sagte Lady Elenora selbstzufrieden. »Beängstigend. Und ich weiß es aus ...« Sie stockte. Von einer Sekunde auf die andere veränderte sich ihre Miene, verließ sie der vorherige Elan. Langsam lehnte sie sich im Stuhl zurück und schaute betrübt in die Runde. Ein Augenlid zuckte aufgeregt. »Ich ... ich kann nicht mehr dazu sagen.« Lady Elenora schüttelte nachdrücklich den Kopf und hob eine schlaffe Hand. »Bitte *drängen* Sie mich nicht. Ich kann nicht.« Sie seufzte, schaute sich abermals um. »Bitte drängen Sie mich nicht.« Sie senkte den Kopf.

Erstauntes Schweigen machte sich am Tisch breit. Lord Westerhill setzte sich wieder auf seinen Stuhl, schüttelte irritiert den Kopf.

Als es still blieb, linste Lady Ridgestone mit einem Auge nach oben. Das andere hielt sie zusammengekniffen. »Sie wissen ja nicht, was Sie da von mir *verlangen*!« Sie hob den Kopf. »Wir alle sind in schrecklicher Gefahr!«

»Aber Madam«, rief Lord Swanson entrüstet aus, »wie unvorstellbar grausam von Ihnen! Teilen Sie uns Ihr Wissen mit. Sie *müssen* uns einweihen! Befürchten Sie nichts, Madam! Wir sind in dieser überschaubaren Runde unter uns.«

Mehrere Köpfe nickten zustimmend.

»Ich flehe Sie an, sprechen Sie«, hauchte Mrs Cole.

»Lady Ridgestone, ich dachte mir doch, dass jemand in Ihrer exponierten Position über andere Kenntnisse verfügt als wir gewöhnlichen, wir *ahnungslosen* Menschen.« Paul neigte demütig den Kopf.

»Ich ... ich ...«, setzte Lady Ridgestone an. Dann senkte sie ihre Stimme zu einem heiseren Flüstern, so dass sich alle Anwesenden weit über den Tisch beugen mussten. »Sie müssen mir versprechen, für sich zu behalten, was ich zu berichten habe. Unbedingt!« Sie wandte sich mit gespitzten Lippen an Sir Ignatius. »Unbedingt!«

»Selbstverständlich, meine Gute. Selbstverständlich«, raunte Swanson zurück. Die übrigen Anwesenden nickten bestätigend.

»Nicht auszudenken, sollten diese heiklen Informationen die Runde machen!« Sie schaute abermals beschwörend in die Runde.

Ungeduldig bedeutete Lord Shinfield dem Butler, der einige Schritt auf ihn zugemacht hatte, zu verschwinden. »Später, Adam.«

»Es ist so …«, krächzte Lady Elenora und räusperte sich mehrmals.

John verspürte den Drang, laut loszulachen. Es gelang ihm kaum, ein ernstes Gesicht zu bewahren. Er nahm Lady Ridgestone die Geziertheit nicht ab. Vielmehr gewann er vermehrt den Eindruck, das Sich-Winden sei kalkulierter Bestandteil ihres Bestrebens, im Mittelpunkt der Aufmerksamkeit zu stehen. Sie war die Hauptdarstellerin in ihrem eigenen Theaterstück.

»Also, es ist so«, fuhr Lady Elenora endlich fort, »dass ich kürzlich rein *zufällig* eine Unterredung bei Hofe verfolgte. Ein gänzlicher Zufall, wie gesagt!« Sie machte eine erneute Pause und sprach erst weiter, nachdem Swanson ihr durch ein Nicken zu verstehen gegeben hatte, dass dieser Zufall in ihrer Runde auch als solcher anerkannt wurde. »Es war bei einem Abendessen, einige Herren der Regierung waren zugegen – der König selbst jedoch nicht. Es war einem absoluten Zufall geschuldet, dass ich das Gespräch zwischen zwei Herren mitbekam, welche ich nur als hohe Repräsentanten der Whig-Partei beschreiben möchte. Hohe Repräsentanten.« Sie beugte sich noch etwas vor, riss die glänzenden Augen auf und zuckte mit den Augenbrauen. »Sie verstehen, liebe Freunde.«

Zustimmendes Gemurmel. Ein schneller Blick in weitgehend ratlose Gesichter offenbarte John jedoch, dass kaum jemand zu verstehen schien, auf wen Lady Ridgestone genau hinauswollte. Lediglich Lord Swanson trug seine gewohnte, leicht überhebliche Erheiterung im Antlitz.

»Gänzlich ungewollt hörte ich also, wie einer der beiden Herren den anderen vor einer anstehenden heiklen Situation warnte.« Sie senkte die Stimme noch etwas. »Es ging um eine geheime Nachricht, die abgefangen werden konnte. Zum Glück für uns alle, denn sie gab schmerzlichen Aufschluss über die große Gefahr, in der unser König und wir alle mit ihm derzeit schweben!«

Lord Shinfield runzelte die Stirn. Er beugte sich mittlerweile dermaßen weit vor, dass sein Gesäß die Stuhloberfläche verlassen hatte.

»Eine gefährliche, eine heikle Situation, die Sicherheit unseres geliebten Landes betreffend.« Lady Elenora blickte eindringlich in die Runde.

»Die Jakobiter? Das alte Schreckgespenst? Wirklich?«, warf Richard mit einem skeptischen Unterton ein. Er erntete dafür einen giftigen Blick von Lady Ridgestone.

»Lassen Sie mich doch ausreden!«, blaffte sie. »Die Jakobiter, natürlich.« Sie setzte sich zurück, griff nach ihrem Weinglas und genoss es sichtlich, wie alle Augenpaare an ihr hingen. »Die Jakobiter planen einen Angriff auf den König«, sagte sie, beinahe beiläufig. Während des sich anschließenden Tumults nahm sie einen tiefen Schluck und beobachtete voller Genuss über den Rand ihres Weinglases hinweg die Ungläubigkeit und das Entsetzen in den Gesichtern der übrigen Gäste.

»Madam, Sie müssen sich verhört haben«, rief Lord Shinfield. »So etwas ist doch nicht möglich!«

»Jedermann weiß doch, dass die Stuart-Anhänger im Jahre 1745 endgültig zur Strecke gebracht worden sind«, pflichtete Richard seinem Bruder bei.

»Ja, das klingt absurd.« Lady Jane schüttelte vehement den Kopf.

»Wer könnte sich so etwas Schändliches nur ausmalen?«, wollte Mrs Cole ängstlich wissen. »Dem König etwas anzutun, meine ich.«

»Was wissen Sie noch? Was wissen Sie noch?« Lady Westerhill rutschte aufgeregt auf ihrem Stuhl hin und her. »Madam, wir sind ganz Ohr!«

Pauls und Johns Blicke trafen sich. Sie brauchten keine Worte, um zu wissen, was jeweils im Kopf des anderen vor sich ging.

»Lady Ridgestone«, wandte sich Paul lächelnd an die alte Dame. »Sie verfügen über ein verstörendes Wissen, Madam. Unfassbar. Eine geheime Nachricht, sagen Sie. Solche Einblicke besitzen wir Übrigen natürlich nicht.«

Mit leuchtenden Augen nickte Lady Elenora. »Bei Hofe werden selbstverständlich ganz andere Gespräche geführt als an den übrigen Tafeln Londons.« Sie reckte ihr Kinn in die Luft. »Das liegt wohl in der Natur der Sache.« Ein langer, ehrfurchtsvoller Blick an die Decke des Raumes. »Das Schicksal unserer Nation wird dort gelenkt.«

»Was sagten diese Männer – diese hohen Repräsentanten der Whigs – denn darüber hinaus?«, fragte Lord Swanson ruhig, aber mit nur mühsam unterdrückter Schärfe.

Lady Ridgestone war der Ton nicht entgangen, denn sie zuckte kurz zusammen. Abwehrend sah sie Swanson an. »Ich konnte … äh, habe nicht alles verstehen können. Dass man der Sache bereits nachgehe«, erklärte sie. »Dass … dass bereits jemand hinter den Verdächtigen her sei.« Sie kniff die Augen zusammen.

Für einen Augenblick lag eine greifbare Spannung in der Luft. Sie verpuffte, als Swanson sich plötzlich lachend in seinem Stuhl zurückwarf. »Das sind dann doch gute Nachrichten, Lady Ridgestone. Dann brauchen wir uns wohl kaum zu sorgen.« Er faltete die Hände vor dem Bauch. »Ich habe höchstes Vertrauen in die Tatkraft unserer verehrten Regierung. Welche natürlich eng mit Seiner Hoheit zusammenarbeitet. Sollten da wirklich noch ein paar verirrte Anhänger dieses Stuart-Lümmels unterwegs sein, dann wird man ihnen zweifellos schnell das Handwerk legen. Sehen Sie das nicht auch so?« Fragend blickte er sich um, blieb schließlich bei John hängen. »Was meinen Sie, Sir?«

John nickte höflich, ergriff aber nicht das Wort. Das gewohnte leise Grinsen um Swansons Mundwinkel fiel ihm noch auf, bevor er sich betont unbeteiligt abwendete und etwas Belangloses zu Miss Cole sagte. Während sie ihm freudig antwortete und er bedächtig nickte, ohne ihr auch nur im Entferntesten zuzuhören, arbeiteten seine Gedanken auf Hochtouren. Galt Swansons ominöses Lächeln ihm persönlich? Oder war es schlicht fester Bestandteil seiner Mimik? Warum hatte der Mann jedoch ausgerechnet ihn angesprochen? Wusste Swanson gar von seiner Verbindung zu jenen Bemühungen, die herauszufinden versuchten, wer hinter den Plänen der Jakobiter steckte? John konnte sich des Eindrucks nicht erwehren, dass Lord Swanson nicht wirklich erstaunt über Lady Ridgestones Enthüllung war.

Verstohlen schaute John sich um. Zu zweit oder dritt sprachen die übrigen Gäste aufgeregt miteinander. Köpfe wurden geschüttelt, Zeigefinger erhoben und Achseln gezuckt. Swanson war in ein Gespräch mit Lady Ridgestone vertieft. Richard beruhigte augenscheinlich eine verstörte Mrs Cole. Lady Shatterton und Lady Westerhill konkurrierten um die Aufmerksamkeit von Paul, der jedoch versuchte, sich mit Lord Westerhill auszutauschen. Mr Cole hatte sich erneut zu Edward gebeugt und sprach leise, aber eindringlich auf ihn ein.

»Mr Shinfield? Wie ist Ihre genaue Meinung dazu? – Mr Shinfield?«

John riss sich aus seinen Gedanken und sah in Miss Coles fragendes Gesicht. »Ich … entschuldigen Sie, Madam. Was sagten Sie noch gleich?«

»Wir sprachen über die moralischen Vorzüge der Ehe.« Sie lächelte. »Im Allgemeinen.«

»Ach«, erwiderte John.

»Sie schienen meinem Gedanken, dass die Ehe ein wichtiges Zeichen der göttlichen Ordnung auf Erden ist, zuzustimmen.«

»Ist das so? Die Ehe … ist sicherlich eine … Institution, nach der es zu streben gilt.« John flutete seinen plötzlich knochentrockenen Mund mit einem großen Schluck aus dem Weinglas.

»Er ist so bescheiden, der gute Mr Shinfield«, meldete sich Paul von der anderen Seite des Tisches zu Wort.

»Wie meinen Sie das, Sir?«, fragte Miss Cole verdutzt.

»Ja, wie meinen Sie das, Paul?«, wollte auch John wissen und schüttelte unmerklich den Kopf.

Pauls Lächeln wurde jedoch nur noch breiter. »John ist selbstredend ein großer Verfechter des Ehegelübdes. Ständig unterhalten wir uns über die Vorzüge eines Zusammenlebens von Mann und Frau in jenem heiligen Bund, den der Herrgott schließt und den nur er wieder trennen kann.«

Lord Shinfield hustete gequält.

»Eine sehr löbliche und mit der meinen gänzlich übereinstimmende Sichtweise«, befand Miss Cole und sah John mit großen Augen an. Eine leichte Röte zeichnete sich auf ihren Wangen ab.

John hoffte, diese Röte sei lediglich auf den genossenen Wein zurückzuführen.

»Nicht wahr?«, frohlockte Paul und nickte. »Aus diesem Grund erstaunt es auch wenig, dass John in Bälde beabsichtigt, jenen heiligen Bund erneut zu schließen. Seine Auserwählte ist ganz liebreizend. Nur schade, dass sie ihn heute Abend nicht begleiten konnte.«

»Ach«, war es diesmal an Miss Cole zu sagen. Die Röte versiegte schlagartig.

John starrte Paul entgeistert an. Hatte er sich verhört? »Sie … und Ihre Späße, Paul«, presste er mit heiserer Stimme hervor.

»Lieber John, Ihre Bescheidenheit ehrt Sie. *Vraiment*! Sie möchten sich mit Ihrer frohen Nachricht nicht in den Mittelpunkt drängen, das verstehe ich. Es ist so sympathisch.« Paul klatschte hingerissen in die Hände.

Urplötzlich waren die übrigen Gespräche verstummt.

»Es ist wahrlich sehr sympathisch, John«, fuhr Paul fort. »Doch das Versprechen einer Ehe, auch wenn es noch bevorsteht, ist etwas, das gefeiert werden sollte. In aller Offenheit.«

»Wer geht ein Eheversprechen ein?«, wollte Richard überrascht wissen.

»Ihr Bruder natürlich, Sir. John. John Shinfield.« Erneut klatschte Paul in die Hände und wandte seinen Kopf. »Sie sind sicherlich überglücklich, Lord Shinfield, nicht wahr!«

Edwards Blick flog zu Miss Cole, die wie versteinert mit blassem Gesicht vor sich auf den Tisch starrte. Dann streifte er Mr Cole, der voller Unverständnis die Stirn runzelte und Lord Shinfield anstarrte, als sehe er ihn gerade zum ersten Mal. Erst danach blieb er auf John haften. Die anfängliche Überraschung war inzwischen einer Kombination aus Entsetzen und Wut gewichen. »Du *heiratest*, John?« Er wurde puterrot im Gesicht. »Wen?«, presste er heraus.

»Also, ich …«, stotterte John verdutzt. Er war völlig überrumpelt.

»So bescheiden, John! Nun, meine Cousine natürlich«, rief Paul begeistert aus. »Meine reizende Cousine Madeleine.«

»Ihre Cousine … Madeleine?«, wiederholte Lord Shinfield tonlos.

Paul nickte voller Begeisterung. »Sie sind ein solch wunderbares Paar, die beiden. Und ich kann es selbst noch gar nicht glauben, Lord Shinfield, dass unsere Familien in Kürze durch diese Ehe verbunden sein werden. Ein ergreifender Gedanke, meinen Sie nicht auch, Sir?«

Edward Shinfield saß wie versteinert.

»Ich denke, John, Sie sollten das Datum Ihrer Eheschließung verkünden. Schließlich findet die Hochzeit doch so bald statt. Quasi umgehend.«

John rang nach Worten. Und nach seiner Fassung. »Ich, also …«

»Sie ewiger Geheimniskrämer!«, rief Paul gutgelaunt aus. »Sie wollen wohl nicht verraten, dass die Ehe bereits am nächsten …« Mit gespielter Erschrockenheit hielt er sich eine Hand vor den Mund. »*Mon Dieu*! Beinahe wäre es mir herausgerutscht. Wie unbedarft von mir.«

»Weiß unser Vater von deinen Plänen?«, fragte Richard.

John schüttelte den Kopf.

»Dann erwartet ihn ja eine schöne Überraschung. Ich befürchte, er wird wenig darüber erfreut sein, erneut von dir übergangen zu werden, John.« Richard schüttelte missbilligend den Kopf.

Ruckartig erwachte Edward aus seiner Starre. »Das letzte Wort hierzu ist noch nicht gesprochen, John.« Er blickte unsicher zu Mr Cole. »Das letzte Wort ist noch nicht gesprochen.«

»Ich denke, wir haben Ihre Gastfreundschaft am heutigen Abend lange genug in Anspruch genommen, Lord Shinfield.« Mr Cole stand auf und warf seine Serviette auf den Tisch. Er wandte sich an seine Schwester. »Wir werden uns auf den Heimweg machen. Umgehend.«

Mrs Cole erhob sich ebenfalls und blickte unsicher in die Runde. »Nun, äh … für die Einladung danken wir Ihnen, Lord Shinfield.«

»Aber mein Herr …«, sagte Edward zu Mr Cole und sprang auf.

Mr Cole hob abwehrend die Hand. »Der Abend ist bereits vorgerückt, wir brechen auf. Kommst du bitte, Annabel. – Annabel!«

Wie in Trance erhob sich Miss Cole und hielt den Blick gesenkt. Die Hände faltete sie zitternd und vergrub sie in ihrem Kleid.

»Es war uns … eine Freude«, sagte Cole kühl und verbeugte sich denkbar knapp vor der Tischgesellschaft. Dann drehte er sich brüsk um und verließ den Raum, seine Gattin im Schlepptau. An der Tür blieb er noch einmal ungeduldig stehen. »Annabel!«

»… Freude«, flüsterte Annabel Cole und folgte ihrem Bruder. Wie ein geprügelter Hund.

Gestikulierend rannte Edward Shinfield hinter den Coles her.

»Da haben Sie ja für einen schönen Aufruhr gesorgt, Shinfield«, bemerkte Lord Swanson zu John. »Doch lassen Sie mich gratulieren! Und auch Ihnen, Mr de l'Estagnol. Was für erfreuliche Nachrichten, dass Sie, Mr Shinfield, und Ihre Cousine, Mr de l'Estagnol, gedenken, den Ehebund zu schließen.« Er lächelte breit. »Anscheinend auch noch so bald. Im Geheimen. Eine Nachricht, welche in der Stadt für großes Interesse sorgen wird, zweifellos. Für Aufsehen sogar.« Zufrieden rieb er sich die Hände.

John zwang sich zu einem Lächeln. Er brannte darauf, mit Paul unter vier Augen zu sprechen. Weshalb veranstaltete er ein derartiges Schmierentheater? Was sollte dieses Schauspiel?

Paul indes schaute besorgt zu der geöffneten Tür, durch welche die Coles und Lord Shinfield verschwunden waren. »Habe ich etwas Falsches gesagt?«, fragte er verunsichert. »*Je suis désolé*. Ich dachte, die freudige Nachricht würde ausgesprochen gut zu dem besonderen Ambiente dieses wunderbaren Abends passen.«

»Oh, blasen Sie keine Trübsal, *Monsieur*«, rief Lady Jane. »Ihre Nichte ist sicher ein reizendes Ding, und Mr Shinfield kann sich glücklich schätzen, ihre Hand zu bekommen.« Sie bedachte John mit einem abschätzigen Blick.

»Cousine«, berichtigte Paul. »Johns zukünftige Gattin ist meine liebe Cousine. Doch ich danke Ihnen für die erbaulichen Worte, Lady Shatterton.«

»Man kann zumindest sagen, dass du immer für eine Überraschung gut bist, John.« Richard winkte einem Diener nach seinem Gehstock. »Ich bin jetzt schon gespannt, wie unser Vater reagieren wird, wenn er die frohe Botschaft übermittelt bekommt.«

*

»Paul, was hat Sie denn geritten? Was war das für eine unsägliche Geschichte? Ich werde Ihre Cousine ehelichen? Allen Ernstes! Was bezwecken Sie mit solch einer Räuberpistole?« Die beiden Männer traten aus dem Haus.

Paul grinste John ins Gesicht. »Ich hätte mit etwas mehr Dankbarkeit gerechnet, lieber Freund. Immerhin habe ich Sie aus den Fängen der Familie Cole gerettet. Das konnte man nicht mehr mit ansehen, wie Sie Miss Cole in die Arme getrieben werden sollten. Es ging zu wie auf dem Viehmarkt.« Er tippte sich an den Hut. »Also, gern geschehen.«

»Doch nicht mit solch einer Geschichte, Paul! Sie ahnen gar nicht, in welche Schwierigkeiten Sie mich damit bringen. Nun wird mein Vater sich erbost einschalten. Er leidet unter der ständigen Sorge, der Name unserer Familie werde unter Wert verkauft, in den Schmutz gezogen oder sonst wie beschädigt.«

Paul legte einen Arm auf Johns Schulter. Mit dem anderen winkte er eine Kutsche heran. »Machen Sie sich keine Sorgen. Sie werden das Missverständnis bald aufklären können. In weniger als zwei, drei Tagen, möchte ich annehmen.«

John hielt inne und sah Paul überrascht an. »Es ging Ihnen mit der Geschichte gar nicht um die Coles! Was haben Sie vor?«

»Ich habe ein wenig Druck gemacht. Ja, so kann man es wohl sagen.« Selbstzufrieden rieb Paul sich die Hände. Dann öffnete er die Tür der Kutsche, die vor ihnen zum Stehen gekommen war. »Bitte nach Ihnen, Sir.«

Kopfschüttelnd stieg John in den Wagen. Er wartete, bis Paul die Tür geschlossen und ihm gegenüber Platz genommen hatte. »Fahren Sie fort. Wem wollten Sie mit dieser abstrusen Geschichte Druck machen? Ich kann Ihren Gedanken nicht folgen.«

Paul lehnte sich zurück und schlug die Beine übereinander. »Als ich beobachtete, wie Mr Cole sich bemühte, seine Schwester anzupreisen, kam mir eine Erkenntnis. Eine Idee, die unsere Suche nach dem jakobitischen Mördergesellen und seiner verbrecherischen Gemeinschaft betrifft.«

»Als Sie beobachteten, wie ich mich unter dem wenig subtilen Eheangebot der Coles wegduckte?«, wollte John erstaunt wissen. »Sie machen die Sache noch undurchsichtiger, fürchte ich.«

»Lieber Freund, ich habe die Geschichte mit meiner Cousine erzählt, da sie unseren Gegner hervorlocken wird. Und zwar sehr bald, glauben Sie mir.«

»Aber …« John stockte. Er wusste nicht, was er sagen sollte.

»Es ist so«, erklärte Paul und beugte sich verschwörerisch nach vorne. »Was heute Abend im Haus Ihres verehrten Bruders gesprochen wurde, wird natürlich nicht innerhalb von dessen vier Wänden bleiben.« Er lachte auf. »Dafür werden schon Personen wie Lady Elenora sorgen. Außerdem bin ich mir ziemlich sicher, dass jemand aus dem Kreis unseres Gegners anwesend war.« Er ließ diese Aussage auf John wirken.

»Heute Abend? Wer? Wen haben Sie in Verdacht? Lord Swanson?«

Paul zuckte mit den Schultern. »Ich habe da so eine Idee, welche ich jedoch noch nicht preisgeben möchte. Falls ich falsch liege, wissen Sie.« Er dachte nach. »Jedenfalls bin ich sehr sicher, dass jener Geheimbund heute seine Augen und Ohren am Tisch hatte. Also habe ich diese Ohren ein wenig gefüttert. Dieses Futter wird für unseren Gegner schwer zu verdauen sein. Was ihn dazu bringen sollte, schnell und unbedacht zuzuschlagen.«

»Zuzuschlagen?«

»Selbstverständlich. Mit dem Ansinnen, Ihrem und meinem Leben endgültig ein Ende zu bereiten.«

»Das will man doch sowieso erreichen.«

»Richtig, jedoch zu anderen Konditionen, nach ausgeklügelten Vorstellungen. Nun wird der Kerl gezwungen sein, zu improvisieren. Das erleichtert es uns, ihm einen Strich durch die Rechnung zu machen. Ich prognostiziere, dass es keine zwei Tage dauert, bis der Mann direkt auf Sie zukommt – in welcher Form auch immer.«

»Und das alles, weil Sie eine Geschichte erfunden haben, nach der ich kurz vor der Eheschließung stehe?«

Paul nickte lebhaft.

»Können Sie mir mehr dazu sagen?«

Heftig schüttelte Paul den Kopf.

John stöhnte. Er wandte sich zum Fenster und starrte hinaus. Sie fuhren nach Osten. »Konzentrieren wir uns vorerst auf das Treffen mit dieser Rose. Worüber sie wohl mit mir sprechen möchte? Meine Hoffnung, das gestehe ich, geht dahin, dass sie uns etwas zu Amelias Verschwinden sagen kann. Ich meine, die Sache geht eindeutig nicht mit rechten Dingen zu. Fast fühle ich mich an die Bartholomew Fair erinnert.«

Nun war es an Paul, Unverständnis zu äußern. »Den Jahrmarkt?«

»Ich habe dort einmal – es war bei einem Besuch des Marktes gemeinsam mit meiner Frau – einen Zauberkünstler gesehen, der eine junge Frau in eine große Kiste steigen ließ. Als er die Kiste nach einigem Brimborium wieder öffnete, war die Frau verschwunden. Zweifellos irgendein Trick. Das fiel mir ein, als ich an Amelias unerklärliches Verschwinden dachte.«

»Was sagten Sie da?« Paul war aufgeregt von seinem Sitz aufgesprungen.

»Ich habe auf besagter Bartholomew Fair einen Mann gesehen, der eine Frau …«

»Jaja, schon gut«, winkte Paul fahrig ab und setzte sich wieder. Er verschränkte die Arme und starrte vor sich hin. »Ein Trick … zweifellos«, murmelte Paul. Dann schaute er John abrupt an, ein breites Strahlen ins Gesicht gemeißelt. »Ein Trick!«

»Das sagte ich soeben. Doch was …?«

»Ich muss es sogleich überprüfen!« Behände stieg Paul auf seine Sitzbank und klopfte mit der geballten Faust gegen das Dach der Kutsche. »Anhalten!«, rief er. Die Kutsche verlangsamte augenblicklich ihre Fahrt.

»Was ist bloß in Sie gefahren, Paul?«

»Ich erkläre es Ihnen später. Doch zuerst muss ich etwas überprüfen. Fahren Sie alleine weiter zu Rose, John. Ich hätte sowieso bei dem Treffen unsichtbar im Hintergrund bleiben müssen. Das Mädchen kennt mich schließlich in einem gänzlich anderen Aufzug. Ich darf das Risiko nicht eingehen, dass sie eine verstörende Ähnlichkeit zwischen Paul de l'Estagnol und ihrem ehemaligen Galan Thomas feststellt.« Er hob die Hand, bevor John etwas sagen konnte. »Vertrauen Sie mir einfach. Der Kutscher weiß, wo er sie absetzen soll. Es wird an einer Straßenecke sein, neben der eine Gasse in einen Hinterhof führt. Dort wollte sich das Mädchen mit Ihnen treffen. Hören Sie sich einfach an, was sie zu sagen hat, und nehmen Sie dann die Kutsche in Richtung St Paul's. Wir treffen uns in … sagen wir einfach, in zwei Stunden dort. Drinnen, in der Kathedrale? Nein, lieber draußen. Geben Sie Acht auf sich. Besteigen Sie keine Kutsche, in der schon jemand sitzt.« Er grinste frech. »Den Degen haben Sie dabei? Wunderbar. Also, in spätestens zwei Stunden vor St Paul's, wie gesagt. Warten Sie gegebenenfalls dort auf mich, falls ich mich verspäten sollte.« Noch während er die letzten Worte sprach, öffnete Paul die Tür und stieg aus der kaum zum Stillstand gelangten Kutsche aus. Kurz steckte er noch einmal den Kopf herein. Ernst blickte er John ins Gesicht. »Vertrauen Sie mir?«

John zögerte einen Moment. Dann nickte er.

Paul grinste, zog den Kopf zurück und die Tür fiel mit Schwung ins Schloss. Ein Peitschenschlag, die Kutsche begann erneut zu rollen.

John ließ sich kraftlos nach hinten fallen, lehnte gegen die Rückwand. Er stöhnte auf und vergrub kopfschüttelnd das Gesicht in den Händen.

Kapitel 41

Plötzlich verlangsamte die Kutsche ihre Fahrt. Er straffte ebenfalls die Zügel und ließ sich etwas zurückfallen. Gerade so weit, dass er nicht als Verfolger auffiel, das andere Gefährt jedoch nicht aus den Augen verlor. Dies stellte ihn vor keine nennenswerte Herausforderung. Es herrschte selbst zu dieser späten Stunde noch reger Verkehr. Zufrieden griff er fest in die Zügel.

Ein Ruck. Das Gefährt hielt an. Aus zusammengekniffenen Augen beobachtete er, was sich zwei Steinwürfe vor ihm tat. Einen Bauern, der fluchend einen Ochsen an ihm vorbei trieb, ignorierte er.

»Sind Sie frei, junger Mann?«, fragte eine ungeduldige Stimme.

Er sah flüchtig zu dem Greis hinab, der auf einen Stock gestützt neben dem Kutschbock stand, und schüttelte den Kopf. Vorne öffnete sich die Tür der anderen Kutsche und ein kleiner Mann stieg aus. Der Habicht. Aufmerksam beobachtete er, wie der auffällig gekleidete Mann seinen Kopf erneut in das Gefährt steckte. Er zog ihn wieder hervor und schloss schwungvoll die Tür.

»Aber Sie haben doch keinen Fahrgast«, rief der alte Mann erbost.

»Mach dich vom Acker, dämlicher Kerl«, murmelte er und sah, wie sich die Kutsche wieder in Bewegung setzte. Ohne den Habicht. Er runzelte die Stirn.

»Was sagten Sie?«

Der Alte war nur ein Störgeräusch am Rande seines Bewusstseins. Seine Gedanken überschlugen sich. Wem sollte er folgen? Dem Habicht? Der Kutsche, in der John Shinfield saß? Warum fuhren die Männer nicht zusammen weiter? Wer von ihnen war auf dem Weg zu dem Mädchen? Hatten sie bemerkt, dass sie verfolgt wurden? Versuchten sie, ihn abzuschütteln?

»Sind Sie taub, Mann?« Der Alte hob drohend den Stock und fuchtelte damit herum. »Ich will nach Covent Garden!«

Er fasste einen Entschluss. Gerade wollte er mit einem lauten Schnalzen sein Pferd antreiben, da stockte er. Der Habicht stand am Straßenrand und sah zu ihm herüber. Ihm wurde sogleich klar, warum. Der alte Mann gestikulierte weiterhin lautstark neben der Kutsche. Der Tölpel begann, die Aufmerksamkeit weiterer Leute auf sich zu ziehen.

Hastig sprang er vom Kutschbock, einen Fluch unterdrückend. Er riss die Tür auf und bedeutete dem Mann einzusteigen. »Covent Garden, sehr wohl.«

»Warum nicht gleich so«, antwortete der Alte zufrieden und stieg vorsichtig auf die Trittstufe.

Er gab dem Mann einen festen Schubs, so dass er ins Innere des Wagens fiel. Schnell schloss er den Verschlag, sprang auf den Bock und griff nach der Peitsche. Ein Blick nach vorne zeigte ihm, dass der Habicht im Begriff war, eine Droschke zu besteigen. Die Gefahr war gebannt. Er ließ die Peitsche knallen und die Kutsche fuhr mit einem Ruck an. Unter ihm gab es einen Rums, gefolgt von einem dumpfen Schmerzensschrei. Er schmunzelte. Das geschah dem aufdringlichen Greis nur recht. Hätte er es nicht so eilig gehabt, er hätte dem Mann eine gehörige Abreibung verpasst. Die letzte Abreibung eines wohl sinnlosen Lebens. Grimmig lächelte er, während er sich in den Verkehr einreihte. Er sah noch, wie Shinfields Kutsche nach rechts abbog. Der Habicht hingegen fuhr weiter geradeaus. Erleichtert atmete er aus. Gut, Shinfield nahm die Richtung, in der das Mädchen wartete. So sollte es sein.

Nur wenige Augenblicke später war die Kutsche wieder in Sichtweite. Unter ihm rüttelte erst der Türgriff, dann begann ein wütendes Klopfen, begleitet von heiseren Schreien. Dem alten Mann war wohl aufgegangen, dass sich die Türen nicht von innen öffnen ließen und die Kutsche mitnichten nach Covent Garden unterwegs war. Er grinste gutgelaunt. Nein, heute würde der Alte seinen schrumpeligen Schwanz in keine Dirne stecken. Da konnte er versuchen, mit dem Stock auf sich aufmerksam zu machen, wie er wollte. Er begann eine fröhliche Melodie zu pfeifen.

Als er sicher war, dass Shinfield wirklich das erwartete Ziel ansteuerte, hielt er an der Ecke zu einer schmalen, dunklen Gasse an. Er löschte die beiden Laternen, die am Bock hingen. Ein behänder Sprung, ein schwungvoller Griff. Die Tür der Kutsche öffnete sich. Er schaute in das überraschte, rote Gesicht des Alten, der auf allen Vieren am Boden kauerte. Die Perücke knautschte er in einer Hand, mit der anderen umklammerte er seinen Gehstock.

»Sie … was …«, schnappte der Greis nach Luft.

»Hier ist die Fahrt zu Ende, Väterchen«, sagte er trocken und griff den entsetzten Mann bei den Schultern. Ein Ruck, ein wenig Schwung. In hohem Bogen flog der Alte aus der Kutsche. Mit einem dumpfen Knall schlug er in der Mündung der dunklen Gasse auf dem Boden auf. Das Geräusch brechender Knochen. Ein Schrei, dem der Atem fehlte. Dann blieb der Mann reglos liegen. Die Kontur eines dunklen Etwas am Boden.

Pfeifend schlug er die Tür zu, kletterte auf die Kutsche und trieb das Pferd an. Bereits an der nächsten Abbiegung hatte er den Alten vergessen.

Er sah Shinfields Kutsche am Straßenrand stehen, fuhr an ihr vorbei. Ein kurzer, unauffälliger Blick zeigte ihm, dass sie leer war. Auch auf dem Bock saß niemand mehr. Er runzelte die Stirn. Es war also davon auszugehen, dass Shinfield einen Begleiter hatte.

Drei Querstraßen weiter bog er ab. Die Kutsche lenkte er in eine dunkle Gasse, vor ein Lagerhaus. Er blieb noch ein paar Minuten reglos auf dem Kutschbock sitzen und horchte in die Nacht. Doch niemand war auf ihn aufmerksam geworden, nichts regte sich in der Nähe. Rasch bedachte er die Möglichkeit, dass ihm der Habicht auf der Fährte sei. War er in eine andere Droschke gestiegen, um ihn aus einem Hinterhalt heraus aufs Korn zu nehmen? Während der Fahrt war er nicht verfolgt worden, da war er sicher. Er lächelte. Da er selbst nicht bis zu dem Treffpunkt gehen würde, war es auch nicht von Bedeutung, wenn der Habicht sich dort ebenfalls einfand, um Rose zu befragen.

Langsam stieg er von der Kutsche, streichelte dem Pferd sanft über den Kopf. Er hatte es nicht eilig. Er wusste, wohin Shinfield unterwegs war, wie es weitergehen würde. Lächelnd zog er einen Apfel aus der Tasche und hielt ihn dem Pferd hin. Das Tier schnaubte freudig und verschlang das Obst mit einem Bissen. »Bis gleich«, flüsterte er. »Warte hier, mein Guter.«

Die Dunkelheit nahm ihn auf wie einen Freund.

Kapitel 42

Das Mädchen trat ungeduldig von einem Bein auf das andere. Es hatte die Hände tief in seinen Manteltaschen vergraben und schaute sich immer wieder ängstlich um. Es war sicherlich weder die Zeit noch der Ort für ein junges Ding, um sich hier herumzutreiben. John ließ den Blick schweifen. Er konnte nichts Verdächtiges erkennen. Eine Ratte huschte über die Straße, ein Hund bellte nicht weit entfernt, doch ansonsten war es ruhig. Keine andere Menschenseele war zu sehen oder in der Nähe zu hören. Ein gut gewählter Ort für ein vertrauliches Gespräch.

Den Kutscher, einen von Pauls Männern, hatte er angewiesen, deutlichen Abstand zu halten. Benötigte er Hilfe, würde er ihn rufen. Rose sollte nicht durch eine weitere Person verschreckt werden. Folglich kauerte der Mann zwei Ecken weiter in einem Hauseingang.

»Sir, haben Sie mich erschreckt!« Rose war zusammengezuckt und presste eine Hand auf ihr Herz.

»Bitte entschuldige, Rose.« Langsam trat John auf das Mädchen zu. Sie war klein gewachsen und wirkte so dünn, als erhalte sie nicht genügend Nahrung. Die hervorstehenden Wangenknochen und die dürren Arme konnte selbst der Mantel nicht verbergen. Nervös trat Rose einen Schritt nach hinten, weg von John.

John blieb stehen, keine fünf Schritte von Rose entfernt. »Du hast eine Nachricht geschickt«, sagte er und bemühte sich, Ruhe und Freundlichkeit in seine Stimme zu legen.

Rose schluckte und nickte zaghaft.

»Du wolltest mir etwas mitteilen, nicht wahr«, fuhr John geduldig fort.

Abermals nickte sie und räusperte sich. »Ja.«

»Du brauchst keine Angst zu haben, Rose.«

Sie wandte den Kopf zur Seite und wischte sich mit dem Ärmel über das Gesicht. Als sie John wieder ansah, glitzerten Tränen in ihren Augenwinkeln.

»Es ist einiges Schlimme geschehen, nicht wahr.«

»Ja. Das mit Mr Steele, ich kann es immer noch nicht glauben. Und – und Mrs Steele ist verschwunden. Es ist furchtbar. Es – es geschieht Furchtbares im Haus der Steeles. Ein böser Fluch, sagt Clara.« Ein Zittern lief durch ihren Körper. »Clara ist die Köchin«, erklärte sie leise. »Wir wissen alle nicht, wie es weitergehen soll, Sir.«

»Ich verstehe. Es wird sich sicherlich eine Lösung finden, Rose. Weiterhin wird nach Amelia Steele gesucht. Wir sollten die Hoffnung nicht aufgeben, dass sie unversehrt wiederauftaucht.« John versuchte, Zuversicht auszustrahlen. Er war sich seines Scheiterns bewusst.

Traurig schüttelte Rose den Kopf. »Oh nein, Mrs Steele wird nicht zurückkommen.« Sie wischte sich erneut übers Gesicht.

»Das können wir nicht sicher wissen, Rose. Wir sollten …«

»Sie kommt nicht zurück!«, unterbrach ihn das Mädchen. Sie schaute sich eilig um. »Ich weiß es einfach, Sir.« In ihrer Stimme lag Verzweiflung. Und eine Portion Trotz.

John zuckte mit den Schultern. »Nun denn.« Er wusste nicht, was er sagen sollte. Er selbst glaubte schließlich auch nicht daran, dass Amelia noch am Leben war. Doch das konnte er dem Dienstmädchen nicht auf die Nase binden. »Also, was wolltest du mir sagen?« Er sah, wie sie die Fäuste in den Taschen zusammenballte.

»Ich – es findet doch eine Untersuchung statt. Wegen dem Mord, nicht wahr?«

»Das ist richtig. Richter Fielding und seine Männer hast du bereits kennengelernt.«

Rose verzog das Gesicht. »Diese Aufschneider.« Sie blies die Wangen auf und stieß die Luft ruckartig aus. »Die können mich gernhaben. Nehmen mich nicht ernst, das tun sie. Halten mich für ein dummes Küchen-Ding. Das habe ich sogleich gemerkt. Wollten mir das mit Thomas nicht glauben. Sagten, ich hätte ihn mir ausgedacht! Um mich wichtig zu machen. Pah. Nein, die können mich gernhaben, denen sage ich nichts.«

»Was willst du ihnen nicht sagen, Rose?«

Zögernd trat das Mädchen einen Schritt näher an ihn heran. »Ich habe etwas gehört, an dem Tag, an dem Mr Steele das letzte Mal lebend gesehen wurde.« Erneut schaute sie sich um, diesmal gehetzt.

John tat es ihr nach, spähte nach den Schatten, konnte aber nichts und niemanden sehen.

»Ich werde es diesem Richter aber nicht sagen. Er glaubt mir ja sowieso nicht.« Sie zog die Hände aus den Taschen und verschränkte die Arme vor der Brust. »Nein, ich dachte mir, ich sage es Ihnen, Sir. Ich vertraue Ihnen, Sir. Beth sagt immer, dass Sie ein guter Mensch sind.« Ihre Stimme zitterte.

John hielt sich zurück, um nicht dem Mädchen einen schützenden Arm um die Schulter zu legen. Er befürchtete, sie könne davonrennen, wie ein verschrecktes Reh.

»Ein guter Mensch«, wiederholte sie leise. Abermals wischte sie über die Augen.

»Erzähl mir einfach, was du gehört hast, Rose«, sagte John mit einem Lächeln. »Mit wem hat Alexander gesprochen, als du ihn hörtest?«

»Mit seiner Frau.«

»Amelia?«

Sie nickte. »Die beiden standen auf dem Flur, vor ihren privaten Räumen.« Sie stockte. »Ich bin sonst nie dort oben, doch ein anderes Dienstmädchen hatte mich gebeten, auf der Etage ein paar Pflanzen zu gießen. Sie selbst hatte es vergessen und musste noch anderes erledigen.«

John nickte abwartend.

»Ich blieb auf der Treppe stehen, als ich Mr und Mrs Steele streiten hörte.«

»Sie stritten sich?«

»Ja, Mr Steele klang sehr wütend. Mrs Steele jedoch nicht weniger.«

»Wovon sprachen die beiden, worum ging es in dem Streit?«

»Um Sie, Sir.«

Verdutzt starrte John das Mädchen an. »Es ging um *mich*?«

Sie nickte eifrig.

»Bitte versuch dich an die genauen Worte zu erinnern, die du hörtest.«

Rose dachte nach. »Es … es fing damit an, dass Mr Steele schimpfte, Sie hätten es auf das Geld abgesehen, das doch ihm zustünde.«

»Das Geld? Welches Geld?«

Das Kind zuckte mit den Schultern. »Das Geld, welches er für die Dokumente bekommen sollte, denke ich.«

»Moment«, rief John aufgeregt aus. »Die Dokumente?«

»Er sagte, dass Sie, Sir, an den Hanover Square gekommen seien, um die Dokumente an sich zu nehmen. Und Mrs Steele bemerkte daraufhin, diese Papiere seien Gold wert. Ihr Mann müsse sie besser schützen. Schließlich enthielten sie alles Wichtige. Das Geld stehe ihnen zu. Und dann stritten beide über irgendwelche Zahlungen. Ich … ich habe nicht verstanden, was sie genau meinten.« Sie schüttelte den Kopf.

»Was geschah weiter? Sagten sie noch etwas über diese Dokumente?«

»Oh ja. Mr Steele beruhigte seine Frau, er habe die Dokumente bereits vor einiger Zeit sicher untergebracht.«

»Sicher untergebracht?« Johns Mund war vor Aufregung ganz trocken. Er räusperte sich. »Wo? Hat er gesagt, wo sich die Papiere befinden?«

»Ja«, bestätigte Rose. »Doch das habe ich nicht verstanden, Sir.«

Irritiert hielt John inne. »Nicht verstanden? Hast du es gehört oder nicht?«

Ängstlich sah sich das Mädchen erneut um. »Ich habe es gehört, es macht aber keinen Sinn.«

»Was sagte er genau?«

»Dass diese Papiere bei Ihnen sind. Das sagte er.«

Wie vom Donner gerührt starrte John das Mädchen an.

»Sehen Sie, Sir, das ist es doch, was ich nicht verstehe. Erst sagte Mr Steele, Sie seien gekommen, um die Dokumente an sich zu nehmen, dann behauptet er beinahe im gleichen Atemzug, Sie hätten sie bereits.«

»Das verstehe ich zugegebenermaßen auch nicht. In meinem Haus befinden sich solche Papiere jedenfalls nicht.«

Rose begann zu stottern. »Ach … ich vergaß … in Hampshire … in *Hampshire*, Sir.«

»In Hampshire? Dort befindet sich unser Familiensitz, doch …« John griff sich an den Kopf. »Unser Familiensitz!«

Das Mädchen nickte heftig. »Die Dokumente seien in Hampshire bei den Shinfields. Ja, das sagte Mr Steele. Und seine Frau beglückwünschte ihn. Für diesen klugen Schachzug, wie sie es nannte.«

»Unser Familiensitz«, wiederholte John flüsternd. »Das erklärt natürlich …« Er musste an den Einbruch in sein Haus am Gough Square denken. Der Kerl hatte das Gesuchte bei ihm vermutet. Gänzlich falsch hatte er nicht gelegen, wenn der Aufbewahrungsort für die ominösen Dokumente der Landsitz der Familie war. Steele musste auf der Suche nach einem sicheren Versteck für die Papiere auf das Herrenhaus gekommen sein. Farley House. Vielleicht hatte Edward einmal gegenüber Alexander erwähnt, dass das Haus die meiste Zeit des Jahres leer stehe. Von ein paar Bediensteten abgesehen. Eine gute Tagesreise von der Hauptstadt entfernt lag das Anwesen noch nahe genug, um zügigen Zugriff auf solch ein

Versteck zu haben. War Alexander ihm gegenüber deshalb so aggressiv gewesen? Befürchtete er, John habe Kenntnis von den Dokumenten, gar von ihrem Aufbewahrungsort? Befürchtete er gar, John habe sie bereits entdeckt?

Wie in Trance machte John auf dem Absatz kehrt. Er musste auf Farley House nach den Papieren suchen. Sie würden ihm Wichtiges über den Mörder und seinen ominösen Geheimbund verraten. Ein Ausruf von Rose ließ John innehalten.

»Sir«, stieß sie ängstlich hervor. »Sir, das war nicht alles.«

»Hast du noch mehr gehört?«

Sie schloss die Augen, sammelte sich. Dann sprach sie zügig, als sage sie ein Sprüchlein auf. »Mr Steele verabschiedete sich von seiner Frau mit den Worten, er werde den Habicht treffen.«

Wie von einem Schlag in die Magengrube getroffen, stöhnte John auf. »Den Habicht?«, ächzte er mit erstickter Stimme.

Rose nickte.

»Ich … ich muss …«, flüsterte John, drehte sich um und ließ Rose alleine in der Nacht zurück. Eiligen Schrittes machte er sich auf den Weg zur Kutsche. Beflissen trat der Kutscher aus dem Hauseingang an seine Seite, doch John ignorierte ihn, bis sie am Wagen angekommen waren.

»Sir, wohin geht es?«, fragte der Mann.

John setzte an, etwas zu sagen, doch er biss sich im letzten Moment auf die Zunge. Seine Gedanken überschlugen sich. »St Paul's natürlich«, raunzte er kurz angebunden. »Wohin denn sonst?«

Kapitel 43

Der Mann griff Rose am Arm und legte den Zeigefinger auf den Mund. Ängstlich nickte das Mädchen und gab keinen Laut von sich. Gemeinsam gingen sie durch die Dunkelheit. An der Kutsche bedeutete er Rose, einzusteigen.

»Ich bekomme meine Belohnung, nicht wahr?«, fragte das Mädchen mit brüchiger Stimme. »Das versprochene Geld.« Sie schniefte.

»Selbstverständlich bekommst du deine Belohnung. Ehrensache.« Der Mann grinste in die Dunkelheit. »Und jetzt steig ein.«

»Das Geld …«, setzte Rose erneut an.

»Steig ein!«

Die Kälte in der Stimme des Mannes ließ Rose zusammenzucken. Sie kletterte in die Kutsche und wollte die Tür hinter sich schließen. Doch der Mann hielt den Türgriff fest.

»Einen Moment noch«, sagte er gutgelaunt. Er stieg ebenfalls in den Wagen und entzündete eine kleine Laterne, die neben der Tür angebracht war. Dann zog er die Tür fest hinter sich zu.

»Sir«, stammelte das Mädchen und wich in die andere Ecke zurück.

»Du bekommst noch deinen Lohn, Mädchen. Dann fahren wir los.«

Zögernd nickte Rose. Sie verfolgte halb ängstlich, halb gierig, wie der Mann in einer seiner Manteltaschen grub und schließlich einen Beutel herauszog.

Verlockend ließ der Mann den Beutel klingeln. »Du hast es dir wirklich verdient, das Geld.« Sein Mund verzog sich zu einem spöttischen Lächeln.

Rose leckte sich über die trockenen Lippen und ließ die lederne Börse nicht aus den Augen. »Es … es wird Mr Shinfield nichts geschehen, nicht wahr?«, fragte sie vorsichtig.

Amüsiert lachte der Mann auf, antwortete jedoch nicht.

Verunsichert sah Rose auf. »Nicht wahr?«, wiederholte sie verzweifelt. »Das haben Sie versprochen, Sir. Versprochen. Bei Ihrer Ehre.«

»Natürlich, bei meiner Ehre.« Er lachte auf. »Es sollte deine geringste Sorge sein, was mit John Shinfield passiert. Dem räudigen Hund.« Der Mann zog mit einer ruckartigen Bewegung seine Handkante über die Kehle und lachte ausgelassen über den entsetzten Gesichtsausdruck des Mädchens. Dann steckte er den Geldbeutel wieder in seine Manteltasche.

»Aber Sie haben *versprochen* …«, flüsterte Rose und tastete mit zitternder Hand hinter sich nach dem Türgriff. Als sie ihn fand, drehte sie sich schnell um und drückte ihn herunter. Doch die Tür blieb verschlossen.

Eine Hand presste der Mann Rose von hinten auf den Mund, mit der anderen umschlang er ihren Körper. »Und jetzt zu deiner Belohnung, kleines Flittchen!«

Panisch versuchte Rose, um sich zu schlagen, doch der feste Griff des Mannes hielt sie wie in einem Schraubstock. Sie wollte schreien, doch es drang nur ein dumpfes Wimmern hinter der Hand hervor. Mit ihren Füßen begann sie, gegen die Tür des Kutschenschlags zu treten. Hörte sie denn niemand?

Der Mann trat einen Schritt nach hinten, und Roses Füße trafen nur noch Luft. »Warum die ganze Aufregung? Du wolltest doch eine Belohnung.« Die Stimme des Mannes troff wie Gift in das Ohr des Mädchens. »Du hast deine Rolle gut gespielt, das muss ich sagen. Einen großen Dienst hast du uns damit erwiesen. Wie groß, kannst du dir gar nicht vorstellen. Dafür werde ich dich natürlich umfassend entlohnen.« Er leckte über ihr Ohr.

Rose hatte das Gefühl, keine Luft mehr zu bekommen. Todesangst stieg in ihr auf. Das unerträgliche Wissen, dass sie nichts mehr tun konnte, um sich zu retten. Tränen liefen über ihre Wangen. Was hatte sie nur getan? Worauf hatte sie sich eingelassen? Sie hatte doch nur ein wenig Sicherheit gewollt, ein wenig Geld. Einmal im Leben der Angst und Pein entfliehen. Das war ihr Wunsch gewesen. Doch wieder war alles anders gekommen.

Der Griff des Mannes wurde noch fester und raubte ihr gänzlich den Atem. Ihr Körper wurde schlaff. Rose wimmerte voller Entsetzen, kaum hörbar.

»Armes Ding«, flüsterte der Mann, fast liebevoll. »Armes, dummes Ding.« Er biss ihr neckisch in den Nacken. »Nun wird es aber wirklich Zeit für die Belohnung. Meine Belohnung.«

Kapitel 44

Der eisige Wind trieb ihm Tränen in die Augen. Er kniff sie zu schmalen Schlitzen zusammen und strich sich mit einer Hand über die kalten Wangen. Dort! Hinter den Bäumen konnte er die Umrisse von Farley House ausmachen. Mit jedem Schritt der Pferde trat das Gebäude deutlicher zwischen den kahlen Stämmen des Waldes hervor. John zog seinen Kopf zurück ins Wageninnere und schloss das Fenster. Farley House. Es waren gemischte Gefühle, die in ihm aufstiegen, während er sich dem Familiensitz näherte.

Derweil ließ die Kutsche die letzten Bäume hinter sich. John wischte mit einer Hand über das Fenster, das sich durch seinen Atem beschlagen hatte, und schaute hinaus. Das große Gebäude thronte auf einem flachen, grasbewachsenen Hügel im diffusen Licht des wolkenverhangenen Nachmittags. Einzelne Sonnenstrahlen brachen immer wieder aus dem Himmel hervor und streiften das sandfarbene Bauwerk. Reste von Schnee säumten den Weg, bildeten graue Inseln auf dem Gras und fingen ihrerseits die Strahlen der Sonne glitzernd auf. Ein Hase starrte die Kutsche verdutzt an, schlug einen Haken und rannte in das schützende Unterholz des Waldes.

John schloss die Knöpfe seines Mantels und griff nach der leichten Reisetasche. Er hatte sie gestern Nacht in größter Eile gepackt. Vor St Paul's hatte er die Kutsche verlassen und dann ein paar Minuten gewartet, bis sie die Fleet Street hinauf außer Sichtweite verschwunden war. Es war noch zu früh für das verabredete Treffen mit Paul gewesen. Kostbare Zeit. Über Umwege war er schnellen Schrittes zum Gough Square geeilt. Hatte sich immer wieder umgeschaut, ob man ihm folge. Er hatte sich beeilt. Bis Paul an ihrem verabredeten Treffpunkt erschien, wollte er die Stadt längst verlassen haben. Der Kutscher würde lediglich berichten können, er habe John wie besprochen an der Kathedrale abgesetzt.

Beth, die John erstaunt, aber erfreut einließ, hatte er das Versprechen abgenommen, zu leugnen, dass er in der Nacht überhaupt in seinem Haus gewesen sei. Es würde Paul nicht ohne einen gewissen Aufwand gelingen, seiner Spur zu folgen. Aufwand bedeutete Zeitverlust.

Das Packen der Reisetasche hatte nur wenige Minuten gedauert, dann war John bereits wieder in die dunkle Nacht getreten. Beth hatte ihn mit sorgenvollem Blick verabschiedet und ihm noch einmal versichert, dass ihre Lippen versiegelt seien.

An der Fleet Street hatte er einen Kutscher mit einer Handvoll Münzen schnell überreden können, ihn mit einer Droschke stehenden Fußes nach Hampshire zu fahren. Denselben Betrag hatte er abermals in Aussicht gestellt, sollte der Mann ihn so zügig wie nur irgend möglich hinbringen. Lediglich einmal hatten sie folglich an einer Poststation haltgemacht, um die Tiere zu tränken und zu füttern. Ungeduldig hatte John währenddessen im Wagen gewartet, vorbeiziehende Kutschen kritisch beäugt. Er konnte niemandem trauen. Niemandem.

Unterwegs war er hin und wieder eingenickt, gepeinigt von wirren Träumen. Rebecca Fredericks tauchte mehrfach darin auf. Es fiel ihm schwer, den Gedanken an die Frau ganz abzuschütteln. Zumindest im Schlaf.

Farley House kam näher. John biss die Zähne aufeinander. Was für ein Schlamassel. Eine Erkenntnis nahm in John immer deutlichere Gestalt an. Seine Welt war aus den Fugen geraten. Sie war ein heilloses Durcheinander, gespickt mit Morden, Anschlägen und Intrigen. Es gab nur eine Möglichkeit, wollte er den Verstand bewahren: Ordnung herstellen und so die Hoheitsgewalt über sein Leben wiederherstellen. Der Ankunft auf Farley House sah er daher mit Erleichterung entgegen. Trotz unschöner Erinnerungen, die er mit dem Ort verknüpfte. Doch die hatten mit seinen gegenwärtigen Problemen nichts zu tun. Wirklich nicht? Irgendetwas in seinem Gedächtnis regte sich, doch er bekam es nicht zu fassen.

Nun, wenn es ihm gelang, die von Steele versteckten Dokumente zu finden, würde er endlich wissen, woran er war. Diese Dokumente waren der Schlüssel. Zu der Identität des Mörders, zu dessen Plänen, den König zu entmachten. Zu Johns Rückkehr in ein normales Leben.

Erneut wischte John mit dem Ärmel seines Mantels über das Fenster. Sie hatten Farley House erreicht. Der Kutscher zügelte die Pferde. Langsam fuhr der Wagen vor die große Eingangstür des Herrenhauses. John rollte mit den Schultern. Er musste diese ominösen Papiere finden. Möglichst schnell. Um mit diesen Beweisen zu Fielding zu gehen. Ja, zu Henry Fielding. Nach reiflicher Überlegung erschien ihm dies der einzige Weg, um aus der ganzen Sache herauszukommen. Fielding hatte ihn mit dem Auftrag, die Steeles auszuspionieren, überhaupt erst in die Bredouille gebracht. Wenn John den Mörder Steeles ans Messer liefern konnte, dann war es an Fielding und dem Rechtssystem, einen Schlussstrich unter die gesamte Angelegenheit zu ziehen. Was er dem Friedensrichter über den Habicht von London mitteilen würde, darüber war John sich indes unsicher. Er würde es von den Informationen abhängig machen, welche die Papiere enthielten.

Mit einem leichten Ruck hielt der Wagen an. Die Pferde schnaubten erschöpft.

John bezahlte den Kutscher und legte noch einmal einige Münzen drauf. Für das Versprechen des Mannes, niemandem von dieser Fahrt zu berichten. Ungerührt nickte der Mann, als würden regelmäßig solche Bitten an ihn herangetragen. Nachdem er das Geld eingestrichen hatte, machte der Kutscher sich sichtlich gut gelaunt auf den Rückweg. John sah ihm nach, bis er zwischen den Bäumen verschwunden war, dann drehte er sich langsam um und musterte das Haus. Es wirkte verlassen, kein Licht brannte hinter den hohen Fenstern. Lediglich eine schmale Rauchsäule, die aus einem hinteren Teil des Gebäudes emporstieg, gab einen Hinweis darauf, dass Farley House nicht gänzlich unbewohnt war.

Vom Wald her flog eine große Krähe heran und setzte sich auf die Balustrade eines der Türme, welche das Eingangsportal umrahmten. Das Tier starrte John mit zur Seite gedrehtem Kopf an, krächzte wütend. Als wolle der Vogel ihn, den ungebetenen Eindringling, vertreiben. John trat an die Tür und pochte kräftig gegen das Holz. Er hörte, wie sich die dumpfen Schläge im Haus ausbreiteten. Nun hieß es warten. Er starrte in den Himmel. Schon zog die Dämmerung herauf. Keine halbe Stunde, und es würde dunkel werden. Die Krähe stieß einen Protestschrei aus und schwang sich in die Luft. Zweimal kreiste sie über dem Haus, dann drehte sie mit schweren Flügelschlägen ab in Richtung Wald.

Mit einer Hand strich John über das dicke, kalte Mauerwerk. Das ursprünglich aus der Zeit der Tudors stammende Gebäude war mehrfach umgebaut worden. Die letzte Veränderung hatte in der zweiten Hälfte des vorigen Jahrhunderts stattgefunden, kurz nach der Wiederherstellung der Monarchie. Die bauliche Strenge der Puritaner war einer Grandeur und Opulenz gewichen. Ja, mit Grandeur hatten die Earls of Finchampstead etwas anfangen können. John ließ seinen Blick über das imposante

Haus streifen. Den Großteil seines Lebens hatte er hier zugebracht. Doch er trauerte der vergangenen Zeit nicht nach. Farley House stand immer, selbst jetzt noch, für die unerbittliche Strenge seines Vaters.

Geräusche hinter der schweren Tür ließen John einen Schritt zurücktreten. Er verfolgte, wie sich ein Flügel langsam öffnete und den Blick auf das überraschte Gesicht eines alten Mannes freigab. »Ich grüße Sie, Samuel.«

Der Mann starrte ihn mit offenem Mund an, dann verzog sich seine Miene zu einem breiten Lächeln. »Master John, sind das wirklich Sie?«

John nickte grinsend. »Ich bin es, Samuel.«

Mit aller Kraft zog der Mann den Türflügel auf. »Herzlich willkommen auf Farley House, Sir.« Er verbeugte sich. »Leider hat mich gar keine Nachricht Ihrer Anreise erreicht. Ich fürchte, für Ihren Aufenthalt ist nichts vorbereitet.«

John betrat die große, unbeleuchtete Halle und winkte ab. »Machen Sie sich keine Gedanken, Samuel. Keine Umstände meinetwegen. Ich weiß noch nicht, wie lange ich überhaupt bleiben werde. Meine Entscheidung, die Stadt zu verlassen, war sehr spontan. Es reicht vollkommen, wenn mein altes Zimmer hergerichtet wird.«

»Selbstverständlich, Sir. Darf ich Ihnen die Tasche abnehmen? Ich werde das Mädchen bitten, Ihr Zimmer vorzubereiten. Vor allem muss sie sogleich ein Feuer im Kamin machen.« Er rieb sich die Hände. »Es ist in den letzten Tagen außerordentlich kalt geworden.«

»Das ist wahr, es ist kalt geworden. Der Schnee kam dieses Jahr sehr früh. Zum Glück ist nicht viel von ihm übrig geblieben. Meine Tasche trage ich selbst, vielen Dank.« Er folgte dem Verwalter eine breite Treppe hinauf ins Obergeschoss. Es roch nach abgestandener Luft, kühl und staubig. Auf dem Weg nach oben hielten sie immer wieder an, da Samuel schwere Vorhänge vor den Fenstern wegzog und einzelne Kerzen in ihren Ständern entzündete. Zögerlich erwachte das Haus aus seinem Schlaf.

»Ich fürchte, es wird etwas dauern, bis eine angenehme Temperatur in Ihrem Zimmer herrscht, Sir«, sagte der alte Mann entschuldigend. »Die Kälte in den Steinen, wissen Sie.« Er klopfte im Vorbeigehen auf die Außenmauer. »Wir haben diesen Trakt des Hauses lange nicht mehr geheizt. In diesem Jahr erwarteten wir keinen Besuch mehr, muss ich unumwunden zugeben.«

»Bitte, Samuel, machen Sie sich keine Umstände. Wer weiß, eventuell bin ich morgen schon wieder auf der Rückreise. Also: Keine Umstände meinetwegen.«

»Sir«, der Mann blieb stehen und sah John erstaunt an, »benötigen Sie etwas aus Ihrem Besitz? Ist das der Grund für Ihre Reise? Sie hätten eine Nachricht schicken können, Sir. Ich hätte es Ihnen doch nach London übersenden können.«

John strich mit seiner freien Hand eine Haarsträhne hinter das Ohr. »Ich benötige wirklich etwas, Samuel. Doch ich weiß noch nicht, wo es sich befindet. Daher muss ich mich selbst auf die Suche begeben.«

»Ich … verstehe.« Samuel warf John einen fragenden Blick zu, dann ging er weiter voran. »Sagen Sie mir bitte, wenn ich Ihnen in irgendeiner Weise behilflich sein kann, Sir«, ergänzte er mit einem Blick über die Schulter. Sie bogen in einen weiteren Gang ein. »Hier wären wir.« Der Verwalter blieb vor Johns Zimmertür stehen. »Ich schicke das Mädchen gleich hinauf, wie gesagt. Sie wird Ihnen auch Wasser bringen, damit Sie sich von der Reise frischmachen können.«

John nickte dankbar. »Bevor ich es vergesse, Samuel – Sie brauchen den Speisesaal natürlich nicht für mich herrichten zu lassen. Entweder ich komme hinunter in die Küche oder nehme etwas auf meinem Zimmer zu mir.«

Der Mann nickte. Er wirkte erleichtert.

»Sagen Sie, Samuel, eine Frage habe ich noch.«

»Sir?«

»Erinnern Sie sich, wann Mr Alexander Steele letztmalig Gast auf Farley House war?«

Ein trauriger Schatten zog über Samuels Gesicht. »Der arme Mr Steele. Eine unsäglich furchtbare Geschichte. Wir waren außer uns, als uns die Nachricht seines Todes erreichte.« Er senkte den Blick und schwieg für einen Moment. »Wirklich furchtbar. Wann er uns das letzte Mal beehrte, wollen Sie wissen, Sir?«

John nickte, bemüht, sich die Anspannung nicht anmerken zu lassen.

»Da muss ich überlegen.« Der Verwalter rieb sich das Kinn. »Ich denke, Mr Steele war im Sommer für ein paar Tage hier. Ja, so muss es gewesen sein. Im ausklingenden Sommer. Er war Gast Ihres Vaters, Sir. Seine Lordschaft war für etwa zwei Wochen auf Farley House, und Mr Steele besuchte ihn in dieser Zeit für drei, vielleicht auch vier Tage. Lord Shinfield stieß für einen Tag hinzu.«

»Haben Sie mitbekommen, worum es bei dem Treffen ging?«

Erstaunt sah Samuel John an. »Das kann ich nicht genau sagen, Sir. Ich habe nicht darauf geachtet, was besprochen wurde.« Der Mann wirkte beleidigt.

»Selbstverständlich nicht, Samuel«, versuchte John ihn zu beschwichtigen. »Es … es geht mir lediglich darum, dass der neue Friedensrichter, Henry Fielding, darum bemüht ist, Alexanders letzte Wochen und Monate zu rekonstruieren, um etwaige Anhaltspunkte zu finden. Anhaltspunkte, um die grausame Tat aufklären zu können. Fielding ist bei mir vorstellig geworden und hat diesbezüglich Fragen gestellt. Er weiß, dass unsere Familien miteinander in Verbindung standen. Ich versprach ihm daher, Nachricht zu geben, sollte ich irgendetwas noch so trivial Erscheinendes über Alexanders Reisen und Aufenthalte erfahren.« Er räusperte sich.

Samuel nickte. »Ich verstehe, Mr Shinfield. Doch ich glaube, dass der Earl Ihnen in dieser Frage am besten Auskunft geben kann. Schließlich war er es, der sich mit Mr Steele hier traf.«

»Natürlich, Samuel. Doch es mag Sie vielleicht nicht wundern, wenn ich Ihnen offen mitteile, dass ich zu meinem Vater seit längerem keinen Kontakt habe.«

»Oh«, murmelte Samuel. »Nun«, er nickte betrübt, »ich verstehe.«

John sah ihn mit einem entschuldigenden Blick an und zuckte mit den Schultern. Was sollte er Samuel vormachen? Der Verwalter hatte über die Jahre mitbekommen, wie es um das Verhältnis zwischen John und seinem Vater stand.

»Ich verstehe«, wiederholte der Verwalter. »Der Earl of Finchampstead und Sie … bekommen sich weiterhin selten zu Gesicht.«

»So ist es, Samuel.«

Der Mann nickte, nicht ohne eine gewisse Sympathie. Als Verwalter des Herrenhauses und der angeschlossenen Ländereien hatte er selbst mehr als einmal die Launen und Ausbrüche des Earls erlebt. »Lassen Sie mich also überlegen, Sir. Mr Steele und Seine Lordschaft hatten während ihrer Zusammenkunft auf jeden Fall viel Geschäftliches zu besprechen, so viel steht fest. Sie waren nahezu die ganze Zeit in der Bibliothek, über Bücher und Akten gebeugt. Auch als Ihr Bruder dazustieß. Haben Zahlen gewälzt. Mehrfach musste ich den Herrschaften frisches Papier bringen, auf dem sie lange Berechnungen anstellten. Bei meinen kurzen Besuchen in der Bibliothek sah und hörte ich immer wieder, dass es wohl um hohe

Summen ging. Vielleicht Investitionen? Den Eindruck hatte ich jedenfalls damals. Mehr kann ich Ihnen leider nicht sagen, Mr Shinfield. Ihr Vater ist stets darauf bedacht, dass nichts nach außen gelangt. Die Herrschaften blieben sehr zurückgezogen.« Er legte nachdenklich den Zeigefinger an den Mund. »Jedenfalls wirkten beide sehr zufrieden, als Mr Steele wieder nach London abreiste. Ja, äußerst zufrieden. Seine Lordschaft war mindestens für einen ganzen Tag allerbester Laune.«

»Dann muss er wahrlich äußerst zufrieden gewesen sein«, bemerkte John trocken. »Hielt Alexander sich noch in weiteren Räumen des Hauses auf? Außer der Bibliothek, meine ich.«

»In seinem Zimmer natürlich. Dem großen Gästezimmer im westlichen Flügel.« Der Verwalter zog die Augenbrauen zusammen. »Morgens machte er immer einen Spaziergang, direkt nach dem Frühstück. Über die Wiesen, Richtung Fluss. Doch ansonsten befand er sich meines Wissens stets bei Ihrem Vater in der Bibliothek.«

»Vielen Dank, Samuel. Sie haben mir sehr weitergeholfen.«

»Immer gerne, Sir. Dann lasse ich Sie jetzt alleine. Bitte klingeln oder rufen Sie, wenn Sie etwas benötigen.« Der Verwalter machte eine tiefe Verbeugung und entfernte sich geschäftig.

John sah dem alten Mann nach, wie er um die Ecke des Ganges verschwand. Er kratzte sich am Kopf, dann öffnete er die Tür und betrat sein Zimmer. Es war dunkel – und kalt. John ging zum Fenster und zog die Vorhänge zurück, was an den Lichtverhältnissen kaum etwas änderte. Draußen hatte die Dunkelheit mittlerweile die Oberhand gewonnen. Wenn er nach rechts blickte, konnte John gerade noch den Weg ausmachen, der in den Wald führte und den er vor keiner halben Stunde selbst hinaufgefahren war. Die fernen Bäume wirkten in dem zurückgehenden Licht wie eine graue Mauer, die Farley House umgab. Unwillkürlich fröstelte John.

Auf einem nahen Tisch stand ein Ständer mit drei frischen Kerzen. John legte seine Tasche ab, ergriff den Ständer und trat zurück auf den Gang. Nach wenigen Schritten blieb er an einer Kerze stehen, die Samuel auf ihrem Weg entzündet hatte. Er hielt die Dochte an die kleine Flamme und kehrte vorsichtig zurück in sein Zimmer, darauf bedacht, dass keine der Kerzen verlöschte. In der Mitte des Zimmers blieb er stehen und sah sich um. Alles war unverändert, genau so, wie er es in Erinnerung hatte. Neben dem großen Bett stand ein Nachttisch, in dessen Schublade er eine alte Bibel wusste. Sie hatte seiner Mutter gehört. Die große Kommode an der gegenüberliegenden Wand hingegen war gänzlich leer. Seine mitgebrachte Kleidung würde kaum eine halbe Schublade an Raum ausfüllen.

Ein hohes Regal, gefüllt mit Büchern, stand unweit des Kamins. Zufrieden stellte John fest, dass die Feuerstelle penibel gereinigt war. Das Mädchen würde also sogleich damit beginnen können, ein Feuer zu entfachen. John stellte den Kerzenständer zurück auf den kleinen Tisch nahe dem Fenster. Er rieb sich die kalten Hände, dann hob er seine Tasche vom Boden auf und stellte sie auf einen der beiden Stühle, die links und rechts des Tisches standen. Mit beiden Händen stützte er sich vorgebeugt auf eine Stuhllehne und ließ den Blick erneut schweifen. Farley House. Er runzelte die Stirn. Kam das ziehende Gefühl in seiner Magengegend weiterhin vom Unwohlsein, welches er bereits beim Anblick des Herrenhauses verspürt hatte? Oder rührte es von einer gewissen Aufregung in Anbetracht der anstehenden Suche nach Steeles Dokumenten her?

»Sir. Guten Abend, Sir.«

John richtete sich auf und sah zur Tür. Zögernd betrat ein Mädchen den Raum. Sie trug einen Korb unter dem Arm, in dem Holzspäne und eine Zunderbox lagen. In ihrer anderen Hand hielt die kleine Dienstmagd einen irdenen Krug. Der Arm zitterte vor Anstrengung.

»Sir«, knickste sie ein wenig unbeholfen.

John kannte das Mädchen nicht, hatte es hier im Haus zuvor noch nie gesehen. Er lächelte freundlich. »Wie heißt du, Kind?«

»Gertrud, Sir.« Ein erneuter Knicks, der etwas Wasser aus dem Krug schwappen ließ. »Oh«, stieß das Mädchen hervor, und die Röte schoss ihr ins Gesicht.

»Warte, ich nehme dir den Krug ab«, sagte John. Er stellte das Gefäß auf den Tisch. Dann wies er auf den Kamin. »Bitte sei so gut und mache ein Feuer. Samuel hatte völlig recht, es ist eiskalt in diesem Raum.«

»Sofort, Sir.« Die Dienstmagd zog ein Tuch aus ihrer Schürze und wischte eilig das Wasser vom Boden. Dann stellte sie den Korb neben den Kamin und begann, das Holz in der Feuerstelle aufzuschichten.

»Ich komme später wieder«, sagte John. »So kannst du dich in aller Ruhe um das Feuer kümmern.« Was sollte er hier herumstehen, dem Kind bei der Arbeit zusehen? Seine Zeit konnte er wirklich sinnvoller nutzen. Er verstaute die mitgebrachte Kleidung in der Kommode, dann machte er sich auf den Weg in den Westflügel des Hauses. Die Kerze vom Gang nahm er mit.

Für einen Moment war er versucht, einen Abstecher in die Bibliothek zu machen. Sie lag auf seinem Weg. Doch er ging an der großen Tür vorüber. Es war einfach nicht sinnvoll, dort mit der Suche zu beginnen. Dafür würde er Tageslicht benötigen. Und im Zweifel viele Stunden Zeit. Nein, er wollte mit dem Gästezimmer beginnen. Eine Durchsuchung des unbewohnten Zimmers würde nicht lange dauern, viel Licht war dafür sicher nicht nötig.

Die Tür zum Gästezimmer war nur angelehnt. John drückte sie langsam auf. Das Zimmer, in dem Alexander Steele während seines Besuches genächtigt hatte, war ähnlich groß und auch ähnlich eingerichtet wie sein eigenes. Lediglich das Bücherregal war hier kleiner, und statt von Büchern überzuquellen war es mit einigem Zierrat bestückt – chinesisches Porzellan, orientalische Schalen, Tierfiguren aus dunklem Holz. Zusätzlich zu einem Tisch und Stühlen aus Nussbaum stand am Fußende des Bettes eine bequem wirkende Ottomane.

John setzte die Kerze neben dem Regal auf dem Boden ab und besah sich die wenigen Bücher, nahm jedes von ihnen in die Hand, blätterte es langsam durch. Ein Fetzen Pergament, der als Lesezeichen gedient haben mochte. Mehr fand er nicht. Vorsichtig schaute er in die Gefäße und Schalen, obgleich sie ihm zu klein und filigran aussahen, als dass sie Platz für mehr als einen zusammengefalteten Zettel geboten hätten. Selbst ein solcher fand sich nicht. Neugierig drehte er einen Elefanten aus Elfenbein auf der Handfläche. Ein schönes Stück, mit großer Sorgfalt gearbeitet. Er erinnerte sich, die Figur vor Jahren auf dem Toilettentisch seiner Mutter gesehen zu haben. Nach ihrem Tod hatte sein Vater anscheinend eine andere Verwendung für das Schmuckstück gefunden. Für einen Augenblick dachte John daran, den kleinen Elefanten mitzunehmen. Seinem Vater würde sein Verschwinden nie auffallen. Doch dann stellte er das Tier behutsam an seinen Platz zurück. Was sollte er sich ständig an die Vergangenheit erinnern? Abgeschlossene Kapitel ließ man lieber zugeklappt.

Weder in der Kommode noch unter den Möbeln wurde John bei seiner Suche nach Alexander Steeles ominösem Dokument fündig. Selbst im Kamin suchte er – ein denkbar unsinniges Versteck für einen Gegenstand, der aus brennbarem Material bestand. Doch man wusste schließlich nie. Der Nachttopf unter dem Bett führte ihn ebenfalls nicht zum

Ziel. Schließlich ließ John sich auf der Ottomane nieder. Ratlos schaute er sich um. Er hatte überall nachgesehen, da war er sich sicher. Er musste sich mit der Erkenntnis abfinden, dass das gesuchte Schriftstück nicht in diesem Raum versteckt war. Also doch die Bibliothek. John betrachtete die Kerze, welche er in den Händen hielt. Sie war etwas mehr als zur Hälfte abgebrannt. Morgen würde er die Bibliothek in Augenschein nehmen. Er wurde das Gefühl nicht los, genau dort zu finden, wonach er suchte. Die Wahrscheinlichkeit war einfach am größten, dass Steele den Raum mit seinen unzähligen Büchern als Versteck genutzt hatte. Sollte er dies wider Erwarten nicht getan haben, würde John alles neu überdenken müssen. Dann blieb ihm nichts weiter übrig, als das gesamte Haus abzusuchen. Eine langwierige Aufgabe, zweifelsohne. Doch welche andere Möglichkeit hatte er?

John erhob sich und gähnte. Immer einen Schritt nach dem anderen. Für heute hatte er sein Soll erfüllt. Erneut gähnte er. Ein letztes Mal schaute er sich in dem Gästezimmer um, dann machte er sich auf den Rückweg.

Bei seiner Rückkehr prasselte im Kamin ein ansehnliches Feuer. John stellte sich vor die Flammen und genoss die Wärme, die sie wellenartig verströmten. Sein Blick blieb an dem Tisch hängen. Neben dem Wasserkrug stand ein Tablett mit einem Becher und einem großen Teller, auf dem einige Bratenscheiben lagen. Erst jetzt bemerkte John, wie großen Hunger er hatte. Lautstark meldete sich sein Magen zu Wort. Eilig rückte John einen Stuhl an den Tisch und begann mit der Mahlzeit, lehnte sich bequem zurück. Das Essen und die Wärme hoben seine Stimmung beträchtlich.

Mit der Stimmung stieg auch Johns Zuversicht. Morgen würde er fündig werden, da war er sicher. Der kleinen Rose sei Dank! Morgen würde er das Rätsel um den Mörder und die geheime Gesellschaft der Jakobiter lüften. Danach blieb nur noch, den Richter davon in Kenntnis zu setzen. Alles Weitere lag nicht mehr in seiner Hand. Endlich würde er in sein Heim am Gough Square zurückkehren können, die Tür verschlossen halten und sein altes Leben weiterführen. Mit einer gehörigen Portion Vorfreude dachte er an Newtons Buch, das immer noch darauf wartete, gelesen zu werden. Seine Zukunft malte sich heute Abend wahrlich in helleren Farben, als dies noch gestern der Fall gewesen war. Er hielt inne. Wäre da nicht Paul gewesen. Wie eine dunkle Wolke trübte der Gedanke an Paul de l'Estagnol Johns gehobene Stimmung. Was würde er morgen über den Habicht erfahren?

Johns gute Laune löste sich in Luft auf. Er schob den leeren Teller von sich und stand auf. Mit angefeuchteten Fingern löschte er die Kerzenflammen. In den Kamin schob er ein paar Holzscheite, dann zog er die Stiefel aus. Er legte sich aufs Bett, verschränkte die Arme hinter dem Kopf und dachte nach. Ohne dass er sich dessen erwehren konnte, erschien Rebecca Fredericks vor seinem inneren Auge. John stöhnte auf, ergriff ein Kissen und drückte es sich auf das Gesicht.

*

Lange konnte er nicht geschlafen haben, vielleicht zwei Stunden. Die Glut im Kamin leuchtete noch orange. Langsam, fast benommen setzte John sich auf. Bedrückt schüttelte er den Kopf. Weshalb nur fand er keinen erholsamen Schlaf? An einen aufschreckenden Traum, sonst gerne der Grund für ein frühes Erwachen, konnte er sich nicht erinnern. Er rieb sich die Augen und blickte an sich hinab. Immer noch trug er seine Kleidung vom Tage.

Ungehalten murmelte John vor sich hin und schickte sich an, sein Hemd auszuziehen. Er hatte zwei Knöpfe geöffnet, als er innehielt und die Ohren spitzte. Ihm war, als habe er ein Geräusch gehört. Er lauschte in die Nacht, vor Anstrengung bildete sich eine tiefe Falte auf seiner Stirn. Da, erneut! Eindeutig ein Geräusch, etwas lauter. Es klang wie das ferne Wiehern eines Pferdes.

John blickte zum Fenster. Die Vorhänge waren noch zurückgezogen. Er stieg aus dem Bett, trat ans Fenster und spähte in die tiefe Dunkelheit. Stutzte. Zwei große Glühwürmchen schwebten unruhig durch die Nacht, auf ihn zu. Er kniff die Augen zusammen. Erneut wieherte es. Vor den Lichtern erkannte er Schatten. Pferde, die eine Kutsche zogen. Die fahlen Lichter zweier Laternen, die neben dem Kutschbock hingen und während der Fahrt hin und her baumelten. Zweifellos, eine Kutsche war auf dem Weg nach Farley House. Mitten in der Nacht. Samuel erwartete niemanden, ansonsten hätte er es John gegenüber sicherlich erwähnt.

Das Gefährt war beinahe vor dem Haus angekommen. John konnte die Umrisse jetzt gut erkennen. Ein stattlicher Vierspanner. Er kam vor dem Eingang zum Stehen. Die Pferde warfen ihre Köpfe hoch. In der Tat ein unerwarteter Anblick zu dieser Nachtzeit. John knöpfte sein Hemd zu und machte sich nachdenklich auf den Weg in die Eingangshalle. Wen hatte die Kutsche nach Farley House gebracht? Ihm schwante nichts Gutes. Nun, in Kürze würde er mehr wissen.

*

John hielt sich im Hintergrund, während ein sichtlich erstaunter Samuel die Eingangstür einen Spaltbreit öffnete. Augenscheinlich hatte auch er die heranpreschende Kutsche gehört, denn die beiden Männer trafen gleichzeitig in der Eingangshalle ein. Mit fragendem Blick entzündete der Verwalter, nachlässig in einen Morgenmantel gekleidet, einige Kerzen und eine kleine Handlaterne, die er unter einem Tisch hervorholte.

Draußen war das Schlagen einer Kutschentür zu hören. Samuel blickte angestrengt durch den Türspalt, kniff die Augen zusammen. Innerhalb des Bruchteils einer Sekunde wurde sein Gesicht kalkweiß. Mühsam zog er die Tür auf. »S-Sir«, stotterte er. Es klang wie eine Frage. »Eure Lordschaft.«

John trat einen großen Schritt nach vorne. Eine bekannte Stimme ließ ihn jedoch auf der Stelle verharren.

»Samuel, da sind Sie ja endlich!« Lord Shinfield wirkte mehr als nur ungeduldig. Er war wütend. »Machen Sie schon, Mann! Das Gepäck trägt sich nicht von alleine ins Haus.«

John verschränkte die Arme und sah seinem Bruder entgegen, der die Tür aufstieß und mit schweren Schritten in die Eingangshalle stapfte.

»Diese verdammte Kälte«, fluchte Edward Shinfield. Er schaute auf und bemerkte John. Beiläufig nickte er ihm zu. Dann drehte er sich ruckartig um und rief durch die geöffnete Tür in die Nacht hinaus: »Machen Sie schon, Mann!«

»Edward. Was für eine Überraschung.« John löste sich aus seiner Starre.

»Wie man es nimmt«, antwortete Edward. »Wie man es nimmt.« Er streifte seine Handschuhe ab und warf sie auf einen Tisch. Dann trat er von einem Bein auf das andere. »Diese unsägliche Kutschfahrt. Ich kann meine Beine kaum noch spüren. Eine Zumutung, derart lange eingesperrt zu sein!« Über die Schulter rief er ungehalten: »Ich erwarte, Samuel, dass umgehend die Tür geschlossen wird! Die unsägliche Kälte zieht in das Haus.« Er sah sich um. »Nicht, dass es hier besonders warm wäre«, bemerkte er in Johns Richtung.

»Sir, sofort, Sir«, antwortete Samuel atemlos und trat wankend in die

Halle, in den Händen jeweils zwei Koffer. Er setzte das Gepäck ab und eilte zur Tür. »Sir, wenn Sie eintreten wollen, Sir. Herzlich willkommen auf Farley House.«

Auf seinen Stock gestützt, betrat Richard leicht hinkend die Halle. »Vielen Dank, Samuel. Sei gegrüßt, John.«

»Richard. Noch eine Überraschung.« John musterte seinen Bruder. Er sah müde und mitgenommen aus. Das Resultat seiner Krankheit oder der Kutschfahrt mit Edward?

»Samuel, wo sind die übrigen Dienstboten? Wir haben nicht die ganze Nacht Zeit.« Edward Shinfield deutete auf eine Tür. »Wir warten im Salon, bis unsere Zimmer hergerichtet sind.«

»Sehr wohl, Lord Shinfield. Sehr wohl. Ich – ich kümmere mich sofort darum.«

»Und schicken Sie zuerst jemanden, der sich im Salon um den Kamin kümmert. Ach, und lassen Sie uns etwas zu essen bringen. Ich sterbe vor Hunger. Außerdem eine Flasche Wein.«

»Sir«, nickte der Verwalter und hastete davon, in die dunklen Gänge von Farley House.

Edward seufzte vernehmlich. »Was für eine Strapaze.« Er öffnete die Tür zum Salon und winkte seinen Brüdern. »Los, los! Bringt den Kerzenständer dort mit. Ich befürchte, es wird dauern, bis wir auf unsere Zimmer können.«

John ergriff den Ständer und folgte in den Salon, wo sein älterer Bruder es sich bereits auf einem Sofa bequem gemacht hatte.

»Samuel wirkt irgendwie hilflos, findet ihr nicht auch?« Abwechselnd sah Edward seine Brüder an. »Ich denke, dass ich Vater empfehlen werde, sich einen neuen Verwalter zu suchen.«

»Er wirkt so … alt, nicht wahr«, pflichtete Richard bei. Er setzte sich langsam gegenüber von Edward in einen Sessel. Den Gehstock lehnte er gegen einen kleinen Tisch. »Ja, er ist alt geworden. Vielleicht sollte Vater ihn noch ein oder zwei Jahre hierbehalten und ihn dann in den wohlverdienten Ruhestand …«

»Papperlapapp«, fiel ihm Edward ins Wort. »Weibergeschwätz. Wenn er seinen Aufgaben nicht mehr wie gehabt nachkommen kann, muss er den Dienst für unsere Familie umgehend aufgeben. Wo kämen wir hin, wenn wir den Dienstboten durchgehen ließen, ihre Aufgaben nicht zu unserer vollen Zufriedenheit zu erfüllen?«

»Wie du meinst«, nickte Richard kleinlaut.
Edward grunzte und blickte abwartend zu John.
Es war John nicht daran gelegen, dem alten Verwalter den Todesstoß zu versetzen. Etwas anderes interessierte ihn viel mehr. »Was, bitte, führt euch beide mitten in der Nacht nach Farley House?«
»Wir sind natürlich so schnell wie möglich hierhin geeilt«, antwortete Richard und rieb sich die Hände.
»Das sehe ich. Doch warum?«
»Um dir zu helfen, natürlich.« Richard musterte John, als zweifle er an dessen Verstand.
Edward nickte bestätigend.
Entgeistert sah John seine Brüder an. »Wobei beabsichtigt ihr denn, mir zu helfen?«
»Bei der Suche selbstverständlich«, warf Edward gereizt ein. »Der Suche nach den Papieren.«
»Aber …« Es hatte John die Sprache verschlagen. Woher wussten die beiden von seiner Suche?
»John, du fragst dich sicherlich, woher wir davon wissen.« Richard lächelte nachsichtig.
Es blieb John nur, wortlos zu nicken.
»Dein verehrter Freund, Mr de l'Estagnol, war so freundlich, uns von deinem Plan zu unterrichten. Er ließ uns eine diesbezügliche Nachricht zukommen.« Richard schaute zu seinem Bruder Edward. »Es war nicht lange nach dem Abendessen, nicht wahr?«
»Nach dem *Fiasko* eines Abendessens. Doch Schwamm drüber, vorerst zumindest, John. Ich muss sagen, dass ich dein Ansinnen ausdrücklich loben möchte«, ergänzte Edward.
John vermochte seinen Brüdern nicht zu folgen. »Bitte erklärt euch.«
»Dass du Edwards Investitionen retten willst, indem du Steeles verschwundene Geschäftspapiere suchst, ist wirklich löblich.« Richard nickte mit einer gewissen Gravität. »Löblich. Und überraschend, wie wir finden.«
»Investitionen … Papiere«, stotterte John.
Edward Shinfields Gesichtsausdruck besagte, dass er Johns Reaktion unangemessen fand. »Mr de l'Estagnol war so freundlich, uns von deinem Verdacht zu berichten, Steele könne die Geschäftsunterlagen auf Farley House hinterlegt haben. Steele war im Sommer schließlich hier, bei

Vater.« Verlegen starrte Edward an die Decke. »Auch ich war damals für einen Tag nach Farley House gekommen. Dabei schloss ich mit Alexander gewisse … Vereinbarungen ab. Alexander hielt das Besprochene in einigen Verträgen fest, die er behielt. Diese Papiere sollten nicht zu unseren sonstigen Geschäftsunterlagen.« Er dachte kurz nach, dann richtete er seinen Blick auf John. »Ich möchte Vater nicht fragen, ob er mitbekommen hat, wo Steele sie hinterlegt hat. Die Geschäfte mit Alexander waren nicht allesamt … wie soll ich sagen … nicht immer … lupenrein.« Er räusperte sich. »Doch die Rendite, lieber John. Die Rendite! Jedenfalls habe ich die Hoffnung, dass noch etwas von meinem Geld zu retten ist, wenn ich genau weiß, was Alexander damit gemacht hat. Worin er genau investiert hat. Und dafür benötige ich jene Unterlagen, welche Steele aufgesetzt hat. Vielleicht kann ich mit ihnen noch etwas beanspruchen.«

Richard beugte sich erklärend nach vorne. »Fielding behauptet, in Alexanders Haus keinerlei Unterlagen gefunden zu haben, die Edwards Geschäfte mit Steele dokumentieren. Gar nichts, dabei hatten sie doch eine rege Geschäftsbeziehung. Das scheint uns sonderbar. Woher weißt eigentlich du, John, dass Alexander die Papiere hier deponiert hat?« Richard sah sich gespannt in dem Raum um, als könnten die gesuchten Papiere jeden Augenblick auf einem der Tische oder im Regal auftauchen. »Ein guter Ort, wenn man genau darüber nachdenkt. Nicht allzu weit von London entfernt, jedoch außerhalb des Zugriffs der dortigen Behörden.« Richards Blick eilte zu Edward, der mit versteinerter Miene zuhörte. »Hat Steele die betreffende Bemerkung bei deinem Besuch am Hanover Square fallen gelassen?« Er sah erneut zu Edward, dann wieder zu John. »Wir sind Mr de l'Estagnol jedenfalls dankbar, dass er uns von deinem Vorhaben unterrichtet hat. Edward wusste sogleich, was zu tun ist.« Der Anflug eines Grinsens flog über Richards Gesicht. »Er hatte die Nachricht noch nicht ganz gelesen, da befahl er schon nach der Kutsche.«

Edward nickte langsam. »Ich benötige diese Papiere. Morgen werden wir mit der Suche beginnen. Gemeinsam.«

John schwieg, seine Gedanken überschlugen sich. Wieso hatte Paul seine Brüder hinter ihm hergeschickt? Woher, um Gottes willen, wusste er überhaupt von Johns Reise nach Farley House? Mühsam kämpfte John sich durch einen grauen Nebel an die Oberfläche seines Verstandes. »Was genau schrieb euch Paul? Darf ich die Nachricht einmal sehen?« Er streckte die Hand aus.

»Ich habe sie ins Kaminfeuer geworfen«, winkte Edward ab. »Wir wollten nicht, dass irgendwelche neugierigen Augen sie zu Gesicht bekämen. Seit Sir Ignatius bei unserem Abendessen Zweifel an der Werthaltigkeit meiner Investitionen aufgebracht hat, habe ich das Gefühl, von allen Seiten bespitzelt zu werden.« Er schüttelte wütend den Kopf. »Die Familie meiner zukünftigen Ehefrau hat eine Depesche geschickt, mit der ausdrücklichen Bitte um ein Gespräch.« Er schlug mit der flachen Hand auf die Sofalehne. »Ignatius muss die Gerüchte bewusst gestreut haben. Auf einmal werde ich mit besorgten Anfragen überhäuft. Ich brauche diese Verträge und Aufzeichnungen, damit ich mein Geld zurückholen kann. Es darf niemand da draußen wissen, wie es um meine Finanzlage bestellt ist.«

»Aber ist es wirklich dermaßen schlimm, Edward?« John starrte seinen Bruder entgeistert an. »Es kann doch nicht sein, dass Steele dein gesamtes Vermögen …«

»Meine Situation ist prekär«, fiel Edward John wütend ins Wort. »Mehr werde ich dazu nicht sagen.« Er verzog das Gesicht wie ein schmollendes Kind. »Der Earl ist äußerst zurückhaltend, was meinen Zugriff auf das Familienvermögen betrifft.« Er warf John einen giftigen Blick zu. »Nicht jeder von uns ist dergestalt gesegnet, dass er ein beträchtliches Vermögen geerbt hat. Nein, ich muss an meine Investitionen kommen. Ich kann nicht warten, bis unser Vater endlich ins Gras gebissen hat.«

»So ist es«, pflichtete Richard ihm bei. »So lange kannst du nicht warten. Allein die Rückzahlung deiner Verbindlichkeiten bei Lord …«

»Richard!«, schrie Edward aufgebracht. »Ich benötige keine Erinnerung deinerseits. Zu diesem Thema möchte ich kein einziges weiteres Wort hören.« Er sprang auf und lief ungeduldig durchs Zimmer. »Wir müssen die Verträge finden«, murmelte er. Dann blieb er vor John stehen. »Über das unsägliche Thema deiner geplanten Heirat mit Mr de l'Estagnols Cousine werden wir uns noch unterhalten. Ich hege keine Sympathie für diese Idee.« Während des Sprechen schritt er weiter auf und ab. »Doch zuerst müssen wir diese Dokumente finden.« Er hielt inne und starrte zur Tür, in der Gertrud mit einem Tablett erschienen war.

John erhob sich. »Ich für meinen Teil werde zu Bett gehen. Stärkt ihr euch, ich benötige dringend Schlaf. Wir sehen uns in der Früh.« Damit verließ er, ohne auf eine Antwort zu warten, den Raum und ging auf sein Zimmer.

Den ersehnten Schlaf vermochte John jedoch einfach nicht zu finden. Noch lange dachte er über das überraschende Auftauchen seiner Brüder nach. Was für einen Plan verfolgte Paul? Auf welche Weise war er wirklich in die ganze Sache verstrickt, der Habicht von London?

Erst in den frühen Morgenstunden, als vor dem Fenster das tiefe Schwarz langsam von einem sachten Grau durchdrungen wurde, fielen John die Augen zu. Er träumte von Rebecca Fredericks. Er träumte, wie sie sich lächelnd über ihn beugte und ihm mit einem Messer das Herz herausschnitt.

*

»Es ist besorgniserregend, Sir«, sagte ein sichtlich verstörter Samuel. Er stand vor dem Tisch, an dem die drei Brüder schweigend frühstückten, und rang seine Hände.

»Was faseln Sie da, Samuel?«, raunzte Edward mit vollem Mund. »Ich verstehe kein Wort.« Er warf seinen Brüdern einen wissenden Blick zu, der besagte, der alte Mann habe eindeutig den Verstand verloren. »Was für ein Fenster?« Er griff nach einer Scheibe Brot und bestrich sie dick mit Gänseschmalz.

»Hinten hinaus, Sir. Das beschädigte Fenster im kleinen Salon.«

»Dann lassen Sie es doch reparieren. Es ist nicht meine Aufgabe, Ihnen Ihre Arbeit zu erklären.« Verärgert schüttelte Edward den Kopf und biss in das Brot.

»Es ist eben nicht einfach kaputt, Lord Shinfield. Es wurde aufgebrochen, Sir.«

»Aufgebrochen? Wie meinen Sie das?«

»Aufgebrochen. Mit Gewalt geöffnet. Von außen.«

Überrascht sahen sich die drei Brüder an.

»Ein Einbrecher? Vergangene Nacht?« Ein Stück des Brotes fiel Edward aus dem Mund.

»Was wurde gestohlen?«, fragte John.

Der Verwalter kratzte sich am Kopf. »Das ist ja das Ungewöhnliche, Sir. Augenscheinlich wurde nichts gestohlen.«

Sichtlich erleichtert lehnte Richard sich zurück. »Sicherlich lediglich ein Dummer-Jungen-Streich, die Sache. Bestimmt einer diese Taugenichtse aus dem Dorf.«

»Aber so etwas geschieht doch sonst nicht, Sir«, warf Samuel ein. »Und dann ist da noch etwas.«

»Raus damit! Spannen Sie uns nicht auf die Folter«, polterte Lord Shinfield.

»Gertrud – das Dienstmädchen – hat heute Morgen jemanden in der Bibliothek gehört. Als sie sich der Bibliothek näherte, sei die Tür aufgegangen und jemand sei herausgerannt, sagt sie.«

»Wer?«, fragte John.

»Das kann sie nicht sagen, Sir. Es war dunkel im Gang und die Person trug einen Mantel mit Kapuze über dem Gesicht. Sie dachte jedoch zuerst, es sei ein Kind, Sir.«

»Ein Dummer-Jungen-Streich, das sage ich doch.« Richard winkte ab.

»Wieso ein Kind?«, ignorierte John die Bemerkung seines Bruders.

»Die Person sei von kleiner Statur gewesen, daher.« Nervös trat Samuel von einem Bein auf das andere. »Sie habe sich aber nicht wie ein Kind bewegt, meint Gertrud. Eher wie ein kleiner Mann.«

Edward schnaufte. »Vielleicht ist das Ding nicht ganz zurechnungsfähig. Oder hat heimlich von dem Wein getrunken. Was soll denn ein Mann, egal ob klein oder groß, in unserer Bibliothek machen?« Er lachte höhnisch.

»Da würde mir etwas einfallen«, murmelte John.

Entgeistert starrte Edward ihn an, dann riss er die Augen auf. »Meine Güte, die Papiere … du meinst …«

John zuckte mit den Schultern. An Samuel gerichtet, fragte er: »Wer ist noch alles im Haus?«

»Nun, außer Gertrud und mir noch die Köchin und ihre beiden Gehilfen. Dann Marcus. Er hilft bei allem, was so anfällt. Und der Stallbursche, doch der ist selten im Haus, schläft über dem Stall.«

»Sonst niemand?«, wollte Richard verwundert wissen.

»Der Earl of Finchampstead hat darauf bestanden, die übrigen Bediensteten zu entlassen, Sir. Seitdem Farley House nur noch selten von Ihrer Familie besucht wird, bestand kein Bedarf mehr. Die meisten der vormaligen Dienstboten haben sich meines Wissens nach London aufgemacht, in der Hoffnung, dort eine auskömmliche Anstellung zu finden. Wenn doch einmal Unterstützung benötigt wird, dann holen wir uns Leute aus dem Dorf.«

Lord Shinfield grummelte etwas Unverständliches.

»Samuel, schicken Sie Marcus durch das gesamte Haus. Er soll kontrollieren, ob sich letzte Nacht jemand eingeschlichen hat. Und lassen Sie die Bibliothek absperren. Den Schlüssel geben Sie bitte mir.« John erwartete den Widerspruch seiner Brüder, erstaunlicherweise blieb dieser jedoch aus. »Lassen Sie jemanden aus dem Dorf kommen, der das Fenster wieder instand setzt. Danach gehen Sie bitte noch einmal durch das gesamte Erdgeschoss und kontrollieren alle Fenster. Sie sollten unbedingt verriegelt sein. Ach ja, haben Sie bei dem Rundgang doch bitte außerdem ein Auge darauf, ob nicht doch etwas entwendet worden ist.« John nickte dem Verwalter freundlich zu.

»Tun Sie das!«, wies Edward den alten Mann übelgelaunt an. »Worauf warten Sie noch?«

»Sehr wohl, Sir.« Samuel verbeugte sich und verließ eilig den Raum.

»Was für eine ungewöhnliche Geschichte.« Nachdenklich nippte Richard an seiner Kaffeetasse. »Wirklich ungewöhnlich.«

»Wir müssen jedenfalls umgehend die Bibliothek absuchen. Und das Zimmer, in dem Steele während seines Aufenthaltes genächtigt hat. Ich denke, Letzteres sollte ich tun.« Schwerfällig erhob sich Edward von seinem Stuhl.

John behielt für sich, dass er das fragliche Zimmer bereits ausführlich unter die Lupe genommen hatte. Sollte sein Bruder es doch durchkämmen. In der Bibliothek würde er ihnen nur im Weg herumstehen.

»Wirklich ungewöhnlich«, wiederholte Richard und setzte die Tasse langsam auf dem Unterteller ab. »Man könnte fast meinen, jemand sei uns aus London gefolgt.«

*

Die Durchsuchung des Hauses durch Marcus war ohne Ergebnis geblieben. Und auch Samuel hatte nichts Neues zu berichten, als er John und Richard vor der Tür zur Bibliothek traf. »Es scheint nichts gestohlen worden zu sein. Alle anderen Fenster und Türen waren intakt und fest verriegelt.«

Richard verzog das Gesicht zu einem schmalen Grinsen. »Ich sage doch, dass diese Magd wahrscheinlich nur geträumt hat. Vielleicht hat sie von einem jungen Galan fantasiert, dessen Besuch sie sich insgeheim wünscht.«

Kurz zögerte John mit einer Antwort. »Vielleicht ist es so«, sagte er ausweichend. Er griff in seine Manteltasche und zog den Bibliotheksschlüssel hervor. »Dann konzentrieren wir uns auf die Suche nach den Papieren. Samuel, ich denke, eine Kanne frisch aufgebrühten Kaffees kann nicht schaden.«

»Sir.« Der Mann verbeugte sich und eilte davon.

»Samuel ist wirklich alt geworden, findest du nicht auch?« Richard blickte nachdenklich hinter dem Verwalter her. »Ihn von heute auf morgen zu entlassen, erscheint mir ein wenig harsch. Doch Edward hat wohl nicht gänzlich unrecht mit seiner Aussage, dass der Mann seinen Dienst nicht mehr so effizient wie früher verrichtet.«

John tat, als habe er seinen Bruder nicht gehört, und drehte den Schlüssel im Schloss der großen Tür. Ein metallisches Knarzen, dann ließ sie sich aufschieben. Fast erwartete John, die Bibliothek in einem Chaos vorzufinden, doch es schien alles seine gewohnte Ordnung zu haben. Die wandhohen Regale waren mit Büchern gefüllt, der dunkle Eichenholztisch vor einem der hohen Fenster bis auf einen aufgeschlagenen Band leer. Drei Ledersessel gruppierten sich um einen runden Tisch, ebenfalls aus Eichenholz. Der alte Schreibtisch, an dem ihre Mutter bisweilen gesessen hatte, stand an der Wand, nicht weit von der Tür entfernt. Es sah alles aus wie immer. John schluckte. Er erinnerte sich daran, wie er hier vor der Tür gekauert hatte, um die Streitgespräche seines Vaters mit den Angehörigen seiner Liebschaften zu belauschen.

Zwei der drei Fenster waren verhangen. John öffnete die Vorhänge mit einem festen Ruck und ließ das trübe Licht des winterlichen Morgens herein. Er wandte sich zu Richard und öffnete die Arme weit. »Da wären wir. Wo sollen wir beginnen?«

»Wie werden diese Vertragsunterlagen aussehen? Ein Bündel Papiere? Ein gerolltes Manuskript? Wenn Alexander sie in diesem Raum versteckt hat, dann wohl hinter einer Reihe von Büchern.« Richard zuckte mit den Schultern. »Dergestalt, dass sie nicht zufällig auffallen, aber dennoch bei Bedarf einfach hervorzuholen wären.«

John nickte zustimmend. Alles, was Richard über die vermeintlichen Geschäftsdokumente mutmaßte, traf genauso auf das wahre Ziel seiner Suche zu: die Geheimunterlagen der Jakobiter.

Mit in die Seiten gestemmten Händen sah Richard die Regale entlang, den Gehstock dabei wie einen Stachel seitlich von seiner Hüfte abstehen lassend. »Wo also anfangen? Vielleicht beginne ich auf der linken Seite des Raumes, und du, John, auf der gegenüberliegenden Seite. So treffen wir uns in der Mitte, sollten wir das Gesuchte nicht vorher finden.«

»Da es nur eine Leiter gibt, um an die oberen Regale zu gelangen, möchte ich vorschlagen, dass ich mich dabei auf die obere Hälfte jedes Regals konzentriere, du auf die untere Hälfte.«

Richard verengte die Augen zu Schlitzen, dann nickte er lachend. »Es ist wie immer sehr freundlich von dir, Bruderherz, auf meine Gebrechen Rücksicht zu nehmen.« In gespielter Dankbarkeit deutete er eine Verbeugung an. »Doch es stimmt. Auf diese Weise verschwenden wir keine unnötige Zeit. Ich habe nichts dagegen, diesen Ort schnellstmöglich wieder zu verlassen. Die Annehmlichkeiten Londons weiß man erst so richtig zu schätzen, wenn man auf sie verzichten muss.«

»Ich gestehe, Richard, dass auch ich Farley House nicht mehr allzu viel abgewinnen kann.«

»Wirklich?« Erstaunt hielt Richard inne. »Ich hatte immer den Eindruck, dass du nur widerwillig mit dem Rest der Familie in die Hauptstadt gezogen seist. Hier auf dem Land warst du doch immer der Liebling der Dienstmägde und Dorfschönheiten.« Er zwinkerte John zu.

»Da hast du etwas falsch verstanden.« John runzelte die Stirn. »Lass uns mit der Suche beginnen. Vielleicht haben wir Glück und werden schnell fündig.« Er rückte die Leiter an die äußerste Ecke der Regalwand und begann, sie emporzuklettern.

»Ja, vielleicht«, antwortete Richard. Er lehnte den Stock gegen den Eichentisch und ging zum anderen Ende der Regale.

Sie suchten bis zum Mittag, nur unterbrochen von Samuel, der ein Tablett mit einer Kaffeekanne und zwei Tassen auf den Tisch vor das Fenster stellte. Dankbar hatte John ihm zugenickt, um sogleich wieder mit der Hand hinter eine Buchreihe zu greifen. Wo dies nicht möglich war, musste er Bücher herausnehmen und sie in einer Hand balancieren, um mit der anderen den Leerraum abzutasten. Eine bisweilen akrobatische Angelegenheit, galt es doch, das Gleichgewicht auf der Leiter zu halten. Trotzdem kam er zügig voran. Zügiger zumindest als sein Bruder. Richard schienen bereits nach wenigen Minuten seine Gebrechen zuzusetzen. Immer öfter hörte John ihn stöhnen oder einen Schmerzenslaut unterdrücken, wenn er sich recken oder bücken musste.

»Es dürfte Mittagszeit sein, Richard«, sagte John und stieg von der Leiter. Er streckte sich. »Wir sollten eine Pause einlegen. Vielleicht etwas essen. Was meinst du?«

Mühsam richtete Richard sich auf. Mit dem Handrücken strich er über seine schweißbeperlte Stirn. »Nur noch diese Reihe«, seufzte er und bückte sich wieder hinab.

John zuckte mit den Schultern und ging zum Tisch. Er goss sich Kaffee ein, nahm einen Schluck, verzog angewidert das Gesicht und setzte die Tasse wieder ab. Das Getränk war mittlerweile eiskalt. Gedankenverloren griff er nach dem Buch, welches aufgeschlagen auf dem Tisch lag. Als seine Hand das Leder bereits berührte, stockte er. Die Lettern auf dem Einband sprangen John wie angriffslustige Hunde entgegen. Issac Newtons Abhandlung über die Gravitation. Jenes Buch, welches am Gough Square auf seine Rückkehr wartete. Was für ein ungewöhnlicher Zufall, es ebenfalls hier zu finden. Johns Zeigefinger strich irritiert über das Leder. Langsam drehte er das Buch um. Er blinzelte. Unmöglich. Er blätterte eine Seite zurück, dann wieder nach vorne. Unmöglich. Das Buch war an der gleichen Stelle aufgeschlagen, an der er in London mit dem Lesen aufgehört hatte. Ungläubig wendete er den Band in den Händen.

»Ist alles in Ordnung?« Auf dem Boden kniend sah Richard zu John auf. »Du siehst verwirrt aus. Oder ist das nur das Ergebnis von zu wenig Nahrungsaufnahme? Ich gestehe, dass sich mein Magen bereits mehrfach lautstark zu Wort gemeldet hat. Gleich habe ich diese Reihe fertig untersucht, dann können wir …«. Er hielt abrupt inne und richtete den Blick wieder auf das Regal. Eine Hand steckte hinter der Buchreihe. »Aha!«, rief Richard triumphierend aus.

John legte Newtons Buch auf den Tisch und trat auf seinen Bruder zu. »Was meinst du?« Er kniete sich neben das Regal.

Richard runzelte angestrengt die Stirn. Dann zog er die Hand hervor und begann, Bücher aus dem Regal zu ziehen. Ordentlich legte er sie in einem Stapel auf den Boden.

»Was …?«, setzte John erneut an.

»Warte«, erwiderte Richard. Er griff mit beiden Händen in das Regal und zog etwas hervor. Strahlend hob er es empor. »Wer sagt's denn!«

John starrte auf das Päckchen, das sein Bruder stolz in den Händen hielt. Es hatte die Größe eines kleinen Buches, umwunden mit dickem Papier, das durch eine feste Schnur zusammengehalten wurde. Er schluckte.

»Bitteschön«, sagte Richard und reichte John das Päckchen. »Mach du es auf. Ich benötige meine Hände, um überhaupt aufstehen zu können.«

John nahm das Fundstück entgegen, erstaunt über dessen geringes Gewicht. Ein Buch befand sich wohl nicht in der Umhüllung. Eher ein paar zusammengebundene Papiere. Mit zitternden Fingern machte er sich daran, den Knoten der Schnur zu öffnen, während Richard ächzend aufstand. Endlich würde er Antworten bekommen. Vor Anspannung verspürte John einen Schwindel. Seine Finger hielten inne. Wenn er vor den Augen seines Bruders das Päckchen öffnete, dann würde schnell klarwerden, dass es sich mitnichten um Dokumente der Geschäfte zwischen Alexander und Edward handelte. Richard würde Fragen zum Inhalt der Schriftstücke stellen. Das durfte nicht geschehen. Andererseits sah John sich außerstande, das Öffnen des Päckchens hinauszuzögern. Er brannte auf Antworten.

John richtete sich auf. »Bitte setz dich erst einmal, Richard.« John nahm seinen Bruder am Ellenbogen und führte ihn zu einem Sessel. »Du musst von der Suche ganz erschöpft sein.«

»Ich muss gestehen, dass dem wirklich so ist. Vielen Dank.« Richard ließ sich schnaufend in den Sessel gleiten.

Mit schnellen Schritten trat John zurück an den Tisch. Er hatte Richard den Rücken zugekehrt, so dass dieser den Inhalt des Päckchens nicht sehen konnte. Vielleicht gelang es ihm, die Papiere in seine Manteltasche zu schieben, ohne dass es seinem Bruder auffiel. Fieberhaft werkelte John an dem Knoten. Als dieser sich endlich löste, schob John die Schnur ungeduldig zur Seite und faltete das Papier auseinander. Die letzte Lage gab den Blick auf den gut geschützten Inhalt frei. Die Zeit blieb stehen. John starrte auf das, was vor ihm lag. Was er sah, verstand er nicht. Er bekam keine Luft. Aus weiter Ferne hörte er Richard etwas sagen. Doch er starrte stumm weiter auf den Tisch. Vor Übelkeit musste er würgen.

»John, jetzt mach es nicht derart spannend!«, rief Richard. »John? Hörst du überhaupt, was ich zu dir sage?«

Langsam drehte John sich um. Mit beiden Händen hielt er sich am Tisch fest, um nicht das Gleichgewicht zu verlieren.

»John, geht es dir nicht gut? Du bist ganz weiß im Gesicht. Was ist geschehen?«

Er versuchte sich an einer Antwort, brachte jedoch nur Gestammel hervor.

Richard schüttelte verständnislos den Kopf und stand schwerfällig auf. Er trat hinkend neben John, schob ihn einen Schritt zur Seite. »Oh verdammt!«, entfuhr es ihm, als er auf den Inhalt des Päckchens blickte. »Was macht denn ein Bild von Sara hier in der Bibliothek?«

*

Beide Männer starrten auf die Miniatur.

»Du hast wirklich keine Idee, wie sie hierhin gekommen sein kann?«, fragte Richard bereits zum zweiten Mal.

»Nein, das habe ich wahrlich nicht.« John hatte sich wieder gefangen und beäugte misstrauisch das kleine Bild. Als führe es ein Eigenleben und könne sich jederzeit in Bewegung setzen.

»Gestohlen wurde es also bei jenem Einbruch in dein Haus, bei dem deine Haushälterin ums Leben kam?«

Bestätigend nickte John.

»Aber was macht Saras Bild dann auf Farley House? Hinter einigen Büchern versteckt? Das ergibt doch keinen Sinn.«

»Nein«, pflichtete John seinem Bruder bei. »Das ergibt keinen Sinn.« Genauso wenig Sinn wie Newtons Buch, das genau an jener Stelle aufgeschlagen war, an der er zu lesen aufgehört hatte. »Keinen Sinn.«

»Und doch muss es irgendeine Erklärung geben«, sagte Richard nachdenklich.

»Mir fällt keine ein.« Außer der, dass sich Paul ein makabres Spiel erlaubte und dies alles von langer Hand geplant hatte. Doch aus welchem Grund?

»Alexander wird es wohl kaum hier versteckt haben. Als er nach Farley House kam, war das Bild schließlich noch in deinem Besitz.«

»Das ist richtig.« John nickte langsam.

Richard trat zu einer Zugkordel neben der Tür. »Ich klingele nach Samuel.«

Erstaunt schaute John auf. »Weshalb?«

»Nun, irgendjemand muss schließlich kürzlich hier gewesen sein. Der Einbruch in dein Haus liegt doch erst wenige Tage zurück.«

Drückende Erschöpfung machte sich in Johns Kopf breit. Er zuckte mit den Schultern.

»Sir, Sie haben geläutet?« Samuel erschien im Türrahmen.

»Die Sache ist folgende«, sagte Richard bedächtig und taxierte den Verwalter aus leicht zusammengekniffenen Augen. »Wir haben hier in der Bibliothek etwas gefunden, das noch vor kurzem in London im Besitz meines Bruders war. Wir fragen uns, wie es hierhergekommen ist.«

»Sir?« Verständnislos sah der alte Mann von Richard zu John.

»Wie gesagt, wir fragen uns, wie es hierhergekommen ist. Vielmehr, durch wen es hierhergekommen ist. Welche Besucher gab es innerhalb der – sagen wir – letzten sieben Tage, Samuel?«

»Besucher? Keine, Sir. Keine Menschenseele. Mr Shinfields Erscheinen am gestrigen Tag stellt den ersten Besuch seit langem auf Farley House dar.«

»Das kann nicht stimmen.« Richards Stimme klang kalt und scharf. »Dieses Bild«, er deutete auf den Tisch, »ist der Beweis dafür, dass dies nicht stimmt.«

Verständnislos betrachtete der Verwalter die Miniatur. »Das ... das ist doch Mrs Shinfield. Der Herrgott habe sie selig.«

»Wer betrat in den letzten Tagen das Haus?« Richard war wieder neben John getreten.

»Niemand, Sir. Niemand. Ein oder zwei Boten aus dem Dorf natürlich. Doch niemand hat das Haus jenseits des Dienstbotentraktes betreten. Dafür ... dafür lege ich meine Hand ins Feuer, Sir.«

John hob eine Hand und unterbrach seinen Bruder, der erneut ansetzte, den Verwalter zu befragen. »Es ist gut. Danke, Samuel. Sie können gehen.«

»Aber John ...«, protestierte Richard.

»Sie können gehen, Samuel. Es ist alles in Ordnung.«

Der Verwalter verbeugte sich und flüchtete aus der Bibliothek.

»Der Mann kann uns nicht weiterhelfen, das ist doch offensichtlich, Richard. Ich glaube ihm, wenn er sagt, dass niemand hier war.«

»Vielleicht bekommt er gar nicht mehr mit, was im Haus geschieht. Edward hat wohl doch recht. Der alte Taugenichts gehört entlassen.«

»Ich bitte dich, Richard. Das hilft doch niemandem weiter. Zumal es wohl eine andere Möglichkeit gibt, wie das Bild hinter die Bücher gelangt ist.«

»Eine andere Möglichkeit? Und die wäre?«

»Das Mädchen hat letzte Nacht jemanden aus der Bibliothek kommen sehen. In eben jener Nacht, in der auch ein Fenster im Erdgeschoss gewaltsam geöffnet wurde.«

Richard runzelte die Stirn. »Du willst sagen, jemand hat das Bild gerade erst, letzte Nacht also, dort deponiert? Jemand ist nicht eingebrochen, um etwas zu stehlen, sondern vielmehr, um etwas *dazulassen*?« Er schüttelte den Kopf. »Wer sollte so etwas tun? Hast du hierzu auch eine Vorstellung?«

John seufzte. Er rieb sich mit Daumen und Zeigefinger die Nase. »Ein kleiner Mann, wie ihn das Dienstmädchen gesehen haben will. Nicht viel größer als ein Kind.« Er sah seinen Bruder vielsagend an. »Läutet da etwas bei dir?«

Ungläubig lachte Richard auf. »De l'Estagnol? Das kann nicht dein Ernst sein.«

John nickte. »Ich verstehe es nicht, um dies direkt vorwegzunehmen. Aber – ja, die Möglichkeit besteht.«

Richard ließ sich in einen Sessel fallen. »Unmöglich. Er hat Edward und mich doch erst dazu gebracht, nach Farley House zu kommen. Warum sollte er uns folgen und in das Haus eindringen? Was hat er mit Alexanders Papieren zu schaffen, die wir suchen? Hat er sie gegen ein *Bild* ausgetauscht?« Verwundert schüttelte Richard den Kopf. »Das ergibt keinen Sinn. Er müsste Alexander bereits gekannt haben und …« Er hielt inne und riss die Augen auf. »Willst du sagen, John, dass es sich bei de l'Estagnol um den brutalen Mörder handelt, von dem ganz London spricht? Der neben Alexander auch Hannah auf dem Gewissen hat?«

»Ich … ich will gar nichts Derartiges sagen, Richard. Pauls Verhalten ist jedoch ungewöhnlich und nicht wirklich durchschaubar. Dass er Alexander getötet haben soll oder gar Hannah, das will ich nicht glauben.«

»Er hat durchaus etwas Schurkisches an sich, dieser de l'Estagnol. Wenn du mich fragst. Gleich bei unserem ersten Zusammentreffen hatte ich den Eindruck, dass mit dem Mann irgendetwas nicht stimmt. Er schien mir etwas vorzugeben, was er nicht war. Dieses ganze französische Brimborium etwa. Wie ein eitler Fob, der direkt von der Theaterbühne heruntergestiegen ist.«

»Man … erlebt manchmal Überraschungen«, antwortete John trocken.

Beide Männer schwiegen.

»Wegen der Geschäftspapiere«, setzte Richard nachdenklich an. »Wollen wir da …?«

Er wurde von einem jähen Tumult vor der Tür unterbrochen. Ein lautes Scheppern erklang, gefolgt von einem spitzen Schrei. Dann stolperte Edward in den Türrahmen, die Perücke wild zerzaust, die Augen weit aufgerissen. Schwer atmend lehnte er sich gegen den Türpfosten, eine Hand fahrig auf sein Herz gepresst. Auf seinem Rockschoß prangte ein großer Fleck, von dem eine dunkle Flüssigkeit auf den Boden tropfte.

»Edward, um Himmels willen! Was ist geschehen?« John sprang auf und eilte seinem Bruder entgegen. »Bist du verletzt?« Er deutete auf die rote Lache, die sich ausbreitete. »Wir brauchen einen Arzt. Sofort!«

Edward machte zwei Schritte in den Raum. »Rede keinen Unsinn, John!«, schnappte er. »Ich benötige keinen Arzt.« Er atmete tief ein, aus, schnaufte an John vorbei und ließ sich in einen Sessel fallen. »Schließ die Tür, schnell«, wies er John unwirsch an.

John warf einen Blick in den Gang. Nur wenige Schritte entfernt kauerte das Dienstmädchen auf dem Boden, neben sich eine silberne Schüssel. Das Kind schluchzte haltlos. Mit seiner Schürze rieb es verzweifelt auf dem Boden herum.

»Was ist geschehen?«, fragte John und trat zu dem Mädchen. Er konnte es sich beinahe denken. »Du bist mit meinem Bruder zusammengestoßen, nicht wahr?«

Das Kind schluchzte laut auf und nickte. »S-S-Seine Lord-schaft …«

»… hat dich einfach umgerannt. Beruhige dich, Kind. Es ist nichts passiert.«

»A-aber die … die Suppe, Sir!«

John betrachtete die Lache an der Tür und den großen, roten Fleck neben Gertrud. »Oh, ich verstehe.« Rote-Bete-Suppe. Fast musste er auflachen. »Das ist nicht weiter schlimm. Die Flecken werden schon herausgehen. Marcus soll dir dabei helfen. Bitte doch Samuel, uns etwas Brot aus der Küche bringen zu lassen. Und vor allem einen Wein. Das wird meinen Bruder beruhigen.« Er zwinkerte dem Kind zu.

Das Mädchen nickte und stand zögernd auf. »Sehr wohl, Sir.« Sie knickste, ergriff die leere Suppenschüssel und eilte davon.

John seufzte. Er machte kehrt, trat zurück in die Bibliothek und schloss die Tür hinter sich.

»… stand der Leibhaftige über mir«, berichtete Edward atemlos.

»Warte, Edward. Warte«, fiel Richard seinem Bruder ins Wort. »Beruhige dich für einen Moment. John muss unbedingt hören, was du zu erzählen hast. Bitte berichte noch einmal von vorne.« Mit besorgter Miene nickte er John nachdrücklich zu. Dann wandte er sich erneut zu Lord Shinfield. »Beginn ganz vorne, mit deiner Inspektion des Gästezimmers.«

Edward taxierte Richard aus zusammengekniffenen Augen. Als überlege er, ihn für seine Unterbrechung zurechtzuweisen. Doch dann nickte er nur knapp und richtete seinen Blick auf John. »Ich habe das Gästezimmer nach den Papieren abgesucht. Wie wir es besprochen hatten. Überall habe ich nachgesehen, in jeder noch so kleinen Ecke. Eine wahre Sisyphusarbeit, das möchte ich betonen. Die möglichen Verstecke waren vielzählig. Unter dem Bett, in dem Regal … unter dem Bett.«

John schürzte die Lippen.

»Auf jeden Fall durchsuchte ich gründlich das gesamte Zimmer. Als sich herausstellte, dass ich nicht fündig werden würde, nun, da überkam mich eine große Mattigkeit.« Edward verschränkte die Arme und sah John abwehrend an. »Eine schwere Müdigkeit. Ich wollte daher nur *kurz* meine Augen ausruhen lassen und legte mich zu diesem Zweck aufs Bett. Ich muss wohl eingenickt sein. Nur für einen kurzen Moment. Doch als ich meine Augen wieder öffnete –« er schluckte und griff mit einer zitternden Hand an seinen Hals. »Als ich die Augen öffnete, da traf mich beinahe der Schlag. Ich blickte in das Antlitz des Leibhaftigen.«

»Des Leibhaftigen?« John wusste nicht, ob er entsetzt sein oder lachen sollte.

Edward schien den Zweifel aus Johns Stimme herauszuhören. Mit Nachdruck nickte er. »Das Gesicht des Satans. Des Teufels. Über dem meinen schwebend. Keine drei Handbreit entfernt.« Alle Farbe entwich aus Edwards Gesicht. »Ich dachte, mein letztes Stündlein hätte geschlagen.«

»Was geschah dann?«, fragte Richard atemlos. »Wie bist du dem sicheren Tod entronnen?«

»Ich schrie auf, glaube ich. Rollte mich zur Seite, aus dem Bett heraus. Dabei stürzte ich unsanft auf den Boden. Als ich mich wiederaufgerichtet hatte, war ich alleine im Zimmer. Der Beelzebub hatte sich in Luft aufgelöst. War zurück in seine höllische Heimstatt getreten. Nur so kann ich mir sein jähes Verschwinden erklären.« Ein Zittern durchlief Lord Shinfields Körper. »Ich muss ihn vertrieben haben. Mit meinem beherzten Schrei. Ja, so muss es gewesen sein. Jedenfalls machte ich mich eilends auf den Weg zur Bibliothek. Keine Sekunde länger wollte ich in diesem verfluchten Zimmer bleiben. Keine einzige Sekunde!«

»Und vor der Bibliothek bist du dann mit Gertrud zusammengestoßen, die uns eine Suppe zum Lunch servieren wollte«, vervollständigte John die Erzählung. »Das arme Ding war ganz außer sich.«

Aufgebracht richtete Edward sich in seinem Sessel auf. »Dass dir das Wohlergehen einer Dienstmagd mehr am Herzen liegt als das Leben deines Bruders, ist überaus bezeichnend, John! Das dumme Ding steht einfach im Weg herum, während ich dem höllischen Griff des Gehörnten entfliehe.« Entrüstet schlug Edward auf die Lehne des Sessels. »Dir war schon immer jeglicher Rock näher als die eigene Familie. Es ist eine Schande!«

»Beruhigt euch, bitte«, sagte Richard, noch bevor John etwas entgegnen konnte. »Ein Streit hilft uns nicht weiter. Auch wir haben etwas Rätselhaftes zu berichten, Edward.« Er deutete auf die Miniatur. »Das Bild haben wir hinter ein paar Büchern entdeckt.«

»Wirklich? Aber das ist doch Sara.« Irritiert blinzelte Edward zu John.

Johns Wut auf seinen Bruder löste sich im Angesicht des Bildes auf. Er nickte stumm.

»Wir vermuten, dass es jemand letzte Nacht hier deponiert haben könnte«, ergänzte Richard. »Paul de l'Estagnol.«

»Mr de l'Estagnol?«

»Es besteht die Möglichkeit, dass er etwas mit Alexanders Ableben zu tun hat.« Richard beobachtete seinen Bruder, während die Worte langsam in Edwards Bewusstsein drangen.

»Was?«, stieß Lord Shinfield schließlich hervor. »Mit dem *Mord*?«

Richard nickte. »Das Gesicht, welches du über dir gesehen hast, Edward – kann es das Gesicht von de l'Estagnol gewesen sein?«

»Warte! Warte!« Edward hob abwehrend eine Hand. »Du sagst … also, de l'Estagnol?« Er dachte nach. »Das Gesicht war dunkel, wie beschmiert. Mit der Asche des Höllenfeuers, dachte ich. Eine widerliche Fratze. Wenn ich genauer darüber nachdenke – irgendwoher kam es mir bekannt vor, dieses Gesicht. Aber ob es Mr de l'Estagnol war?« Er zuckte mit den Schultern. Wie ein verängstigtes Kind schaute er von Richard zu John. »Was hat das alles zu bedeuten?«

»Es kam dir also bekannt vor, dieses Gesicht«, wiederholte Richard und sah John bestätigend an. »Anscheinend ist uns Alexanders Mörder nach Farley House gefolgt.«

Edward schnappte nach Luft und bekam einen Hustenanfall. Mit hochrotem Kopf sackte er in seinem Sessel zusammen. Als er sich wieder gefangen hatte, krächzte er mit heiserer Stimme: »Aber der Mörder von Steele ist doch der brutale Kerl, der die Dirnen auf dem Gewissen hat. Dann kann de l'Estagnol doch nicht …« Er endete abrupt und presste eine Hand auf seinen Mund. Sodann sprang er auf, wie ein gehetztes Tier, und stellte sich hinter den Sessel. Die Tür der Bibliothek behielt er ängstlich im Blick. »Der Mörder ist de l'Estagnol?«

»Wir wissen es nicht«, versuchte John, seinen Bruder zu beruhigen.

»Es weist einiges darauf hin«, ergänzte Richard nüchtern.

»Der Kerl hat soeben versucht, mich im Schlaf umzubringen?« Es kam nur ein Flüstern über Edwards Lippen. »Beinahe wäre ich ein Opfer dieser Bestie geworden.« Obwohl er sich mit beiden Händen an der Lehne des Sessels festhielt, begann Lord Shinfield zu schwanken. »Es hat es auf *mich* abgesehen, das Monster.« Seine Stimme war nur noch ein schwacher Hauch.

»Setz dich, Bruder.« Richard nahm Edward am Arm und leitete ihn um den Sessel herum. Sanft schob er ihn auf die Sitzfläche.

Es klopfte zaghaft an der Tür. Edward stieß einen gellenden Schrei aus. »Der Mörder! Er kommt, um mich zu meucheln! Er will nachholen, was er soeben nicht vollbracht hat.«

»Es ist unwahrscheinlich, dass er dies mit einem Klopfen ankündigt«, bemerkte John kopfschüttelnd und trat zur Tür. Er öffnete sie und winkte das Dienstmädchen herein. »Bitte stell das Tablett dort auf den Tisch.«

Gertrud nickte und starrte im Vorbeigehen erstaunt Lord Shinfield an, der bei ihrem Anblick laut aufschluchzte.

»Danke, Gertrud, wir klingeln, falls wir noch etwas benötigen.« Mit einem Arm bugsierte John das Mädchen aus dem Raum und verschloss die Tür von innen. Dann trat er an den Tisch, nahm die Flasche und ein Glas von dem Tablett. Das Glas füllte er bis zum Rand mit dunkelrotem Wein. »Bitte, Edward. Gleich wird es dir besser gehen. Möchtest du vielleicht etwas Brot?« Er deutete auf den aufgeschnittenen Laib, der in ein Tuch gewickelt auf dem Tablett lag.

Edward schüttelte den Kopf und nahm einen tiefen Schluck aus dem Glas. Langsam kehrte die Farbe in sein Gesicht zurück. »Nein«, flüsterte er. »Kein Brot. Mir ist der Appetit gehörig vergangen.« Er trank den Rest des Weines in einem Zug aus. Dann starrte er ratlos ins Leere. »Ich verstehe das alles nicht. De l'Estagnol hat uns hierher nach Farley House gelockt, um mich, um vielleicht *uns alle* zu töten?« Er wandte sich zu John. »Was hast du uns da eingebrockt? Der Kerl wurde von dir in unsere Mitte gebracht!«

»Edward, bitte«, versuchte sich Richard darin, Lord Shinfield zu beschwichtigen. »Du kannst nicht John anlasten, wenn jemand ein falsches Spiel mit ihm und uns treibt.«

»Papperlapapp! Wenn John mehr darauf geachtet hätte, was für unsere *Familie* gut ist, dann wären wir jetzt nicht in diesem Schlamassel.« Wütend rang Edward die Hände. Dann griff er in seine Rocktasche, zog ein Taschentuch hervor und wischte sich Speichel aus den Mundwinkeln.

Es bedurfte Johns ganzer Beherrschung, mit ruhiger Stimme zu antworten. »So wie ich die Sache sehe, verehrter Bruder, haben dich gewisse Fehlinvestitionen in diesen – wie du es nennst – Schlamassel gebracht. Du wärst niemals nach Farley House gekommen, hättest du nicht die Notwendigkeit gesehen, Unterlagen deiner krummen Geschäfte mit Steele aufzutreiben. Unterlagen, die anscheinend derart kompromittierend sind, dass selbst Steele sie nicht bei seinen normalen geschäftlichen Papieren aufbewahren wollte. An was für Geschäften hast du dich überhaupt beteiligt? Sklaverei?«

Mit hochrotem Kopf schnappte Edward nach Luft. »Ich … ich … untersteh dich …«

»Ich denke, es ist an der Zeit, dass wir uns beruhigen, bevor wir uns weiter unterhalten.« John schritt zur Tür. »Ich für meinen Teil beabsichtige, einen Spaziergang an der frischen Luft zu unternehmen. Erwartet mich nicht vor Einbruch der Dunkelheit zurück.«

»Aber der Mörder!«, warf Edward mit schriller Stimme ein.

»Wir müssen Vorsicht walten lassen«, nickte Richard eindringlich. »Du solltest nicht alleine unterwegs sein, John.«

»Oh, macht euch um mich keine Sorgen. Und ihr seid zu zweit, könnt wunderbar gegenseitig auf euch aufpassen.« Er verzog das Gesicht zu einem kalten Lächeln. »Zumal wir zurzeit viel spekulieren und gar nicht wissen, ob diese Panik überhaupt angebracht ist.«

»Panik, sagst du? *Panik*?« Lord Shinfield sprang auf. »Ich habe das Monster leibhaftig gesehen!«

»Das Monster? Den Satan, den Beelzebub, den Leibhaftigen? Oder doch Paul? Ganz klar scheint dies nicht zu sein. Was ich sicher weiß, lieber Edward, ist, dass du eingeschlafen bist. Wer kann also sagen, dass du nicht nur geträumt hast?« Damit verließ John schnellen Schrittes den Raum. Als Letztes hörte er noch ein erbostes Luftschnappen, bevor die Tür hinter ihm ins Schloss fiel.

John holte einen Mantel aus seinem Zimmer, dann machte er sich auf den Weg zu den Wirtschaftsräumen. Nachdenklich ging er durch die Gänge von Farley House. Zu seinen Brüdern hatte er noch nie ein besonders inniges Verhältnis gehabt, doch insbesondere Edwards Verhalten brachte ihn an den Rand des Ertragbaren. Sehnlichst wünschte er sich in die Stille seines Hauses am Gough Square zurück. Jene mittlerweile so fern erscheinende Stille, bevor Fieldings Nachricht alles geändert hatte. Bevor das Elend seinen Lauf nahm.

Nicht weit von der Küche begegnete er Samuel.

Der alte Mann sah John erschrocken an. »Sir, kann ich etwas für Sie tun? Warum haben Sie nicht geklingelt, Sir? Sie brauchen doch nicht höchstselbst zu uns zu kommen. Es tut mir so leid, Sir, was mit Lord Shinfield geschehen ist. Ich habe Gertrud bereits die Leviten gelesen.«

John winkte ab. »Das Mädchen trifft keine Schuld, seien Sie nicht zu hart mit ihr. Mein Bruder hat sie einfach umgerannt. Rücksichtnahme gehört nicht gerade zu seinen vorrangigen Stärken.«

Der Verwalter blickte verwirrt von links nach rechts. Augenscheinlich wusste er nicht, was er sagen sollte.

»Ich bin auf dem Weg nach draußen«, fuhr John fort. »Lassen Sie sich durch mich nicht stören. Ich wollte den hinteren Ausgang nehmen. Ein Spaziergang wird mir guttun.«

»Ist dies ratsam, Sir? Es liegt ein Unwetter in der Luft.«

»Tatsächlich? Dann werde ich nur eine kleine Runde machen.« Er ging an dem Mann vorbei, blieb nach einigen Schritten jedoch nachdenklich stehen. »Sagen Sie, Samuel, die Spaziergänge von Mr Steele, wissen Sie, wo sie ihn hingeführt haben?«

»Marcus hat ihn einmal unten am Fluss gesehen, bei den alten Weiden. Da er jeden Tag während des gleichen Zeitraums unterwegs war, vermute ich, dass er stets den Pfad durch den Wald genommen hat und dann durch die Wiesen hinunter zum Fluss gegangen ist.«

John nickte. »Ich verstehe. Bis später, Samuel.«

»Sir«, verbeugte sich der Verwalter.

Draußen machte John sich mit großen Schritten über den Rasen auf den Weg in Richtung Wald. Er stimmte pfeifend ein Lied an und sah sich um. Die Sonne war hinter den Wolken hervorgekommen. Es war durchaus warm genug, um den Mantel geöffnet zu lassen. Woher kam dieser erstaunliche Wetterumschwung? Fast konnte man meinen, nun habe sich zur Abwechslung der Frühling um ein paar Monate vertan. Aus den Baumwipfeln des nahen Waldes erklang Vogelgezwitscher. Am Rand der weiten Wiese sprangen zwei Hasen hintereinander her. Die Natur schien bester Dinge.

Am Waldrand drehte John sich noch einmal um. Farley House glänzte beinahe golden in der Sonne. Die Strahlen brachen sich in den Fenstern und ließen John geblendet eine Hand über die Augen halten. Ein friedliches Bild, das die Ereignisse der letzten Stunden wie einen unwirklichen Traum erscheinen ließ. John seufzte und folgte jenem Pfad, von dem Samuel gesprochen hatte.

Unter den Bäumen war es sogleich merklich kühler, und John schloss den Mantel. Auch das Licht wurde nach einigen Schritten schwächer. Doch er kannte den Weg bestens. Als Junge hatte er ihn regelmäßig genutzt, um unten am Fluss mit einer selbstgemachten Angel unter den Weiden Platz zu nehmen. Gespannt hatte er dann immer darauf gewartet, dass ein Fisch anbiss. Selten war dies der Fall gewesen, was dem Abenteuer jedoch keinen Abbruch getan hatte.

John blieb abrupt stehen. Die kleine Hütte! Wie hatte er sie vergessen können? Das alte Holzkonstrukt, eigentlich nicht viel mehr als ein simpler Verschlag, stand nicht weit von den Weiden entfernt. Vor Jahrzehnten war es von irgendwem als Unterschlupf gebaut worden, und John hatte dort stets seine Angel deponiert. Hatte Alexanders Spaziergang ihn zu der Hütte geführt? Hatte er dort die Geheimdokumente versteckt? Plötzlich war John voller Aufregung.

Als er nach gut einer halben Stunde zwischen den Bäumen heraustrat, war das Wetter im Begriff umzuschlagen. Die Sonne hatte sich hinter schwere Wolken verzogen und ein lebhafter Wind war aufgekommen. Das Unwetter, von dem Samuel gesprochen hatte, kündigte sich an. John schaute nachdenklich die Wiesen hinunter, zu dem grauen Band, das sich durch die Landschaft schlängelte. Ein prüfender Blick in den Himmel, dann schritt John entschlossen voran. So kurz vor dem Ziel würde er nicht aufgeben. Er musste einen Blick in die Hütte werfen.

Ein fernes Donnern erklang just in dem Moment, in dem John am Ufer des Flusses ankam. Eine starke Böe zerrte an seinem Mantel. Er würde sich beeilen müssen. Hastig wandte er sich nach Osten, den schmalen Pfad entlang, der dem Ufer folgte. Es dauerte nicht lange und er konnte die Weiden sehen. Wie stumme Riesen ragten sie über dem Wasser auf.

Im immer stärker werdenden Wind schwankten sie unruhig von links nach rechts, wie Betrunkene. Ein erneutes Donnern, diesmal näher.

Beinahe hätte John die Gabelung des Pfades übersehen, derart zugewachsen war der Weg, welcher zu der Hütte führte. Ohne zu zögern entfernte John sich vom Fluss und näherte sich einer Baumgruppe, die in einer Senke wuchs. Die Hütte, so wusste er, befand sich hinter den Bäumen. Doch wie groß war Johns Enttäuschung, als er die Senke umrundet hatte und von dem Holzverschlag nichts zu sehen war. Hatte sein Gedächtnis ihn getrogen? Stand die Hütte an einem anderen Ort? Verwirrt sah er sich um.

Ein Blitz erstrahlte am Horizont, gefolgt von einem tiefen Grollen. Johns Fuß stieß gegen ein Stück Holz. Er beugte sich hinab. Eine verkohlte Latte. Sein Blick suchte den Boden ab. Ein weiteres Holzstück. Kein Zweifel, die Hütte hatte hier gestanden. Einige geschwärzte Stellen wiesen darauf hin, dass sie abgebrannt war. John stieß einen Fluch aus. Ein neuerlicher Blitz erhellte die Wolkendecke. Der fast unmittelbar darauf ertönende Donner ließ die Luft vibrieren. Eilig nahm John die Beine in die Hand. Er rannte zum Fluss zurück und folgte dem Pfad. Der Wind drückte ihm in den Rücken, als spiele er ein neckisches Spiel mit ihm. Die plötzliche Dunkelheit wurde immer wieder von Blitzen erhellt, auf die in kürzer werdenden Abständen Donnergrollen folgte. John wandte sich in Richtung Wald, rannte die Wiese hinauf. Erste Regentropfen trafen ihn seitlich im Gesicht. Er verstärkte noch einmal seine Anstrengung und eilte auf die Baumgrenze zu. Keine zehn Schritte von den ersten Bäumen entfernt öffneten sich die Himmelsschleusen. Schwerer Regen ergoss sich über das Land.

Unter dem schützenden Dach der äußeren Baumreihen blieb John außer Atem stehen. Er stützte sich auf seine Knie und schnappte nach Luft. Die Bäume hielten hier den meisten Niederschlag ab, doch die kurze Wegstrecke durch den prasselnden Regen hatte bereits ausgereicht, ihn bis auf die Knochen zu durchnässen. Er strich sich durch die feuchten Haare und schüttelte an seinem Mantel. Natürlich half das nichts. Kälte und Feuchtigkeit drangen ihm bereits bis auf die Haut. Er würde sich beeilen müssen, nach Farley House zurückzukehren. Das war jedoch leichter gesagt als getan, denn der Pfad durch den Wald lag nun in Finsternis vor ihm. Gerade einmal Schemen waren mit Mühe auszumachen. Über den Baumwipfeln hörte er das Unwetter wüten.

Vorsichtig tastete John sich voran, folgte dem Pfad Schritt für Schritt. An lichteren Stellen troff das Wasser zu ihm herunter und weichte den Waldboden auf. Mehrmals rutschte er aus und konnte nur im letzten Moment die Balance halten. Lautstark fluchte er vor sich hin.

Ein greller Blitz, der selbst tief unter den Bäumen alles in ein gleißendes Licht tauchte, ließ ihn zusammenzucken. Gleichzeitig erklang schwerer Donner, der seine Ohren zum Klingen brachte. Ein Knirschen und Ächzen folgte, begleitet von dem Geruch nach verkohltem Holz. Ein Einschlag, nicht weit entfernt. John biss die Zähne zusammen und beschleunigte seine Schritte.

Nach einer gefühlten Ewigkeit ließ er die letzten Bäume hinter sich und trat auf die Wiese. Das Zentrum des Unwetters war bereits weitergezogen. Er konnte es am Horizont wüten sehen. Geblieben war ein dichter Regen, der lautstark niederprasselte. Ein paar Fenster in Farley House waren hell erleuchtet, doch die meisten blieben dunkel. Obwohl es ihm den ersehnten Schutz vor dem Wetter versprach, machte das Haus auf John keinen einladenden Eindruck. Geradezu lauernd wirkte es. Mit einem Kopfschütteln entledigte John sich seiner tristen Gedanken und schritt durch den Regen auf die hintere Tür zu. Er hatte keine Zeit zu verlieren, sofort musste er aus den nassen Kleidern heraus.

Mit gesenktem Kopf rannte John die letzten Schritte über die Wiese. An der Hauswand blieb er kurz stehen. Hier war er geschützt vor dem Regen, der durch die hohe Mauer und die oben hervorstehende Balustrade weitgehend abgehalten wurde. Er atmete tief ein. Dann ging er an der Wand entlang auf die Tür zu. Im Vorbeigehen streifte sein Blick das Fenster eines dunklen Raumes. »Was, verdammt?«, rief er aus und blieb wie versteinert stehen. Er blickte in das Gesicht Paul de l'Estagnols. Der Habicht von London zwinkerte ihm zu, legte verschwörerisch den Zeigefinger auf den Mund und verschwand sogleich rückwärts in der Dunkelheit des Raumes.

John starrte auf die Stelle, an der eben noch das Gesicht zu sehen gewesen war. Musste er an seinem Verstand zweifeln? War durch die grellen Blitze sein Augenlicht gestört? Nein, er hatte Paul gesehen! Daran bestand gar kein Zweifel. Er war ihm wirklich nach Farley House gefolgt.

»Sir, kommen Sie, Sir!« Samuel hatte seinen Kopf aus der Tür gesteckt und winkte John hektisch zu. »So kommen Sie doch aus dem Regen heraus. Sie holen sich noch den Tod.«

Wie in Trance löste John sich von dem Fensterglas, das nur noch ihn selbst spiegelte, und trat zu dem Verwalter. Der alte Mann zog ihn förmlich in die Trockenheit.

»Hat Marcus Sie gefunden, Sir?«

»Marcus?« Verständnislos blickte John Samuel an. Seine Gedanken kreisten um Pauls geisterhaftes Erscheinen.

»Als das Unwetter losging, habe ich ihm sogleich aufgetragen, nach Ihnen zu suchen. Sind Sie ihm denn nicht begegnet?«

»Marcus? Nein.«

»Er wird sicherlich irgendwo Unterschlupf gefunden haben und bald zurück sein. Sir, Sie sind kreidebleich. Sie müssen umgehend aus den nassen Sachen heraus. Sie holen sich sonst den Tod.«

»Ja«, nickte John. »Ich gehe sogleich auf mein Zimmer.«

»Das Mädchen hat dort bereits ein prasselndes Feuer angezündet. Sie müssen sich warmhalten, Sir.«

»Danke, Samuel. Das werde ich. Sagen Sie, drei Fenster von hier, die Richtung aus der ich soeben kam – das ist doch das alte Ammenzimmer, nicht wahr?«

»Drei Fenster von hier?« Der Verwalter dachte nach. »Richtig, ja. Es steht aber bereits seit Jahren leer. Aber das wissen Sie ja.«

»Ja, das weiß ich«, antwortete John. Dann machte er sich gedankenverloren auf den Weg in sein Zimmer. Das Ammenzimmer aufzusuchen, ersparte er sich. Dort würde er nichts finden.

*

Er musste eingeschlafen sein. Als es an seine Zimmertür klopfte, schreckte er aus einem Traum auf. Sara. Er hatte von Sara geträumt. Sein Blick fand die Miniatur, die auf dem Nachttisch stand. Gähnend erhob sich John und trat zur Tür. Er schloss sie auf und ließ Richard ein.

»Gut, dass ich dich antreffe, John«, stieß Richard aufgeregt aus. »Ich benötige deine Unterstützung.«

»Meine Unterstützung? Wobei, wenn ich fragen darf?« John rieb sich die Augen. »Wie spät ist es?«

Richard zog, auf seinen Gehstock gestützt, eine Taschenuhr hervor. »Gleich zehn. Also, ich möchte dich bitten, mich zu meinem Zimmer zu begleiten. Ich befürchte, dass sich ein Eindringling darin befindet. Als ich soeben vor der Tür stand, hörte ich von innen verdächtige Geräusche. Nach dem, was Edward erlebt hat, möchte ich nicht alleine nachschauen, wer dort sein Unwesen treiben könnte.«

»Ein Eindringling?« John runzelte die Stirn. Er musste an Pauls Gesicht am Fenster des Ammenzimmers denken. »Selbstverständlich begleite ich dich.« Er griff nach seinem Degen, öffnete die Tür und die beiden Männer traten auf den Gang. John schloss die Tür ab. »Wo ist unser Bruder?«

»Schläft tief und fest. Der Gute scheint richtig mitgenommen von den Ereignissen des heutigen Tages.«

»Ich verstehe.« Der Wein hatte sicherlich sein Übriges getan, Edward in das Land der Träume gleiten zu lassen.

Sie bogen um eine Ecke, dann hob Richard warnend die Hand. Er schlich, auf seinen Stock gestützt, vor seine Zimmertür und legte lauschend ein Ohr an das Holz. Mit gerunzelter Stirn zuckte er mit den Schultern und ging zurück zu John. »Nichts mehr zu hören«, flüsterte er ratlos, eine Spur enttäuscht.

»Warte hier«, antwortete John leise und schlich zu der Tür. Er presste das Ohr für einen langen Moment dagegen, konnte aber ebenfalls nichts hören. Seinem Bruder bedeutete er erneut, auf dem Gang zu warten, dann drückte er langsam die Klinke herunter. Die Tür öffnete sich lautlos. Zögernd betrat John den Raum, die Hand am Degen. Niemand war zu sehen. Vorsichtig ging er bis in die Mitte des Zimmers, darauf vorbereitet, dass Paul hinter dem Bett oder aus einer Ecke hervorgestürzt kam. Nichts dergleichen geschah. Abrupt bückte sich John und schaute unter das Bett. Nichts. Er richtete sich wieder auf. »Du kannst hereinkommen, Richard«, rief er. »Es ist niemand hier.« Er trat ans Bett und zog die Decke glatt. Augenscheinlich hatte jemand auf ihr gesessen. Vielleicht hatte Richard sich doch nicht verhört und es hatte einen Eindringling gegeben. Einen Eindringling, der verschwunden war, während Richard sich auf dem Weg befunden hatte, John zu holen. »Es scheint jemand in deinem Zimmer …«, sagte John, dann schrie er auf. In seinem Hinterkopf explodierte ein Schmerz. Ihm wurde übel, dann schwarz vor Augen. John wollte Richard noch eine Warnung zurufen. Doch alles, was über seine trockenen Lippen kam, war ein gutturales Röcheln. Dann sah er für den Bruchteil einer Sekunde den Boden auf sich zuschießen.

Kapitel 45

Nur zögerlich hob sich der schwarze Vorhang vor Johns Augen. Die zunehmende Helligkeit war eine Pein. John blinzelte verwirrt. Wellen von Schmerz schossen unerbittlich durch seinen Kopf und raubten ihm die Luft zum Atmen. Er stöhnte auf. Nacheinander gesellten sich zu dem ohrenbetäubenden Pochen im Kopf Schmerzen an den Handgelenken und an den Beinen. Benommen sah John an sich hinunter. Er war an einen Stuhl gefesselt. Ungläubig richtete er den Kopf auf, versuchte, seine Umgebung zu erkennen. Es dauerte einige Herzschläge, bis sein Blick sich sammelte. Richards Zimmer. Er saß auf einem Stuhl mit Blickrichtung auf das Fenster, hinter dem in der Dunkelheit der Regen nervös gegen die Scheibe klopfte. Oder war das Geräusch nur der Schmerz in seinem Kopf? John hustete. Er schmeckte Blut.

»Wie geht es dir, John?«, erklang Richards besorgte Stimme.

Überrascht drehte John den Kopf. Dabei explodierte der Schmerz aufs Neue. Ihm wurde schwindelig. Fest schloss er die Augen, dann öffnete er sie unter Aufbringung seiner ganzen Willenskraft vorsichtig wieder. Tastete sich mit unstetem Blick behutsam vor. Sein Bruder saß, etwas nach hinten versetzt, rechts von John auf dem Bett, die Beine übereinandergeschlagen, den Gehstock neben sich auf die Decke gelegt. »Richard«, krächzte John aufgeregt und räusperte sich. Der Geschmack von Blut wurde stärker. »Richard, Gott sei Dank. Geht … geht es dir gut? Bist du verletzt?«

»Oh nein, mir geht es wunderbar«, strahlte Richard.

Erleichtert seufzte John. »Binde mich los. Bevor der Kerl wiederkommt.« Vorsichtig ruckte John an seinen Fesseln. Sie waren festgezurrt und schnitten in seine Haut. Er würde sie selbst nicht lösen können, das war ihm sofort klar.

Richard griff nach dem Stock und legte ihn über seine Knie. »Wer kommt wieder?«, fragte er.

Entgeistert starrte John seinen jüngeren Bruder an. »Steeles Mörder.« Mit dem Kopf nickte er in Richtung seiner Handfesseln. Eine Bewegung, die er sogleich schmerzlich bereute. »Mach schnell!«, stöhnte er. »Diese Fesseln sind verdammt fest gebunden. Hast du ein Messer, um sie aufzuschneiden? Beeil dich, Richard. Er kann jeden Augenblick zurückkommen.«

»Ach John, das wird er nicht tun.« Richard betrachtete interessiert die Finger seiner linken Hand.

»Wird … wird er nicht?«

»Wird er nicht, lieber Bruder. Das kann ich dir versprechen.« Er lächelte aufmunternd.

»Was meinst du? Ich verstehe nicht. Richard, geht es dir wirklich gut?« Hatte sein Bruder ebenfalls einen Schlag auf den Kopf bekommen? War er von Sinnen?

Richard zwinkerte John zu. »Der Mörder ist nicht weggegangen.« Er lachte auf. »*Ergo* kann er auch nicht wiederkommen, nicht wahr.«

Alarmiert schaute John sich in dem Zimmer um. Die pochenden Schmerzen ignorierte er. »Wo hat er sich versteckt? Wo?« Doch sosehr er suchte, er konnte keine weitere Menschenseele ausmachen. Keine Spur von Paul. Richards Lachen ließ John innehalten. Etwas im Tonfall seines Bruders hatte sich verändert.

Richard stand geziert vom Bett auf, seinen Gehstock in der Hand, und verbeugte sich tief, ein Grinsen im Gesicht.

Entgeistert verfolgte John das befremdliche Auftreten. Dann würgte er.

Richard strahlte. »Ich sehe, du verstehst, John. Endlich.«

»*Du?*«

»Ich! So ist es.« Richard trat vor John und stützte sich mit beiden Händen auf den Gehstock. Er feixte. »Eine Überraschung für dich, wie ich feststelle. So sollte es auch sein.«

Tiefes Schweigen breitete sich im Zimmer aus, nur gestört vom Prasseln des Regens gegen die Fensterscheibe. Die Brüder sahen einander in die Augen. Der eine voller Belustigung und mit einer Spur Stolz, der andere mit einer Mischung aus Unglauben und Entsetzen.

»So wortkarg, lieber Bruder?«, sagte schließlich Richard.

»Ich … es kann nicht sein. Du bist der … Mörder all dieser Menschen?«

Richard nickte begeistert.

»Nein, es kann nicht sein!« John schüttelte abwehrend den Kopf. »Es kann nicht sein.« Ein Gedanke drängte sich in seinen Kopf. Wie ein Rettungsanker. Er lachte auf. »Du spielst ein Spiel mit mir, Richard. Wie damals, als du mir weismachen wolltest, Vater habe vor, mit uns Kindern nach Irland zu ziehen.« Er gluckste erleichtert. »Hast du mir damals einen Schrecken eingejagt. Und jetzt wieder. Richard, du hast eine wirklich ungewöhnliche Art von Humor.« John wies ungeduldig mit dem Kinn zu den Fesseln. »Du hast deinen Spaß gehabt, Bruder. Doch nun löse bitte die Stricke. Ich glaube, du verkennst die Situation.«

Unbewegt blickte Richard seinen Bruder an. Dann schürzte er verärgert die Lippen. »Ich glaube, dass du derjenige bist, der die Situation grundlegend verkennt. Es ist an der Zeit, dass du ernst nimmst, was ich sage. Die Zeiten der läppischen Spiele sind vorbei. Längst vorbei.«

»Mach schon, binde mich los.«

Richard holte mit dem Gehstock aus und schmetterte ihn gegen Johns linke Schulter.

Vor Schmerz schrie John auf. Dann noch einmal, lauter. Wegen der entsetzlichen Erkenntnis, dass vor ihm jene Person stand, die halb London in Angst und Schrecken versetzte. Jene Person, die auf brutalste Weise unzählige Menschen getötet hatte. Sein Bruder!

»Schrei übrigens so laut, wie du nur möchtest.« Richard zog einen Stuhl heran und setzte sich John gegenüber. »Es wird dich niemand hören. Unser verehrter Bruder, Seine Lordschaft, schläft seinen Rausch aus. Außerdem habe ich seinen Wein sicherheitshalber ein wenig präpariert. Edward wird bis zum nächsten Mittag schlafen. Mindestens.« Er lachte höhnisch. »Den Schlaf des Gerechten. Dieser einfältige Trottel.« Nachdenklich rieb er seine Handflächen aneinander. »Die Dienstboten werden heute Nacht auch nicht in diesen Trakt kommen. Dafür ist gesorgt. Du siehst, John, wir beide sind ganz unter uns.« Spöttisch musterte er John. »Und kein Habicht weit und breit, der dir beisteht. Diesen Vogel werde ich mir als Nächsten vorknöpfen. Wir haben noch eine offene Rechnung zu begleichen. Hat er dir das erzählt? Doch eins nach dem anderen.«

John biss sich auf die Lippe. »Warum?«, stieß er hervor. »Warum tust du dies alles?«

Theatralisch seufzte Richard auf. »Warum? Ja, darauf läuft es am Ende immer hinaus. Wenn man dem Tod ins Auge schaut, möchte man wissen, warum. Die Erkenntnis liegt immer im Tod. Warum ich? Warum jetzt? *Warum? Warum? Warum?*« Er schüttelte mitleidig den Kopf. »Das Warum hat für dich in Bälde keine Bedeutung mehr, John. Du wirst die nächste Stunde nicht überleben.« Mit gespielter Traurigkeit sah er John an. »Doch sei gewiss, dass dein Ableben einem gewichtigen Zwecke dient. Also: Kopf hoch. Dein Tod wird eine Bedeutung haben.«

Eine lähmende Kälte breitete sich in Johns Körper aus. Mit ihr kam eine Klarheit, die selbst den Schmerz vergessen ließ. John hob das Kinn und musterte seinen Bruder trotzig. »Was für ein Spiel spielst du? Und warum hast du mich da hineingezogen? Du bist mir Antworten schuldig.«

»Ach, John. Das Ausmaß meiner Pläne ist für dich nicht verständlich. Das muss es auch nicht sein.« Richard überlegte kurz. »Nur so viel, um deine Neugier in den letzten Minuten deines Lebens zu befriedigen: Vor dir sitzt der Mann, durch den Charles Edward Stuart seine rechtmäßige Position auf dem Königsthron einnehmen wird.«

»Du bist ein Jakobit. Der Kopf dieser Verschwörer.«

Richard zuckte gelangweilt mit den Schultern. »Jakobit hin oder her. Für mich zählt nur, dass Charles den Thron einnimmt und mich dafür entlohnt, dies möglich gemacht zu haben. Nach all den langen Jahren, die Seine Hoheit im Exil verbringen musste.« Er neigte huldvoll den Kopf. »Wie schade, dass du es nie erleben wirst. Du wärst dann der Bruder der rechten Hand des Königs.« Er schnippte eine imaginäre Staubfluse von seinem Knie.

»Du bist wahnsinnig«, war alles, was John herausbrachte.

Böse blitzte Richard seinen Bruder an. »Ich bin weit davon entfernt, das glaube mir. Ich werde mich nicht von dir beleidigen lassen. Diese Zeiten sind vorbei. Ein für alle Mal! Jetzt endlich ist meine Zeit gekommen. Lange genug habe ich erduldet und ertragen. Das ist vorbei!«

»Wovon redest du? Was musstest du denn ertragen?«

Eine leichte Röte zeichnete sich auf Richards Wangen ab. »Ich spreche davon, dass ich stets außen vor gelassen wurde, von unserem Vater, von Edward und von dir. Als würde ich gar nicht existieren. Niemand von euch hat jemals gesehen, was in mir steckt. Nun werde ich es beweisen. Nicht nur euch, sondern der gesamten Welt.« Er zog eine herablassende Grimasse. »Selbstverständlich wird es Vaters Herz brechen, dass sein Liebling John bei meinem Triumph nicht mehr unter uns weilt. Doch auch das ist gewollt.«

»Du redest wirr, Richard. Niemand hat dich behandelt, als würdest du nicht existieren. Und eines bin ich sicher nie gewesen: Vaters Liebling. Bitte mach diesem Irrsinn ein Ende.«

»Ein Ende wird es geben, doch nicht ein solches, wie du es dir erwünschst. Im Gegenteil. Reite nur weiter auf deinem hohen Ross, John. Vater kann dir nicht mehr helfen, falls du es wirklich noch nicht gemerkt hast.« Er deutete hämisch auf die Fesseln.

»Seit wann erhalte ich von unserem Vater irgendeine Art von Unterstützung? Im Gegenteil, Richard! Ganz im Gegenteil.«

Gehässig lachte Richard auf. »Du bist ein Heuchler, John. All die Jahre hat Vater seine schützende Hand über dich gehalten. Hat in deiner Jugend deine Hurerei toleriert. Das halbe Dorf hat er bestochen. Aufgebrachte Väter, gehörnte Ehemänner. Du warst ein Nichtsnutz. Trotzdem hat er dir später einen Posten bei der Armee verschafft, für den du dir jedoch schnell zu fein warst. Schon damals habe ich mir nichts Sehnlicheres gewünscht, als dass du eine Kugel abbekommst. Doch was mich am meisten aufgebracht hat – Vater stimmte deiner Hochzeit mit einer Bürgerlichen zu. Zähneknirschend, sicherlich. Aber er hat schließlich zugestimmt. Dies sind nur einige wenige Beispiele, John. Ich könnte dir eine Vielzahl weiterer nennen. Und du behauptest, keine besondere Behandlung erfahren zu haben? Du bist derjenige von uns beiden, der wirr redet!«

»Er wollte mich mit dem Schweigegeld doch nur bestrafen«, stotterte John.

Mit wütendem Gesicht hob Richard den Stock und stieß ihn John gegen die Brust. »Du bist wahrlich noch dümmer, als ich gedacht habe. Noch viel dümmer! Es wird mir eine wahre Freude sein, Bruderherz, dir die Haut abzuziehen.« Erneut stieß er mit dem Stock zu, diesmal kräftiger. »Vaters Liebling, und er weiß es nicht einmal zu schätzen. Ich hingegen, was habe ich bekommen? Eine Affäre, die mir die Franzosenkrankheit einbrachte – und daraufhin nur Hohn und Spott von Vater und den Leuten. Eine Demütigung nach der nächsten.« Der Stock schnellte vor und bohrte sich in Johns Brust. »Als ich die Ehe mit einer Händlertochter eingehen wollte, da hat er es mir untersagt. Geschäumt hat der Earl, gewütet. Eine Schande für unsere Familie sei ich.« Richard presste die Lippen derart fest zusammen, dass sie kaum mehr zu sehen waren. »Eine Schande«, wiederholte er tonlos. »Ich.«

»Ich wusste nicht, dass du heiraten wolltest. Das – das höre ich wirklich zum ersten Mal. Vater hat aber doch dein Anwesen finanziert«, sagte John. »Das hat er für dich getan. Edward ist immer noch eifersüchtig deshalb.«

»Die Hundehütte? Ich bitte dich, er hat mich dahin abgeschoben. An den Rand der gesellschaftlichen Wahrnehmung. Er hat es nur getan, um mich aus seinem Haus zu haben.«

»Ich glaube, das siehst du falsch. Er wollte sicherlich …«

»Halt den Mund!«, schrie Richard. »Du hast keine Ahnung. Was du zu glauben meinst, hat keine Bedeutung.«

In der sich anschließenden Stille war außer dem Regen nur der Wind zu hören, der um das Gebäude strich, als suche er nach einem Einlass.

Leise sagte John schließlich: »Wie konntest du nur all die Menschen umbringen, Richard? Die Frauen. Alexander.« Er schluckte. »Hannah.« Die Übelkeit stieg erneut in ihm auf. »Ich will nicht glauben, dass du das getan hast.« Er musterte seinen Bruder. »Zumal du körperlich gar nicht in der Lage zu solchen Taten bist. Seit der Franzosenkrankheit …« Richards triumphaler Gesichtsausdruck ließ John innehalten.

»Es ist geradezu erschreckend, wie einfach Menschen an der Nase herumgeführt werden können.« Richard lachte auf. »Die Franzosenkrankheit! Ja, ich hatte irgendein Zipperlein, damals. Doch das war nach einigen Wochen vorbei. Dass ein bisschen Humpeln hier, ein bisschen Husten dort bereits ausreicht, alle Welt hinters Licht zu führen, kam mir für meine Pläne sehr gelegen. Der gesuchte Mörder ist schließlich ein tatkräftiger Mann. Schnell und – bitte verzeih mir das plumpe Wortspiel – zupackend. Also all das, was ich in der Wahrnehmung der Leute nicht bin. *Ich* bin schließlich der bemitleidenswerte Invalide.« Geschickt wirbelte Richard mit einer Hand seinen Stock durch die Luft. »Schein und Sein, lieber John. Schein und Sein.«

Fassungslos schüttelte John den Kopf. »Du hast uns allen etwas vorgemacht.«

»Aber natürlich«, nickte Richard, nicht ohne Stolz. »Ich werde dir etwas verraten«, sagte er gönnerhaft. »Etwas über die Opfer verraten. Dass sie als Teil eines größeren Planes verstarben, ist das eine. Überdies bereitet es mir großen Genuss, das Leben eines Menschen zu beenden. Insbesondere das Leben einer dreckigen Hure, die wie niemand sonst für Verdorbenheit und Verlogenheit steht. Es ist die reinste Form von Macht, über den Zeitpunkt und den Umstand eines Ablebens zu bestimmen.« Er leckte sich über die Lippen. »Dein Tod wird mir besondere Freude bereiten, John.«

»Dein Machthunger ist krank«, presste John hervor. »Du tötest Menschen zur Befriedigung deines kranken Vergnügens und um irgendwelche politischen Machtphantasien zu erfüllen. Dabei kommst du dir wie ein ausgemachtes Genie vor. Du bist jedoch nur ein gewöhnlicher Verbrecher, ein Mörder. Ein Mörder, der aus niederen Beweggründen tötet. Ich weiß, dass du Alexander umgebracht hast, weil er dir bei deinen jakobitischen Plänen Schwierigkeiten machte.«

Richard schnalzte mit der Zunge. »Er war einfach zu gierig, der liebe Alexander. Kaum liefen seine Geschäfte schlechter, versuchte er sich darin, mich plump zu erpressen. Forderte Geld von mir. Im Austausch für ein Dokument, welches angeblich unsere geheime Gesellschaft offenbart. Ein Narr sondergleichen!«

»Dieses Papier wird dein Untergang sein. Ich weiß, dass du es nicht gefunden hast, Richard. Auf dich wartet der Strick.«

»Dass ich es nicht gefunden habe, ist richtig«, lächelte Richard und lehnte sich gelassen zurück. »Selbstverständlich habe ich es nicht gefunden.«

»Aber …« John runzelte die Stirn.

»Es ist geradezu reizend, wie naiv du doch bist. Ich kann dieses Dokument nicht finden, da es gar nicht existiert.« Richard schüttelte tadelnd den Kopf. »Ich dachte, zumindest zu diesem Schluss wärst du mittlerweile von alleine gekommen.«

»Das kann nicht sein. Rose hat mir berichtet, dass Alexander es hier auf Farley House versteckt hat.«

»Ja, die kleine Rose«, sinnierte Richard und ließ seinen Blick in die Ferne schweifen. »Die kleine Rose wird mir in Bälde ein paar schöne Stunden bereiten.«

Aufgebracht zerrte John an seinen Fesseln. »Was soll das heißen? Lass das Mädchen in Frieden. Untersteh dich!«

»Falls es dir noch nicht aufgefallen ist, du bist mitnichten in einer Position, um Forderungen zu stellen.« Richard beugte sich vor. »Rose hat ein sehr überzeugendes Schmierentheater abgeliefert, das muss ich ihr zugestehen. Sie hat dich auf meinen Wunsch hin nach Farley House geleitet. Du bist dem Fingerzeig bereitwillig gefolgt – und damit wusste ich endlich Bescheid.«

»Bescheid? Worüber?«

»Dass sich ein wie auch immer geartetes, kompromittierendes Dokument nicht in deinem Besitz befindet. Alexander hat hoch gepokert, musst du wissen. Selbst mit seinem letzten Atemzug hat er behauptet, das

Dokument sei bei dir.« Richard lachte über Johns erstaunten Gesichtsausdruck. »Das von Alexander als Druckmittel benutzte Papier existiert gar nicht. Oder es existiert nicht mehr.« Er machte eine wegwerfende Handbewegung. »Davon bin ich überzeugt. Ich habe alles abgesucht – nichts. Die letzte Möglichkeit wäre gewesen, dass du es von Alexander erhalten und sicher versteckt hättest. Doch bei dir im Haus war es auch nicht. Wenn ich es nicht entdecken kann, kann es niemand. Sobald Charles an der Macht ist, ist es sowieso irrelevant.« Er lächelte versonnen. »Hannah hat immer wieder behauptet, nichts bei dir finden zu können. Ich gestehe, dass ich ihr nicht geglaubt und mich daher schließlich selbst vergewissert habe. Wie es aussieht, hatte das dumme Ding wohl recht. Sterben musste sie natürlich dennoch.« Er zuckte mit den Schultern.

»Einen Augenblick! Willst du behaupten, Hannah habe für dich danach gesucht? Hinter meinem Rücken, in meinem eigenen Haus?«

»John, du warst schon immer naiv, wenn es um Frauen geht. Natürlich hat Hannah in meinem Auftrag ein Auge auf dich gehalten. Es war ganz einfach, sie dazu zu bewegen, mein kleiner Spitzel zu werden. Ganz einfach.«

»Das kann nicht sein, ich glaube dir kein Wort. Hannah kam mit Sara in mein Haus. Sie hätte nie …«

»Keine drei Wochen nach Saras tragischem Unglück«, er zog spöttisch einen Mundwinkel nach oben, »hatte ich Hannah bereits auf meiner Seite. Wie ich bereits sagte, wenn es um das schwache Geschlecht geht, bist du höchst naiv. Soll ich dir noch etwas verraten? Es hat mich keinen einzigen Penny gekostet, deine Haushälterin dir hinterherspionieren zu lassen. Sie hat das alles ganz freiwillig getan.«

»Das kann einfach nicht sein.«

»Ich musste ihr nur ein klitzekleines Versprechen geben.« Richard grinste diabolisch. »Das Versprechen, sie dabei zu unterstützen, die nächste Mrs John Shinfield zu werden.«

»Hannah? Heiraten? Mich? Ausgeschlossen!«

»Die Gute hegte da andere Hoffnungen.« Richard strahlte vor Vergnügen. »Es scheint ein verbreiteter Spleen unter den Dienstmädchen dieser Stadt zu sein, von einer Heirat mit ihren Herrschaften zu träumen. Sich ins gemachte Nest setzen, das wollen sie. Nun, für die ein oder andere Magd platzt dieser Traum. Während ich nach dem Dokument in deinem Haus suchte, hat ein Mitstreiter von mir sich eingehend um deine Dienstmagd gekümmert. Sie war übrigens unbefleckt, die Gute. Wollte sich wohl für dich aufsparen.« Er taxierte John zynisch. »Wie dem auch sei. Zurück zu jenem Dokument, welches du so verbissen suchst, um mir das Handwerk zu legen. Da du meiner falschen Fährte nach Farley House gefolgt bist, befindet es sich nicht in deinem Besitz. Du hast es also nicht anderswo untergebracht – genau das wollte ich herausfinden. Da dies geklärt ist, steht deinem Ableben endlich nichts mehr im Weg.« Richard warf John einen abschätzigen Blick zu. »Es wird auch höchste Zeit, lieber Bruder. Höchste Zeit.«

»Du willst mich töten, um Charles Stuart auf den Thron zu bringen? Das ist verrückt. Das hat keinen Sinn.«

»Alles was ich tue, ist sinnvoll. Das ist genau der Fehler, den du immer begangen hast, John. Den ihr alle immer begangen habt. Meine Brillanz zu unterschätzen. Was sage ich – sie gar nicht erst *wahrzunehmen*.«

»Der Größenwahn hat dich dem Irrsinn anheimfallen lassen!«

»Spotte nur. Ja, spotte nur. Möchtest du wissen, warum dein Tod mein letzter grundlegender Schritt innerhalb der detaillierten Vorbereitung für Charles' Rückkehr ist?«

John hob die Augenbrauen. »Erhelle mich.«

Bedächtig stand Richard von seinem Stuhl auf und schritt durch den Raum. »So ausgeklügelt und genial mein Plan ist, erster Vertrauter Seiner Hoheit zu werden, stößt er doch immer wieder auf eine grundlegende Schwierigkeit.« Richard blieb stehen, öffnete die Arme und blickte John an. »Geld.« Er setzte seine Runde durch das Zimmer fort.

»Geld«, wiederholte John.

»Eine solche Unternehmung, wie ich sie durchführe, verschlingt das Geld nur so. Bestechungen, Investitionen, Ausgaben jeglicher Art. Unsummen.« Richard ließ den Gehstock gegen einen Tisch knallen. »Das große Finale wird besonders kostspielig, wie du dir vielleicht denken kannst. Aufstände des Mobs zu orchestrieren, die unsere schöne Stadt in ein Chaos stürzen und die Whig-Regierung lähmen, kosten nun mal. Sie kosten Geld, lieber John, welches ich nicht besitze – wie du natürlich weißt. Auch die Kasse unserer kleinen und geheimen Gesellschaft ist nahezu leer.« Er trat vor John hin, legte den Kopf auf die Seite. »Daher musst du sterben.«

John lachte auf. »Wenn du glaubst, nach meinem Tod einfach an mein Vermögen zu kommen, dann irrst du dich, verehrter Bruder.«

Richard lächelte süffisant. »Dein Vermögen, ja. Eine beneidenswerte

Summe, wie ich in Erfahrung brachte, doch nicht ausreichend, meine Ausgaben zu decken.«

»Dann verstehe ich beim besten Willen nicht, wie dir mein Tod helfen soll. Glaubst du etwa, auf irgendeine Art und Weise Geld von Vater zu erhalten?« John lachte auf. »Du bist ein Narr, solltest du das glauben.«

Mit einem langen Schritt trat Richard vor John und schob mit dem Gehstock sein Kinn nach oben. »Da ich kein Narr bin, John, glaube ich dies auch nicht.« Ruckartig zog er den Stock zurück. »Ich werde dir sagen, was geschehen wird. Glücklicherweise sitzt du ja bereits, andernfalls wäre nun der richtige Zeitpunkt, dass du dich hinsetztest.« Richard lehnte den Gehstock gegen seinen Stuhl und rieb sich zufrieden die Hände. »Ich werde ein bisschen ausholen müssen. Doch da du keine anderen Verpflichtungen hast, wirst du mir dies sicherlich nachsehen und die notwendige Geduld aufbringen.« Er feixte, setzte sich auf den Stuhl und schlug die Beine übereinander. »Ich habe in der Vergangenheit große Anstrengungen darauf verwendet, ein ausgeklügeltes System der Informationsbeschaffung zu errichten. Nichts ist wertvoller als das Wissen über andere Menschen. Detailliertes Wissen. Dafür halten eine Vielzahl von Mitmenschen ihre Augen und Ohren für mich offen – wobei die meisten von ihnen nicht wissen, dass sie es für mich tun.« Richard lächelte selbstgefällig. »Eine Handvoll Mittelsmänner leiten die Informationen an mich weiter, instruieren im Gegenzug das fleißige Heer der Spitzel, worauf es mir ankommt. Eine äußerst ertragreiche Methode, wenn ich dies bescheiden erwähnen darf. Kompromittierendes führt bei den allermeisten Betroffenen zu erstaunlich weit geöffneten Geldbörsen, konfrontiert man sie damit. Was an Einnahmen durch Schweigegelder hereinkommt, finanziert mehr als ausreichend die anfallenden Kosten, also die Bezahlung der Spitzel. Und manchmal, lieber John, komme ich gar ganz ohne Investitionen an das Wissen, welches ich benötige. Denk doch nur an die gute Hannah.«

John presste den Mund zusammen. Er wollte seinem Bruder nicht die Genugtuung eines verbalen Ausbruchs verschaffen. Ein Anflug von Verärgerung glitt über Richards Gesicht. John zog Kraft daraus.

»Hannah, ja«, fuhr Richard fort. »Selbstverständlich richte ich auf meine verehrte Familie ein besonderes Augenmerk. So gab ich seinerzeit auch den Auftrag, alles über Sara herauszufinden, was irgendwie interessant sein könnte.«

»Sara?«, stieß John hervor. »Du bist krank!«

Mit betont gelassener Miene ignorierte Richard Johns Aussage. »Sara. Die gute Sara. Ein Ausbund an Tugenden. Geradezu langweilig. Fast schon *auffällig* langweilig. Es gab eine Zeit, ich erinnere mich, da hegte ich den Verdacht, dass hinter dieser undurchdringlichen Unbescholtenheit etwas Größeres stecken müsse.« Er machte eine Pause und musterte John, der jedoch stumm blieb. »*Eine* interessante Information erhielt ich schließlich dennoch. Möchtest du, dass ich sie dir mitteile, John?«

Der Ansatz eines Schulterzuckens. »Du tust doch sowieso das, was du möchtest, Richard.«

Laut lachte Richard auf. »Natürlich willst du es wissen. Gib es ruhig zu. Nichts geht über deine liebe Sara, nicht wahr. Selbst jetzt noch. Ach, hat dir das Auffinden ihres Bildes in der Bibliothek übrigens Freude bereitet? Eine nette Überraschung, möchte ich meinen. Ich wollte noch einmal das ausgesuchte Vergnügen haben, dich vor unserem letzten Zusammentreffen aus der Ruhe zu bringen. Vor allem, wenn man in Betracht zieht, was ich dir gleich berichten werde. Da bekommt ihr Bildnis einen ganz anderen Stellenwert. Es war sozusagen nur die Ouvertüre.«

»Du sprichst in Rätseln. Wirr, könnte man auch sagen. Doch ich möchte mich nicht wiederholen.«

Diesmal gelang es John nicht, Richard aus der Ruhe zu bringen.

»Verzeih bitte, Bruderherz. Du hast natürlich recht. Immer eins nach dem anderen. Wo war ich stehen geblieben? Ach ja, was meine Spitzel über Sara herausfanden. Mich erreichte eine Nachricht, dass sie einen Onkel väterlicherseits in den Neuen Kolonien habe. Hattest du davon Kenntnis?«

John runzelte die Stirn. Dann schüttelte er langsam den Kopf. »Nein, das habe ich nicht gewusst. Ich verstehe jedoch die Relevanz dieser Information nicht. Dann hatte sie eben einen Onkel. Und?«

»Das werde ich dir gleich sagen. Ich bin mir übrigens sicher, dass auch Sara nichts von diesem Verwandten in der Ferne wusste. Ihr Vater und ihr Onkel scheinen sich vor vielen Jahren zerstritten zu haben, als sie selbst noch junge Männer waren.«

»Saras Vater ist verstorben, wie du sicherlich weißt.«

Bedächtig nickte Richard. »Richtig. Und ihr Onkel, übrigens ein gewisser Isaac Waters, kürzlich ebenfalls.«

Irritiert runzelte John die Stirn.

»Ich sehe, der Name ist dir nicht unbekannt.«

»Ich … ich weiß nicht.«

»Lass mich dir helfen, John. Mr Waters ist einer der wohlhabendsten Bürger der Neuen Kolonien. War, muss ich mich natürlich korrigieren. Er war einer der wohlhabendsten Bürger. Tabak und Rum, wenn ich mich nicht täusche. Nicht weiter von Bedeutung. Von Bedeutung ist jedoch, dass er als Witwer verstarb. Kinderlos.« Richard sah John eindringlich an. »Du verstehst? Außerdem existiert ein Testament. In welchem Mr Waters ausdrücklich seine einzige Nichte als Erbin seines exorbitanten Vermögens einsetzt. Die Beziehung zwischen den beiden Brüdern muss derart schlecht gewesen sein, dass Isaac Waters nichts von dem Schicksal deiner Gattin mitbekam. Wahrscheinlich wusste er nicht einmal, dass sie zwischenzeitlich dich geehelicht hatte. Wie dem auch sei. Das Testament existiert. Sara ist die alleinige Begünstigte.«

»Und? Willst du durch meinen Tod an das Erbe gelangen? Weiterhin sehe ich keinen Weg für dich, dies zu bewerkstelligen, Richard.«

Als habe er Johns Einwand nicht gehört, fuhr Richard fort: »Ein Anwalt von Waters machte sich jüngst mit einer Abschrift des Testaments im Gepäck auf die Reise nach London, um Sara ausfindig zu machen. Er reiste mit der *Seagull.*«

John hob den Kopf. »Die *Seagull*? Aber das ist doch das Schiff von Alexander, welches im Sturm unterging.«

Begeistert nickte Richard. »Exakt. Genau so ist es.« Er betrachtete intensiv den Daumen seiner rechten Hand. »Wobei sich das Gerücht hartnäckig hält, Feuer an Bord habe die Tragödie verschuldet.« Mitleidig schüttelte er den Kopf.

Entsetzt kniff John die Augen zusammen. »Du hast das Schiff *zerstören* lassen? Du hast die gesamte Mannschaft auf dem Gewissen? Weil … weil jemand mit dem Testament auf dem Weg nach London war?«

»Wo gehobelt wird, lieber Bruder, da fliegen Späne.« Richard streckte sich wie eine Katze. »Ich benötigte noch etwas Zeit, um diverse Dinge zu regeln und vorzubereiten. Das Testament durfte nicht zu früh London erreichen.« Er lächelte. »Doch nun kann es kommen. Nach dem heutigen Tag wird sich einiges ändern.«

»Nach meinem Tod, willst du sagen.«

»Richtig, nach deinem tragischen Ableben. Welches erneut diesem scheußlichen Mörder angelastet werden wird. Dieser Strolch muss dir aus London hierher gefolgt sein.«

»Du hast immer noch nicht gesagt, wie du dir das Geld einverleiben willst. Mein Tod wird dir dabei nämlich wenig nützen.«

»Das kannst du nur behaupten, weil du nicht über alle Informationen verfügst, John.« Richard lehnte sich in seinem Stuhl zurück und verschränkte die Arme. »Dein Tod ist sogar der Schlüssel zu dem Vermögen. Dem unfassbar großen Vermögen. Durch dein Ableben wird alles an mich gehen.« Seine Augen funkelten. »Möchtest du wissen, wie mir das gelingt? Soll ich es dir sagen? Ja, du möchtest es wissen, das sehe ich. Ich *möchte* es dir sogar sagen, um ehrlich zu sein. Du sollst das ganze Ausmaß kennen. Darauf habe ich schließlich lange gewartet. In dein Gesicht möchte ich sehen, wenn ich es dir offenbare, lieber Bruder. Wenn ich dir sage, was nach deinem Tod geschehen wird.«

»Was immer dich reitet, Richard, es ist nicht weit vom Wahnsinn entfernt.«

»Der Wahnsinn wird gleich an deine Tür klopfen, das verspreche ich dir.« Richard räusperte sich und beugte sich langsam nach vorne, bis sein Mund nur noch eine Handbreit von Johns Ohr entfernt war. »Ich werde dir etwas anvertrauen, John«, flüsterte er. »Und es ist mir eine unendliche Freude, es zu tun. Ich werde dich teilhaben lassen an dem, was nach deinem Tod geschehen wird. Daran, wie ich über das Geld verfügen werde. Über jeden verdammten Penny.«

Richard legte eine Pause ein, dann räusperte er sich erneut. »Sara lebt.« Zufrieden setzte er sich zurück in den Stuhl und ließ John nicht aus den Augen. »Sie ist nicht tot.« Er schüttelte amüsiert den Kopf.

John schloss die Augen und schluckte. Sein Bruder war ein Monster. Ein Monster, das mit allen Mitteln versuchte, ihn zu quälen. Nichts anderes hatte er vor mit diesen Lügengeschichten. Stoisch öffnete John die Augen. »Du bist erbärmlich. Mehr ist nicht zu sagen. Erspar dir dein Geschwätz. Wenn es dir ernst damit ist, mich zu töten, dann tu es einfach. Du ermüdest mich, Richard.«

Richard lächelte nachsichtig und griff in die Tasche seines Gehrocks. »Deine Reaktion ist nur verständlich. Daher habe ich dir etwas mitgebracht.« Langsam zog er einen Gegenstand hervor und hielt ihn John vor die Augen. Es war ein kleiner goldener Anhänger, in der Form eines Vogels.

»Aber …«, schnappte John nach Luft. »Woher hast du das?«
»Von Sara natürlich.«
Soweit es ihm möglich war, richtete John sich in dem Stuhl auf. »Meine Frau liegt begraben auf dem Friedhof. Woher hast du den Anhänger? Das Wasser hatte ihn weggeschwemmt, als sie gefunden wurde. Wer hat ihn dir beschafft?«
»Verstehst du denn nicht?« Milde tadelnd schüttelte Richard den Kopf. »Es war nicht deine Frau, die in der Themse gefunden wurde. Vielmehr irgendein Ding, das ihr äußerlich ähnelte. Irgendeine Straßenhure, die niemand vermisst hat, möchte ich meinen. Ich kann es nicht genau sagen, da ich mit den kruden Details nicht weiter betraut war. Ich habe lediglich seinerzeit den Auftrag gegeben, Saras Tod vorzutäuschen. An verlässliche Leute. Die ganze Arbeit geleistet haben.«
John wurde schwindelig. Benommen folgte sein Blick dem Anhänger, als Richard ihn zurück in die Tasche steckte. Er schluckte. Sein Hals war staubtrocken.
»Ich sehe, du schweigst. Endlich scheint dir bewusst zu werden, was ich dir offenbart habe. Deine Gattin lebt – zumindest weitestgehend. Freust du dich nicht?« Richard legte den Kopf schief und runzelte in gespieltem Erstaunen die Stirn.
»Es kann nicht sein«, flüsterte John. Er schluckte erneut und musterte Richard. Selbstzufrieden erwiderte sein Bruder den Blick. Die Erkenntnis traf John wie ein harter Schlag. Doch, es konnte sein. Richard war nicht der, für den er ihn gehalten hatte. Der Mann war wahnsinnig. Ein Irrer, der über Leichen ging. Der den Tod von Sara hatte inszenieren lassen. Doch um was zu bezwecken? »Warum … hast du das getan?«
»Ganz einfach. Weil ich Sara *haben* wollte, Bruderherz. Ich wollte dich langsam zerstören, indem ich dir das Wichtigste in deinem Leben wegnahm. Es war einfach nicht gerecht, dass du sie haben durftest. Nicht gerecht, wie so vieles andere auch nicht gerecht war.« Richard verengte die Augen zu Schlitzen. »Doch vor allem wollte ich dich leiden sehen. Euch beide leiden sehen. Ihr solltet erfahren, dass es kein Glück in diesem Leben für euch gibt.«
»Wo ist sie?« Johns Stimme war nur noch ein Krächzen. »Wo?«
Richard winkte ab. »In meiner persönlichen Obhut. Sie lebt, wie gesagt. Doch du würdest wohl nicht mehr viel von der alten Sara erkennen.« Er tippte sich an den Kopf. »Das letzte Jahr hat sie mitgenommen.«

John ballte die Fäuste. Die Fesseln schnitten in seine Handgelenke und Blut tropfte auf seine Hose. Er bemerkte es nicht. »Schwein!«, stieß er hervor. »Unsägliches Schwein!«

Richard stand bedächtig auf und setzte seinen Rundgang fort. »In Kürze wird die arme, verwirrte Sara wie durch ein Wunder auftauchen. Irgendjemand findet sie in einer verlassenen Hütte, eine elende, desorientierte Frau. Ein Wunder, wie gesagt. Die Gazetten werden sich darauf stürzen. Es muss sich bei der Wasserleiche wohl doch um eine unglückliche Verwechslung gehandelt haben.« Er grinste. »Die Arme – sie kehrt als frischgebackene Witwe in den Schoß ihrer Familie zurück. Auch dieser Umstand wird die Leute faszinieren. Ich werde natürlich mein Menschenmöglichstes tun, Sara ein angenehmes Umfeld zu schaffen. Schließlich ist sie meine geliebte Schwägerin! Meine Hilfsbereitschaft geht sogar so weit, das verstörte Ding zu ehelichen, um ihr ein Dach über dem Kopf zu bieten.« Richard beugte sich zu John herunter, bis ihre Gesichter auf einer Höhe waren. »Vater wird diesmal wohl keinen Einwand hegen. Auf diese Weise fällt natürlich das gesamte Vermögen an mich. Dein Vermögen *und* das des Isaac Waters.« Er leckte sich mit der Zunge über die Lippen. »Als Saras Ehemann steht mir alles zu. Der Vollzug der Ehe wird übrigens ganz unspektakulär sein. Eine schnelle Sache, denke ich. Schließlich habe ich den Beischlaf bereits mehrfach mit Sara ausgeübt.« Er zwinkerte John verschwörerisch zu.

Mit aller Kraft warf John sich dem Gesicht seines Bruders entgegen.

Richard sprang einen großen Schritt nach hinten. Amüsiert lachte er auf.

Aus dem Gleichgewicht geworfen, kippte John nach vorne. Er schlug mit dem Gesicht auf dem Boden auf. Dann fiel der Stuhl mit ihm auf die Seite. Der Schmerz war unerträglich. John stöhnte auf. Helle Flecken tanzten vor seinen Augen. Warm lief ihm Blut über das Gesicht.

»Wie ungeschickt«, tadelte Richard und richtete den Stuhl ohne erkennbare Mühe auf. Er griff in Johns Haar und zog unsanft seinen Kopf nach hinten. »Nun kennst du meinen Plan, lieber Bruder. Zumindest im Groben. Sicherlich verstehst du nun, warum dein Tod unvermeidlich ist.«

Unter Aufbringung seiner ganzen Kraft spuckte John seinem Bruder ins Gesicht. Mit Genugtuung sah er, wie roter Speichel Richards Wange traf.

Richard ließ Johns Kopf ruckartig los. Er fluchte, wischte das Blut mit einem Taschentuch ab und schlug John mit der flachen Hand ins Gesicht.

Johns Kinn sackte auf seine Brust. Er unterdrückte ein Schluchzen. Blut und Tränen rannen sein Gesicht hinunter. Wie aus weiter Ferne drangen Richards Worte an sein Ohr.

»Du hast mich unterschätzt, John. Dafür wirst du bezahlen. Das ganze Land wird dafür bezahlen, denn wir sind nicht mehr aufzuhalten. Meine Gefolgsleute und Verbündeten sitzen an den unterschiedlichsten Stellen. Du wärst erstaunt zu erfahren, *wer* alles unsere Sache unterstützt. Die Tage von König George sind gezählt. Unumgänglich. Mitsamt seinen Huren werden wir ihn zum Teufel jagen, aus dem Land, welches ihm nicht gehört. Charles kehrt zurück – und mit ihm werde ich unaufhaltsam aufsteigen. Aufsteigen zur mächtigsten Person im Königreich. Neben dem König.« Er warf das blutbeschmierte Taschentuch verächtlich auf den Boden. »Dann werde ich auf euren Gräbern tanzen und mich amüsieren. Lachen über euer Unwissen, eure bodenlose Dummheit.« Wütend zischte er John ins Gesicht. »Wenn die wahnsinnige Sara dann wenige Tage nach der Hochzeit aufgrund ihrer bedauerlichen Konstitution stirbt, dann werde ich Hof halten, und alle Väter dieses Landes werden mich anbetteln, ihre Tochter zu ehelichen. *Anbetteln* werden sie mich!«

Langsam hob John das Kinn und sah Richard an. »Du bist eine Schande, Richard. Eine Schande für unsere Familie. Nichts weiter. Eine einzige Schande.«

Mit wutverzerrtem Gesicht griff Richard nach seinem Stock und schlug ihn gegen Johns Oberschenkel. »Und du bist ein Wurm, den ich mit Freude zertreten werde.«

Der Schmerz ließ John aufschreien. Er sah an sich hinunter. Durch den Schlag war das Hosenbein eingerissen und Blut quoll aus der Wunde. Er biss die Zähne zusammen und hob abermals den Kopf. Aus geschwollenen Augen blickte er zu Richard, der zurückgetreten war und zwei Schritte vor dem Fenster stand, den Stock spielerisch zu einem weiteren Schlag hebend. John stutzte. Dann lächelte er breit.

»Was zum …?«, setzte Richard an, erstaunt über Johns unerwartete Reaktion. Er ließ den Stock sinken.

Das Klirren war ohrenbetäubend. Die Fensterscheibe zersprang in tausend Scherben. Beinahe gleichzeitig taumelte Richard nach vorne, verfehlte John nur knapp und schlug neben ihm auf den Boden. John löste den Blick von seinem Bruder, der laut aufstöhnte. Eine weitere Person lag auf dem Boden, etwa auf dem halben Weg zum Fenster. Ein eiskalter

Luftzug schlug in das Zimmer und ließ das Seil, das im Fensterrahmen hing, hin und her schlagen. Die Streben des Fensters waren zerborsten, Holzsplitter verteilten sich im Raum, mischten sich mit dem Glas.

Aus dem Augenwinkel sah John, wie Richard Anstalten machte, sich aufzusetzen. »Paul!«, rief John warnend.

Benommen schüttelte Paul de l'Estagnol den Kopf und stützte sich langsam auf die Unterarme. Schmerzhaft verzog er das Gesicht. An einigen Stellen war sein dunkler Anzug von Splittern aufgeschnitten.

»Paul!«, stieß John erneut hervor. Richard stand bereits wieder auf den Beinen, eine Hand mit schmerzverzerrtem Gesicht in den Rücken gedrückt.

»Sieh an«, raunte Richard und machte einen schwankenden Schritt auf den am Boden kauernden Mann zu. »Der Habicht gibt sich die Ehre.« Er hob seinen Stock auf. »Zwei Fliegen mit einer Klappe, würde ich sagen.« Mit einer Drehung am Knauf löste Richard ein Stilett aus dem Gehstock. Das Holz warf er achtlos zur Seite. Dann machte er einen schnellen Schritt auf Paul zu, holte zum Hieb aus, die Waffe auf den Hals gerichtet.

Im letzten Augenblick rollte sich Paul zur Seite und das Stilett traf klirrend den Holzboden. Ein großer Splitter schoss aus dem Boden hervor. Aus seiner liegenden Position heraus sprang Paul schwungvoll auf die Beine, machte einen Ausfallschritt und schlug Richard mit der Faust in den Magen, noch bevor dieser sich erneut in eine Angriffsposition bringen konnte. Richard schnappte hörbar nach Luft, warf sich jedoch nach vorne und führte dabei die Schneide in weitem Bogen neben sich her, während er sich in der Bewegung drehte.

Für einen Moment sah es aus, als sei Paul durch einen beherzten Schritt zur Seite außerhalb der Reichweite der surrenden Klinge. Doch Richard ließ sich in seine Drehung hineinfallen und stach Paul in den linken Arm. Mit schmerzverzerrtem Gesicht duckte sich Paul unter den nächsten Hieb, ließ sich fallen und rollte sich von seinem Angreifer weg, in Richtung Tür.

John biss sich auf die Zähne, als er das Knirschen von Glassplittern hörte. Doch der kleine Mann ließ sich nicht aufhalten. Erneut sprang Paul schwungvoll auf. Blut troff von seiner linken Hand herab.

Richard trat langsam von einem Bein auf das andere und ließ Paul dabei nicht aus den Augen. »Der Habicht lässt Federn«, lachte er und deutete mit der Klinge auf die größer werdende Blutlache.

»Ein Kratzer, weiter nichts«, antwortete Paul jovial. Wie ein Ringer ging er seitlich an der Wand entlang, Richard dabei immer im Blick behaltend. Auf dem Boden hinterließ er eine dünne Blutspur. »Wahrlich nicht der Rede wert, Shinfield. Machen Sie sich also keine falschen Hoffnungen. Ein bloßer Glückstreffer.« Vor dem zerborstenen Fenster blieb er stehen. Der hineinpressende Wind ließ die zurückgezogenen Gardinen wallen. »Kommen Sie schon, worauf warten Sie eigentlich?«

»Ihr freches Maul stopfe ich mit links«, entgegnete Richard, nicht weniger gut gelaunt.

Paul machte einen Sprung auf Richard zu, der das Stilett hochriss und einen Schritt zurücktrat. Doch anstatt Richard nachzufolgen, strauchelte Paul. Es sah aus, als wolle er sich auf dem Boden abstützen, um nicht hinzuschlagen.

Richard sah seine Chance gekommen, tat einen weiten Schritt nach vorne, die Waffe am ausgestreckten Arm vor sich herführend. Doch Paul hatte sich bereits wiederaufgerichtet. In seiner Hand hielt er die hölzerne Hülle des Stiletts, mit der Richards Waffe als Gehstock getarnt gewesen war. Kraftvoll holte er mit dem Holz aus und parierte Richards Stich.

Voller Genugtuung sah John, wie sich auf dem Gesicht seines Bruders Überraschung in Wut verwandelte. Abgelöst wurde die Wut jedoch sogleich von einem Ausdruck des Schmerzes. Paul war es gelungen, den Stock auf Richards Hand zu schlagen. Doch Richard hielt das Stilett umgriffen und sprang zur Seite. Neben John.

»Lassen Sie den Stock fallen, Paul! Oder wie immer Sie auch heißen mögen. Ansonsten wird Ihr Freund John sterben.«

John spürte die Spitze des Stiletts in seinem Nacken. Er hielt den Atem an. Ein Schweißtropfen lief zwischen seinen Schulterblättern den Rücken hinunter. Oder war es Blut?

»Los, machen Sie schon!«, forderte Richard mit wütender Stimme.

Versteinert blieb Paul stehen, nur sein Blick flog von Richard zu John und wieder zurück. Als sei er unentschlossen, was sein nächster Schritt sein solle.

»Er tötet mich sowieso!« John stieß die Worte hervor. »Lass dich nicht darauf ein!« Er verzog das Gesicht und stöhnte auf. Richard hatte die Spitze des Stiletts fester in seine Haut gedrückt. Diesmal floss Blut.

»Schon gut, schon gut«, rief Paul und ließ den Holzstab fallen. Es gab ein dumpfes Geräusch, als der Stab auf dem Boden aufschlug und dann wegrollte. Beschwichtigend hob Paul beide Hände.

John stöhnte abermals auf, diesmal aus Verzweiflung. »Er ist Steeles Mörder«, presste er hervor. »Du darfst ihn nicht entkommen lassen.«

»Ich bin mir sicher, dass der Habicht bereits zu der Erkenntnis gelangt ist, mit wem er es zu tun hat.« Richard war amüsiert.

Paul antwortete mit einem Lächeln. »Selbstverständlich. Ich habe ein genaues Bild von Ihnen. Wie ich sehe, Mr Shinfield, ist es Ihnen weiterhin ernst damit, das Leben Ihres Bruders zu beenden.« Er strahlte geradezu. »Ein Vorhaben, das ich jedoch zu vereiteln gekommen bin.«

Richard schob den Unterkiefer nach vorne. »Sie überschätzen sich, mein Freund. Ihre Möglichkeiten in dieser Angelegenheit sind begrenzt.«

»Ihnen ist zweifelsohne bewusst, Shinfield, dass Sie auch mich töten müssten. John mögen Sie durch einen beherzten Stich umbringen, doch bevor Sie Ihre lächerliche Waffe wieder aus seinem Körper herausgezogen haben, das verspreche ich, stehe ich bereits hinter Ihnen. Mit meinen Händen um Ihren windigen Hals gepresst.« Er zog eine Augenbraue nach oben. »Das wäre es dann mit Ihren glorreichen Taten.« Paul trat einen Schritt nach vorne. »Sehen Sie, gleich bin ich bei Ihnen.«

»Keinen Schritt weiter!«

»Wie Sie wünschen. Doch vielleicht werfen Sie einmal einen Blick auf dies hier.« Mit einer schnellen Bewegung zog Paul ein Messer unter seiner Jacke hervor. »Sie zu erwürgen würde mir sowieso wenig Freude bereiten. Warum sich die Finger schmutzig machen? Mit dem Messer geht es zudem schneller, nicht wahr.«

John wollte verzweifelt den Kopf schütteln, hielt sich aber zurück – der Druck in seinem Nacken hatte nicht nachgelassen. Was tat Paul? Hatte er den Verstand verloren? Er reizte Richard geradezu, zuzustechen.

»Ha, Ihr schartiges Messer«, entgegnete Richard. »Wenn wir schon von lächerlichen Waffen sprechen.«

Ein klickendes Geräusch ließ John aufhorchen. Er spürte, wie sein Bruder das Gewicht verlagerte. Siedend heiß fiel ihm ein, woher er das Geräusch kannte. »Vorsicht!«, schrie John. »Er hat eine …« Doch seine Warnung wurde durch einen ohrenbetäubenden Knall übertönt, der Johns Ohren zum Klingen brachte.

Voller Erstaunen starrte Paul aus aufgerissenen Augen auf das Loch, welches sich auf Brusthöhe in seiner Jacke zeigte. Er riss den Mund auf, wollte etwas sagen. Doch er brachte keinen Laut heraus. Schnappte lediglich, wie ein Fisch auf dem Trockenen. Jegliche Kraft verließ seinen Körper, und er schlug hart auf dem Boden auf, wo er reglos liegen blieb.

»… Pistole«, flüsterte John.

»Eine Pistole, fürwahr.« Richard trat an Paul heran. Aus zusammengekniffenen Augen musterte er den am Boden liegenden Mann, dann stieß er ihn mit dem Fuß an. Zufrieden drehte er sich zu John um. »Ein praktisches Ding, so eine Pistole.« Er warf die abgefeuerte Waffe in einem hohen Bogen achtlos auf das Bett. »Man wird später annehmen müssen, du hättest sie benutzt, John. Um dich gegen den Eindringling zu verteidigen. Doch leider scheint dieser Schurke dir ebenfalls eine tödliche Wunde verpasst zu haben.« Er schüttelte den Kopf. »Was für eine Geschichte. Gleich zwei Leichen, die ich bei der Rückkehr in mein Zimmer vorfinde. Wenn ich es mir genau überlege – vielleicht sollte hier ein kleines Feuer ausbrechen, kurz bevor ich eintreffe. Das hätte den Vorteil, dass die ganze Sache noch undurchsichtiger würde. Kleinere Unstimmigkeiten würden so gar nicht auffallen. Wen interessiert schon, ob die Wunden zu den verwendeten Waffen passen, nicht wahr?« Nachdenklich legte Richard einen Finger an den Mund. »Wie dem auch sei – fraglos eine schreckliche Tragödie. Zumindest wirst du ein Held sein, John.« Er klopfte seinem Bruder auf die Schulter. »Posthum zwar, aber ein Held immerhin.« Er gluckste in sich hinein. »Also Kopf hoch. Du hast den Habicht, einen vielgesuchten Dieb, zur Strecke gebracht. Alle Achtung.« Bedächtig schüttelte Richard den Kopf. »Wie schade, dass der Dieb dich derart böse verletzen musste. Entstellend verletzen.« Mit Schwung hieb er die lange Klinge in Johns Gesicht, auf seine linke Wange.

Heißer Schmerz explodierte in Johns Gesicht, pulsierte wie ein wild gewordenes Tier. Blut rann seinen Hals hinab, in sein Hemd und weiter die Brust hinunter.

Richard beugte sich zu John hinab. »Es ist Zeit, dass wir uns voneinander verabschieden, Bruder. Stirb in der Gewissheit, dass du mich nie gekannt hast. Dass du mich stets unterschätzt hast.« Ein mildes Kopfschütteln. »Ich gebe dir noch etwas mit auf den Weg ins Jenseits. Wo immer der Weg dich auch hinführen mag.« Er lachte höhnisch auf. »Sieh es als mein Abschiedsgeschenk, sozusagen.« Langsam richtete Richard sich auf und stützte sich auf das Stilett, als sei es weiterhin sein Gehstock. Seine Augen glänzten, die Wangen glühten. Er wirkte wie ein kleiner

Junge, der vor Aufregung kaum an sich halten konnte. »Du lässt nicht nur Sara zurück, John, wenn ich in wenigen Augenblicken dein Leben auslösche. Nein, auch etwas anderes bleibt hier, unerreichbar für dich. Nun, lass es mich anders sagen: Es bleibt nicht etwas, sondern *jemand*.«

Mühsam hob John das Kinn. Verständnislos sah er zu seinem Bruder auf. Sein linkes Auge war zugeschwollen und tränte. Vielleicht waren es auch keine Tränen, sondern das Blut, welches sein Gesicht hinunterlief. Er wusste es nicht. Es kümmerte ihn nicht. John versuchte, Richards Worten einen Sinn abzugewinnen. Es fiel ihm schwer – eine erdrückende Leere machte sich in seinem Kopf breit. Er hatte das Gefühl, lediglich der unbeteiligte Zuschauer in einem Schmierentheaterstück zu sein. Selbst der Schmerz, den er in seinem Körper schreien hörte, betraf nicht ihn, sondern jemand ganz anderen. Was für eine Bedeutung mochten die Worte seines Bruders haben? Er schien eine andere Sprache zu sprechen. John konnte ihn hören. Aber er verstand ihn nicht.

Richard räusperte sich. Verärgert darüber, dass er augenscheinlich nicht zu John durchdrang, erhob er seine Stimme. »Dein *Kind* wirst du ebenfalls zurücklassen. Verstehst du, was ich sage? Dein *Kind*!« Mitleidig sah er John an. »Sag, verstehst du, John? Dein Balg, mit dem Sara bei ihrem vermeintlichen Sturz in die Themse schwanger war. Es lebt. Und es wird niemals erfahren, dass du sein Vater bist.« Ein zufriedenes Grinsen. »Warst, will ich natürlich sagen.« Beinahe andächtig hob er das Stilett und setzte es an Johns Hals. »Wenn du wüsstest, wo dein Kind zurzeit …«

Alles spielte sich sehr schnell ab. Und doch so langsam, dass John dachte, die Zeit werde angehalten. Dabei verstand er gar nicht, was seine Augen sahen. Richard – wie erstarrt verharrte er über ihn gebeugt, das Stilett weiter gegen seinen Hals gerichtet. Dann riss er die Augen weit auf und stieß ein Röcheln aus. Richards Arm, welcher die Waffe hielt, begann erst zu zittern, dann sank er langsam hinab. Es kam John wie eine Ewigkeit vor, bis das Stilett schließlich auf den Boden deutete. Richards Gesicht war blass geworden. Schneeweiß.

Scharf sog John Luft ein. Sterne tanzten vor seinen Augen.

Ein weiteres Röcheln, ein Husten. In einem gurgelnden Schwall quoll Blut aus Richards Mund. Er hustete, atemlos.

Und dann traf ein Regen warmer Tropfen Johns Gesicht. Er schloss die Augen. Dankbar umarmte er die Dunkelheit. Sie schuf eine Barriere zu dem, was irgendwo dort draußen geschah. Hier drinnen war er nicht einmal sicher, ob es wirklich sein Gesicht war, welches mit dem roten Nass bedeckt wurde. Schauspieler auf einer grotesken Bühne waren da draußen am Werk. Anders konnte das wahnsinnige Geschehen nicht verstanden werden. Er selbst sah nur zu. Unfreiwillig, denn er wollte mit alledem nichts zu tun haben. Nichts mit den unsinnigen Aussagen des Schauspielers, der eine groteske Variante seines Bruders gab. Er, John, war lediglich ein Zuschauer. Ohne eigenen Körper. Wie war er nur hierhergekommen? Keines der auf der Bühne aufgesagten Worte hatte einen Sinn. Sara war lange tot. Ertrunken. Begraben. Ein Traum. Ja, sicherlich war alles nur ein Albtraum. Fragend, beinahe hoffnungsvoll, öffnete John das Auge.

Das Stilett glitt Richard aus der kraftlos herabgesunkenen Hand, und seine ganze Gestalt sackte seitlich auf den Boden. Erst mit der Schulter, dann mit dem Kopf schlug er auf und blieb reglos liegen. Blut rann in einem dünnen Faden aus seinem Mundwinkel. Die unnatürlich aufgerissenen Augen spiegelten ungläubiges Erstaunen. Beinahe kindliches Erstaunen.

Innerlich trat John einen weiteren Schritt zurück. Begab sich in jenen kleinen Raum seines Verstandes, der nicht den Wahnsinn umarmen wollte. Ein Theaterstück, sagte er sich, wieder und wieder. Ein schlechtes Drama, in dem die Handlung eine unvorhergesehene Wendung genommen hatte. Wann endlich fiel der Vorhang?

Die Vorstellung war noch nicht beendet. Verwirrt hob John den Blick. Er musterte blinzelnd den aufrecht vor ihm stehenden Mann. Auf Johns Lippen stahl sich der Anflug eines Lächelns. Ein neuer, ein altbekannter Akteur. Der beste obendrein.

»Von wegen schartig!« Paul trat genau an den Platz, an dem vor wenigen Herzschlägen noch Richard gestanden hatte. Beugte sich tief hinab. Betrachtete Richard, seufzte. Dann wischte er sein Messer langsam am Jackenärmel des Toten ab. »Richard Shinfield, die Klauen des Habichts sind vielleicht nicht lang – aber deshalb nicht weniger tödlich.«

Kapitel 46

»Sind Sie sicher, Sir, dass ich mir die Wunde nicht doch einmal ansehen sollte?« Beth stellte ein Tablett auf den Tisch und begann, die Kaffeetassen zu verteilen.

»Nicht nötig. Der Arzt ist mit der Heilung sehr zufrieden. Der Verband kann in Bälde abgenommen werden. Die Schnittwunde hat sich augenscheinlich nicht entzündet.«

»Gott sei es gedankt«, seufzte die Köchin und füllte reihum die vier Tassen aus der dampfenden Kanne. Der Geruch von frisch aufgebrühtem Kaffee waberte durch den Raum.

»Die sicherlich zurückbleibende Narbe wird nur dazu beitragen, Mr Shinfields Reputation in der Damenwelt weiter zu erhöhen«, feixte Paul de l'Estagnol. »Nicht, dass er dies nötig hätte, wohlgemerkt.« Dankend nickte er Beth zu und zog seine Tasse zu sich heran.

Rupert räusperte sich verhalten. Es war sichtlich ungewohnt für den Hausdiener, am selben Tisch wie Shinfield und de l'Estagnol zu sitzen. Doch John hatte darauf bestanden, dass Beth und ihr Mann sich an diesem Morgen zu ihnen in die Bibliothek gesellten. Für den größeren Teil einer Stunde hatten beide Pauls verkürzter Erzählung der Geschehnisse gelauscht, ihre Mienen ein Wechselspiel von Entsetzen, Entrüstung und Hilflosigkeit.

Aufmunternd nickte John Rupert zu.

Der Hausdiener fasste sich ein Herz. »Auf der Straße erzählt man sich allenthalben, dass Sie auf dem Sitz Ihrer Familie heroisch einen Einbrecher stellten, Sir. Dieser Mann verletzte bei seiner Flucht Mr Richard Shinfield tödlich – bevor er aus einem Fenster kletterte und in die Nacht entschwand. Die Geschichte ist bereits in den ersten Gazetten. Die Zeitungsjungen schreien sich die Seele aus dem Leib. Es wird keinen halben Tag dauern, denke ich, bis die Angelegenheit auch in den letzten Winkel der Stadt gedrungen ist.«

Beth schnaubte und setzte sich, nachdem sie das Tablett auf einem Tisch an der Tür abgestellt hatte.

»Das ist jene Variante der Geschehnisse, die Richter Fielding verbreitet«, erklärte John. »Wenn die Zeitungsjungen diese Nachricht ausrufen, dann hat Fielding sein Ziel wohl erreicht.« Er machte eine Pause. »Außer uns hier Anwesenden weiß nur Fielding von den wahren Begebenheiten.«

»Und jene Männer, denen er Bericht erstattet«, ergänzte Paul, betont beiläufig.

»Wir jedenfalls werden schweigen wie ein Grab, Sir«, rief Beth aus. »Nicht wahr, Rupert?«

Ihr Mann nickte beflissen.

»Genauso, wie wir dem Richter oder sonst irgendwem nichts von *Ihnen* berichten, Mr de l'Estagnol«, betonte die Köchin mit verschwörerischer Miene. »Wir kennen Sie nicht, haben Sie nie gesehen.«

»Ich weiß«, nickte Paul. »Und dafür bin ich Ihnen beiden zutiefst dankbar. Es ist von größter Bedeutung, dass kein Wort über die tatsächliche Wahrheit diese vier Wände verlässt. Nicht über das Vorgefallene, nicht über meine bescheidene Rolle.«

»Fielding denkt, dass es mir selbst gelungen sei, Richard zu überwältigen.« John sah zu Beth. Sein Blick streifte Paul. »Wir haben das Zimmer … nun … ein wenig hergerichtet.«

De l'Estagnol zuckte mit den Schultern. »Nicht einmal Lord Shinfield wurde darüber aufgeklärt, was wirklich in jener Nacht auf Farley House geschah. Auch er glaubt an die Tat eines ansonsten unbeteiligten Einbrechers. Die Wahrheit würde alles unnötig kompliziert machen. Für Lord Shinfield wie auch für uns. Glücklicherweise gelang es John, seinem Bruder auszureden, der getürmte Eindringling sei meine Person gewesen.«

»Die Geschichte ist schier unglaublich. Wir … wir werden schweigen wie ein Grab, Sir. Ich meine, das Ganze würde einem sowieso niemand abnehmen. Nach Bedlam würde man mich einweisen, keine Frage. Unfassbar, die Taten Ihres Bruders, Sir.« Rupert schüttelte den Kopf. »Er war ein Mörder!« Betrübt starrte er in seine Tasse.

Beth seufzte und wischte sich mit einer Hand über die Augen. »Die arme Mrs Shinfield. Ich kann es immer noch nicht fassen. Dass sie ein Spielball in dieser verworrenen Geschichte war – des schnöden Geldes wegen. Wegen einer anstehenden Erbschaft, die dabei helfen sollte, einen Stuart-Abkömmling auf den Thron zu bringen. Und Sie glauben wirklich, was Ihr Bruder behauptet hat, Sir? Dass Mrs Shinfield mitnichten ertrunken ist, sondern all die Zeit eine Gefangene von Richard Shinfield war?«

Für einen Augenblick zögerte John, dann nickte er. »Es sieht so aus, als habe Richard den Tod von Sara vortäuschen lassen. Ob er damals bereits seinen wahnsinnigen Plan im Kopf hatte oder lediglich Sara unter seine Kontrolle bekommen wollte, um mir Schmerzen zuzufügen, das kann ich nicht sagen.« Er richtete sich in seinem Stuhl auf. »Mein Bruder hat schon lange den Verstand verloren, davon bin ich überzeugt.« Erneut zögerte er. »Doch, ja. Es besteht Hoffnung, dass Sara lebt.« Seine Stimme brach.

Beth presste die Hände auf ihre Brust. »Weiß man denn etwas über Mrs Shinfields Verbleib? Wo könnte sie sein? Ob es ihr gut geht? Gibt es eine Spur? Konnte sie gar entfliehen?«

Bedauernd schüttelte Paul den Kopf. »Wir wissen nicht mehr, als dass sie am Leben sein könnte. Ich glaube jedoch, dass ich zumindest Kenntnis habe, wo sie bisher festgehalten wurde. Kurz bevor Richter Fielding von John über das Doppelleben seines Bruders unterrichtet wurde, sah ich mich in Richard Shinfields Haus um. Es besitzt einen versteckten Keller. Dieser ist nur durch eine Geheimtür zugänglich und in mehrere kleine Räume unterteilt. Mit Schlafstätten.«

»Dort wurde Mrs Shinfield gefangen gehalten? In einem Keller?« Ungläubig sah Beth von Paul zu Mr Shinfield. »Seit ihrem Verschwinden damals?«

»Ich gehe davon aus.« Nachdenklich nahm Paul einen Schluck aus der Tasse. »Er hatte einen Helfer. Richard, meine ich. Jemanden, der die gefangenen Frauen versorgte. Jemanden, der Mrs Shinfield im letzten Moment wegschaffte. Ich tippe auf den Hausdiener. Der Mann ist verschwunden, wie vom Erdboden verschluckt. Dass er selbst an den Brutalitäten beteiligt war, ist für mich sonnenklar. Er war es sicherlich auch, der John nach seiner Entführung befragte. Richards Stimme hätte er erkannt.«

Nachdenklich nickte John.

»Gütiger Herr im Himmel, Sie sprachen von Frauen, Sir. Von mehreren Frauen, die dort gefangen waren.« Das Entsetzen war Rupert ins Gesicht geschrieben. »Was ist mit ihnen geschehen?«

»Das vermag ich mir nicht auszumalen.«

Ein heiserer Schrei entfuhr Beths Kehle. Sie presste eine Hand auf ihren Mund.

Beschwichtigend legte Rupert seiner Frau eine Hand auf den Arm.

Dann wandte er sich wieder an Paul. »Aber die kleine Rose haben Sie dort unten unversehrt gefunden?«

Paul nickte und lächelte. »Das ist richtig. Verängstigt war sie, doch ansonsten schien es ihr den Umständen entsprechend gut zu gehen. Ich habe sie zu ihrer Schwester nach Lichfield bringen lassen. Richard Shinfield hat sie dafür benutzt, John mit einer Lügengeschichte in die Falle nach Farley House zu locken. Wenn Rose sich etwas gefangen hat, werde ich sie genauer befragen. Vielleicht kann sie uns etwas Hilfreiches erzählen.« Pauls Blick streifte John. »Über den anderen Mann, vielleicht sogar über Mrs Shinfield.«

John legte die Hände in seinen Schoß und senkte den Blick. Langsam atmete er ein und aus. Ein und aus.

»Ich bin mir sicher«, fuhr Paul betont zuversichtlich fort, »dass wir eine Spur finden werden.«

Langsam hob John seinen Kopf, die Blicke der beiden Männer trafen sich.

Paul deutete ein aufmunterndes Nicken an.

Nach einem kurzen Augenblick erwiderte John die Geste halbherzig und presste seine Lippen zusammen. Ja, sie würden zweifelsohne alles daransetzen, Sara aufzuspüren. Doch was war mit dem Kind? Wie sollten sie es jemals ausfindig machen? Was hatte sein Bruder mit dem Kind angestellt? Sollte er überhaupt glauben, was der wahnsinnige Richard über das Kind gesagt hatte? Jenes Kind, welches ungeboren in Saras Bauch war, als sie in die Themse stürzte. Vielleicht hatte Richard ihn mit der Behauptung, es lebe irgendwo in der Stadt, nur quälen wollen. Vielleicht. Vielleicht existierte aber wirklich irgendwo in London ein kleines Kind, dessen Vater er war. Ein Junge? Ein Mädchen? John unterdrückte ein Zittern und zwang sich, den Gedanken nicht weiter zu verfolgen. Eins nach dem anderen. Schritt für Schritt. Mit kopflosen Aktivitäten war niemandem geholfen.

John und Paul hatten verabredet, niemandem von diesem Teil der Geschichte zu erzählen. Und Paul hatte John zugesagt, Himmel und Hölle in Bewegung zu setzen, um herauszufinden, ob etwas an Richards Behauptung dran war. Gleichzeitig hatte er ihn jedoch ausdrücklich gewarnt: Je weniger Aufhebens sie derzeit machten, umso größer war die Chance, etwas herauszubekommen. Niemand konnte schließlich sagen, wer alles in die Geschehnisse verstrickt war. Welche Personen zählten zu Richards Kreis? Wie weit reichte ihr Einfluss? Wie würden sie auf Richards Tod reagieren?

Auf ihrer Rückfahrt nach London hatten John und Paul sich diese Fragen gestellt. Wieder und wieder. Sie konnten keine Antworten finden, waren sich aber einig: Es galt vorerst, niemanden unnötig aufzuschrecken und zu irgendeiner Dummheit zu animieren.

Aufmunternd lächelte Paul John zu. »Wir werden eine Spur finden, da bin ich sicher.«

»Wenn wir in irgendeiner Art und Weise dabei behilflich sein können, dann lassen Sie es uns wissen«, sagte Beth mit vor Aufregung rotem Gesicht. »Nicht wahr, Rupert?« Sie stieß ihrem Mann in die Seite.

»Ja, ja. Sicher. Wir helfen Ihnen!«

»Vielen Dank.« John nickte beiden zu. »Ich weiß, dass ich mich vorbehaltlos auf euch verlassen kann.«

»Das können Sie wirklich, Sir«, betonte Beth. »Bitte denken Sie nicht schlecht von uns, nur weil Hannah …« Sie stockte. »Entschuldigen Sie, aber es geht einfach nicht in meinen Kopf, wie Hannah als Spitzel für Ihren Bruder …« Sprachlos schüttelte sie den Kopf.

Beschwichtigend hob Paul eine Hand. »Erst einmal wird Hannah nicht gewusst haben, dass es sich bei Richard Shinfield um einen Mörder handelte. Er wird sie als Johns besorgter Bruder angesprochen haben, vielleicht von seiner Angst berichtet haben, dass es John seit dem Ableben seiner Frau nicht gutgehe. Und er wird die Haushälterin mit einem unwiderstehlichen Angebot geködert haben, damit sie im Gegenzug die Augen aufhielt und ihm in bestem Glauben von Johns Plänen und Aktivitäten berichtete. Was natürlich nicht bekannt werden durfte. Als sie ihre Funktion erfüllt hatte, musste Hannah sterben. Die arme Frau.« Paul seufzte. »Jedenfalls war es ein ausgeklügeltes Unterfangen von Richard, Hannah für seine Dienste zu gewinnen.«

»Unwiderstehliches Angebot? Was für ein Angebot machte er Hannah denn?« Ratlos starrte Beth Paul an.

Ein trauriges Lächeln zog über Pauls Gesicht. »Ich denke, die Antwort hierzu ist ganz einfach. Richard hat Hannah seine Unterstützung angedient, die nächste Mrs John Shinfield zu werden.«

Mit offenem Mund wanderte Beths Blick zwischen Mr Shinfield und Mr de l'Estagnol hin und her.

»Sagen Sie nicht, dass Ihnen Hannahs Verhalten in Mr Shinfields Gegenwart nicht aufgefallen wäre«, bemerkte Paul trocken.

Nun war es an John, Rupert und Beth, mit offenem Mund und ratlosem Blick vor Paul de l'Estagnol zu sitzen.

»Sie meinen …«, stotterte Beth, »Hannah wollte Mr Shinfield …?«

Paul lehnte sich in seinem Stuhl zurück. Sichtlich genoss er die allgemeine Verblüffung. »Sagen Sie nicht, Derartiges sei Ihnen noch nicht zu Ohren gekommen, meine Herren, meine Dame.«

»Ja, sicherlich«, runzelte Beth die Stirn. »Aber doch nicht im Hause von Mr *Shinfield*. Hier bei uns. Also, Hannah war manchmal etwas … komisch. Ja, das war sie wohl. Verhielt sich wie ein aufgescheuchtes Huhn, wenn Mr Shinfield in der Nähe war. Doch eine Heirat mit … mit …« Sie verstummte, überwältigt von der Unvorstellbarkeit dieses Gedankens.

John fiel siedend heiß jener Zettel ein, den er in Hannahs Zimmer gefunden hatte. *Shinfield*, hatte Hannah darauf in krakeligen Buchstaben hinter ihren Vornamen gesetzt. Jetzt verstand er. Hannah hatte sich durchaus ernste Hoffnungen auf eine Ehe gemacht. Eine Ehe mit ihm! Als Richard dies behauptet hatte, in jener Nacht auf Farley House, hatte er es nicht glauben können. Hatte es dem Wahnsinn seines Bruders zugerechnet. Jetzt fügten sich die Puzzleteile langsam zu einem großen Ganzen.

Die Röte stieg John ins Gesicht. Mühsam unterdrückte er ein Stöhnen.

»Lieber John«, feixte Paul, »du brauchst dich nicht zu genieren. Du solltest dich überhaupt darauf einstellen, dass die Damen der Stadt in Bälde ihre Aufmerksamkeit wieder verstärkt auf dich richten.«

»Weil Mr Shinfield nur noch einer von nunmehr zwei Söhnen des Earl of Finchampstead ist?«, fragte Beth ungläubig. »Rechnet man etwa mit einem höheren Anteil an seinem Familienerbe? Wie unsäglich berechnend doch die obere Gesellschaft ist«, entfuhr es der Köchin. »Bitte entschuldigen Sie meine Ausdrucksweise, Sir. Doch es musste einmal deutlich gesagt werden.«

»Familienerbe? Oh, das meinte ich gar nicht«, antwortete Paul. »Wobei Sie mit Ihrer Vermutung nicht gänzlich falsch liegen, Beth. Denn natürlich geht es ums Geld. Und um ein Erbe. Doch der Familienbesitz der Shinfields geht natürlich nach dem Ableben des Earls in seiner Gesamtheit an den ältesten Sohn. So sieht es das Gesetz vor. Lediglich jene Summe, welche der Earl testamentarisch für John vorsieht, wird an ihn gezahlt. Der Tod Richards erhöht damit durchaus die Wahrscheinlichkeit, dass diese Summe steigt. Es hängt ganz vom Earl ab, wie gesagt.« Er zuckte mit den Schultern. »Nein, ein anderes Erbe habe ich im Sinn.«

»Sprichst du von dem Vermögen, welches Saras verstorbener Onkel ihr vermacht haben soll? Jener Mann, der keinerlei weitere Verwandtschaft besaß?« Ungläubig runzelte John die Stirn. »Wer weiß, was Richard sich da zusammengereimt hat. Außerdem – wenn Sara noch am Leben ist …«

»Ich verstehe, dass dies ein schwieriges Thema für dich ist, John.« Paul faltete die Hände vor sich auf der Tischplatte. »Doch wir sollten realistisch sein und nicht gleich alles als Wahnsinn abtun. Richard Shinfield verfügte über ein weitläufiges System von Spitzeln und Informanten. Auf seine diabolische Art war der Mann höchst professionell. Und wir wissen: Für seinen Plan eines Umsturzes der Regierung und des Königshauses, um den Weg für die Stuarts zu bereiten, war eine große Summe vonnöten. Dieses Geld sah Richard in greifbarer Nähe. Durch Sara. Nach deinem Tod und einer anschließenden Hochzeit mit der wie durch ein Wunder wiederaufgetauchten Mrs Shinfield hätte er unbeschränkten Zugriff auf das Vermögen gehabt. Bei dem Abendessen deines Bruders Edward kam mir erstmals der Gedanke, dass du nicht zuletzt aus finanziellen Gründen ins Visier der Verschwörer geraten sein könntest. Daher erfand ich spontan die Nachricht einer baldigen Hochzeit mit meiner imaginären Cousine.« Paul lachte in sich hinein. »Damit brachten wir Richard auch in Zugzwang. Er musste euer Zusammentreffen auf Farley House unbedingt nutzen, um sich deiner zu entledigen.« Mit neuem Ernst sah er John an. »Ich bin mir sicher, dass in wenigen Wochen erneut jemand den Weg aus den Neuen Kolonien nach London antritt, um Nachforschungen anzustellen, wo die Nichte von Mr Isaac Waters zu finden ist. Unweigerlich wird man an deine Tür klopfen, John.«

»Sara könnte am Leben sein.« Johns Stimme war ein Flüstern.

»Wir wissen das, ja.« Paul sah mit eindringlichem Blick in die Runde. »Doch wir müssen es für uns behalten. John, für die übrige Welt ist Sara verstorben. Begraben. Und dabei muss es vorerst bleiben. Alles andere würde es nur schwieriger für uns machen, sie doch noch zu finden. Das Erbe aus Übersee wird daher ganz natürlich an dich gehen, John. Wenn stimmt, was ich vermute, dann wird es dich zu einem der vermögendsten Männer des Landes machen.«

»Grundgütiger Gott!« Beth presste eine Hand auf ihren Mund.

Unbeirrt fuhr Paul fort. »Es ist nahezu unmöglich, eine solche Erbschaft geheim zu halten. Die genaue Summe vielleicht. Ihre Dimension wohl kaum. Aller Voraussicht nach wird es neben Geld um Grundbesitz gehen. Großen Grundbesitz. Überdies um Anteile an Unternehmen, Minen. So etwas weckt rasch Begehrlichkeiten. Es werden aufregende Zeiten heraufziehen, John.«

»Wir werden Ihnen die aufdringliche Gesellschaft vom Hals halten, Sir«, versprach Rupert. »Das haben wir schließlich schon einmal erfolgreich getan.«

»Darum werden wir uns kümmern, wenn es so weit ist«, sagte John mit fester Stimme. Er drückte seinen Rücken durch. »Vorerst gibt es andere Fragen zu klären.«

Beth nickte langsam. »Was mich interessieren würde, wenn Sie meine Neugier erlauben, ist das Verschwinden von Mr und Mrs Steele. Wie konnten sie, ungesehen von der Dienerschaft oder sonst jemandem, das Haus am Hanover Square verlassen?«

»Eine gute Frage«, pflichtete John seiner Köchin bei und wandte sich an Paul, dankbar für den Themenwechsel. »Dieses Rätsel beschäftigt auch mich nach wie vor. Doch wie ich an Pauls Gesichtsausdruck erkennen kann, brennt er geradezu darauf, uns die Lösung zu präsentieren.«

»Wahrlich, das tue ich«, schmunzelte Paul. »Vielleicht erinnerst du dich an deine Bemerkung über die Bartholomew Fair, John? Sie hat mir den Anstoß gegeben, einer Vermutung nachzugehen. Du sprachst von einem Zauberkünstler, der eine junge Frau in einer Kiste verschwinden ließ.«

»Ja, ich erinnere mich. Doch wie konnte diese beiläufige Geschichte dir dabei helfen, das Rätsel um die Steeles zu lüften?«

»Ich suchte das Anwesen am Hanover Square erneut auf. In jener Nacht, in der du mit Rose zusammentrafst. Ich gestehe, es war nicht einfach, unbemerkt in das Gebäude einzudringen. Doch schließlich gelang es mir.« Er zwinkerte. »Ich nahm insbesondere die Privaträume der Steeles genauer in Augenschein.« Gemächlich lehnte er sich in seinem Stuhl zurück. »Und wurde fündig.«

»Bitte spann uns nicht unnötig auf die Folter.«

Zufrieden rieb sich Paul die Hände. Er atmete tief ein. »In einem Kleiderschrank fand ich eine Vorrichtung, welche einen Durchlass öffnet. Einen Durchlass in das Nebengebäude. Übrigens ähnlich konzipiert wie in Richards Haus.«

»Ein Durchlass in das Haus von Colonel Fredericks?«, fragte John ungläubig.

»In jenes Haus, welches einst dem Colonel gehörte, ja.«

»Heute ist es im Besitz entfernter Verwandter, soweit ich weiß«, bemerkte John nachdenklich. »Sie nutzen das Anwesen jedoch nur selten, hieß es.«

»Was die Eigentümer angeht, habe ich so meine Zweifel.« Angestrengt rieb Paul seine Nasenflügel. »Das Haus ist unbewohnt, die Möbel stehen verhangen und ungenutzt in den Räumen. Lediglich ein einziges Zimmer wies Spuren einer regelmäßigen Nutzung auf. Ein Gesellschaftsraum mit diversen Sitzgelegenheiten. Er blickt nicht auf den Square, sondern liegt nach hinten hinaus. Überdies sind die Fenster mit schweren Vorhängen zugezogen. Dass kein Lichtschein hereindringt – und keiner hinaus.«

»Ein Ort für Zusammentreffen?«

Paul nickte. »Das ist auch mein Gedanke. Ich vermute, das Gebäude wurde von jener geheimen Gruppe von Menschen genutzt, der Richard Shinfield angehörte. Der er vorstand, wie ich überzeugt bin. Es wird wohl interessant sein zu erfahren, wer der wirkliche Besitzer ist. Kein Nachfahre des Colonels, möchte ich wetten.«

»Was für eine mysteriöse Geschichte«, entfuhr es Beth.

»Nicht wahr?«, pflichtete Paul ihr strahlend bei. »Wobei alles wenig mysteriös erscheint, wenn man einmal voraussetzt, dass eine Vereinigung, welche die Rückkehr von Charles Stuart plant, Orte für ihre konspirativen Treffen benötigt. Dass einer dieser Orte genau neben dem Haus der Steeles liegt, mit diesem sogar verbunden ist, heißt für mich vor allem eines: Alexander und Amelia Steele waren herausgehobene Mitglieder jenes Geheimbundes.«

»Du glaubst, das Nachbarhaus befindet sich ebenfalls in ihrem Besitz?«

»Über irgendwelche Mittelsmänner erworben, sicherlich. Ja, das vermute ich. Der Colonel, er war in irgendeinen Skandal um gefälschte Bilanzen verstrickt. Vor wie vielen Jahren ist er verstorben? Sechs? Sieben? Nachdem sein Gebäude über Umwege an sie veräußert wurde, so denke ich, ließen die Steeles verbreiten, es sei weiterhin im Besitz entfernter Verwandter von Colonel Fredericks. Ließen vielleicht gar ein- oder zweimal im Jahr jemanden als Verwandtschaft auftreten.« Paul kicherte. »Man glaubt gar nicht, wie wenige Münzen nötig sind, möchte man ein paar hungrige Schauspieler engagieren.« Er zwinkerte. »Auf diese Art schufen sich die Steeles jedenfalls einen Rückzugsort. Ich denke, für jemanden wie Alexander Steele war es äußerst praktisch, eine Möglichkeit für ungestörte Treffen und Gespräche zu haben. Wer behält schon den Dienstboteneingang des Nachbarhauses im Blick, wer prüft genau nach, welche Personen dort ein- und ausgehen? Es gibt in solch großen Häusern schließlich immer etwas zu tun – ob die Besitzer vor Ort sind oder nicht. Nein, der Durchgang zum Nachbarhaus hat es den Steeles und ihren Gästen, die nicht gesehen werden wollten, auf hervorragende Weise ermöglicht, sich frei zu bewegen. So konnten sie auch ungestört ein- und ausgehen, obwohl meine Leute einen Blick auf das Anwesen der Steeles hatten. Sie beobachteten das Anwesen, jedoch nicht das nebenan liegende Haus.«

»Was den Steeles schließlich selbst zum Verhängnis wurde«, fiel Rupert ein. »Da Richard Shinfield genau diesen Zugang benutzte. Daher hat niemand in der Dienerschaft etwas mitbekommen.«

John nickte. »Bereits zu jenem Gespräch, welches ich belauschte, war Richard durch das Nebengebäude gekommen. Er war der unbekannte Mann, den wir suchten.« Von Minute zu Minute sah er die ganze Geschichte klarer. »Und mitnichten hörte ich, wie Steele und Richard *meinen* Tod als ihr gemeinsames Ziel bekundeten. Alexander gebrauchte *Shinfield* als Anrede für Richard! Nicht als Verweis auf mich.« Ungläubig schüttelte er den Kopf. »Zu jenem Zeitpunkt hätte ich demnach schon wissen können, dass ein Shinfield in die Sache um Steele verstrickt ist. Was wäre uns erspart geblieben! Uns – und so vielen anderen Menschen.«

»Es gibt keinen Grund für Selbstvorwürfe, John. Wir haben alles getan, was wir konnten.«

»Und doch …«, setzte John an, schwieg dann jedoch.

»Die Steeles waren also wirklich Jakobiter und haben mit Mr Richard Shinfield gemeinsame Sache gemacht«, bemühte sich Rupert, das Gespräch in eine andere Bahn zu lenken.

»Zumindest gemeinsame Sache, bis es ihnen wirtschaftlich schlechter ging und sie durch eine Drohung Geld aus der Gesellschaft herauspressen wollten. Schließlich hatten sie bereits einiges an eigenem Kapital investiert. Steeles Rekrutierung von Gefolgsleuten unter den Sympathisanten der Jakobiter wird ihn einiges gekostet haben. Diese Leute sollten für die geplanten Aufstände und Unruhen den Grundstock bilden. Ihre Verschwiegenheit und Loyalität werden sie sich einiges haben kosten lassen.« Paul zuckte mit den Schultern. »Durch ihren Erpressungsversuch jedenfalls haben die Steeles ihren Tod besiegelt. Ihnen hätte klar sein sollen, mit wem sie sich einließen. Stattdessen hatte Alexander die aberwitzige Vorstellung, auf Augenhöhe mit Richard Shinfield verhandeln zu können.

Nein, nicht nur auf Augenhöhe, sondern als derjenige, der am längeren Hebel saß. Daher auch Steeles aggressives Verhalten gegen John, als dieser ihn am Hanover Square aufsuchte. Er nahm an, John mache gemeinsame Sache mit seinem Bruder und sei zu ihm geschickt worden, um ihn einzuschüchtern. Warum sonst hätte John nach dieser langen Zeit den Steeles seine Aufwartung machen sollen? Alexander verstand den Besuch als eine Reaktion auf seine Erpressung. Als Drohung. Daher wollte er John ausschalten, durch angeheuerte Meuchelmörder. Vielleicht ging es ihm bei dem Anschlag auf John auch darum, Richard gegenüber ein Zeichen zu setzen. Dass Alexander es mit den eigenen Drohungen ernst meinte.« Paul lächelte John beruhigend zu. »Nun, da Alexander tot ist, wirst du von diesen Schergen nichts mehr zu befürchten haben. Für sie gibt es schlicht keinen Grund mehr, dir nachzustellen. Entweder sie sind noch nicht bezahlt worden, dann werden sie es auch nicht mehr. Oder sie sind bereits entlohnt. Dann brauchen sie für ihr Geld keinen Finger mehr zu rühren.« Er hob eine Augenbraue. »Wie dem auch sei. Es war Richard, der dich in die ganze Sache hineingezogen hat – zweifellos mit Hilfe der verzweigten Verbindungen der Jakobiter. So konnte er mit dir spielen wie ein Kater mit der Maus. Seine Rachegelüste ausleben. Für Richard war alles ein großes Spiel. Ein Spiel, welches nur er dirigierte. Selbst das blutige Morden sah er als dramatische Untermalung seiner vermeintlich genialen Pläne.«

»Ob denn wenigstens Mrs Steele wohlauf ist?«, fragte Beth besorgt.

»Ich gehe nicht davon aus«, antwortete Paul unumwunden. »Nein, sie wird ein ähnliches Schicksal wie Alexander ereilt haben. Ob man ihre Leiche jemals finden wird, bleibt abzuwarten. Shinfield und sein Helfer schienen gewissen Neigungen zu frönen. In jenen Kellerräumen unter dem Haus von Richard Shinfield befand sich eine Vielzahl von Instrumenten, die der Folter dienen. Und überall zeigten sich Rückstände von Blut. Nein, es gab wohl keinen Grund für die beiden, die Frau am Leben zu lassen.« Hastig fügte er hinzu: »Im Gegensatz zu Mrs Shinfield! Nur lebend war sie Richards Plänen von Nutzen.«

Beth runzelte die Stirn. »Da fällt mir ein, was Rose seinerzeit erzählte. Die Dienerschaft will Amelia Steele bei irgendwelchen dunklen Ritualen belauscht haben, die in ihren Privatgemächern stattfanden. Glauben Sie, das hatte bereits etwas mit der Verschwörung um die Jakobiter zu tun?«

Paul zuckte mit den Schultern. »Vielleicht waren die Steeles in Erwartung des neuen Königs bereits zum Katholizismus übergetreten – und die Diener hörten Amelia des Nachts lateinische Gebete aufsagen.«

Für einige Augenblicke herrschte tiefes Schweigen am Tisch.

»Was ich nicht verstehe«, meldete sich schließlich Rupert erneut zu Wort, »ist, wie Richard Shinfield sowohl Mr als auch Mrs Steele hat überwältigen können. Ich meine, er war nicht derart krank, wie er es der Welt vormachte. Doch ein Herkules schien er mir auch nicht zu sein. Und Mr Steele war fraglos von äußerst stattlicher Statur, soviel ich weiß.«

»Körperliche Größe sagt nicht immer etwas über die dahinterstehende Kraft aus«, erwiderte Paul. »Mit der richtigen Technik kann auch ein kleiner Mensch großen Schaden anrichten.« Er spitzte die Lippen. »Glauben Sie mir, Rupert. Denken Sie vor allem auch daran, dass Shinfield nicht alleine agiert hat. Ich bin wie gesagt überzeugt, dass sein Hausdiener ebenfalls für einige der grausamen Taten verantwortlich ist. Von dem Mord an Hannah wissen wir es.« Er grübelte. »Im Grunde bestand unser Mörder nicht aus einer Person, sondern vielmehr aus zweien. Zwei skrupellosen Männern, die eine perverse Neigung teilten. Möglicherweise gab es sogar noch weitere Helfer, die Schmiere standen, während die beiden Männer zuschlugen. Wir werden es vielleicht nie erfahren.« Paul fing einen Blick von John auf.

»Weitere Übeltäter?«, stieß Beth erschrocken aus. Sie sah sich in der Bibliothek um, als erwarte sie jeden Augenblick einen Überfall.

»Es ist nicht auszuschließen.« Paul zuckte mit den Schultern. »Ich vermute, wir werden über den einen oder anderen Namen stolpern, der verdächtig sein könnte. Mich interessiert etwa, inwieweit diese Miss Fredericks etwas mit der Sache zu tun hat. Ich konnte über sie so gut wie gar nichts herausfinden. Das gibt mir zu denken.«

John nickte kleinlaut und sah auf die Tischplatte. Paul sprach nur aus, was er sich nicht eingestehen wollte. Er war sich weiterhin nicht darüber im Klaren, welche Rolle Miss Fredericks gespielt hatte. War sie einer jener Helfer, von denen Paul sprach? Sie war beteiligt, das war nicht zu leugnen. Sie hatte ihn gewarnt, in der Buchhandlung. Jedoch nicht vor Paul. Vor Richard.

Hatte sie also für Richard gearbeitet? John ausspioniert, sich sein Vertrauen erschlichen, indem sie wie eine wiederauferstandene Sara daherkam? War es gar wirklich Rebecca gewesen, die ihn nach dem Verbleib der Dokumente gefragt hatte – in jener fiebrigen Nacht, als er in dem Lagerhaus der Gefangene seines Bruders gewesen war? Dann hätte er ihre Anwesenheit damals nicht nur erträumt.

Und dann gab es da noch die Shattertons – Rebeccas Verbindung zu ihnen war zumindest ungewöhnlich zu nennen. War es überdies bloßer Zufall, dass John Rebecca in genau jener eisigen Nacht begegnete, in der Steeles Leiche gefunden und Hannah ermordet wurde? Rebecca hätte in jener Nacht geradewegs vom Gough Square kommen können. Wo sie aufpasste, während sein Bruder und dieser Hausdiener den Einbruch verübten. Und den Mord. Überhaupt: Der Hausdiener! War er Rebeccas unfreundlicher Kutscher gewesen?

Wie Hannah wäre dann auch Rebecca ein Spitzel seines Bruders gewesen. War sie ihm nur aus diesem Ansinnen heraus begegnet, damals, nach seinem Treffen mit Fielding im *Bedford*? War ihre unfassbare Ähnlichkeit mit Sara ein kühler Schachzug Richards gewesen, damit John zu der Frau in Beziehung trat? War ihr Nachname aus einer Laune heraus nach dem vormaligen Besitzer des Nachbarhauses der Steeles gewählt worden? Rebecca wäre eine bloße Schauspielerin, die Saras Verhalten, ihre Bewegungen, ihre Sprechweise einstudiert hatte. Dieser Gedanke kam ihm alles andere als abwegig vor.

Und doch: Sie hatte ihn warnen wollen. Als sie diesem Schreiberling in der Buchhandlung begegneten. Die beiden hatten sich gekannt. Der Mann war zudem über das Treffen informiert gewesen. Nichts anderes besagte jener Zettel, den John nach dem schrecklichen Unfall gefunden hatte. Rebecca hatte John treffen *sollen*. Ein Teil von Richards Plan. Doch sein Bruder hatte der Frau nicht getraut und diesen Sebastian zur Kontrolle hinzugeschickt. Zu Recht, denn Rebecca hatte John warnen wollen. Bis sie Sebastian erkannte und ihr klar wurde, dass sie das Vertrauen Richards verspielt hatte. Ihr war nur die Flucht geblieben. Doch war sie ihr auch gelungen? Oder war auch Rebecca bereits tot?

John strich sich über die Stirn, erstaunt, dass sie schweißnass war. Ein Tropfen fiel vor ihm auf die Tischplatte. Rebecca Fredericks. Was hatte er sich erhofft? Er war ein Narr gewesen! Und die ganze Zeit hatte Sara gelebt. Gelebt! Ihm wurde übel.

»Ist Ihnen nicht gut, Sir?« Beth war aufgesprungen. »Sie sind kreidebleich. Wollen Sie sich hinlegen, Sir? Ausruhen. Es war wohl doch alles ein wenig viel für Sie.«

John winkte ab und räusperte sich. »Nicht nötig. Ein Glas Wasser vielleicht.«

Beth eilte aus dem Zimmer und brachte keine Minute später ein gefülltes Wasserglas in die Bibliothek.

»Vielen Dank.« John trank das Glas in einem Zug aus. »Ja, das tat gut«, sagte er und stellte das Glas ab. »Bitte entschuldigen Sie, ich weiß nicht, was in mich gefahren ist. Vielleicht die ersten Vorboten einer Influenza.«

»Vielleicht«, lächelte Paul mitfühlend. »Es wäre kein Wunder, nach dem, was du alles mitgemacht hast, John. Dein Körper muss geschwächt sein, keine Frage. Du wirst erst einmal eine gehörige Portion Ruhe brauchen.«

»Aber Sara …«, widersprach John. Und das Kind, dachte er verzweifelt. Das Kind!

»Ich gebe dir mein Wort, dass ich alles mir Mögliche tun werde, um sie zu finden.« Mit festem Blick sah Paul John an. »Doch niemandem ist damit geholfen, solltest du an einer Entzündung der Lunge oder Ähnlichem erkranken.«

»Mr de l'Estagnol hat absolut recht mit dem, was er sagt«, pflichtete Beth bei. »Sir, erholen Sie sich erst einmal von den Strapazen. Was Ihnen in den letzten Tagen alles widerfahren ist – einfach unglaublich.«

»Es soll also meine einzige Aufgabe sein, die Füße hochzulegen?«, fragte John zweifelnd und schüttelte den Kopf.

»Vorerst, John. Vorerst. Lass den Habicht seine Runden durch London drehen und sehen, was er aufschnappen kann. Mehr ist zu diesem Zeitpunkt nicht zu tun.« Paul setzte eine ernste Miene auf. »Wir können stolz sagen, dass wir Großartiges geleistet haben. Nicht nur ist ein brutaler Mörder ausgeschaltet, der London unsicher gemacht hat, auch eine Revolution durch die Jakobiter konnten wir verhindern. Unzähligen Menschen wurde das Leben gerettet. Das Königreich müsste uns die Füße küssen. Das ist die grundlegende Wahrheit! Doch die ganze Angelegenheit wird – und darüber sollten wir glücklich sein – natürlich unter Verschluss bleiben.

Wer die Hintermänner Richards sind, werden wir vielleicht niemals erfahren. Es fällt mir schwer, dies zu akzeptieren. Für mich haben sich diese Menschen an den Morden mitschuldig gemacht. Doch die Verschwörer der zweiten Reihe sind es, die sich nun totstellen werden. Ohne Richard Shinfield können sie nichts mehr ausrichten. Der jakobitische Umsturz bleibt aus. Ich denke, dies war die letzte Chance für Charles Stuart.«

»Fielding schien übrigens wenig überrascht, als ich ihm berichtete, dass mein Bruder Richard maßgeblich in die Pläne der Jakobiter verstrickt war. Erst als ich ihm darlegte, dass Richard auch der von ihm gesuchte Mörder ist, war es um seine Fassung geschehen. Er entsandte sogleich einen seiner Männer nach Farley House, um die Leiche nach London bringen zu lassen. Für die Öffentlichkeit, das betonte Fielding mehrfach, müsse es bei einem missglückten Einbruch bleiben – in der Wahrnehmung der Leute habe man den Mörder der Dirnen schließlich bereits kürzlich gestellt. Ich gestehe, dass ich dieser Version der Geschehnisse einiges abgewinnen kann. Meinem Bruder Edward und auch meinem Vater erklären zu müssen, in welche Ränke und Mordtaten Richard involviert war, hätte in einer Katastrophe geendet. Für die gesamte Familie.« Er schwieg einen Moment. »Der Richter ist kein dummer Mann. Er scheint zu ahnen, dass ich Unterstützung bei meiner Suche gehabt habe – mehrere seiner Fragen zielten in diese Richtung. Ich hoffe, es ist mir gelungen, dich aus der Sache herauszuhalten, Paul. Edward konnte ich überzeugen, dass er im Halbschlaf jenen uns unbekannten Einbrecher auf Farley House gesehen habe – nicht Paul, der schließlich die ganze Zeit in London weilte. Die ganze Geschichte ist Lord Shinfield augenscheinlich zu unangenehm, um etwas anderes zu behaupten. Der Habicht von London muss also nicht um seine Freiheit fürchten.« Er lächelte traurig. »Wobei weder die Intrige der geheimen Gesellschaft noch die Identität des Mörders ohne Paul de l'Estagnol aufgedeckt worden wären.« John nickte Paul zu. »Ganz zu schweigen von meinem Leben, welches er gleich mehrmals rettete.« John stand auf und streckte Paul über den Tisch hinweg seine Hand entgegen. »Daher ist es mir ein Herzensanliegen, dir meinen Dank für deine Hilfe auszudrücken, Paul. Meine Ergebenheit für deine Freundschaft.«

Paul stand ebenfalls von seinem Stuhl auf und ergriff feierlich Johns Hand. Für einen langen Moment schüttelten sich die beiden Männer die Hände. »Es ist mir eine Ehre«, sagte Paul schließlich leise.

Nachdem beide wieder Platz genommen hatten, meldete sich Rupert zu Wort. »Verraten Sie uns doch bitte noch ein weiteres Geheimnis, Mr de l'Estagnol. Wie gelang es Ihnen, dem Schuss zu entgehen? Aus so kurzer Entfernung hätte er tödlich sein müssen.«

»Zweifellos wäre er dies gewesen. Unter anderen Umständen. Doch ich hatte vorgesorgt, für alle Fälle. Unter meiner Jacke trug ich eine spezielle Anfertigung, welche ein Bekannter eigens entwickelt hat.«

»Eine Anfertigung?«, fragte Rupert erstaunt.

»Ja, eine lederne Weste. Durch ein besonderes Verfahren wurde sie gehärtet und hielt die Wucht der Kugel auf. Zu einem großen Teil jedenfalls.« Paul rieb sich die Brust und verzog schmerzhaft das Gesicht. »Das Geschoss drang nur sehr oberflächlich in meine Haut ein.« Er winkte ab. »Keine große Sache also. Auf diese Weise konnte ich gleichsam von den Toten wiederauferstehen und John zu Hilfe eilen.«

Mit großen Augen sahen Rupert und seine Frau Paul an. »Das grenzt an Zauberei«, flüsterte Beth.

»Weit davon entfernt. Weit entfernt«, lachte Paul. »Bei meinen bisherigen, insbesondere nächtlichen Ausflügen durch London habe ich den ein oder anderen Kniff gelernt, wie man seinen Gegnern einen Schritt voraus sein kann.«

»Einen lebensrettenden Schritt«, fügte John hinzu.

Paul neigte mit einer betont demütigen Geste den Kopf.

In das sich ausbreitende Schweigen hinein fragte Beth: »Darf es noch etwas Kaffee sein?«

Alle schüttelten den Kopf.

Die Köchin stand auf und bedeutete ihrem Mann, es ihr nachzutun. »Dann werde ich in die Küche gehen, ich habe noch einiges zu erledigen. Du sicherlich auch, Rupert. Wir wollen Mr Shinfield etwas Ruhe gönnen.«

»Ja, ja, sicherlich.« Rupert griff das Tablett und folgte seiner Frau zur Tür.

»Ich empfehle mich ebenfalls«, sagte Paul. »Ruhe dich aus, John. Ich werde dich bald wieder aufsuchen. Solltest du bis dahin noch etwas von mir benötigen, dann lass Beth doch eine Nachricht aufsetzen. Sie weiß, wie man mich erreicht.« Er trat zur Tür.

»Eine allerletzte Frage hätte ich für den Moment noch.« John blieb am Tisch sitzen, plötzlich zu müde, um sich zu bewegen. Er musterte den kleinen Mann, der im Türrahmen stehen geblieben war.

»Selbstverständlich«, antwortete Paul und sah John abwartend an.

Der Anflug eines Lächelns zog über Johns Gesicht. »Wie lautet dein Name? Dein echter Name.«

Für mehrere Herzschläge schwieg Paul. Dann lächelte auch er. »Paul«, sagte er. »Paul Besom.«

»Paul Besom«, wiederholte John. »Der Habicht von London, der die Ratten aus dem Hause kehrt. Wie ein Reisigbesen.«

»Eben der«, grinste Paul. Er verbeugte sich abermals und machte Anstalten, die Tür hinter sich zu schließen. Doch er hielt inne und runzelte die Stirn. »Beinahe hätte ich es vergessen«, sagte er leise und griff in seine Hosentasche. Langsam ging er zu John und hielt ihm die geschlossene Hand entgegen.

Mit fragendem Blick streckte John seinen Arm aus, die Handfläche nach oben gekehrt. Kühl glitt ein kleiner goldener Anhänger hinein. Er hatte die Form eines Vogels.

John hörte Pauls Schritte auf der Treppe leiser werden. Er schloss die Augen. Zwang sich, nicht an Sara zu denken. Nicht an das Kind. Stattdessen sagte er im Geiste immer wieder einen Satz auf. Einen Satz von Alexander Pope, jenem Autor, der zu Lebzeiten als Katholik beständig im Verdacht gestanden hatte, ein Anhänger der Stuarts zu sein: ›Wie es auch ist, so ist es richtig.‹

»Wie es auch ist, so ist es richtig«, flüsterte John. »Was für ein Unsinn.«

Es herrschte tiefe Stille in der Bibliothek. Im Kamin loderten die Flammen und verbreiteten eine angenehme Wärme. Zurückgelehnt in seinen Stuhl fiel John Shinfield in einen unruhigen Schlaf. Er träumte von einem kleinen Mädchen. Einem Kind, das auf unsicheren Beinen durch eine Stube tapste. Die Ähnlichkeit mit Sara war unübersehbar.

Langsam rutschte der goldene Vogel aus Johns Hand und fiel zu Boden.

Epilog

Die blendende Sonne erzeugte lediglich einen schwachen Anschein von Wärme. Mr Wolfe saß auf einer Bank, in einen dicken Wollmantel gehüllt, und rieb sich die Hände. Höflich nickte er einem jungen Paar zu, das an ihm vorbeischlenderte. Trotz des Sonnenscheins waren nur wenige Leute im Park unterwegs. Es mochte an der noch frühen Uhrzeit liegen. Gegen Mittag würde der Strom von Menschen, die hier flanierten und gesehen werden wollten, sicherlich zunehmen. Die Angehörigen der besseren Gesellschaft verließen in der Regel nicht ihre Betten, bevor die Sonne im Zenit stand.

Langsam griff Mr Wolfe in eine Manteltasche und zog eine Handvoll gebrannter Mandeln hervor. Eine steckte er sich in den Mund, eine weitere warf er dem vorwitzigen Eichhörnchen zu, das neugierig einen nahegelegenen Baumstamm heruntergelaufen kam und ihn schon seit einer geraumen Weile beobachtete. Das Tier zuckte kurz und erstarrte, kopfüber am Stamm haftend, inmitten der Bewegung.

Wie wunderbar wäre es doch gewesen, hätte man diese Tiere als Spitzel und Informanten verwenden können. Mr Wolfe schmunzelte bei dem Gedanken. Was für einen Vorteil man dadurch hätte erzielen können, in der Tat. Wenn all die Eichhörnchen, Mäuse und Ratten ihm hätten berichten können, was in den Londoner Wohnstuben geschah und gesprochen wurde. Er seufzte. Es hätte sein Leben um so vieles einfacher zu machen vermocht.

Das Eichhörnchen zuckte mit der Nase, blickte von ihm zu der Mandel. Wog ab, ob es das Risiko eingehen sollte, den schützenden Baumstamm zu verlassen. Es entschied sich, mutig zu sein. Blitzschnell huschte es an der Rinde hinab. Zwei lange Sprünge auf dem Boden, und es hatte die Mandel erreicht. Während das Tier die Frucht in den Pfoten drehte, ließ es den Mann nicht aus den Augen.

Er lächelte. Schlaue Kreatur.

Das Eichhörnchen war wie ein Blitz den Stamm hochgeschossen, noch bevor er das Rascheln selber hörte. Er drehte den Kopf zur Seite, blickte zu den Büschen, welche den Weg säumten.

»Eine Abkürzung«, sagte der Mann, der zwischen den Ästen hindurchtrat und sich einen Zweig vom Ärmel zupfte.

Mr Wolfe stand von der Bank auf und deutete eine Verbeugung an. »Sir«, sagte er.

Der hochgewachsene Mann ließ sich wortlos auf der Bank nieder.

Wolfe tat es ihm gleich. Nebeneinandersitzend schauten die beiden Männer auf den Teich, der ihnen gegenüber am Grund einer leicht abschüssigen Wiese einigen Enten als Heimstätte diente.

»Welche offenen Flanken gibt es in der Angelegenheit noch?«, fragte der Mann unvermittelt.

Wolfe räusperte sich. »Der Schlange ist der Kopf abgeschlagen. Die Gefahr eines jakobitischen Aufstands ist gebannt. Zweifellos war Richard Shinfield die treibende Kraft hinter der Verschwörung gegen Seine Majestät. Seine übrigen Spießgesellen werden sich still verhalten, ängstlich bemüht, nicht aufzufallen und am Galgen zu enden. Wir wissen nicht bestimmt, um wen es sich handelt, haben aber Vermutungen. Bonnie Charles' Pläne sind endgültig gescheitert, möchte ich meinen.«

Der Mann kniff die Augen zusammen. »Wir müssen die ganze Angelegenheit mit größter Diskretion behandeln. Am Ende des Tages interessiert es mich gar nicht, wer Shinfield unterstützt hat – solange wir wirklich einen Schlussstrich ziehen können.«

Wolfe nickte.

»Was ist mit der Frau? Der Frau des anderen Shinfield. Sie soll am Leben sein.«

Woher hatte er diese Information bereits? »Noch haben wir keine Spur, Sir. Richard Shinfields Handlanger scheint sie bei seiner Flucht ebenfalls …«

»Finden Sie sie, Wolfe! Vergessen Sie nicht, sie war einer der wichtigsten Spione des französischen Königs. Sie verfügt über Kenntnisse, die uns gefährlich werden können. Wir hätten uns damals nicht darauf einlassen dürfen, dass ihr Mann als Zeichen ihres Übertrittes für uns …«

»Sir, selbstverständlich werde ich alles …« Ruckartig wandte der Mann sich ihm zu und sah ihn aus kalten, wässrigen Augen an. Ein Frösteln überkam Matthew Wolfe. Nur schwer gelang es ihm, es zu unterdrücken.

Auf dem Gesicht des Mannes erschien ein Lächeln. Es erreichte seine

Augen nicht. Wolfes Frösteln wurde abgelöst von einem flauen Gefühl in der Magengegend. Er erkannte eine Gefahr, wenn sie ihm ins Gesicht blickte.

»Finden Sie sie«, wiederholte der Mann mit leiser Stimme. »Und töten Sie sie.«

»Sir«, nickte er zögernd.

»Gut.« Langsam stand der Mann auf. »Halten Sie auch weiterhin ein Auge auf John Shinfield. Sollte er erfahren, dass seine Frau am Leben ist, könnte er unberechenbar handeln.«

»Sir.« Wolfe war sich sicher, dass Shinfield es bereits wusste. Doch er schwieg, aus einem Impuls heraus. Das Geräusch eines Kutschwagens erklang. Schnell sprang auch er von der Bank auf. Eine Kutsche im St James's Park, in dem Kutschfahrten aufs strengste untersagt waren, konnte nur eines bedeuten.

Als das Gefährt langsam an ihnen vorüberfuhr, gefolgt von vier Reitern, machten die beiden Männer eine tiefe Verbeugung. Matthew Wolfe erhaschte noch einen kurzen Blick auf das königliche Wappen und meinte, eine Bewegung hinter dem halb zugezogenen Fenstervorhang wahrgenommen zu haben. Dann war die Kutsche auch schon um die nächste Biegung verschwunden.

»Nun, Sie wissen jedenfalls, was zu tun ist«, sagte der Mann zum Abschied und schritt ohne einen weiteren Blick davon. Diesmal blieb er auf dem Weg, ging in die Richtung, aus der die Kutsche gekommen war.

Abermals nahm Mr Wolfe auf der hölzernen Bank Platz. Runzelte die Stirn. Ließ das Gespräch Revue passieren. Die Angelegenheit war noch nicht abgeschlossen. Sein nachdenklicher Blick traf den des Eichhörnchens, welches von einem Ast aus hinablugte. Es wirkte spöttisch. Mr Wolfe nahm eine weitere Mandel aus der Tasche und schleuderte sie in den Baum. Ein Rascheln, ein Huschen – das Tier war im Baumwipfel verschwunden.

Aus irgendeinem Grund fühlte er sich besser. Er atmete zweimal tief ein, blickte aus verengten Augen in den Himmel. Er war klar, wolkenleer. Sein Blick heftete sich an einen Schatten, der kreisend in sein Blickfeld schwebte. Schützend hob er eine Hand über die Augen. Die Sonne ließ ihn blinzeln.

Über den Baumwipfeln zog ein einsamer Habicht seine Runden. Auf der Suche nach Beute.